經典成語故事大全

金文明等

U0132414

商務印書館

《經典成語故事大全》由上海人民美術出版社編。

經典成語故事大全

作　　者： 金文明等
責任編輯： 黃家麗
出　　版： 商務印書館 (香港) 有限公司
　　　　　 香港筲箕灣耀興道 3 號東滙廣場 8 樓
　　　　　 http://www.commercialpress.com.hk
發　　行： 香港聯合書刊物流有限公司
　　　　　 香港新界大埔汀麗路 36 號中華商務印刷大廈 3 字樓
印　　刷： 中華商務彩色印刷有限公司
　　　　　 香港新界大埔汀麗路 36 號中華商務印刷大廈
版　　次： 2019 年 9 月第 9 次印刷
　　　　　 © 2008商務印書館 (香港) 有限公司
　　　　　 ISBN 978 962 07 1847 2
　　　　　 Printed in Hong Kong

出版說明

　　成語是一種慣用的、定型的詞組或短句，大多由四字組成，簡練概括，內涵豐富。有的直接可以從字面上理解，例如："量力而行"、"忠言逆耳"、"勞苦功高"等；有的則需要知道來源、出處，才能真正理解及正確使用，例如"鳥盡弓藏"、"甚囂塵上"、"死不旋踵"等。

　　從數量龐大的成語之中，本大全精選了最經典、最常用的 300 個成語，用講故事的形式敍述，文字簡潔；描寫人物，形象鮮明，每個故事篇幅不長，但具概括性，讀者只需閱讀短短的篇幅，就可以掌握成語的基本內容、來龍去脈以及相關背景。理解並運用成語，能夠達到言簡意賅的效果。此外，凡有來源、出處的成語，往往有一個歷史故事作為背景，可以啟發讀者，引起他們學習歷史的興趣。

　　本書兼備閱讀及檢索功能，既可作故事書閱讀，又可作工具書查閱，書內每條成語均標注釋義，說明字面義及引申義，也有標注出處，提供歷史背景。此外，對難字也標注普通話音及粵音。目錄按筆畫排序，可供快速查閱，適合學生、家長、老師使用。

商務印書館編輯部

凡　例

1. 成語條目按筆形橫、豎、撇、點、折（一丨丿、一）及筆畫排序。

2. 每條成語有釋義，釋義先解釋成語的字面義或本義，再解釋引申義及比喻義。

3. 對難字注音，先用漢語拼音注普通話發音，後用直音字標注粵音，例如：劉澼 (pì，粵：譬)

4. 難字注音後，以分號分隔，註釋難字，例如：劓 (yì，粵：二；割鼻)

目　錄

本目錄按筆形橫、豎、撇、點、折（一丨丿、一）及筆畫排序。

一木難支

釋義

一根木頭難以支撐將要倒塌的建築物，比喻個人力量不能挽回頹勢，也作「獨木難支」。

出處

南朝・宋・劉義慶《世說新語・任誕》：「和（嶠）曰：『元裒如北夏門①，拉擸②自欲壞，非一木所能支。』」隋・王通《文中子・事君》：「大廈將顛，非一木所支也。」

註：①北夏門：洛陽北門之一。　②拉擸：斷裂，崩塌。

任愷，三國魏地人。他年輕時聰明能幹，才識過人，魏明帝非常器重他，把女兒齊長公主嫁給他，並賞賜他許多御用器物。

西晉時，任愷被任命為侍中。他盡忠竭誠，辦事機敏幹練，深得武帝的歡心，許多重要的政務都要徵詢他的意見，然後才決定是否施行。

車騎將軍賈充也是晉朝的開國功臣，但他諂媚取寵，引起了任愷和其他朝臣的不滿。公元 271 年，發生氐、羌族叛亂，任愷趁機奏請武帝派賈充到關中鎮守，實際上是把他排擠出京城洛陽。

賈充被任命為秦、涼二州都督，不得不離開洛陽，到長安赴任。他對任愷充滿怨恨，但是無計可施。出發以前，中書監荀勖（xù，粵：旭）到夕陽亭為他餞行，要賈充趕快把女兒南風許配給太子司馬衷為妃，爭取留下不走。

這時，洛陽突然下了一場罕見的大雪，軍隊無法開拔，荀勖就趁進宮侍宴的機會，請武帝讓太子納賈女為妃，武帝答應了。幾天後，武帝下詔命賈充仍以原官留任洛陽。

從此，賈充便與任愷結下了深怨。他表面上裝得跟過去一樣，處處推崇任愷，實際上一直耿耿於懷。後來，他多次在武帝面前誇獎任愷有識人之才，建議讓任愷擔任吏部尚書。武帝以為他並無私心，當即表示同意。

任愷做了吏部尚書，雖然不是降職，但從此很少再有隨侍皇帝、參議大政的機會。賈充和荀勖就開始經常向武帝進讒，說任愷生活奢侈，私藏御用的食器。武帝聽後信以為真，也不去找任愷細問，就罷免了他的官職。

其實所謂御用的食器，都是當初魏明帝賞賜給齊長公主的，但任愷罷官後離開了朝廷，無法當面向武帝陳述辯白，他憤慨之極，就索性縱酒行樂，自暴自棄。

任愷這種行為，正好給賈充進讒提供了口實。武帝曾經由於想到任愷過去的功績，兩次起用他為河南尹和光祿勳，但經不起賈充一再羅織罪名加以誣陷，終於對他完全失去信任。最後只讓他做一名散官，不再重用。

中書令和嶠是任愷的好友。有人問他：「為甚麼眼看任愷橫遭誣陷而坐視不救？」他説：「任愷的處境已經像北夏門一樣，眼看就要斷裂崩塌，不是一根木頭可以支撐得了的。」「一木難支」這個成語，就是由此概括演變而來的。

一丘之貉
yī qiū zhī hé

出處　《漢書・楊惲傳》：「古與今如一丘①之貉②。」

釋義　原比喻同類沒有差別。後多用於貶義，比喻屬同一路貨色。

註：①丘：土山。②貉：一種像狐狸的野獸。

楊惲是漢代著名歷史學家司馬遷的外孫，又是丞相楊敞的兒子，年輕時博學多才，交遊很廣。他起初受任為郎官、騎郎，常侍宮中。由於辦事幹練嚴正，被加官為左曹，負責處理百官上書等事務。

公元前 66 年，霍禹、霍雲、霍山等人，準備密謀造反。楊惲知道了他們的意圖，立即上報給宣帝，粉碎了霍氏的陰謀，楊惲也因功被封為平通侯。

當初，在宮中服事的郎官很多，有些人出身豪富，為了獲得較好的差使，經常送錢給主管的官員，以致內廷賄賂盛行，舞弊成風。楊惲知道情況後，大力進行整頓：凡是行賄貪污的立即免退，確有才幹的就盡力向上推薦。

楊惲自己非常廉潔，從來不受非義之財，連父母留下的遺產也都分給了宗族和兄弟。但他自恃才高，説話無顧忌，因此得罪了許多人。

有一次，高昌侯董忠的車馬突然受驚，掙脱韁繩奔入北掖門。楊惲知道後對富平侯張廷壽説：「我聽説以前曾有奔車衝到殿前，撞得門斷馬死，不久昭帝就去世這樣的事。現在又發生了這種事情，莫非也是上天在示意吧？”

又有一次，楊惲聽説匈奴單于因暴虐無道，眾叛親離而被逼自殺，就對人説：“無道的君主，不聽臣下忠言，最後必然自陷絕境。當初秦朝如能信用賢臣，恐怕到現在還不會滅亡。古今的事情，其實是一丘之貉啊！”

上面這兩件事，在當時都是犯禁的，幸虧無人揭發，楊惲才沒有遭殃。公元前 55 年，宣帝的親信侍從長樂突然被延尉傳訊，懷疑是楊惲在告發他，就上書給宣帝，把楊惲以前犯禁的言論揭發了出來。

楊惲立即被廷尉于定國下令逮捕入獄。經過審問查驗，證明確有其事。于定國認為楊惲口出惡言，誹謗天子，實屬大逆不道，主張對他處以極刑。但宣帝想到了楊惲過去的功績，不忍加誅，只下詔把他削職為民。

楊惲失去了爵位和官職，退居在家。他認為自己的言論並沒有錯，心中憤憤不平，從此就置田造屋，廣交賓客，消磨時日。朋友孫會宗勸誡他説：“大臣遭到貶斥，應當閉門思過，以示悔改；否則，將會招來禍患。”

楊惲滿腹怨氣正無處發泄，當即寫了一封信給孫會宗，向他直抒己見，流露出對朝廷的極度不滿。不久，有人上書告發，廷尉查到了他寫的信。宣帝知道後非常惱火，就下令把他處死。

yī　zì　qiān　jīn

一字千金

呂不韋，戰國末年衛國人。他年輕時住在韓國陽翟，經常來往各地行商販貨。由於聰明能幹、生財有道，很快就成為陽翟地區著名的大商人。

後來，子楚被立為太子，在秦孝文王死後，繼承了君位，史稱莊襄王。為了報答呂不韋的相救之恩，莊襄王任命呂不韋做了丞相，並封為文信侯。

釋義

稱譽文辭極其精妙。

出處

《史記‧呂不韋列傳》：「布咸陽市門，懸千金其上，延諸侯遊士賓客有能增損一字者予千金。」

鍾嶸《詩品》卷上：「文溫以麗，意悲而遠，驚心動魄，可謂幾乎一字千金。」

有一年，呂不韋到趙國都城邯鄲去經商，認識了當時在趙國當人質的秦王孫子楚。子楚正處於困境，很不得意。在呂不韋的幫助下，他隻身逃回秦國。

當時，東方各國執政的宗室貴族，為了籠絡人心，增強實力，鞏固自己的地位，各自廣泛招攬天下賢才。其中最著名的是魏國的信陵君、齊國的孟嘗君、趙國的平原君和楚國的春申君。他們手下的遊士賓客，都在三千以上。

秦國同魏、齊、趙、楚等國相比，實力要強大得多，呂不韋雖然不是秦國的宗室貴族，但他官為丞相，執掌著朝政大權，聲勢顯赫，不甘心居於人後。他用更優厚的待遇來招攬賓客，很快也達到了三千人。

在這些賓客中，有很多人是各國著名學者的門生弟子，他們學識豐富，見聞廣博，很有才能。呂不韋經常聽他們探討學問，漸漸產生了一個念頭，想要依靠他們的力量寫出一部有價值的著作來，好讓自己揚名於後世。於是，他從賓客中挑選了幾十位才識出眾的學者，讓他們按照自己的觀點，把所見所聞的事暢所欲言地寫出來，最後由他親自修改寫定，編成八覽、六論、十二紀，共二十六卷，二十多萬字，題名為《呂氏春秋》。

這部糅合了儒家、道家以及名、法、墨、農、陰陽各家思想學說的著作寫成以後，呂不韋感到非常得意。他下令把《呂氏春秋》張貼在京城咸陽市門上，公開宣佈說：有誰能夠增加或減少一個字，就賜予千金作為獎賞。

一個多月過去了，前來觀看《呂氏春秋》的人成千上萬，但始終沒有一個人敢於出來指摘它的缺點。於是，呂不韋下令集中人力把《呂氏春秋》抄錄了幾百部，傳佈到各國去。他的名聲也因此而遠揚天下。

後來，秦始皇繼承了君位，漸漸對呂不韋產生了疑忌，最後終於免去他丞相的職務，逼他服毒自殺。《史記‧呂不韋列傳》記下了《呂氏春秋》成書的經過和咸陽市門千金懸賞的故事。"一字千金"的成語從此就流傳下來了。

一字之師

yī zì zhī shī

鄭谷是唐末著名詩人，從小非常聰明，讀書過目不忘，七歲就能寫出清新流暢的詩句來。有一次，前輩詩人司空圖前來拜訪鄭谷的父親鄭史，看到鄭谷長得聰明伶俐，非常喜歡。他早就聽說鄭谷讀書很多，才華出眾，就笑着問："我寫的詩你讀過沒有？看出甚麼毛病來嗎？"

鄭谷閃動着一雙明亮的大眼睛，想了一想。他並不直接回答司空圖的問話，只是說："您的《曲江晚望》詩裏有兩句：'村南斜日閒回首，一對鴛鴦落渡頭'，寫得很有深意。"司馬圖聽他回答得這樣得體，不禁撫着他的肩膀，高興地對鄭史說："這個孩子，前途不可限量，將來一定能成為當代最著名的才子！"

鄭谷寫詩非常勤奮，過了十多年，寫成的詩篇已經有一千多首。他曾經兩次到京城去參加進士考試，結果都沒有考中。這使他精神上受到很大打擊。以後，他離開長安，四處遊歷，秀麗的山川開闊了他的眼界，使他的詩寫得越來越好。有一年，他乘船遊覽了洞庭湖和青草湖以後，沿着長江西上，準備經過三峽到四川去。途中，兩岸山林裏一陣陣鷓鴣的啼聲觸發了他的詩興，使他寫下了一首著名的《鷓鴣》詩。這首詩傳開以後，人們就把他稱為"鄭鷓鴣"。鄭谷在四川住了幾年，寫下了不少歌詠名山勝水和憂國傷時的詩篇。

然後，他又重新回到長安，準備再次參加進士考試，這年冬天，軍閥與宦官爭權，唐僖宗被迫逃亡，京城陷入一片混亂。鄭谷也隨着逃難的人群出走，誰知遇到強盜，把一千多首詩稿全部搶去，這個損失對鄭谷的

出處

宋·陶岳《五代史補》卷三·僧齊己：「時鄭谷在袁州，齊己因攜所為詩往謁焉。有《早梅》詩曰：『前村深雪裏，昨夜數枝開。』谷笑謂曰：『數枝非早，不若一枝則佳。』齊己……叩地膜拜，自是士林以谷為齊己一字之師。」

打擊太大，但事情已經無法挽回。到局勢漸漸平靜下來，鄭谷返回長安，考中了進士，曾擔任縣尉、右拾遺和都官郎中。因此，人們也稱他為"鄭都官"。

飽經滄桑的鄭谷，已對動盪混亂的政局和勾心鬥角的官場生活感到厭倦。不久，他告老辭官，隱居在自己的仰山書堂裏，並經常同一些相好的文人學士吟詩唱和。

當地有一個和尚齊己，也非常喜歡寫詩。他早就仰慕鄭谷的才名。有一天，帶着自己所寫的詩稿到宜春來拜訪鄭谷，希望得到這位前輩的指點。鄭谷把齊己所寫的詩稿翻開來一首首地仔細閱讀。他看到一首題為《早梅》的詩中有這樣兩句："前村深雪裏，昨夜數枝開。"就微笑着說："梅花開了數枝，就不算早了，不如把'數'字改為'一'字來得貼切。"齊己一聽，感到鄭谷講得很有道理，就馬上恭敬地向鄭谷拜了一拜，表示衷心感謝。這事很快就在文人學士中傳為美談，大家都把鄭谷稱為齊己的"一字之師"。

yī bài tú dì

一敗塗地

漢高祖劉邦早年曾擔任泗水亭長，有一次奉令押送一批農民到驪山去服勞役。半路上，農民逃走了好幾個。劉邦心想：這樣下去，不待押到驪山，就全逃光了，自己如何交差呢？於是，他索性把所有的農民放走，並對他們說："你們都走吧，我也從此逃亡了。"農民都很感動，有幾個沒有走的，就和劉邦在芒山、碭山一帶，準備起義。劉邦很快聚集了幾百人的隊伍。

公元前 209 年，由於秦二世的殘暴統治，爆發了陳勝、吳廣農民大起義。沛縣的縣令見東南各郡縣紛紛回應起義，便打算向陳勝投降。

　　這時，劉邦的好友、縣吏蕭何、曹參，建議縣令請劉邦回來協助。縣令便派人去召請劉邦。可是當劉邦帶着農民武裝到達城下時，縣令又後悔了，不但閉城不出，反而想把蕭何、曹參殺掉。蕭何、曹參只得連夜逃了出去，投奔劉邦。於是，劉邦寫了一封信射到城上，號召城裏的百姓殺死縣令。城裏的百姓立刻回應，殺死了縣令。劉邦率領隊伍進城，百姓夾道歡迎。

　　沛縣父老一致推舉劉邦為縣令。劉邦說：「現在各地都在起兵，天下形勢很緊張，假若對於縣令人選推舉不當，一旦失敗，就要一敗塗地，請你們另選比我更有能力的人吧。」蕭何、曹參等都一致擁戴他。劉邦在大家的幫助下，聚集幾千人馬，在沛縣正式起義，舉起了反秦大旗。

釋義

「一敗塗地」，一旦失敗就要肝腦塗在地上。現多形容失敗到不可收拾的地步。

出處

《史記·高祖本紀》：「天下方擾，諸侯並起，今置將不善，一敗塗地。」

yī　guó　sān　gōng

一國三公

　　春秋初年，晉獻公攻克驪戎，奪得美女驪姬，立為夫人。驪姬年輕貌美，又善奉迎獻媚，晉獻公給迷得昏昏沉沉，竟想廢去嗣立多年的太子申生，改立驪姬剛生下的兒子奚齊。

　　申生是獻公已故夫人所生，早已成為舉國上下承認的太子。驪姬雖然一心想讓自己的兒子當太子，但怕無故廢去申生，群臣不服，便故作姿態，跪勸獻公顧全大局，不要另行廢立。獻公以為驪姬出自真心，但其實驪姬除擔心群臣不服外，還顧忌申生的兄長重耳、夷吾。

　　驪姬拉攏獻公的寵臣梁五、東關五等人，暗中圖謀奪嗣之計。他們商量下來，認為第一步先要把申生、重耳、夷吾三人從獻公身邊支使開去，疏遠他們父子之間的感情。梁五、東關五最得獻公信任，他倆向獻公進言，獻公把太子申生派到曲沃，把公子重耳、公子夷吾

釋義

指一個國家有三個君主，比喻事權不統一，令人無所適從。

出處

《左傳・僖公五年》：「（士）退而賦曰：『狐裘尨茸①，一國三公，吾誰適從？』」

註：① 尨茸：蓬鬆，散亂。

派去蒲、屈，只留驪姬所生的奚齊在身邊。

大司空士蒍（wěi，粵：委）奉命監築蒲、屈二城，他猜透驪姬必有奪嫡之謀，獻公已萌改立之心，於是就胡亂湊些木材，堆築土牆，草草完工。城牆築得很不堅固，公子夷吾大不滿意，向獻公訴説士蒍辦事不力，獻公把士蒍斥責一頓。

士蒍嘴上不説甚麼，心裏卻在嘀咕：照現在的形勢發展下去，日後難免為了爭奪王位而骨肉相殘，也許不用三年又得發兵攻打蒲、屈，築甚麼堅城！他感慨地獨自賦詩道："狐裘尨茸，一國三公，吾誰適從？"狐裘是貴人穿的皮袍，尨茸是散亂的樣子，詩的意思是指這個國家貴人太多，好像有三個首領，你要這樣，他要那樣，叫我聽誰的好？

晉國出現這種"一國三公"的局面，事權不統一，令人無所適從，最後終於導致變亂，直至流亡在外的重耳，藉秦穆公之力，返晉即位，成為晉文公，晉國才恢復元氣，逐漸強盛起來，成為"春秋五霸"之一。

yī fàn qiān jīn
一飯千金

釋義

指受恩而厚報。

韓信是漢高祖劉邦的得力大將，少年時父母雙亡，日子過得很艱難，常常挨到別人家裏去吃白飯，人們都很討厭他。他跟淮陰的南昌亭長相熟，在亭長家裏一住幾個月。有一次，亭長的妻子不耐煩起來，接連幾天趕快把早飯燒好，和丈夫一起吃光。等韓信起身，鍋子裏甚麼也沒有了。韓信一怒而去，再不回頭。

韓信沒處吃飯，只得到城下的淮水邊釣魚，釣得了可以賣幾個錢，釣不到只好餓肚子。淮水邊上有一些老大娘，各自帶着飯籃整天在這兒漂洗絲絮。有一位大娘瞧見韓信餓得有氣無力，就把自己帶的飯分給他吃。一連幾十天都是這樣。韓信非常感激，對大娘説："你老人家這麼照顧我，將來我一定好好報答你。"誰知這話反使大娘生氣，她說："男子漢大丈夫連飯都吃不上，太沒出息啦。我瞧你可憐才送飯給你吃，哪圖甚麼報答！"

韓信後來被漢高祖劉邦拜為大將，最後為高祖立下赫赫戰功，與張良、蕭何合稱"漢興三傑"，功封楚王。韓信老想着有恩報恩，就派人尋找當年給他飯吃的漂絮老大娘，還要找到南昌亭長和那個叫他鑽褲襠的傢伙。那位漂洗絲絮的老大娘首先給找來了，韓信對她謝了又謝，送給她一千金作為報答。漂母並不貪圖這許多錢，只是韓信不忘當年一飯之恩，定要以千金為謝，她推辭不得，只好領謝而去。

出處
《史記·淮陰侯列傳》："信釣於城下，諸母漂，有一母見信飢，飯信，竟漂數十日。信喜，謂漂母曰：『吾必有以重報母。』……信至國，召所從食漂母，賜千金。"

yī　yè　zhàng　mù
一葉障目

從前楚地有個書生，家境十分貧困。他和妻子過着窮苦的生活。一次書生偶然從書上讀到："如果得到螳螂捕蟬時用來遮身的那片樹葉，就可以把自己的形體隱蔽起來，不讓別人看見。"

於是書生整天在樹下抬頭望着。當他發現有一隻螳螂正悄悄地躲在一片葉子後面，等候着機會捉蟬時，便連忙把那片葉子摘了下來。不料葉子落到樹下之後，跟地上原有的落葉混在一起，再也辨認不出來。他便掃了許多落葉，搬到家裏。

書生拿起一片又一片的樹葉，遮住自己的眼睛，一遍又一遍地問妻子道："你看得見我嗎？"起初他妻子總是答："看得見。"這樣一天問下來，他的妻子被糾纏得厭煩極了，最後便隨口哄騙了他一聲："看不見。"

書生聽了大喜，立刻帶着這片葉子奔到街上去，當面偷取別人的東西。他當場被捕，送到縣衙裏去。縣官審問書生，書生把事情的經過原原本本地説了一遍。縣官聽了大笑，立時釋放書生回家，也不給他任何懲罰。

釋義
比喻目光為眼前細小事物所遮蔽，看不到遠處、大處。

出處
《鶡冠子·天則》："一葉蔽目，不見太山。"
三國·魏·邯鄲淳《笑林》："……以葉自障①。"

註：①障：遮蔽。

yī　míng　jīng　rén

一鳴驚人

出處
《史記・滑稽列傳》：「此鳥不飛則已，一飛沖天；不鳴則已，一鳴驚人。」

釋義
一聲鳴叫就使人震驚，比喻平常默默無聞的人突然做出驚人的事情。

戰國時代的齊威王，繼承王位時年紀還未滿三十，真是年輕得意，全不把國事放在心上，天天在宮裏飲酒作樂，有時要喝到天亮才罷。臨到應該坐朝的時候，他才剛剛睡去，旁人不敢去叫醒他。這樣一連三年，非但朝政紛亂，而且邊境被侵的警報也接二連三地飛來。百官群臣都擔心這樣下去要亡國，可是誰也不敢進宮直諫。過了很長一段時期，他們才決定推派大夫淳于髡（kūn，粵：坤）前去。

淳于髡長得個子不高，但他心靈嘴巧，最會隨機應變。這天，他進宮叩問齊王説："國中有隻大鳥，住在您王宮裏，一晃三年了，牠不飛也不叫。大王，您知道這隻鳥為甚麼這樣嗎？"齊王知道他暗指自己，便説："這鳥不飛則已，一飛沖天；不鳴則已，一鳴驚人。"意思是這鳥不飛也就罷了，一飛就要飛上天去；不叫也就算了，一叫就要令人大吃一驚。淳于髡不再説話，想看他下一步怎樣做。

齊王果然説到做到，把酒杯撇在一邊，帶着群臣到各地視察。他到即墨，看到田地開墾得好，莊稼生長得好，百姓生活得也好，心裏十分滿意。他召來即墨大夫，誇獎他説："從你到即墨之後，天天有人在我面前説你壞話。現在我親眼看到你治理的成績，知道你腳踏實地，不願討好我手下的人來騙取名聲。"於是當場封給他一萬戶。

後來又巡視到阿地，看到田裏長滿了草，老百姓愁眉不展，跟即墨完全兩樣。他召來了阿地大夫呵斥説："你把這地方搞得不成樣子。可是我在宮裏呢，天天聽到有人幫你説好話，大概你送了許多厚禮吧？"當下，齊王叫人把阿地大夫綁了，帶回京都去，一面發下命令，召全國七十二個縣令、縣長入朝聽候賞罰。齊王把該賞的賞了，該罰的罰了，最後下令將阿地大夫扔進油鍋裏，連平時幫他說話的人也同樣放下油鍋烹了，一個也沒有倖免。

從此，齊國內政清明，百姓安定。齊王就發兵進攻魏國，報復前幾年魏軍侵齊的仇恨。魏惠王沒有辦法，自願割地求和。齊威王奏着凱歌，班師回國。齊國國內的風氣也從此大變。當官的也罷，老百姓也罷，大家變得說話老實、做事誠懇。各諸侯也不敢再來侵犯，齊國一直安定了二十多年。齊威王真的"一鳴驚人"了！

一諾千金

yī nuò qiān jīn

季布，秦末楚地人。他年輕時勇武有力，喜歡結交朋友，很講義氣和信用，凡答應過別人的事，一定竭盡全力做到。

季布言而有信的品德，使他在同輩中贏得了聲譽。後來他的名聲更加遠揚，連北方的許多遊俠之士都知道了，民間流傳着這樣的諺語："得黃金百斤，不如得季布一諾。"

秦末爆發農民大起義後，季布加入項羽的軍隊，很受項羽重用。秦滅亡後，在楚漢相爭的歲月裏，季布曾經多次率領楚軍擊敗漢軍，使漢高祖劉邦一再陷入困境。因此劉邦非常痛恨他。

劉邦消滅項羽，建立漢朝後，出一千金的賞銀捉拿季布，並且召告天下：誰敢窩藏季布，就要被誅滅三族。

季布起先隱藏在周氏家裏，後來情況緊急，周氏又把季布轉移到著名遊俠朱家那裏。朱家一向仰慕季布的為人，決心盡力相救。他先把季布安置在鄉間的田莊裏，然後親自去找汝陰侯滕公。

朱家對滕公說："季布當初為項羽出力，這是臣子應盡的職責。現在皇上剛剛得到天下，就為了私怨而懸賞捉拿季布，器量也太小了。如果季布畏罪投奔他國，興兵來同漢朝作對，後果將不堪設想。您何不向皇上進一言呢？"

滕公聽了這一番話，猜測季布是藏在朱家家裏。但他感到朱家講得很有道理，不久就找了一個機會去勸劉邦赦免季布。劉邦接受了他的意見，派人把季布召進宮來，任命為郎中（侍衛官）。

到了漢文帝時，季布已經是朝廷著名的大臣，後來又出任河東郡太守，但他豪爽剛直的性格並沒有改變。當時有個名叫曹丘生的人，口才很好，經常結交權貴，季布很看不起他。

有一次，季布聽說國舅竇長君同曹丘生關係很密切，就寫信給竇長君說："曹丘生不是一個忠厚長者，希望您不要同他來往。"

曹丘生知道了這件事，就提出要去見見季布。竇長君對他說："季將軍不喜歡你，你就別去了吧。"曹丘生堅持要去，竇長君只好給他寫了一封介紹信，派人先送給季布。

季布知道曹丘生要來，氣呼呼地坐在客廳裏等他。曹丘生一進門，邊行禮邊笑着說："楚人有句諺語'得黃金百斤，不如得季布一諾'。足下有這樣的好名聲，還不是靠楚人的傳揚。我也是楚人，足下為甚麼要鄙棄我呢？"

季布聽了這番謙恭的話，心裏的氣馬上消了。交談以後，他把曹丘生留在府裏住了幾個月，走時又贈送了許多禮物。後來，曹丘生盡力為季布傳揚，使他的名聲越來越大。"一諾千金"這個成語，就是由兩句楚諺演化而來的。

shí háng jù xià
十行俱下

釋義

形容讀書速度極快，聰慧過人。也作「一目十行」。

出處

《北齊書‧河南康舒王孝瑜傳》：「讀書敏速，十行俱下。」

南朝梁武帝的第三個兒子蕭綱，從小聰明絕頂，記憶力特別好。他剛滿四歲，就被封為晉安王，太傅（輔導太子的官）教他讀書識字，他能夠過目不忘。到了六歲的時候，就已經會寫文章了。

梁武帝聽到這個情況，不太相信，有一次特地派人把蕭綱叫到跟前，準備當面試他一試。梁武帝臨時出了一個題目給蕭綱。只見他不慌不忙地鋪開紙，拿起筆來一揮而就，寫成了一篇辭藻優美的駢文。梁武帝看了，不由大加讚賞地説："這孩子，真是我家的東阿王（指三國魏著名文學家曹植，曾封東阿王）啊！"

蕭綱年齡稍長，就進一步博覽群書。據説他讀書的速度非常快，能夠十行俱下。沒有多久，諸子百家的書籍幾乎都被他讀遍了，寫起詩賦文章來，更加得心應手。

蕭綱十一歲的時候，被任命為宣惠將軍、丹陽尹。他雖然還是個少年，便已經能夠親自過問和處理郡裏的各種事務，在百官中逐漸建立了聲望。公元 531 年，梁武帝的長子蕭統去世，蕭綱隨即被立為皇太子。從此他就長期住在東宮，和當時著名的文人學士徐摛（chī，粵：癡）、庾肩吾等人朝夕相處，吟詩作賦，過着極其富貴優閒的宮廷生活。

蕭綱特別喜歡寫詩。他説自己從七歲起就有詩癖，長大後從來不感到厭倦。但是由於宮廷狹隘天地和放蕩生活的影響，他的詩大多寫得內容淫靡，格調低下，被稱為"宮體詩"。流傳出去以後，對當時的文風起了很壞的影響。

公元 549 年，軍閥侯景起兵作亂，攻破京城建康，梁武帝憂憤而死。蕭綱被立為簡文帝，他在侯景的控制下，度過了兩年多的傀儡生活，只能用詩文來抒寫內心的痛苦，最後，還是被侯景派人用毒酒殺害了。

rù mù sān fēn

入木三分

釋義 本來形容筆力強勁，後用以比喻見解、議論的深刻。

出處 唐・張懷《書斷・王羲之》：「晉帝時祭北郊，更祝版，工人削之，筆入木三分。」

王羲之，字逸少，東晉琅邪臨沂（今屬山東）人，是中國古代著名的書法家。

相傳他七歲時已嶄露頭角，寫得一手好字。十二歲那年，他偶然在父親的枕頭裏發現了一本講書法的書，就偷偷地拿出來閱讀。父親責問他說：「這是我特地秘藏的書籍，你為甚麼要拿出來看？」羲之笑了一笑，沒有回答。

其實，父親並不是真的不准他看，只是怕他年紀小，會無意中把書裏的內容泄露出去，於是就對他說：「等你長大成人以後，我再傳給你。」羲之聽了，再三向父親懇求說：「孩兒如果現在不能開竅，長大以後又有甚麼用呢？」父親聽羲之說得有理，當場就把書給了他。羲之高興極了，從此便手不釋卷地日夜攻讀，並且按照書中講的方法去運筆練字。不到一個月，他的書法就有了很大的進步。

當時，著名女書法家衛鑠（shuò，粵：削）看了羲之的字以後，對太常（掌祭祀禮樂的官員）王策說：「這孩子一定見過甚麼用筆的秘訣，近來我看了他寫的字，覺得非常蒼勁老練。」接着又歎息說：「今後他的名聲，一定會蓋過我的。」

羲之長大後，努力向前代著名書法家張芝、鍾繇等學習，博採眾長，逐步形成自己特有的風格。他非常強調勤奮苦練的重要性，曾經對人說：「張芝臨池學書，連池水都寫黑了。如果別人也能這樣做，就不會落在他後面。」

隨着時間的推移，羲之的字寫得越來越好，名聲也與日俱增。許多人千方百計請他寫字，到處收集他的墨跡，珍藏起來引以為榮。他看到這種情況後，就不大肯輕易為人題字了。

由於朝廷公卿們的推薦，羲之曾經出任右軍將軍、會稽（今浙江紹興）內史，因此人們都稱他為王右軍。後來他辭去官職，在會稽山家裏過着清閒恬淡的生活。

一天清晨，羲之在戢（jī，粵：輯）山下散步，忽見有位白髮蒼蒼的老婦人拿着十來把扇子在叫賣。羲之看她貧困可憐，問她多少錢一把。老婦人答道：“二十錢。”羲之就叫人拿來筆墨，在每把扇子上都寫了五個字。老婦人着急地說：“我家早飯的錢就在這些扇子上，你寫了字以後叫我怎麼還賣得出去呢？”羲之笑着說：“沒關係，你只要說這是王右軍寫的字，保你每把可賣一百錢！”老婦人拿過扇子，半信半疑地走了。

她把扇子拿到市場上，照着羲之的話對人一講，人們馬上爭着前來購買，十幾把扇子一下子就賣光了。過了幾天，老婦人又拿着幾十把扇子來請羲之寫字。羲之這次只是朝她笑了一笑，沒有再答應她。

歷史上常有這樣的事情：一個人成名以後，人們總喜歡編造些奇聞異事附會在他身上，對於羲之也不例外。據說有一次朝廷舉行祭祀大典，祝詞請羲之書寫在祝版上，後來因為需要修改，工人們受命把它刮掉。誰知他們拿起祝版一看，發現每個字的筆痕都陷入木中三分，好像刀刻的一樣，不由非常驚奇，讚歎不已。這個傳說雖然有些誇張，但用來形容羲之筆力的強勁，還是不難理解的。“入木三分”這個成語從此便流傳下來了。

rén　xīn　rú　miàn
人心如面

春秋時期，鄭國的執政官子皮（姓罕名虎），想任命尹何做自己封地上的大夫。尹何是個年輕小子，從來沒有當過官，當然沒有管理的經驗，所以許多人認為他難以勝任。

釋義 人的思想狀況有如人的面貌，各不相同。

出處 《左傳·襄公三十一年》：「人心之不同，如其面焉，吾豈敢謂子面如吾面乎？」

輔助子皮執政的大夫子產也不贊成這件事，他開門見山地對子皮說：「尹何年紀太小，當大夫怕不行吧？」子皮卻不以為然，說：「尹何為人老實，我喜歡他，他也不會背叛我。沒有當過大夫，可以當了以後再學！」

子產說：「你對自己喜愛的人，當然希望能給他好處。但你現在這樣做，實際上卻是害了他，就好比一個人還不會拿刀便叫他去割肉，這不是要他把自己的手指頭也割掉嗎？」

子產接着誠懇地給子皮指出：「你是鄭國的棟樑，屋棟要是斷了，我們這些住在屋子裏的人不是也要遭殃嗎？再比方說，如果你有一疋精美的錦緞，恐怕就不見得會交給一個從來沒有裁過衣服的人去學着縫製吧！」

「大的官職、大的都邑，是用來維護民眾利益的，比起你那疋漂亮的錦緞重要得多了。你的錦緞尚且捨不得給沒手藝的裁縫去裁製，難道大官職、大都邑反而能交給毫無經驗的人去擔當管理嗎？」

為了進一步說服子皮，子產又舉例說：「比如打獵，有個人連馬車怎麼駕馭、弓箭怎麼射都不懂，還能打到野獸嗎？恐怕是野獸還沒打着，他自己卻要翻車呢！管理國家大事也一樣，總要先學會了，再去當政；不能甚麼不會，先當起來，再去學。如果硬要那麼幹，勢必給國家造成巨大的損害！」

子皮聽完子產這段精彩的談話，連連點頭：「說得好，說得好！衣服穿在我身上，我知道要慎重地選擇人來裁製；大官職、大都邑關係到民眾的根本利益，我卻隨便對待，我真是鼠目寸光，見識太淺薄了！」

說到這兒，他向子產深深一拜：「要不是你用一番話提醒我，我還不知道自己幹了糊塗事呢。過去我說過：國家的事你多管，我家裏的事我來管，現在看來，我家裏的事，今後也得聽你的。」

子產連連搖手說：「人心如面，各不相同，我怎敢代替你呢？只是覺得存在着危機，應該及時來告訴你罷了。」

子皮大為讚賞。他覺得子產這個人對國家很忠誠，就把自己的職務交給他，請他當鄭國的執政官。子產執政，進行了一系列政治改革，使鄭國又一度富強起來。"人心之不同，如其面焉"這句話，被後人概括為"人心如面"。

rén qín jù wáng

人琴俱亡

釋義 表示看到遺物、悼念死者的悲痛心情。

出處《晉書·王徽之傳》：「獻之卒，徽之……取獻之琴彈之，久而不調，歎曰：『嗚呼子敬，人琴俱亡①！』」

註：① 亡：死去，不存在。

王徽之是東晉大書法家王羲之的兒子，曾擔任大司馬（全國軍政首腦）桓溫的參軍（將軍府參謀）。他性格奔放超脫、不受約束，常蓬鬆着頭髮，衣帶也不繫好，就隨隨便便地上街尋友，出門訪客。

閒散成性的王徽之對自己擔任的職務，也不常過問。他做過車騎將軍桓沖的騎兵參軍，一次桓沖問他："你在管哪方面的事啊？"他含含糊糊回道："大概是管馬吧。"桓沖又問："管多少馬呢？"他回答道："我不懂馬，是個外行，管牠有多少哩！"桓沖再問："近來，馬死掉可多？"他乾脆說："活馬我尚且弄不清，哪裏還弄得清死馬！"

王徽之有個弟弟叫王獻之，也是東晉的大書法家，與父親王羲之齊名，並稱"二王"。徽之、獻之兄弟兩人感情非常好，年輕時同住在一個房間裏。平時，做哥哥的很佩服自己的弟弟。

有一天，家裏失火。徽之嚇得連鞋也來不及穿，慌忙逃走；獻之卻神色不變，泰然地被僕人扶出。

一天半夜，他們家裏鑽進來一個小偷，打算把凡能拿走的東西都偷走。王獻之發覺後，就慢吞吞地說："小偷，那青氈是我家祖傳舊物，就把它留下來吧。"小偷一聽，驚慌地逃跑了。

他們兄弟兩人常在一起讀書，邊讀邊議，興致很高。有一晚，兩人一起讀《高士傳贊》，獻之忽然拍案叫起來："好！井丹這個人的品性真高潔啊！"井丹是東漢人，精通學問，不媚權貴，所以獻之讚賞他。徽之聽了就笑着説：“井丹還沒有長卿那樣傲世呢！”長卿是漢代的司馬相如，他曾衝破禮教的束縛，和跟他私奔的才女卓文君結合，這在當時社會是很不容易的，所以徽之説他傲世。

後來，王徽之任黃門侍郎（皇帝身旁的侍從官），因不習慣宮廷拘束的生活，就辭職回家。他回家沒多久，居然和王獻之同時生起病來，而且兩人的病都不輕。

當時有個術士説：“人的壽命快終結時，如果有活人願意代替他死，把自己的餘年給他，那麼將死的人就可活下來。”徽之忙説：“我的才德不如弟弟，就讓我把餘年給他，我先死好了。”術士搖搖頭：“代人去死，必須自己壽命較長才行。現在你能活的時日也不多了，怎能代替他呢？”

沒多久，獻之去世。徽之在辦喪事時居然一聲不哭，只是呆呆地坐着。他把獻之生前用的琴取過來，想彈個曲子。但調了半天弦，卻總是調不好。他再也沒心思調下去了，就把琴一摔，悲痛地説：“子敬、子敬，人琴俱亡。”意思是説：“子敬啊子敬，你是人和琴同時都失去了啊！”王徽之因極度悲傷，沒多久病情轉重，過了一個多月也死了。後來，人們就用“人琴俱亡”，表示看到遺物、悼念死者的悲痛心情。

rén jié dì líng

人傑地靈

唐代著名文學家王勃，絳州龍門人，少年時才華出眾。他和楊炯、盧照鄰、駱賓王，都以文詞齊名，文學史上並稱“王楊盧駱”，亦稱“初唐四傑”。公元 675 年，王勃去南方看望父親，路過南昌，正碰上農曆九月初九重陽節，當時的洪州都督閻某（名不詳），在滕王閣大宴賓僚。王勃也應邀參加，坐在末位。

酒過三巡，閻都督對大家説：“滕王閣是洪都的勝景，請諸位到這裏來，想請高手作一篇《滕王閣序》，刻石為碑，永留紀念。諸位幸勿推辭。"言畢，侍候的吏人將紙筆放在大家面前，但沒有人敢寫。眾賓客從上到下一個個推讓下去，推了半天，還是沒有人動筆。

這樣一直推到王勃的面前，大家想，這麼個末座客人更不會寫了。誰知王勃卻將紙筆收下，低頭沉思起來。滿座賓客見他無意謙讓，都很不高興，大家紛紛議論："這年輕人是誰？竟敢這樣無禮！"閻都督心裏也不痛快，他想：在座這麼多文人學士都不肯輕動，這後生倒目中無人！於是吩咐吏人，看他寫些甚麼，隨時來報。

一會兒，吏人報了開頭四句："南昌故郡，洪都新府。星分翼軫，地接衡廬。"閻都督一聽，這是說滕王閣所在地洪州府，地理位置正對着翼、軫二星的分野處，衡山、廬山的相接點。他認為這很平常，誰都會寫。吏人接着又報了幾句，閻都督都有批評，覺得並不出色。一會，只聽吏人又報道："物華天寶，龍光射牛斗之墟；人傑地靈，徐孺下陳蕃之榻。"這下閻都督有點震動了。

王勃在這裏用了兩個典故，把洪州的天時、地利、人傑都寫了出來。物有精華，天有珍寶，龍泉寶劍的光輝，直射天上二十八星宿中的斗宿和牛宿之間。這個典故出自《晉書‧張華傳》。

相傳晉武帝時，中書令張華因發現斗牛之間常有紫氣，認為是寶劍的精華上達於天，便派術士雷煥為豐城令，讓他尋找寶劍。雷煥終於找到兩把寶劍，其中一把就叫龍泉。這兩句講的是洪州有奇寶。

"人傑地靈，徐孺下陳蕃之榻"，典故出自《世說新語》。徐孺就是徐孺子，名稚，東漢豫章郡南昌人，家貧，種田自養，不肯出來做官。他與豫章太守陳蕃是好朋友。陳蕃平常不喜歡接待賓客，但特設一榻專供接待徐稚，他來時才把榻放下，走後就懸掛起來，不許別人使用。這是說洪州有傑出的人才。

閻都督正在玩味辭意，吏人又繼續報下去。當報到

釋義 指傑出人物降生在這裏或曾經到過這裏，這地方也就成了名勝之區。

出處 唐‧王勃《滕王閣序》："物華天寶，龍光射牛斗之墟；人傑①地靈②，徐孺下陳蕃之榻。"

註： ①傑：才智過人、有突出才能的人。 ②靈：好。

"落霞與孤鶩齊飛，秋水共長天一色"兩句時，閻都督不禁拍案叫絕，連聲說："好啊！寫得真好！"

他已經陶醉在王勃描繪的意境裏，興奮地說："晚霞飄浮、孤鶩（野鴨）展翅，彷彿一起在天空中飛行，難以分辨出來；清澈的秋水，與藍天相接，水天一色，也看不出哪兒是水，哪兒是天。真是寫景的佳句啊！"

王勃一氣呵成，很快寫完了全文，最後賦詩一首："滕王高閣臨江渚，佩玉鳴鸞罷歌舞。畫棟朝飛南浦雲，朱簾暮捲西山雨。閒雲潭影日悠悠，物換星移幾度秋。閣中帝子今何在？檻外長江空自流！"

滿座的人無不驚奇讚賞，個個歎服。閻都督連忙請王勃上座，大家紛紛跑來向他祝賀。從此，王勃的《滕王閣序》成為名篇，留傳至今。此文詞采華美，聲調和諧，意境開闊，文中的許多佳句也成了人們常用的成語，"人傑地靈"就是其中一句。可惜的是，王勃不久渡海溺水，驚悸而死，年僅二十七歲。

rén qì wǒ qǔ
人棄我取

戰國初年，魏文侯任用李悝做相國，推行變法，政治上廢除維護貴族特權的"世卿世祿"制度，獎勵有功國家的人；經濟上實施"盡地力"、鼓勵農耕的政策，促進社會生產。李悝還實行"平糴（dí，粵：笛）"法，即國家在豐年時以平價收購餘糧，荒年時以平價賣出，使糧價保持穩定，大大有利於農民和發展農業。

當時有個大富商名叫白圭，是一個很善於觀察時機變化的人。他從李悝的經濟改革中得到啟發，提出了一套貿易致富的理論，叫做"人棄我取，人取我與"。

"人棄我取，人取我與"的意思是：別人不要的我要，別人要的我就給。具體的做法是：在豐年時，農民糧食收成多了，糧價便宜，他就大量收進糧食。糧食賤價時，蠶絲、油漆等貨物的價格卻很高，因為這時不是養蠶收絲或割漆的季節，市上絲、漆的存貨減少，價錢騰貴。他就乘機把這些貨物賣出。按照同樣的道理，到了養蠶收繭的季節，蠶絲價錢便宜，但糧食的價格卻提高了，他就收進蠶絲而賣出糧食。

這樣，買進的時候價錢都很低，而賣出的時候價錢卻很高，這就是他採用的"人棄我取，人取我與"的辦法。他認為經商必須運用智謀，就像伊尹、呂尚（商、周名臣）的治國，孫武、吳起的用兵，商鞅的變法一樣。他所說的"人棄我取"，後人就作為成語流傳下來。

出處　《史記·貨殖列傳》：「白圭①樂觀時變，故人棄我取，人取我與。」

註：①白圭：世稱「治生祖」；治生，就是謀生計，含經商之意。

rén jǐ jiā zú

人給家足

墨子名翟，是春秋戰國之際的思想家和政治家，墨家學派的創始人。相傳他原為宋國人，後來長期住在魯國。墨翟早年學習儒術，後因不滿儒家繁瑣的"禮"，便另立新說，聚徒講學，成為儒家的主要反對派。

墨家學派的人，大多數出身於平民小生產者，過着簡樸的生活。他們住的是低矮的土屋，房頂上蓋的是沒修剪過的茅草。他們吃的是粗飯淡菜，豆葉子做湯。盛飯用的是泥土碗，盛湯用的是瓦器。夏天穿的是粗麻衣，冬天則用鹿皮披着作短襖。家裏人死了，只用三寸厚的桐木板做個極簡陋的棺材，禮儀也極為簡單。

這一切，都是墨子"節用"、"節葬"等主張的具體實踐，是對當權貴族奢侈享樂生活的抗議。

在政治上，墨子主張"兼愛"、"非攻"，認為人們應該"兼相愛，交相利"，沒有親疏貴賤的區別；而且"兼相愛則治，交相惡則亂"，這一思想體現了當時人民反對掠奪戰爭的意願。

墨子十分重視社會生產，強調"賴其力者生，不賴其力者不生"，就是承認生產勞動是人類生活的基礎。他身體力行，教弟子多從事生產，並說自己也是"賤

釋義　人人溫飽，家家富裕。也作「家給人足」。

出處　《史記·太史公自序》：「要曰強本節用，則人給①家足之道也。」

註：①給：豐足，富裕。

人”，曾做過造車子的工匠。

墨子死後二百多年，漢代偉大史學家司馬遷在《史記·太史公自序》中，引述他父親司馬談評論陰陽、儒、墨、道、法、名等六家的主要觀點，給予墨家相當高的評價。司馬談尤其肯定墨家“強本節用”的主張，認為是“人給家足之道”。“強本節用”就是加強農業生產、節省開支用度，這是實現“人給家足”的辦法。所謂“人給家足”，也就是人人溫飽、家家富足。司馬談認為這正是墨子勝過別人的地方，雖然諸子百家各有各的主張，墨家這一點卻是誰也否定不了的。

三　畫

sān　rén　chéng　hǔ

三人成虎

釋義 比喻謠言或訛傳一再反覆，便有可能使人信以為真。

出處 《戰國策·魏策二》：「夫市之無虎明矣，然而三人言而成虎。」

戰國時候，魏王跟趙王訂了和好盟約，要把兒子送到趙國國都邯鄲去做人質。魏王找了個親信大臣龐葱，派遣他陪同前往。龐葱擔心離開魏國後，有人在魏王跟前說他壞話。他含蓄地向魏王提問：“大王，要是有人向你報告，說有隻老虎跑進國都大梁的大街上來了，你會相信嗎？”

魏王不假思索地回答：“我不會相信，老虎怎會跑到大街上來呢？”龐葱接着問：“要是緊接着又有第二個人來報告，說大街上來了隻老虎，大王會相信嗎？”魏王思索一下說：“兩個人都這麼說，我倒有些半信半疑了。”龐葱又問：“要是馬上又有第三個人前來報告，說大街上來了隻老虎，大王會相信嗎？”魏王說：“三個都這麼講，我深信不疑了。”

龐葱接着魏王的話說：“老虎顯然不會跑到大街上來，可是因為有三個人接連向大王報告，大王就信以為真了。如今我陪太子去邯鄲，邯鄲離大梁要比宮廷離大街遠得多，背後説我壞話的人一定不止三人，望大王明察。」魏王點點頭説：「這個，我明白，你放心去吧！」龐葱便告別魏王，陪同太子去邯鄲。龐葱離開魏國後，果然有不少人到魏王面前説了他許多壞話。魏王開始時不信，後來説的人多了，便產生了懷疑。最後，竟漸漸信以為真。

太子期滿回國後，魏王就不再重用龐葱了。這個故事告訴我們：聽別人的話，要仔細分析，不要「三人成虎」，輕信盲從。

sān　lìng　wǔ　shēn
三令五申

中國古代有個著名的軍事家孫武（即《孫子兵法》的作者孫子），吳王讀了他寫的兵書，十分欣賞，特地召他進宮。

吳王對孫子説：「你寫的兵書我都看了，能不能用宮中的女子操演一下？」孫子答道：「可以。」於是吳王將宮中女子一百八十人集合起來，把她們交給孫子指揮。

孫子將宮女分為兩隊，叫吳王的兩個寵姬各執一支戟，擔任隊長。下令説：「我叫前，你們看前面；叫左，看左手；叫右，看右手；叫後，看背後。」號令交代清楚了，孫子吩咐擺下斧鉞（yuè，粵：越；斧形兵器，也作刑具用），又向她們三令五申（重複了多遍）。

然後，孫子擊鼓傳令：「右！」可是那些女子像玩遊戲一樣，聽到號令竟哈哈大笑。孫子自責説：「號令沒有交代清楚，是我為將的過錯。」於是重新把號令説明。孫子又擊鼓傳令：「左！」那些女子只覺得好玩，還是不聽號令，笑得前俯後仰。

這一下，孫子可不能再引咎自責了，説：「號令不明是為將之罪，號令既明而不遵法，是頭領之罪！」下令將兩隊隊長斬首示眾。吳王正在台上觀看，見孫子要

釋義　「三令五申」，就是再三命令告誡。

出處　《史記‧孫子吳起列傳》：「約束既布，乃設鈇鉞，即三令五申①之。」

註：①　申：表達，説明。

斬兩個寵姬，急忙叫人傳令：「我已知道將軍能用兵了。沒有這兩個寵姬，我吃東西都感覺不香甜鮮美。將軍就不要斬了吧！」

孫子叫傳令的人回覆吳王：「臣既已接受命令為將，將帥在軍中，君命可以有所不聽。」說着便下令斬了兩個寵姬。孫子另外指派了兩個隊長，重新擊鼓傳令。這次隊伍中再也沒人敢出聲了，全部按照號令進行了操練。孫子用兵的才能就此為吳王重視，終於使吳國成了春秋時的強國。

三顧草廬
sān gù cǎo lú

三國蜀漢丞相諸葛亮，在公元 227 年舉兵伐魏，他為此向後主劉禪上了一道奏疏，就是著名的《前出師表》，表中有這樣一段話：「先帝不以臣卑鄙，猥自枉屈，三顧臣於草廬之中……」這是諸葛亮感念先帝劉備的話，追憶當初劉備不嫌他出身卑微，接連三次屈尊到他隱居的茅屋中來拜訪的情景。成語「三顧草廬」，源出於此。

小說《三國演義》寫「三顧茅廬」有許多藝術加工；較有史料依據的故事，大致如下 —— 漢獻帝建安六年（公元 201 年），劉備攻打曹操失敗，投奔荊州劉表，失意一時。為了日後成就大業，他留心訪求人才，特地向荊州名士司馬徽請教，求他推薦。司馬徽說：「此地有『伏龍』、『鳳雛』，兩人得一，可安天下。」

後來，劉備從謀士徐庶那兒得知，「伏龍」就是諸葛亮，「鳳雛」就是龐統。徐庶還說：諸葛亮字孔明，隱居在襄陽城西二十里的隆中，結草廬而居，躬耕田畝，鑽研史書，是一位傑出的人才。

劉備決定邀請諸葛亮出山，幫助他爭奪天下。公元 207 年，他在部將關羽、張飛的陪同下，親自到隆中去拜訪諸葛亮。第一次去，諸葛亮不在家，小僮説也許要過十天半月才能回來。劉備只得留下姓名，悵然而回。歸途中，迎面走來一位讀書人。劉備心想，山野裏過來這麼一位高士，不必問準是諸葛孔明了，便下馬相見。那人説，他是孔明的朋友，博陵人崔州平，太尉崔烈的兒子。

劉備久聞崔州平才名，邀他敍話説："今天下大亂，漢室衰微。我求見孔明先生，就是想請他談談治國安邦的道理。"崔州平笑道："天下大勢，豈人力所能勉強。將軍用心固然可嘉，只恐徒費心力，無濟於事。"

劉備解釋道："我是盡力而為。先生能否回到敝處，隨時賜教？"崔州平連忙推卻："我無意功名，唯願老死山林。我看諸葛孔明也未必願意下山。"説罷，長揖而去。劉備感慨不已，只得暫回新野。

第二次，劉備探得諸葛亮已經回家，再往隆中拜訪。那天正飛着雪花，他們在山路上遇到兩位士人，一老一少，正在觀賞雪景。劉備估計兩人中有一人是諸葛亮，便下馬施禮。

彼此通了姓名，才知道兩人都是孔明的朋友，年老的是穎川人石廣元，年少的是汝南人孟公威，他們剛從孔明家裏回來，説是邀他去踏雪尋梅的，哪知孔明心緒不佳，不想同去。

劉備對他們説："久仰兩位大名，難得相見，敢請兩位同去諸葛先生莊上一談。"石廣元搖頭説："老朽是'今日有酒今日醉'的村野廢物，從不過問國家大事。請將軍自便。"孟公威也拱拱手，走了。

關羽、張飛擁着劉備來到隆中，一直到了莊上，正碰見上次那名小僮在院子裏掃雪。劉備上去問他，先生在家嗎？小僮説，正在看書。劉備大喜，隨小僮走向草堂。

堂上有位年輕的讀書人，劉備過去行禮説："上次來拜訪，先生不在。今天冒雪而來……"那少年慌忙答禮："將軍莫非要見家兄？我是他兄弟諸葛均。"劉備很高興："原來是弟兄兩位。今天令兄在家嗎？"

出處

《三國志‧蜀書‧諸葛亮傳》："先帝不以臣卑鄙①，猥自枉屈②，三顧③臣於草廬④之中。"

註：①卑鄙：指出身卑微、見識鄙陋（淺薄）。②猥自枉屈：指自降身份、屈尊俯就。③顧：拜訪。④草廬：草屋。

諸葛均請劉備就座後說：“我們是弟兄三個，長兄諸葛瑾在江東作幕賓，孔明是二家兄，他剛才送走了兩位朋友，說有要事出門，三五天內不一定回來。”劉備聽了十分失望，半天說不出話來。

呆了一陣，他才想着跟諸葛均說了一番仰慕諸葛亮的話。諸葛均道：“待家兄回轉，我告訴他回拜將軍吧。”劉備連連擺手說：“不，不，不敢驚動令兄。過幾天，我們再來拜訪。”

劉備回到新野之後，過不數日，又要去訪問諸葛亮。關羽、張飛都勸他不必再去，認為已經去過兩次，對方要是懂道理，應該來回拜；而且上兩次遇到那幾位諸葛先生的朋友，都是不顧國家大事的人，恐怕孔明也是如此。

劉備不同意這種看法。他說：“我聽得元直（徐庶）講，諸葛亮往往自比管仲、樂毅，這說明他有志作一番事業，只是沒碰到齊桓公、燕昭王那樣的明主罷了。可是我算甚麼呐？沒有勢力，沒有地位，憑甚麼要他來幫助我？

“我一而再、再而三地去拜訪孔明先生，要是他能看在我這一片誠意上，肯跟我們在一起，那就是我的造化了。如果你們還不明白我的心思，那麼，這一次我就獨自去吧。”劉備這麼一說，關羽、張飛只好再陪着他前去。

三人再次來到隆中，諸葛亮親自出茅廬相迎。劉備讓關、張等在外面，自己跟着他進入草堂。諸葛亮很抱歉地說：“蒙將軍不棄，屢次下顧，真叫我過意不去。我年幼學淺，真是慚愧得很。”

劉備四顧無人，就坦率地說：“漢室傾頹，百姓遭難。我自不量力，想為天下申張大義，只恨自己智術淺短，至今毫無成就，可又不甘從此罷休。因此，特來拜見先生，請指點我應該怎麼辦？”

諸葛亮見劉備這麼真心真意地把心事全說了出來，正像從前燕昭王見了樂毅把心事全說出來一樣。他大受感動，也就把自己的心裏話以及對時局的看法，毫無保留地告訴劉備。

他說：“自從董卓作亂以來，天下群雄並起。曹操比起袁紹，雖然名望小、人馬少，可他居然兼併了袁紹，轉弱為強。這不但依靠時機，也在於人謀。現在曹操已有雄兵百萬，挾持天子號令諸侯，實在難以和他爭鋒。

“孫權據有江東，已歷三世，地勢險要，民眾歸附，有才能的人願意替他出力，根基已經鞏固。現在只能跟他交好，爭取他作為外援，可不能輕易動搖他。

“再說這荊州地區，北據漢沔，利盡南海，東連吳會，西通巴蜀，自古以來是用武之地，而這裏的劉表不能守業。此乃上天留賜給將軍的，不知將軍是否有意？

“還有益州，那也是個險要的地方，沃野千里，一向稱為天府之國。可是那兒的劉璋昏庸無能，北邊的張魯又不知安撫百姓。當地有見識、有才能的人，都盼望能有一位英明君主去帶領他們。”

分析了以上形勢，諸葛亮向劉備提出佔據荊、益兩州，謀取西南各族統治者的支援，結好孫權，內修政治，伺機北向中原的建議。這就是歷史上有名的“隆中對”，當時諸葛亮年僅二十七歲。

劉備聽了大為歡服，願以諸葛亮為師，請他出山相助，重興漢室。諸葛亮深為劉備“三顧草廬”的誠意打動，答應了劉備的請求，離開隆中，一展自己的政治抱負。從此，諸葛亮成為劉備的主要謀士。以後劉備根據諸葛亮的策略，聯孫攻曹，取得赤壁之戰的勝利，並佔領荊、益，建立了蜀漢政權，形成與東吳、曹魏三國鼎立的局面。

cái gāo bā dǒu

才高八斗

謝靈運，南朝宋人，是中國第一個大量創作山水詩的作家。他聰敏好學，讀過許多書。幼小的時

煮豆持作羹，豆在釜中泣。本是同根生，相煎何太急？

候，祖父謝玄就時常得意地向人誇耀說：「這孩子天資非凡，因為是我兒子生的嘛！」

他出身於東晉大士族，家裏有許多田產和莊園，養着門生幾百人，家奴僮婢無數，還擁有私人軍隊。生長在羅綺叢中的謝靈運，過着奢侈享樂的生活。

東晉、南朝時代，富貴之家競逐奢華。謝靈運所用的車服器物，鮮麗華貴，最為講究。因他襲封康樂公的爵位，而生活又實在逍遙快樂，世人就叫他「謝康樂」。但他也並不事事稱心。身為公侯，在朝中卻只有虛名，並無實權。公元424年，又遭權臣排擠，離開了繁華的京都，被派往永嘉任太守。

謝靈運覺得自己懷才不遇，心中怨忿。在永嘉，他常丟下政務不管，動不動離職十天半月，徑自遊覽郡內的山水名勝去了。後來他藉口有病，辭官移居會稽，依山傍水，修造了精美的宅舍，與友人酗酒縱樂，夜以繼日，放蕩不羈。有一次在千秋亭上，竟脫光了衣服，狂飲狂叫。當地太守派人來勸止，卻被謝靈運怒斥一頓。

謝靈運終日在山水之間流連，寫下了許多詩篇。他的詩，刻畫自然景物細緻逼真，講求形式美，受到當時人們的喜愛。每有一首新作傳到京都，立刻就被人爭相抄錄，流傳開去。宋文帝即位後，很賞識他的才華，將他召回京城，任為秘書監（掌管圖書和著作的官員）。文帝把謝靈運的詩作和書法讚為「二寶」，常令他侍宴，談論詩文。

謝靈運原本就自命不凡，這一來便更加驕傲，不可一世，覺得魏晉以來二百年間，幾乎沒有甚麼人比得上自己。他說：「天下的才共有一石，曹子建獨佔八斗，我得一斗，天下其餘的人共分一斗。」其實宋文帝不過把他當個文學侍從看待，並不重用。不久，謝靈運就故

釋義：比喻人富有才華。

出處：宋・無名氏《釋常談・八斗之才》：「文章多，謂之八斗之才①。謝靈運嘗曰：『天下才有一石，曹子建獨佔八斗，我得一斗，天下共分一斗。』」

註：①才：文才。

態復萌，不守法度，時常稱病不朝，出城遠遊不歸，因此又被免官，回到會稽。

當時的士族人家，兼併土地，巧取豪奪，有所謂"求田"的做法。謝靈運在會稽看中了回踵湖、休湖兩處地方，要放水為田，佔為己有。但太守不許，沒能如願，不免爭執起來。後來會稽太守向宋文帝上書，告他有謀反的意向。謝靈運聞訊趕赴京師，為自己和太守之間如何會有嫌隙，一層一節，作了表白。

文帝素知謝靈運狂放無行，心想，再讓他回到會稽，難免還要生出事端，便決定將他派往臨川擔任內史。在臨川，他依舊狂放任性，所作所為比在會稽時更甚。官府派人來拘捕他，他命家中兵將抵抗，結果以謀逆罪充軍廣州，元嘉十年被處死，年僅四十九歲。恃才傲物的一代詩人，就這樣結束了他的一生。

shàng xià qí shǒu

上下其手

春秋時代，公元前 547 年，楚國出兵攻打鄭國。鄭弱楚強，楚軍一路推進，五月間逼近鄭邑城麇（jūn，粵：軍）。駐守城麇的鄭國大夫皇頡，領兵與楚軍交戰，遇上楚方猛將穿封戌和楚康王的兄弟公子圍。皇頡哪是他們的對手，戰不數合就敗陣而逃。

穿封戌和公子圍緊追不放。穿封戌馬快，一躍上前，將皇頡擒了過來。皇頡成了俘虜，被穿封戌挾回楚陣，囚於營中，準備向太宰伯州犁請功。誰知公子圍來向穿封戌討取俘虜，說皇頡是他俘獲的，應該歸功於他。穿封戌知道公子圍一向仗勢欺人，好大喜功，可他也不是個好惹的，便和公子圍爭吵起來。雙方爭持不下，只得請太宰伯州犁裁處。伯州犁有意偏袒公子圍，他提出一個辦法：讓俘虜皇頡自己來指認，他說是誰就是誰。

穿封戌心想，這辦法倒也公平，反正明明是自己俘

出處

《左傳‧襄公二十六年》：「伯州犁曰：『所爭，君子也，其何不知？』上其手，曰：『夫①子為王子圍，寡君之貴介②弟也。』下其手，曰：『此子為穿封戌，方城外之縣尹也。誰獲子？』囚曰：『頡遇王子，弱③焉。』」

註：①夫⋯那個。②介⋯大。③弱⋯敗。

了皇頡，還怕他賴了不成。他就爽爽快快地答應下來，交出俘虜帶到伯州犁面前，聽候當場裁決。伯州犁先把雙方爭執所在給皇頡介紹一番，然後話中有因地說："他們兩位都不是沒有身份的人，你應該分分清楚啊！"說着請兩人上前，給皇頡辨認。

皇頡向兩人打量一眼，心裏十分明白。這時伯州犁故意把手抬得高高的（"上其手"），必恭必敬指着公子圍對皇頡說："這位貴人是公子圍，他是我國君寵愛的弟弟。"接着又把手壓得低低的（"下其手"），滿不在乎地指着穿封戌說："這個人叫穿封戌，他是方城外的一名縣尹。你看，到底是誰俘了你的？"

皇頡從伯州犁介紹雙方時舉手的高低和態度的不同中，猜透了説話人是在給他作暗示，意圖顯然要逢迎權貴。他樂得順水推舟，撒謊説："我遇到了公子圍，就被他打敗捉了去！"穿封戌一聽大怒，抽戈直取公子圍，公子圍閃身避過，慌忙逃命。穿封戌拔腿便追，卻把偏心的伯州犁和撒謊的皇頡撇在一邊。後來，人們根據這個故事，把"上其手"和"下其手"簡化為成語"上下其手"。

kǒu　　mì　　fù　　jiàn

口蜜腹劍

釋義

口中有蜜，腹中有劍，十分狡詐陰險。形容人嘴甜心毒，

李林甫是唐朝惡名昭彰的奸臣，他無德無才，但慣於玩弄手段，排斥、打擊不附和自己的人。年老昏庸的唐玄宗不但看不破李林甫的詭計，反而認為他忠誠可靠，讓他當了宰相。

李林甫大權在手，變本加厲地打擊異己，排斥賢才，以鞏固自己的地位。中書侍郎嚴挺之非常鄙薄李林甫的為人，不願和他來往，李林甫就在玄宗面前加以中傷，把他貶斥到洛州、絳州等地去做刺史。

過了一段時間，唐玄宗忽然想起了嚴挺之，打算重新起用他，就對李林甫說："嚴挺之倒是個人才，他現

在哪裏？"李林甫不動聲色，退朝以後，就把嚴挺之的弟弟損之找來。

李林甫對嚴損之說："皇上對令兄情意深厚，今天還跟我提起他。你是不是請他上書給皇上，說他患了風濕症，要求到京來治療。"損之聽了，回去以後馬上把李林甫的意思告訴哥哥。

嚴挺之沒有想到李林甫會搗鬼，果真按照他的話做了。李林甫就趁機對玄宗說："嚴挺之年老力衰，又得了風濕病，怕擔不起重任了。陛下最好還是安排一個閒職，讓他能就便養病。"玄宗歎了口氣，只好打消重用嚴挺之的念頭。

左相李適之性格直率，也受到李林甫的猜忌。有一次李林甫對他說："華山附近有金礦，開採出來國家就可以富足了。可惜皇上不知道。"李適之信以為真，過幾天上朝時告訴唐玄宗。唐玄宗從來沒有聽說過，當即問李林甫有沒有這回事。李林甫說："這件事臣早就知道了。但因為華山是陛下的根本，王氣所在，不宜開採，所以就不說了。"

玄宗聽了，感到李林甫能夠處處為皇業着想，心裏十分高興，隨後他又回過頭去責備李適之說："以後凡有奏事，應當先和林甫商量一下，不要再這樣輕率了。"李適之好像啞巴吃黃連，半晌說不出話來，從此便日益失寵。

公元 747 年，唐玄宗下詔讓天下有一技之長的士人都到京城長安來應選。李林甫生怕這些來自民間的文士在皇帝面前直言不諱地攻擊自己，就提出讓尚書省（中央執行政務的總機構）對他們進行考試。結果，沒有一個人被錄取。

發榜以後，李林甫上表向玄宗祝賀說："沒有一個人中選，說明天下已無剩留的賢才。"就這樣，全國多少才學之士的前程被李林甫葬送了。當時民間稱李林甫"口有蜜，腹有劍"，充分反映了人們對這個權奸的切齒痛恨。

出處

《資治通鑑・唐玄宗天寶元年》："李林甫為相……尤忌文學之士，或陽與之善，啖以甘言而陰陷之。世謂李林甫『口有蜜，腹有劍』。"

山雞舞鏡

shān jī wǔ jìng

釋義

比喻顧影自憐。

出處

南朝·宋·劉敬叔《異苑》卷三：「山雞愛其毛羽，映水則舞。魏武時，南方獻之，帝欲其鳴舞而無由。公子蒼舒（曹沖）令置大鏡其前，雞鑒形而舞不知止，遂之死。」

曹操有二十來個兒子，其中三個都以聰敏穎悟、文才蓋世著稱。一個就是曹丕；一個是七步成章的曹植；還有一個曹沖，是位智力特別發達的兒童。

曹沖字蒼舒，從小就顯得特別聰明，最得曹操寵愛。曹操幾次三番對臣下說過，要立曹沖為後嗣，繼承他的事業；人們也便另眼相看，稱曹沖為"公子蒼舒"。

這年，南方獻給曹操一種珍禽名叫"山雞"，又稱"鸐（dí，粵：滴）雉"，體長尺許，色似赤銅而有黑斑，羽毛光澤，背部金光閃閃，尾羽長三尺，有黑、栗、白三色橫條相互交錯，美麗非凡。

據使者說，山雞最愛在清澈的河水邊展翅起舞，還能發出清脆的叫聲。曹操便想試上一試，可是在殿堂之上，那珍禽就是不肯鳴舞。眾人百般逗引，山雞只是不理。大家弄得束手無策，認為只有把公子蒼舒請來，也許他能想出個巧妙的辦法。曹操點頭稱好，便傳命召見曹沖。

曹沖當時只有五六歲，為甚麼大家竟要一個小孩子來出主意呢？原來他的智慧確是不凡，不久前曾用妙法解決過眾人無法解決的難題，使那些滿腹學問的大臣個個折服。

那是在曹操奏封孫權為討虜將軍兼領會稽太守後的第二年，孫權送一頭大象給曹操。北方人從沒見過這麼大的牲畜，都看得愣了，有的說總有二三千斤重吧，有的說恐怕四千斤也打不住。曹操也想知道這頭大象到底有多重，就命大臣們想法把牠稱一稱。眾人嘁嘁喳喳地商量了半天，都說這大象沒法稱，一來哪兒有這麼大的秤？二來抬也沒法抬。

誰知曹沖這孩子在一旁插上了嘴，說這有甚麼難的呢，只要如此這般，不就成了！眾人一聽，不由恍然大悟；曹操也高興得呵呵大笑，吩咐照曹沖的話去辦。

曹沖便命人把大象牽到一隻運糧的空船上，看船吃水有多深，在船舷兩邊刻個記號。然後把大象牽上岸去，拿糧包、磚頭裝在船上，裝到刻着記號的地方，立即停手，使船的吃水和方才裝載大象時一樣。辦妥這一切，曹沖讓人卸下糧包、磚頭，分別點數過秤。稱完了，他說：「算算這些東西有多重，大象就有多重！」

就這樣，不費多大勁，稱出了大象的重量。大臣都誇獎曹沖聰敏過人。現在，為了讓山雞在殿堂上當眾鳴舞，大家又碰到了難題，自然就想到了他。

曹沖一到，果真有了辦法。他吩咐左右抬來一面大銅鏡，豎在山雞面前。

銅鏡光潔明亮，勝過一泓明淨的湖水，映出了山雞美麗的身形。那山雞最愛自己燦爛的毛羽，對着鏡子照了又照，彷彿身臨清澈的湖面，撒歡着鳴叫起來。隨着清脆的歡鳴，牠展動雙翅，翩翩起舞。曹操見了大喜，連聲稱妙；眾臣目迷五色，無不大開眼界，歎為觀止。山雞越舞越是得意，不知停歇，直舞得筋疲力盡，最後倒地死去。後來，後人就以「山雞舞鏡」比喻顧影自憐，隱含自鳴得意之意。

無獨有偶的是，這麼一位聰穎無比的曹沖，竟也只活到十三歲便死了。曹操痛悼愛子早亡，他失去了事業上最理想的繼承人。曹丕勸父親切莫過於傷心，曹操止不住熱淚橫流，對他說道：「這是我的不幸，倒是你的造化！」

qiān　jīn　mǎi　gǔ

千金買骨

戰國時候，燕國發生內亂，一度被齊國打敗。燕昭王繼承王位後，收拾殘局，招納賢士，重振旗鼓，準備向齊國報仇。為此，燕昭王親自向極有才能和聲望的郭隗求教說：「目前燕國處境困難，你看怎樣才能找到有才能的人，幫助我治理國家，以實現報仇的願望呢？」

郭隗沒有直接回答燕昭王的問題，卻給他講了一個“千金買骨”的故事，說從前有個國君，想得到一匹千里馬，於是在關口要道，貼出佈告，說願出一千兩黃金，購買一匹好馬。

三年過去了，千里馬仍沒有買到，國君悶悶不樂。有個親信侍臣請求國君讓他帶上千金，出去尋求千里馬。國君同意了。侍臣四出奔走，花了三個月時間，才找到一點線索。可是一問，原來那匹千里馬已死。

侍臣卻拿出五百兩黃金，把那匹千里馬的骨頭買了回來。國君見了怒不可遏，訓斥說：“我要的是一匹活的千里馬，一堆死馬骨頭有甚麼用？白白浪費了五百兩黃金！”

侍臣回答說：“你不是要買千里馬嗎？可是幾年來沒能買到。其實並非世上沒有千里馬，而是人們不相信你會出重金購買。如今我出五百兩黃金給你買了堆死馬骨頭，消息傳開去，很快就會有人把活馬給你牽來了。”

果然，不到一年時間，就有好幾匹千里馬送到了國君手中。郭隗講完這個故事後說：“大王真想招賢納士，可以先從我開始，人家看到像我郭隗這樣的人也被重用，更不消說比我更有才能的人了。這樣，不愁遠隔千里，人才都會主動找到這兒來。”

燕昭王認為郭隗說得有理，便首先重用他，為他修築府邸，並拜他為師。

消息傳開，吸引了大批有才能的人。名將樂毅自魏國起程，辯士鄒衍從齊國出發，謀士劇辛由趙國動身，一時，大批賢能之士，雲集燕京。燕昭王依靠這些人治理國家，經過二十八年努力，燕國富強起來，聯合秦、楚等國一起攻打齊國，終於將齊國打敗，收復了全部失地。

千萬買鄰

qiān wàn mǎi lín

呂僧珍，南北朝人。他做過掌文書的小官，由於為人正直，很有智謀和膽略，因此受到人們的敬重。當時正是南齊王朝末年，朝政日益腐敗。公元498年，齊東昏侯蕭寶卷即位，更加荒淫無道。執政大臣徐孝嗣想邀請呂僧珍和他共事，僧珍知道東昏侯不久一定會敗亡，沒有答應。

駐守在襄陽的征東將軍蕭衍兵勢強盛，準備順應民心，推翻東昏侯的統治。呂僧珍立即前去投奔他，很快受到蕭衍的信用，被任命為中兵參軍。當時，蕭衍部下有精兵一萬多人，駐紮在襄陽城西的郊外。蕭衍命令他們砍伐了大量的木材和竹子，沉在檀溪裏，上面覆蓋層層茅草，堆得像小山一樣。

將士都不知道為甚麼要這樣做，只有呂僧珍猜測到了蕭衍的用意，但他沒有聲張，只暗暗命人私下製作了幾百張櫓，儲備在倉庫裏。

公元500年，蕭衍決定在襄陽起兵。他下令把沉在檀溪中的木材和竹子打撈出來，製造戰船和竹筏。竹筏全部用茅草搓繩紮縛，由於材料齊全，大批戰船和竹筏很快就造好了。但是，划船需要船槳、船櫓，一時到哪裏去找呢？各營將領都束手無策。士兵們常為了爭一把槳吵得不可開交。這時，呂僧珍把倉庫中的幾百張櫓全部拿出來，每船分給兩張，問題一下子就解決了。

公元502年，蕭衍奪取南齊政權，建立了梁朝，史稱梁武帝。呂僧珍由於自己的才能和忠心，先後被封為冠軍將軍、左衛將軍，並且負責總管機要和宮廷禁衛等事務。

由於長期在京城任職，呂僧珍沒有機會回到故鄉去。有一次，他上表給梁武帝，請求讓他回鄉掃墓。為了表示恩寵，武帝特地任命他為南兗州刺史，想藉此機會讓呂僧珍光耀一下門庭。

釋義

形容好鄰居的可貴。

出處

《南史‧呂僧珍傳》：「初，宋季雅罷南康郡，市宅居僧珍宅側。僧珍問宅價，曰『一千一百萬』，怪其貴，季雅曰：『一百萬買宅，千萬買鄰。』」

呂僧珍上任後，對州府各方人士態度非常謙恭。會客時，他的兄弟都只能在外堂，不得進入客廳。他曾經對人說：「這是兗州刺史接待客人的座位，不是我呂僧珍私人的！」

呂僧珍有幾位近親，一向以販蔥為生，知道呂僧珍榮任刺史以後，就不做買賣，想到州裏來謀取一官半職。呂僧珍對他們說：「我受國家厚恩，無以報答；你們自有職業，怎麼能產生這種非分想法？還是趕快回去吧！」

呂僧珍的住宅在城北，不太寬敞，而且宅前有一所督郵官舍，平時出入的人很多。有人勸他把督郵遷到別處去辦公，然後自己住進去。他生氣地說：「怎麼可以把官舍遷走來擴大我私人的住宅呢！」

呂僧珍不徇私情、廉潔奉公的品德，受到了人們的景仰和稱頌。有一位離職的官員宋季雅回到南兗州，特地買了呂僧珍鄰家的一幢房屋定居下來。一天，呂僧珍問他買這幢房屋花了多少錢，他回答說：「一千一百萬。」

呂僧珍吃了一驚，又問：「怎麼會這樣貴？」宋季雅笑着回答：「一百萬是買房屋，一千萬是買鄰居。」「千萬買鄰」這個成語，從此被後人用來形容好鄰居的可貴。

wáng yáng bǔ láo
亡羊補牢

楚襄王統治楚國的時候，國勢不振。他寵信四個倖臣——州侯、夏侯、鄢陵君、壽陵君，這四個人沒有甚麼才能，專靠諂媚奉承，得到楚襄王的信任。

臣子莊辛勸諫楚襄王，說那四個人荒淫逸樂，奢侈無度，不顧國政，將來郢都定會發生危險。

襄王搖頭冷笑說：「先生

老糊塗了吧，以為楚國出現了妖孽嗎？"莊辛正色道：
"臣不敢把他們當成楚國的妖孽，但可以斷然預知楚國
的前途。君王如果始終寵信這四個人的話，那麼楚國一
定要亡國的。臣請暫避到趙國去，留在那兒看看吧。"
襄王點頭同意，莊辛便到趙國去了。

　　五個月之後，秦軍果然進攻楚國，侵佔了郢都等大
片土地，襄王被迫流亡，困處在城陽。襄王想起莊辛的
勸諫，便派人駕車召莊辛返國。莊辛來到城陽，襄王對
他說："寡人以前沒有聽從你的話，國事弄得一至於此，
怎麼收拾呢？"

　　莊辛回道："俗話說：'發現兔子，放出獵犬，不
為晚。丟了羊，就把圈修好，不算遲。'"他認為楚國
雖然遭到進攻，力量有所削弱，但仍有數千里地方，只
要發憤圖強，是可以復興的。襄王聽了，感到振奮，封
莊辛為陽陵君，採用了他的謀略，收復了不少失地。"亡
羊補牢，未為晚也"這句成語，就是從這個故事來的，
比喻事情出了差錯，及時設法補救，還不算遲。

釋義 比喻當事情發生錯誤或失敗後，如果及時設法補救，還不為遲。

出處 《戰國策·楚策四》："臣聞鄙語①曰：『見兔而顧犬，未為晚也；亡②羊而補牢③，未為遲也。』"

註：①鄙語：俗語。　②亡：丟失，逃跑。　③牢：牲畜圈。

四畫

tiān　huā　luàn　zhuì

天花亂墜

南朝梁武帝蕭衍一生好信佛，所以他在位時佛教特
別興盛。他帶頭求神拜佛，在全國大建寺院，還
三次捨身同泰寺。他又特意聘請古印度優禪尼國的僧人
波羅末他到中國來講經。波羅末他在中國培養了許多忠
實弟子，並翻譯了不少印度經書。有了經書，講經之風
更加興盛。佛教徒又編造了許多講經的神話。

　　其中一則神話說：當時有個雲光法師，講經特別動
聽，以至感動了上天，當場有各色香花自天而降，在
空中繽紛亂墜。後來，在中國傳佛教的人又分成許多宗

釋義 形容言語動聽但不切實際。

派，各立門戶，其中對後世影響最大的是“禪宗”。宋真宗景德年間，有個道原和尚編了一本《景德傳燈錄》，專記禪宗師徒相傳的故事。

其中記到鄂州令遵禪師故事時說，禪師提倡對佛意的真正領會，反對只是口頭說得好聽，他曾告誡眾徒：“若未會佛意⋯⋯講得天花亂墜，只成個邪說爭競是非，去佛法大遠。”從此，“天花亂墜”便被當作成語流傳下來。

出處　南朝・梁・慧皎《高僧傳》記述梁武帝時雲光法師講經，感動上天，天花紛紛墜①落。

註：① 墜（zhuì，粵：序）：落下。

天經地義

tiān　jīng　dì　yì

釋義　比喻理所當然，不能改變，不容懷疑。

出處　《左傳・昭公二十五年》：「夫禮，天之經①也，地之義②也，民之行也。」

註：① 經：常道。② 義：正理。

公元前 520 年，周景王死了，按老規矩，應由嫡世子姬猛繼承王位。但景王生前卻有意立庶出（非正夫人所生）的長子姬朝為世子，這事曾與大夫賓孟商議過，只是未及實行就死了，於是引起了宮廷之爭。

貴族單氏、劉氏合謀殺了賓孟，擁立世子姬猛即位，是為周悼王。在朝的尹文公、甘平公、召莊公不服，決意另立王子朝。三家合兵作亂，命上將南宮極率眾攻擊劉氏。劉氏不敵，狼狽出奔；單氏領兵抵抗，保住悼王。

晉頃公得知周王室大亂，便派大夫籍談、荀躒（lì，粵：力），率兵迎接周悼王於王城。不多久，周悼王病死，單氏、劉氏又立悼王同母弟匄（gài，粵：概），稱周敬王。

敬王既立，王子朝繼續作亂，並依靠尹文公等在京地自立為王，趕出敬王。敬王暫居翟泉。當時周人呼為東王，稱朝為西王，雙方互相攻殺，連年內戰，不能定局。

於是在公元前 517 年，晉頃公召集各諸侯國代表在黑壤會盟，商議如何安定周王室的事。與會者有晉國的趙鞅、魯國的叔詣、宋國的樂大心、衛國的北宮喜、鄭國的游吉等人。

會上趙鞅向游吉請教甚麼叫“禮”。游吉說：“我國的子產大夫在世時曾說過，禮就是天之經，即天道的規範；禮也就是地之義，即大地的準則。它是萬民行動的依據，天長地久，理所當然，不能改變，更不容懷疑。」趙鞅謝教，表示願終身牢記此言。在座者都肅然起敬。接着，趙鞅提出各國應按禮行儀，約定時日，為周敬王輸送兵卒、糧草，並幫助王室遷歸王城成周。

在場的宋右師樂大心卻表示異議，認為宋國原為殷商後裔，周王朝一直以賓禮相待，哪有客人給主人兵卒、糧食的道理？隨趙鞅赴會的晉國從臣士彌牟立即批駁了樂大心，提出許多事實說明宋國一向服從盟主的安排，從未背過盟，現在需要大家合力為周王室操心時，為何忽然生此異議？這是無禮的表現。

樂大心無言可對，只能接受牒命而退。此後晉大夫荀躒率領諸侯的軍隊幫助周敬王重定，平定了王子朝之亂。

天羅地網

tiān　luó　dì　wǎng

釋義　天為羅、地作網，比喻包圍嚴密。

出處　《宣和遺事・前集》：「值天羅①地網災。」

元代李壽卿寫了一部《伍員吹簫》的雜劇。故事是這樣的：春秋時代的楚平王是個昏君，聽信奸臣費無極的慫恿，把本來給太子芈（mǐ，粵：美）建娶的妻子改作自己的妻子。這件事在楚國朝野傳為醜聞。

太子芈建的先生叫伍奢，官封太傅，是個剛正不阿的人。費無極怕將來伍奢幫助太子懲罰他，便又慫恿楚平王殺害了伍奢全家。楚平王怕兒子芈建知道這事，就派他到城父去，後來仍不放心，又派人去殺害他。芈建得到風聲，連夜逃跑了。

芈建知道伍奢的第二個兒子伍員（yún，粵：雲）鎮守樊城，便星夜來到樊城，把伍奢一家被害的經過告訴伍員，並說費無極為了斬草除根，已派他的兒子費得雄來此，詐傳平王之命，賺你還朝，暗行殺害。伍員氣得咬牙切齒，大罵平王無道。

不久，費得雄受他父親差遣，來見伍員，謊稱因伍員屢立戰功，楚平王宣他立刻還朝，重加賞賜。伍員故意問費得雄："我已半年不曾入朝，我家父母兄長安康麼？"費得雄裝模作樣，說他全家興旺。伍員罵道："你們把我全家誅滅，還說我全家興旺！"費得雄要他舉出證人來，伍員說："若不是羋建來說明內幕，道破你的謊話，我險些落入天羅地網。"

伍員痛打了費得雄一頓，棄官逃走。他歷盡千辛萬苦，擺脫了追兵，在過昭關時，急得一夜之間愁白了頭髮，終於改裝逃出楚國，來到吳國，在市上吹簫乞食。後來，吳王重用伍員，伍員興兵報仇，那是後話。雜劇中伍員說的"天羅地網"，是指嚴密包圍。後來，比喻對敵人、罪犯等嚴密防範，也稱"天羅地網"。

註：①羅：捕鳥的網。《元曲選・李壽卿〈伍員吹簫〉》："若不是羋建來說就裏，白破了這廝謊，險些兒被賺入天羅地網。"

mù　rén　shí　xīn

木人石心

釋義　比喻人意志堅定，不受誘惑，不動心。

出處　《晉書・夏統傳》記載：太尉賈充用官職、女色誘致夏統，"統危坐如故，若無所聞。充等各散日："此吳兒，是木人石心也。""

農曆三月初三（古代稱作上巳日）這一天，西晉京都洛陽城外洛河兩岸，車乘塞路，冠蓋如雲。按照習俗，王公貴戚、官紳士女傾城而出，紛紛來到水濱宴飲，遊春踏青。

河面上架着浮橋，人們登橋臨水，嬉笑喧天。洛水河畔羅綺遍地，頓時變成了一個繁華世界。忽然，大路上的人流紛紛向兩側退避。但見前有儀仗、衛隊開道，後有侍從、女樂簇擁，原來是聲威顯赫的太尉賈充來了。賈充本是曹魏大臣，後參與謀殺魏帝曹髦，佐司馬氏代魏稱帝，儼然成了西晉政權的元勳。在眾目注視下，賈充驕矜自得，四下環顧。驀地，有個奇特的人物引起了他的注意。

洛河邊上有一隻小船停泊，船上曝曬着不少藥材，近旁端坐着一名男子。那人神情莊重，兩眼微閉，對周遭的繁盛景象彷彿毫無知覺，不為所動。賈充心裏納悶，便下車走到河邊問他姓名。那人並不立即回答，半晌，才慢吞吞地報了個姓氏。原來，這人姓夏名統，是位厭惡世俗濁流、潔身自守的隱士，因為母親病重，來京師買藥。

　　賈充問他家鄉可有像三月上巳這樣的風俗。夏統傲然答道：“我們那裏，人們性情善良平和，為公忘私，見利互讓，節操高尚，不慕榮華，有聖人大禹的遺風。”聽了這番回答，賈充心中驚異，卻又問道：“你久在沿海地方居住，很會操舟戲水吧？”夏統答應一聲“能”，隨即收拾了晾曬的藥材，操舵正櫓，將船頭一撥，直趨中流。

　　只見他駕着小船，宛如滔中江豚，騰首躍尾；又好似箭兒離弦，飛逝遠去。如此往返三回，船行之處風波振駭，白浪滾翻，水裏的游魚也被捲激騰空，落進艙中，岸上的貴人們早都驚呆了。

　　賈充忽然又問：“你能作家鄉的歌謠嗎？”夏統回答說：“聖人大禹、孝女曹娥、義士伍子胥是吳越百姓崇敬懷念的人，讓我來唱三首讚頌他們的歌吧！”眾人齊聲說好。夏統站立船頭，踏足打着節拍，引吭高歌。那歌聲慷慨飛揚，激昂處叱咤風雲，使人精神振奮；哀傷處低回宛轉，叫人涕淚交流；壯烈處悲聲長嘯，令人動魄驚心。

　　賈充心裏越發驚異，覺得此人不是尋常之輩，便親自上船，來到夏統身邊，表示要為他保舉官職。不料一提起做官兩字，夏統就低下頭去，再也不願答話。

　　賈充尋思：“官爵、權位和女色，誰見了能不動心？且等一會兒，讓你自己來向我陪禮求官吧！”便吩咐左右如此這般，擺弄起他的陣勢來。

　　只聽得呼啦一聲，河岸上擺開了賈充的儀仗：一隊隊雄赳赳的軍士整齊肅立，刀槍如林，閃閃發光；朱紅的旌仗、裝飾着鳥羽的彩旗迎風招展，好不威武雄壯。不一會兒，忽又樂聲四起，鼓聲咚咚，胡笳長鳴。鼓樂聲中，又見裝飾華麗的車乘縱橫奔馳，往來不息，好一派顯赫榮耀的風光。正熱鬧間，一大群妖豔女子從人群中走了出來。這些歌妓樂女戴着金環翠玉的頭飾，濃妝豔抹，推推搡搡，涉水來到小船四周，站了個密密層層，把夏統團團圍住。

可是，夏統對眼前的一切全不理會，他穩坐船頭，冷漠而又嚴肅。賈充和眾人議論道：“這吳越小子是木人石心嘛！”大家紛紛散去，各自又去遊宴行樂。不多久，這位奇人就被他們丟在腦後了。

夏統回到會稽，後來就不知去向。他在功名、富貴、女色面前猶如“木人石心”，絲毫不受誘惑。這種堅定的意志，給後人留下深刻的印象。

wǔ sè wú zhǔ

五色無主

臉上的神色變化不定，無法自主，形容極度驚慌恐懼的樣子。

相傳在中國上古時代，洪水經常泛濫成災，沖毀房屋，淹沒田地，使天下百姓遭到深重的苦難。當時正是堯在位，他心裏非常憂愁，把大臣們找來商量，請他們推薦一位能人來擔負治水的重任。

大臣一致把鯀（gǔn，粵：滾）推薦給堯。堯沉吟半晌，說：“鯀剛愎自用，恐怕會辜負我對他的信任，將來犯了罪，不但害自己，連他的族人也跟着倒楣。”大臣們說：“目前還找不到能力比他強的人，可以讓他一試。”堯答應了。

鯀被堯任命為總管治水的大臣。他採用修築堤岸的方法來防治洪水，結果東面的水剛剛被堵住，西面卻又決了口。九年過去了，水患仍然沒有平息。堯知道以後，對鯀非常不滿。

堯漸漸老了，他從民間物色到一位賢人舜作為自己的繼承者。舜受命攝行天子的權力，到四方巡視。他在南方視察了幾處治水工程，認為鯀無能失職，就下令把鯀放逐到羽山去。

鯀採用的方法雖然不好，但他對於治水的事情還是盡心竭力的。受到了這樣嚴厲的處罰，他感到非常痛苦。臨行前，鯀把兒子禹叫到面前，囑咐他一定要不怕困難，把治水的工作繼續下去。鯀被放逐到羽山以後，長期過着幽禁的生活，後來終於憂憤成病，死在那裏。在《山海經》這部古代神話著作中，記載着不少關於鯀的傳說，説他死後屍體三年不腐爛，以後又化為黃熊，潛入羽淵。

舜在視察中了解到禹對九州地理非常熟悉，治水的才幹比他父親高明，於是就主動向堯推薦，讓禹繼承鯀的職務去防治洪水。後來堯因病去世，舜即位為天子，正式任命禹做了司空（掌管工程）。

禹總結了父親失敗的教訓，改用疏導的方法去治水。他刻苦耐勞，工作勤奮，終年赤着雙腳，走遍了九州的山山水水，三次路過家門都沒進去看一看。經過了十三年的努力奮鬥，過去長期危害人類的水患，終於被平息了。

為了褒揚禹的功績，舜決定把他選作自己的繼承人。舜去世以後，禹即位為天子，定國號為"夏"。因此，後世又稱他為夏禹。當時的人出於對禹的熱愛和崇敬，編造了不少傳說和故事來歌頌他，以致使禹這個人物漸漸被神化了。《淮南子·精神訓》裏就記載了一個"黃龍負舟"的神話：

有一年，禹帶着隨從到南方去巡視。他們來到長江邊上，準備乘船渡過江去。當船兒剛剛駛近江心時，忽然江面浪花飛捲，波濤翻滾，那隻船也被顛得左右搖晃起來。

這時，一幕使人驚心動魄的場面出現了：一條巨大的黃龍，突然從深不可測的江水中冒了出來，那條船就像玩具似的擱在龍背上被頂出水面，只要龍身稍一晃動，就會立即翻入江心。船上的人頓時嚇得五色無主，大叫起來。

禹看着眾人驚慌失措的樣子，神色自若地站在船頭上，笑着對黃龍説："我受天帝的命令，竭盡全力為老百姓做事，活着生命寄在人間，死了就像回家一樣，你用不着來恐嚇我，還是趕快走吧！"

黃龍聽了這番話，看看禹的神色果然絲毫不變，就

出處 《淮南子·精神訓》：「禹南省方，濟於江，黃龍負舟，舟中之人五色①無主②。」

註：①五色：指臉上的神色。②無主：失去主宰。

四畫

五色無主

43

迅速地沉入水中，搖着尾巴逃走了。一場風波，轉眼平息，人們從驚慌中漸漸定下神來，不由對這位大智大勇的禹，增加了無限的崇敬和熱愛。

不名一錢
bù　míng　yī　qián

【釋義】形容窮到極點，連一文錢也沒有。

【出處】《史記‧佞幸列傳》：「（鄧通）竟不得名①一錢，寄死人家。」

註：①名：以己名佔有的意思。

漢‧王充《論衡‧骨相》：「通（鄧通）有盜鑄錢之罪，景帝考驗，通亡，寄死人家，不名一錢。」

漢文帝劉桓，一天夢見自己騰空而起，幾乎要登入九霄，只因力氣不足，相距仍有咫尺，正在將上未上的時候，來了個黃頭郎，在他腳下極力一推，使他方得登上天界。

文帝醒後，回想夢中情景，歷歷不忘。早朝後，他來到未央宮西側的滄池旁，見一御船水手也頭戴黃帽，跟夢中推他的黃頭郎一模一樣。召來一問，是蜀郡南安人，名叫鄧通。

文帝迷信，認為鄧通能推他上天，定是奇才，於是對鄧通非常寵愛，經常大加賞賜，並封他為上大夫。有時文帝外出閒遊，常順便到鄧通家休息宴飲，盡歡而歸。但鄧通只會水中行船，別無他長，當了上大夫之後，不能有所貢獻，只是言行謹慎，取悅皇上而已。

有一次，漢文帝在鄧通家玩，乘興召來一個有名的相士，叫他給鄧通相面。那相士直言不諱，竟說鄧通相貌欠佳，將來難免貧窮，甚至餓死。文帝聽了，愴然不樂，說道：「能讓鄧通富貴的是我嘛，他怎會餓死呢？」當即下令把蜀郡嚴道銅山賞給他，准他自己鑄錢使用。這樣，沒過幾年，"鄧氏錢"便遍佈天下，鄧通家裏自然是金山銀海，富如王侯了。

鄧通受到如此重賞，感激不盡。此後不久，文帝背部生了一個癰，經常化膿，脹痛難忍。鄧通為了報答皇帝對他的寵愛，竟不顧骯髒，時常為他吮吸膿血。

鄧通如此行為，反令文帝觸起愁腸。一天，他問鄧通：「你看天下人誰最愛我？」鄧通不知文帝含意，隨口答道：「至親莫若父子，以情理論，應無過太子了。」

文帝默然不語。

　　翌日，太子劉啟入宮問疾，正好文帝癰又膿又脹，便叫太子吮吸。太子聞命，皺起眉頭吮了一口，惡臭難忍，慌忙去吐，幾乎嘔出宿食。文帝瞧着太子的臉色，長歎一聲，命他退去，仍召鄧通入吮餘膿。太子回到宮中，又愧又恨，一連嘔吐了幾次，心頭還在作惡。他從此怨恨鄧通，發誓將來要收拾他。

　　漢文帝做了二十三年皇帝，在四十六歲時生病死了。太子劉啟即位，史稱景帝。他想起舊恨，下令撤了鄧通的官職。不久，又有人控告鄧通觸犯了鑄錢法。逮來嚴加審問，果然確有其事。問官奏上朝廷，景帝下了道嚴詔：收回嚴道銅山，抄沒鄧通全部家產。

　　鄧通出獄，已是家破人亡，無處食宿。還是景帝之姐長公主記着文帝遺言，不使他餓死，派人送些錢物給他。怎料一班虎吏，專知討好天子，將錢物全部奪下，甚至全身搜檢，連一根簪子都不讓他留下。

　　長公主得知此事，又私下給點衣食。鄧通勉強活了兩年，後來長公主無暇顧及，鄧通兩手空空，不名一錢，向人乞食，有早餐無晚餐，終於落得奄奄餓死。迷信的人認為應了相士之言，實際上不過是巧合而已。

bù　qū　bù　náo

不屈不撓

漢成帝建始三年，長安的老百姓無故驚惶，說大水就要沖進城來了。大家爭相奔逃，城中大亂。漢成帝親臨前殿，召公卿集議。成帝的舅父、大將軍王鳳

沒有調查清楚，信以為真，勸皇上、太后和後宮嬪妃躲到船上去，叫吏民上長安城樓避水。

群臣都附和王鳳的意見，只有宰相王商反對。王商為人正派莊重，他認為不可能有大水一日暴至，必是謠傳訛誤，並指出不能貿然命令吏民上城，不然老百姓一定會更加驚惶。過了一會，長安城中的秩序漸漸穩定下來。查問原因，果然是謠傳失實，根本沒有發過甚麼大水。成帝稱讚王商能夠獨排眾議，堅持正確的主張；對王鳳的驚慌失措，頗為不滿。王鳳自恨失言，從此對王商懷恨在心。

又有一次，王鳳的親家楊肜（róng，粵：容）在做琅邪太守時，因為治理不當，使這個郡受災很大，王商要懲辦他。王鳳跑到王商面前為楊肜說情。他掩飾楊肜的失職，請求不要懲辦。王商不聽，堅決奏免了楊肜的官職。

王鳳對王商更加懷恨在心，採取陰險手段誣陷王商。漢成帝最後聽信王鳳的話，罷免了王商的宰相職務。《漢書》的作者班固評論說："王商為人樸實，性格不屈不撓，因此招了不少冤家，最後丟了官。"

出處

《漢書·敍傳下》："樂昌篤實，不橈①不詘②。遷閔③既多，是用廢黜④。"

註：①橈：通「撓」：彎曲，屈服。②詘：通「屈」。③遷閔：遭遇禍患。④廢黜：罷官。

bù tān wéi bǎo

不貪為寶

釋義

以不貪得為可貴，表示廉潔。

春秋時代，有個宋國人上山開鑿石料，無意間發現一塊精光燦爛、溫潤晶瑩的東西，估量它是塊難得的寶玉，心裏非常高興。他帶着它回去，請了個玉工來鑒別。那玉工一看，連聲稱讚說："好寶貝！找不出一點毛病。不過聽說你們這村裏治安不好，你得小心一點，不要在別人面前露眼。"

那人平日很少交往，這次玉工突然在他家裏出現，早已引起別人的猜疑。村裏幾個不務正業的人，時常進門來東張西望。那人明知來者不懷好意，早把寶玉藏好，表面上不動聲色，但心裏着實不安。他擔心遲早會出事，但如果拿寶玉去賣，自己又不知道時值價格，白白給商人佔了便宜。盤算多天，他最後決定把寶玉送人，留個人情。這天早上，他避過旁人耳目，徑奔都城而去。

他一路找到掌管工程的大官子罕府裏，拜見子罕，獻上寶玉。子罕好生奇怪："你我素不相識，為甚麼要送東西來呢？大概你有甚麼為難的事要我幫忙吧？我是從來不受任何禮物的！"那人說："不！我沒甚麼事要您幫忙。這塊玉我請玉工看過，説是寶物，才敢奉獻給您，略表敬意。"子罕道："我不能接受。如果我接受了，你我大家都有損失。"那人不懂話裏的意思，呆呆地望着子罕。

子罕說："我把不貪作為寶貝，你以玉為寶。如果你把玉給了我，你自然失去了寶貝；可我接受了你的玉，我就失去了'不貪'這件寶貝。這不是你我都有損失了嗎？"

那人見子罕執意不受，沒奈何只得實説道："小人留着這東西，到處安身不得，早晚要被盜賊所害，所以要來獻您。"子罕知道宋國治安不好，自己多少也有責任，於是決心幫助那人擺脱困境。他讓那人暫時留下，命玉工為他雕琢寶玉，然後替他賣掉。最後，子罕打發侍從護送那人帶着錢回家。那人一路上歡歡喜喜地説："難得遇上這樣'不貪為寶'的人！我永遠不會忘記他！"

出處 《左傳・襄公十五年》："我以不貪①為寶②，爾以玉為寶，若以與我，皆喪寶也。"

註：① 貪：愛財，貪得。
② 寶：珍貴物品。

四畫 ▼▼▼

不貪為寶 不堪回首

bù kān huí shǒu
不堪回首

公元 960 年，後周負責守衛京城開封的將領趙匡胤（yìn，粵：孕）突然發動兵變，從七歲的小皇帝柴宗訓手中奪取政權，建立了宋朝。當時，宋朝周圍分佈着好幾個割據政權。宋太祖趙匡胤決心把它們逐個消滅，完成統一的大業。從公元 962 年起，宋朝的軍隊先後討平南平、後蜀、南漢等國，對地處長江中下游的南唐政權構成了包圍的形勢。

南唐皇帝李煜（yù，粵：旭），史稱李後主，是一個擅長琴棋書畫，喜歡寫詩作詞，而對軍國大事一無所知的人。他從小長在深宮，住的是鳳閣龍樓，吃的是山珍海味，過着極其奢侈的生活。

李煜的妻子大周后娥皇，不但容貌美麗，而且精通音律，很有文才。可是李煜並不滿足，經常和娥皇的妹妹小周后私下相會，長期陶醉在春花秋月、歌舞聲色之中，完全把國家的興亡和安危丟在腦後。

面對宋朝的嚴重威脅，李煜根本不作防禦準備，反而百般討好。每當宋朝在其他地區打了勝仗或有喜慶等大事時，他就從民間搜刮大量金銀財寶去進貢祝賀；後來又主動上表要求去掉南唐國號，降為宋朝的附庸。可是，屈辱苟安並不能改變宋朝滅亡南唐的既定政策。公元 974 年，趙匡胤派人通知李煜，要他到開封朝見。李煜不敢前往。趙匡胤就以此為藉口，命大將曹彬等率領十萬大軍征討南唐。

敵人大軍壓境，國家危在旦夕，昏庸透頂的李煜還整天躲在後宮同和尚道士們講經說法，一點都不知道。有一天，他出外巡城，看到金陵城外漫山遍野都是宋軍的旗幟，這才如夢初醒，下令抵抗，但已經太晚了。宋軍消滅了南唐最後一支援軍，攻陷金陵。李煜當了俘虜，被押解到開封去。

趙匡胤在明德樓前召見了穿戴白衣紗帽待罪聽命的李煜，封他為違命侯。這是一個何等屈辱的稱號！從此，李煜就以亡國之君的身份，被安置在開封城裏，度着淒涼和悲苦的餘年。

在這幽居異鄉的歲月中，陪伴着李煜的唯一親人是當年美麗動人、而現在日益憔悴的小周后。每當春花爛漫的佳日和秋月皎潔的良夜，觸景生情，多少往事一起湧上心頭，不能不使李煜感到無限的辛酸和悔恨。

不久，趙匡胤去世，他的弟弟宋太宗趙匡義繼位。

釋義 過去美好的一切，不能再回顧，回顧只使人感到痛苦。後多用以表示對巨大的人事變遷的感慨。

出處 南唐·李煜《虞美人》詞：「春花秋月何時了，往事知多少！小樓昨夜又東風，故國不堪①回首月明中。」

註：①堪：能。

趙匡義生性猜忌，經常派人監視李煜的起居行動，有一次甚至單獨把小周后召進宮去，第二天才讓她回來。這件事使李煜精神上受到很深的刺激。

一個初春的夜晚，月光如水，東風拂面。李煜獨自在小樓上，遙望遠在江南的故國，通宵不能成眠。第二天，他把自己痛苦的心情寫在一首著名的《虞美人》詞裏，其中有這樣兩句：「小樓昨夜又東風，故國不堪回首月明中。」李煜這首《虞美人》以及其他一些思念故國的作品，傳到了趙匡義的耳中。他感到一個亡國之君如此不安分，這是不能容忍的。公元978年7月7日，趙匡義以祝賀李煜四十二歲生日為名，派人送藥酒把他毒死了。

bù hán ér lì

不寒而慄

義縱，西漢河東郡人。他出生於平民家庭，年輕時任俠使氣，不務正業，經常糾集一幫市井少年，在官道上打劫過往客商。當地官府曾經多方搜捕，始終沒能把他抓到。

義縱有個姐姐，名叫義姁（xǔ，粵：許），由於精通醫術，被漢武帝的母親王太后召進宮裏去治病。太后病癒以後，對義姁十分寵倖。有一天，她問義姁說：「你有兒子或兄弟在做官的嗎？」

義姁明白太后的意思，她帶着惶恐不安的心情回答說：「臣妾有個弟弟義縱，平時遊手好閒，品行不端。這樣的人是不配做官的。」太后認為義姁是故意謙讓，於是就去對漢武帝說：「義姁有個弟弟，現在還是平民，你授給他一個官職吧。」武帝就把義縱召到京城長安，讓他當了中郎，後來又調任為上黨郡的縣令。

義縱以前做過強盜，膽子很大，對於官府的弊病也看得比較清楚，因而處事堅決果斷，敢作敢為。在他任職期間，縣裏的公務和案件從來沒有積壓過；豪強劣紳犯

釋義 不寒冷而發抖，形容極其恐懼。

出處 《史記・酷吏列傳》：「是日皆報殺四百餘人，其後郡中不寒而慄。」

了法，都受到嚴厲的懲辦。他的政績被推舉為全郡第一。

　　不久，義縱被調任為長安縣令。有一次，太后的外孫修成君的兒子違犯禁令，義縱毫不容情地把他逮捕歸案。武帝知道以後，對義縱的秉公執法十分讚賞，立即提升他為河內郡都尉。

　　義縱來到河內，聽說當地有個姓穰的惡霸，平時倚仗權勢，橫行鄉里，欺壓百姓，無惡不作，就派兵把他全家逮捕，然後宣佈罪狀，滿門抄斬。從此全郡民心安定，道不拾遺，義縱也因功升遷為南陽太守。

　　南陽有個豪強地主寧成，過去是有名的酷吏。他在鄉間買了一千多頃土地，僱用大批貧民為他耕作，積聚了幾千萬錢的家產。平日聲勢顯赫，出門時騎馬的隨從有好幾十人，威重超過了郡守。可是，當義縱來到南陽的時候，這個一向目中無人的豪強地主竟然也驚慌起來。他親自帶着家人和賓客趕到城門口去夾道恭迎，義縱看着他這副諂媚的樣子，理也不理就走了過去。

　　義縱一進郡府衙門，立即升堂理事，派人到民間調查寧成和其他豪強大族的惡行。待罪證到手，就下令逮捕有關人犯。寧成和另外兩家豪強被迫逃亡他鄉，他們的家財也被全部抄沒。

　　公元前 119 年，地處北方邊境的定襄郡經常發生動亂，監獄裏關押了大批犯人。漢武帝下詔任命義縱為定襄太守，派他前去穩定局勢。義縱一到定襄，發現許

多犯人的家屬和賓客私自出入監獄，賄買官吏，準備打通關節，使罪犯得到開釋。於是他立即下令搜捕，把行賄舞弊者和有關的罪犯全部就地正法，一天之內竟殺了四百多人。這場驚心動魄的屠殺，使得整個郡城充滿了恐怖的氣氛。從此定裏的士民才了解義縱是一個極其嚴酷的官吏，許多人提起他的名字就會不寒而慄。

後來，義縱又被調到長安擔任右內史，主管京城西部地區的政務。公元前 117 年，漢武帝久病以後，準備去甘泉遊覽，發現御道損壞嚴重，無人修治，不由氣憤地說："難道義縱以為我永遠不再走這條路了嗎？"這年冬天，受漢武帝委託主持告緡工作（獎勵告發商人瞞產逃稅）的楊可，派使者外出執行任務。義縱由於不了解情況，竟把使者當作亂民加以逮捕。他沒有想到，這件事情終於給自己招來了殺身之禍。

漢武帝得到報告，激起了對義縱的舊恨，認為他目無君上，故意違抗自己的詔令，就指派大臣杜式去審訊義縱，這個當年以嚴刑峻法使人不寒而慄的官吏，最後也給武帝判處死刑。

quǎn　yá　jiāo　cuò

犬牙交錯

漢高祖劉邦建立漢朝之後，一些被封到各地為王的功臣，如楚王韓信、梁王彭越、淮南王英布、燕王臧荼等，憑仗手中軍事力量，各霸一方，有的甚至公開起兵叛亂。漢高祖先後將這些異姓王一一消滅。

為了鞏固統治，漢高祖規定非劉姓子弟不得為王，同時又大封自己的兒子、姪子、弟弟等為諸侯王，為的是使他們枝葉相護、骨肉相附。劉邦認為這樣劉家的天下就可以長治久安了。

但是事與願違。到了漢景帝時，這些同姓王勢力日益強大，不斷與中央政府對抗。公元前 154 年，爆發了以吳王劉濞（pì，粵：譬）為首的吳楚七國之亂。幸虧太

出處 《漢書·景十三王傳》：「諸侯王自以骨肉至親，先帝所以廣封連城，犬牙相錯者，為磐石宗也。」

尉周亞夫率領三十六個將軍統兵出擊，僅僅三個月左右，就平定了七國叛亂。但其他同姓王國還有不少，它們連城數十，廣地千里，仍然是漢朝中央政府的心腹之患。

漢武帝劉徹即位後，大臣提出景帝時御史大夫晁錯的"削藩"（削奪藩王封地）主張是正確的，紛紛向漢武帝舉摘這些諸侯王的罪狀，建議漢武帝採取措施。

諸侯王知道後，揚言說："我們都是皇室的至親骨肉，先帝分給我們土地，使這些封地像狗牙那樣交叉在一起（犬牙交錯）是為了讓我們互相支援，拱衛京都，好使劉家的天下堅如磐石。現在被人誣告，實在冤枉！"

諸王之中，以中山靖王劉勝喊冤叫屈最厲害。公元前 138 年，他和代王劉登等到長安朝見，漢武帝在內殿設宴款待。正當歌舞並起、笙管齊奏之時，劉勝忽然傷心地哭泣起來，對漢武帝說："陛下，如今讒言蜂起，你可千萬不要讓人家離間我們兄弟的骨肉之情啊！"

漢武帝當面安慰了這些王爺，暗地裏採用手段，頒佈了"推恩令"，讓諸侯王將城邑分賜給自己的子弟。這樣，原來廣地千里的大王國被分成許多個小王國，削弱了割據勢力，鞏固了中央集權。

bǐ jiān jì zhǒng

比肩繼踵

釋義 形容人多擁擠。

春秋時代，齊國的大夫晏嬰，個子矮小，面貌也不出眾，但他節儉力行，忠心為國。有一次，他奉命出使到楚國去。當時正值楚靈王當政，他自恃強大，驕橫異常，竟和大臣設計了一個侮辱晏嬰的圈套。

當晏嬰的車馬到楚國郢都東門的時候，城門卻緊緊關閉着。晏嬰讓車夫向城樓上喊話，要他們開門。城樓上走下一個衛士，把晏嬰帶到近旁新開的一扇小門前，要他從這裏進城。晏子看透了他們有意侮辱自己，冷笑說："這是狗洞，出使狗國的人，才從狗門入；我現在是出使楚國，不應當從這裏進去。"

那個衛士碰了釘子，立刻報告楚靈王。楚靈王顯得很尷尬，說：「我原來想戲弄他，結果反被他戲弄了。」他只得命衛士打開東門，請晏嬰進城。晏嬰進了城，看到郢都城郭堅固，人口眾多，暗中稱讚。

第二天，晏嬰朝見楚王。這時，宮殿兩旁已排好了楚國的文武官員，其中有些人向他提出一些挑釁性的問題，但都被他一一駁倒了。後來，楚靈王在侍衛的簇擁下，大搖大擺地上了殿。晏嬰晉見楚王時，楚王故意聳了聳肩膀說：「難道齊國沒有人了嗎？」

晏嬰答道：「齊國京城臨淄有三萬戶人家，張開袖子可以連成一片陰影，大家揮汗可成陣雨，大路上行人肩膀靠着肩膀，腳尖碰着腳跟（比肩繼踵）熱鬧非常，怎麼說我國沒有人？」

楚王不屑地說：「既然如此，齊國為甚麼會叫像你這樣的人出使我國呢？」晏嬰從容答道：「我國任命使臣，歷來有個規矩：讓賢能的人出使到有賢君的國家，不中用的人出使到君主不中用的國家；我晏嬰最為無用，所以只能派我出使到貴國來。」

楚王瞠目結舌，無言以對。他覺得晏嬰是個出色的外交人才，不得不隆重接待。晏嬰終於不辱使命，勝利地回到齊國。「比肩繼踵」這個成語，就是從這個故事裏引出來的。

出處《晏子春秋·雜下》：「臨淄三百閭，張袂成陰，揮汗成雨，比肩①繼踵②而在，何為無人？」

註：①比肩：並肩，肩膀靠肩膀。②踵：腳跟；繼踵：腳尖碰腳跟。

rì bù xiá jǐ

日不暇給

劉邦經過多年戰爭，戰勝項羽，登上帝位，史稱漢高祖。秦朝的各種規章制度都給廢除了，新的還沒有建立，一切都顯得有些亂糟糟。劉邦認為，一個國家沒有規章制度是不行的；但秦法太苛刻了，大家已經深惡痛絕，於是命令丞相蕭何制定一個既簡便又行之有效的國家大法，使舉國上下有法可循。

蕭何在劉邦攻入咸陽的那一年，他已收集秦宮所藏

釋義 指事情多，每天都沒有空閒、多餘的時間。

出處 《漢書・高帝紀》：「雖日不暇①給②，規摹宏遠矣。」

註：①暇：空閒。 ②給：足夠。

的律令圖書，掌握各地的山川險要、郡縣戶口等資料。於是他根據當時的社會情況，參照秦朝的制度，很快制定出了《九章律》。

劉邦另一得力助手韓信，是一位卓越的將領，在楚漢戰爭中打了許多勝仗。劉邦就叫他重整軍法，加強隊伍的建設，使軍隊進一步正規化。

大臣張蒼是一位曆算家，通曆法，懂音律。他根據劉邦的旨意，進行改定音律和曆法的工作。

和劉邦一起打天下的許多朋友，如今雖然分了君臣尊卑，大家卻仍舊很隨便，鬧鬧嚷嚷的沒有規矩。劉邦覺得很不成體統，於是令博士官叔孫通制定出一套君臣上下的禮儀，讓大家遵照執行。

劉邦還認為，治理國家必須及時地總結經驗，吸取教訓。他把善於寫文章的陸賈找來，讓他把秦朝所以失天下、自己所以得天下，以及歷史上各朝代成敗的原因總結論述。文章寫成了，共十二篇。劉邦看後覺得很好，就把它命名為《新語》。

劉邦還叫人將封功臣的文書用硃砂書寫，鑄成鐵契，放入金匱（金屬做的盒子）石室中，藏在宗廟裏面，以表示永遠保存的意思。劉邦要做的事實在太多了，"雖日不暇給，規摹宏遠矣"，就是說他雖然每天忙得一點空閒也沒有，但想做的事還是做不完啊！

shuǐ shēn huǒ rè

水深火熱

戰國時，燕王噲為了革新國政，在公元前 318 年把君位讓給了相國子之。將軍市被和公子平不服。過不幾年，兩人起兵攻打子之，雙方連戰十多天，死傷數萬人。市被未能速戰速決取得勝利，子之組織兵力反攻。叛軍敗退，市被為子之所殺，公子平逃亡。

燕國內亂，鄰國乘虛而入，齊宣王派匡章為主將，率兵十萬攻燕。燕國百姓對內亂不滿，都不願出力抵禦齊軍，出現了"士卒不戰，城門不閉"的局面；有的地方，反而還給齊軍送飯遞水，表示歡迎。

匡章只用了五十天工夫，就攻下燕國國都。燕王噲自縊身亡，子之被押往齊都臨淄，凌遲處死。齊軍攻佔燕國，並無撤回之意；匡章又不知約束軍隊，士卒凌虐百姓。燕人見齊王有滅燕之心，紛紛起來反抗。

在這種情況下，齊宣王向正在齊國遊說的孟子請教說："有人勸我不要吞滅燕國，有人勸我吞滅它。到底該怎麼辦才好，我想聽聽你的意見。"孟子回答道："如果吞併它，燕國百姓反而很高興，那就吞併它。古人有這樣做過的，周武王便是。"這是指周武王討伐無道，敗商紂於牧野，救民於水火之中，最後滅商並建立西周王朝。"如果吞併它，燕國百姓不高興，那就不要吞併它。古人有這樣做過的，周文王便是。"孟子在這裏指的是武王的父親周文王，當初雖已三分天下有其二，但他認為商朝還沒有喪盡人心，仍侍奉殷商，不急於滅掉它。

舉了以上兩個例子，孟子指出："齊軍攻入燕國，燕人送飯遞水表示歡迎，這說明那裏的百姓想擺脫苦日子。如果齊國進而吞併燕國，給燕人帶來更大的災難，陷他們於水深火熱之中，那他們就會轉而盼望別國來解救了！"齊宣王對孟子的警告並不重視，一意要吞併燕國，結果不但引起燕人的反抗，別的國家也紛紛計議要救助燕國，進攻齊國。齊宣王無奈，被迫從燕國撤軍。

釋義 比喻百姓生活極端痛苦。

出處 《孟子‧梁惠王下》："如水益深，如火益熱。"

水滴石穿

宋代文人羅大經，著有《鶴林玉露》一書，其中有篇"一錢斬吏"的故事：有個叫張乖崖的人，在崇陽擔任縣令。當時社會上還有自五代以來軍卒凌辱將帥、胥吏以下犯上的風氣，他尋找時機，準備懲罰這種行為。

一天，他巡行在衙門周圍，看見一個小吏慌慌張張地從府庫中出來。張乖崖喊住了小吏，朝他身上打量了一番，只見鬢旁頭巾下藏着一錢，便查問道："此錢何來？"小吏支吾半晌，搪塞不過，承認是從府庫中偷來的。

張乖崖便將小吏押回大堂，下令拷打。小吏怒氣沖沖對張乖崖說："一個錢有甚麼了不起，你就打啊！你只能打我，但不能殺我。"見小吏如此頂撞，張乖崖毫不猶豫地拿起筆判道："一日一錢，千日千錢，時間長了，繩子能鋸斷木頭，水能滴穿石頭。"判決完畢，張乖崖將筆一擲，提着劍走下台階，親自斬了小吏。

釋義
水不住地滴下來，能把石頭滴穿，比喻只要堅持不懈，即使力量很小，也能做出看來很難辦到的事情。

出處
《漢書‧枚乘傳》："泰山之霤①穿石，單極之綆斷乾。水非石之鑽，索非木之鋸，漸靡使之然也。"

註：①霤（liù，粵：漏）：滴下的水。

宋‧羅大經《鶴林玉露‧一錢斬吏》："張乖崖為崇陽令，一吏自庫中出，視其鬢旁巾下有一錢，詰之，乃庫中錢也。乖崖命杖之，吏勃然曰：『一錢何足道，乃杖我耶！爾能杖我，不能斬我也。』乖崖援筆判曰：『一日一錢，千日千錢，繩鋸木斷，水滴石穿。』"

niú dāo xiǎo shì

牛刀小試

釋義

「牛刀小試」比喻大才初次任職，就已經表現出才幹，或者比喻有才學的人略顯身手。

「殺雞焉用牛刀」比喻辦小事何必花費大力氣，也就是不要小題大做。

出處

《論語・陽貨》：「子之武城，聞弦歌之聲。夫子莞爾而笑曰：『割雞焉用牛刀？』」

宋・蘇軾《送歐陽主簿赴官韋城》詩：「讀遍牙籤①三萬軸②，欲來小邑試牛刀。」

註：
① 牙籤：指書卷。
② 三萬軸：表示多，不是實數。稱讚這位朋友讀書很多，大有才學。

《論語》是孔子的言行錄，由孔門弟子記述，是儒家經典之一，其中《陽貨》篇有句話叫"割雞焉用牛刀"，裏面有一個著名的故事：

孔子有個學生叫子遊，姓言名偃，春秋時吳國人，擅長文藝，曾在魯國的武城當行政官。他信奉孔子以"禮樂"治國的學說，在武城提倡用"禮樂"教化民眾，因而境內常有"弦歌之聲"。

有一次，孔子來到武城，聽見到處傳出彈琴唱歌的聲音，不由微笑起來。

他對子遊說："治理武城這樣的小地方，根本用不着以禮樂教化。譬如殺雞，何必用宰牛的大刀？"

子遊巧妙地用孔子以前講過的話來反駁道："從前我聽老師說過，君子學了禮樂就能相親相愛，民眾學了禮樂就易於管理。我照你的話去做，為甚麼又取笑我？"孔子聽了子遊的辯駁，連忙改口道："你講得對，我剛才不過是開個玩笑罷了！"

niú yī duì qì

牛衣對泣

出處 《漢書·王章傳》：「初，章為諸生，學長安，獨與妻居。章疾病，無被，臥牛衣①中，與妻訣，涕泣。」

釋義 「牛衣對泣」，就是睡在牛衣中，相對哭泣，形容夫妻共守窮困。

王章是漢成帝時的諫大夫、司隸校尉（京師及近郡的檢察官員），在朝廷上以直言敢諫知名，大臣貴戚有的敬重他，有的懼怕他。

王章出身貧寒，年輕時就學長安，是太學（國家最高學府）裏的一名窮學生，和妻子一起過着十分清苦的生活。這年冬天，王章得了重病，家裏連一張棉被也沒有，夫妻倆只得蜷縮在牛衣中，凍得瑟縮發抖。王章生怕自己不久於人世，悲從中來，哭着要和妻子訣別。妻子正色責備他說：「這京師、朝廷，享富貴的人何止萬千，有哪個能比得上你的才學出眾？如今你為了病貧交迫，不想振作，反而涕泣，豈不是太沒有出息。」

聽了妻子這麼好言相勸，王章趕快收住眼淚。他咬咬牙，決心和妻子苦熬苦捱，將養病軀，發憤攻讀，巴望將來有個出頭的日子。後來，王章果然名成利就，元帝時官至左曹中郎將，成帝時又從司隸校尉被選為京兆尹（京都行政長官）。當時成帝的舅父王鳳專權，王章雖受過他的推舉，卻不滿他的為人，對王鳳十分疏遠。

王鳳子弟滿朝，分據勢要。王章和部分正直的朝臣準備彈劾王鳳，請成帝另選忠賢。他的妻子又來相勸，說：「人應該知足，難道你不想想當初牛衣對泣的困苦，卻去惹禍？」這一次，王章可不願聽妻子的話了。他認為，官可以不做，忠言不能不進，於是秉燭疾書，連夜寫成奏章。一本上參，成帝召見王章，起初頗有接受彈劾之意，後來卻又不忍罷免自己的舅父，只好不了了之。王章因此觸怒王鳳，種下禍根。結果王章被王鳳一黨誣陷，全家給逮捕。王章最後死於獄中。

máo suì zì jiàn

毛遂自薦

公元前 258 年，秦國軍隊包圍了趙國國都邯鄲。趙孝成王要平原君趙勝出使楚國，執行"合縱"政策，推楚王為盟主，訂立盟約，然後請各國出兵，解救趙圍。

平原君養着數千門客，這時便把他們召集起來，說："這次出使，無論如何要成功而回。我準備挑選二十個文武全才的人一起去。"但他挑來挑去，只有十九個人符合要求。

這時，有個名叫毛遂的門客，向平原君自我推薦說："既然還少一人，我算一個怎樣？"平原君問毛遂來到這裏幾年了，毛遂說三年了。平原君笑笑："有本事的人隨便到哪裏，都好像錐子放在布袋中，一定會立即露出尖鋒來。你來了三年，沒有人說起過你的大名，可見沒有甚麼突出的才能。你還是留下吧。"

毛遂辯解道："那今天就把我像錐子一樣放進布袋裏去吧。其實，我如果早在布袋中，是會脫穎而出的，何止露一點尖鋒！"平原君見他說得有理，便帶着毛遂等二十個人往楚國去了。十九個門客起初都暗暗嘲笑毛遂不知自重，自我推薦。但在路上聽了他許多精闢的議論後，漸漸對他敬重起來。

一行人來到楚國，楚王只准平原君一個人上殿議事，其餘的一律站在階下。平原君對楚王陳述訂盟的利害關係，從早晨談到中午，還沒有結果。門客見此情形，十分着急，但都沒有主意，於是推舉毛遂說："先生請上！"毛遂按劍踏上台階，大聲對平原君說："訂盟的事，非利即害，非害即利，無非利害兩字而已，既然如此明白，為何到現在還不決定！"

楚王一怔，問平原君："這是何人？"平原君說："是我的門客。"楚王大怒，斥道："還不與我退下！我

釋義 比喻一個人不經過別人介紹，自己推薦自己擔任某項工作或職務。

出處 《史記・平原君虞卿列傳》：「門下有毛遂者，前，自贊於平原君曰：『……願君即以遂備員而行矣。』」

四畫

牛衣對泣　毛遂自薦

同你主人說話，你來幹甚麼？"毛遂按劍上前，嚴厲地說："大王之所以能這麼呵斥我，不過仗着楚國人多；可如今十步之內，大王的性命在我手中。況且，我主人在這裏，你憑甚麼呵斥我？"

楚王自知理虧，又恐怕毛遂真的拔劍動武，一時無言對答。毛遂便將訂盟有利於楚國的道理作了精闢的分析。楚王聽了，不由得連連點頭，答應訂盟。毛遂要楚王歃血為盟（古代訂盟儀式，要用雞、狗、馬的血）。他手捧銅盤跪着請楚王首先歃血，其次平原君，然後自己。接着，毛遂招呼階下十九個門客，要他們也歃血，共同保證遵守盟約。他語含譏諷地說："你們幾個碌碌之輩，真是因人成事啊（意思是依賴別人把事情辦成，自己並沒出甚麼力）！"

回趙後，平原君以毛遂為上賓，並對他說："我自以為善於識拔人才，不料埋沒了你。從此我不敢自滿了。先生三寸之舌，勝過百萬雄兵！"由於"合縱"成功，楚、魏等國出兵，邯鄲之圍不久就解除了。

升堂入室

shēng táng rù shì

出處　《論語‧先進》："子曰：『由也升堂矣，未入於室也。』"

釋義　"入室"比喻最高境界，"升堂"次於入室。比喻造詣高深的程度，用以讚揚人在學問或技能方面有高深造詣。

孔子的學生子路，有一天在孔子的家裏鼓瑟（古時一種撥弦樂器，像琴）。

子路是一個剛勇的人，他彈出的聲音就像在北部邊境上打仗一樣。孔子聽了不大滿意，就說："為甚麼要在我家裏彈呢？"原來，孔子一向主張"仁"和"中庸之道"，因此覺得這樂聲不平和。

孔子的學生得知孔子對子路鼓瑟的評論後，就對子路不尊敬，臉色也兩樣了，還在背後嘰嘰喳喳地議論。孔子知道後，就對學生解釋說："由也升堂矣，未入於室也。"意思是說，仲由（即子路）在音樂方面已經入門，而且有一定的成就，但還沒有達到高深的境地。經孔子這麼一解釋，學生這才改變了對子路的態度。這

樣，"升堂"、"入室"被後人並列起來用作成語，又作
"登堂入室"。

jīn shì zuó fēi
今是昨非

釋義 現在是對的，過去是錯的，含有悔悟的意思。

出處 晉‧陶淵明《歸去來辭》：「實迷途其未遠，覺今是而昨非。」

陶淵明，一名潛，字元亮，東晉大詩人，散文、辭賦也寫得很出色。他的許多作品，內容較為充實，富有真情實感，樸素自然而意境深遠，在文學史上獨樹一幟。

他出身於沒落官僚家庭，曾祖父陶侃是東晉前期著名功臣，到了他這一代，家道早已衰落。他從小就很愛讀書，曾對前途有過美好的憧憬。可是，他生活的年代，正是門閥制度全盛時期。當時人才的進退，根本不以德才為依據，而是看門第的高下和財產的多少。因此，陶淵明想要通過仕途來發揮才幹，實現"大濟蒼生"的理想，只不過是幻想罷了。

陶淵明從二十九歲開始，由別人推薦，斷斷續續做過江州祭酒、鎮軍參軍等小官。這些給大官當助手的差使，免不了常受人頤指氣使，談不上伸展抱負。

那時，東晉統治者窮奢極侈，政治鬥爭複雜。陶淵明為人磊落耿直，看不慣官場的腐敗風氣，不願幹那種奉承拍馬、同流合污的勾當，因此一再丟官。

離開官場，回到家中，耳目清淨了許多。可是，家無隔宿之糧，年幼的孩子嗷嗷待哺，日子非常困苦。親鄰好友看到如此光景，就勸他仍然去做官，以改善家庭生活。陶淵明自覺沒有其他經營生計的本領，也只好這樣做，於是，在晉安帝義熙元年，又出任彭澤縣縣令。郡裏派督郵來彭澤縣視察。陶淵明對此毫不在意，心想，我才做了八十多天縣令，沒半點差錯，隨他查就是了。

陶淵明滿不在乎的態度，可急壞了身邊一個老於世故的小吏。他對陶淵明說："督郵是郡太守的代表，千萬不能怠慢呀！應該穿戴整齊，老遠恭迎才好。"

61

陶淵明長歎一聲説："我不願為五斗米向鄉里小兒折腰！"表示不肯為了保全低微的薪俸，而向作威作福的上司低頭。他當場解下印綬，疾書一篇《歸去來辭》，憤然離去。辭中寫道："實迷途其未遠，覺今是而昨非。"

那次棄官後，無論是生活窘困，還是大官舉薦，陶淵明都沒有再出來做官，一直過着躬耕隱居的生活。

gōng ér wàng sī

公而忘私

出處

《漢書・賈誼傳》："故化成俗定，則為人臣者主而忘身，國而忘家，公而忘私，利不苟就，害不苟去，唯義所在。"

釋義

為了公事而忘了私事，現多用以形容全心全意為國家利益着想的崇高精神。

《呂氏春秋》是秦始皇相國呂不韋，集合門客共同編著的一部書。這部書《去私》的一篇裏，記載了兩個人為了公事不講私情的故事。

第一個故事：春秋時代晉國的國君晉平公，有天問大夫祁黃羊説："南陽缺個縣令，你看應該派誰去當？"祁黃羊答道："解狐最合適。"平公驚奇地問道："解狐不是你的仇人嗎？為甚麼要推薦他？"祁黃羊説："你問我甚麼人能勝任縣令，不是問誰是我的仇人呀！"平公説："好。"於是，晉平公就派解狐去任南陽縣令。國人都稱讚任命得對。

過了些日子，晉平公又問祁黃羊："現在軍中缺個武官，你看誰可以擔當？"祁黃羊説："祁午能夠勝任。"平公又奇怪起來，問道："祁午不是你的兒子嗎？"祁黃羊回答説："你只問我誰可以勝任，並沒有問我祁午是不是我的兒子呀！"平公説："好。"於是，晉平公又派祁午去做武官。國人也都稱讚任命得好。

孔子聽到這件事，非常稱讚祁黃羊，認為他推薦人才完全拿才德做標準，外不避仇，內不避親，稱得上是公而忘私（按：古代論家指出，這個故事就是《左傳》"祁奚請老"一事，《呂氏春秋》的記載可能有誤）。

第二個故事：春秋戰國時期，有個墨家學派的首領叫腹黃亭，定居秦國，他兒子犯了殺人罪，被抓了起來。秦惠王對腹黃亭説："先生的年紀大了，又沒有其他兒子。我已經下命令赦免了你的兒子，先生可得在這件事上聽從寡人啊！”腹黃亭回答道：“墨家的法規說：‘殺人者償命，傷人者判刑。’這樣才能禁住殺人傷人。禁止殺傷人，是天下大事，陛下雖然開恩，不殺我兒子，我卻不能不遵奉墨家的法規。”由於腹黃亭不願接受秦惠王的恩赦，他兒子被處死了。後來有人稱讚説：每個人都疼愛自己的兒子，而腹黃亭能不顧私情按法律辦事將兒子殺掉，真可以説是大公無私了。

西漢著名的政治家、文學家賈誼，在向漢文帝上的一道奏章中，對“公而忘私”也有一段論述。賈誼針對漢文帝初年大臣獲罪受刑的做法，表明了不同意見。他認為體罰大臣，不合古代“刑不上大夫”的規定，要求對有罪大臣待之以禮，不上刑罰，令其自裁。他説，這樣做了以後，大臣就能“國而忘家，公而忘私，利不苟就，害不苟去”。也就是做到為國忘家，為公忘私，見利不隨便謀取，見害不苟且逃避，以節義上報君王禮遇之恩。

漢文帝採納了賈誼的建議，廢除了對大臣體罰的規定。賈誼提出的“公而忘私”，含義與《呂氏春秋》中講的已有所不同。“公而忘私”作為成語來説，一般還是指大公無私的行為而言，含有褒義。

斗粟尺布
dǒu sù chǐ bù

淮南王劉長，是漢高祖劉邦的小兒子。三歲時，他被高祖封為淮南王，自幼聰明伶俐，善承呂后旨意，所以在呂后弄權屠滅劉氏宗室的時候，能夠倖免於難。呂后死後，漢文帝劉恆登位。劉長認為文帝是自己的哥哥，沒有誰比他再親了，便恃恩驕縱，為所欲為。

劉長到長安朝見文帝期間，有時隨同文帝出去打獵，也要同坐御車，而且不用君臣之禮，直呼文帝為“大哥”。在淮南封地上，劉長更是肆無忌憚，根本不把朝廷的法制放在眼裏。他出遊或巡視，完全採用皇帝的儀仗、禮節；上書皇帝時，言語放肆，態度傲慢。

漢文帝對淮南王劉長的胡作非為，十分不滿，命令大將軍薄昭寫信加以訓斥，要他立即"上書謝罪"、"改操易行"，否則要嚴厲制裁。劉長接信後非但不知改悔，反而蓄意謀逆，爭取先發制人。他串通黨羽，打算拼湊四十乘兵車，在長安東北的谷口造反。同時還暗中派人聯絡閩越、匈奴，藉外力壯大自己的聲勢。

朝廷發覺劉長密謀造反，立即召令劉長進京，嚴加審訊。但文帝不忍將他處死。最後決定赦免劉長死罪，把他廢為庶人。劉長被載入輶車（古代有帷蓋的車子，可以坐臥），加上封條，限定時日押送蜀郡。他愧恨交加，説："我實因平時驕縱，從來沒有誰敢指責我的過失，致有今日，真是追悔莫及！"一路上，他受苦不過，決定絕食以求一死。輶車路過的地方，當地官員都不敢打開封條。一直到雍縣時，縣令啟封一看，淮南王劉長已餓死車中。

劉長死後，民間流傳着這樣一首歌謠："一尺布，尚可縫；一斗粟，尚可舂。兄弟兩人不能相容！"對爭權奪利弄得兄弟殘殺的現象，作了尖鋭的嘲諷。

yǐ lín wéi hè

以鄰為壑

傳上古帝堯在位的時代，中原地區經常洪水泛濫。每當水災一來，住在平原上的老百姓，就要扶老攜幼地離開家園，逃到地勢較高的地方去避難。堯知道後心裏非常焦急。他想要找到一位能夠平治洪水的人。大臣們向他推薦説："鯀（gǔn，粵：滾）很有才幹，完全可以勝任。"堯認為鯀過於自信，不太合適。眾大臣説："目前找不到更合適的，可以讓他試一試。"

堯採納了眾大臣的建議，委任鯀專門負責治理洪水的事情。鯀用築堤堵河的方法去治水，結果堵住了這裏，那裏又決了口。九年的時間過去了，水患卻仍然沒有平息。堯本來考慮鯀如果治水成功，就讓他做自己的繼承人；現在鯀的無能使他非常失望，於是決定另外物色人選。這次，大臣向他推薦了著名的賢人舜。堯經過多方考察，對舜十分滿意，就決定讓舜繼承帝位。

在舜正式繼承帝位以前，堯派他到各地去巡察。舜查看了鯀的治水工程，認為他嚴重失職，就下令把他流放到遙遠的羽山去，一直到死都沒有讓他回來。舜在巡察中發現鯀的兒子禹是一位治水能手，對他十分器重，並沒有因為他的父親有罪而另眼相看。回朝以後，他主動向堯推薦，把平治洪水的事業進行下去。堯對舜非常信任，當即表示答應。

禹被任命為司空。他認真地踏勘了中原地區山脈、河流的分佈和走向，鑒於鯀當年築堤堵水失敗的教訓，禹決定改用疏浚河道的方法，讓河水暢通地流向大海。禹親自率領民工，櫛風沐雨地在野外辛勤工作了十三年，曾經三過家門而不入，終於基本上平息了中原地區的水患。人們非常感激他，尊稱他為大禹。

到了戰國初年，有個名叫白圭的人，也是一位水利工程家。諸侯國的河堤如果有了裂縫或漏洞，只要把他請去，馬上可以修好。因此他很快就在各國出了名。後來，他被魏國請去做了相國，很受魏君的信任。不久，儒家學者孟子也來到魏國，白圭在會見孟子的時候，向他介紹了自己治水的經歷，洋洋自得地說："我的本領，已經超過大禹了！"

孟子回答說："你說錯了。你的才能和功績怎能和禹相比呢？"白圭不服氣地問道："為甚麼？"孟子說："禹治水，是順着水性疏導它，這是以四海為壑（hè，粵：確），洪水流進大海，對己對人都有利而無害。現在你治水，只知道修堤堵河，本國的水雖然堵住了，卻流向了別國。這種以鄰為壑、損人利己的做法，怎能和禹相比呢！"

釋義 拿鄰國當作大水溝，把本國的洪水排泄到那裏去，比喻將困難或災禍轉嫁給別人。

出處 《孟子・告子下》："孟子曰：『子過矣！禹之治水，水之道也。是故禹以四海為壑①，今吾子以鄰國為壑。』"

註：① 壑：大水溝。

四畫

以鄰為壑

予取予求

yǔ qǔ yǔ qiú

釋義

本意是說從我這兒拿，從我這兒要，隨你的便。現常用以指任意需索。

出處

《左傳‧僖公七年》：「唯我知女①，女專利而不厭，予②取予求，不女疵瑕也。」

註：①女：同「汝」。②予：我。

春秋初期，楚國滅掉了申國，申侯被留在楚國當大夫。申侯貪而善媚，深得楚文王的寵信。文王臨終時，恐後人不能容申侯，勸他外出避禍。文王說：「我了解你，你貪利而不知足，從我這兒拿，從我這兒要，我從不指責你的過失，別人就未必這樣了。」

申侯也知道自己的處境，收受了文王賜給他的白璧和財物，離開楚國來到鄭國。他憑着自己能說會道，當上了鄭國的大夫，深得鄭厲公的信賴。楚文王死後，繼位的成王修明國政，有志與齊桓公爭霸。當時鄭國居於齊、楚之間，地位十分重要，且又附從齊國；楚成王便先興兵伐鄭。

齊桓公當然不會坐視鄭國被楚國吞併。為了救鄭，他約集陳、宋等六路諸侯，討伐楚國的盟國蔡國。蔡國將少兵寡，蔡侯不戰而逃。齊軍一路毫無阻擋，往南推進至楚地陘山。楚成王見形勢急轉直下，懾於齊軍威勢，派大夫屈完去向齊桓公請和。齊、楚等國便訂立盟約。然後，楚國撤回侵鄭楚軍；齊桓公下令班師回國。

陳國的大夫轅濤塗得知齊軍班師，與申侯商議道：「齊軍若取道陳、鄭，兩國要負擔供給費用，定會搞得財盡人乏，不如請他們東循海道而歸，向東夷（古時對東方各族的泛稱）顯示軍威，由東夷負擔供給，豈不更好？」

申侯點頭稱善，催轅濤塗快去向齊桓公提出建議。轅濤塗經過多方活動，總算得到齊桓公的同意。誰知申侯卻背着轅濤塗，跟齊桓公說：「大王的軍隊一路餐風飲露，非常疲乏，如在東夷遇敵，恐怕不能再戰；如取道陳、鄭，供應糧草衣物就像在齊國倉庫中提取一樣。轅濤塗的建議，是光替自己的國家打算！」

齊桓公見申侯能為齊國的利益着想，十分高興，當即將齊軍佔有的鄭地虎牢賜給申侯，同時下令扣押轅濤塗。虎牢是鄭國的軍事重鎮，鄭文公（此時鄭厲公已去世）礙於齊桓公的面子，不得不答應把虎牢賞給申侯，心裏卻很不痛快。

過了兩年，鄭文公因中途退出齊桓公主持的盟會，得罪了齊國，齊桓公興兵伐鄭。面對強大的齊軍，鄭文公慌得沒了主意。申侯向鄭文公獻計：“現在非楚不能敵齊，還是快去結交楚國。”他仗着自己是楚國的舊臣，願意帶大量財帛使楚。

申侯剛離開鄭國，齊國就將鄭地新密圍得水泄不通。申侯在楚國上下疏通，竟說動楚成王出兵，解了鄭國之圍。申侯自以為保全了鄭國，揚揚自得地回去，滿望能加官晉爵。可鄭文公因為上次賞賜虎牢之地已屬過分，這次不再給予爵賞。

申侯口中沒說，心裏怨恨不已。

第二年春天，齊桓公又率軍伐鄭。轅濤塗要向申侯報復，寫信給鄭大夫孔叔說：“申侯先前犧牲鄭國利益取媚齊國，獨佔虎牢之賞；今天又拿國家利益獻媚楚國，使鄭君屢遭兵禍。只有殺了他，才能退齊兵。”

孔叔把轅濤塗的信拿給鄭文公看。鄭文公正愁退兵無計，當即喝令將申侯推下斬首，並派孔叔捧着申侯的首級前去齊營請和。申侯被殺的消息傳到楚國，令尹（執政官）子文歎道：“古人說：‘知臣莫若君。’先王早就看出申侯貪得無厭，予取予求，早晚要惹出殺身之禍，真是一點不錯啊！”

五畫

yù   rǔ   yú   chéng

玉汝於成

張載，北宋著名哲學家，年輕時喜歡研究兵法。當時宋朝西北邊境經常受到西夏割據勢力的侵擾，他曾經想組織一些人去對西夏作戰，奪回被侵佔的國土。他寫信給陝西招討副使范仲淹，提出了自己的建議。

范仲淹看了信，很欣賞他的才學，就對他說：“讀書人有自己的事業可做，何必非要談兵呢？"勸他回去好好地讀一讀儒家的經書《中庸》。張載讀了《中庸》，認為道理講得太膚淺，感到不滿足，於是就進一步去博覽群書。他對我國古代的一部哲學名著《周易》，曾經花了很大工夫去鑽研，逐漸形成自己的哲學思想。

張載三十八歲才考中進士，先後做過幾任地方官，因為他敢於直言，觸犯了執政大臣。公元1069年，他辭官回到橫渠鎮，以後就長期在家讀書治學。橫渠地處窮鄉僻壤，自然條件很差，張載家裏雖然有一些田地，但收入不多，必須省吃儉用，才能維持生活。別人遇到這種情況，就會整天愁眉苦臉，但張載卻恬然自安，根本不記掛在心上。

他每天清早起身，就走進臨院的一間小屋，關起門來，足不出戶。屋子裏上上下下到處都是書，他終日獨坐其中，埋頭攻讀，遇到疑難，就長時間地深思，連吃飯和休息都忘記了。深夜，妻兒早已酣然入睡，張載躺在牀上，經常為一些學術上的問題焦思苦慮，不能合眼。一有所得，就馬上點起蠟燭，披衣下牀，把自己的見解和體會及時地寫下來。

張載刻苦踏實、堅韌不拔的治學精神，使他的學問日益長進，名聲越來越大，遠近許多青年都上門來從師求學。有些學生家境清寒，付不起學費，但只要有志於學習，他都不加歧視地收留下來，和他們粗茶淡飯，同甘共苦。

張載非常器重和愛惜人才，除了對自己的學生循循善誘以外，還經常抽空到附近各地走走，遇到學問上有造詣的後輩，不管是否相識，他都會一見如故地傾心交談，諄諄教誨，希望他們加倍努力，早日有所成就。

公元1076年，張載從自己的哲學、歷史著作《正蒙》中抽出兩段，寫在書房東西兩扇門上，這就是有名的《東銘》和《西銘》。《西銘》中有一句話，叫做"貧賤憂戚，庸玉女於成也"，反映了張載一生治學的寶貴經驗。

公元1077年，張載被召到京城擔任禮官，不久又

釋義 指愛之如玉，助之使成。

出處 宋・張載《西銘》：「貧賤憂戚，庸①玉②女③於成也。」

註：①庸：通「用」。 ②玉：幫助，成全。 ③女：通「汝」，即「你」。

辭職西歸，病死在半路上，臨終時只有一個外甥侍候在身邊，連喪葬費都無法籌措。第二天，他的學生聞訊，紛紛從遠道趕來奔喪，湊錢買了棺木，才把他的遺體運回家鄉安葬。

未雨綢繆

wèi yǔ chóu móu

釋義 趁天還沒有下雨，先捆紮好門窗，比喻事先作好準備。

出處《詩經‧豳風‧鴟鴞》：「迨天之未陰雨，徹彼桑土，綢繆①牖②戶。」

註：① 綢繆：捆縛。

② 牖（yǒu）〔粵：有〕：窗。

商朝末年，商紂王荒淫無道，民怨沸騰。周族首領姬發聯合各部族、小國，起兵推翻商朝，周軍大獲全勝，紂王自焚而死。商朝滅亡後，姬發建立周王朝，史稱周武王。為了安撫商朝遺民，鞏固自己的統治，他把紂王的兒子武庚封在朝歌做諸侯，同時又將自己的三個弟弟管叔、蔡叔、霍叔分封在朝歌四面，監視武庚。

武王論功行賞，把許多功臣分封各地建邦立國，留下弟弟周公和太公、召公等少數大臣在鎬京輔政。其中周公特別受到寵任，成為武王最得力的助手。過了兩年，武王忽然患了重病。由於天下統一不久，局勢還沒有完全穩定，特別是紂王的兒子武庚一直在窺測時機，準備糾集舊部，恢復商朝的統治。如果武王不幸死去，國家就可能發生變亂。因此，眾大臣都非常焦急。

一天，周公命人築起三座土壇，親自沐浴焚香，祭告周朝先王，表示願意代替哥哥去死，請先王保佑武王恢復健康，使他能夠安定天下，鞏固周朝的統治。祭畢，周公把祝詞封存起來放進石室，嚴令史官不得泄漏。

周公的祝告顯然是迷信的舉動，但對於他來說，卻完全出於一片摯誠。事情也真湊巧，就在祝告以後的第二天，武王的病開始出現轉機，而且一天天好起來了。周公和其他大臣都感到十分高興。

可是，繁忙的政務使武王的身心經常處於極度疲勞之中。不久，他又舊病復發，不治身亡。這時太子姬誦年紀還小，被眾大臣擁立為成王。周公恐怕諸侯乘機作亂，決定替成王攝政監國，以穩定時局。

周公的攝政引起了遠在東方的三叔的妒忌和不滿。他們派人四出散佈流言，說周公攝政是想篡奪成王的君位，以便取而代之。這些流言引起了成王的疑慮，周公感到有口難辯，就離開鎬京，住到東都洛邑。

武庚知道了周公兄弟之間有矛盾，就暗中派人去聯絡三叔，進一步挑撥他們同周公的關係，同時積極準備尋找時機起兵作亂。

周公來到洛邑以後，表面上不露聲色，暗中卻細心查察。經過了將近兩年的時間，終於摸清了流言的來源，同時掌握了武庚勾結三叔、陰謀叛亂的罪證。他懷着十分焦急和憤慨的心情，寫了一首《鴟鴞》詩，派人送給成王看。

詩的大意是：鴟鴞啊鴟鴞，你奪走了我的孩子，不要再毀掉我的窩！趁着天未下雨，我要剝下桑根的皮，把門窗全都修好。我的手已發麻，嘴已磨損，羽毛也將落盡。可是我的窩啊，還在風雨中飄搖！

這首詩反映了周公對國事的深切憂慮，寓意是十分明顯的。周公希望成王讀後能有所感悟，把自己召回鎬京，以便制止武庚和三叔的叛亂陰謀。可是成王並沒有理解周公的苦心，依然無動於衷。

麥收季節來到了。鎬京城外的田野裏麥浪翻滾，滿目金黃。農夫看到這片豐收景象，都喜氣洋溢地準備開鐮收割，卻遇上狂風把田裏的莊稼全部吹倒，所有大樹也被連根拔起。這場災難把鎬京城裏的成王和眾大臣嚇呆了。

大臣紛紛對成王說：“陛下一定有了甚麼過錯，觸怒了先王，老天才降下這樣的災禍。”成王聽了，嚇得六神無主，馬上命令史官打開存放前代史冊的石室，發現了一個用金繩封緘起來的盒子。這個盒子裏存放的正是從前周公在武王病重時祭告先君的祝詞。成王看了以後，感動得流下淚來，說：“叔父這樣勤勞國事，忠於先王，寡人實在對不起他，無怪先王要發怒了。”當即派使者去東都把周公請回鎬京。

不久，周公隨同使者來到鎬京。成王親自率領文武百官到城外迎接。君臣之間的隔閡完全消除了，周公重新受命攝政，他把自己掌握的關於武庚和三叔相互勾結、陰謀叛亂的情況報告給成王，成王決定派周公出兵討伐。由於周公足智多謀，進軍神速，很快就削平了叛亂。武庚、管叔、霍叔也被流放而死。周朝的統治終於得到了進一步的鞏固和發展。

qiǎo　duó　tiān　gōng

巧奪天工

釋義　人工的精巧勝過天然，形容技藝高妙。

出處　元·趙孟《贈放煙火者》詩：「人間巧藝奪天工。」

清·張英等輯《淵鑒類函·鱗介部三·蛇》引《採蘭雜誌》：「后異之，因效而為髻，巧奪天工。」

東漢末年，上蔡縣令甄逸有個小女兒甄氏（名字失傳），生得明眸皓齒，亭亭玉立。特別是一頭烏黑的頭髮披垂下來長過膝蓋，顯得光彩照人，美麗無比，因此深得父母的寵愛。

一天，有個名叫劉良的人來到甄家，自稱善於相面，能夠未卜先知，算出人們一生的吉凶禍福。這時甄逸已經死去，甄氏的母親信以為真，馬上設宴款待。劉良吃得酒醉飯飽以後，就開始給甄家的人逐個看相算命。劉良給甄氏相面時，對甄氏的母親說：「這位小姐的相貌貴不可言，將來一定前途無量！」

甄氏的母親聽了非常高興，送走了劉良以後，全家就聚集商量，準備選擇一家有權有勢的名門大族，把甄氏嫁過去，以便將來可以全家託福，同享富貴。他們選上了出身四世三公，權傾天下的大官僚袁紹。袁紹當時擔任冀州牧（州軍政長官），他的次子袁熙還沒有結婚。甄家託人前去說親，袁熙聽說甄氏美麗無比，而且出身富家，當即請求父親答應了這門親事。

甄氏嫁到袁家以後，過了一段富貴美滿的生活。可是好景不常，公元 200 年，袁紹在官渡之戰中被曹操打敗，幾乎全軍覆沒，不久氣憤成病，嘔血身亡。袁熙兄弟後來也被遼東侯公孫康殺死。

當時，甄氏同袁紹的夫人劉氏住在鄴城。曹操的兒子曹丕隨軍攻破鄴城後，衝進袁府，看見有個年輕女子躲在一位老婦人背後，就上去問她們是甚麼人。老婦人說自己是劉氏，年輕女子就是袁熙的妻子甄氏。

曹丕也早就聽說過甄氏是個絕色美人，當即要她站出來理一下披散的頭髮，同時遞過手巾去讓她擦一把臉。這時，他不由自主地被甄氏秀麗的容貌吸引住，就留下一隊士兵守衞袁府，不讓其他人再闖進來。

曹丕走後，劉氏向衞兵打聽到他的身份，就面露笑容地對甄氏說：「貴人已經看上了你，我們可以逃過大難了。」果然曹丕回去稟明曹操後，就派人把甄氏接到自己府裏。從此，甄氏便正式成為曹丕的夫人。

甄氏當上了新夫人以後，曹丕對她寵倖無比，千依百順。公元 221 年，曹丕篡奪了東漢政權，建立魏朝，史稱魏文帝。甄氏被立為皇后，這時她已經四十歲了，為了使文帝長久保持對自己的寵倖，她每天早晨起身後都要坐在妝台前修飾容貌，悉心打扮。

相傳在甄氏宮室前面的庭院中有一條綠蛇，長得又長又細，光潔的身體上綴滿了美麗的花紋，嘴裏經常含着一顆紅珠，每天在甄氏梳妝時游到她面前，盤成一種奇巧的形狀。甄氏發現綠蛇每天盤曲的形狀都不相同，就模仿牠的樣式去梳妝。由於精心修飾，那縷縷青絲盤成的雲髻，交錯層疊，配上鳳釵玉簪，真有巧奪天工之妙。文帝看了以後，感到她比以前更加年輕美麗。

宮中的妃嬪把甄氏的這種髮式叫做靈蛇髻。為了博取文帝的歡心，人人爭相仿效，一時竟成為風氣。但由於她們都比不上甄氏那樣心靈手巧，因此誰也無法和她爭寵。不過，隨着年華的流逝，再好的妝飾也終於無法挽回甄氏失寵的命運，年輕的郭皇后逐漸取代了她的地位。甄氏出於妒恨，經常口出怨言，引起文帝極大不滿，最後文帝下詔賜死甄氏。

世外桃源

釋義 比喻與世隔絕、生活安樂的理想境界。後常指脱離現實生活與現實鬥爭的幻想境界。

出處 晉・陶淵明《桃花源記》：「晉太元中，武陵人捕魚為業，緣①溪行，忘路之遠近。忽逢桃花林……林盡水源，便得一山……」

註：① 緣：沿、繞。

東晉太元年間，武陵有個漁夫，一天駕着漁舟經過一條小溪，心想這小溪源頭不知是怎樣的景色，便好奇地溯溪而上。

漁舟行了不知多少路，忽然，一片桃花林映入眼簾，夾岸數百步，沒有一棵雜樹，芳草鮮美，落花繽紛，風景極美。漁夫很奇怪，再往前去，尋找桃花林的盡處。桃花林盡處，是一座山；山腳有個小洞，彷彿透出一點亮光。漁夫於是將漁舟繫好，鑽進洞去看個究竟。

剛進洞時路還很狹窄，勉強過得去。走了幾十步，便豁然開朗，別有一番景象。只見這裏土地平曠，房屋整齊，有良田、美池、桑樹、竹林等；小路縱橫交錯，雞犬之聲相聞；男耕女織，衣服與外界沒甚麼兩樣，老人兒童，都在愉快地休憩。

他們見到漁夫，大吃一驚，問他是從哪裏來的，漁夫照實說了經過，大家紛紛請他到家中做客，漁夫欣然接受。請到客人的農家頓時殺雞擺酒，熱情款待。村裏的人也都前來打聽外界的消息。原來他們是秦朝時逃難避亂來到這裏的，從那時起，便不再出去，與外界隔絕了。

他們對秦以後歷經兩漢、三國和魏晉的歷史變遷，一無所知。聽漁夫講了外面從秦到晉六百年來的興亡盛衰，都歎息不已。

漁夫被村裏人一家又一家地請去做客，過了好些日子才告別回家。臨行時，大家對他說："你可不要把這裏的所見所聞對外面人講呀！"

漁夫沿着來路鑽出山洞，一路行舟，在岸邊做了不少標記，預備下次再去尋找這世外桃源。他到城裏將在桃花源裏的見聞報告給武陵太守。太守不大相信，派人跟漁夫去看看，到底有沒有這回事。

可是，這次去再也尋不着桃花源，連漁夫做下的標誌都找不到了。"世外桃源"其實是《桃花源記》作者陶淵明虛構的理想境界，現實生活中哪裏會有呢！

zuǒ tí yòu qiè

左提右挈

形容互相扶持。

《史記・張耳陳餘列傳》：「夫以一趙尚易燕，況以兩賢王左提①右挈②，而責殺王之罪，滅燕易矣。」

註：①提：提攜。②挈（qiè，粵：揭）：挈帶。

秦朝末年，刑政苛暴，賦役繁重，秦二世元年，陳勝、吳廣聚眾起義，在陳縣建立張楚政權，陳勝被推為王。陳勝派他的朋友武臣為將軍，以張耳、陳餘為左、右校尉，撥給三千人馬，北上進攻以前六國時趙國的轄地。

趙地百姓憤恨秦朝的殘酷統治，大家紛紛起來，殺滅秦朝委派的官吏，開城歡迎起義軍到來。不久，武臣就攻下了舊趙國的三十多個城池，聲勢十分浩大。

張耳、陳餘和眾人商議之後，決定在舊趙國都城邯鄲，推舉武臣做了趙王，張、陳兩人分任右丞相和大將軍，共同掌理國政。另外又派部將韓廣率領大軍北進，奪取從前燕國的地方。

不料韓廣一到燕地，就自立為王。消息傳來，自然引起趙王武臣極大憤怒。他親自和張耳、陳餘等人發兵攻燕。趙軍剛抵燕界，忽然不見了趙王武臣，全軍一片驚慌。後來武臣的親隨從燕營逃回，才知趙王已被燕軍俘去。

原來，這天清晨趙王忽發奇想，打算潛入燕境窺探虛實，只恐張耳、陳餘勸阻，便瞞着他倆，獨自帶着數名親隨，改裝出營。趙王偷入燕境，沒料燕人日夕巡邏，盤查嚴密，更有韓廣舊卒認出武臣，當即將他逮住。親隨多半被拘，有兩三個較為機靈的逃歸趙營。

燕王韓廣囚禁趙王，要求平分趙地一半給他，才肯放回武臣。張耳、陳餘非常焦急，一連派出十幾名使者去燕營商談，都被殺死，弄得手下再沒有人肯冒險前往。正在一籌莫展，萬沒想到有個武臣的侍卒卻自告奮勇，願意往燕營交涉。張、陳兩人只得讓他去了再說。

那侍卒見了燕將説："請問，您可知道張耳、陳餘是何等樣人？他倆想做甚麼？"燕將説："我知道他兩個是有名氣的賢人。現在呢，無非巴望我放回趙王罷了。"

侍卒哈哈大笑説："您完全想錯了。告訴您吧：當初張耳、陳餘跟武臣在一起，沒費多大力氣就得了幾十座城池，他們難道不想稱王？只因趙國新建，人心未定，所以先立年紀大的武臣為王，號召百姓。

"現在趙國粗粗安定，他倆也想平分趙國自立為王，所以表面上要求歸還武臣，實在巴望燕國把他殺死。本來一個趙國尚且輕視燕國，何況日後有兩個趙國，有兩個賢王左提右挈互相幫忙向燕國問罪，那還了得！"

這一番巧語，竟把燕將騙了。燕將上報韓廣，韓廣也信以為真，答應把武臣放回。那人扶趙王上了車，自己給他駕馬，欣然回趙去了。

mù guāng rú jù

目光如炬

南朝的檀道濟，在東晉末年，和他哥哥等參加了劉裕（即宋武帝）的軍隊，做了太尉參軍的官。宋文帝（即劉義隆）登位後，道濟因對劉宋的建立有卓著軍功，被封為武陵郡公。

元嘉八年，南朝宋和北方的魏國發生戰爭。道濟打了三十多仗，常獲勝利，守衛了國土，樹立了宋軍的聲威。道濟戰功赫赫，晉位司空，威名甚重。他的部將如薛彤、高進之等作戰勇敢，又極有才幹；他的幾個兒子如檀植、檀粲等人也官居要職，盡忠國事。

公元 435 年，文帝臥病在牀，領軍劉湛疑忌檀道濟，乘機向鼓城王劉義康説："主上病重，如有不測，別人尚好對付，這檀道濟恐怕難以制服！"劉義康沉吟了一會才説："你説得好，但如何預先處置？"劉湛狡詐地説："莫如召他入朝，但託言北虜入寇，要他來面

釋義

指眼光亮得像火炬，後用來形容見解高明，目光遠大。

出處

《南史·檀道濟傳》："道濟見收，憤怒氣盛，目光如炬[1]，俄爾間引飲一斛。"

註：① 炬：大火光，火把。

75

議。如果乘此除患，便容易下手了。"義康點頭稱善。

第二天，義康進宮，面見宋文帝，請召檀道濟入朝。這時，文帝精神十分疲憊，神志不清，也不問明原因，只模糊答應了一聲。義康便擬了一道詔書，派人馳往潯陽，召檀道濟即時赴京。

道濟接到詔書，便準備行裝。他的老妻向氏說："震世功名必遭人忌。今無故召見，說不定會有甚麼禍事！"

道濟問心無愧，朗朗地說："詔書中說有邊患，不得不赴，諒來亦無甚妨礙，你可放心！"隨即動身赴京。到了建康，檀道濟首先會見劉義康。義康說北虜已被打退，目前只是主上的病情嚴重，令人擔憂。

道濟隨即進宮問安。宋文帝躺在牀上，形容枯槁，骨瘦如柴，神志也不太清楚。道濟問安完畢，就退出寢宮。文帝的病情時好時壞，道濟只好留都問安。次年春暮，他見文帝病情已有好轉，打算回返潯陽。

這天，道濟剛要上船，忽然有個太監急匆匆地騎馬趕來，說是文帝病勢又再次惡化，仍請他回朝議事。道濟只得依從，返身進京。剛進朝堂，劉義康喝叫禁軍，拿下道濟。劉湛從旁急上，宣讀逮捕詔令。詔令中有"潛散金貨，招誘剽猾，因朕寢疾，規肆禍心"等語，實際上誣告他用金錢收買暴民，利用皇上病重的機會，圖謀反叛。

道濟聽完詔令，不禁義憤填膺，怒目注視劉湛，目光好似火炬一般。他摘下自己的頭巾丟在地上，大聲說："你們這是自毀長城！"道濟下獄後，劉湛又慫恿義康，收捕他的十一個兒子和部將薛彤、高進之，一齊斬首。就這樣，為劉宋立過無數戰功的檀道濟，竟被劉湛、劉義康一夥冤殺，成為南朝歷史上的一個大悲劇。

秦末農民大起義後期，出現了楚漢相爭的局面。公元前 202 年，劉邦率領漢軍，將項羽的楚軍重重包圍在垓下。楚軍被圍困了好多天，糧食漸漸吃光，項羽仗着自己勇敢善戰，幾次帶領士兵企圖突圍，但都衝不出去。

一天夜裏，包圍在四周的漢軍陣地上傳來了陣陣歌聲，項羽側耳一聽，不由得大吃一驚：原來漢軍唱的盡是楚歌（楚地民歌）。項羽號稱西楚霸王，不僅楚地是他的大後方，而且楚軍中最精銳的八千名江東子弟兵，也都是楚人。他聽到這四面楚歌，不禁失聲道："漢軍難道已經完全佔領了楚地？他們那裏怎會有那麼多楚人！"

楚軍士兵聽到四面楚歌，也都跟項羽想的一樣，以為自己家鄉全被漢軍佔領了，有的為鄉音感動，引起共鳴，也哼開了楚歌；有的思念父老鄉親、妻子兒女，竟然哭出聲來，人多聲音大，楚營上空一片哭泣之聲。

其實，劉邦並沒盡得楚地，漢軍中也沒多少楚人。這四面楚歌，是漢軍為了渙散楚軍的軍心而故意唱的，據說這是張良出的主意，將士們聽到楚營裏傳出反響，越唱越起勁。楚兵被漢軍圍困了好久，已經軍無鬥志，如今再加上四面楚歌，更是人心渙散。趁着黑夜，許多人溜出軍營，開小差逃跑，有的就投降了漢軍。

項羽聽着四面楚歌，心煩意亂，回到帳內喝起了悶酒。他知道軍心一潰，再也不可收拾，心中丟不下的只是自己所鍾愛的虞姬和那匹善解人意的烏騅馬。

項羽痛惜地把烏騅馬看了又看，拍拍牠的脖子，叫人牽開；可是烏騅馬對主人無限留戀，怎麼也不肯離去。

虞姬和着霸王的節奏，一邊舞劍一邊唱歌。項羽看着聽着，不禁潸然淚下；周圍的人也哭泣不已，悲愴

釋義

楚漢相爭到最後，漢軍包圍楚軍，唱起楚歌，使楚兵以為家鄉都被漢軍佔領，以致軍心動搖，四散潰逃。後來常用此比喻孤立無援，四面受敵。

出處

《史記・項羽本紀》："項王軍壁垓下，兵少食盡，漢軍及諸侯兵圍之數重。夜聞漢軍四面楚歌，項王乃大驚曰：『漢皆已得楚乎？是何楚人之多也！』"

得連頭都抬不起來。項羽想起了過去南征北戰的赫赫聲威，對比眼前眾叛親離的淒涼情景，不由悲憤地高歌：「力拔山兮氣蓋世！時不利兮騅不逝！騅不逝兮可奈何！虞兮虞兮奈若何！」虞姬為了不拖累霸王，唱罷歌便自殺了。項羽抹了抹眼淚，跳上烏騅馬，帶頭向營外衝去。

楚軍經不起四面楚歌的攻心戰，項羽突圍時跟隨在後面的只有八百來人。到了烏江邊上，僅剩下了二十餘騎。項羽將烏騅馬贈給烏江亭長，與身邊僅剩下的二十餘人，用刀、劍、匕首等短兵器同漢軍進行殊死格鬥。他一個人殺死了數百名漢軍將士，自己也受了十多處傷。正在這前有烏江攔路、後有漢軍追擊的時刻，烏江亭長撐着小船來到，他勸項羽渡江，回到楚地可以繼續稱王。項羽痛心地回答：「當年江東子弟八千人隨我起兵，今無一人生還，我有何面目重見江東父老！」這位曾經叱咤風雲的西楚霸王，最後在烏江自刎。

sheng líng tú tàn

生靈塗炭

釋義 形容百姓處於極度困苦的境地。

出處 《尚書·仲虺之誥》：「有夏昏德，民墜塗炭①。」

《晉書·苻丕載記》：「先帝晏駕賊庭，京師鞠②為戎穴，神州蕭條，生靈③塗炭。」

十六國時期，北方的前秦比較強盛，後來由於國君苻堅經常對外發動戰爭，漸趨衰敗。公元385年，前秦受到後燕、後秦的進攻，國都長安被圍困，城裏無糧，竟發生人吃人的慘事。

苻堅退到五將山，後秦的國君姚萇派兵圍攻，苻堅和隨從十多人被俘，被押送到新平，囚禁在一個佛寺裏。姚萇勒令苻堅交出傳國玉璽。苻堅不但拒絕，而且痛罵姚萇。姚萇下令縊死苻堅。

苻丕到了晉陽，才知道長安已經失守，父王已死。他在王永等人的擁戴下，即皇帝位。苻丕駐在鄴城，前秦的幽州刺史王永在壺關，聽説苻堅已死，遣使去鄴城，請苻丕到晉陽相會。檄文中説：「……先帝晏駕賊庭，京師鞠為戎穴，神州蕭條，生靈塗炭。」就是説苻堅被害，長安淪陷，國家凋敗，百姓好像生活在泥沼和炭火之中，飽受痛苦。各地的官吏接到檄文，都派兵到晉陽會師。

第二年六月，苻丕大封群臣，加封王永為左丞相。王永寫了一篇檄文，號召前秦各地的武裝力量聯合起來，討伐姚萇和後燕國君慕容垂。由於後秦的軍力比較強大，王永指揮的反擊戰還是失敗了。前秦一蹶不振，到公元 394 年，被後秦所滅。

bái tóu rú xīn

白頭如新

鄒陽是西漢時齊人，一次，他出遊到梁地，因受人陷害，被梁孝王關進監獄，準備處死。鄒陽在獄中懷着十分激憤的心情，給梁孝王寫了一封信，這就是有名的《於獄中上書自明》。信中列舉許多事例說明：他原來深信待人真誠就不會被人懷疑，現在看來這只是空話而已。

他寫道："荊軻仰慕燕太子丹的義氣，冒死為太子丹去行刺秦始皇，氣貫長虹；可是燕太子丹還是一度懷疑荊軻膽小畏懼，誤以為他不敢立即出發。從前卞和得了一塊寶玉，真心誠意地獻給楚王；可是楚王硬說卞和騙他，犯了欺君之罪，下令砍掉他的腳。還有李斯盡力輔助秦始皇改革政治，使秦國更加富強，但最後還是被秦二世胡亥處以極刑。所以諺語說：有白頭如新，傾蓋如故。雙方互不了解，即使交往了一輩子，也還是像剛認識時一樣；真正互相了解，即使是初交，也會像老朋友一樣。"

梁孝王讀了鄒陽的信後，大受感動，立即將他釋放，並奉為上賓。

釋義　指朋友之間互不了解，即使到了老年，也還像剛認識的一樣，形容交情不深。

出處　《史記‧魯仲連鄒陽列傳》：「諺曰：『有白頭①如新，傾蓋②如故。』」

註：①白頭：老年。②傾蓋：朋友相遇，停車交談，兩車車蓋相交而稍稍傾斜，這裏解作初見面的新朋友。

令行禁止

lìng xíng jìn zhǐ

出處 《逸周書·文傳》：「令行禁止，王之始也。」

釋義 命令做的立即執行，不准做的馬上停止，形容法令嚴明，雷厲風行。

商朝紂王是個暴虐無道的昏君。他用搜刮來的民脂民膏，在京城朝歌北面建造規模宏大的沙丘苑。苑中有無數豪華富麗的宮殿樓閣和各地進貢的珍禽奇獸，供他和寵妃妲己盡情享樂。紂王荒淫奢侈的生活，引起了許多大臣的憂慮和不滿。九侯、鄂侯和西伯姬昌，都是德高望重的諸侯，在朝廷裏位居三公。有一次，紂王因為一件小事對九侯不滿，竟派人把他抓起來剁成肉醬。鄂侯不過爭了幾句，也被紂王當場下令處死。

西伯姬昌當時不在朝中，事後，他聽說紂王在一天之內殺掉了兩位諸侯，感到很吃驚，不由暗暗歎了一口氣。誰知馬上有人去報告給紂王，紂王立即下令把他逮捕。

姬昌是西方渭水流域周國的國君，他被捕以後，周國的眾大臣都非常着急。他們物色了一位美女和幾十匹好馬，帶到朝歌去獻給紂王，為姬昌求情。紂王見那位美女長得如花似玉，不由高興得眉飛色舞，馬上下令釋放姬昌。

姬昌回到周國，知道紂王已經不可救藥，就四處訪求賢才，勵精圖治，積蓄力量，同時廣泛團結各國諸侯，準備推翻商朝的統治。經過了九年的苦心經營，周的國力日益強大，許多原來臣屬於商朝的諸侯，紛紛歸附姬昌，使紂王越來越孤立。

可是這時姬昌卻突然得了重病，臥牀不起。臨終前，他諄諄告誡太子姬發說：「我畢生的志願是創建周的王業。如果能對自己的臣民做到令行禁止，就是王業的開始。希望你同眾大臣和衷共濟，實現我的遺願。」

姬發即位以後，在太公望和周公旦等大臣的輔佐下，加緊進行滅商的準備。公元前1053年，姬發到孟津檢閱軍隊，有八百個諸侯自動前來會合。他們一致請求周國出兵討伐紂王。但姬發認為時機還不成熟，沒有同意。

又過了兩年，紂王進一步倒行逆施，殺害叔父比干，囚禁庶兄箕子，變得更加眾叛親離。姬發得到消息後，終於決定起兵。公元前 1051 年，周軍四萬八千人東渡黃河，開到朝歌城外，各路諸侯派出四千輛兵車前來會合。

姬發在牧野舉行了誓師大會，他對將士們說："紂王暴虐無道，已經惡貫滿盈，我奉天命對他進行討伐。全軍將士，一定要同心協辦，奮勇作戰。對於無罪的百姓，不准殺害；金銀財物，不准搶掠。誰違反命令，決不輕赦！"

紂王調集了七十萬大軍來同周軍決戰。雙方剛一交鋒，周軍陣後鼓聲大震。太公望親自率領一支精銳部隊直衝紂王中軍，各路諸侯也揮兵掩殺過去。商朝軍隊紛紛在陣前倒戈，七十萬人頃刻之間全線崩潰。紂王看到大勢已去，只好倉皇逃進朝歌，登上鹿台，自焚而死。

姬發一進朝歌，立即命人把宮中的糧食和金銀散發給窮苦的百姓。人們稱頌周軍是令行禁止、秋毫無犯的仁義之師。姬發終於在諸侯的擁戴下建立了西周王朝，實現了父親的遺願。"令行禁止"這個成語，從此便流傳下來了。

bāo　cáng　huò　xīn

包藏心

公元前 541 年，楚國的公子圍帶了不少兵馬，在伍舉等隨從陪同下，到鄭國迎親，要娶公孫段氏為妻。

鄭國的君臣看到公子圍帶了這麼多兵馬來，感到他們不懷好意，很是擔心。

他們不讓公子圍等住進城裏的館舍。鄭國的執政官、大夫子產，派行人（賓館裏接待客人的官吏）子羽去推託說："我們這裏的館舍地方很小，容納不下你們這麼多人。你們還是住到城郊去吧！"

公子圍聽了很不高興，就派太宰（掌管王家內外事務）伯州犁去對子羽說："我們這次來迎親是十分隆重的，出發時還到宗廟向祖宗告別；如果不讓我們進賓館迎親，那麼，對我們和對你們都是恥辱。"

子羽回答說："我們鄭國是個小國，全靠大國的保護才有安全。可是如果你們心裏藏着壞主意想暗算我們，那我們也不會任人擺佈的。"

子羽的話擊中了公子圍等人的要害。他們這次來，確是包藏着禍心，想以迎親為名乘機襲擊鄭國。現在鄭國識破了他們的陰謀，他們只好按鄭國的規矩娶親。

出處

《左傳·昭公元年》："小國無罪，恃實其罪；將恃大國之安靖己，而無乃包藏禍心以圖之。"

mín bù liáo shēng
民不聊生

釋義　天下動亂，民眾無法生活。

出處

《史記·春申君列傳》："人民不聊①生，族類離散。"

《史記·張耳陳餘列傳》："財匱力盡，民不聊生。"

註：①聊：依賴。

戰國後期，秦昭王懷着一統天下的野心，重用大將白起，在伊闕地方大破韓、魏之兵，斬獲了首級二十四萬顆，然後捆載了掠得的財物，乘勝回國。

橫躺在戰場上的，滿是些斷腿缺臂、沒有首級的死屍，無法辨認死者是誰。所有前來認領屍體的親屬，眼見這種慘況，誰也忍不住嚎啕大哭，悲慟欲絕。

秦兵卻大逞武威，此後幾年經常像疾風暴雨似的在韓、魏的國土上出現，先後佔去了百座城池，奪去了數萬人的性命。韓、魏兩國百姓未得一天安寧，秦兵卻又圍住了魏國的都城大梁。

魏國被困多時，眼見就要支援不下。幸虧齊、趙兩國揚言要發兵救魏，秦昭王在咸陽得到消息，決計改變戰略，避強擊弱，下令白起撤去圍魏之兵、從魏國突然轉向，改攻楚國。

白起以破竹之勢，深入楚地，一把火將楚國的郢都燒成火海，逼得楚頃襄王逃往東北一千里外的陳地去了，只苦了遺留下的楚國百姓，遭到秦兵鐵蹄的蹂躪。

秦兵凱旋，秦昭王出城犒勞，然後封白起為武安君，在殿上設宴慶功。席間，秦昭王滿口讚揚白起善於用兵，要他養精蓄銳，吞滅韓、魏兩國。白起欣然受命。

過了一年，秦兵又到大梁城下，想一下子把魏國摧毀。可沒料到韓兵火速來救，怎麼也攻打不下。白起只獲得幾個城池，然後拔寨退兵。

秦昭王改換手法，假意和韓、魏結好，要求會兵伐楚。兩國不敢明言拒絕，只是託辭拖延。一直過了數月，兵還未出，楚國卻已經得訊，派使臣黃歇趕到秦國來求和了。

黃歇胸有成竹，連夜給秦昭王上書說：秦國的心腹之患，不是楚國而是韓、魏。多年來，兩國人民不知被秦國殺了多少；僥倖存活的，誰不是妻離子散？真是民不聊生！所以，他們都懷着深仇大恨，時刻不忘。

黃歇指出：秦兵攻楚，如不借道韓、魏，勢必先打下隨水右岸一大片不毛之地，這地方得了也毫無用處；如果借道韓、魏，萬一兩國倒戈相向，這真是秦國自投羅網了。

天明，黃歇向秦昭王獻上書信。昭王苦着臉說：「你是作說客來的！」黃歇回道：「臣如果單為楚國說話，不給秦國也設想一下，大王還能聽臣的？秦、楚相爭，萬一齊、趙乘虛而入，秦國就為難了，所以不如與楚國聯和。」

這番話打動了秦昭王，他願意罷兵結好。黃歇完成了使命，徑回楚國。他那封勸說秦昭王的書信，是一份精彩的外交文件，成語「民不聊生」，源出於此。

六　畫

lǎo　mǎ　shí　tú

老馬識途

公元前 663 年，齊桓公發兵伐孤竹國，隨軍出發的有一個名叫管仲的大臣，知識淵博，足智多謀。戰爭從春季開始，凱旋時已是冬天，山川草木變了樣子，齊軍不熟悉孤竹地理，途中迷失了道路。

到了夜間，天黑霧濃，陰風慘慘。點火把照明，風一吹就熄；行路更分不清南北東西。管仲下令擊鼓敲鑼，將齊軍匯聚起來，先紮營住下再說。天亮了，齊桓公發覺，原來齊軍已走入一個地勢險要的山谷，趕忙派出幾支人馬，分頭尋找出路。

可是山高谷深，到處陡壁懸崖，派出的人左盤右旋，怎麼也摸不出去。

齊桓公急得不知怎麼才好。管仲說："老馬之智可用也。"於是吩咐將幾匹老馬轡韁解開，放牠們自由行走。

齊軍跟在老馬後面，走着走着，居然彎彎曲曲地出了谷口。管仲所說的老馬之智可用，後來演變為成語"老馬識途"。

釋義：「老馬識途」，「途」指道路。原意說老馬認得出道路。現多指有經驗的人對情況熟悉，能把事情辦好。

出處：《韓非子‧説林上》：「管仲、隰朋從於桓公而伐孤竹，春往冬反，迷惑失道。管仲曰：『老馬之智可用也。』乃放老馬而隨之，遂得道。」

lǎo dāng yì zhuàng

老當益壯

釋義：「老當益壯」，意思是指年紀大了，志氣應該更加壯盛。現在多用以形容人老幹勁大。

出處：《後漢書‧馬援傳》：「丈夫為志，窮當益堅，老當①益②壯。」

註：①當：應該。②益：更加。

東漢名將馬援，十二歲就死了父親。他從小就有大志，幾個哥哥都很看重他。

大哥馬況叫他讀《詩經》，他卻不願意讀死書，自願到邊境上去從事畜牧。馬況也認為弟弟將來會有出息，答應了他的請求。

不料，馬況不久就死了。馬援非常哀痛，侍奉寡嫂，恭敬盡禮。後來，馬援在郡中當個小差使，押解犯人。半路上，馬援覺得犯人可憐，不忍心把他送去受刑，便把他放了。

馬援隱姓埋名逃到北地郡，恰好逢着大赦，前事可以不究，於是他長期住下，實現了從事畜牧的志願。馬援的上代曾在那裏做過官，朋友不少，大家都擁戴他。他一面經營畜牧，一面發展耕作，不久就積有牛羊幾千頭、糧食幾萬石。

　　他常對朋友說：做個大丈夫，總要"老當益壯"。就是說，越窮困，志向越堅定；越年老，志氣越壯盛。又說："增加財富，貴在能夠施捨，不然就成守財奴了！"所以，他把賺來的錢財都分給宗族朋友，自己只穿羊裘皮褲。

百川歸海 bǎi chuān guī hǎi

釋義 比喻人心所向、眾望所歸。

出處 《淮南子・氾論訓》：「百川①異源，而皆歸於海。」

註：① 川：江河。

　　漢武帝的一位叔父劉安（封淮南王），招納賓客和從事天文、醫學、曆算、占卜的人數千名，編了一部幾十萬字的書，叫《淮南子》。

　　《淮南子》中有一篇《論訓》，裏面講到：我們的祖先原是住在水邊和山洞裏，衣着十分簡樸，生活十分艱苦。後來出了聖人，帶領大家建造房屋宮室，使老百姓有了躲風雨、避寒暑的地方。

　　聖人還教老百姓造農具、兵刃，發展生產，擒殺猛獸。以後，還制禮作樂，訂出各種規章制度。文章認為：社會是發展的，所以對於古時的制度，凡是不適用的就應廢除；對於現在的事，合適的就要發揚。

　　這一切都說明，"百川異源，而皆歸於海"。就像是所有的江河最後都要流入大海一樣，各人的工作不同，但也都是為了求得更好地治理社會，過更好的生活。

百尺竿頭 bǎi chǐ gān tóu

　　宋朝湖南長沙有位高僧名景岑，號招賢大師，又稱長沙和尚。

　　招賢大師常常出門傳道講經，沒有固定的住所。一天，他被邀上法堂講解佛經。他講得頭頭是道，聽的人聽得津津有味。有一位僧人聽得很起勁，趨前向他提了幾個問題。

　　兩人一問一答，講的都是有關佛教的最高境界即"十方世界"的事。那偈帖上寫道："百尺竿頭不動人，雖然得入未為真。百尺竿頭須進步，十方世界是全身。"意思是說，百尺竿頭仍須更進一步，十方世界才是登峰造極。後來人們就用"百尺竿頭"來比喻不應滿足已有的成績，應繼續努力。

bǎi bù chuān yáng

百步穿楊

養由基，又叫養叔，是春秋時楚國人。他年輕時就勇力過人，射得一手好箭。

　　有一天，鄰里的青年都聚集在一塊空場上練習射箭，周圍擁着許多人觀看。

　　箭靶設在五十步以外的地方。一位射手拉開弓連射三箭，箭箭正中紅心，博得了一片喝彩聲。養由基看到人們讚揚那位射手，就站出來說："射中五十步以外的靶子，沒有甚麼稀奇，咱們來個'百步穿楊'吧！"

　　養由基叫人在一百步以外的楊樹上選定一片葉子，塗上紅色做記號，然後對射手們說："射吧，能夠射穿那片楊葉，才是真正的好漢！"

　　剛才那位射手不甘示弱，舉起弓瞄準楊葉射了一箭。箭落了空，連葉邊也沒有擦着。人們失望地喊了一聲。那射手又連着射了兩箭，一箭都沒有中，他紅着臉退到一旁。其他的青年沒有人再敢站出來試射。

養由基向人群環視了一下，從容不迫地走上一步，抽出箭，搭上弦。只聽"噔"的一聲，那支箭疾似流星般地直飛而去，把楊葉射了個對穿。周圍的人群頓時爆發出一片叫好聲。

剛才那位射手不服氣地咕嚕了一句說："這一箭誰知道是不是碰巧射中！"養由基聽了不動聲色，叫人再去選定十片楊葉。只見他連連張弓發射，箭箭都命中目標。人們隨着他手臂的一舉一落，連聲叫好。

養由基射得性起，叫眾射手把所有的箭都集中在自己面前，他一箭一箭地朝着任意看中的楊葉射去，一口氣射了一百箭，百發百中，沒有一箭落空，把周圍的人們都驚呆了。

養由基收起弓箭，向眾射手告別。人們都用敬慕的眼光目送他遠去。從此以後，養由基"百步穿楊"的威名很快就傳遍了楚國。

yǒu　míng　wú　shí

有名無實

欒書是春秋時代晉國的宗族大臣，前後歷仕成公、景公、厲公、悼公四朝。在公元前 578 年晉、秦麻隧之戰和公元前 575 年晉、楚鄢陵之戰中，他都擔任中軍主帥，指揮晉軍取得了戰鬥的勝利，為發展晉國的霸業作出了貢獻。

欒書因功被封為上卿，並且受任為晉國的執政。由於他能夠宣揚德化，秉公執法，做到賞善罰惡，恩威並用，不但把晉國的內政治理得井井有條，力量日益強大，而且也使各國諸侯更加同心歸附。

欒書雖然職位很高，但他並沒有以此來謀取私利。他的祿田不到一卒（一百人耕種的土地），還比不上一個上大夫；家裏連一件貴重的祭器也沒有。這種廉潔奉公的美德，使他在大臣們中間贏得了很高的聲望。

公元前 574 年，晉國發生了一次重大事變：昏庸無

釋義　空有名義或名聲，而沒有實際。

出處　《國語‧晉語八》：「叔向見韓宣子，宣子憂貧，叔向賀之。宣子曰：『吾有卿之名而無其實。』」

道的晉厲公，聽信了奸臣胥童的讒言，一天之內連續殺死了郤（xì，粵：隙）氏三卿，還把欒書等大臣劫持在宮中，使京城裏人心惶惶，一片混亂。

欒書在群臣的支援下，突然調集軍隊包圍王宮，殺死了厲公，然後迎立公子姬周為國君，史稱晉悼公。本來在春秋時代，臣弒君是一種大逆不道的罪行，但由於欒書的一貫為人和聲望，他並沒有受到人們的指責和非難。

欒書去世以後，他的兒子欒黶（yǎn，粵：掩）襲爵為卿。欒黶的為人跟父親完全不同，他貪心很重，經常不擇手段地搜刮錢財，過着極其奢侈的生活。同時，由於他處事專橫，待人刻薄，也結下了不少冤家對頭。

公元前 559 年，秦、晉兩國發生戰爭。欒黶的弟弟欒鍼和士匄（gài，粵：概）的兒子士鞅一起奮勇衝向敵陣，陷入重圍。後來士鞅突圍回來，欒鍼卻犧牲了。欒黶不問情由，找到士匄就說：“欒鍼本來不想上陣衝殺，是士鞅叫他去的。現在欒鍼陣亡了，士鞅卻一個人跑了回來，這分明是他害死欒鍼。你快把他趕走，否則我就要殺掉他！”士鞅知道以後，連夜逃亡到秦國去了。

欒黶這些行徑，引起了眾朝臣普遍不滿。但是，由於欒書生前的德行和功業還沒有在人們心目中完全消失，大家對他兒子的劣跡，都採取了寬容的態度。因此直到最後，欒黶並沒有遭到殺身之禍。

欒黶病死以後，士匄受任為中軍主帥，士鞅也從秦國回到晉國，而欒的兒子欒盈只當上了公族大夫。雖然欒盈的為人並沒有大的缺點，但由於人們過去對他父親的不滿和憤恨，使他在朝臣中日益失勢和孤立。

欒盈的母親叔祁，是士匄的女兒，因為與家臣州賓私通，怕被欒盈揭露，就到士匄面前去誣陷欒盈結黨謀反，士鞅也在一旁作證。士匄聽了信以為真，就找個藉口把欒盈派到邊遠地區的着雍去築城。

欒盈遭到誣陷，有口難辯，一怒之下出奔到楚國去了。士匄立即命人把平時同欒盈交往密切的箕遺、黃淵、嘉父等十個大夫，統統處死，使欒氏的勢力受到了沉重的打擊。

欒盈出奔楚國以後，又轉到了齊國。公元前 550 年，他在齊莊公的支援下潛入晉國，收集心腹和舊部，突然向晉都絳發起進攻，終因寡不敵眾，兵敗被俘，他的家族和同黨全部被殺，慘遭滅門之禍。

大夫叔向是晉國當時一位著名的政治家。他從小聽說過欒書的美德和為國建立的功業，又親眼看到欒壓專橫結怨和欒盈兵敗被殺的情景，對欒氏祖孫三代由興盛到衰亡的歷史深有感觸。一天，他去拜訪老朋友韓起。

韓起是當時晉國剩下的六卿之一，職位很高。但他見了叔向，卻不斷唉聲歎氣地訴說自己的窮困。叔向微笑着聽他把話說完，然後站起身來向他拱手表示祝賀。

韓起奇怪地說：“我因為有卿之名而無其實，祿田不多，手頭經常很拮据，不能像其他卿大夫那樣廣泛交結賓客，過着優裕的生活，所以感到煩惱。你怎麼反而向我祝賀呢？”

叔向就向韓起講了欒氏三代的遭遇，然後說：“欒書當初譽滿全國時，祿田不到一卒；您現在很窮困，說明已經有他那樣的德行了，所以我才表示祝賀。如果您也像欒壓那樣搜刮錢財，我只會擔心，哪裏還會向您祝賀呢？”

韓起聽了這一番話，受到很大的啟發。他對叔向稽首行了一禮，說：“多謝您對我的開導，否則我連自己將要走向滅亡都不知道。”“有名無實”這個成語，就是由韓起“有卿之名而無其實”這句話概括而來的。

sǐ　bù　xuán　zhǒng
死不旋踵

東　漢桓帝時，宦官擅權。他們橫行霸道，飛揚跋扈，連地方上那些與他們沾親帶故的人，也都仗着他們的勢力，無法無天，胡作非為。

野王縣令張朔，是宦官張讓的兄弟。張朔公開貪污

釋義 比喻不避艱險，即使死也不後退。

出處 《後漢書・李膺傳》：「誠自知釁責，死不旋踵①。」

註：① 旋踵：旋轉腳跟，即後退的意思。

勒索，魚肉鄉民，甚至殺戮孕婦，兇殘至極。因為他哥哥權勢大，人們受了他的欺壓，也只好忍氣吞聲，無可奈何。

公元 165 年，被人們譽為“天下模範”的李膺，做了司隸校尉（掌糾察京師百官及附近各郡）。上任沒幾天，就有人向他告發了罪惡昭著的張朔，他立即派人去逮捕。張朔聽到了風聲，也緊張起來。他早就知道李膺的厲害，因此不得不連夜離開野王縣，潛入京師，躲到他哥哥張讓家裏。

前去捉拿張朔的公差，向李膺報告了張朔避風頭的情況。李膺感到非常氣憤，他只知道執法，可不管你是不是宦官，立即親自帶領一些公差到張讓家裏去搜查。

搜了好半天，也沒見到張朔的人影。李膺毫不洩氣，命令手下人再仔細搜查一遍。張讓家裏有複壁（中間有夾道的牆壁），李膺就吩咐手下人打破複壁，進去搜查，很快把張朔從裏面揪了出來。平時頤指氣使的宦官張讓，這時也只好站在一邊乾瞪眼。

張朔被關進了洛陽監獄。張讓預感到事情嚴重了，只得派人去向李膺說情。李膺秉公行事，不予理睬。

李膺抓緊時機，把張朔的罪行核實清楚後，立即升堂審問。張朔在人證物證面前，再也抵賴不了，只得招供。李膺下令將張朔押赴刑場，立即處死。

張讓得知兄弟被斬，氣急敗壞地跑到皇帝面前去哭訴。漢桓帝護宦官，立即頒下了詔書，宣李膺上殿。

一見李膺，漢桓帝大聲責問道：“你可知罪麼！為甚麼不先請示，就自作主張地殺了張朔？”李膺據理力爭說：“我到任已有十天，只是擔心案件積壓來不及處理，想不到公事辦得快了，反而有罪。”

李膺又說：“我得罪了宦官，自知闖下了大禍，即使因此把我處死，也決不後退。現在請求陛下寬限五天，讓我把那些罪大惡極的人懲辦了，即來受刑，哪怕把我放進油鍋炸，也在所不辭。”

接着，他歷數張朔的罪行，說得漢桓帝無言以對，只得對張讓說：“你弟弟確實有罪，咎由自取，怪不得李校尉。”又對李膺說：“沒你的事了，回去吧。”

李膺的聲威，從此大增。此後的一段時間裏，那些宦官不敢胡鬧了。漢桓帝感到很奇怪，就問他們甚麼緣故，他們叩頭說：“怕李校尉。”

sǐ huī fù rán

死灰復燃

漢景帝的兄弟梁孝王劉武，手下有個官員名叫韓安國，很有辦事能力，甚得梁王信任。當時發生“吳楚七國之亂”，韓安國奉梁王之命，領兵抵禦吳王劉濞（pì，粵：譬）的叛軍，使吳兵無法越過梁境進擾京師。吳楚亂平，韓安國由此出名。

後來，韓安國因違法獲罪，被關入獄。梁王多方設法，一時未能使他獲釋。

獄吏田甲，以為韓安國失勢可欺，時常藉故凌辱他。韓安國憤然說：“你把我看作滅了火頭的灰爐，難道死灰就永遠不能重新燃燒起來麼？”田甲嘿嘿笑道：“倘若死灰復燃，我撒尿澆熄它！”韓安國一聽，更是氣得說不出話來，但也拿田甲沒辦法。

不久，韓安國有了出獄的機會。原來梁孝王新得一名寵臣叫公孫詭，想請他擔任治理封國的“內史”，不料太后大不贊成，認為公孫詭為人奸詐，不如韓安國爽直、能幹。太后所以如此看重韓安國，是因為梁王以前行為有失檢點，自以為既是皇上兄弟，生活排場要和皇上看齊，這讓景帝很不高興；太后也看出景帝對兄弟不快，一度不再接見梁王派來的使者，以示對梁王不滿。梁王於是派韓安國進京，為他辯解。

韓安國一到京師，進見大長公主（景帝和梁王的姐姐），哭着說：“梁王為子孝，為臣忠，怎麼太后竟看不到這些？當初吳楚七國謀反，梁王每想到太后、皇上處於危境，往往淚下數行。這不正好證明梁王又忠又孝麼？

出處《史記・韓長孺列傳》：「蒙獄吏田甲辱安國，安國曰：『死灰①獨不復燃乎？』」

註：①死灰：燃燒後剩餘的灰燼。

"那時候，梁王親自跪送我們出兵迎擊叛軍；吳楚亂平，梁王出力不小，可見他並無異心。況且，梁王父兄便是先帝和當今皇上，他見慣大場面，帶上些帝王氣派，也無非是誇示天下，讓大家都知道太后、皇上寵愛他罷了！"

一席話說得既動聽，又實在，打動了長公主，當即進宮稟告太后。太后大喜道："快去說給皇上聽聽！"正好這時景帝駕到，長公主便把剛才給太后講的話，照樣講了一遍。

景帝聽完，心頭疙瘩解開了，免冠向太后叩謝道："我和梁王兄弟不能相洽，讓太后操心啦！"於是下令召見韓安國以及所有梁使，一一厚加賞賜。太后、長公主感念韓安國調解有功，另賜千金為謝。從此，韓安國為太后所看重；這次太后要為梁王選任內史，當然又想到他，便親自下詔，要梁王任用安國。

就這樣，韓安國被釋出獄，做了梁孝王的內史。田甲怕他報復，連夜逃走了。

聽說獄吏逃亡，韓安國故意揚言說："田甲若不趕快回來，我就要殺滅他全家老小！"田甲得到風聲，只好自動回來向韓安國請罪。韓安國笑著諷刺道："現在死灰復燃，你可以撒尿了！"田甲嚇得面無人色，連連磕頭求饒。"起來吧！"韓安國擺一擺手說："像你這樣的人，才不值得我報復呢！"韓安國講的"死灰復燃"，是指自己重新得勢；現在人們講"死灰復燃"，多指被消滅的惡勢力或壞思想重新活躍起來，含貶義，與原意不同。

qū　tū　xǐ　xīn

曲突徙薪

西漢時，大司馬大將軍霍光權高威重，政由己出，漢宣帝為此頗不放心。

有個名叫徐福的人，上書給宣帝說："陛下如果真的感念霍氏迎立你的功績，就應該抑制他家的權勢，否則霍氏終有一天因謀反遭到滅亡啊！"但宣帝沒有採取任何措施。

後來，霍光死了，他的家人果然要謀反，正待動手時，被人告發了。宣帝便將霍氏一族誅滅，並對告發的人大加賞賜，而那個曾上書提醒宣帝的徐福，卻被遺忘了。有人感到不平，向宣帝上書，用了一個"曲突徙薪"的比喻："從前有個人去看朋友，看到灶上的煙囪直豎，而灶邊又堆着柴薪，很容易失火。為了防患於未然，勸主人把煙囪上部砌成彎曲的，把柴薪搬得遠些。可是主人沒有採納他的建議。

"不久果然失了火。幸虧左鄰右舍趕來相救，費了好大力氣，才把火撲滅，不少人還因此受了傷。主人殺牛打酒酬謝鄰舍，請那些被燒得焦頭爛額的人坐在上席，其餘論功排座，卻把那個勸他曲突徙薪的朋友遺忘了。

"有人便對主人說：'當初你若聽從他的意見，也就不會失火，今天便用不着殺牛打酒請客了。現在建議曲突徙薪的沒有得到酬謝，救火焦頭爛額的倒應該成為上客嗎？'主人被提醒，馬上邀請那位朋友來，並且坐了首席……"宣帝聽了這個故事，恍然大悟，賞了徐福十疋絹，還封了他一個官職。

釋義 將煙囪改建成彎曲的，把柴草搬遠點，意思是防患於未然。

出處 《漢書·霍光傳》：「臣聞客有過主人者，見其灶直突①，傍有積薪。客謂主人，更為曲突①，遠徙②其薪，不者且有火患。主人嘿然不應。俄而家果失火，鄰里共救之，幸而得息。於是殺牛置酒，謝其鄰人，灼爛者在於上行……而不錄言曲突者。人謂主人曰：『鄉③使聽客之言，不費牛酒，終亡④火患。今論功而請賓，曲突徙薪亡恩澤，焦頭爛額⑤為上客耶？』」

註：①突：煙囪。②徙：搬移。③鄉：通「向」。④亡：通「無」。⑤焦頭爛額：原意為被火燒傷的樣子，現比喻狼狽不堪。

曲盡其妙

qǔ jìn qí miào

釋義：細緻入微地把妙處充分表現出來。

出處：晉·陸機《文賦》：「他日始可謂曲①盡②其妙。」

註：①曲：委婉細緻。②盡：全部。

唐玄宗非常愛馬。他的御廄裏養着一百匹從北方邊塞地區進貢來的好馬。為了滿足自己賞玩享樂的需要，他特地召請了一批能幹的藝師進宮來訓練馬匹。

每天，這些雄姿煥發的高頭大馬被牽到御苑中，整齊地分兩行排列。牠們披着美麗的錦緞，佩着玲瓏的珠玉，在藝師的指揮下，伴隨樂曲的節奏婆娑起舞，進退周旋，抑揚頓挫，無不曲盡其妙。每當一年一度的千秋節（玄宗定自己的生日八月初五為千秋節）來到的時候，唐玄宗總要召集群臣，在興慶宮西南的勤政樓下觀賞舞馬的精彩表演，共同度過歡樂的一天。

河北三鎮節度使安祿山，深得玄宗寵信，他曾經多次被召到長安宮中，觀賞過舞馬的表演，心裏十分喜愛。玄宗為了表示對他的優禮，特地賜給舞馬幾匹，讓他帶回范陽賞玩。公元755年冬天，安祿山突然在范陽起兵叛亂。他率領十五萬邊防大軍長驅南下，直逼長安。驚慌失措的唐玄宗不得不倉皇離京逃難。玄宗的突然出走，使整個長安陷入了一片混亂。百官士民紛紛逃入山谷。許多無賴和亡命之徒闖進皇宮府庫大肆搶掠，而關在御廄中的舞馬也先後被盜出宮城，流散到民間。

原先唐玄宗賜給安祿山的幾匹舞馬，在叛軍舉兵南下的時候，全部被留在范陽。公元757年，安祿山在長安遇刺身亡，那幾匹馬就被叛軍將士賣掉，最後落到了魏博節度使田承嗣手中。田承嗣是個武夫，根本不知道這是來自長安宮中的舞馬，得到以後，就命令軍士把牠們全部編入戰馬群中，準備以後作戰時騎用。

有一天，田承嗣在軍中設宴犒勞將士。席間，他命令樂工奏樂助興。只聽得鐘磬一響，陣陣悠揚悅耳的絲竹聲就不斷飄出營帳，隨着晚風一直傳送到馬廄中。正在場上圍坐飲酒的軍士，忽然聽到馬廄中有馬匹走動的聲音，起初並未注意，後來覺得聲音越來越響，而且很

94

有節奏，他們才走過去察看。只見是幾匹馬在隨着樂聲跳舞，時而蹬動後腿，時而揚起前蹄，動作十分齊整。

這些馬匹就是當年唐玄宗賜給安祿山的舞馬，牠們平時生活在戰馬群中，已經很久沒有跳舞了，現在一受樂聲的刺激，愛舞的習性就被引發了出來。那些軍士還以為牠們是突然中了邪，立即跑到前面大營去報告。

已經喝得醉醺醺的田承嗣，聽了報告以後有點不大相信，當下就叫兩個衛兵扶着自己到馬廄去察看。他一到那裏，發現情況果然如此，便認為這是一種不祥徵兆，馬上命人去把皮鞭拿來。田承嗣從軍士手中接過皮鞭，用力睜開惺忪的醉眼，對着舞馬喝道："停下！停下！今天是老子歡宴的日子，你們這些畜生膽敢興妖作怪，看我不打斷你們的脊骨！"說罷就啪的一聲抽了為首的舞馬一鞭。

田承嗣這狠狠的一鞭，竟使那匹舞馬錯把他當成了馴馬的藝師，以為自己捱打是由於舞步不合節奏，於是立即回頭一聲長鳴，就帶着廄中所有的舞馬，以更加輕快勻落的步伐跳了起來。圍觀的將士越來越多，舞馬也跳得格外起勁。牠們進退縱橫，迴旋飛轉，顯得那樣輕盈自如，曲盡其妙。可是田承嗣卻更加被激得暴跳如雷，命令軍士衝進馬廄舉鞭毒打。這些可憐的舞馬，最後全部慘死。

tóng　chóu　dí　kài

同仇敵愾

公元前 623 年，衛國的亞卿（副執政）寧俞出使魯國，魯君設宴招待。席間，樂工演唱《湛露》和《彤弓》，這是周天子對諸侯表示恩賜和獎賞的宴樂。寧俞聽了很不以為然，所以在宴席上他並無半句答謝之辭。

魯君很是奇怪，宴畢，即命人私下探詢寧俞：剛才席間不辭不答是何道理？寧俞微笑說："當年諸侯為周天子盡力，征服四夷；天子為了表示酬謝，設酒宴，賜

釋義 共同一致地對敵人抱着仇恨和憤怒的情緒。

出處 《詩經・秦風・無衣》：「修我戈矛，與子同仇①。」《左傳・文公四年》：「諸侯敵王所愾②，而獻其功。」

註：① 同仇：一致對付仇敵。② 愾：怨恨、憤怒。

彤弓（朱紅色的弓），賦《湛露》，這是可以理解的。」

寧俞繼續說：「可是，今天我們衛國來與魯國通好，魯君特地學天子賜諸侯的禮節，也命人奏起《湛露》、《彤弓》來，我又不便唐突，所有只好不開口了。」寧俞的諷喻和規勸使來人大為感服，即告辭回覆魯君。

魯君聽到寧俞所說的意思，也自覺慚愧，下次再不敢這樣顛倒周禮了。而寧俞所說的「敵王所愾」，卻被作為成語「同仇敵愾」的一個語源而廣為流傳。

到了公元前 506 年，楚國大夫伍奢的次子伍子胥，因父親被殺逃亡在吳國，他帶了吳國軍隊攻破楚國的都城，楚昭王出奔隨國。伍子胥到處搜求昭王，以報殺父之仇。

其實，伍奢是被昭王的父親楚平王殺死的，當時平王已死，伍子胥便掘開平王的墓，刨出屍首，用鋼鞭打得稀爛，然後再找昭王討還血債。伍子胥的好友申包胥捎信給他說，物極必反，你適可而止吧！子胥不聽，回覆申包胥，大意說，為報父仇就顧不得楚國了。申包胥得信，歎口氣說：「子胥要滅楚，我豈能坐視不救！」

申包胥知道楚平王夫人是秦哀公的女兒，秦、楚兩國有甥舅之親，所以決定到秦國求救。他晝夜西奔，足踵流血，好不容易奔到秦國。申包胥求見秦哀公說：「吳若滅楚，便要進一步攻秦，請趕快派兵解救楚國。」秦哀公說：「我們地處西部邊陲，兵少將寡，自保不暇，怎能救楚？」申包胥又動以甥舅之情，秦君仍不肯點頭。

秦哀公命申包胥在館驛中安心住下，待自己和群臣商議後再作決定。但一連好幾天，哀公沉湎酒色，竟把這事拋在一邊。申包胥便不脫衣冠，立於秦庭之中，日夜號哭，七天七夜，不吃不喝。

秦哀公聽到申包胥如此哀號，大為感動。他親自前去安慰，並為他唱《無衣》歌：「豈曰無衣？與子同袍。王於興師，修我戈矛，與子同仇……」申包胥聽這歌詞明明在說有衣同穿，有仇同報，還提到整修武器，準備打仗。他知道秦哀公已同意發兵，便頓首稱謝，並恢復飲食。

申包胥終於請得秦兵，挽救了楚國。《無衣》詩本是秦軍中十分流行的一首從軍歌，自從申包胥哭秦庭後，"與子同仇"更為時人樂道。後人也就把"同仇"與"敵愾"合為成語，以表達共同一致對敵鬥爭的決心。

tóng xīn tóng dé

同心同德

公元前十一世紀，商朝紂王暴虐無道。當時的周部族首領姬發（即周武王），興兵伐紂。

周武王親自率領兵車三百乘，虎賁（勇士）三千人，甲士四萬五千人，向東進軍，出潼關、渡孟津，在黃河北岸駐紮。為了增強兵力，他還在孟津會合八個西南部族。大軍進至距商都朝歌七十里的牧野，舉行誓師大會，聲討商紂罪行。

周武王在會上宣讀的誓詞名叫《泰誓》，其中有這樣幾句話："受（紂）有億兆夷人，離心離德；予有亂臣十人，同心同德。"意思是：商紂王雖有億萬奴隸，但他們思想不統一，信念不一致；我有治國能臣十人，思想統一，信念一致。

《泰誓》還有一段勉勵將士的話："乃一德一心，立定厥功，惟克永世。"就是要大家團結一心，為同一目標戰鬥，定能取得勝利，建立功勳，讓天下永享太平。士兵們聽了，鬥志大振。周軍與商軍大戰於商都郊外，是為歷史上著名的"牧野之戰"。

當時商軍主力遠在東南戰場，一時徵調不過來。紂王便把大批奴隸和從東南夷捉來的俘虜武裝起來，開往前線。在激烈的戰鬥中，商軍奴隸兵都不願為紂王賣命，紛紛在陣前倒戈相向，配合周軍攻入商都朝歌。紂王兵敗，登上鹿台，用大量玉璧圍堆在身邊，然後點火自焚。商朝滅亡。商朝與民眾離心離德，終於敗亡；周王朝與民眾同心同德，終獲勝利。

釋義　指人心一致，行動統一。

出處　《尚書·泰誓》："受（紂）有億兆夷人①，離心離德；予有亂臣②十人，同心同德。"

註：①夷人：商王朝俘獲東南夷充作奴隸，編入軍隊，稱為「夷人」。　②亂臣：此處指治理國家的良臣。

同病相憐

tóng bìng xiāng lián

釋義
比喻有同樣遭遇而互相同情。

出處
《吳越春秋‧闔閭內傳》：「子胥曰：『吾之怨與喜①同。子不聞《河上歌》乎？同病相憐，同憂相救。』」

註：① 喜：指白喜，《左傳》作伯嚭，本是楚大夫，後逃亡吳國。

伍員，字子胥，春秋後期楚國人，生性沉勇剛強，很有膽略。他的父親伍奢是太子建的太傅（輔導太子的官），哥哥伍尚在棠邑做官。子胥長期以來就和哥哥生活在一起。

伍奢是一位忠厚正直的老臣，深受太子建的信賴和敬重。同伍奢一起輔佐太子的少傅費無極，卻是個諂媚奸詐、慣於玩弄權術的小人，太子建對他毫無好感。這就引起了費無極的不滿和仇恨。

公元前 527 年，費無極奉楚平王之命到秦國去為太子建迎娶新婦。他一回來就對平王說：「新婦美麗極了，大王何不自己留在身邊，再為太子另娶一個？」平王是個好色之徒，當下就讓費無極把新婦送進後宮。

平王佔了秦女以後，把她立為夫人，從此對太子建日益疏遠，後來又派他到城父去守邊。費無極就趁機日夜向平王進讒，說太子由於新婦被奪，心懷怨恨，準備結交諸侯，起兵謀反。

平王對費無極的讒言深信不疑，當即派人去把太傅伍奢召來責問。伍奢知道這是費無極造的謠，就回答說：「大王為甚麼要聽信小人的讒言，疏遠自己的骨肉呢？」平王把伍奢的話告訴了費無極。費無極說：「伍奢已經和太子建串通一氣，大王如果現在不制止他們的陰謀，將要後悔莫及了！」於是，平王下令逮捕伍奢，同時命在城父的司馬奮揚立即把太子建殺死。

伍奢被捕下獄後，費無極又對平王說：「伍奢有兩個才能出眾的兒子，如果不把他們一起除掉，必將成為楚國的大患！」平王就派使者去對伍氏兄弟說：「你們到郢都來，老父可以免罪，否則他將被處死。」

伍尚聽了使者的話，決定立即到郢都去見父親，可是伍子胥卻說：「哥哥，楚王把我們召去，完全是為了斬草除根。我們為甚麼要自己去送死呢？不如投奔別國去，將來還可以為父親報仇。"伍尚思父心切，跟使者走了。一到郢都，果然不出子胥所料，他和父親伍奢一起被平王下令處死。子胥得到噩耗，就隻身逃出楚國，在宋、鄭流亡了一段時間，歷盡千辛萬苦，最後逃到了吳國。

當時，吳國的公子光正在暗中物色人才，準備伺機發動政變，奪取君位。子胥來到吳國後，推薦了一位勇士專諸給公子光，幫助他刺殺吳王僚。公子光即位當了國君，史稱吳王闔閭。他對伍子胥非常感激，任命為行人（掌管朝覲聘問），一切軍國大事都要同他商量。子胥就竭盡全力輔佐吳王治國強兵，積聚力量，準備攻伐楚國，為父兄報仇。

公元前 515 年，楚國又發生了一起陷害大臣的事件：左尹郤（xì，粵：隙）宛由於忠貞謙和，深受百姓愛戴，引起了費無極的忌恨。這個陰險毒辣的權奸就同右領鄢將師勾結起來，準備把郤宛置於死地。他先去對令尹（楚國執政官）子常說："郤宛準備請您去喝酒。"接着又去對郤宛說："令尹想到你府上來喝酒。"郤宛聽了很高興，說："令尹能夠光臨寒舍，這是我的榮幸。我用甚麼禮物奉獻給他呢？"

費無極說："令尹喜歡鎧甲和兵器，你拿一些出來，我幫你挑幾樣獻給他。"於是費無極給郤宛選了五副鎧甲和五種兵器，說："你把這些陳列在門口，令尹來了一定會停下來觀看，你就趁此機會獻給他。"

到了約定的那天，郤宛果真把鎧甲和兵器陳列在大門左邊，恭候子常的到來。這時費無極卻去對子常說："令尹，郤宛已經決定在宴會上對您下手，我看到他家裏連武器都準備好了。"

子常聽了，立刻派人暗暗地到府中察看，果然看到門外擺着鎧甲和兵器，裏面人來人往十分忙碌，就回去如實稟報。子常信以為真，當即命令鄢將師率領軍隊去包圍郤府，把郤宛及其家屬全部逮捕處死。

郤宛有個親戚伯嚭（pǐ，粵：彼），是已故太宰伯州犁的孫子。當伯州犁在一次宮廷政變中險被楚靈王處死時，是郤宛保護了伯嚭，並把他撫育成人。這次郤宛被害，伯嚭正在外面，一得到消息，就連夜倉皇出走。伯嚭在民間躲了幾天，感到這樣下去不是長久之計。他想起吳國同楚國是世代相仇的敵國，聽說伍子胥一到那裏就很受重用，於是決定也去投奔吳王闔閭。

闔閭正在同伍子胥商量出兵伐楚的事情，聽說伯嚭到來，就命人請進宮中，設宴款待。席上，他問伯嚭說：“先生怎麼想到投奔敵國呢？”伯嚭說：“大王禮賢下士，子胥一到就待如上賓，所以臣才不遠千里前來投奔。”接着，伯嚭又講了自己在楚國的不幸，伍子胥聽後臉上露出十分同情的神色。這時，坐在一旁陪宴的大夫被離悄悄地問他說：“伯嚭的為人究竟怎樣還不太清楚，為甚麼您一見就這樣相信他呢？”

伍子胥回答說：“因為我的怨仇和他相同，你沒有聽過《河上歌》嗎？它的內容是叫人們同病相憐，同憂相救。對於和自己有着同樣命運的人，我怎麼能不傾心相待呢！”

由於伍子胥對伯嚭一見如故，十分友好，因此席散以後，伯嚭就被吳王任命為大夫。當闔閭在世的時候，兩人一直同心輔政，使吳國的力量日益發展，不斷取得對楚戰爭的勝利。“同病相憐”這個成語，從此便流傳下來了。

因勢利導

yīn shì lì dǎo

戰國時代魏國攻打韓國。韓國立即向齊國求救。齊威王召集大臣們商量對策，問大家道：“早去救好，還是晚去救好？”成侯說：“不如不救。”田忌不贊成：“我們不去救，韓國被打敗了，必然依附魏國。我看還是早救好。”

孫臏說：“現在韓、魏尚未正式交戰，早救，我國將代替韓國和魏作戰，勢必蒙受極大損失，不如晚救好。等他們實力消耗了，再出兵，可以受利得名。」齊威王認為是個好辦法，打發韓使回國，答應出兵援救。

韓國仗着有齊國支援，拼命抵禦魏軍的進攻，但交手五次都失敗了，只得再派人向齊國求救。這時，齊威王派田忌為將，孫臏為軍師，發兵救韓。孫臏仍用十三年前圍魏救趙的老辦法，揮兵直指魏都大梁。

魏軍主將龐涓聽到這個消息，馬上把軍隊從韓國撤回來，不料齊軍已經越過邊界，進入魏國國境了。這時，孫臏對田忌獻策說：「魏國軍隊一向強悍勇敢，輕視齊國，以為齊國不敢和他們交戰。會用兵的人，就要因勢利導，引誘他們中計。現在我軍進入魏國國境，可用減灶之計來矇騙他們。」

他接着說：「第一天紮營時，要架造供十萬人煮飯的灶。第二天架造供五萬人煮飯的灶，第三天只架造供三萬人煮飯的灶，讓敵人以為我們的軍隊天天在減少。」田忌採用了孫臏的計策。果然，龐涓率軍追蹤齊軍時，發現齊國軍營爐灶天天減少，大為得意：「我早就知道齊軍是膽怯的，只有三天，他們的兵士就逃走一半了。」於是，他不用步兵，只帶了一部分輕裝的騎兵去追趕齊軍。

齊國軍隊已經在馬陵紮營。這裏兩旁是山，道路狹窄，形勢險要，是埋伏軍隊的好地方。孫臏估計魏國軍隊會在夜裏趕到這裏。孫臏叫人在一棵大樹樹幹上削去皮，露出白木。在上面寫着六個大字：「龐涓死此樹下。」並在馬陵道兩旁山上埋伏了弓弩手，等見到火光時一齊射發。

夜裏，魏軍到了馬陵。樹木叢雜，道路崎嶇。龐涓看到那棵樹幹露出白木，又寫着一行字，便點起火把照看。頓時，齊軍萬箭齊發，魏軍紛紛倒下，其餘的狼狽逃竄。龐涓知道敗局已定，就拔劍自殺。臨死時，歎道：「這下成全這小子的聲名了！」龐涓一死，齊軍乘勝前進，把魏軍徹底打垮。

釋義：順着事物發展的趨勢導向正常道路。

出處：《史記・孫子吳起列傳》：「善戰者因①其勢②而利導③之。」

註：① 因：順着。② 勢：趨勢。③ 利導：引導。

先發制人

釋義 原來是說戰爭中的雙方，先發動的處於主動地位，可以控制對方。後來也泛用為先下手為強的意思。

出處 《漢書·項籍傳》：「先發制人，後發制於人。」

秦朝末年，項梁因殺人犯罪，帶了姪兒項羽潛逃到吳中住下。

項梁很有點才氣，結交當地的一些名士，還收養了一些賓客，閒時，教項羽兵法。叔姪倆在吳中頗有聲望。

公元前209年，陳勝、吳廣發動農民大起義，動搖了秦朝的統治。一些地方官吏，也都起兵反秦。會稽郡守殷通，仰慕項梁和項籍，把叔姪倆請來共商大事。

項梁說：「現在江西好多地方起兵反秦，這是滅秦的好時機啊！先下手的，就有利於控制別人；後下手的，就不免受別人控制。」他主張趕快起兵。殷通希望他們叔姪倆和桓楚共同領兵。項梁告訴他，桓楚現在逃亡在外，項籍知道他的下落，可以叫項籍去請他來。

項梁覺得殷通多疑，在他手下不能成事，便暗示姪兒殺了殷通。官府中的衙役見項籍勇猛，都不敢反抗，願意聽從指揮。接着，項梁在吳中舉兵，並收編了郡下屬縣的壯丁，得精兵八千人，舉起反秦大旗，向北方進擊。

自相矛盾

釋義 比喻語言、行動前後自相抵觸。矛盾是古代兩種作用不同的兵器，矛是用來進攻敵人的，盾是用來保護自己的。

很久以前，楚國有一個賣兵器的人，在市場上賣矛和盾。圍看的人多了。他舉起盾，向人們誇口說：「我的盾，堅固無比，世上任何鋒利的東西都不能刺穿它。」

圍觀的人都在仔細看他的盾，沒有甚麼反響。那人又揮舞他的長矛，向人們吹噓道：「我這支矛鋒利無比，無堅不摧，無論怎樣堅硬的盾，一碰上，就能戳穿！」

人群中有人問道：「就拿你的矛來刺你的盾吧，看看結果怎麼樣？」那人張口結舌，無從回答，挾着矛和

盾走了。後來就用"自相矛盾"這句成語，比喻言行前
後自相抵觸。

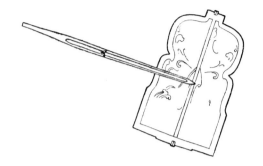

出處

《韓非子·難一》：「楚人有鬻盾
與矛者，譽之曰：『吾盾之堅，
物莫能陷也。』又譽其矛曰：
『吾矛之利，於物無不陷也。』
或曰：『以子之矛，陷子之盾，
何如？』其人弗能應也。」

xíng jiāng jiù mù

行將就木

釋義

意思説快要進棺材了，比喻人將近死亡。

春秋時代，晉國的國君晉獻公，輕信寵妾驪姬的讒言，逼死了太子申生。申生的兩個異母兄弟也被迫逃亡。公子重耳出奔翟國，公子夷吾出奔梁國。

重耳在國內本有賢名，他逃亡時，晉國有才能的人大多跟着他，其中頂出名的有大夫狐毛、狐偃、趙衰、胥臣、魏犫（chōu，粵：抽）、介子推、先軫（zhěn，粵：診）等，他們都在翟國安頓下來。

翟人把美女季隗嫁給重耳，把季隗的姐姐叔隗嫁給趙衰。兩姊妹跟隨丈夫在翟國一住十二年，各自生有兒子。

一天，狐毛、狐偃接到父親狐突（重耳的舅父）從晉國送來的信，內稱"主公謀刺公子，速往他國避禍"。原來公子夷吾在獻公去世後藉秦國之力回晉即位，他擔心兄長重耳回國爭位，派出刺客要來謀殺重耳。

狐氏兄弟趕快稟報重耳，重耳跟大夥商量避往何地為宜。狐偃說："還是上齊國去吧，齊侯雖說老了，他始終是霸主；何況齊國最近又死了幾位老大臣，他正需要人，公子去投奔他，正是時候。"

當晚，重耳跟妻子說："夷吾派人行刺，我只好避到別國去，日後設法聯結秦、楚，漸圖復國。你要盡心

撫育兩個兒子，要是過了二十五年我還不能來接你，就另嫁別人吧！"季隗哭道："男子漢志在四方，我豈敢阻攔！我今年二十五歲，再過二十五年，已是'行將就木'的人了；就說不死，到了五十歲還嫁給誰去？你不必擔心，我等着你就是了。"

第二天，重耳也不去驚動翟君，悄悄地由狐毛、狐偃、趙衰等人保護着離開翟國，投奔齊國。此時重耳已是年過半百，卻連個安身的地方也沒有。他們這一去，又是足足七年。重耳在齊國，受到上賓的禮遇，齊桓公還挑了一個本家的美女齊姜嫁給他。重耳想藉桓公威望創造復國條件，只得又在齊國安家。

不料第二年齊桓公得病死去，五公子爭位，國內大亂。重耳他們眼看齊國紛紛擾擾亂了幾年，霸主地位不保，覺得再待在此地也沒有甚麼指望，決定另投別國。他們歷經曹、宋、鄭、楚，最後秦穆公將重耳迎到秦國，還把女兒懷嬴嫁給他，打算幫他復國。恰好這一年夷吾病亡，這就為重耳回晉提供了好機會。

重耳在外流亡十九年，終於藉秦穆公之力，於公元前 636 年返晉即位，史稱晉文公。他從秦國接來了懷嬴，從齊國接來了齊姜，從翟國接來了季隗。季隗當時只有三十幾歲，距"行將就木"還早呢！

出處

《左傳‧僖公二十三年》："（重耳）將適齊，謂季隗曰："待我二十五年，不來而後嫁。'對曰："我二十五年矣，又如是而嫁，則就木①焉。'"

註：①就木：木指「棺材」；即「死亡」。

wēi yú lěi luǎn
危於累卵

釋義

意思是危險得像壘起來的蛋一樣，很容易倒塌打碎，形容處境極其危險，也作「危如累卵」。

枚乘是著名的辭賦家。漢景帝時，他在吳王劉濞（pì，粵：譬）屬下擔任郎中（侍從官）。劉濞是漢高祖劉邦的姪兒，曾經跟隨劉邦討伐淮南王英布的叛亂，因功被封為吳王。吳國是漢朝初年第二個大諸侯國。

漢文帝年間，吳國太子到長安，退朝以後陪漢太子劉啟（即後來的漢景帝）下棋消遣。吳太子由於平時受寵慣了，不懂禮讓，為了一步棋和劉啟爭執起來。劉啟很惱火，拿起棋盤一下子把吳太子砸死了。

從官把吳太子的屍體運載回來，劉濞見了又傷心又氣憤，強按着心頭的怒火說：「既然死在長安，就埋在長安好了，何必還要運回來！」當即命人把兒子的屍體重新運回長安埋葬。

劉濞失去了心愛的兒子以後，開始對朝廷心懷怨恨，遇到應該去長安入朝的日子，他都稱病不去。後來朝廷了解到他並沒有生病，認為他違反了臣禮，準備派人查究治罪。劉濞得到消息，漸漸起了謀反的念頭。枚乘知道後，特地上書勸諫他說：「你這樣做，使自己的處境危於累卵，要想成功比登天還難。希望你能慎重考慮，不要自取滅亡。」劉濞不聽，枚乘就離開他，投奔梁孝王劉武去了。

後來，吳國的使者到長安去，漢文帝向他詢問劉濞的情況，使者說：「吳王稱病不朝，確實是為太子的事情受了委曲，如果因此把他治罪，他不會心服。請皇上加以寬恕，允許他改過自新。」

漢文帝感到使者的話講得有理，就讓使者帶着一副几杖（供老年人憑靠的桌子和走路支撐的手杖）賜給劉濞，同時允許他不再定期到長安入朝，以示優禮。劉濞受到這樣寬厚的待遇，謀反的念頭就漸漸打消了。

等到文帝去世，景帝即位以後，御史大夫晁錯，奏請景帝收集各諸侯國的過錯和違法行為，趁機削減他們的領地，扼制和打擊他們日益發展的勢力，使他們無力同中央政府對抗。景帝接受了晁錯的建議，首先削減了楚、趙、膠西三個諸侯國的部分領地，接着輪到了吳國。吳王劉濞就決定聯絡楚、趙、膠西以及膠東、川、濟南等六國，起兵對抗朝廷。

枚乘在梁國得到消息，再一次寫信給劉濞，懇切地希望他能夠懸崖勒馬，收兵返回吳國。但這時的劉濞已經勢成騎虎，沒有挽回的餘地了，當然不可能接受枚乘的意見。漢景帝派名將周亞夫為太尉，率領漢軍去平定吳、楚七國之亂。周亞夫僅僅用了三個月，就殺死吳王劉濞，平定了七國之亂。

出處
《韓非子・十過》：「其君之危，猶累①卵也。」
《戰國策・秦策四》：「當是時，衛危於累卵。」
枚乘《上書諫吳王》：「能聽忠臣之言，百舉必脫；必若所欲為，危於累卵，難於上天。」

註：① 累：堆疊。

六畫

危於累卵

危若朝露

商鞅，戰國時衛國人，原名公孫鞅。他從小喜歡鑽研有關刑事、法令的學問，長大後離開衛國到魏國去，在魏相公叔痤手下擔任中庶子（管理公族事務的官員）。公叔痤對他的才幹非常賞識。後來，公叔痤得了重病，魏惠王前去看望，問他說：「您如果有個三長兩短，國家的大事將怎辦呢？」公叔痤說：「中庶子公孫鞅是個少見的人才，可以重用，把朝政託付給他。」惠王聽了，默不作聲。

公叔痤見惠王如此，就屏退侍從，對惠王說：「您如果不願意重用公孫鞅，就把他殺掉，千萬不要讓他離開魏國，以免被別國重用。」惠王點頭表示同意。

惠王走後，公叔痤立即把公孫鞅召來，將自己和惠王的談話都告訴了他，並且說：「你趕快逃走吧，不然將要被逮捕了。」公孫鞅神色自若地說：「大王不肯聽你的話用我，又怎會聽你的話殺我呢？」結果，他沒有逃走，惠王也沒有殺他。

不久，公叔痤去世，公孫鞅在魏國失去了依靠。他聽說秦孝公正在廣求人才，就離開魏國，到秦國去尋找晉身之路。他一到秦國，馬上通過秦孝公的寵臣景監請求召見。秦孝公接見公孫鞅三次。前兩次都沒有採納他的意見，最後一次，公孫鞅摸準了孝公想要以法圖強的心思，就反覆陳述自己的變法主張，使孝公聽得入神，接連幾天都不感到厭倦。於是，孝公決定重用公孫鞅，讓他實行變法。

公孫鞅被任命為左庶長，很快制定了變法的命令。他恐怕老百姓不相信，就先在都城南門豎了一根三丈長的木棒，下令說：「誰能把它搬往北門，賞賜十金。」老百姓看到這樣的重賞，起初感到很奇怪，沒有人敢去搬。後來，公孫鞅把賞格提高到五十金。有一個人貪圖這筆重賞，大着膽子把木棒搬到了北門，果然分毫不缺地得到了五十金的賞賜。通過這一次按令行賞，公孫鞅開始有了威信。但當他把整個變法的命令公佈出去時，仍然引起了許多人的不滿和反對。

後來，太子嬴駟犯了法，公孫鞅說：「法令之所以不能實行，關鍵在上面。現在太子犯了法，應當同樣處理。」但太子是國君的繼承人，不好施加刑罰，公孫鞅就把他的兩個師傅抓來治罪。從此，沒有人再敢公然違法了。

公孫鞅變法十年，把秦國治理得井井有條，國力日益強盛。他因功受封商，賜號為商君，因稱商鞅。但由於執法如山，不徇私情，也引起了許多貴族大臣對他的怨恨。

一天，有個名叫趙良的人去見商鞅，勸告他治政要恩威並用，對於貴族大臣不宜執法太嚴，結怨過多。趙良列舉了商鞅一些不恰當的做法後說：「您現在的處境危若朝露，這樣下去，怎麼能長保平安呢！」商鞅聽了不以為然。

公元前 338 年，秦孝公因病去世，太子嬴駟即位，世稱惠文王。原來被商鞅治罪的兩名太子師傅立即勾結其他貴族大臣，誣告商鞅準備造反。惠文王就派人去逮捕商鞅。商鞅倉猝地逃到魏國，魏國君臣害怕秦國勢力強大，不敢接納商鞅。他只好仍然返回秦國，最後被捕，遭五馬分屍而死。

míng　zhèng　yán　shùn
名正言順

公元前 496 年，孔子做了魯國大司寇（最高法官），代理相事，大大改變了魯國的政治面貌。齊景公害怕魯國將來稱霸諸侯，特地送來一部「女樂」（古代的歌伎），目的是銷蝕魯君的意志。「女樂」進了魯宮，她們的輕歌妙舞，就把魯定公迷住，早晚盡情觀賞，連朝都不去坐了。這就是齊景公所期望的。

出處

《論語‧子路》：「名不正則言不順，言不順則事不成。」

釋義

名正：名義正當；言順：道理講得通。後人用「名正言順」表示所做的事情理由正當而充分，含有理直氣壯的意思。

孔子一連三天被擋在宮門之外見不到定公，未免灰心失望，決定帶着他的學生周遊列國另尋出路。有個叫子路的學生建議到衛國去，孔子同意了。一行人到了衛國。衛靈公知道孔子的名氣，對他表示歡迎，並願意像魯國一樣每年給孔子六萬小斗俸祿。孔子打算安心在衛國住下。

學生有了安身之處，都感到欣慰。子路尤其高興，他私下探問老師，如果做了衛國的執政，首先打算做些甚麼。孔子說：「必然要講究‘正名’，做到名正言順。這就是說，名義要正當，說話要合理，才會獲得百姓的信賴。」

誰知衛靈公歡迎孔子的話，不過一時說說，並不當真重用他。孔子不願在衛國“無功受祿”，動身到別國去，只有子路和另一個學生子羔，因為在衛國擔任官職，所以留了下來。

之後不久，衛國的太子蒯聵（kuì，粵：繪），探得靈公夫人南子想把他廢去，改立年幼的公子郢為太子，便先發制人，帶着刺客進宮想刺死南子，卻被南子識破，蒯聵只好逃奔晉國。

過了三年，衛靈公死了，遺命傳位給公子郢。公子郢不肯受命，只得改立蒯聵的兒子公子輒，稱為衛出公。衛出公擔心他父親將來藉晉國的力量回國爭奪君位，要子路給他請孔子來衛國主持軍國大事。

可是孔子歷年往來於曹、宋、陳、蔡、鄭、晉、楚諸國，經歷了許多困苦和災難，始終未能一展抱負，子路整整盼了八年，才盼得孔子來衛。他向孔子轉達了衛出公的誠意，問他治理衛國應該從何入手。

孔子看清衛國目前主要問題是蒯聵憑藉外力來和兒子爭國，他內心極表反感；同時他也厭惡衛出公貪戀權位，貽誤國事，只是不好明說，所以又提出了“名正言順”四字，並且說，名義不正當，說話不合理，就幹不成大事。

子路明知這番話的含義，但不便向出公轉達，只得把這事擱在一邊。剛巧魯國使臣來説，魯定公已死，他兒子哀公要迎接孔子回國。孔子已經老了，不願久留衛國，決定隨使回魯。

魯哀公向孔子問政，孔子捏出了"君君、臣臣、父父、子子"八個字，就是説國君要像國君，臣子要像臣子，各按名位行事。這是孔子對列國政治混亂的歷史總結，也可以説是對"正名"這一主張下的定義。

gè　　zì　　wéi　　zhèng

各自為政

釋義

「疇昔之羊，子為政；今日之事，我為政」，後人概括為「各自為政」，表示各人按自己的主張辦事，不顧整體，也不與別人配合協作。

出處

《左傳·宣公二年》：「將戰，華元殺羊食士，其御羊斟不與。及戰，曰：『疇昔之羊，子為政；今日之事，我為政。』與入鄭師，故敗。」

春秋時期，宋國和晉國結盟，引起楚國的不滿。楚莊王為了顯示實力，命他的盟國鄭國去討伐宋國。鄭穆公立即派兵前往大棘與宋兵對壘。決戰前夕，宋國大將華元，為了鼓舞將士鬥志，特地殺羊勞軍。將士們吃着羊肉，喝着美酒，一片歡騰。

一位副將問華元："怎不讓您的趕車夫羊斟參加聚餐？"華元輕蔑地説："他嗎？一個趕車的，打仗又不靠他，何必讓他湊熱鬧？"副將還要勸説，華元板着臉説："今日之事我做主，你不必多言。"

第二天，宋、鄭決戰開始。華元乘在羊斟駕乘的戰車上進行指揮，宋軍奮勇作戰。鄭軍也不示弱，兩軍交戰激烈，勝負難分。華元命羊斟把戰車趕向鄭軍兵力薄弱的右方，以便向這裏突破。可是羊斟卻反向而馳，揮鞭將戰車趕往鄭軍兵卒最密的左方。華元大呼："你要往何處去？"

羊斟得意地説："疇昔之羊，子為政；今日之事，我為政（意思是：日前吃羊你做主；今天趕車我做主）。"話剛説完，羊斟已把戰車趕到鄭軍的陣地。一群鄭兵蜂擁而上，把華元捉住。

宋兵見主將被俘，軍心大亂。戰不多久，二百五十名宋兵被鄭軍捉去，司空樂呂也成了俘虜。這一仗，鄭軍俘獲了四百六十輛戰車，打得宋軍一敗塗地。由於羊斳不聽指揮，“各自為政”，使有戰鬥力的宋軍遭到了慘敗。

gè   dé   qí   suǒ
各得其所

出處
《漢書・東方朔傳》：「是以四海之內，元元之民，各得其所。」

《易・繫辭下》：「交易而退，各得其所。」

釋義
原來表示各如其所願。後來也表示每個人都得到適當的安置。

漢武帝的妹妹隆慮公主得了病，她的兒子昭平君是武帝女婿，她擔心死後兒子會犯死罪，於是見了漢武帝説：“陛下，我以黃金一千斤、錢一千萬為昭平君預贖死罪。”漢武帝點頭應允了。

不久，隆慮公主去世。昭平君日益驕橫，一天他喝醉酒殺了人，被逮捕關在內官監獄裏。廷尉因昭平君是公主的兒子、皇帝的女婿，不敢擅自決斷，上奏漢武帝請論其罪。

這件事觸動了漢武帝的心事，他垂涕歎息道：“我妹妹年紀很大才養了這個兒子，死以前曾經託付給我，如今要對他判罪，於心不忍。”左右大臣都説：“既然前已贖了死罪，陛下可以赦免他！”

武帝沉默了一會説：“法令是先帝制定的，如果因我妹妹的兒子而破壞法令，豈不失信於萬民？這樣，我沒有顏面再進高祖廟！”他准了廷尉所奏，將昭平君判了死刑，心裏卻感到傷心難過。左右大臣也都哀傷不已。

在這一片悲哀的氣氛中，給事中（皇帝的顧問官）東方朔卻上前向武帝祝酒説：“聖賢的帝王執政，賞功不避仇敵，罰罪不擇骨肉。這兩點陛下做到了，四海之內的老百姓就會各得其所，天下幸甚。”武帝不語，起身回後宮去了。

傍晚，漢武帝召見東方朔道：“古人説，講話要看時機，才不會討人厭。今天先生祝

酒，是不是時候？”東方朔奏道：“臣聽說，樂極陽溢，哀極陰損，而酒能消憂，臣祝酒是為了宣揚陛下的公正，節制陛下的悲哀！”

東方朔性格詼諧滑稽，不久前因小過失被武帝下詔免為庶人，詔書正在簽署中；而今他以詼諧風趣的形式，恰當地頌揚了漢武帝罰罪不避至親的做法，勸止了悲哀。漢武帝因此恢復了他的官職，賜帛一百疋。

duō　duō　yì　shàn

多多益善

韓信原是楚霸王項羽手下的低級軍官，後來投奔漢王劉邦，被拜為大將。楚漢相爭期間，他統率漢軍，南征北戰，為漢王立下了汗馬功勞。

公元前 202 年，劉邦消滅項羽後即位稱帝，大封功臣。韓信被封在淮北做楚王，定都下邳，成為當時實力最強大的諸侯王。第二年，有人向劉邦上書密告韓信謀反，劉邦採用謀臣陳平的計策，假稱自己準備巡遊雲夢，要各地諸侯到陳縣相會。韓信不知是計，親身前往，當場被劉邦下令逮捕。

韓信被押解到洛陽。劉邦想起他過去的戰功，下令把他免罪釋放，但貶爵為淮陰侯。後來劉邦定都長安，韓信也和其他大臣隨同前往。

韓信來到長安後，一直閒居無事。他看到過去曾經屬於自己部下的周勃、灌嬰、樊噲等人，一個個都位居列侯，同自己平起平坐，心裏很不痛快。因此，經常稱病不去上朝。

劉邦知道韓信心懷不滿，一天，派人把他召進宮來。閒談中，劉邦叫韓信評論一下朝中諸將的才能。韓信把周勃、灌嬰等人一一數說過來，幾乎沒有一個看得上眼。劉邦聽了，笑着問他：“如果我去帶兵，你看能帶多少人？”

劉邦這句話觸動了韓信，他不假深思就脫口回答

釋義 指越多越好。

出處 《史記·淮陰侯列傳》：「上問曰：『如我能將幾何？』信曰：『陛下不過能將十萬。』上曰：『於君何如？』曰：『臣多多而益①善耳。』」

註：① 益：更加，越是。

說：“陛下如果帶兵，我看最多不過十萬人。”劉邦馬上又問：“那你能帶多少呢？”韓信說：“臣帶兵是多多益善。”

劉邦一聽，不禁放聲大笑，說：“你既然帶兵多多益善，遠勝於我，那為甚麼反而被我擒住呢？”韓信自知失言，生怕因此得罪，就說：“陛下雖然不善於帶兵，但是善於帶將，這就是臣所以被陛下生擒的原因。”

這一次談話，結果當然是不歡而散。韓信高傲的性格和流露出來的不滿情緒，更加重了劉邦對他的疑忌，君臣之間的隔閡越來越深。

公元前 197 年，趙相國陽夏侯陳豨（xī，粵：希）在代縣起兵謀反，劉邦親自前往討伐。韓信就想乘機在長安發動兵變，誰知還未動手，就被人告發。呂后與蕭何用計把韓信騙進宮中逮捕，在長樂宮就地處決。

duō　móu　shàn　duàn
多謀善斷

釋義

表示很有智謀，又善於判斷。原作「好謀善斷。」

孫權是三國時吳國的建立者。他足智多謀，又善於判斷，而且很會用人。他的部下有不少能幹的謀臣和將領，如張昭、周瑜、魯肅、程普、呂蒙等。

漢獻帝建安十三年，曹操從北方揮兵南下。荊州牧劉表正在這時死去，他的兒子劉琮率眾投降曹操。曹操兵力大盛，乘勢直逼江南，威脅東吳。

當時劉備進駐夏口，派諸葛亮來見孫權，想聯合孫權抗擊曹操。孫權手下的許多文臣武將看到曹操兵力強大，十分害怕，都勸孫權向曹操屈膝投降。孫權聽到這些言論，深為失望。

素來得到孫權器重的大臣魯肅，單獨入見孫權說：“那些力主投降的人，是要斷送主公的事業。他們投降曹操，仍能得個一官半職；主公降曹，又會落得怎樣的結果呢？”於是孫權立即召回帶兵在外的大將周瑜，共商對策。周瑜也堅決反對投降，他和孫權、魯肅的主張相同，贊成聯合劉備對抗曹操。

　　周瑜還具體分析了雙方形勢，指出曹操冒險用兵，犯兵家四忌：一、後方不安定，二、北軍不慣水戰，三、糧草不足，四、軍士遠涉江湖，不服水土，多生疾病；而江東基礎穩固，兵精糧足，定能一舉戰勝曹操。

　　主降群臣堅持己見，認為曹操得了荊州，東吳已無長江天險可守，八十萬曹軍順流東下，勢不可擋，只有迎降才是上策。孫權聽罷，深感不排除主降派的干擾，江東基業就要斷送。他當機立斷，霍地拔出佩劍，嚓的一聲，狠狠砍去案桌一角，聲色俱厲地說：「從今以後，誰敢再說投降曹操的話，就同這張桌子一樣！」

　　孫權決定出兵，他認為周瑜是傑出的將才，又是抗曹態度最堅決的大臣，所以決定任命周瑜為吳軍主要統帥。數日後，孫權召集文武百官，當眾將佩劍賜給周瑜，封他為大都督，老將程普為副都督，魯肅為贊軍校尉（參謀長），率領三萬水軍，與劉備會師，在赤壁把曹操打得大敗而回，大大削弱曹操的力量，使孫權在江東一帶站穩陣腳，奠定了魏、蜀、吳三國鼎立的基礎。

　　孫權當政時，吳國很強盛。他死後，孫亮、孫休相繼執政。孫權時代一批忠臣都死了，末帝孫皓又腐敗無能，吳國終於被晉所滅。後來，西晉文學家陸機撰寫《辯亡論》，用文學的形式總結了東吳政權成敗的歷史經驗，讚揚孫權「疇咨俊茂，好謀善斷」，即是說孫權很會訪求人才，聽取各方面意見，自己又有智謀，善於判斷。

出處　《昭明文選・陸機〈辯亡論上〉》：「疇咨①俊茂，好謀善斷。」

註：①疇咨：訪求。

六畫

多謀善斷　多難興邦

duō nàn xīng bāng

多難興邦

　　公元前 545 年，楚康王熊昭死了，他的兒子熊麇（jūn，粵：軍）即位，任命叔父公子圍為令尹（楚執政官）。公子圍的野心很大，想要謀殺熊麇，自己做楚王。

機會終於來了。公元前 541 年冬天，公子圍受命出使鄭國，還沒有走出國境，就聽說熊麋得了重病。他馬上叫大夫伍舉代他到鄭國去，自己星夜趕回郢都，直入王宮，殺害了熊麋和他的兩個兒子。

公子圍的弒君逆行，遭到了宗室大臣的激烈反對，他的弟弟子比、子皙先後出奔到晉國和鄭國。為了剷除異己，鎮壓大臣的反抗，公子圍派人殺掉了太宰伯州犁，宣佈自己即位，史稱楚靈王。

當時，楚國和晉國實力較強，經常交替為諸侯的盟主。公元前 538 年，楚靈王派伍舉出使晉國，要求晉平公和他一起召集諸侯會盟，讓楚國做盟主。他想通過外交上的成功，來緩和國內矛盾，鞏固自己的地位。

晉平公也一心想做盟主，當然不願意答應楚國的要求。但他臉上一點不露聲色，先請伍舉回賓館休息，然後把大夫司馬侯請來商量對策。司馬侯問晉平公打算怎辦。晉平公說："我們晉國山多地險，戰馬成群，而且政局穩定，國力空前強大；而楚國現在內部動亂，困難重重，自顧不暇，哪裏還有資格做盟主。我當然不會答應！"

司馬侯說："認為楚國動亂多難，就一定不能做盟主，這是沒有根據的。歷史上有些國家多災多難，反而會促進內部團結，發憤圖強，很快就興盛起來。"接着，他舉了齊桓公和晉文公兩個例子來說明。

公元前 685 年，齊國發生內亂，國君公孫無知被殺，魯國又出兵干涉。流亡在外的齊桓公迅速回國平定內亂，擊退魯軍，以後又勵精圖治，威震諸侯，成為春秋時代的第一個霸主。

公元前 651 年，晉大夫里克殺奚齊、卓子兩個幼君，準備迎接流亡在外的晉文公重耳回國即位，由於秦國插手而沒有成功，結果里克被殺，晉國連年動亂。後來晉文公終於回來復興晉國，成為春秋時代的第二個霸主。

司馬侯接着說："要同楚國爭霸，不能把希望寄託在楚國的內亂上。楚王是個狂妄自大的人，我們應當趁

出處
《左傳．昭公四年》：「或多難①以固其國，啟其疆土；或無難以喪其國，失其守宇。」

註：①難：災難，困難。

釋義
原作「多難以固其國，啟其疆土」，後演變為「多難興邦」，意思是說：一個國家多災多難，往往會促進內部團結，同心同德地去克服困難，最後興盛起來。

機滿足他的慾望，讓他更加肆無忌憚，過不了幾年，他就會自取滅亡。到那時，誰還能和晉國爭奪盟主的地位呢？"

晉平公接受了司馬侯的意見，叫人把伍舉請來，答應當年六月召集諸侯在申地會盟，讓楚工做盟主。果然不出所料，楚靈王一到會，就以盟主自居，趾高氣揚，態度十分傲慢，引起了諸侯的不滿。盟主的地位，使楚靈王更加忘乎所以，經常不理朝政。公元前 529 年，他的另一弟弟公子棄疾聯絡了逃亡在外的子比、子晢，突然在郢都發動兵變，殺死太子熊祿，並派兵包圍靈王。靈王被逼自殺。

hàn liú jiā bèi

汗流浹背

公元前 87 年，漢武帝病危，年僅八歲的劉弗陵即位，史稱漢昭帝；昭帝年幼，未能親政，由霍光主持國事。大將軍幕府裏，有個軍司馬叫楊敞，甚得霍光厚愛，過不幾年就升為大司農（掌管租稅錢穀、財政收支的官員）。

漢昭帝元鳳年間，上官桀為了篡位奪權，意圖殺害霍光。稻田使者燕蒼得知消息，便來告訴楊敞。誰知楊敞膽小怕事，不但不敢向上告發，反而稱病請假，以免惹起是非。燕蒼見楊敞是個膽小鬼，又把這個情況告訴了諫大夫杜延年。杜延年立即奏知皇上。

漢昭帝這時才十八九歲，處事卻很有謀略，馬上與霍光定計，捕殺了上官桀及其同黨。燕蒼因告發有功，封為列侯。杜延年不僅封侯，且升為太僕（掌管皇帝的車馬和馬政）。楊敞無功可言，不得封賞。楊敞為人庸懦無能，本不堪重任，只因辦事謹小慎微，博得大將軍霍光信任，後來居然也升至丞相，封為安平侯。

公元前 74 年，年僅二十一歲的漢昭帝得了一種絕症，在未央宮駕崩。繼位者昌邑王劉賀，是個荒淫無道的昏君。霍光深以為憂，乃與車騎將軍張安世、大司農田延年秘密計議，打算廢黜劉賀，另立賢君。

計議已定，霍光派田延年往告楊敞。敞雖居相位，並無膽識，聽了田延年的話，頓時嚇出一身冷汗，只是含含糊糊，不置可否。楊敞的夫人，是太史公司馬遷的女兒，頗有才識，見此情景，急忙趁田延年去更衣的機會，走出東廂對丈夫說道：「這是國家大事，大將軍已有成議，君侯若不速應，禍在眼前了。」

楊敞還是遲疑不決，可巧田延年更衣回來，司馬夫人迴避不及，索性大大方方地與田延年相見，和丈夫楊敞共同表示願聽大將軍教令。田延年回報霍光，霍光甚為滿意，安排楊敞領銜群臣上表，奏請皇太后廢了劉賀，另立劉詢為君，史稱漢宣帝。

出處
《漢書・陳平傳》：「勃（周勃）又謝不知，汗出沾①背，愧不能對。」
《漢書・楊敞傳》：「敞驚懼，不知所言，汗出洽背，徒唯唯而已。」
《後漢書・伏皇后紀》：「操（曹操）出顧左右，汗流浹背。」

註：①沾：沾濕，浸潤。

jiāng　láng　cái　jìn

江郎才盡

釋義
比喻人的文思減退。

江淹，字文通，南朝時濟陽考城人。父親江康之，極有才學，曾任南沙令。江淹自幼受到較好的教育。不料父親過早去世，家境日見貧困。十三歲時，他不得不常常上山打柴，以贍養母親。

窮困的生活，使江淹更加刻苦好學。他十分仰慕司馬相如、梁鴻的才學和為人（司馬相如是西漢著名的辭賦家；梁鴻是東漢前期詩人，曾因寫詩揭露統治者奢侈，嗟歎人民勞苦，被漢章帝下令通緝，後改名隱居）。

江淹寫詩作文從不拘泥章法、句子，而註重內容和情感，所以作品的風格幽深奇麗。他尤其擅長寫抒情小賦，像《恨賦》、《別賦》等，都成了歷來傳誦的名篇。

青年時代的江淹，才氣橫溢，文章出眾，當時人稱他為"江郎"。社會上有些知名的長者，對他很器重，連司徒左長史（輔佐丞相的官）檀超，也常把上席讓給他坐。

江淹成名後入了仕途，劉宋的建平王景素喜愛結交名士，就將他留在身邊。一次，廣陵令郭彥文犯罪被捕，江淹受到牽連，也銀鐺入獄。江淹內心不服，便在獄中上書給建平王景素，從各個角度表明自己心跡磊落，言行無辜，傾訴了受誣遭屈的痛苦和憤慨，言辭激切流暢。景素看了深為感動，立即將他釋放，信任如初。

後來，宋皇室內部不斷發生爭權奪利的鬥爭，接二連三地更換皇帝。中領軍蕭道成在輔政中逐漸掌握大權。他聽說江淹才學出眾，便召他為尚書駕部郎、驃騎參軍事。有個時期，朝廷有許多重要文件無人擬稿。蕭道成就把江淹請進中書省（秉承皇帝意旨、掌管機要、發佈政令的機構），並擺好豐盛的酒席款待他。江淹邊飲邊寫，飲完數升酒，積壓的文稿也辦妥了。後來，蕭道成連自己的奏章也叫江淹代寫。

江淹先後在南朝宋、齊、梁三朝做過官，官至金紫光祿大夫（皇帝的顧問官）。他到晚年，人們仍期望能不斷看到他的好作品，但沒有如願，於是都說他已經"才盡"（才華耗盡）了。後來，就用"江郎才盡"來比喻人的文思減退。

shǒu　kǒu　rú　píng
守口如瓶

北宋大臣富弼，年少時就很有才學。有人向狀元出身的范仲淹推薦富弼，范仲淹非常欣賞他，說他有"王佐之才"。范仲淹把富弼的文章給當朝的樞密使（負責軍國要政）晏殊看，晏殊也愛他的才學，決定把女兒嫁給他。

後來富弼並未經過進士考試就被推薦給仁宗皇帝，做了河陽判官，繼又升為開封府推官。不久，契丹屯兵邊境，要北宋割地求和。朝廷派富弼與契丹交涉，他力拒割地，終於保全了疆土。

嘉年間，富弼任宰相，與當朝的翰林學士歐陽修、御史中丞包拯、侍講胡翼之齊名，士大夫稱之為"四真"：真宰相、真翰林學士、真中丞、真先生。

後來，王安石在朝力主變法，意見多與富弼不合。富弼自知爭不過王安石，常稱病求退。宋神宗同意富弼辭退宰相之職，問他誰可接替。富弼推薦文彥博，神宗默然不語；一會兒，神宗提出："王安石怎樣？"富弼默然不語。於是神宗知道他們兩人不和。

後來王安石推行新法，富弼有不同見解，更遭排擠，便請求回鄉養老。神宗同意，加封他為韓國公。富弼鄉居期間，仍常常上疏給皇帝，有關朝政利害得失，知無不言。神宗雖不盡採納，但始終很敬重他。

富弼平時好善嫉惡，但不隨便表示喜怒，辦事秉公，不謀私利。他曾對人說，一個人應當"守口如瓶、防意如城"，意思是：說話要謹慎，辦事要嚴格遏制自己的私慾。後人就把他說的這兩句話當成語來運用了。

釋義 形容說話謹慎或嚴守秘密。

出處 宋・周密《癸辛雜識》別集下：「富鄭公有『守口如瓶、防意如城』之語。」

---

shǒu zhū dài tù

守株待兔

釋義 比喻死守狹隘經驗或妄想不經過主觀努力而僥倖得到成功。

很久以前，宋國有個農夫正在耕田，忽然看見一隻兔子飛奔過來。那兔子一頭撞在田邊一棵樹樁上，把頸兒折斷了，死在樹樁旁。

農夫把兔子拾起來，非常高興。回家美美地吃了一頓。

從此以後，他就放下鋤頭，天天坐在這棵樹樁附近，希望再有第二隻、第三隻兔子來。

田地荒了，野草長了，連兔影兒也沒有了。後人就用"守株待兔"這個故事譏諷死守狹隘經驗或妄想不經過努力僥倖得到成功的人。

出處：《韓非子・五蠹》：「宋人有耕者，田中有株①，兔走觸株，折頸而死，因釋其耒而守株，翼復得兔。兔不可復得，而身為宋國笑。」

註：①株：露在地面上的樹椿子。

安步當車
ān bù dàng chē

釋義：把安閒自在的步行當作坐車，反映了齊國高士顏斶（chù，粵：促）不貪富貴的高尚情操。後來一般指用緩慢的步行代替乘車。

出處：《戰國策・齊策四》：「斶（顏斶）願得歸，晚食以當肉，安步以當車。」

顏斶是戰國時代齊國的一位高士。他不慕榮華、不畏權勢，長期隱居在臨淄城外的鄉村裏，過着清靜恬淡的生活。齊宣王聽到了顏斶的名聲，就派人去把他召進宮來。

顏斶走上殿階，看到宣王正端坐殿上，等待他去拜見，就停住腳步不再向前。宣王感到奇怪，說："顏斶，你上前來！"誰知顏斶一步不動，也對着他說："大王，你上前來！"宣王聽了很不高興。

左右侍臣看到顏斶這樣目無君主，就責問他說："大王是君，你是臣。你不去拜見大王，反叫大王屈尊上前，有這樣的道理嗎？"顏斶微微一笑，說："我上前是表示趨炎附勢，大王上前是表示禮賢下士。衡量一下利弊得失，我認為應當請大王上前。"

宣王氣得變了臉色，說："顏斶，我問你，是國君高貴，還是士高貴？"顏斶答道："當然是士高貴，國君有甚麼高貴的！"宣王說："你這話有甚麼根據？"

顏斶說："有。大王聽說過魯國的高士柳下季嗎？朝廷不用他，他毫無怨言；生活貧困到了極點，他也不發愁。但他從來不做違背自己意願的事情。他的名聲，連遠在西方的秦國都知道了。

「後來，秦國出兵攻打齊國，途經魯國時，秦王下令：敢在柳下季墓五十步以內打柴的，殺無赦；能砍下齊王頭顱的，可封萬戶侯。這不證明國君的頭還不如高士的墓高貴嗎？」

宣王聽了，一時竟答不上話來。侍臣們馬上接嘴說：「大王富貴蓋世，權傾天下，連四方諸侯都要來臣服聽命。士算得了甚麼？不過是個平民百姓！出門連車都沒有，怎麼能跟大王相比！」

顏斶說：「古代的諸侯號稱萬國，現在只剩下二十四個。那些自恃高貴、侮慢賢人的君主，最後都落得國亡身滅，想做個平民百姓也不可得。只有禮賢下士的堯、舜、禹、湯，才建立了赫赫的功業，至今被稱為明主。」

宣王聽罷，慌忙離座向顏斶躬身施禮，說：「君子是不能輕易侮辱的。先生的話，使我深受教益。請您收我做個弟子吧。」接着吩咐左右：「今後顏先生與寡人同遊，吃飯一定要有牛、羊、豬肉，出門一定要備車。」

顏斶辭謝說：「我僻居鄉野，一向把菜蔬當作肉食，把安閒的步行當作坐車，過不慣富貴榮華的宮廷生活。我的話已經講完，請大王讓我走吧。」說罷拱手一揖，告辭而去。

如火如荼
rú huǒ rú tú

春秋後期，吳國的國力逐漸強盛。公元前 506 年，吳王闔閭一度攻破楚國。闔閭死後，他的兒子夫差又戰勝越國，迫使越王勾踐屈服求和。公元前 484 年，夫差在艾陵大敗齊軍，俘獲齊國大將國書。

接着，夫差分別會見魯、衛兩國的國君魯哀公和衛出公，打算召集各國諸侯會盟，跟晉國爭奪霸權。

魯哀公、衛出公隨着吳王夫差，於公元前 482 年來到衛地黃池。夫差派人去請晉定公來，晉定公覺得不去不好，就帶大隊人馬，到黃池去會盟。

臨到要訂盟約的時候，為了先後次序，鬧了好幾天。晉大夫趙鞅提出，晉國一向是諸侯的領袖，這回"歃血為盟"，晉國應當佔先；夫差命大夫王孫雒提出，吳國的祖先比晉國的祖先長三輩，應當吳國佔先。

雙方誰也不肯讓步，會議成了僵局。就在這關鍵時刻，夫差接到國內密報：越王勾踐派范蠡為大將，親自帶領大軍攻打吳國報仇來了。他大為震驚，一怒之下竟下令要把報信人殺掉。

夫差恐怕晉國和其他諸侯得知消息要瞧不起他，不願奉他為盟主；但如果馬上撤回本國，又怕諸侯恥笑，齊國從後路襲擊他。正猶豫不決，可怕的消息接連傳來：愛子太子友已被越軍殺死，京城也被佔領……

他再也不能保持鎮定，一口氣連殺七名報信人，然後找富於謀略的王孫雒商量。王孫雒說："現在是可進而不可退！必須和晉國等結了盟並取得盟主地位，才能退回本國，否則必要見輕於諸侯，被襲於齊國！"

進又該怎麼進法呢？王孫雒建議把手上的軍隊全集中起來向晉君挑戰，非逼着他訂立盟約讓吳王當盟主不可。那時吳國就可以藉盟主和周天子之名，對越國進行討伐，也可以徵調其他諸侯的軍隊前來助戰，誰也不敢不從。

吳王夫差聽取了王孫雒的意見，決定向晉君挑戰。當天半夜裏，他下令全體將士執持兵器，披上鎧甲；把戰馬的舌頭縛住，以免發出聲響，把灶火取出作為照明。一切準備就緒，全速進軍。

吳兵分左、中、右三路。每路百行，每行百人，列為方陣，共一萬人。三路方陣，合共三萬人馬。夫差親自高舉斧鉞，以熊虎為旗，率領中軍前進。

中軍將士，一律白衣、白甲，打着白色的旗幟，帶着白色羽毛的箭矢，遠遠望去，好像遍野盛開着白色的茶花（茅草的白花）。

釋義

荼：古代指茅草的白花。「如火如荼」，意思是像火一樣紅，像茅草的白花一樣白，形容軍容的盛大。現用來比喻氣勢旺盛。

出處

《國語·吳語》：「吳王昏乃戒，令……萬人以為方陣，皆白裳、白旗、素甲、白羽之矰[1]，望之如荼。王親秉鉞，載白旗以中陳而立。左軍亦如之，皆赤裳、赤旗[2]、丹甲、朱羽之矰，望之如火。」

註： ① 矰（zēng，粵：僧）：短箭。② 旗（yú，粵：余）：旗幟。

左軍一萬人，一律紅衣、紅甲，打着紅色的旗幟，帶着紅色羽毛的箭矢，遠遠望去，好像一片熊熊烈火。右軍則全用黑色，看起來猶如一片烏雲。

三路大軍開到距晉軍一里遠的地方，擺開陣勢。天剛蒙蒙亮，吳王親自鳴金擊鼓，三萬人一齊大聲呐喊，像天崩地裂一般。

晉定公大驚，派使臣董褐進見吳王。吳王聲色俱厲地對董褐說：“晉國早已有負周天子之託而失卻霸主之義。這次會盟應由吳國主持，晉侯不服的話，不妨一戰！”

董褐回去向晉定公報告：“吳王雖然言辭激烈，但我看出他有一種掩飾不住的焦灼。聽說越國已經侵入吳境，夫差必是急於返國。我看還是暫許他為盟主，使他早日離去；否則他不顧一切以求一戰，於我不利。”

晉定公考慮到吳國連年興兵，實力大耗，遲早不敗於越定敗於齊或楚，到那時只要晉國強大，還不仍然是盟主！他答允讓步，但夫差也得讓步，把吳王的稱號改為吳公，大家都做周天子的臣下，大家都有面子。

夫差於是順水推舟，就用“吳公”的名義首先歃血為盟，作為盟主。接下來是晉侯，然後輪到魯侯、衛侯。“黃池大會”就這麼在夫差顯示了一下如火如荼的盛大軍容後，草草地收場。

然而，真如晉定公所估計的那樣，吳國的軍隊早已十分厭戰，那種如火如荼的軍容只是一時之盛而已。過不了幾年，吳國果真被越王勾踐所滅，吳王夫差在陽山自盡。

如釋重負
rú shì zhòng fù

公元前 542 年，魯襄公因病去世。由於襄公沒有嫡子，魯國的季孫、叔孫、孟孫三卿在確定國君繼承人的問題上發生了爭執。正卿季孫宿主張立公子裯（chóu，粵：酬）為君，叔孫豹表示反對。

叔孫豹的理由是：公子裯已年滿十九歲，還像小孩那樣貪玩不懂事，居喪期間臉上看不到悲哀的神色，讓這樣的人當國君，一定會給國家帶來禍患。但由於季孫宿的堅持，公子裯還是被立為國君，史稱魯昭公。

昭公即位以後，名義上是一國之君，實際上並沒有多大權力。魯國的軍隊共有三軍，分掌在三卿手中，特別是季孫氏，經過兩世執政，地位和聲望越來越高，經常聯合叔孫和孟孫削弱公室，不斷發展自己的勢力。

公元前 537 年，季孫決定把魯君的郊田分成四份，自己佔有兩份，叔孫和孟孫各佔一份，然後將所收田賦的一部分進貢給昭公。這樣一來，魯國原來的公田就變為私家所有，公室的權力全部落到三卿手中，昭公等於成了傀儡。

從此以後，魯國的百姓只知道自己耕種的是三卿的土地，每年各自向主人繳納田賦，應差服役，不再把國君放在心上。季孫等也經常用些小恩小惠去籠絡他們，同時又將進貢的財物轉嫁到百姓頭上，更引起他們對昭公的不滿。

公元前 531 年，昭公的生母齊歸去世。在喪葬期間，昭公仍然面無愁容，談笑自若，甚至還帶着衛兵打獵取樂。這就使他進一步在國內失去了民心。

大夫子家羈是一位忠於職守的賢臣，在魯國很有聲望。他看到公室的力量日益削弱，心裏非常焦急，曾經多次向昭公直言進諫。由於昭公剛愎自用，不大聽得進逆耳的話，所以子家羈一直沒有受到重用。

隨着三卿勢力的日益發展，昭公逐漸意識到他們對自己構成的嚴重威脅。於是他開始暗暗地在大臣中物色反對三卿的人，準備找機會打擊三卿，重新奪回失去的權力。

季孫宿死後，他的孫子意如繼續執政。公元前 517 年，大夫公若、郈（hòu，粵：厚）孫、臧孫等人同季孫意如發生矛盾，結怨很深。公若就藉獻弓為名，約請昭公的長子公為到郊外去打獵，商量除掉季孫氏。

釋義 像放下沉重的擔子一樣，形容心情緊張以後的輕鬆愉快。

出處《梁傳·昭公二十九年》：「昭公出奔，民如釋重負。」

公為回宮以後，把弟弟公果、公賁找來。三人經過合謀，知道父親昭公早已怨恨季孫專權，就決定派侍人僚楂（zhā，粵：楂）勸說昭公對季孫下手。

由於僚楂地位卑微，昭公生怕事情泄露出去，兩次把他趕走。最後公果只好親自去見父親，把密謀告訴給他。昭公聽說郈孫、臧孫等大夫都同季孫有仇，心裏就漸漸拿定了主意。

於是，昭公派一名心腹內侍把郈孫和臧孫請進宮來，要他們參加誅滅季孫氏的行動。郈孫聽了不但一口答應，而且竭力慫恿昭公盡快動手；可是臧孫卻躊躇再三，臉上顯出為難的神色。

昭公遣退了郈孫和臧孫，又命人請來子家羈，把這一密謀告訴了他。子家羈吃了一驚，連連搖頭說："不行，不行！這是專門進讒的人拿您去僥倖行事。如果事情失敗了，您就要承受無法洗刷的惡名。"

昭公見子家羈堅決反對，心裏非常惱火，就揮揮手說："你走吧！"可是子家羈卻說："我已經知道了這件事的內幕，就不能走了。否則泄露出去，我怎能擺脫責任呢？"於是他就在宮中住了下來。

這一年九月，叔孫因故離開京城曲阜，把府裏的事情託給家臣司馬鬷（zōng，粵：宗）戾掌管。昭公認為時機已到，立即命郈孫、臧孫湊集一部分軍隊包圍了季孫的府第。

季孫見昭公的軍隊已經衝進府門，來不及調集人馬抵抗，只好登上後園的高台憑險固守。為了緩和形勢，等待救援，他向昭公提出請求，自己願意辭職回封地費邑待罪，或者只帶五輛馬車流亡到國外去。

站在一旁的子家羈聽了，立即對昭公說："季孫執政多年，百姓大多歸心於他。如果天黑以後聚眾趕來援救，後果將不堪設想。您就答應他的請求吧。"但是郈孫卻堅持非殺季孫不可，昭公就沒有採納子家羈的意見。

司馬鬷戾得到季孫被圍的消息，馬上召集部屬商量對策。他說："我是叔孫的家臣，不敢與聞國事。我只問大家：季孫的存亡，哪一種結果對叔孫有利？"眾人回答說："季孫如果被殺，接下來就輪到叔孫了。"

司馬鬷戾聽罷，立即傳令集中全部軍隊，攻進季孫府裏。昭公的軍隊本來鬥志不高，一見叔孫的軍隊衝殺過來，就紛紛丟掉武器，四散逃走。

當季孫剛剛被圍時，孟孫還不敢貿然趕去援助。後來他登上高樓遙望季孫府第，突然看到了叔孫氏的旗幟，立即決定派兵前往。路上正好遇到倉皇逃奔的郈孫，就把他逮捕起來押到南門外處死。

昭公眼看三卿的軍隊已經聯合起來，知道大勢已去，只好和臧孫一起投奔到齊國去。齊景公先把他安置在陽州，後來又轉到鄆邑居住下來。

由於昭公在國內失去了民心，所以百姓對他的出奔並不表示同情。《梁傳》在記載這次事件時寫道："昭公出奔，民如釋重負。"反映了他當時眾叛親離的境況。後來昭公直到死去，再沒有重返魯國。

hǎo　hǎo　xiān　shēng

好好先生

東漢末年，有個潁川郡人叫司馬徽，字德操，很善於識別人才。他長期居住在荊州，曾向劉備推薦過諸葛亮、龐統等人，都是當時一流人才。但是，由於當時社會黑暗，政治鬥爭尖銳複雜，他表面上裝得很糊塗，別人無論和他講甚麼事，不管是好是歹，他都回答說"好"。

有一天，他在路上碰到了一位熟人。那人問他身體怎麼樣，一向安好嗎？他回答說："好。"又有一天，有個老朋友到他家來，十分傷心地談起自己兒子死了。誰知司馬徽也回答說："大好。"司馬徽的妻子等那位朋友走後，就責備他說："人家以為你是個有德操的人，所以相信你，把心裏話講給你聽；可是你聽人家說兒子死了，反而稱好，這算甚麼？"

釋義

指是非不分，誰也不敢得罪，但求相安無事的人。

司馬徽不緊不慢地回答妻子說："好！你的話也是大好！"他的妻子又氣又惱，哭笑不得。關於司馬徽"好好先生"的故事，原記載在《古今譚概》一書中，這是明代著名文學家馮夢龍寫的一部筆記。

出處

明·馮夢龍《古今譚概》："後漢司馬徽不談人短，與人語美惡皆言『好』。有人問徽安否，答曰：『好。』有人自陳子死，答曰：『大好。』妻責之曰：『人以君有德，故此相告，何聞人子死，反亦言好？』徽曰：『如卿之言亦大好。』"

七　畫

芒刺在背

máng cì zài bèi

釋義

比喻心中惶恐，坐立不安。

出處

《漢書·霍光傳》："宣帝始立，謁見高廟，大將軍光從驂乘。上內嚴憚之，若有芒刺①在背。"

註：①芒刺：植物莖葉、果殼上的小刺。

漢大將軍霍光，是漢武帝的託孤重臣，輔佐八歲即位的漢昭帝執政，操有廢立皇帝大權，威勢很重。

昭帝二十一歲駕崩於未央宮。霍光與群臣商議，選了漢武帝的孫子昌邑王劉賀做皇位繼承人。誰知劉賀繼位後，經常宴飲歌舞、鬥雞弄狗，在宮嬪居住的掖庭尋歡作樂，與昭帝宮人淫亂不止。

聞此醜行，霍光憂心忡忡，與大司農（掌管國家財政收支）田延年商議。田延年建議廢去昌邑王，霍光默然同意。

第二天霍光與群臣謁見年紀只有十四五歲的上官太后，陳述昌邑王不堪繼承王位的原因。太后立即下詔廢去劉賀。霍光又上奏建議立漢武帝的曾孫劉詢。

劉詢是漢武帝太子劉據的孫子。武帝晚年，劉據因"巫蠱事件"全家慘遭殺害，當時劉詢還在襁褓之中，得到獄吏丙吉營救，寄養在民間外祖母家。在民間長大的劉詢，知道一些耕種艱難。霍光派人把他接到中正府，然後安排在未央宮拜見皇太后，因劉詢是老百姓，先封為陽武侯，繼受皇帝璽，稱宣帝。

漢宣帝即位後進謁高祖廟，乘坐黃屋左纛（dào，粵：毒）車，由霍光陪乘。宣帝久聞霍光威嚴權重，今見他身材高大，面色嚴峻，目光炯炯，不覺非常畏懼，惶恐不安，坐在車中猶如針芒刺在背上。

公元前 68 年，霍光病死。宣帝從此親自執政，出遊由車騎將軍張安世代替霍光陪乘。張安世沒有霍光那樣威重，宣帝感到無拘無束，心內甚安。

tóu　mèi　ér　qǐ

投袂而起

春秋時代，楚國是南方最強大的諸侯國家，鄰近的一些小國，經常受到它的威脅。公元前 617 年，楚穆王在厥貉匯集了陳、鄭、蔡三國軍隊，準備討伐宋國，迫使它屈服。

宋國國君昭公，知道自己不是楚國的對手，就只好親自前往厥貉迎接楚穆王，慰勞楚軍，以表示服從。楚穆王儼然以霸主的姿態進入宋國，由宋昭公陪同前往孟諸澤打獵和遊覽。

楚國的大夫申舟擔任左司馬，負責穆王出獵的準備工作，他要求各國諸侯第二天一早就點起火炬駕車到指定的地點集合。可是到了第二天早晨，宋昭公因為有事遲來了一會，而且匆忙之間連車上的火炬也沒有點燃。申舟看了非常惱火，當場命人把昭公的御者（駕車的官員）鞭打了一頓，並且押到各營去巡迴示眾。

申舟的這種做法，極大地傷害了宋國君臣的自尊心。有人對申舟說：「國君是不能輕易侮辱的，這件事你做得太過分了。」申舟卻不以為然地答道：「我是左司馬，只不過履行了我的職責，有甚麼過分的呢！」

過了三年以後，楚穆王因病去世，他的兒子莊王即位，楚的國力更加強盛。但宋國由於過去所受的侮

釋義
一甩衣袖，站起身來，形容決心奮起的樣子。

出處
《左傳‧宣公十四年》：「楚子聞之，投袂①而起。」

註：①袂：衣袖。

辱，不願歸附於它，寧可與晉國結為同盟，楚莊王曾經多次出兵討伐，都沒能使宋國屈服。

公元前 595 年，楚莊王決定派申舟出使齊國，齊位於今天的山東半島，從楚到齊，途中必須經過宋國，按當時的慣例，應當正式向宋國借道。但楚莊王出於對宋的仇恨和蔑視，竟吩咐申舟只管自行通過，不必借道。

申舟對楚莊王說："臣過去曾經得罪過宋國的君臣，他們至今還懷恨在心，如果不正式提出借道，他們一定會抓住這個把柄將臣殺死。"楚莊王聽了，憤怒地說："你只管去吧！如果他們敢殺你，我立即出兵，替你報仇！"

申舟知道無法改變楚莊王的決定，只好回到家中同兒子申犀訣別。他簡單地準備了一下行裝，第二天就出發了。果然不出所料，當他剛剛踏進宋國領土，就立刻被扣留了。

宋國執政大臣華元了解楚莊王的意圖後，氣憤地說："經過我國而不借道，這是把宋當成了楚的領土，喪失領土等於亡國；殺掉楚的使者必然會遭到侵略，侵略我們大不了也是亡國。既然後果相同，我就先殺了他再說！"

申舟被殺的消息傳到楚國時，莊王正在宮中休息，他聽罷臣下的報告，不由勃然大怒，立即一甩衣袖，連鞋也顧不得穿上，劍也來不及佩好，就飛步出宮，直奔軍營，向全體將士宣佈出兵伐宋的命令。

楚軍迅速突入宋國，包圍了宋都商丘，但由於商丘全城軍民的頑強抵抗，楚軍無法取得戰爭的勝利，最後只好撤兵而去。莊王投袂（mèi，粵：米_{去聲}）而起，想要迫使宋國屈服的企圖，終於沒有實現。但是"投袂而起"這個成語，從此卻流傳下來了。

tóu bǐ cóng róng

投筆從戎

班超，是東漢名將。他父親班彪、哥哥班固、妹妹班昭都是當時著名的歷史學家。班超在少年時代，也讀過許多歷史等方面的書籍，但是，往往唯讀個大概。

對於張騫、傅介子等歷史人物，班超非常讚賞。西漢武帝時的張騫、昭帝時的傅介子都曾出使西域，為促進漢朝同西域各國的政治經濟文化交流、鞏固邊防作出很大貢獻，班超立志要像他們那樣為國立功。

公元 62 年，他哥哥班固被任命為校書郎（管理書籍的官）。赴任時，班超和母親也隨同一起到了京都洛陽。那時候，他們家裏生活比較清貧。班超就接受了官府的抄書工作。為了多掙一些錢來供養母親，他常常忙到深夜。

班超很不滿意這種庸庸碌碌的生活。有一次，他投筆長歎說："男子漢應該像傅介子、張騫那樣，立功異域，才有出息！怎能成年累月在筆硯間混日子呢！"

周圍的人聽到班超這一番決心投筆從戎的感慨，都譏笑他。班超激動地說："鼠目寸光的人怎能理解壯士的志向呢！"

後來，班超參加了軍隊，公元 73 年，奉車都尉（皇帝的高級侍從官）竇固出擊匈奴時，班超被任命為假司馬（軍隊的副參謀長官），隨同一起出征。在蒲類海附近，班超和匈奴呼衍王的部隊相遇。他帶領將士英勇奮戰，消滅了許多敵人，為重開西域的通道建立了功勳。

釋義
戎：軍旅。「投筆從戎」，比喻棄文就武。

出處
《後漢書・班超傳》：「（班超）家貧，常為官傭書以供養。久勞苦，嘗輟業投筆歎曰：『大丈夫無他志略，猶當效傅介子、張騫立功異域，以取封侯，安能久事筆研間乎？』」

七畫

投筆從戎 投鼠忌器

tóu shǔ jì qì

投鼠忌器

賈誼是西漢初期著名的思想家、文學家，先後擔任過博士（掌古今史事侍問及書籍典守）、長沙王太傅（輔導太子的官）、梁懷王太傅等職。他曾寫過不少內容充實、議論精闢的文章。《論政事疏》(又名《治安策》)就是很有代表性的一篇。

他把《論政事疏》呈給皇帝。這篇文章所談的內容很多，其中一點，就是建議皇帝要用"廉恥節禮"一套道德來約束王侯大臣。

賈誼從尊卑有別的禮義出發，認為對犯了法的百姓，可用黥 (qíng，粵：鯨；在臉上刺字並塗墨)、劓 (yì，粵：二；割鼻)、刖 (yuè，粵：月；斬腳)、笞 (chī，粵：癡；鞭打)等各種手段去懲治。

但是對犯了法的王侯大臣，就不能採用黥、劓、刖、笞等刑罰。再重的罪，也只可賜死，命他自盡。因為他們是皇帝身旁的貴人。

賈誼為了使自己的論點有說服力，採用了民間的一句諺語："欲投鼠而忌器"，把撲打老鼠而又擔心損壞靠近老鼠的器物作為比喻，意思是：對貴臣用刑，會損害皇帝的尊嚴。

釋義

意思說老鼠靠近器物，要打老鼠，又恐損壞器物，因而猶豫不決。後稱做事有所顧慮，不敢放手進行。

出處

《漢書‧賈誼傳》：「里諺曰：『欲投鼠而忌器』，此善諭也。」

tóu　biān　duàn　liú

投鞭斷流

釋義

將全軍的鞭子投入長江，足以把江水堵斷，形容人馬眾多，兵力強大。

出處

《晉書‧苻堅載記》：「堅曰：『……以吾之眾旅，投鞭於江，足斷其流。』」

公元357年，北方前秦苻堅自稱大秦天王，佔據了相當於現在淮河以北及四川等地，並不斷向南擴展，與東晉王朝對峙。

公元382年，苻堅召集了文武大臣，說："我稱王以來，已二十多年，只有南方的晉未被征服。一想到這件事，連飯都嚥不下。我估計了一下我的軍隊，有九十七萬人。我打算親率大軍滅晉，大家以為如何？"

左僕射權翼勸阻說："目前，晉雖不強大，但他們君臣和睦，上下一心，加上有謝安等人，所以眼下就想滅晉，是辦不到的。"苻堅聽了，沉默很久，後來只說："請諸位再談談自己的看法吧。"

太子左衛率(負責護衛太子的官)石越站了出來。他補充了權翼的意思，說："晉還佔據長江天險，這對他們很有利，而對我們是很不利的啊！」

這時，苻堅志驕意滿，根本聽不進反對意見。他不以為然地說：「長江有甚麼了不起，憑我這百萬大軍，只要每個士兵把馬鞭子拋到江中，就足以堵斷江水。」

許多大臣反對出兵，連太子苻宏也對苻堅說：「現在伐晉，師出無名。如果興師動眾而得不到勝利的話，非但威風掃地，而且會使財力受到無法挽回的損失。」苻堅不僅不採納大家的意見，相反還覺得大家的意見不可理解。

後來，歸服前秦的鮮卑貴族慕容垂居心險惡地慫恿苻堅發兵。他對苻堅說：「陛下完全可以自己作出決定，何必去徵求眾人的意見呢！」苻堅聽了高興地說：「和我共定天下大事的，只有你了。」便下令送了他五百疋帛。

苻堅一意孤行，於公元 383 年，親自率領九十萬大軍向東晉進攻，結果在淝水大戰中被打得大敗，狼狽逃回洛陽。

克己奉公
kè jǐ fèng gōng

東漢時有個名叫祭 (zhài，粵：債) 遵的人，雖然出身富家，卻非常儉樸。

祭遵在光武帝手下當一名軍市令。他執法嚴明，從不徇私情，為大家所稱道。

有一次，光武帝宮中有個青年人在外面犯了法，祭遵查明了真情，立刻處以死刑。

光武帝很不高興，欲降罪於祭遵。有人勸諫說：「祭遵堅守法令，言行一致，這樣的人在軍中才有威望呀！」

光武帝聽從了勸告，說：「我宮中的人犯了法，祭遵尚且要殺，他也不會給別人講私情了。」於是，封祭遵為「刺奸將軍」。

祭遵一生盡職，克己奉公。他將光武帝賞給的財物，全都獎給手下人。他死後身無一件好衣，家無一點私財。

杞人憂天

釋義 比喻不必要的或無根據的憂慮。

出處 《列子‧天瑞》：「杞國有人，憂天地崩墜，身亡所寄，廢寢食者。」

古時杞國有一個人，擔心天會掉下來，地會塌下去，弄得自己無處安身。

他整天愁眉苦臉，提心吊膽，坐也不是，立也不是，甚至睡不着，吃不下。

有個熱心人就跑去向他解釋："天不過是堆積起來的氣體，沒有一個地方沒有這種氣。你

一舉一動，一呼一吸，到處都跟大氣打交道，整天在天空裏活動，為甚麼還怕天會掉下來呢？"

那個杞人聽了，半信半疑問道："天要是真的由大氣堆積起來，那麼日月星辰掛在上面，不會掉下來嗎？"解釋的人說："日月星辰也是由氣體聚集而成的，不過能發光罷了。即使掉下來，也絕不會傷害人。"

杞人沉吟了一會，又問道："要是地塌下去，那怎辦呢？"那個熱心人繼續解釋說："地不過是堆積起來的土塊罷了，它充滿着各個角落。你整天在地上活動，踩着泥土，東走西跑，為甚麼要擔心它會塌下去呢？"

經過這麼一番解釋，那個杞人才明白過來，好像心頭放下了千斤重擔。唐代詩人李白在《梁父吟》中也用過這個典故："杞國無事憂天傾。"

求田問舍

陳登，東漢末年人，漢獻帝時擔任廣陵太守。當時，政治腐敗，民不聊生，陳登大力革除弊政，在百姓中樹立了相當高的威信。

有一天，他的舊友許汜看望他。陳登知道這位朋友胸無大志，只是謀求買田置屋，因而看不起他。陳登愛理不理的，並不把許汜當作客人來接待。晚上，許汜宿在陳登家裏。陳登獨個兒睡在上牀，而讓客人睡在下牀。許汜心裏很不高興。

幾年以後，許汜來到荊州，在荊州牧（州軍政長官）劉表手下任職。一次，劉表和劉備、許汜在一道閒談。許汜說：「陳登是個很有抱負的人，只是有點粗豪。」劉備問劉表：「許君的評論對嗎？」劉表道：「說不對吧，許君是很有見識的，不會隨便講的；說對吧，陳登卻是名重天下。」劉備問許汜道：「你說他粗豪，有沒有甚麼事實依據啊？」許汜便把幾年前睡上下牀的事說了出來。

劉備說：「你是很有點名氣的人，如今天下大亂，你應當憂國忘家，立志救世。而你卻一心謀求買田置屋，生活上貪圖安逸，陳登當然不屑理睬你。」說得許汜臉上紅一陣白一陣的。

劉備接着說：「如果碰到我的話，我將睡在百尺樓上，而讓你睡在地下，還不僅僅是上下牀的差別呢！」劉表聽了大笑起來，許汜這才感到自己對陳登的批評錯了。

chē　shuǐ　mǎ　lóng

車水馬龍

漢光武帝去世後，太子劉莊即位，就是漢明帝。明帝把貴人馬氏立為皇后。馬皇后的父親伏波將軍馬援，是幫助中興漢室的大功臣。漢明帝為了永遠紀念那些幫助漢室中興的功臣，就命畫師在南宮雲台中畫上他們的像。但是，為了避免親寵外戚的嫌疑，漢明帝故意不把自己丈人的像畫在上面。

馬皇后記住了父親遭人嫉妒陷害、含冤而死的教訓，處處虛心待人。對於明帝在功臣像裏不畫上馬援的用意，她心領神會。馬皇后那時還沒有兒子，漢明帝就

釋義：指謀求買田置屋。形容人只知謀求置家產、胸無大志。

出處：《三國志·魏書·陳登傳》：「備曰：『君（許汜）有國士之名，今天下大亂，帝主失所，望君憂國忘家，有救世之意；而君求田問舍[1]，言無可采，是元龍（陳登）所諱也。』」

註：①舍：房屋。

釋義：用來形容車馬往來不絕，場面熱鬧非凡。

出處

《後漢書‧明德馬皇后紀》：「車如流水，馬如游龍」。

立賈氏生的一個皇子為太子，請馬皇后撫養。馬皇后把太子當作親生兒子一般，悉心教養，太子也很孝順。

馬皇后生活很儉樸，喜歡穿粗布衣服，裙子也不緄邊。後宮美女朝見馬皇后時，還以為她穿了甚麼特殊好料子做的衣服，等走到跟前看清楚了，都紅了臉，對她越發尊敬。

漢明帝看到馬皇后時常認真研讀《春秋》、《楚辭》等書籍，有一次就故意把大臣的奏章給她看，並問她應當如何處理。她當場就分析得有條有理。但是，她不干預朝政，也不主動去問這類事情。

漢明帝去世後，太子即位，就是漢章帝，當時才十八歲。馬皇后被尊為皇太后。公元 76 年，漢章帝根據一些大臣的建議，打算把皇太后的弟兄封爵。太后遵照漢光武帝生前規定"后妃家族不得封侯"的制度，明確反對這樣做，這件事因此沒有進行。

第二年夏天，發生了旱災。一些大臣就藉此機會給章帝上書說，今年之所以發生這麼嚴重的自然災害，是由於去年沒有分封外戚的緣故，要求立即進行封爵。

皇太后針鋒相對地頒下詔書，說："提出封爵的，無非是想討好我，從而自己也能得到好處。天旱跟分封有甚麼相干！以前，漢成帝時，同一天把太后的五個弟弟封為關內侯，不是照樣土地龜裂，滴雨不見嗎！"

太后又說："從前，我經過濯龍門時，看見外家外出的情景，真是'車如流水，馬如游龍'（車子像流水那樣不停地駛去，馬匹往來不絕好像一條游龍）。如此招搖，實在不好啊！"她又列舉了歷史上許多外戚寵貴恣意橫行，結果釀成禍害的事例，堅決反對章帝分封諸舅。後人把她所說的"車如流水，馬如游龍"概括為成語"車水馬龍"。

釋義 用車裝，用斗量，形容數量很多，質量一般。

出處 《三國志・吳書・吳主傳》裴松之註引《吳書》：「如臣之比，車載斗量，不可勝數。」

三國時，東吳襲取蜀方要地荊州，蜀將關羽兵敗被殺，吳、蜀雙方非常對立。公元 221 年，蜀主劉備稱帝，出兵伐吳，吳主孫權召集群臣商議對策，決定向曹魏求援，對抗蜀漢。

東吳中大夫趙咨奉命出使魏國。臨行時，孫權再三囑咐，此去切勿丟失東吳體面。趙咨道：「如有差失，我寧可投江自殺，哪有面目回來見人！」

趙咨到了洛陽，魏文帝曹丕明白了他的來意，故意在接見時問他：「吳王是何等樣的國君？」趙咨回道：「吳王孫權，聰明仁智，是個有雄才大略的人。」曹丕笑笑，認為趙咨講得未免誇大。

趙咨便列舉事實說：「吳王重用魯肅，不失為聰；選拔呂蒙，不失為明；俘於禁而不殺，不失為仁；取荊州而兵不血刃，不失為智；據三州虎視四方，不失為雄；屈身於陛下，不失為略。這還稱不上聰明仁智、雄略之主麼？」

曹丕又換上恐嚇的口氣問：「我也想攻伐你們吳國，行不行？」趙咨毫不畏懼地回答說：「大國有征伐的武力，小國也有抵禦的良策！」曹丕緊緊追問：「吳國怕我們嗎？」趙咨泰然道：「吳國有雄兵百萬，據江、漢天險，何必怕人家！」

一席從容的對答，使曹丕大為歎服。他改變態度，親切地問趙咨：「像先生這樣有才能的人，東吳有多少？」趙咨應聲道：「聰明特出的人才不下八九十人；像我這樣的，那簡直是多得可以用車裝、用斗量，數也數不清哩！」

曹丕聽了讚歎道：「『使於四方，不辱君命』，這是對使臣的最高評價，先生真是當之無愧了！」魏國朝廷上下，當時都對趙咨肅然起敬。趙咨回到東吳，孫權對他更加賞識重用，官拜為騎都尉，嘉獎他不辱使命。

束之高閣

釋義 意思是把東西捆起來放在高高的樓閣上面。比喻扔在一邊，棄置不用。

出處 《晉書‧庾翼傳》：「京兆杜乂，陳郡殷浩，並才名冠世，而翼弗之重也；每語人曰：『此輩宜束①之②高閣，俟天下太平，然後議其任耳。』」

註：①束：捆紮。 ②之：它，指某件東西、某件事或某人。

東晉時期，玄學十分盛行，玄學家用老、莊的道家思想，糅合儒家經義，來代替已趨沒落的兩漢經學（闡述儒家經典之學）。他們以出身高貴、儀表瀟灑和虛無玄妙的言論相標榜，成為一時風氣。

當時有個出身豪門的貴族名叫殷浩，從小就喜歡讀《老子》、《周易》，談起玄學來頭頭是道，就連他那位對玄學頗有研究的叔叔也說不過他。不到二十歲，殷浩就出了名。

有人問殷浩：「即將赴任做官的人夢見棺木，將要得到錢財的人夢見糞土，這是怎麼一回事？」殷浩回答說：「官職本來就是臭腐之物，錢財也不過是糞土而已。所以得官得錢的人會夢見屍體和髒物。」人們把這句話傳為名言。

於是，前來拜訪的貴客絡繹不絕，甚至當時的朝廷要員，也來找他預測國家興亡大事。殷浩便成為一個赫赫有名的玄學家。

東晉大將庾翼請殷浩出任司馬，殷浩不接受。庾翼寫信給他說：「王夷甫是前朝名流，但徒有虛名，我鄙棄他。他以玄妙荒誕的空話騙取名聲，一旦被異族石勒俘獲，就暴露出他那卑躬屈膝、苟且偷生的醜態。

「當今江東不能長保無憂，你現在年紀輕又有名望，理應為國家做些事情。可你想隱居不出，這道理很難說得通。」庾翼勸殷浩不要去學那些古人，並再次請他出來做官。殷浩卻還是推辭。

庾翼因此認為殷浩也不過是個有名無實之輩，不可重用。他對人說：「像這樣的人，現在只宜把他束之高閣，等天下太平了，再考慮讓他出來做點事情。」

公元343年，東晉康帝司馬岳駕崩。不久，丞相何充和大將庾翼也相繼病逝。東晉王朝遭此厄運，面臨巨大的困難。

不久，殷浩被推薦為建武將軍、揚州刺史。他再三推辭，未獲朝廷同意，只得赴任就職。但他與大將桓溫鬧矛盾，大臣王羲之勸他說，當今國家危難之時，朝廷內部應該團結一致才對，希望能與桓溫主動講和。殷浩只是不聽。

公元 351 年，殷浩被任命為中軍將軍，管轄揚、豫、徐、兗、青五州軍事。這年東晉朝廷把北伐的任務交給殷浩。殷浩領兵北上，卻屢戰屢敗，後又被假意降服東晉的羌族酋長姚襄所襲擊，大敗而歸。

殷浩連年北伐，都以失敗告終。桓溫便上疏朝廷，要求給予懲處。於是殷浩被罷官，流放到信安。在流放中，殷浩儘管表面上不露悲傷神情，但人們常常看到他整天用手指在空間畫字，原來寫的是"咄咄怪事"四個字。這是他在發泄心中的不滿啊。

後來桓溫打算與殷浩和解，寫信給殷浩說要推薦他當尚書令。殷浩接信，高興萬分。他當即覆信，寫了許多客套話，無非是表示感激和願意效勞的意思。剛把信封好，又恐措辭不當，拆開重讀一遍，再行封上。如此反覆十數次，弄得精神恍惚，反將信紙失落在地，竟把一個空信封寄了出去。桓溫拆信一看，內中並無一字，不由大為惱怒，懷疑是殷浩故意放刁，就打消了與殷浩和解的念頭。

事隔兩年，殷浩一病不起，就這樣無聲無息地死去了。殷浩雖然很有名望，但沒有實際本領，對這種人，庾翼那句"此輩宜束之高閣"的話，倒是很發人深思的。

shù　yùn　qǐng　huǒ

束緼請火

漢高祖劉邦統一天下後，封他的第二個兒子劉肥為齊王，讓功臣曹參擔任齊王的相國。曹參非常器重有見識的讀書人，將辯士蒯通待為上賓。

處士（古時稱有才德而隱居不仕的人）梁石君和東

郭先生，是世上少有的賢才，但他們在深山隱居不出。有人對蒯通說，你為甚麼不把他們推薦給曹相國呢？

蒯通清楚地知道：當初田榮自立為齊王時，曾劫持了不少齊國的士人，凡不願跟從他的就殺掉，梁石君、東郭先生也在被劫之列，田榮強令他們服從。

後來田榮兵敗身亡，梁石君和東郭先生認為自己曾經從亂而深感羞恥，便相約一起進入深山隱居。

眼下人們希望把這兩位隱士請出來，這正合蒯通的心意。他說：「是啊，我當然會幫助他們的。你不妨先聽我講一個『束縕請火』的故事：

「我認識一位鄰居老大娘，為人心地善良，又肯幫助別人，所以村裏人都很尊敬她。

「這天，村裏一戶人家丟失了一塊肉。做婆婆的認定是給媳婦偷吃了，就怒氣沖沖地把媳婦趕出家門。

「媳婦感到很委屈，臨走上那位老大娘家去訴説了這件事，講得眼淚汪汪。

「老大娘知道她受了冤枉，決定幫助她。就説：『不要傷心，你只管回娘家去，我會想辦法讓你婆婆接你回來的。』

「那媳婦走後，老大娘便在家裏找了些亂麻，搓成一條引火繩。

「她拿着引火繩來到這戶丟了肉的人家，只見那位婆婆還在生悶氣，便走上前去説道：『大嫂子，昨天傍晚有幾條狗不知從哪兒叼來了一塊肉，互相爭奪撕咬，鬥得可厲害。有條狗竟被咬得遍體鱗傷，死在我家院子裏。我想問你討個火種，去把牠的屍體燒了。』

那位婆婆一聽恍然大悟，知道錯怪了媳婦，臉上不覺發燙，立即讓家裏人去追她的媳婦回來。媳婦被接回家裏，婆媳之間消除了隔閡，關係一天比一天融洽。老大娘看着他們全家相處得很好，也會心地笑了。

蒯通講完故事，若有所思地説道：「這位老大娘用『束縕請火』的辦法，幫助那位媳婦回了家。世上有些事情是相似的啊，梁石君和東郭先生就像那受委屈的媳

釋義　縕（yūn，粵：縕）：亂麻；束：用亂麻搓成引火物；請火：討火種。「束縕請火」，意思是搓亂麻為引火繩，向鄰家討火種，比喻求助於人。

出處　《漢書・蒯通傳》：「里婦夜亡肉，姑以為盜，怒而逐之，婦晨去，過所善諸母，語以事而謝之。里母曰：『昨暮夜，犬得肉，爭鬥相殺，請火治之。』亡肉家遽追呼其婦。」即束請火於亡肉家，曰：『昨暮夜，犬得肉，爭鬥相殺，請火治之。』亡肉家遽追呼其婦。」

婦，我這就到曹相國那裏討'火種'去。"

他拜見曹相國，說："有一個婦人，丈夫才死了三天，就要改嫁；還有個婦人，夫死在家守寡。假如你想娶妻妾，娶哪個呢？"曹參笑着說："謀士真會開玩笑，依我看當然娶那個守寡的。"

蒯通說："這不過是打個比方，我覺得求臣也是一樣的道理。梁石君和東郭先生在田榮敗亡後，自以為恥，隱居不出，這就像守寡的婦人一樣。你器重賢士，依我看，應該派人接他們出來。"曹相國認為蒯通的想法很好，於是就派人將東郭先生和梁石君接來，待為上賓。

kùn shòu yóu dòu

困獸猶鬥

出處
《左傳‧宣公十二年》："困獸猶鬥，況國相乎！"

釋義
比喻陷於絕境的失敗者，不會束手待斃，還要竭力掙扎。

公元前 597 年夏，晉國起兵援救遭受楚軍進攻的鄭國。當晉兵趕到黃河岸邊時，鄭國已戰敗並投降了楚軍。

面對新的形勢，晉中軍主帥荀林父、上軍主帥士會都主張退兵。可是中軍副帥先縠（hú，粵：酷）反對，他宣稱："晉國所以成為諸侯的盟主，靠的是軍隊強大，群臣盡力。如今在強敵面前退卻，晉國還算甚麼盟主，諸位還算甚麼大丈夫！"

由於將帥意見不合，部隊沒有做好充分準備，加上先縠剛愎自用，擅自行動，暴露了晉軍的弱點，結果楚方突然進兵，晉中軍、下軍措手不及，爭船渡河逃跑，隊伍大亂，被打得潰不成軍。

晉景公得到敗報，勃然大怒，下令把所有敗軍將領帶上殿來，追究責任。荀林父認為自己是主帥，應負主要責任，就主動請求一死；先縠卻縮在一旁不吭氣。

晉景公在盛怒之下，準備同意荀林父的要求。當衛士正要過來捆綁荀林父時，大夫士貞子上前阻止，說："且慢！請君侯聽臣一句話。"

景公催他快講。士貞子說："我先講個故事：三十多年前，先君文公在城濮之戰中獲得巨大勝利，繳獲楚軍大批輜重糧草，補充自己。

"晉國上下都為勝利歡呼，獨有文公並不高興。左右侍臣很奇怪，就問：'擊敗了強大的楚國，大家都像發狂一樣歡樂，君侯為甚麼反而憂愁？'

"文公說：'你們不知，楚軍雖敗，但他們的主帥子玉還在，豈可放鬆警惕；困獸猶鬥，何況子玉是一國的宰相呢？他會來報仇的！'直到後來楚王殺了子玉，文公才高興地說：'天下再沒有人妨礙我了！'"

景公聽得十分入神。士貞子最後說："楚王殺了子玉，事實上是幫了我們晉國的忙。楚國實際遭到雙重失敗，而晉國實際獲得雙重勝利。"

景公聽完，恍然大悟，笑道："大夫不要說了，寡人已經懂得了。殺了荀林父，不就等於幫楚國的忙嗎？"他立即宣佈赦免荀林父等將領。這次戰役失敗的真正禍首先縠，後又犯了嚴重過失，終於被處死。

別無長物

bié wú cháng wù

釋義
長物：指多餘的東西。「別無長物」，意為另外再也沒有多餘的東西了。

東晉時有個名叫王恭的人，為人極其廉潔，受到大家稱讚，都說他將來是個可以做大事的人。

有一年，王恭隨父親從會稽來到東晉都城建康。他沒有受繁華環境的影響，依然過着簡單樸素的生活。

一天，他的同族王忱來訪，兩人坐在一張六尺長的竹蓆上，親密地談了很久。

王忱挺喜歡這張竹蓆，他想，王恭從會稽來，會稽盛產竹子，王恭大概不止帶來一張，便問他，是不是可以將這張竹蓆相送。王恭毫不猶豫地答應了。

竹蓆送掉了，王恭在地上鋪了張草苫子，讀書吃飯就坐在上面。

後來，王忱聽到這個情況，十分驚訝，連忙來看王恭。王恭笑笑說："我向來沒有多餘的東西。"王忱聽了，對王恭的廉潔簡樸，越發敬佩了。

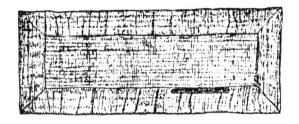

出處

南朝・宋・劉義慶《世說新語・德行》：「（王恭）對曰：『丈人不悉恭，恭作人無長物。』」

《晉書・王恭傳》：「恭曰：『吾平生無長物。』」

bié kāi shēng miàn
別開生面

曹霸，是三國時大政治家曹操的後裔，也是唐代著名的畫家。他從小愛好書法，後來又專攻繪畫，特別擅長畫人物和馬匹。開元年間，他的名聲已經傳遍京城長安，連住在深宮裏的唐玄宗都知道了。

公元 718 年，唐玄宗移居到長安城東部的興慶宮內聽政。每當政務處理完畢，經常派侍者把曹霸召進宮來，在南薰殿上接見他，命他當廷揮筆畫畫，並且隨時賞賜他一些珍貴的禮品，以示恩寵。

當時，曹霸流傳民間的作品還不多，因此長安城裏的達官貴人經常出重價四處訪求和收購他的墨跡。誰家有了一幅曹霸的畫，就彷彿滿屋生輝，感到特別光彩。

在長安北面的太極宮中，有一座著名的凌煙閣。公元 643 年，唐太宗曾命當時的大畫家閻立本將二十四位開國功臣的肖像畫在閣中四壁上，以褒揚他們的功績。這些肖像畫得惟妙惟肖，栩栩如生，當年曾經轟動一時。

現在，七十多年過去了，凌煙閣中的功臣像大部分已經剝落，色澤暗淡模糊，失去了原來的光彩。有一天，玄宗想起了曹霸，就派人召他進宮，要他把全部功臣的肖像重新畫過。

曹霸來到凌煙閣上。他根據在史館中看到的材料和

釋義

開生面：本義為使原來已經暗淡模糊的畫面重放光彩。後以「別開生面」指另創新風格和局面。

出處

唐‧杜甫《丹青引贈曹將軍霸》詩：「凌煙功臣少顏色，將軍下筆開生面。」

清‧趙翼《甌北詩話》卷五：「以文為詩，自昌黎始；至東坡益大放厥詞①，別開生面。」

註：①大放厥詞：原意為極為鋪陳辭藻。今多用以諷刺人大發謬論。

民間聽來的傳說，把它們融會貫通，進行了認真的構思，然後全神貫注地畫了起來。幾天以後，二十四位功臣的肖像，又能別開生面地重新展現在人們的面前。

畫得最逼真、最生動的是襃國公段志宏和鄂國公尉遲敬德。這兩位武臣都是著名的猛將，曹霸把他們畫得神采飛揚，英姿颯爽，似乎頭髮鬚眉都在聳動，正要衝上陣去同敵軍廝殺一樣。

曹霸最擅長的還是畫馬。玄宗有一匹最喜愛的玉花驄（cōng，粵：匆），生得毛鬈如連錢，耳銳似削竹，形狀與一般的馬大不相同，許多畫工都畫不好。一天，曹霸又奉詔進宮，玄宗要他當場把玉花驄非常傳神地畫出來。

一幅巨大的白絹裱糊在殿壁上，曹霸對着玉花驄凝神觀察，久久地沉浸在艱苦的藝術構思中。忽然他轉過身去，用醋暢淋漓的筆墨飛快地揮舞勾勒，轉眼之間，這匹威武神駿的玉花驄就在白絹上突現出來了。

畫家高超的藝術才能，使玄宗看得入神。等到曹霸放下畫筆，玄宗馬上催促侍者賞賜他大量金帛，並且詔封他為左武衛將軍。從此以後，曹霸的名聲就更大了。

到了天寶末年，唐玄宗在李林甫、楊國忠等權奸的蒙蔽下，變得越來越昏聵，長期沉湎聲色，不理朝政。曹霸很少有機會再奉召進宮。後來，他因為一件小事獲罪，被削職為民，懷着淒涼的心情離開了長安。不久，“安史之亂”爆發，曹霸隨着逃難的人流落成都，依靠給過路的行人畫像賺錢過活。

公元 764 年，杜甫到成都，他在朋友家中看到曹霸畫的一幅《九馬圖》，才知道這位當年名噪一時的藝術家也在成都，就馬上到城裏去尋訪。杜甫終於在街頭找到了曹霸，就寫了一首《丹青引》送給他，對這位藝術家的不幸遭遇表示了深切的同情。詩中的“凌煙功臣少顏色，將軍下筆開生面”兩句，後來就成為“別開生面”這個成語的出處。

魏國末年，朝政大權漸漸落到晉公司馬昭手中，滿奮和他的叔父滿偉，同許多魏國舊臣一樣，改而投靠新主，很快得到了司馬昭的信用。滿偉的兒子長武因為得罪了司馬昭的弟弟司馬幹，遭到逮捕拷問，死在亂杖之下。滿偉也被削職為民。他們的遭遇，使滿奮感到憂慮重重，做起事來更加小心謹慎。

滿奮的身材長得高大魁梧，看上去體格似乎很健壯，但實際上並非如此。他特別怕冷畏風，一到寒冬來臨，洛陽城裏北風呼嘯，雪花紛飛，他就整天留在家裏，不想再走出門去。

在這寒冷的日子裏，他住的房間不但門窗關得嚴嚴實實，而且還要掛上厚厚的簾幕。有時呼嘯的風聲透過簾幕傳入他的耳中，他就會感到冷氣入骨，坐立不安。一個深秋的早晨，濃霜滿地，顯得有點寒意侵入。即位不久的晉武帝司馬炎，忽然派了一名內侍把滿奮召進宮去。

晉武帝在便殿裏接見了滿奮，讓他在靠南的位子上坐下，然後準備同他談談朝政事務。忽然，他發現滿奮蹙（cù，粵：促）着眉尖，兩片嘴唇直打哆嗦，臉色顯得很難看，不由關心地問道：“你今天身體不好嗎？”

滿奮舉起手指指窗外說：“外面風大，臣感到冷得很。”晉武帝回頭看了看北窗，原來窗上裝的是琉璃屏，透過琉璃可以看得見外面的樹枝在秋風中搖晃，於是笑着說：“外面風雖大，但隔着琉璃屏，根本吹不進來，你怎麼會冷呢？”

滿奮聽了，不由紅着臉說：“吳牛怕熱，看到月亮疑是太陽就喘起氣來。臣一向畏風，見了寒風就像吳牛喘月一樣，會冷得發抖。請陛下恕臣失禮。”晉武帝因為他說了實話，所以並不怪罪，稍稍談了幾句，就讓他回去了。

釋義 比喻人們對某種事物懷有恐懼心理，遇到相似的情況，也會神經過敏地害怕起來。

出處 《世說新語・言語》：「滿奮畏風，在晉武帝坐，北窗作琉璃屏，實密似疏，奮有難色。帝笑之，奮答曰：『臣猶吳牛①，見月而喘。』」

註： ① 吳牛：指江淮地區（古代屬吳國）的水牛；吳地炎熱的時間比較長，水牛怕熱，見到月亮以為是太陽，就喘起氣來。

利令智昏
lì lìng zhì hūn

釋義

形容因貪利而失去理智，不辨是非。

出處

《史記‧平原君虞卿列傳》：「太史公曰：平原君，翩翩濁世之佳公子也，然未睹大體。鄙語曰『利①令②智③昏④』，平原君貪馮亭邪說，使趙陷長平兵四十餘萬眾，邯鄲幾亡。」

註：

① 利：金錢，利益。

② 令：使。

③ 智：理智。

④ 昏：糊塗。

公元前262年，秦兵攻佔了韓國野王地方，韓國救援上黨郡的通路隔絕了。上黨郡守馮亭，眼見保守不住，便召集部下商議對策。

他認為與其降秦，不如將上黨郡獻給趙國。趙若受地，秦必遷怒於趙，發兵攻它，此時趙必親韓，要求聯合

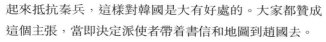

起來抵抗秦兵，這樣對韓國是大有好處的。大家都贊成這個主張，當即決定派使者帶着書信和地圖到趙國去。

趙孝成王看了書信和地圖，知道上黨郡有十七座城池，高興極了，就召平陽君趙豹來商議。趙豹卻不以為然，他說：「秦軍佔了野王，上黨郡成了秦國的掌中之物，今為趙有，秦國能甘心嗎？」

趙豹進一步分析道：「馮亭不降秦而歸趙，是為了嫁禍於趙，使秦移兵攻趙，以減輕韓國的壓力。大王怎可不察，只顧眼前之利呢？」

趙豹退出，趙王又召平原君趙勝來商量。趙勝的主張與趙豹相反，他說：「用百萬兵將，進攻別國，征戰一年，未必能取得一城；今不費一兵一卒而得十七城，這是莫大之利，千萬不可錯過這個好機會！」

平原君的話，正說到了趙王的心坎上。趙王滿臉堆笑，吩咐平原君快去上黨，接受獻地。同時傳命封賞馮亭及十七城的官吏；安慰那裏的百姓，說趙兵隨後到，叫他們放心好了。

這消息傳到秦國，秦昭王見趙國得了現成，自然十分惱怒，便派大將白起率軍進攻趙國。長平一戰，白起俘虜了趙軍四十萬，全部活埋。趙國的軍事力量，受到了嚴重的損失。

秦軍乘勝而進，把趙國的首都邯鄲圍困起來，眼看有城破國亡的危險，這時趙王深悔不聽趙豹之言，引來今日之禍，只好派平原君趙勝到楚國求救。

正當邯鄲萬分危急的時候，魏國的信陵君無忌、楚國的春申君黃歇，看在平原君份上，率軍趕到邯鄲，合兵擊退了秦軍，解了邯鄲之圍。可是，趙國連前帶後，總共損失了四十五萬精銳部隊，弄得元氣大傷。

後來，漢代著名史學家司馬遷，把這段史事寫進《史記》，評論平原君是“利令智昏”，意思是說，平原君不該貪圖眼前利益，不考慮後果，導致秦兵來攻的巨大災難。

bīng　bù　xuè　rèn

兵不血刃

陶侃是東晉著名的將領。他從小喪父，家境貧困，雖然才能過人，卻一直得不到提拔，只能在縣裏找個普通的差使，勉強度日。

有一次，鄱陽名士范逵前來拜訪他，倉猝之間，家裏竟然拿不出東西來招待客人。陶侃的母親只好剪下自己的頭髮，讓他去換來一些酒菜。范逵同陶侃邊飲邊談，越談越投機。吃過飯後，范逵起身告辭，陶侃一直把他送出百里之外。分手時，范逵問道：“你是否想到郡裏去找個事做做？”陶侃說：“怎麼會不想呢，就是苦於沒有人推薦啊！”

於是，范逵專程趕到廬江郡，極力向太守張夔（kuí，粵：葵）稱讚陶侃的才德。張夔就把陶侃召到郡裏，先後任命他做督郵和主簿，並且推舉他為孝廉。從此陶侃的名聲漸漸為人所知，受到一些州郡長官的賞識。

公元 305 年，右將軍陳敏擁兵作亂，派兄弟陳恢率軍進攻武昌。荊州刺史劉弘決定起用陶侃為江夏太守，派他出兵去迎擊陳恢。

劉弘的部將扈瓌（guī，粵：歸）出於妒忌，私下對

出處

《荀子・議兵》：「兵①不血刃②，遠邇來服。」

《晉書・陶侃傳》：「默在中原，數與石勒等戰，賊畏其勇，聞侃討之，兵不血刃而擒也。益畏侃。」

註：①兵：兵器。 ②刃：刀鋒。

劉弘說：「陶侃和陳敏是同鄉，您派他統率重兵去平亂，萬一他有異心，荊州就完了。」劉弘說：「陶侃的為人，我非常了解，他哪裏會做出這樣的事來呢！」

陶侃聽到匵璵中傷他的話以後，為了解除劉弘的顧慮，就派兒子陶洪和姪兒陶臻去見劉弘，讓他們留在荊州。誰知劉弘馬上把兩人遣回武昌，並且加任陶侃為督護，使他能夠專心一意地在前方作戰。

劉弘的支援和信任，使陶侃深受感動。為了報答劉弘的知遇之恩，他堅定沉着地指揮將士奮勇殺敵，連連獲勝，取得了輝煌的戰果。

陶侃治軍嚴明，很有大將風度。他非常關心和愛護士兵，處處以身作則，廉潔奉公。每次戰鬥勝利，繳獲的物品很多，他總是全部分給將士，自己分毫不取。因此，他深得部下的擁戴，打起仗來人人樂於為他效命。

後來，陶侃被升遷為龍驤將軍、武昌太守。他先後受朝廷派遣，南征北戰，因功被封為柴桑侯，食邑四千戶。

陶侃在擔任廣州刺史期間，由於局勢平靜，軍務比較空閒，他每天清早起身後，總要把一百塊磚搬到屋外，黃昏時再搬進屋來。有人問他為甚麼這樣做，他說：「中原還沒有收復，我怕過分安逸了，將來不能再為國出力。」

在交州刺史任內，陶侃每天都要親自接待賓客，批覆公文，工作非常勤奮，幾乎沒有休息的時候。他常常對人說：「大禹能夠愛惜寸陰，我們就更應愛惜分陰。一個人如果生無益於時，死無聞於後，就是自暴自棄！」

屯騎校尉郭默，是個驕橫跋扈的人，因為泄私憤，殺害了平南將軍劉胤。事後，他還偽造皇帝詔書，誣陷劉胤造反，通報給各個州郡。宰相王導怕難以制服郭默，不但不敢問罪，反而任命他為西中郎將、江州刺史，以示安撫。

陶侃得到劉胤被害的消息，立即上表請求討伐郭默。他還寫信給王導說：「郭默殺掉州官，朝廷就任命他做州官；難道他殺掉宰相，也讓他當宰相不成！」王導看信以後，接受了陶侃的意見，並且派他出兵討伐郭默。

郭默聽說陶侃親自前來討伐，心裏非常恐慌，準備率軍離開江州，南下佔領豫章。誰知還沒有動身，陶侃已經兵臨城下，把江州包圍得水泄不通。

郭默知道自己決不是陶侃的對手，想要投降又怕被殺，感到進退兩難。這時晉軍在城外發起猛烈進攻，叛將宋侯看到大勢已去，便逮捕了郭默，開城迎降。陶侃終於兵不血刃地平定了這場叛亂。

由於陶侃治軍有方，屢建戰功，威名遠揚，對鞏固晉朝的統治起了重大的作用，晉成帝下詔拜他為大將軍，同時授予他各種特殊的榮譽。陶侃沒有居功自傲，一再上表辭讓。

公元 334 年夏天，陶侃得了重病。臨終前，他還給成帝寫了最後一道表章，把平日賞賜給自己的節麾、車蓋和官印等物全部奉還朝廷，同時對自己不再能為國家盡忠效力，表示了深切的遺憾。他死後，被朝廷追尊為大司馬。

bīng　bù　yàn　zhà

兵不厭詐

東漢安帝時，由於官吏不法，引起羌族對內地的侵擾。武都太守虞詡帶了幾千人馬，到甘肅境內去跟羌人作戰。羌人得知消息，要在半路上攔截。虞詡便停軍不進，揚言要上奏請兵。羌人以為是真的，就分兵到鄰縣去了。

虞詡等羌兵散開，立刻兼程進軍，不分晝夜，一天要走一百多里，並且下令每天要增加行軍用的土灶數目。有人問道：「從前孫臏行軍打仗時，每天減灶，為甚麼你倒要增灶呢？兵法上規定行軍每天不過三十里，為的是要防意外，為甚麼你每天走這麼多路呢？」

虞詡說：「敵軍人數多，我們人數少。走得慢了，會被敵軍追上；走得快，每天又增加灶數，敵軍必以為

釋義

「兵不厭詐」也作「兵不厭權」，指用兵打仗要盡可能多地採用迷惑敵人的方法。

147

我們有了生力軍，就不敢追趕了。從前孫臏減灶是『見弱』，我的增灶是『示強』彼此情況不同，對付的辦法也就兩樣啦！」這一說，大家才悟出了道理。

當時，虞詡的兵力不過三千人，而羌兵有一萬多人。兩軍對陣時，虞詡下令不許使用射得很遠的強弩，只用射得很近的弱弓。羌軍以為不足畏，更加用力急攻。虞詡等羌軍迫近，再用強弩集中射擊，無發不中。羌軍大受挫折，便撤退了。

虞詡又派出人馬，埋伏在羌軍的退路上，進行襲擊，羌軍果然大敗。過後，他相度地勢，修築了一百八十座營壘，招集流亡，賑濟貧民，這郡從此安定。

虞詡領兵打仗，靈活機動，通權達變不為前人兵法所束縛。「兵不厭詐」這句成語，就是從這個故事來的。

出處

《韓非子‧難一》：「戰陣之間，不厭詐①偽。」
《後漢書‧虞詡傳》：「今其眾新盛，難與爭鋒。」
兵不厭權②，願寬假轡策，勿令有所拘閡而已。」

註：①厭：滿足；詐：欺騙。②權：權宜，權變，因時因事而變通辦法。

完璧歸趙

wán bì guī zhào

戰國時，秦昭王聽說趙國得了稀世寶玉和氏之璧，便派人送信給趙王，表示願以十五座城換取和氏璧。趙王怕得罪秦國，同眾大臣商量，想找一個適當的人出使秦國。

宦者令（宮中太監的首領）繆賢推薦說，他有個舍人名叫藺相如，膽大智高，作為使者看來是能勝任的。趙王正急得沒辦法，便命他去請藺相如來。

趙王見了藺相如，問道：「秦王以十五城換取和氏璧，你說可以給他嗎？」藺相如回答：「秦強而趙弱，不可不給。」其實，趙王也知道不給不行，於是又問：「秦得了璧，不給我城。怎麼辦？」

藺相如回答道：「秦以城換璧而趙不給璧，理虧在趙；趙給了璧而秦不給城，理虧在秦。權衡得失，寧可答應秦國，讓它去負不講理的責任。」

趙王想想也對，問誰可為使者。藺相如說：「如果實在派不出人，我願奉璧出使。秦如給城，便留璧在秦；秦如不給城，臣請完璧歸趙。"趙王點頭同意。

　　藺相如奉璧出使秦國，謁見秦王。秦王見和氏璧潔白無瑕，熠熠閃光，真是稀世珍寶，不由得大喜。秦王欣賞之後，便給身邊嬪妃傳觀；嬪妃傳觀之後，又送給左右近侍傳觀，完全不提及交城。

　　藺相如等了很久，見秦王根本沒有給趙國十五城的意思，便心生一計，等和氏璧送回秦王案上時，他上前說："這璧上有點小疵，請允許我指點給大王看。"秦王便命侍臣將璧傳給藺相如。

　　藺相如拿到和氏璧，後退幾步，靠殿柱一站，怒髮衝冠地說："趙王齋戒五天，親手將國書交給我，我這才奉璧來秦。而大王卻傲慢無禮，坐而受璧，只顧君臣觀賞，始終不提交城之事，可見以城換璧乃是騙人之辭。

　　"所以我將璧收回。大王如要逼迫，我情願將自己的頭與璧一起在柱上撞個粉碎！"說着，藺相如將璧高高舉起，眼睛斜看着殿柱，似乎馬上就要撞上去。

　　秦王怕璧真的撞碎，立即向藺相如賠不是；又要大臣拿出地圖，指給他看，是哪十五城割給趙國。

　　藺相如看透了秦王這樣的表態不過是裝模作樣而已，便說："和氏璧是天下公認的寶物，秦王也必須齋戒五天，然後以最高的禮節接受它。"秦王無奈，只好答應。

　　藺相如料定秦王不會給趙國十五城，當天夜裏，便叫手下人穿着破衣服，化裝成老百姓，將和氏璧送回趙國，實踐他"完璧歸趙"的諾言。

　　秦昭王齋戒五天後，再請藺相如上殿。藺相如神色坦然地說："我已令人將和氏璧送回趙國。只要秦給城，趙是不會不給璧的。我知欺大王有罪，甘願下油鍋烹死！"秦王見璧已歸趙，殺藺相如也無用，只得苦笑作罷。

釋義 原意為把完整的璧玉送回趙國，現多比喻把物完好無損地歸還本人。

出處《史記・廉頗藺相如列傳》："相如曰：『王必無人，臣願奉璧往使。城入趙而璧留秦；城不入，臣請完璧歸趙。』"

尾大不掉

釋義

尾巴太大了，不好擺動，比喻部屬勢力過分強大，就難以駕馭控制。

出處

《左傳・昭公十一年》：「末大必折，尾大不掉，君所知也。」

春秋時代，楚國的共王沒有嫡子，其他王妃生的五個兒子，他都很寵愛，一時不能確定該立誰為太子。後來他想出了一個辦法：在祭神時把一塊玉璧埋在宮廷地下，讓五個兒子進來祈神拜禱，誰離玉璧最近，就由誰繼承王位。

到了祭神那天，五個兒子都齋戒沐浴，進入宮廷，各自選擇一個地方跪拜下去。結果兒子昭兩腳正好跨在璧上，公子圍的胳膊搭到一點，公子子幹和子都離得比較遠，最小的公子棄疾由王妃抱着下拜，壓住了璧紐。

楚共王經過再三考慮，最後決定立公子昭為太子。公元前 560 年，共王因病去世，太子昭繼承了君位，史稱楚康王。公子圍沒有當上國君，心裏很不滿意，但一時也無可奈何。

公元前 545 年，楚康王在做了十五年國君後也患了重病，他在臨終以前，按照傳統，決定把君位傳給自己的兒子羋麇（mǐjūn，粵：美軍）。這樣，公子圍的希望又成了泡影。他決心積聚力量，等待時機，奪取君位。

羋麇即位以後，對公子圍非常信任，讓他做了令尹（楚國執政官）。這一來，正中公子圍的下懷。於是他仗着手中的大權，對外侵伐鄰國，耀武揚威，對內培植親信，鎮壓異己，迅速發展自己的勢力。

公元前 541 年冬天，公子圍準備出使鄭國。當他剛剛走到邊境的時候，突然得到楚王患病的消息，就立即策馬趕回郢都，以問候為名闖進宮中，謀殺了羋麇，然後自立為王，史稱楚靈王。

靈王登上國君的寶座，實現了多年來夢寐以求的願望，自然感到志得意滿。於是他把兵權交給最寵信的弟弟公子棄疾，自己忙着派人建築豪華的宮殿樓閣，盡情地尋歡作樂去了。

公子棄疾掌握了兵權以後，經常率軍侵伐鄰近的小國。他分別滅掉陳國、蔡國。隨着戰爭的勝利，他的權力和威望也在不斷提高。為了表彰公子棄疾建立的功勳，靈王把蔡國的大部分土地賜給他，並且封他為蔡公。但是過了不久，靈王又感到不太放心，特地派人把大夫申無宇請進宮來。

靈王問申無宇說："我把棄疾封為蔡公，你看怎麼樣？"申無宇說："國君是不應當把親近的人封在外面的，因為日子一久，他的力量大大發展，就會威脅國家。俗話說：末大必折，尾大不掉。這個道理，您一定是知道的。"

申無宇走後，靈王又仔細地想了一下。他認為公子棄疾是自己最寵信的弟弟，一向很忠順，這次為國家建立了功勳，又受到特殊的封賞，肯定不會背叛自己，因此，就沒有接受申無宇的意見。

公元前 530 年，靈王帶着一部分軍隊離開郢都，到千里以外的州來去打獵。後來，又出兵攻打徐國，威脅吳國，炫耀自己的武力。就這樣，他在外面周遊了好幾個月，還不想回到郢都去。

由於靈王長久不歸，楚國後方空虛。這時，蔡國的一些舊臣乘機說服公子棄疾和子幹、子等人，調集陳、蔡的軍隊長驅入楚，一舉攻佔了郢都。

靈王眼看眾叛親離，只好上吊自殺。後來，公子棄疾又用計逼死子幹、子晳，自己做了國君，史稱楚平王。當初申無宇所說的棄疾將會"尾大不掉"的話，以後就作為成語流傳下來了。

gǎi　xián　yì　zhé
改弦易轍

張湯，西漢酷吏，年少時善於獄辭，後經武安侯田蚡（fén，粵：焚）推薦，任為侍御史（監察、執法官員）。他承辦陳皇后巫蠱（gǔ，粵：古）案件，深挖猛追，株連屠殺三百餘人。漢武帝認為張湯能幹，命

釋義

原指樂器調換弦，車子改換道路，比喻變更方向、計劃或做法。

出處

宋‧王《野客叢書‧張杜皆有後》：「使其子孫改弦易①轍②，務從寬厚，亦足以蓋其父之愆。」

註：

①易：更換。

②轍：車輪軋下的痕跡，這裏指道路。

他與趙禹共同制定各種法律條令。

在審理淮南王、衡山王、江都王謀反事件時，張湯又都尋根究底。漢武帝本想釋放受牽連的大臣嚴助、伍被，他力爭說：「伍被參與謀反，嚴助私交諸侯，不殺日後不好辦案。」武帝於是將兩人處斬。

為了增加國庫收入，張湯還請造白金及五銖錢，壟斷天下鹽鐵，排擠富商大賈，出「告緡（mín，粵：民）令」獎勵告發逃稅，引起各方面對他的痛恨。

後來，張湯與下屬魯謁居合謀殺害了他的仇人李文。魯謁居死後，事件被揭發，於是漢武帝命張湯自殺。

張湯辦案，刑罰殘酷。他的兒子張安世卻忠信厚道，勤於政事，在武帝、昭帝、宣帝三朝都受到重用，官至大司馬車騎將軍（全國軍政首腦）、領尚書事（總領皇室文書奏章），子孫直到東漢都位列九卿（中央各行政機關官員的總稱）。

西漢另一酷吏杜周，原是張湯下屬，張湯派他懲辦逃亡邊卒，所殺很多。後來他當上了廷尉（中央主管司法的官），治獄辦法大多仿效張湯，而且對上善於觀顏察色，凡是皇上要懲辦的就陷害，皇上要釋放的就給喊冤。

有人責問杜周說：「君為天下斷決案子，不遵循法律，專以人主（指皇帝）意志辦事，辦案的人能這樣嗎？」杜周說：「你可知法律是怎樣定出來的嗎？前主制定的律令，後主再細分為條例，都是以當時的是非為是非，沒有固定不變的！」

杜周做廷尉，奉皇帝詔令審訊的案件更多了，地位很高的官員被關押的有一百多人，每年辦的案子有一千多件，一件大案有時逮捕案犯及證人達數百人之多，京師獄中押有六七萬人，獄吏增加到十多萬。

杜周嚴刑峻法，有酷烈之聲。他一度曾被降職，後因捕治桑弘羊、衛皇后兄弟子姪得力，被漢武帝升為御史大夫。

杜周的小兒子杜延年，卻是為人寬厚，官居御史大夫，子孫傳到唐朝聲名仍很好。宋代學者王楙（mào，粵：茂）在所著《野客叢書》中指出：張湯、杜周的子孫，由於"改弦易轍"，即改變上代的做法，篤信寬厚，才掩蓋了先輩的過失。

rěn rǔ fù zhòng

忍辱負重

釋義 能忍受屈辱、承擔重任。

出處 《三國志・吳書・陸遜傳》：「國家所以屈諸君使相承望者，以僕有尺寸可稱，能忍辱負重故也。」

赤壁大戰以後，魏、蜀、吳三國鼎立之勢已經形成。曹操對孫權、劉備的威脅暫告解除，而孫、劉之間的矛盾卻激化起來。

孫權要討回先前借給劉備的荊州，但鎮守荊州的關羽不肯歸還。孫權就利用關羽在襄陽和曹操交戰的機會，用陸遜的計謀派兵偷襲，奪回了荊州，把引軍南回的關羽也殺了。劉備得報，立誓要給關羽報仇，他親率主力十幾萬人，對東吳發動大規模的進攻。

孫權面對這危急的形勢，還是要堅持原先確定的聯蜀抗魏的策略，決定和劉備講和。但他幾次派使者前去，都被劉備拒絕，蜀軍還是水陸並進，直逼吳境。前線吃緊，孫權提拔智謀出眾的鎮西將軍陸遜為大都督，統帥五萬兵馬迎擊劉備。孫權把自己佩帶的寶劍交給陸遜說："有人不聽指揮，你可以先斬後奏。"陸遜當時還很年輕，他原是書生出身，而帳下諸將有的卻是孫策（孫權之兄）時代身經百戰的老將，有的是宗室貴戚，他們根本不把陸遜放在眼裏。

黃武元年劉備的十幾萬大軍已經深入吳地五六百里，吳國軍民大為震動。孫權派去抵擋蜀軍的大將孫桓（孫權之姪）也吃了敗仗，在夷道被圍。將領們紛紛主張解救孫桓，但陸遜卻胸有成竹地說："孫將軍深得軍心，夷道城堅糧足，不用憂慮。只要我們這裏得勝，他也就能不救自解。"眾將領聽了，表面上沒說甚麼，但心裏不服。

陸遜把兵馬駐紮在地勢險要的夷陵，與蜀軍對陣。他叫兵士修築好防禦工事，堅守營壘，等待戰機。蜀軍向吳軍挑戰，百般叫罵，陸遜就是不許部將出戰。許多將領紛紛湧進陸遜大營，請命迎敵。陸遜還是不答應。他說：「劉備帶兵東下，連連得勝，氣勢正旺，並且佔領高地，很難攻破。我們應該佈置好防禦工事，等待戰機，切不可輕舉妄動。」

將領們認為陸遜膽小懦弱，畏敵不前，對他的既不救孫桓又不打劉備非常不滿。大帳內頓時一片喧鬧。陸遜拍案而起，說：「我雖然是個書生，主上交給我這樣重大的使命，是因為我還有一點可取的地方，那就是能夠忍受屈辱，負擔重任。」他鄭重申明：軍令無情，不得違犯，否則一律按軍法論處！大帳內立刻安靜下來，諸將雖然心裏還有不服的，但也不敢以身試法。

就這樣，吳軍拒不應戰，從這年的二月到六月。時入盛夏，天氣異常炎熱，蜀軍在烈日暴曬下叫苦連天。劉備就把軍隊轉移到樹林茂密的地方，紮下互相連接的四十多個軍營，連綿七百里。陸遜見反攻時機漸漸成熟，決心抓住戰機，利用蜀軍士卒疲勞、連營數百里的弱點，採取火攻。他周密部署，在一個東風勁吹的黑夜，發動對蜀營的突襲。

他命前鋒部隊每人手拿一把茅草，悄悄靠近蜀營，然後一聲令下，順風放火，猛燒蜀軍營寨。天氣乾旱，營寨木柵布篷極易着火，蜀營又紮在林木之間，一經火攻，頃刻烈焰飛騰，陷入火海。蜀兵被大火包圍，急忙四散逃奔。

吳軍乘勢追殺，士氣大振。陸遜揮動全軍，同時發動火攻，蜀營一個接一個地被火海吞沒。劉備連營七百里，既造成兵力分散，又無法遏止火勢蔓延，各營蜀軍被分割包圍，終於全線崩潰。劉備眼看大勢已去，帶着殘部連夜突圍。吳軍尾隨緊追。困守夷道的孫桓歎服陸遜指揮正確，及時率兵殺出夷道，中途截擊劉備。劉備大敗，狼狽逃至白帝城，憂愧成疾，次年病死。

陸遜用火攻，把劉備十幾萬大軍打得全軍覆沒。這就是歷史上有名的「夷陵之戰」，也是一次以少勝多的着名戰例。陸遜卓越的軍事才能以及那種忍辱負重的堅強性格，從此使部將個個心服口服。

八 畫

fèng gōng shǒu fǎ
奉公守法

釋義 奉公行事，遵守國家規定的法令制度。

出處 《史記‧廉頗藺相如列傳》：「以君之貴，奉公如法，則上下平。」

趙奢是戰國時代的趙國人，二十多歲時擔任田部吏，在一個地方主管徵收田賦的工作。他手下每到秋收以後，就要出去收租。那時，任趙相的是平原君趙勝，家有食客數千人，佔有大量土地。平原君家裏那些管理田地的人，依仗勢力，不肯繳納田賦。

趙奢聽了手下人回報以後，非常生氣，親自去向為平原君管莊園的人索取田賦。這些人當然不賣賬。趙奢迫不得已，逮捕了十多人，並根據國法殺了其中九個態度蠻橫、仍不低頭的人。平原君大怒，下令逮捕趙奢，打算處以死刑，為他的手下人出氣。

趙奢見了平原君，理直氣壯地說：「你是趙國的貴公子，放縱手下人抗繳田賦，不遵守法令。法令被破壞，國家必然會衰弱下去；國家衰弱，諸侯就要侵犯，如果滅掉趙國，你還能有現在的富貴嗎？」

「以你這樣的高貴，如能奉公守法，那麼上下就公平了。上下公平，國家就會強盛起來。趙國強大了，身為貴戚的你，還會損失甚麼嗎？還會被天下看輕嗎？」平原君頻頻點頭，下令釋放他。

平原君覺得趙奢很能辦事，就向趙王推薦。趙王提拔了趙奢，讓他管理全國的稅收。趙奢任職後，國賦收入大增，上下公平，百姓也都富裕起來。"奉公守法"這句成語，就是從這兒出來的。

玩物喪志

釋義 沉迷於玩賞所喜好的東西，會使人喪失進取的志向。

出處 《尚書·旅獒》：「玩人喪德，玩物喪志。」

相傳商朝的末代君主紂王，是一個荒淫無道的暴君。他極力搜括民間的金銀財寶和珍禽奇獸，大興宮室園林，日夜和宮女們在其中尋歡作樂，搞得朝政腐敗不堪，百姓怨聲載道。

周族在姬昌的領導下，不斷向東發展。姬昌表面上臣服紂王，暗中卻在積蓄力量，等待時機，準備推翻商朝的統治。後來姬昌死了，太子姬發繼位，史稱周武王。公元前1051年，武王決定起兵滅商。他率領軍車三百輛，精兵四萬八千人，從孟津渡過黃河，向商都朝歌進軍，各路諸侯也紛紛出兵助戰。

紂王連忙下令釋放大批正在服苦役的犯人和奴隸，把他們臨時組成一支七十萬人的大軍，開到牧野迎戰。平時受盡虐待的犯人和奴隸，誰也不願為紂王賣命。戰鼓剛剛擂響，商軍就紛紛掉轉槍頭，周軍乘勢一舉攻進朝歌。紂王眼看眾叛親離，只好孤身一人登上鹿台，自焚而死。

武王滅商以後，為了確立周朝的統治，一面把佔領的土地分封給有功的大臣和諸侯，一面派出許多使者到邊遠地區去，宣揚自己的文德與武功，號召各國都來臣服周朝。許多遠方的國家和部族，懾於武王的威名，都先後派人向周朝稱臣納貢。有一天，西方極遠之地的旅國來了一位使者，獻給武王一隻大狗。

這隻大狗叫獒（áo，粵：邀），身體足有四尺多高，豎起尖尖的耳朵，兩眼忽閃忽閃地顯得很機靈。使者牽牠上殿，牠像懂事似的匍匐在武王面前，俯首行禮。武王看了，不禁面露喜色，命人收下這個稀有的貢品，重賞了使者。

太保召公奭（shì，粵：式）看在眼裏，退朝以後，就寫了一篇《旅獒》進呈給武王，裏面說：「輕易侮弄別人，會損害自己的德行；沉迷於供人玩賞的東西，會喪失進取的志向。創業艱難，不要讓它毀於一旦啊！」武王讀了《旅獒》，想到商朝滅亡的教訓，覺得召公奭的話很對。於是下令把收到的貢品分賜給諸侯和功臣，自己更加勵精圖治。

qīng　yún　zhí　shàng

青雲直上

釋義 指衝着青天一直上升，比喻人的地位直線上升。

范雎（jū，粵：追），戰國時魏人，家境貧困，在中大夫須賈手下做門客。有一次，他隨須賈出使齊國。齊襄王聽説他口才出眾，想結交他，派人私下送去一筆禮金。范雎婉言謝絕，沒有接受。

這件事被須賈知道了，懷疑他私通齊國，一回來就報告給相國魏齊。魏齊馬上派人把范雎抓起來毒打一頓，打得他肋骨折斷，牙齒也掉了好幾個。范雎緊閉兩眼，一動不動地躺在地上。打手們以為他已經死去，就用蘆葦蓆把他捲起來，丟在廁所裏，並且派了一個人在旁邊看守。

范雎從昏迷中醒來，發現守衛是個曾經和自己有過交往的人，就對他說：「我完全是冤枉的。您如果放我走，我以後一定會重重地謝您。」在守衛的幫助下，范雎逃出相府，來到了好朋友鄭安平家裏。他改名張祿，準備隱居一段時間，再找機會逃到國外去。

不久，秦昭王派親信謁者王稽出使到魏國。鄭安平

出處

《史記・范雎蔡澤列傳》：「須賈頓首言死罪，曰：『賈不意君能自致於青雲①之上。』」

唐・劉禹錫《寄毗陵楊給事》詩：「青雲直上無多地，卻要斜飛取勢回。」

註：① 青雲：青天。

把范雎推薦給王稽，王稽就利用使者的特殊身份，幫助范雎逃出魏國，並把他帶到咸陽。范雎憑着能言善辯的口才，很快得到了秦昭王的信任，被拜為客卿。以後又為昭王出謀獻策，排除異己，鞏固統治，當上了相國。秦人只曉得他是從魏國來的，名叫張祿，並不知道他是范雎。

公元前 266 年，秦國準備出兵攻打韓、魏兩國。魏國馬上派須賈出使到秦國去請和。范雎知道須賈來了，就換上一身破舊的衣服，步行到賓館求見須賈。須賈已經忘了從前的事情。他看到范雎身上的裝束，吃驚地說："范叔，你一向過得好嗎？"范雎說："我得罪了魏齊逃到這裏，怎麼會過得好呢？"須賈又問："你在秦國幹些甚麼？"范雎說："我給人家幫傭，勉強混口飯吃。"

須賈聽罷，臉上露出了同情的神色，命人擺上酒菜來，請范雎入席。他一面給范雎斟酒，一面說："范叔，真沒想到你竟困苦到這種地步。"說着叫人拿出一件綈袍（厚綢子製成的袍子；綈，tí，粵：提）來送給范雎。須賈又對范雎說："我這次是來為魏國請和的，聽說秦相張祿很得秦王的信任，這件事完全取決於他。你是不是有朋友認識這位張相君？"范雎說："我的主人跟他很熟，不過我也可以帶您去見他。"

須賈聽了，喜出望外地說："那太好了！不過，我的馬得了病，車也壞了，要去見張相君非得有高車大馬不可。"范雎說："那沒問題，我可以把主人的車馬借來，送您到相府去。"說罷就起身告別。過了一會，范雎駕着高車大馬來到賓館，載着須賈直奔相府而去。到了相府門前，連停也不停地就驅車直進，府中的人紛紛向兩邊迴避，須賈感到很奇怪。進入二門後，范雎停下車來，說："請你稍等，我先去通報相君。"

須賈等了好久不見動靜，就問侍者："范叔為甚麼還不出來？"侍者說："這裏沒有范叔。"須賈說："剛才駕車送我進來的不就是嗎？"侍者笑着說："那是我們的張相君啊！"須賈大驚，知道中了圈套，馬上跪下，請侍者進去為他謝罪。

范雎叫人把須賈帶到堂上。須賈光着上身，兩膝跪行而前，不斷磕頭，連稱死罪，說："我沒有想到相君能夠自己置身於青雲之上。從今以後，我再也不敢過問天下的事情了。請把我流放到北地去，饒了一命吧！"

范雎說："你的罪孽深重，本來是活不成的，但是你送我一件綈袍，總算流露了一點故人的情意。我放你回去，你給我轉告魏王，趕快把魏齊的頭送來，否則，我就要出兵踏平魏都大梁。"須賈連聲稱是，狼狽地走了。

cháng　qū　zhí　rù

長驅直入

釋義 長距離不停頓地快速前進，有一往無前的意思。原作「長驅徑入」。

出處 曹操《勞徐晃令》："吾用兵三十餘年，及所聞古之善用兵者，未有長驅徑入敵圍者也。"

公元 219 年，曹操把戰略目標指向荊州。這時，曹仁正在這一帶與劉備手下大將關羽對峙，關羽的軍隊重重包圍了襄陽，曹仁則牢牢守住樊城。七月，曹操派于禁增援曹仁。

這年八月，連日暴雨，漢水猛漲。關羽乘機引水淹曹操的軍隊，于禁全軍覆沒，自己也被俘。大水又沖進樊城，城牆沖塌了好幾處。

曹仁的部下驚慌起來，勸曹仁放棄樊城，乘船退走。奮威將軍滿寵極力反對，他對曹仁說："水來得快，但不會持久，如果一撤退，洪河以南，就不屬魏國所有了，望三思而後行。"曹仁覺得有理，就和部下一起立誓堅守。

不久，曹操派遣大將徐晃率領部隊前去解圍。徐晃考慮到自己的兵力不足，而且又多是新兵，所以暫且避開關羽的鋒芒，到陽陵坡地方駐紮下來，見機行動。

徐晃派人用箭把信射入樊城，與曹仁取得了聯繫；曹操這時候也正在組織援軍，他派人去告訴徐晃："等待各路兵馬到齊了，再一齊向前。"

這時，一部分蜀軍屯兵偃城。徐晃帶兵到偃城附近，故意挖掘陷坑，表示要截斷偃城退路。蜀軍中了計，燒掉了一些營寨，匆匆撤出了偃城。徐晃得了偃城，就兩面聯營，將部隊稍稍推進，緊逼關羽的周邊。曹操派來的十二營援兵，由殷署、朱蓋率領，正巧趕到。徐晃立即進行部署，決定和曹仁內外夾擊關羽。

蜀方在圍頭和四塚兩個地方駐紮了部隊。徐晃為了造成蜀軍的錯覺，故意揚言要進攻圍頭，實際上卻率領大軍偷襲四塚。蜀將關羽發覺四塚將被攻破，驚慌起來，趕緊親自率領五千多名步騎兵出戰。徐晃率領將士，對蜀軍迎頭痛擊，關羽敗退。

徐晃一馬當先，率領將士窮追不捨，一直衝進了蜀軍對曹仁的包圍圈中。這個包圍圈雖然裏外十重，又佈滿了陷坑和鹿角（阻止敵人行進的防禦設施，形似鹿角），但也阻擋不了除晃一路衝殺。蜀軍大敗，紛紛逃竄。

捷報傳來，曹操高興極了，立即派人給徐晃送去親筆慰勞信。信中說：「我用兵三十多年，所知道的古代善於用兵的人當中，沒有一個能像你那樣，長驅直入敵人的重重包圍圈之中，連斬敵將，大獲全勝的。」

pāo zhuān yǐn yù

拋磚引玉

佛教書籍《景德傳燈錄》，由宋代名僧道原所編，內容敍述禪宗師徒關於佛教教義的論證和故事。道原宣稱：燈能照明黑暗，且能世代相傳；把佛法傳示世人，也和傳燈一樣，所以叫《傳燈錄》。「景德」是宋真宗年號。

《景德傳燈錄》中，有一段關於從諗禪師的事跡記載。從諗是唐代高僧，曾主持趙郡觀音院，聚徒說法，世號「趙州門風」，圓寂時壽一百二十。

相傳從諗禪師對僧徒的參會坐禪，窮究禪理，要求極嚴。徒眾參禪必需靜坐斂心，專註一境，方能達到凝思息妄的禪定境界。

一日，眾僧晚參，從諗禪師故意說：「今夜答話，有聞法解悟者出來。」此時徒眾理應個個結跏正坐，息慮凝心，不動不搖，不委不倚。誰知恰恰有一小僧沉不住氣，竟站了起來。

那小僧以解問者自居，走出禮拜。從諗禪師瞭了他一眼，緩聲說道：「比來拋磚引玉，卻引得個墼子（方才拋磚引玉，卻引得一塊生磚坯）。」

出處
宋·釋道原《景德傳燈錄》卷十·趙州東院從諗禪師：「大眾晚參，師云：『今夜答話，有解問者出來。』時有一僧便出，禮拜。諗曰：『比來拋磚引玉，卻引得個墼子。』」

bào　cán　shǒu　quē

抱殘守缺

劉歆（xīn，粵：音）字子駿，西漢時著名學者劉向的兒子，年少時以精通詩書和善於寫文章為漢成帝召用，拜為黃門郎（內廷侍從官）。嗣後與父親共同掌管校勘和整理典籍，廣泛研究各種學問。

漢哀帝即位，劉歆繼承父業，總校群書。在校勘工作中，他閱讀了許多秘藏的古籍，發現了一本古文《春秋左氏傳》，大為愛好。當時丞相史尹咸與劉歆一起校勘經籍，對《左傳》很有研究。劉歆跟隨尹咸和丞相翟方進學習了《左傳》，並經過自己刻苦鑽研，精通了《左傳》的義理。

《左傳》多古語古字，一般學者只是用作訓詁（解釋古書中詞句的意義）而已。劉歆研究的方法不同，他用《左傳》解釋《春秋》經文，把章句義理闡發得比較明白。因此他建議為《左傳》等古籍建立學官。

漢哀帝知道後，就叫劉歆與五經博士講論《左傳》等一批古書的義理。諸博士不同意為《左傳》等建立學官，都不肯討論研究這件事。劉歆對諸博士不肯參加討論的態度很氣憤，給管博士的太常發了一封公文，論述

釋義
指守住陳舊、殘破的東西，不肯放棄。現多比喻思想保守，不肯接受新事物。

了歷代以來，由於政府實行禁止私家藏書的法律，致使學術瀕於滅絕，國家有大事要舉行典禮，也往往暗昧不知其所以然，危害實在不小。

在公文中，劉歆指出了諸博士抱殘守缺的原因：這些博士因陋就寡，沒有真正的學問，懷着害怕別人識破他們的私意，沒有服從真理的公心，所以寧願因循守舊，而不肯探求新的學問。由於他言詞痛切，引起博士們的怨恨。劉歆因此遭到眾儒誹謗，得罪了執政大臣，不得不請求哀帝放他去做地方官，以免被害。

出處：《漢書‧劉歆傳》：「猶欲保①殘守缺，挾恐見破之私意，而無從善服義之公心。」

註：①「保」，今作「抱」，守住不放鬆。

bào　xīn　jiù　huǒ

抱薪救火

釋義：抱着些柴草去救火，比喻用錯誤的方法去消滅禍害，反而使禍害擴大。原作「負薪救火」。

出處：《韓非子‧有度》：「其國亂弱矣，又皆釋國法而私其外，則是負薪①而救火也，亂弱甚矣。」

《淮南子‧主術訓》：「上多求則下交爭，不直之於本，而事之於末，譬猶揚而弭塵，抱薪以救火也。」

《史記‧魏世家》：「且夫以地事秦，譬猶抱薪救火，薪不盡，火不滅。」

註：①薪：柴。

戰國後期，秦國一天比一天強大。它採取遠交近攻的策略，不斷地向鄰近的國家擴張。秦國接連三次向魏國進攻，佔去魏國許多土地，殺傷魏國許多軍隊和百姓。公元前 273 年，秦國又向魏國出兵。魏國不少人給秦國打怕了，不敢抵抗。魏將段幹子建議魏王割讓南陽地給秦國，向秦求和。

這時正好謀士蘇代（蘇秦的弟弟）在魏國，就向魏王指出：段幹子割地求和這個主意，是在出賣你，想奪你的王位；而秦國呢，卻是無休止地要你的土地。魏國的地不割完，秦國的進犯是不會停止的。

蘇代接着打了一個比方說：如果用土地侍奉秦國，就好比拿柴草去滅火，只能使火越燒越旺，柴不燒完，火就不滅。這個比方很恰當地說明割地求和的危害。可是魏王不聽蘇代的勸告，還是決定將南陽地區割讓給秦國，一味求和。果然，秦國得了南陽，並不就此罷手，在其後的三四十年間，仍不斷地奪取魏地。魏王一死，他的兒子景湣王剛即位，秦國就一下子奪去了二十城，劃為秦國的東郡。魏國無力抗爭，秦國加緊兼併。公元前 225 年，秦軍大舉進圍魏都大梁，秦將王賁引黃河、汴河之水灌城，大梁被淹三日，城牆頹壞，魏國終於為秦國所滅。

zhāo　yáo　guò　shì

招搖過市

公元前 496 年，魯定公接受了齊國送來的十隊女樂，沉湎聲色，一連三日不視朝政。孔子見了淒然長歎，棄官去衛國。衛靈公高興地接見孔子，問他在魯國每年俸祿多少。孔子回答説："六萬斗小米。"衛靈公也慷慨地給他六萬斗小米的厚祿。

住不多久，有人在衛靈公面前講孔子的壞話，説他不是衛國人，帶着這許多門生到這兒來，也許是在暗中為魯國謀利。靈公也疑惑起來，派了個名叫公孫餘假的人，進進出出都跟着孔子，監視他的行動。孔子知道衛靈公對自己不太放心，這天他找了個藉口，支開公孫餘假，帶着學生顏淵、子路等人離開了衛國。

師生一行來到宋國境內的匡邑，忽被一群手持棍棒刀槍的當地人圍住，嚷着要捉拿他們。子路勇武好鬥，拔劍要上前廝殺；孔子卻認為自己與匡人素無怨仇，一定是發生了甚麼誤會，急忙把子路阻住。

原來，匡人和魯國人陽虎有仇，恰好孔子和陽虎面貌酷似，當地人把他錯認作陽虎，這才包圍了他們。孔子得知原委，便坐下彈琴，讓匡人明白他是個心氣沉靜的文人，不是當初欺壓他們的陽虎。匡人一時還不肯相信，幸而這時衛靈公派人趕來請孔子回去，這才解了圍。

孔子遭受這一場圍攻，吃驚不小。他隨來人返回衛國，住在賢大夫蘧（qū，粵：渠）伯玉家裏。

衛靈公的夫人南子美貌輕浮，名聲很不好。她聽説孔子回來了，想見見他，藉以抬高自己，便派人去蘧伯玉家相請。孔子推辭不過，只得入宮進見。南子坐在帷幕內欠身還禮，衣帶上繫的佩玉發出悦耳的叮噹聲。

子路聽説先生畢恭畢敬地拜謁了南子，大不高興。孔子急得發誓説："我的所作所為假如有甚麼不正當的

163

地方，老天爺譴責我吧！老天爺譴責我吧！”

自從見了南子以後，衛靈公就待孔子特別好。一次，靈公出遊，和南子同乘一車，還請孔子作陪，一路上喧喧嚷嚷地走過街市。街上的行人，看到講究德行的孔子竟然會追隨好色的衛靈公，都覺得很奇怪，紛紛作歌嘲笑他。那歌詞的意思是：“上手坐着夫人，下手坐着先生。道學先生受到了尊敬嗎？看來還不如漂亮的夫人！”

孔子從未受過這樣的侮辱，事後他氣憤地說：“我從沒見過像他（衛靈公）這樣好色重於好德的人！”不久，孔子又離開衛國，到宋國去了。

pī jīng zhǎn jí

披荊斬棘

釋義

「披荊斬棘」，後來轉化為「披荊斬棘」，比喻在創業過程中或前進道路上清除障礙，艱苦奮鬥。

馮異是東漢時的一位大將，為人好學，熟讀《左氏春秋》、《孫子兵法》等書。

他為人十分謙遜，若與別人在路上相逢，立刻命自己的乘車讓道。由此深得大家的敬仰。

當時劉秀還未稱帝，各地群雄割據，很不太平。馮異跟着劉秀東征西伐，立下了汗馬功勞。每次打仗後論功行賞，馮異總把功勞歸於別人，自己喜歡獨坐樹下，因此軍中稱他為“大樹將軍”。

有一次，劉秀來到饒陽無蔞亭。那時氣候寒冷，加上長途行軍，眾人饑疲交迫，有些支撐不住。馮異使人燒了一大鍋豆粥，端送給大家。眾人喝着熱騰騰的豆粥，饑寒頓時消除了。劉秀一行來到南宮縣，遇上大風大雨。馮異想方設法找來了木柴，立刻生了火，又端了麥飯。這兩件事，使劉秀久久不能忘懷。

劉秀佔領洛陽以後，登了帝位，就是漢光武帝。他派馮異平定關中。馮異長期坐鎮長安，百姓都稱他為咸陽王。有人向光武帝奏了一本，說他權威太大了。馮異知道後很惶恐，寫奏書申辯說：“過去境況十分困難時，我做事尚且不敢有半點差錯；現在天下太平，又賜予了爵位，我為何要做不軌之事？"光武帝回了一封詔書說："我與你義則君臣，恩如父子，從無嫌疑，何必懼怕！"

公元 30 年，馮異自長安入朝。光武帝指着馮異對公卿們說："他是我起兵時的主簿（典領文書），為我披荊棘，定關中。"散朝後，光武帝賞給馮異珍寶、衣服、錢帛，又寫了一道詔書："倉卒無蔞亭豆粥，滹沱河麥飯，這厚意還久未報答哩！"

出處
《後漢書‧馮異傳》：「帝謂公卿曰：『是我起兵時主簿也。為吾披①荊棘②，定關中。』

註：① 披：分開。 ② 荊棘：叢生的多刺植物。

hán dān xué bù

邯鄲學步

傳說古時候，趙國邯鄲地方的人，走路的姿勢輕盈、優美。燕國壽陵地方有個少年，不顧路途遙遠，決心到邯鄲學習那裏人走路的樣子。

他翻山越嶺，趕到邯鄲，整天待在鬧市，觀看那裏人走路的姿勢。他邊看邊捉摸那裏人走路的特點，又模仿着做，可是學來學去，總是學不像。他想，也許是自己走了十多年路，習慣於原來的

釋義
比喻模仿別人不成，反而連自己原來會的一點本領也丟了。

走法，所以學不好。於是他下決心丟掉原來步法，從頭學起。

從此以後，他每走一步，都得花費很大力氣，既要考慮手腳擺動，又要考慮腰腿協調，還得想着每一步的距離，一時竟弄得手足無措。他越學越差勁，當學習期滿，要趕回壽陵時，竟連怎麼走路也忘掉了，最後只得狼狽地爬回去。

出處

《莊子‧秋水》：「且子獨不聞夫壽陵餘子之學行於邯鄲與？未得國能，又失其故行矣，直匍匐而歸耳！」

直言不諱

zhí yán bù huì

釋義

意思是有話直說，毫不隱諱。

出處

《晉書‧劉波傳》：「臣鑒先征，竊惟今事，是以放肆狂瞽①，直言不諱②。」

註：①狂瞽（gǔ，粵：古）：愚妄無知。②諱：避忌、隱諱。

劉波是彭城人，他的祖父劉隗、父親劉綏，本來都是東晉的官員，後因政治動亂，全家投奔北方的後趙石勒政權。石勒仍給他父子做官。石勒死後，從子石虎攫取了政權，自立為大趙天王。劉波在石虎的冠軍將軍王洽手下任職，擔任參軍。石虎在位時刑政苛暴，民不聊生。他一死，後趙政權滅亡，王洽和劉波都投降東晉。晉穆帝封劉波為襄城太守，後來又讓他在振威將軍桓沖帳下任中軍諮議參軍。

公元 370 年，東晉大司馬桓溫領兵討伐割據壽春的袁瑾。他因朝廷空虛，升劉波為建威將軍、淮南內史，帶兵五千鎮守石頭城。第二年，袁瑾向北方的前秦苻堅政權求救。前秦派兵支援，但被桓溫打敗。桓溫攻下壽春，殺了袁瑾，他以劉波鎮壓有功，升劉為冠軍將軍、南郡相。

公元 379 年，前秦派苻丕率步兵、騎兵七萬人南下，進攻東晉的襄陽，另外還派了三支軍隊十萬人，在襄陽城外會齊，限期攻克。襄陽守將朱序據險堅守。晉廷派劉波率領八千人馬馳救襄陽。劉波趕到襄陽城外五十里時，聽說前秦兵力有十七萬人，聲勢浩大，他感到勢孤力單，寡不敵眾，不敢再向前進。朱序雖然堅守了二十多天，但由於督護李伯護叛變投敵，苻丕指揮大軍攻進襄陽，俘虜了朱序。為此，東晉朝廷免去了劉波的官職。不久，朝廷鑒於劉波確屬兵微將寡，不可能與前秦大軍抗衡，又恢復了他的冠軍將軍之職。

公元 383 年，淝水一戰，東晉軍打敗前秦主力，取得決定性勝利。晉孝武帝打算物色一個合適的人出任鎮守北方的軍職，想到劉波曾在後趙政權任過職，了解那邊情況，就命令他統督淮北諸軍，改任冀州刺史。劉波接到詔書，正在生病，他看到目前政局動亂，戰爭不斷，自己實在無能為力，而朝廷對他又寄予期望，不禁連聲歎氣，百感交集。他覺得自己老了，患着重病，朝不保夕，應該寫一道奏疏，把自己對國家的希望、建議寫出來，請皇上採納。他在疏中寫道：“……臣鑒先征，竊惟今事，是以放肆狂瞽，直言不諱……”意思是說：我看到晉朝開國的歷史，聯想到今天的國事，因而敢於不顧自己的愚妄無知，有話直說，不加隱諱。接着他勸皇上“敦崇忠信，存正棄邪”，要遠小人，親賢臣，勤於政事。寫好奏疏不久，劉波就病故了。

枕戈待旦

zhěn gē dài dàn

公元 291 年，西晉爆發了“八王之亂”，骨肉相殘，混戰十六年，使國家遭受嚴重破壞。著名將領、詩人劉琨就生活在這樣一個動亂的年代。

劉琨年輕時聰明好學，寫得一手好詩，在士大夫當中很有影響。當時政局動盪，他政治上頗有抱負，想為國家效力。後來，他移居洛陽，結識了祖逖，兩人志同道合，經常在一起議論時政。

不久，兩人被任為司州主簿，負責掌管文書等事務。他倆白天一起辦公，晚上同榻合蓋一張被子，感情十分融洽。當時，北方為少數民族佔有，並經常南侵。劉琨和祖逖為了練好武藝，報效朝廷，常在半夜裏聽到雞叫就起牀，到場院上舞劍。

洛陽時受侵擾，大批士族紛紛南遷。祖逖和族人一

釋義

意思是枕着兵器躺着等待天亮，志在消滅敵人。形容殺敵報國的心情急切，一刻也不鬆懈。

道遷往淮河流域居住，劉琨仍留洛陽任職。臨分手時，兩人互相勉勵，將來一定要捨身報國。劉琨還和當時的一些名士如陸機、陸雲、歐陽建等經常在一起賦詩，被人們稱為"二十四友"。隨着戰事日趨激烈，劉琨每夜睡覺，總是把一柄鋒利的戈放在枕下，直到天亮，準備隨時投身戰場。不久，他聽説祖逖已被授予軍職，不由十分激動地給親朋寫信："吾枕戈待旦①，志梟逆虜②，常恐祖生先吾着鞭。"表明他為國效命的決心，不願給朋友佔先一着。

公元 307 年，劉琨任并州刺史，晉帝即位後又被任為大將軍，都督并州諸軍事。他的志願終於實現，從此長期堅守并州，招撫流亡，與北方的劉聰、石勒相對抗。

出處 《晉書‧劉琨傳》："吾枕戈①待旦②，志梟逆虜④，常恐祖生（祖逖）先吾着鞭。"

註：①戈：古代的一種兵器。②旦：天亮。③梟：斬頭高懸示眾。④逆虜：敵人。

東山再起

dōng shān zài qǐ

謝安，東晉政治家，青年時代，才識不凡，寫得一手好行書，很有點名望。

朝廷好幾次請他出來做官，他覺得當時的朝政昏暗，推辭不就。

謝安住在會稽郡的東山。東山風景秀麗，他和王羲之等人經常在那兒遊山玩水，飲酒賦詩。揚州刺史庾冰知道謝安有聲望，千方百計地要請他出來做官。謝安在不得已的情況下只好應召，但只做了一個多月的官，便告辭回鄉。

回到東山，他妻子覺得丈夫的兄弟都很顯貴，唯獨他安於隱退，便勸道："丈夫不應當這樣啊！"謝安回道："目前政局多變，若熱衷仕途，恐不免於禍患。"

後來，他的弟弟謝萬被廢黜。征西大將軍桓溫當政，請他擔任司馬之職，他才赴召。這時他已經四十多歲了。到了孝武帝時，謝安位至宰相。公元 383 年，前秦大軍南下，謝安力持鎮靜，從容指揮，使謝石、謝玄、劉牢之等拒敵，獲得淝水之戰的大勝。之後他又出兵北

釋義 指隱退後再度任職，也比喻失敗後，恢復力量捲土重來。

出處 《晉書‧謝安傳》記載：謝安曾經辭官隱居在會稽郡上虞縣附近的東山，後又出山做了宰相。

伐，一度達到黃河以北。所以後人用"東山再起"比喻再度任職或建功。

dōng shī xiào pín

東施效顰

西施是春秋末年越國有名的美女，生來亭亭玉立，婀娜多姿。有一次，西施生了心痛病，用手按住胸口，愁眉蹙（cù，粵：促）額。村裏人見她那副表情，覺得比平時另有一種嫵媚的風姿。

同村有個醜女，看到西施那副模樣，也就模仿着用雙手按住胸口，緊皺愁眉，故意慢吞吞地從村裏走過。村裏的富人見了，急忙關上大門，看也不願看她。窮苦人見了她那副怪模樣，趕緊帶着妻子兒女，遠遠地避開了。

醜女只知道按心皺眉的樣子很美麗，卻不知道西施按心皺眉顯得更美的道理。後人稱這個醜女為東施，並用"東施效顰"比喻不知道人家好在哪裏，自己不顧是否具備條件而胡亂模仿。

釋義 以醜學美稱「效顰」，指不知道人家到底好在哪裏而盲目模仿，有時會得到相反的效果。

出處 《莊子・天運》：「故西施病心而矉①其里，其里之醜人見之而美之，歸亦捧心而矉其里。其里之富人見之，堅閉門而不出；貧人見之，挈妻子而去走。彼知矉美，而不知矉之所以美。」

註：①矉，同「顰」，指皺眉頭。

169

dōng chuāng shì fā

東窗事發

釋義
指陰謀敗露。

出處
明·田汝成《西湖游覽志餘》卷四：「檜曰：『可煩傳語夫人，東窗事發矣。』」

北宋被金滅亡以後，宋高宗趙構在臨安建立了南宋政權，繼續採取對外屈膝投降的政策，過着苟且偷安、醉生夢死的腐朽生活。朝廷的種種屈辱苟安行為，遭到了廣大人民的強烈反對，也激起了許多愛國將士的極大義憤。著名的民族英雄岳飛，領導岳家軍開展了可歌可泣的抗金鬥爭。岳家軍所向披靡，節節勝利，敵人聞風喪膽，連連敗北。

正當岳飛乘勝前進的時候，力主投降的宰相秦檜，接到了金軍統帥兀術的密信，信中說：「你一直要講和，可是岳飛卻一個勁地要收復河北之地。你只有把岳飛殺了，我們才能開始議和。」

看了兀術的來信，秦檜深深感到，岳飛是自己實現對金議和的最大障礙，決心把他除掉。經過一番策劃，秦檜指使人上書誣告岳飛謀反，把他逮捕入獄。

經過嚴刑拷打，岳飛寧死不肯招認，無法定罪。秦檜和他的老婆王氏在臥室的東窗之下密謀對策。王氏陰險地說：「相公，擒虎容易放虎難。如今不把岳飛處死，將來後患無窮！」秦檜點頭稱是。

東窗密謀後不久，秦檜授意諫議大夫万俟卨等人捏造證據，將岳飛及其養子岳雲誣陷成罪。隨後，又下密令偷偷地在獄中將岳飛殺害了。不久，岳雲也被處死。

傳說岳飛父子被害之後，有一天秦檜獨自乘坐華麗的遊船，賞玩西湖。他暗自慶幸，臉上不時露出猙獰的笑容。正在得意忘形之時，突然他感到頭暈胸悶，只好斜靠在椅子上，動彈不得。突然間，秦檜看見一個彪形大漢站在面前，嚇得他張口結舌，呆若木雞。那人義正詞嚴地列舉了秦檜禍國殃民的一件件罪狀，秦檜渾身發抖，冷汗直冒。

回到家裏沒有多少時間，秦檜就死了。又過了不久，他的兒子秦熺也接着死去。王氏心神不寧，她夢想與已死去的秦檜父子會面，就請了道士來作法做道場。

據說道士在陰間見到了秦熺，看見他頭頸上鎖着沉重的鐵枷。道士問他："你的父親在哪裏？"秦回答說："在酆都（舊時迷信傳說以為閻王所居之處）。"

道士趕到酆都，果然看到秦檜和另一個奸賊万俟卨，也都套着鐵枷，正在受着各種痛苦的刑罰。秦檜見了道士，沮喪地說："請你轉告我的夫人王氏，我們在東窗之下密謀殺害忠良的事情，已被揭發出來了。"

臥薪嘗膽

wò　xīn　cháng　dǎn

【釋義】臥薪：睡在柴草上；嘗膽：嘗嘗膽的苦味。「臥薪嘗膽」，形容刻苦自勵，發憤圖強。

【出處】《史記・越王勾踐世家》："越王勾踐反國，乃苦身焦思，置膽於坐，坐臥即仰膽，飲食亦嘗膽也。"

春秋末年，吳越兩國爭霸，吳軍攻破越都，俘虜了越王勾踐，迫使越國屈服。吳王夫差為了實現霸業，顯示自己寬宏大量，他決定不殺勾踐，只派他在宮裏養馬。

有一次，夫差生了一場大病，勾踐殷勤服侍。夫差見他如此"忠誠"，準備日後放他回國。轉眼三年過去了，勾踐被釋放回國。他一心要報仇雪恥，故意讓自己過着十分艱苦的生活。為了磨煉自己的意志，每晚他都睡在柴草堆上。他還在屋裏吊着一隻苦膽，起牀、睡覺都看到它，吃飯之前，總要去嘗一嘗膽的苦味，問問自己："你忘記了會稽戰敗的恥辱了嗎？"

勾踐採取種種措施發展生產，讓百姓安居樂業。並且親自扶犁種田，又叫他的夫人紡織，與民同甘共苦。他看到國內生產迅速發展，百姓鬥志昂揚，打算向吳國發動進攻。大臣范蠡、文種等人都認為時機尚未成熟，不要急於出兵。勾踐採納了他們的意見。

後來，一心想當霸主的吳王夫差出兵攻打齊國，弄得國內怨聲載道。勾踐認為時機已到，親率大軍，分水陸兩路向吳國進攻。越軍毫不費力地攻進吳國都城姑蘇，燒毀了姑蘇台。夫差無力擊退越國軍隊，只好派人向勾踐求和。勾踐估計自己兵力暫時還不足以徹底征服吳國，也就答應議和，班師回國。

過了四年，勾踐又出兵攻打吳國，以雷霆萬鈞之勢殲滅了吳國軍隊。吳王夫差派人求和，被勾踐拒絕。勾踐滅掉吳國，乘勝北進中原，大會各國諸侯於徐州，成為春秋末期的一個霸主。

兩袖清風
liǎng xiù qīng fēng

于謙是明朝錢塘人，他在二十四歲時考中了進士，不久做了監察御史。他同情百姓的疾苦，任內做了不少好事。明宣宗很賞識他的才能，派他巡按江西，後來，又破格提升為河南、山西巡撫。但他住的卻是普通房屋，穿吃都非常儉省。

他一上任就經常外出視察，邀請當地父老談話，了解民情和老百姓的痛苦，把該辦的事從速奏報朝廷，及時辦理。黃河流經河南，時常決口造成水災，百姓流離失所，田園荒蕪。于謙注意興修水利，在農閒時組織民夫，加固堤身，還設置專人管理各種水利設施。

公元 1435 年，明宣宗逝世，太子朱祁鎮即位，就是英宗皇帝，當時只有九歲，由宦官王振專權。王振勾結內外官僚，擅作威福。他恨于謙不肯逢迎他，陰謀暗害于謙。

有一次，于謙要入朝辦事。在明代的官場，有條不成文的規矩，凡是外省官員進京，總得賄賂朝中權貴，否則寸步難行。于謙的兩個幕僚建議他買些土特產如蘑菇、絹帕、線香之類帶去，也好聯絡聯絡感情。

于謙聽了，感歎地甩了甩兩隻袖管，微微笑道："我只帶兩袖清風罷了！"

回到家裏，于謙沉吟了片刻，寫了一首《入京》詩，抒發自己的感想。那是一首七絕："絹帕蘑菇及線香，本資民用反為殃。清風兩袖朝天去，免得閭閻話短長。"

于謙進京後，向朝廷推薦幾名官員。王振就藉此誣陷于謙樹立黨羽、目無朝廷，要英宗辦他的罪。英宗聽任王振擺佈，傳旨將于謙逮捕入獄。山西、河南的官吏和民眾聽到這個消息，紛紛上書，請求釋放于謙。朝廷不得已，只得將于謙降職釋放，回到原任去。

公元 1449 年，北方的瓦剌貴族也先率軍攻明，王振挾持英宗親征。這時，于謙已任兵部侍郎之職，勸英宗不要親臨前線，但遭到王振的拒絕。英宗的弟弟朱祁鈺受命留守；于謙也留京管理部事。王振和英宗帶着五十萬大軍，向大同方向進發。

到了大同，王振聽說明軍在前方吃了敗仗，就驚慌撤退。退到土木堡，被瓦剌軍追上。將士連日奔走，饑餓疲勞，倉猝應戰，被敵人殺得潰不成軍。英宗被俘，王振也為部下所殺。這就是歷史上著名的“土木之變”。

在這種情況下，為了避免瓦剌軍的挾制，兵部侍郎于謙和一些大臣擁立朱祁鈺即位，就是景帝；遙尊英宗為太上皇。

十月間，于謙起用將領石亨，指揮明軍在北京郊外和瓦剌軍激戰了好幾天。瓦剌軍連吃敗仗，也先只得下令後撤，並釋放英宗，派人向明朝求和。景帝論功行賞，加封于謙少保官職，封石亨為武清侯。石亨為了巴結于謙，推薦他的長子于冕來京供職。于謙謝絕，石亨由此懷恨在心。

到了 1457 年，英宗得到宦官曹吉祥、將領石亨、官僚徐有貞等人的支援，乘景帝病重，發動政變，奪佔宮門，登奉天殿重定，廢去景帝。于謙以“謀逆罪”被殺，這時他正六十歲，錦衣衛武士到他家去抄查，發現除了滿房書籍外，沒有一件值錢的東西。後來，武士查見一間上鎖的房子，以為一定藏有金銀財寶。打開一看，原來放着皇帝賞賜的“蟒衣劍器”。于謙一生如此清廉，不愧是“兩袖清風”了。

奇貨可居
qí huò kě jū

釋義

原指商人把稀罕珍貴的貨物囤積起來，等待高價賣出去。現引申為挾持某種技藝或某種事物作為資本，以博取功名財利。

出處

《史記·呂不韋列傳》：「子楚，秦諸庶孽孫，質於諸侯，車乘進用不饒，居處困，不得意。呂不韋賈邯鄲，見而憐之，曰『此奇貨①可居②』。」

戰國時代，呂不韋經商路過趙國邯鄲，偶見一個風度翩翩的少年。他好奇地向周圍人打聽這人是誰。原來這人是秦昭王的孫子、太子安國君的兒子，名叫子楚，留在趙國做人質。因為秦、趙兩國經常交兵，所以趙國對他很冷淡，弄得他吃穿都很困難。

呂不韋得知此情況，脫口說道："此奇貨可居。"於是他興沖沖回家與父親商議。他問父親："種地一年忙到頭能得多少利？"父親說："最多十倍。"他從盒中取出金光閃閃的珠寶又問："做珠寶買賣呢？"父親回答："可達一百倍。"

"那麼扶立一人為王，掌握一國江山，能得幾倍利？"呂不韋兩眼直愣愣地望着父親問。父親驚奇道："有誰可立為王？若有，少則獲利千百倍，多則無法計數呀！"呂不韋高興地把在邯鄲所見到的情況告訴父親。父子倆決定不惜傾家蕩產，做好這筆買賣。於是呂不韋拿了許多金子先去和那些監視子楚的人結交。沒多久，就與子楚拉上了關係。

呂不韋對子楚說："秦王年邁，您父親眼看就要即位。即了位，就要立太子。他寵愛的華陽夫人無子，你們兄弟二十多人都想被立為嫡嗣（王位繼承人），您何不設法討好華陽夫人，使她收您為子，將來不就成了太子？"

子楚抹着淚說："我質身趙國，哪敢想那種念頭？要是能回秦國，也就心滿意足了。""我出千金為您通路，讓安國君和華陽夫人接您回秦，您看如何？"子楚忙給呂不韋跪下道："能這樣辦，我決不忘你的恩德！"經過多方探聽，呂不韋摸清秦宮內情，通過華陽夫人的姐姐，終於受到華陽夫人召見。他以子楚的名義向華陽夫人獻上珠寶玉璧，然後大談子楚如何懷念秦國、敬重夫人，講得華陽夫人眉開眼笑。

註：① 奇貨：珍奇的貨物。
② 居：囤積。

174

　　呂不韋進言道：“夫人雖得太子厚愛，但不是長久之計，一旦年老色衰，就會無所依仗。依我之見，夫人無子，子楚無母，若認為母子，各補其缺，日後也可有個依靠。”華陽夫人連連點頭，感到有道理。於是，華陽夫人一有機會就在安國君面前說子楚好話，安國君為了得她歡心，答應把子楚立為嫡嗣。

　　呂不韋馬上趕回邯鄲，把這個喜訊告訴子楚。子楚感激地說：“我若能回秦做國王，一定與你共用富貴。”呂不韋又拿出一大筆錢賄賂邯鄲的守門官兵，將子楚扮成客商，放他逃出趙國。子楚回秦後，即被立為太孫。不久，秦昭王和安國君先後死了，他就即位當上了國王——秦莊襄王。呂不韋因“奇貨”兌現，也當上了丞相，封為文信侯，食邑河南洛陽十萬戶。

qí　　lù　　wáng　　yáng

歧路亡

　　楊子是戰國時候有名的思想家。一天，楊子家鄰居走失了一隻羊，發動了親屬去尋找。鄰居又來請楊子家裏的僮僕一起去追尋。

　　楊子問：“失了一隻羊，為甚麼要這麼多人去追？”鄰居說：“因為岔路很多呀。”楊子就讓僮僕幫忙尋找，去了半天才回來。楊子問：“羊找到了吧？”鄰居垂頭喪氣地說：“跑掉了，沒找到。”

　　楊子又問：“怎會讓牠跑掉的呢？”鄰居說：“岔路上又有岔路，不知道牠跑到哪兒去了，所以沒法找到。”

　　楊子聽了，沉默好久，整天沒有笑容。學生們感到很奇怪，便問他：“一隻羊值不了多少錢，況且走失的羊又不是老師的，為甚麼要悶悶不樂呢？”楊子仍然沉默不言。

　　有個叫心都子的說：“大道以多歧亡羊，學者以多方喪生。”意思是說：大路上有很多岔路，所以找不到羊；讀書人如果沒有正確的方向，就會誤入歧途，虛度一生。楊子想的也是這樣，他從“歧路亡羊”總結出經驗教訓，發人深思。

出處

《列子·說符》："楊子之鄰人亡羊，既率其黨，又請楊子之豎追之。楊子曰："嘻！亡一羊，何追者之眾？"鄰人曰："多歧路①。"既反，問："獲羊乎？"曰："亡②之矣。"曰："奚亡之？"曰："歧路之中又有歧焉，吾不知所之，所以反也。"……心都子曰："大道以多歧亡羊，學者以多方喪生。"……"

註：①歧路：岔道。②亡：丟失。

wèi rú jī lèi
味如雞肋

釋義

比喻沒有多大意味但又捨不得丟掉的東西。後以「味如雞肋」比喻對事物的興趣淡薄或所得的實惠很少。

公元215年秋天，曹操從鄴城率領大軍進攻漢中太守張魯。張魯戰敗後逃往巴中，漢中地區被曹操全部佔領。十二月間，曹操決定返回鄴城。當時，劉備的軍隊部署在巴中一帶，準備向北發展，曹操就封夏侯淵為征西將軍，派他留下來守衛漢中。

夏侯淵是曹操手下的一員猛將，作戰非常勇敢，但是缺乏智謀。曹操臨行時特地告誡他說："作為一員將領，勇敢固然重要，但更重要的是智慧，如果一味恃勇蠻幹，必然會吃大虧。"夏侯淵點頭稱是。

公元218年秋天，劉備率軍進駐陽平關，不斷向漢中發動進攻。夏侯淵竭力抵抗，雙方相持不下。曹操得到消息後，準備出兵前去討伐劉備。九月間，他率領大軍到達長安。劉備派老將黃忠進攻定軍山。夏侯淵早就聽說黃忠是劉備手下的名將，勇冠三軍，他想起了曹操臨別時的告誡，決定堅守不出。

　　黃忠見夏侯淵不肯出戰，就用夜襲攻取了定軍山對面的山頭，促使夏侯淵分兵迎戰。有勇無謀的夏侯淵由於在陣前輕敵，被黃忠一刀砍死。夏侯淵被殺，漢中失守。敗報傳到長安，曹操立即率領大軍南渡駱谷，直趨漢中。當他來到漢中城外時，劉備早已派趙雲、黃忠等大將搶佔了有利地形，憑險固守，使曹軍無法前進。

　　雙方相持了幾個月，曹軍將士傷亡的人數日益增多，加上劉備經常派兵去截擊曹軍的糧道，人馬的糧草也漸漸發生了困難。曹操看到這種情況，心裏非常焦急。一天傍晚，廚子給曹操送上晚餐，其中有一道菜是雞肋湯。曹操看到湯裏的雞肋，不禁若有所思。這時正好將軍夏侯惇進營來請示值夜的口令，曹操就隨口說道：“雞肋！”

　　夏侯惇聽了，不知道是甚麼意思，他也不去問曹操，就命人照原話傳達下去。行軍主簿楊修一聽到“雞肋”兩字，就馬上叫自己的隨行人員收拾行裝，準備動身。有人看到這種情況，就去報告給夏侯惇，夏侯惇感到很奇怪，立即派人把楊修請到營中，問道：“漢中還沒有收復，你為甚麼要收拾行裝呢？”

　　楊修說：“這是魏王（曹操）的主意。今晚口令他說了‘雞肋’兩字。雞肋這東西，丟掉有點可惜，但想吃又吃不到甚麼肉，好比現在的漢中，不打不甘心，但攻又攻不下來。所以我知道魏王準備回師了。”

　　果然，就在第二天早晨，曹操向全軍將士下了回師的命令。楊修和他的部屬由於早就準備妥當，很快就從容出發了。

出處 《三國志·魏書·武帝紀》裴松之註引《九州春秋》：「時王欲還，出令曰『雞肋』，官屬不知所謂。主簿楊修便自嚴裝，人驚問修：『何以知之？』修曰：『夫雞肋，棄之如可惜，食之無所得，以比漢中，知王欲還也。』」

míng　zhū　àn　tóu
明珠暗投

漢　景帝的兄弟梁孝王，最得竇太后寵愛。因景帝未立太子，孝王一直抱着將來繼承帝位的希望。景帝看出孝王心事，有一次在孝王進京朝見時，故意試探説，他將來死後把帝位傳給孝王。

孝王明知景帝説的未必是真話，心裏還是存在希望。寶太后偏愛孝王，同樣非常高興，在孝王辭歸時，賞給他很多財寶，叫他回到封國後多結交有名望的人，擴大他的影響和實力。梁國地大物博，孝王又得了太后的厚賜，府庫更加充足。他回到睢陽，馬上大興土木，擴建宮室和園林，並廣招四方豪傑，經常帶着鄒陽、枚乘、嚴忌等有名文人飲酒高會。

其實孝王並不信任鄒陽等人，不過是想利用他們的文名，博取一個"尊賢禮士"的聲譽罷了。孝王親信的謀士是羊勝、公孫詭，常和他們秘密策劃收買朝廷權臣、刺探宮中隱事，準備必要時來個宮廷政變。

枚乘、嚴忌想去進諫，只怕觸怒孝王；不諫吧，又怕將來連累自己受禍，因而猶豫不定。唯有鄒陽態度堅定，幾次説明利害，力勸孝王不要輕舉妄動。這果然遭到羊勝、公孫詭的疑忌，勸孝王把鄒陽關進監獄。鄒陽生怕自己死了不算，還要連累別人，未免太冤屈了。他在監獄裏寫了一封長信，就是被後人傳誦的《獄中上梁王書》，信裏引證大量史實，指出從古以來忠臣義士無端受屈的事屢見不鮮，並不是當代才有。

他獲得的教訓是："臣聞明月之珠，夜光之璧，以暗投人於道路，人無不按劍相眄者，何則？無因而至前也。"就是説，把閃閃發光的珠寶、璧玉暗暗丟在路上，見到的人勢必按劍互相瞪着，因為寶物的出現太令人驚怪了。這話的含意是如果沒有主人的親信幫同説話，即使你提了很好的意見，也得不到應有的重視，弄不好反會惹出禍來。信件送上去之後，感動了孝王，立即把鄒陽釋放，仍讓他在梁國作客。

不久，消息傳來，景帝已經採納袁盎等大臣的計議，立了太子。孝王無計可施，派了十幾名刺客進京去刺殺袁盎泄憤。刺客是分頭出發的，其中有個刺客一路上聽到很多人讚揚袁盎，暗記在心。他首先找着了袁

釋義　把閃閃發光的珍珠投到黑暗的角落，比喻貴重物品落到不識貨的人手裏，也比喻有才能的人沒有得到重視。

出處　《史記‧魯仲連鄒陽列傳》：「臣聞明月之珠，夜光之璧，以暗投人於道路，人無不按劍相眄①者，何則？無因而至前也。」

註：①眄：斜視。

盎，不忍動手，反而把實情相告，叫袁盎留心躲避。可是日子一長，袁盎防不勝防，結果還是遭了毒手，給隨後趕來的刺客殺了。

景帝聞知，異常震怒，料想是孝王派人幹的，便接二連三地派使者前去責問孝王，限他交出主謀。羊勝和公孫詭躲在孝王宮中，不敢出頭。後來使者追查得越來越急，眼見羊勝、公孫詭再也躲不過去，孝王只得迫令他們自殺，然後把罪過都推在死人身上。但使者還是不依，一定要追查下去。

孝王懊悔不聽鄒陽勸諫，陷入了現在的困境。他請鄒陽來，把他奉為上賓，看得和"明月之珠，夜光之璧"一般貴重，並送給鄒陽千金，要他尋求一個為自己免罪的辦法。鄒陽進京多方奔走，找到了王長君這條門路。原來王長君的妹妹王美人，在宮中很得景帝寵愛。鄒陽把帶來的金子都轉送了他，請他找王美人向景帝討情。王長君看出這樣做將會博得竇太后的歡心，就答應了。之後不久，景帝把派往梁國的使者悉數召回。這顯然是鄒陽奔走成功，景帝不再追究孝王的事了。

zhōng　yán　nì　ěr

忠言逆耳

公元前 206 年，沛公劉邦用了張良之計，直逼咸陽。秦始皇的孫子子嬰，眼看大勢已去，捧着玉璽出城向劉邦投降。劉邦率大軍進了秦宮，眾將士趁休息的時候，各去打開府庫，取出金銀財寶，大家分用。

劉邦也到宮中各處探視。但見雕樑畫棟，曲榭迴廊，步步引人入勝，層層換樣生新，不覺越看興味越濃。宮中的一班美人，也來迎接。她們粉紅黛綠，千姿百態。劉邦左顧右盼，十分艷羨，一面傳諭免禮，一面步入寢宮，想住在裏面享受一番。

屠戶出身的樊噲，是劉邦的連襟，也是他的大將。他怕劉邦貪圖享樂，壞了大事，忙進去說："沛公想坐

釋義　誠懇的勸告，往往聽起來不好受。

出處

《韓非子‧外儲說左上》：「忠言拂於耳，而明主聽之，知其可以致功也。」

《史記‧留侯世家》：「忠言逆耳利於行，毒藥苦口利於病。」

天下呢，還是只想當個富家翁便心滿意足了？"劉邦這時一心想過享樂生活，對樊噲的話默不作答。樊噲心急如焚，進一步勸諫道："秦宮有此奢麗，所以致亡，沛公怎可享用此物，請速回灞上。"

劉邦仍然呆坐不動，懶洋洋地答道："我自覺困倦，今夜便宿在此處吧！"樊噲一聽頗為惱火，但又恐出言唐突，使劉邦生氣，便轉身去找張良，託他勸說劉邦。張良火速來見劉邦，說道："秦朝無道，百姓造反，使沛公得以到此。公為天下除暴秦、救萬民，理應反其道而行之，待民寬厚，自奉儉樸，減輕租稅勞役，與民休養生息。公方入秦，便想留在此地享樂。臣恐昨日秦亡，明日公亡，何苦為了一時安樂，自敗垂成之功？古語說：'忠言逆耳利於行，毒（良）藥苦口利於病'，願沛公三思。"

劉邦聽了這一席話，恍然大悟，立即命令封存府庫，關閉宮門，率軍回到灞上，把當地父老召來，對他們說道："暴秦苛法，父老受苦。我今與你們約法三章：殺人者償命，傷人和偷盜者治罪，其他苛法一律廢除。"接着他又傳令三軍，不得騷擾黎民，違令者斬。因為劉邦能夠聽從逆耳忠言，採納了部下的許多好主意，所以在楚漢戰爭中，終於打敗了項羽，成為漢朝的開國皇帝，歷史上稱為漢高祖。

jìn　shuǐ　lóu　tái

近水樓台

范仲淹是北宋時著名的政治家和文學家，歷任右司諫（向皇帝提意見的官）、吏部員外郎（吏部的助理官員，掌官員的調派）、知州（州一級最高行政長官）、樞密副使（中央軍事機關副長官）、參知政事（副宰相）等職。

他立志"以天下國家為己任"，努力改革弊政。他很重視人才問題，時常留意提拔有抱負、有才幹的人，把他們安排到合適的崗位上。

他在杭州做官期間，手下許多僚屬都受到他的推薦，獲得了自己理想的職位。

在杭州所屬的外縣擔任巡檢官的蘇麟，因當時不在范仲淹的身邊，未能得到推薦，感到十分鬱悶。

有一次，因為公事上的關係，蘇麟決定當面去見范仲淹，並趁此機會談談自己的想法和要求。偏不湊巧，范仲淹外出不在，未能見到。

蘇麟只得改用書面報告，另外又寫了一首詩附上。詩中有兩句說：「近水樓台先得月，向陽花木易為春。」意思說，那些接近你的人，都先得到了好處。

范仲淹看到蘇麟寫的詩，不由得哈哈笑了起來。他感到詩寫得很妙，由此也明白了蘇麟的心意。於是就推薦蘇麟去擔任更理想的職務。

釋義

「近水樓台」或「近水樓台先得月」，比喻由於近便而獲得優先的機會；也被用來比喻某人利用自己地位、職位的方便而優先得到某種利益。後一種含有貶義。

出處

宋・俞文豹《清夜錄》：「近水樓台先得月，向陽花木易為春。」

jīn　shí　wéi　kāi

金石為開

漢代名將李廣，從小練就一副好臂力。他特別喜歡去田野山林射獵，常常滿載而歸。

一天，他去冥山南麓打獵，突然發現草叢中伏着一隻老虎。李廣趕緊張弓搭箭，用足力氣，一箭射去。可是，那隻老虎卻紋絲不動。

又等了一會，仍然一點動靜也沒有。李廣感到很奇怪，他小心翼翼地走近一看，原來草叢中不是虎，而是一塊形狀很像老虎的大石頭。再去找剛才射出的箭，只見那支箭連頭帶尾都嵌進了石頭。

李廣不相信自己會有那麼大的力氣，就往後退了幾步，把弓拉得滿滿的，再使勁把箭射向石頭。但是，一

釋義

形容對人真誠足以感動人心，使像金石那樣堅硬的東西也被打開了。

連幾箭，怎麼也射不進去了。

李廣走到石頭前面，拾起剛才射出的一支箭，只見有的箭頭破碎了，有的連箭桿都折斷了。李廣知道再射也是白費力氣，就跳上馬背，繼續打獵去了。

有人就這件事去請教揚子雲，他回答說：「至誠則金石為開。」意思是：只要誠心誠意，即使最堅硬的金石也會被打開。

出處 《西京雜記》卷五：「李廣⋯⋯復獵於冥山之陽，又見臥虎，射之，沒矢飲羽。進而視之，乃石也，其形類虎。退而更射，鏃破幹折而石不傷。余嘗以問揚子雲，子雲曰：『至誠則金石為開。』」

jīn　　chéng　　tāng　　chí

金城湯池

釋義 金屬鑄造的城，蓄有沸水的護城河。形容城防鞏固，極難攻入。

出處 《漢書‧蒯通傳》：「范陽令先降而身死」，必將嬰城固守，皆為金城湯池，不可攻也。」

秦朝末年，陳勝打下陳縣以後，就派武臣為將軍，帶領三千士兵，從白馬津渡過黃河，攻打河北各地。

武臣一過黃河，傳檄各地揭露秦王朝的殘酷統治，取得很大成功。河北地區的廣大人民，紛紛拿起武器，縣殺令丞，郡殺守尉，不久便有數萬人參加義軍，壯大了起義力量。武臣被稱為武信君。

義軍迅速佔領了十多座城池，但也有不少城守頑抗。東郡范陽是起義軍進攻的下一個目標。起義軍所向披靡，嚇得范陽令徐公膽寒心驚，慌忙整飭士卒，下令日夜提防，加強守備。

當時范陽有個辯士叫蒯（kuǎi，粵：拐）通的前來見徐公。未等徐公發問，蒯通便沒頭沒腦地說：「你快要死了，我來為你弔喪；但又祝賀你見到我能獲生。」范陽令不禁面有慍色，問道：「先生，你為甚麼這樣講？」

蒯通正言厲色道：「你做了十幾年范陽令，斷人手足，殺人父子，積怨太甚！過去老百姓害怕秦法，不敢殺你，現今天下大亂，秦法不行，百姓爭著拿刀要挖你的心、剖你的腹，難道還能不死嗎？」一席話擊中徐公要害，他忙俯身作揖問道：“先生又怎樣祝賀我得生？”
蒯通説：“現在武信君的大兵已臨近范陽，年輕人都要
殺你，迎接武信君。你趕快派我去見武信君，早日投
降，方可轉禍為福。”

徐公立即備齊鞍馬，派蒯通去見武信君。蒯通見了
武臣説：“將軍不是要佔領河北嗎？你現在每得一塊土
地，奪取一座城池，都要經過激戰。我有一個辦法，可
以叫你不經苦戰，就可千里而定。”一番話説得武臣心
動起來，忙叫蒯通快講。蒯通卻慢條斯理地説：“你知
道嗎？范陽令為甚麼不肯投降，是因為怕像以前十幾座
城池的秦朝官吏那樣被你殺掉！”武臣“哦”了一聲説：
“原來如此！”

蒯通進一步指出：“如果范陽令投降被殺，其他城
守就會説‘范陽令投降也是死’，他們勢必據城固守。
這一來，就好像金城湯池一樣難以攻下了。如果你能優
待范陽令，其他城守定會相率而降。”武臣接受了蒯通
的建議，派他給范陽令送去了侯印，並以車一百輛、馬
二百匹作贈禮。其他城守見范陽令投降受到優待，果然
紛紛仿效。武臣沒有經過攻戰，就得到了三十多座城池。

gǒu wěi xù diāo

狗尾續貂

公元 265 年，司馬炎迫使魏帝曹奐“禪位”，自己
稱帝，建立了西晉王朝。晉武帝司馬炎認為，曹
魏政權之所以喪失，是因為曹氏不分封同姓諸侯王，皇
室缺乏屏藩的緣故。所以他一做皇帝，就封皇族二十七
人為王。這些諸侯王有封地、有武裝，並可任免王國內
大小官員，權力非常大。

司馬炎原希望這些諸侯王能屏藩帝室，對抗士族中
的野心家。事實和他的願望恰恰相反，那些諸侯王國，
成了晉朝內部強大的割據勢力。一個剛剛建立起來的統
一王朝，卻又埋下了分裂的禍根。

釋義　原意是諷刺封爵太濫，後轉用來
比喻以壞續好，前後不相稱（多
指文藝作品）。

公元 290 年，晉武帝病死。楊皇后生的兒子司馬衷繼位，就是晉惠帝。晉武帝臨終前，曾詔汝南王司馬亮和車騎將軍楊駿（楊皇后的父親）共同輔政。楊皇后和楊駿合謀，偽造詔書，令楊駿一人輔政。晉惠帝昏庸無知，聽人家說到民間荒年沒飯吃，餓死了許多人，他竟然問：“他們為甚麼不吃肉糜？”因此，朝政大權實際控制在楊駿手裏。

晉惠帝的皇后賈南風，也是個兇狠、貪暴的女人。惠帝即位，賈后也想獨攬大權，楊太后和楊駿就成了她的最大障礙。公元 291 年，賈后與宮中的侍從官董猛、孟觀、李肇等密謀策劃，召楚王司馬瑋帶兵進京。司馬瑋進京後，全城戒嚴。賈后迫使惠帝下詔殺死楊駿和楊氏黨徒幾千人，楊太后也被逼死。楊氏勢力被剪除後，汝南王司馬亮入朝輔政。可是，幫助賈后政變成功的楚王司馬瑋，對此很不滿。司馬瑋這時以衛將軍領北軍中侯，在中央握有兵權。他和司馬亮之間發生了矛盾。

賈皇后發覺司馬瑋、司馬亮都妨礙自己專權，便又策劃了一場新的陰謀。在這一年裏，先下詔叫司馬瑋殺死了司馬亮；然後又給司馬瑋套上“偽造詔書”的罪名，殺了他。

賈皇后殺掉亮、瑋兩王之後，大樹親信黨羽，專政達八九年之久。這時，太子遹（yù，粵：月）漸漸長大。因為他不是賈皇后所生，所以賈皇后非常妒忌，就設法將他廢了。

太子無罪被廢，引起了一些朝臣不滿。公元 300 年，他們和握有兵權的趙王司馬倫密謀廢賈后、恢復太子。司馬倫一口答應，參與行動。司馬倫先挑唆賈皇后害死了太子。接着，他又藉口為太子報仇，帶兵入宮，廢掉了賈后。就這樣，一箭雙雕，司馬倫掌握了朝廷大權。第二年，司馬倫乾脆廢掉了晉惠帝，自己做了皇帝，並且大封黨羽，封侯者數千人，甚至連奴卒廝役也加給爵位。

一下子封了那麼多侯，鑄印來不及，只好用白板替

出處

《晉書・趙王倫傳》：「至於奴卒廝役，亦加以爵位。每朝會，貂蟬盈座，時人為之諺曰：『貂①不足，狗尾續。』」

註：① 貂：一種毛皮珍貴的動物，古時皇帝的侍從用貂尾作帽子的裝飾。

代。更可笑的是，皇帝的侍臣本來都用貂尾作帽子的裝飾，現在只得用狗尾來代替了。因此，當時流傳着一句民諺：「貂不足，狗尾續。」辛辣地嘲諷了這種荒唐局面。

司馬倫稱帝，激起了其他宗室諸王的反對。齊王司馬冏（jiǒng，粵：迥）聯合成都王司馬穎、河間王司馬顒（yóng，粵：容）等起兵討伐，司馬倫也調集人馬迎戰。雙方在洛陽附近混戰兩個多月，死亡近十萬人，結果司馬倫兵敗被俘殺。司馬倫死後，皇族之間爭奪政權的鬥爭仍在進行。這場持續了十六年的政治殘殺和戰亂，歷史上稱為「八王之亂」，它給人民帶來了無窮災難，最終導致了西晉王朝的滅亡。

yè　láng　zì　dà
夜郎自大

戰國至秦漢時代，中國西南地區聚居許多少數民族部落聯盟，其中較大的一支號稱「夜郎」，主要分佈在今貴州西部、北部一帶。當時夜郎人不論男女都頭梳高高的椎髻，勞動時袒露右臂，過着原始的農耕生活。

《華陽國志》記載：傳說有一女子在遁水邊洗衣，忽見水上漂來一根三節大竹，裏面有哭聲，剖開一看是個男孩，就抱回去撫養。男孩長大後當了部族首領，稱為竹王。後來的史書就把夜郎王說成姓竹。

戰國後期，秦國奪取了楚國西部的巴和黔中。為了反擊秦國，楚頃襄王派將軍莊蹻率兵沿長江西進，以奪回被秦國佔領的大片土地。

莊蹻作戰很順利，不但一舉奪回黔中，而且乘勝長驅直入，打到了滇池附近。周圍的夜郎、且蘭等部落聯盟紛紛迎降，歸順楚國。莊蹻正要率兵回楚，不料秦軍反攻過來，再次佔領黔中，截斷了莊蹻的歸路。莊蹻只好退回滇池，被夜郎、且蘭等部族領袖共同推戴為滇王。

釋義

夜郎的地域很小，夜郎侯沒有到過漢朝，以為自己的領地比漢大。後以「夜郎自大」比喻妄自尊大。

185

出處
《史記・西南夷列傳》:「滇王與漢使者言曰:『漢孰與我大?』及夜郎侯亦然。以道不通故,各自以為一州主,不知漢廣大。」

　　秦始皇統一中國後,派人修築了通往夜郎和西南邊遠地區的道路,在那裏設置郡縣,派遣官吏進行治理。夜郎等地正式歸入秦朝的版圖。不久,秦朝滅亡,新建的漢朝忙於平定內亂和對付北方匈奴的邊患,沒有力量顧到遙遠的西南地區。於是夜郎等地脫離了中央政府的管轄,紛紛以侯王自稱,成為地方割據政權。

　　這時的夜郎首領多同,自稱夜郎侯。由於交通不便,夜郎侯多同從未遠行。夜郎附近有十幾個部落,都沒有夜郎大,多同便認為夜郎是天下最大的國家了。一天,多同帶着隨從騎馬出遊,揚鞭指着前方道:"看!這一望無際的疆土,有哪一國比它大?"獻媚的親信應聲説:"大王説的是,天下有何方能比夜郎大!"君臣們來到山腳邊,多同仰視前面的高山説:"巍巍高山衝雲而出,天下找得到第二座這麼高大的山嗎?"隨從又齊聲道:"肯定不會!"

　　他們又行到江邊,多同下馬道:"滔滔江水又長又寬,這定是世上最長最大的江河。"隨從都道:"那還用説!"經過這次出遊,夜郎侯更加自大起來。

　　這時漢朝已是武帝在位,國力空前強大。公元前122年,武帝派使者前往身(yuán,粵:捐;)毒("身毒"即古印度),途經夜郎。夜郎侯因長期和中原地區隔絕,不了解漢朝的情況,問使者道:"漢和夜郎哪個大?"漢使聽多同問出這樣的話來,就笑着説:"漢朝的州郡有好幾十個,夜郎的地盤還抵不上漢的一個郡,你看哪一個大?"多同聽了,不由驚得目瞪口呆。同年,南粵地區的呂嘉陰謀發動叛亂,漢武帝決定討伐,派人徵調巴、蜀、夜郎等地軍隊參加作戰。南粵平定後,多同隨即歸順漢朝,被封為夜郎王。夜郎又重新歸入了漢朝的版圖。

刻舟求劍

kè zhōu qiú jiàn

有個楚國人坐船過長江，不小心寶劍從劍鞘滑出，掉入江中。他趕緊伸手去抓，哪裏還來得及！江水滔滔，寶劍一眨眼就沉沒了。楚國人捨不得寶劍，但又不敢跳進江中去撈，他靈機一動，急忙掏出把小刀，在船舷上刻了道印記。

船上的人都覺得奇怪。他向大家解釋道："這裏是我寶劍掉下去的地方，所以要做個記號。"船靠了岸，楚國人就在刻印記的地方跳下水去。原來他是尋找那把寶劍。船已離開劍掉下水去的地方那麼遠，這樣尋找，豈不是笨透了？後因以"刻舟求劍"比喻拘泥固執，不知變通。

釋義

比喻拘泥固執，不知變通。

出處

《呂氏春秋‧察今》："楚人有涉江者，其劍自舟中墜於水，遽契其舟，曰：『是吾劍之所從墜。』舟止，從其所契者入水求之。舟已行矣，而劍不行，求劍若此，不亦惑乎？"

門可羅雀

mén kě luó què

漢朝時，有位廷尉（最高執法官）名叫翟公，位高爵顯，有權有勢，家中高朋滿座，賓客盈門，好不氣派。翟府門前，車水馬龍，趨炎附勢之徒來來往往，川流不息，簡直像個鬧市，致使路人通行也很困難。

平時，翟公一呼百諾，威風凜凜。眾門客察顏辨色，阿諛奉承，都向主人表白自己的忠誠。他們有的說："小人追隨您多年，赤膽忠心，至死不變。"有的說："您是我的再生父母，小人當以犬馬相報。"翟公見這麼多人忠於自己，十分高興。

可是好景不常，有人彈劾翟公，說他執法不公。皇上一怒之下，就罷了他的官，把他削職為民。眾賓客見翟公丟了官，權勢盡失，立刻一散而空，紛紛投靠新主人去了。過去熱鬧非凡的翟府門前，現在冷冷清清，不

釋義

形容門庭冷落，無人交往，以致鳥雀成群，可以張網捕捉。

見人影，只有成群的鳥雀在這兒飛來飛去，簡直可以張網捕捉了。

不久，皇上發現過去對翟公的彈劾是錯誤的，便讓他官復原職，並親自召見，加以撫慰，還給以重重賞賜。消息傳出，那批走了的門客，又厚顏無恥地擠向翟府，霎時門前又擠得水泄不通。可是這一回，翟公不聲不響在門上寫下二十四個大字：“一死一生，乃知交情。一貧一富，乃知交態。一貴一賤，交情乃見。”

眾門客見了，都狼狽而散。後來，人們把翟府門前一度出現的蕭條景象概括為“門可羅雀”，用來形容門庭冷落、無人來往。

出處：《史記‧汲鄭列傳》：「始翟公為廷尉，賓客闐門；及廢，門外可設雀羅①。」

註：①羅：網；羅雀：用網捕捉鳥雀。

mén　tíng　ruò　shì

門庭若市

釋義：形容來的人很多，大門前和院子裏熱鬧得像市集一樣。

出處：《戰國策‧齊策一》：「令初下，群臣進諫，門庭①若市。」

註：①門庭：原指王宮的大門口和殿堂前，也可解釋為大門和院子。

戰國時，齊國有個長得很漂亮的男子，名叫鄒忌。一天他照着鏡子端詳，很想知道自己是不是可以同著名的美男子徐公相比，便問妻子：“你看我與徐公，誰長得漂亮？”他妻子毫不猶豫地回答說：“當然是您，徐公哪裏比得上您呢！”鄒忌不大相信，再去問妾：“我與徐公誰美？”妾怯生生地說：“徐公沒有您那麼美！”

第二天，鄒忌的朋友來訪，寒暄了一會，鄒忌問他：“你看，我與徐公比，誰美？”朋友正有事情要請鄒忌幫忙，笑笑說：“徐公不如您。”鄒忌聽了妻妾朋友的讚頌，仍不自信。隔日正好徐公來訪，鄒忌便將他從頭到腳地看了一遍，自以為不如徐公美。

徐公走後，有自知之明的鄒忌照着鏡子看了又看，越看越覺得自己不如徐公美；非但不如，簡直差得遠了。夜裏他睡不着，翻來覆去地想，為甚麼別人都說徐公不如自己美？終於給他悟出了其中的道理：妻說我美，是偏袒我；妾說我美，是敬畏我；朋友說我美，是有求於我呀！

鄒忌由此想到，一國之王更應該不被各種讚美之詞所蒙蔽。於是他去朝見齊威王，以這件事為比喻，要齊威王多多聽取批評意見。齊威王覺得鄒忌的話很有道理，下令說：「今後無論官員百姓，凡能當面指斥我錯誤的，受上等賞賜；凡能書面批評我過失的，受中等賞賜；凡能議論我的不是而讓我聽到了的，受下等賞賜。」

齊威王的命令一發佈，群臣紛紛進言上書，評論朝政，以致門庭若市（王宮大門口和殿堂前熱鬧得像市集一樣）。隨着朝政的改進，過了幾個月，進諫的人雖然還有，但越來越少；一年以後，即使想要進諫，也沒有甚麼可說的了。齊威王不斷改正過失，勵精圖治，國勢由此大振。燕、趙、韓、魏等國非常敬重齊國，都派使臣來朝見齊王。史家評論說：這是不用兵而取得的勝利。

mén　wú　zá　bīn

門無雜賓

晉朝劉惔（tán，粵：談）是晉陵太守劉耽的兒子。劉耽為官廉潔，家境清寒，他死後，劉惔和母親任氏只好寄寓京口，住在簡陋的草屋中。

少年時的劉惔，一面編織草鞋奉養母親，一面讀書。他雖然過着清苦的生活，卻從不接受富豪的饋贈。劉惔年紀雖輕，但學識淵博，品格端正，很受當時士大夫的器重。人們把他比作當代博學多才的名士袁羊和范汪，劉惔聽了很高興，任氏卻說：「你要有自知之明，不要接受過高的評價。」

隨着劉惔年齡的增長和學問修養的提高，他的名氣越來越大。晉明帝很讚賞劉惔的人品才華，把女兒盧陵公主嫁給他。劉惔和盧陵公主成婚後，仍潔身自好，保持自己的清高，不願和不學無術的達官貴人交往。他詞鋒犀利，口若懸河，被明帝的兄弟司馬昱（yù，粵：旭）尊為上賓。

有一次，著名學者孫盛寫了一篇高深的哲學論文《易象妙於見形論》，誇口此文無人駁得倒。司馬昱叫

189

文思敏捷、善於辭令的殷浩去，果然沒有駁倒。司馬昱說：“要是劉惔來了，一定能駁倒他。”於是命左右把劉惔迎來。孫盛平時十分敬佩劉惔，一對話，果然劉惔分析精闢，邏輯嚴密，句句擊中要害。

劉惔見地甚高，沒多時便使孫盛理屈詞窮，甘拜下風。這時，在座的賓客個個讚口不絕。從此劉惔更加名重一時，但也更自負，只有人品極高、學問極好的人，他才肯與之交往。中國著名書法大師王羲之，就是劉的好友之一。他倆過往甚密，經常促膝長談。

劉惔信奉老子、莊子等道家的學説，主張清靜無為。他後來出任丹陽尹，辦事嚴整清簡，反對繁文縟節。他的家根本不像地方官的官邸，而像隱士的幽居，門庭蕭然，從沒有雜七雜八的人到這兒來，真是門無雜賓。

後來劉惔死於任上，年僅三十六歲。有人在祭文中稱他“居官無官官之事，處事無事事之心”，就是説他能夠做到“無為而治”，追求道家的理想。

<ruby>居<rt>jū</rt></ruby><ruby>安<rt>ān</rt></ruby><ruby>思<rt>sī</rt></ruby><ruby>危<rt>wēi</rt></ruby>

居安思危

釋義 處在平安無事的環境裏，要想到可能出現危險和困難。

春秋時期，晉、楚兩個大國為了爭奪中原地區的霸權，經常發生衝突。晉厲公在位時，由於沉迷酒色，信用奸佞，隨意殺戮大臣，搞得晉國內亂不斷，諸侯日益離心。因此，楚國的勢力漸漸佔了上風。

公元前 573 年，晉大夫欒書、中行偃舉兵起事，厲公被殺。大臣們把住在國外的公子姬周接回來當了國君，史稱晉悼公。悼公年輕有為，舉賢任能，革新朝政，節用民力，晉國又開始逐漸興盛起來。

當時，晉國北方散居許多少數民族遊牧部落，他們被統稱為戎狄，經常出兵侵擾晉國邊境。公元前 569 年，無終部落的首領嘉父，派使者孟樂帶着貴重的禮品來找晉大夫魏絳，託他引見悼公，請求晉國與諸戎結盟講和。

晉悼公開始不同意，對魏絳說：“戎狄貪而無親，只能靠武力解決。”魏絳勸諫說：“現在中原諸國常受楚國欺凌，往往被迫屈服，他們盼望着晉國去援助。如果我們對戎狄用兵，萬一中原有事，怎麼還有力量去對付呢？”

晉悼公聽魏絳說得有理，就採納了他的意見，並且委派他主管“和戎”事務。魏絳親自帶着使命到北方戎狄各部去，與諸戎締結了互不侵犯的盟約。從此，晉國基本上解除了後顧之憂，可以全力來同楚國爭霸中原了。

位於晉、楚之間的鄭國，本來是和晉同姓的兄弟國家，一向聽命於晉國，前幾年由於楚國一再出兵攻打，無力抵禦，只好被迫屈服。後來晉國派兵援助，鄭國就轉向晉國；但是等到晉軍一走，它馬上又背晉投楚。

晉悼公非常惱火，決定會合宋、衛、齊、曹等十二國對鄭用兵，以示懲戒。公元前 562 年 9 月，聯軍直逼鄭都新鄭。鄭簡公眼看大兵壓境，感到十分恐慌，馬上派王子伯駢（pián，粵：便平聲）到諸侯營中去請罪求和。

晉悼公見鄭國已經屈服，就同意講和。為了表示謝罪，鄭簡公給晉悼公送去了許多禮物，其中有三個著名的樂師、十六個歌伎，還有一批珍貴的樂器。平鄭之役顯示了晉國的軍威，提高了晉國在諸侯之中的聲望，使悼公感到十分高興。他想起了魏絳和戎的功勞，決定把鄭國送來的歌伎和樂器分出一半，賞賜給魏絳。

魏絳謙遜地說：“這完全是君王的威德和各位大臣的功勞。古書上說：‘居安思危。’能‘思’就會‘有備’，‘有備’可以‘無患’。君王如果能夠牢牢記住，就可以永遠享受今天這樣的歡樂了！”

出處 《左傳・襄公十一年》：「《書》曰：『居安思危。』思則有備，有備無患。」

191

城下之盟

chéng xià zhī méng

公元前 700 年，楚軍攻打絞國，大兵壓境，把絞城的南門圍得水泄不通。

絞國兵士堅守城邑，閉門不出。楚軍幾次攻城，都被雨點般的箭射退。

楚將見一時攻打不下，只得把軍隊拉到南門附近駐紮下來，一面派人向楚武王報告。

大將屈瑕獻計說：「絞國弱小，處理事情輕率而缺乏計謀，何不利用他們的弱點，如此這般，不就可攻克了嗎？」楚武王同意按其計策行事。

第二天，一群又一群楚兵改扮的樵夫，來到城周圍打柴伐木。他們砍的砍，挑的挑，忙個不停。

絞國將領見了怒不可遏，命令士兵出城捕捉。不一會，抓回三十個楚民，絞將笑逐顏開地獎勵有功兵士。

過了一天，楚國樵夫仍來打柴，絞兵不待命令，爭着出城捕捉。

這時，埋伏在北門外的楚兵，乘虛進攻，很快打敗了絞國，迫使絞國在城下簽訂了屈辱的盟約。後來人們用「城下之盟」來形容因敵軍兵臨城下而被迫簽訂的屈辱性盟約。

赴湯蹈火

fù tāng dǎo huǒ

劉表是東漢末年的大名士，擁兵十萬，稱雄荊州。他外貌儒雅而心多疑忌，與曹操、袁紹等勢力若即若離，在混亂的局勢中徘徊觀望。

曹操與袁紹相持於官渡，袁紹派人向劉表求援。劉口頭上應允，實際上卻按兵不動。對於曹操，劉表也同樣採取敷衍的態度。

從事中郎韓嵩，向劉表進言：「曹、袁相持不下，將軍舉足輕重。若想有大作為，可乘兩雄爭鬥之機舉事；不然的話，也應擇善而從。倘使繼續猶豫曖昧，他們勢必都會移恨於您，您也就無法保持中立了。」

韓嵩又道：「曹公（曹操）明哲，為天下賢俊所擁戴，勢在必勝。他一旦擊敗袁紹，就會移兵進攻江漢，那時將軍恐難以抵抗了。為將軍着想，歸附曹公，方是萬全之策。」別駕（州刺史的佐官）劉先、大將蒯越等也都贊同韓嵩的意見。

劉表仍狐疑不決，他對韓嵩說：「如今天下大亂，未知所定，我也難以適從。目前曹公擁天子都於許昌，有勞先生為我前往，觀察一下動靜虛實，如何？」

韓嵩說：「我是您的臣下，自當為您效勞，雖赴湯蹈火，死無所辭。然而有必要提請將軍鄭重考慮的是，將軍此番如能作出『上順天子，下歸曹公』的決策，那麼派我進京是完全正確的。否則……」

韓嵩略頓了頓，說：「如果將軍主意未定，就派我赴京，天子封我一官，我就是天子之臣，必尊天子之命，按道義就不能再為將軍效死了。望將軍三思，不要使我為難。」劉表依然模棱兩可，含糊其辭地要他去一趟再說。

果然不出韓嵩所料，一到京師，受曹操控制的漢獻帝就拜韓嵩為侍中，並任命他為零陵太守，加恩厚待。韓嵩離開京城，往零陵赴任前，決定先去向劉表辭行。

劉表得悉韓嵩受了天子之封，並稱頌朝廷、曹操之德，不由勃然大怒，認為這是對自己的叛逆。於是會集文武僚屬數百人，並令軍隊全部武裝站立於廳堂內外，準備當眾處斬韓嵩。

劉表見韓嵩神情自若地站在面前，更加氣惱，喝罵道：「韓嵩逆賊，竟敢叛我！」眾文武見勢大為驚恐，都暗示韓嵩謝罪免禍。

釋義 形容冒險犯難，奮不顧身。

出處 《三國志‧魏書‧劉表傳》裴松之註引《傅子》：「今策名質，唯將軍所命，雖赴湯蹈火，死無辭也。」

九畫

城下之盟　赴湯蹈火

韓嵩卻毫不畏懼，正氣凜然地對劉表説：“嵩早已有言在先。今日之事，是將軍負嵩，不是嵩負將軍！”接着把去京之前曾對劉表所説的那些話，重又陳述了一遍。劉表頓時啞口無言。

劉表的妻子見此情景，便悄悄地勸諫道：“韓嵩是頗有聲望的人物，況且他理直氣壯，誅殺他恐難以服眾。”劉表自知理虧，只得下令赦了韓嵩死罪。

甚囂塵上

shèn　xiāo　chén　shàng

原文「甚囂，且塵上矣」是説晉軍中人聲喧鬧、塵土飛揚，正在緊張地作戰鬥准備。後來「甚囂塵上」就被用來形容軍中忙亂的狀態，也指消息普遍流傳，議論紛紛。現在多用作貶義詞，指敵對一方的狂妄叫囂。

春秋時代，晉國、楚國相互爭霸，經常爆發戰爭。公元前 579 年，宋國出面調解，晉、楚會盟約定彼此互不加兵。誰知過了四年，晉的舊盟友鄭國背晉投楚，晉起兵攻鄭，鄭便向楚求救。

楚共王好不容易才把鄭國拉過來，自然不能坐視鄭國被晉國擊敗。他不顧盟約，親自率領三軍赴鄭救援。令尹（相國）子重、右尹（副相）子辛、司馬（軍事長官）子反分別擔任三軍統帥。

楚軍到鄭國的時候，晉軍也才剛剛渡過黃河，雙方相會在鄭地鄢陵。這裏地勢平坦，便於車馬馳騁，是理想的戰場。於是各自安營紮寨，準備戰鬥。

楚王求勝心切，所以，雖然遇上了當時軍事上普遍忌諱的晦日（陰曆月終），他也不管，一清早就命令部隊搶佔有利地形，擺好陣勢，威脅對方陣地。

楚王親自登上巢車（設有可以升降的木屋以望敵陣的偵察車），察看晉軍動靜。

楚王遠遠望去，只見晉陣內一會兒戰車左右奔馳，一會兒許多人聚到中央，便問跟在身後的太宰伯州犁：“晉軍在幹甚麼？”

伯州犁回答説：“大約是在召集軍吏商討作戰問題吧！”正説着，晉陣中一會兒張起帳幕，一會兒又撤除帳幕。伯州犁告訴楚王：“這是戰前卜筮（古人迷信，用龜甲或蓍（shī，粵：詩）草占卜，預測吉凶），求祖先保佑！」

　　突然，一陣煙塵從晉軍陣地上瀰漫開來，人聲喧鬧。楚王說：「看，那邊喧囂得很厲害，塵土飛揚起來了！」伯州犁仔細觀察了一陣，答道：「晉軍正在塞井平灶哩！」

　　楚王着急地問：「他們動手啦？」伯州犁搖搖頭：「現在還判斷不了。」過了一會，伯州犁看到晉軍紛紛下了戰車，在作戰前祝禱，才說：「快啦，快動手啦！」楚王便下令說：「好，打吧！」

　　兩軍交鋒，楚、鄭由於缺乏聯合作戰的訓練，陣容很不嚴整；晉軍在晉厲公親自率領下，用一支精銳部隊攻擊楚、鄭較弱的兩翼，其餘兵力集中進攻楚王所在的中軍。

　　楚方陣地很快就亂開了，但楚軍仍頑強地抵抗着。在混戰中，楚王被晉軍射手呂錡射中眼睛。他召來神箭手養由基為他報仇。養由基一箭射中呂脖子，第二箭就把呂射斷了氣。

　　這一仗，從清晨一直打到星星出來才收場，以楚軍失敗而告終。楚王乘着夜幕籠罩，率領殘兵悄悄地逃走了。

【出處】《左傳‧成公十六年》：「楚子登巢車以望晉軍……日：『將發命也，甚囂①，且塵上②矣！』」

【註】①囂：喧鬧。
　　　②塵上：塵土飛揚。

nán shān kě yí

南山可移

唐睿宗時，雍州司戶參軍李元紘（hóng，粵：宏），為人謹厚，辦事公道。他負責地方民政，管理土地、戶籍、賦稅、財政，一貫盡心盡力，公正不偏，深得當地士民信賴。

　　當時太平公主（唐高宗之女，武則天所生）權勢極盛，京師百官無不趨奉。她家資億萬，卻不知滿足，時常為了搜括錢財、侵奪土地，與民間發生爭執。

　　有一次，太平公主縱容家奴強佔屬於寺院的一座磨坊。寺僧不服告官，由李元紘主斷本案。

【釋義】「南山可移」多與「此案不可動」連用，表示案已判定，不可改變。

李元紘查明磨坊其實是寺院產業，他不怕得罪太平公主，秉公將磨坊判還僧寺。

這可急壞了他的頂頭上司雍州長史竇懷貞。姓竇的本是個喜愛拍馬奉承、討好權貴的人，一向對有財有勢的太平公主怕得要死。他慌忙召見李元紘，促令改判。

李元紘可不是趨炎附勢之輩，他當場在原判後面寫下"南山或可改移，此判終無搖動"十二個大字，意思是：終南山也許還能移動，我這判決卻不可改變。

寫罷，擲筆而去。竇懷貞又惱又急，可碰上這麼一位剛正不阿的司戶參軍，也無可奈何。

唐玄宗開元初年，李元紘升任京兆尹（京都長安的行政長官），奉詔疏決京師一帶河渠，以利灌溉。

誰知那些王公權貴，家家都在河渠兩旁設有碾磑（wèi，粵：外；磨坊），不顧農田澆灌，堵流爭利。目睹這些情形，李元紘決心徹底整治。

他仍以"南山可移，判不可搖"為宗旨，不怕觸犯權要，指令屬吏將所有碾磑一概毀去，拆除磨坊。

然後引渠下田，渠灌莊稼，使百姓大獲灌溉之利。

這兩件事，辦得深合民心，令人稱快。不久，那個為非作歹的太平公主，由於陰謀發動叛亂，謀泄賜死。

竇懷貞也因投靠太平公主，參與謀逆，事敗投水自盡。玄宗下令追戮其屍。

當初，李元紘執法不貸，可說是早就料到太平公主、竇懷貞之流必然沒有好下場。他那"南山可移，判不可搖"的精神，值得肯定。

出處

《舊唐書・李元紘傳》：「時太平公主與僧寺爭碾磑……元紘遂斷還僧寺。竇懷貞為雍州長史，大懼太平勢，促令元紘改斷。元紘大署判後曰：『南山或可改移，此判終無搖動。』」

《新唐書・李元紘傳》：「南山可移，判不可搖也。」

nán zhōu guān miǎn

南州冠冕

龐統，三國時襄陽人，極有才學，初與諸葛亮齊名，人們把諸葛亮、龐統並稱為"伏龍、鳳雛"。然而，龐統少年時可一點沒有精明能幹的樣子，長相還有些傻氣，誰也不賞識他。

當時，荊州賢士司馬徽善於識拔人才，人稱"水鏡先生"，他和龐統的叔父龐德公是知交。龐統因避亂寓居江東，叔父命他登門拜謁司馬徽。

司馬徽那天正好在屋後桑園裏採桑。他讓客人坐在桑樹下，自己在樹上一面採摘桑葉，一面和龐統交談。

龐統毫不計較，就這樣坐着，和司馬徽談天說地，探討時局，議論國家大事，從白晝直到黃昏，全無倦意。

司馬徽見這位年僅十八歲的客人，竟有如此廣博的學識，大為驚異，稱讚龐統"當為南州士之冠冕"，就是南方士人中的第一人。龐統聲名，由是日顯。

不久，漢皇族劉備請司馬徽推薦人才。司馬徽便向劉備舉薦諸葛亮和龐統，並說："伏龍、鳳雛，兩人得一，可安天下。"

劉備"三顧茅廬"，請出諸葛亮，拜為軍師，輔佐他爭奪天下。龐統身在東吳，未獲吳主孫權重用，聞知劉備佔有荊州，奔歸劉備。

但他一時仍得不到劉備的重視，只被授了個耒(lěi，粵：類)陽縣令之職，即去赴任。

龐統在耒陽，終日不理政務，不久又被免去官職，他也滿不在乎。

東吳謀臣魯肅是龐統的朋友，寫信給劉備說："龐統的才能，決不是只能管個百里小縣；要是讓他掌管全局，定會大展才略。"諸葛亮也竭力向劉備保舉龐統。

劉備便親與龐統深談。龐統精闢分析形勢，認為荊州殘破，人力物力殫盡，難與東吳、曹魏抗爭，勸劉備進取蜀中益州，以定大事。劉備聽了，萬分信服。

龐統終於大獲器重，成為劉備的主要謀士，與諸葛亮同為軍師中郎將，隨從劉備入蜀，由諸葛亮留守荊州。

以後，劉備採納龐統建議，進兵成都，為日後盡得益州之地，自立為漢中王，並即帝位於成都，創蜀、魏、吳三國鼎立的大業，奠定了基礎。

釋義 指南部地區的第一人，用以稱譽才識優異的人。

出處 《三國志・蜀書・龐統傳》："潁川司馬徽清雅有知人鑒。統弱冠往見徽，徽採桑於樹上，坐統在樹下，共語自晝至夜。徽甚異之，稱統當為南州士之冠冕①，由是漸顯。"

註：① 冠冕：帽子，比喻首位、第一。

不幸的是，龐統在進兵成都途中，於攻取雒城一役，中流矢而亡。這位才稱"南州冠冕"的鳳雛先生，時年僅三十六歲。

南柯一夢

淳于棼（fén，粵：焚）是吳、楚俠義之士，為人嗜酒任性，不拘小節。他富有家產，肯結交豪客，曾做過副將，後來因為醉後發酒瘋，得罪了上司被罷官。

他家住在廣陵郡東面，屋南有一株大槐樹，枝幹茂密，樹陰就有數畝地大。一天，是淳于棼的生日。他在大樹下大排宴席，和賓客親朋飲酒作樂。

淳于棼飲酒過量，沉醉不醒，被兩個客人扶回家中，躺在客堂的東走廊下。

他迷迷糊糊地睡去，彷彿看見兩位紫衣使者跪在面前，邀請他上車。淳于棼不知不覺間下牀整衣，隨着使者到了門口，並有數名侍從簇擁着，坐上四匹馬的青油車子。

馬車朝大槐樹下的螞蟻洞馳去。淳于棼正疑慮間，車子進了洞，豁然開朗，但見山川、草木、道路出現在面前，別有一番不同於人世間的景象。

車行數十里，行人熙攘，不絕於途。沒有多久，忽然看見一座城，朱門重樓，樓上有塊寫着"大槐安國"的金匾。

頃刻間看見有一大門，淳于棼便下車進去。裏面彩檻雕楹，華木珍果，十分富麗堂皇。前來迎接他的右丞相對他説："君子不因敝國遠僻，屈駕前來，君王願意把女兒許配給你。"淳于棼跪在地上，內心十分惶恐。

在成婚的典禮上，有仙姬數十，奏着人世間聽不到的奇妙樂曲，婉轉清亮，十分動人。掌燭引路的，亦有數十人，金翠屏風，彩碧玲瓏，數里不斷，場面豪奢，勝似王侯。

喜慶的隊伍進了"修儀宮"，淳于棼和一個叫"金枝公主"的女子行禮結婚。出入的車服儀仗，宴樂的奢華擺設，都與王侯貴族一樣。

婚後不久，公主請求父王委派淳于棼為南柯郡太守。赴任之日，公主同行，國君與皇后都來餞行。

淳于棼夫婦到達南柯郡時，歡迎的儀式十分隆重，官員、僧侶、百姓，萬人空巷，鐘鼓喧嘩，禮樂齊鳴。淳于棼抬頭一望，見城門上題有金字"南柯郡城"，很有氣派。

到任之後，淳于棼勤政愛民，把南柯郡治理得井井有條，多年間一直風調雨順，五穀豐登。

百姓們安居樂業，把淳于棼的政績編成歌來稱頌，還給他建功德碑，立生祠宇。

淳于棼在任二十年，政績卓著，極得君王的器重，對他賞賜了食邑，加封了爵位。他生了五男二女，男的長大後也做了官；女兒嫁給王族名門，榮耀顯赫，當時簡直沒有人能比得上他們一家。

不料當時有個叫檀蘿國的國家，突然發兵攻打南柯郡。大槐安國國君命令淳于棼準備迎戰，還派了將軍周弁率兵三萬，拒敵於瑤台城。

周弁剛愎輕敵，打了敗仗，最後隻身單騎逃歸。淳于棼把周弁囚禁起來，向國君請罪。幸好不久敵軍也退了兵。

不幸這時公主害了一場大病，過了十天就死了。淳于棼遭此不測，十分悲痛，便辭去太守職務，護送靈柩回到京城。臨行時，當地百姓攔住車道，號哭着挽留他。

淳于棼自從回到京城，豪門貴族都和他來往，威福日盛。君王見他如此，心中十分疑忌，便奪去他的侍衛武裝，禁止他外出交遊。

國君得知淳于棼心中悒悒不樂，就說："卿離家多時，可暫回本鄉探望親族，諸孫留此，不必牽掛。"淳于棼說："這裏就是我的家，還回到何處去？"國君說："卿本人間，家不在此。"

出處

唐・李公佐《南柯太守傳》記載：有個名叫淳于棼的人，醉後夢入「大槐安國」，官任南柯太守，二十年間享盡榮華富貴，夢醒，發現一切都是假的，「大槐安國」就是他家大槐樹下的螞蟻洞。南柯郡不過是槐樹南枝下邊的又一個小螞蟻洞。

一席話把淳于棼說得糊塗。昏昏沉沉間，他忽然記起從前的景況，便流淚請求回鄉。國君只派了兩名紫衣使者送行，給他乘的是很簡陋的車子，連左右侍僕也無一人隨同，他心中很不是滋味。

車行數里，經過的正是當年來時的道路，山川原野，依然如舊，可是當時的盛況全都不見了。他問了使者幾句話，使者愛理不理地答應他，使他心裏更加不痛快。

過了一會，車出洞穴，看見鄉間閭巷依舊，不覺潸然淚下。這時紫衣使者引他下車。他跑進家門，踏上台階，忽然看見自己的身子睡在東走廊下，不由嚇了一大跳，不敢近前。

淳于棼被兩個使者大聲叫醒，站起身來，看見家裏僕人正在打掃院子，兩位客人在旁邊洗腳，落日的餘暉也還留在牆上，而夢中的經歷，好像已經整整過了一輩子。

淳于棼把夢裏的經歷告訴兩位客人，大家都感到十分驚奇。眾人一齊出去尋找槐樹，果然發現樹旁有一個很大的螞蟻洞。靠南的樹枝下還有一個小螞蟻洞。後人根據這個故事，就把一場夢稱為"南柯一夢"，也比喻榮華富貴，虛幻無常。

南轅北轍

nán yuán běi zhé

戰國時，秦、魏、趙、韓、齊、楚、燕七雄爭霸，有的仗恃武力，有的收撫人心。其中的魏國，一度實力強盛，屢次發動對齊、韓、趙等國的進攻。

公元前 344 年，魏惠王召集"逢澤之會"，率十二諸侯朝周天子於孟津。魏惠王由此稱霸天下。

以後幾十年，魏國國力漸衰，屢敗於秦、楚、齊等國；與緊鄰趙國雖較和好，但有時雙方發生矛盾，也不免訴諸武力。

這一年，魏王準備出兵圍攻趙國的都城邯鄲。有個名叫季梁的人風塵僕僕地趕來勸阻他。

他對魏王說："我在大道上遇見一個人坐車朝着北方行，但他告訴我要到南方的楚國去。我就問：'你到楚國應該朝南走，怎麼反而朝北呢？'

"那人指指駕在車轅上的馬兒說：'我的馬好，跑得快哩！'我告訴他：即使馬好，可朝北不是到楚國該走的方向啊！

"那人又指着身邊鼓鼓囊囊的大口袋說：'我的路費多着呢！'我又給他講明：路費再多也不濟事，這可不是到楚國去的路。

"那人仍舊不聽，還說他有個善於駕車的馬夫哩！我看他這副樣子，只能隨他去吧。"

季梁說到這兒，把話頭引上本題："其實，楚國在南邊，他偏向北走；方向不對，他那些條件越好，就使他離開楚國越遠。這和大王的行為真有點相像呢！

"大王要想成就霸業，一舉一動都要取信於天下；如果只仗着自己的國家大、兵力強，動不動進攻人家，藉以擴充土地、宣揚威名，這樣做法，勢必離成就霸業的目標更遠，那真像要去南方楚國反而向着北方走一樣荒唐啊！"

魏王聽了這一席話，深感季梁給他點明了重要的道理，便決心停止伐趙。

這個故事，原見於《戰國策》一書；東漢荀悅所著的《申鑒》中，也提到"先民有言，適楚而北轅者……其去楚亦遠矣"。後人據以引申為成語"南轅北轍"。

出處

《戰國策·魏策四》："魏王欲攻邯鄲。季梁聞之……往見王曰：'今者臣來，見人於大行，方北面而持其駕，告臣曰：「我欲之楚。」臣曰：「君之楚，將奚為北面？」曰：「吾馬良。」曰：「馬雖良，此非楚之路也。」曰：「吾用多。」臣曰：「用雖多，此非楚之路也。」曰：「吾御者善。」此數者愈善，而離楚愈遠耳。今王動欲成霸王，舉欲信於天下，恃王國之大，兵之精銳，而攻邯鄲，以廣地尊名，王之動愈數，而離王愈遠，猶至楚而北行也。'"

九畫

南轅北轍　相敬如賓

xiāng　jìng　rú　bīn

相敬如賓

春秋時代，公元前 636 年，晉公子重耳結束了十九年的流亡生活，返晉即位，史稱晉文公。他重用狐偃、趙衰等賢臣悉心治國，使晉國繼齊桓公之後取得諸侯盟主的地位，成為"春秋五霸"之一。

文公在位八年，賢臣狐毛、狐偃等相繼亡故，他好

釋義 指夫妻互相尊敬，如同對待客人一樣。

出處 《左傳‧僖公三十三年》：「臼季使，過冀，見冀缺耨，其妻饁①之，敬，相待如賓。」

註：①饁（yè，粵：醃）：給在地裏耕作的人送飯。

似失去了左右手，萬分悲痛。大夫胥臣進言道：「主公痛惜二狐之才，臣推薦一人可代替他們做卿相。」文公忙問此人是誰。

胥臣說：「前不久臣奉命出使，路過冀地，在田野間看見一個人正在鋤草。時近中午，他的妻子給他把午飯送到田間。

「只見那婦人將飯菜雙手捧獻給丈夫；丈夫莊重地接住，先祝禱一番，然後進食。

「就在丈夫用餐時，那婦人侍立一旁；等他吃完，才小心翼翼收拾起食具，辭別丈夫而去。

「那丈夫在妻子走後，又拿起農具繼續鋤地，臉上始終沒有怠惰的神色。

「夫妻之間，尚能如此相敬如賓，何況對待別人？古人說‘能敬者必有德’，臣深信此人必是有德之士，便上前請教姓名。原來他就是前大夫郤芮（xìruì，粵：隙銳）的兒子缺。」

郤芮原先因功封在冀地，他兒子郤缺也被人們稱為冀缺。後來郤芮謀逆被殺，郤缺被廢為平民，留居冀地耕種為生。胥臣認為郤缺才德兼備，如能為文公所用，一定不比狐毛、狐偃差。

文公眉間皺起疙瘩道：「郤芮犯有大罪，我怎能重用他的兒子？」胥臣說：「古代堯舜是賢君，可是堯的兒子丹朱、舜的兒子商君，卻都是不肖，所以堯、舜不願把君位傳給兒子，而禪讓給賢能。

「大禹的父親鯀（gǔn，粵：滾），奉堯帝之命治水，九年不成，被舜殺死在羽山；可是鯀的兒子禹卻把洪水治平，舜便傳位給他，使他成為一代聖君。可見賢與不肖，並不父子相傳。主公何必計較舊惡而拋棄有用之才呢？」

晉文公給說服了，要胥臣把缺招來。胥臣稟道：「臣唯恐郤缺逃奔，為敵國所用，早已將他接在家中。主公派使者前去相迎，才是禮賢之道。」文公依從胥臣的話，命內侍捧了簪纓袍服，去迎接郤缺。

郤缺推辭不得，只好簪佩入朝。他生得身長九尺，聲如洪鐘。文公一見大喜，便拜胥臣為下軍元帥，任命郤缺做他的助理，為下軍大夫。

不久文公去世，襄公繼位。晉國在國喪期間，遭到白狄的武裝侵犯。郤缺陣前有勇有謀，一箭射死白狄首領白部胡，立下退敵頭功。

晉襄公嘉獎郤缺，升任他為卿大夫，重新把冀地封賞給他；又對胥臣說：“舉薦郤缺，是你的功勞。你從郤缺夫婦的相敬如賓，就看出他必是有德有能的人，這是很有眼光的。”於是也賞給胥臣一個縣的封地。

相煎太急
xiāng jiān tài jí

曹植是曹操的第四個兒子、魏文帝曹丕的同母弟，生前曾封陳王，死後謚號“思”，後人稱為陳思王。他一度被封在東阿，所以又叫東阿王。他是中國魏晉文學的代表人物之一，在詩歌創作方面更被譽為“建安之傑”。

建安（漢獻帝年號）時代，中國文學取得突出成就，當時人才輩出，最為後人熟知的有“曹氏父子”（曹操、曹丕、曹植）及“建安七子”。曹植從小受到很好的文學熏陶，十來歲就能誦讀《詩經》、《論語》和辭賦數十萬字。

他才思敏捷，寫文章一揮而就。曹操看了他的文章，吃驚地問：“這是有人代筆的吧？”曹植回答說：“怎麼會有人代筆呢！言出為論，下筆成章，請當場出題一試。”曹操由此發覺這孩子有傑出的文學才華。

建安十五年，曹操建成銅雀台，大會文武於鄴。銅雀台正臨漳河，左右另有“玉龍”、“金鳳”兩台，各高十丈，上橫兩橋相通，千門萬戶，金碧輝煌。曹操傳命兒子們登上銅雀台，當場作賦。

十九歲的曹植援筆立成，義辭俱佳，言語得體，因而更得曹操的寵愛。今《曹子建集》(曹植字子建)中的《登台賦》,就是當時的作品。

曹植青年時代就抱有建功立業的雄心,曹操也一度認為他是兄弟間"最可定大事"的人,幾次打算把他立為太子,繼承自己的事業。當時的一些名士如楊修和丁儀、丁廙(yì,粵:二)兄弟等,也都幫着曹植。

但是在繼承問題上,曹植的哥哥曹丕處於優越的地位,加以善弄權術,走的是內廷路線,連宮人左右也都得了他的好處,在曹操面前替他説話,又有擁護他的一幫人如賈詡、華歆(xīn,粵:音)等出花招,力促曹操改變主意。

這樣,曹操終於在建安二十二年立曹丕為魏太子,曹植成為這一競爭中的失敗者。由於這個原因,曹植遭到曹丕很深的猜忌。

曹丕還怕地位不穩,想方設法讓父親不喜歡兄弟。曹植也是聰明一世懵懂一時,他生性隨便,不遵守制度,有一次竟私自打開司馬門,坐着車馬奔馳而出,觸犯了曹操的禁令。監視曹植的人立刻報告曹操。曹操氣極了,把那個掌管司馬門的官員定罪處死,對曹植的寵信日減。

曹操還定過一條規矩:他家裏的人不准穿繡花的綢緞衣服。可是有一天,曹操從高台上往下瞧,瞧見有一個穿繡花衣服的女人,十分惱火。一問,是曹植的媳婦。

曹操説她違反制度,命她自殺。從這以後,曹植更加心灰意懶,天天喝酒解悶。

公元 219 年,曹操的大將曹仁被蜀將關羽圍攻,曹操任命曹植為中郎將征虜將軍,派他去支援曹仁。曹丕和他那幫人又認為這是重用曹植,對太子的地位不利。他們設下毒計,由曹丕去向曹植道喜。

曹植見哥哥送來酒食,他本來就喜歡喝酒,便由哥哥陪着喝開了。曹丕先是給兄弟敬酒,後來向他勸酒,末了簡直是硬逼他喝了。曹植給灌得爛醉,倒在席上不省人事。

出處

南朝・宋・劉義慶《世説新語・文學》:「文帝(曹丕)嘗令東阿王(丕弟曹植)七步中作詩,不成者行大法。應聲便為詩曰:『煮豆持作羹,漉①菽②以為汁;其③在釜④下燃,豆在釜中泣。本自同根生,相煎何太急!』帝深有慚色。」

註:①漉:濾過。　②菽:豆類總稱。　③其:豆莖。　④釜:炊器。

正在這個時候，曹操下令召他前去，連催幾次，曹植醉得無法接見使者，不能接受命令。

這下曹操可真火了，痛哭曹植自暴自棄，更討厭那些幫着他的人。那班人中，楊修是個領頭的，曹操怕將來可能發生變亂，再加上楊修又喜歡自作聰明，惹人疑忌，曹操就借個罪名把楊修殺了。

楊修死後一百多天，曹操生病去世，那是公元 220 年的事。曹丕繼承父位為丞相，不久自立為皇帝，就是魏文帝。十一月，魏文帝廢漢獻帝為山陽公，接着遷都洛陽。

從此開始，曹丕對曹植進行一系列迫害。先是逮捕了一向擁護曹植的丁儀、丁廙兄弟，把他們兩人以及兩家的男丁一概殺光。

相傳曹丕還以父喪期間兄弟禮儀欠周為藉口，拿下曹植問罪。他的母親卞太后急得淌着淚對他說：“你要體念手足之情，留他一條性命。”曹丕跪請母親放心，說曹植的才學他也喜愛，只是警戒警戒他而已。

曹丕召兄弟進見，指責他說：“你我情雖兄弟，義屬君臣，你怎能恃才蔑禮？父親在世時你常以文章誇示別人，我懷疑有人代筆。今天限你走七步成詩一首，如若不能，足見你一向欺詐，決不寬容！”

曹植並不着慌，說：“願乞題目。”曹丕道：“就以兄弟為題，可是不許犯着‘兄弟’字樣！”曹植點頭稱是。

他不假思索，應聲邁開腳步，走一步念一句：“煮豆持作羹，漉菽以為汁；其在釜下燃，豆在釜中泣。本自同根生，相煎何太急！”

曹丕聽了，又慚愧又心酸。卞太后也哭着從殿後出來，說道：“做哥哥的別把兄弟逼得太緊了！”曹丕忙離座道：“我對天下尚且無所不容，何況兄弟？為了骨肉之親，免他死罪，貶為安鄉侯。”

曹植七步成章的故事，雖然正史並無記載，但《七步詩》以其豆相煎比喻骨肉相殘，卻真實地反映了曹丕、曹植兄弟間的關係。

後起之秀

釋義 指後輩中的優秀人物。

出處 《晉書·王忱傳》：「寧謂曰：『卿風流俊望，真後來之秀！』」

王忱生活在東晉時代，是一個性格狂放不羈的人。他少年時就有名氣，受到人們器重。有一次，他去看望舅舅范寧。范寧是當時著名的經學家。正巧張玄也在范寧家裏作客，張玄比王忱年紀大，出名早，范寧要他倆交談交談。張玄很嚴肅地坐着，一本正經地等王忱上來打招呼。王忱看到張玄這種煞有介事的架勢，心裏很不舒服，也就一言不發。

過了一會，張玄感到這樣面面相覷地坐着實在無趣，但又放不下架子，就很失望地怏怏而去。范寧看到這種情形，就責備王忱說：「張玄是吳中（泛指今江蘇南部和安徽、浙江一部分）之秀，你為甚麼不和他好好談談呢？」王忱笑着回答：「他如果真想認識我，完全可以自己來找我談心。」范寧聽了，很讚賞王忱的性格，說：「你這樣風流俊逸，很有希望，真是後來之秀。」王忱答道：「沒有您這樣的舅舅，哪能有我這樣的外甥呢？」

此後，范寧把與王忱的談話告訴了張玄。張玄亦覺有理，就整束衣冠，正式登門拜訪。王忱也以賓主之禮相待。從此，兩人成了好朋友。後來，王忱擔任了荊州刺史，都督荊、益、寧三州，表現得很有魄力和才幹，受到人們讚揚。

負重致遠

釋義 指背着沉重的東西送到遠方，比喻能夠擔負重任。

公元 210 年，三國東吳大都督周瑜病故，他的生前好友龐統十分悲傷，親自送喪到吳郡。龐統字士元，襄陽人，博學多才，與諸葛亮齊名，人稱「鳳雛先生」。他一到吳郡，慕名前來和他結交的人很多。

東吳名士陸績、顧劭、全琮等人，都與龐統成了知交。龐統弔唁事畢，和他們一起在昌門聚會話別，大家談古論今，歡暢非常。

龐統善於評論，他認為陸績好比是一匹腳力很快的馬，有超逸的才能；顧劭好比是一頭吃苦耐勞的牛，能夠負重致遠；又指着全琮說：「你雖然智力差些，也是當代一個人才！」

事後，有人問龐統：「在先生心目中，是不是認為陸績的才能勝過顧劭？」龐統並不直接回答，只是說：「馬兒雖好，只能運載一個人；駄着重擔的牛一天能走三百里，它運載的豈僅是一個人的重量！」

陸績、顧劭等人都得到吳主孫權的器重，他們曾向孫權引薦龐統。可是，孫權不能賞識，未予重用。

後來，龐統經諸葛亮推薦，受到蜀主劉備的禮遇，終於得展抱負，成了劉備的主要謀士。劉備非常重視龐統，待龐統僅次於諸葛亮，請他們兩人共同擔任軍師中郎將，輔佐他爭雄天下。

出處

《三國志・蜀書・龐統傳》：「瑜卒，統送喪至吳，吳人多聞其名。及當西還，並會昌門，陸績、顧劭、全琮皆往。統曰：『陸子可謂駑馬有逸足之力，顧子可謂駑牛能負①重致②遠也。』」

註：① 負：背着。② 致：送到。

負荊請罪

fù　jīng　qǐng　zuì

釋義

「負荊請罪」，表示向人認錯賠罪。

戰國時，趙國的藺相如膽略過人，能言善辯，曾經帶着和氏璧出使秦國，最後完璧歸趙，被趙王拜為上大夫。

秦王為了威逼趙王屈服，約請他到澠（miǎn，粵：敏）池相會。趙王怕秦王加害，不想去。大將軍廉頗與藺相如認為，不去顯得趙國既軟弱又膽怯，還是去的好。趙王勉強同意了。

趙王和藺相如等到了澠池。酒宴上，秦王故意講自己聽說趙王喜歡音樂，請趙王彈瑟。趙王於是彈了一曲。秦國的史官立即按照秦王預先吩咐過的，上前記下道：「某年某月某日，秦王與趙王會飲，令趙王鼓瑟。」藺相如聽了這話，頓時怒不可遏。

他抓起一個缶（fǒu，粵：否；瓦盆），走到秦王面前說：「趙王聽說大王擅長秦樂，特命臣奉上此缶，請

207

《史記・廉頗藺相如列傳》：「相如曰：『……今兩虎共鬥，其勢不俱生。吾所以為此者，以先國家之急而後私仇也。』廉頗聞之，肉袒負荊①，因賓客至藺相如門謝罪……」

出處

註：①負：背；荊：荊條，可以用來鞭打。

大王一擊以相娛樂。"秦王滿面怒容，怎麼也不肯擊缶。藺相如進逼說："我距離大王不到五步，願將自己頭頸上的血濺到大王身上！"

秦王手下的人見此情景，都舉刀拔劍上前要殺藺相如。藺相如毫無懼色，怒目相對，嚴厲呵斥。這些人竟被嚇得倒退了下去。秦王臉色晦暗，勉強在缶上擊了一下。藺相如立即叫趙國的史官記下："某年某月某日，秦王為趙王擊缶。"

秦國的大臣氣得發昏，大叫："請趙國割讓出十五個城邑作為向秦王的獻禮！"藺相如針鋒相對地回答："請秦國將咸陽（秦的國都）作為向趙王的獻禮！"這下，秦國的大臣再也沒有甚麼可說的了。

由於藺相如的機智英勇，澠池會上秦國始終沒能佔到半點便宜。事後，趙王以藺相如維護趙國尊嚴有功，拜他為上卿（相當於相國），名位在廉頗之上。屢建戰功的大將軍廉頗見藺相如職位比自己還高，不服氣地說："我有攻城拔寨的大功，而藺相如不過動動口舌而已；況且此人出身貧賤，我不能屈居在他之下。倘若給我遇見，我一定要當面羞辱他。"

廉頗這些話很快傳到了藺相如耳中。但他能識大體，顧大局，所以每逢上朝的日子，故意裝作有病，以免廉頗與自己爭位次。有時藺相如出門，遠遠望見廉頗，就吩咐車子調轉方向，避開廉頗。相府裏的賓客很不滿意，對藺相如說："我們之所以離家來到府上做事，是敬慕您崇高的正義精神。如今廉頗口出狂言，即使庸人也不能忍受，何況您為相國的呢！再這樣下去，我們要走了。"

藺相如笑笑，問賓客："你們看廉將軍與秦王哪個厲害？"大家異口同聲說："那當然秦王厲害。"藺相如道："相如敢在秦國朝廷上當眾呵斥秦王，侮辱其大臣，又怎會偏偏怕廉將軍呢？只是我想到，強秦不敢侵趙，不過因為有我們兩個人在。兩虎相鬥，必有一傷。我之所以避讓他，是先國家之急而後私仇啊！"

藺相如"先國家之急而後私仇"那句話不脛而走，傳到了廉頗那裏。廉頗一想，是自己不對，連忙脫去衣服，叫人取荊條（可作鞭子用的樹枝）來。廉頗通過賓客引見，負荊到相府請罪説："我是個鄙賤的人，不知您對我這麼寬厚啊！"藺相如趕緊扶他起來。從此趙國將相和睦，秦國更不敢來侵犯了。

fēng chuī cǎo dòng
風吹草動

春秋時代，楚國平王當政。他是個昏庸而又荒淫的國君，竟把自己的兒媳婦據為己有。大臣伍奢強諫，平王惱羞成怒，捕他入獄，還要他寫信叫外地的兩個兒子回來，打算一網打盡。

大兒子伍尚打算約弟弟伍員同赴郢都。伍員，字子胥，是個有膽識的武將，戰功赫赫，名聞諸侯。他估計此去凶多吉少，力勸哥哥不要上當。伍尚不聽勸告，到了郢都，果然和父親一道被平王下令殺害。楚平王仍不甘心，派兵四處追捕伍員，並在要道關口畫影圖形，懸賞緝拿。伍員得到凶訊，立即喬裝改扮，隻身沿江東下，打算投奔吳國。

伍員隻影形單，憂憤交加，加上緝捕的風聲很緊，不得不晝伏夜行，一路上歷盡千辛萬苦，連續走了十多天，才近昭關。昭關形勢險要，有楚兵駐守。伍員隱藏在林木深處，徘徊不前。在千難萬險中，偶然碰到父親的朋友東皋公，他隱居山中。東皋公很同情伍員的遭遇，邀請伍員到家，表示願意設法幫他混出昭關。

伍員在莊上一連住了七天，東皋公只以酒食招待，不談過關的事。伍員焦急異常，吃不下，睡不着，臥而復起，繞室而走，不覺東方發白。東皋公叩門而入，見伍員一夜間熬得鬢髮皆白，不由大驚。伍員對鏡一照，不禁痛哭失聲。伍員哭着道："一事無成，雙鬢已斑，天乎，天乎！"東皋公安慰他，説已經有了辦法："我

釋義 風稍一吹，草就搖晃，比喻一點點動靜或輕微的動盪。

出處 《敦煌變文集・伍子胥變文[①]》："偷蹤竊道，飲氣吞聲。風吹草動，即便藏形[②]。"

註 ①變文：文體名，採取佛經故事、民間傳説、歷史故事寫成的有講有唱的文學形式。②藏形：躲起來。

209

有一好友皇甫訥，相貌和你相似，讓他和你一樣裝扮，如在關口被捕，你就可乘機出關了。”

伍員覺得連累別人，於心不安。東皋公要他不必過慮，自有解救辦法。第三天黎明，按計行事，皇甫訥假扮伍子胥，果然在關口被捕。正在紛擾之間，伍員乘機混出關去。伍員急匆匆趕路，走了幾千里，前面是一條大江，茫茫浩浩，卻看不見一隻船。他怕後面追兵趕來，十分着急，只得隱藏在蘆葦叢中。

過了一會兒，伍員見遠處有隻漁船從下游溯水而上，急忙高聲叫道：“漁父，漁父，快快渡我！”那漁翁聽得有人呼喚，便攏船向伍員藏身處駛來。伍員上了船，漁翁將篙一點，輕划雙槳，飄飄而去。漁翁見伍員身材魁梧，相貌不凡，要求他告訴真實姓名。伍員照實說了，還談到自家的慘劇。漁翁驚訝不已。

船到對岸，漁翁見伍員面有饑色，要他稍等一會，表示要回家去拿些食物來給伍員充饑。伍員等了一會，不見漁翁回轉，心中疑慮，怕漁翁糾集眾人來捉拿他，便隱藏在蘆葦深處。漁翁拿着麥飯、魚羹回來，卻不見伍員的蹤影，便高聲叫道：“蘆中人，蘆中人，放心出來吧！我不會對你怎樣的！”

伍員這才從蘆葦中走出，飽吃一頓，然後解下佩劍說：“這劍是祖上所傳，價值百金，送給你作為報答吧。”漁翁笑了笑：“聽説楚王有令，捉得伍員的賜粟五萬石，封上大夫，我都不貪圖，還會接受你的劍嗎？再説這劍我也用不着啊！”

伍員希望知道漁翁的姓名，漁翁生氣地説：“我是同情你的不幸，並不希望得到你的報答，何必問我的姓名？萬一日後相逢，你叫我漁丈人，我叫你蘆中人好了。”伍員走了幾步，又回頭對漁翁説：“如有追兵來此，請勿泄漏！”漁翁仰天歎道：“我這樣待你，你還見疑。如有追兵從別處渡江，我何以自明？請以一死來杜絕你的疑慮吧！”説罷，解纜開船，撥舵放槳，倒翻船底，沉溺江心。

伍員十分悲傷，仍怕追兵趕來，不得不踏上崎嶇的山間小路，在雜樹野草的掩護下繼續逃亡。唐代有人把伍子胥故事寫成《伍子胥變文》，用"偷蹤竊道，飲氣吞聲。風吹草動，即便藏形"數語來形容他逃亡時的慘境。

wèi　　hǔ　　zuò　chāng
為虎作倀

相傳唐穆宗長慶年間有個處士馬拯，喜歡登山涉水，四處遊覽。有一年，他來到湖南，聽說衡山祝融峰上住着一位道行高深的伏虎長老，就決定前去拜訪他。

這是個秋高氣爽的日子，蔚藍色的天空中飄着幾朵淡淡的輕雲。馬拯站在衡山腳下，遙望祝融峰上林木繁茂，景色十分迷人，於是，他就帶着一名隨身的童僕，順着山間的石路，興致勃勃地向峰頂攀登。

大約經過了一個多小時，馬拯和僕人終於登上了山頂。他們看到山上有座金碧輝煌的佛寺，就走了進去。只見殿堂的供桌上陳設着各種金銀器皿，擺滿了時鮮果品，一位鬚眉雪白的老和尚正在默默地誦經。

老和尚聽到人聲，睜開兩眼，看見馬拯和他的僕人後，馬上滿臉堆笑地把他們請進僧房，對馬拯說："施主今天就在這裏用飯吧。不過老僧的鹽和米已經用完，能不能請您的僕人下山去買一些回來？"

馬拯立即點頭答應，拿出一兩銀子交給童僕。老和尚殷勤地陪送童僕走出寺門。馬拯在僧房裏等了好久，不見老和尚進來，就獨自一人到前殿去瞻仰佛像，然後站在寺門邊欣賞四周的風景。

忽然，他看見山下又上來了一位隱士模樣的人。那人走到跟前，對馬拯躬身施禮，馬拯立即還了一禮，並問了他的姓名，知道他叫馬沼，也是慕名前來登山遊覽的。馬拯高興地把他請到佛殿上坐下，然後促膝交談起來。

兩人談了片刻，馬沼忽然對馬拯說："我剛才從山

出處

唐‧裴鉶《傳奇‧馬拯》：「此是倀鬼①，被虎所食之人也，為虎前呵道耳。」

註：①倀（chāng，粵：窗）：倀鬼，古代傳說，被老虎吃掉的人，死後變成倀鬼，還要死心塌地為老虎奔走效力。

下上來，半路上看見有隻猛虎在吃一個人，不知道那人是誰。"馬拯吃了一驚，立即詢問死者的容貌和衣着，馬沼詳細地告訴了他。馬拯驚呼道："啊呀，那是我的童僕啊！"

接着，馬沼又說："更令人奇怪的是，老虎把你的僕人吃掉以後，搖身一變，身上的皮就脫落下來，然後改穿僧服，變成了一個鬚眉雪白的老和尚。"馬拯聽到這裏，不禁毛髮直豎，渾身顫抖起來。正在這時，只聽"咿呀"一聲，老和尚推開寺門進來了。馬沼回頭一看，趕緊輕聲地對馬拯說："吃掉你僕人的，就是這個和尚。你可千萬鎮定，不要引起他的猜疑，然後咱們再找機會逃走。"

老和尚走上前來，對馬拯說："施主，您的僕人還沒有回來嗎？"馬拯指着馬沼說："這位相公從山下上來，說我的僕人已經被老虎吃掉了。"老和尚一聽，立即發怒說："我這山上根本就沒有老虎，你不要信他胡說八道！"

這時，馬拯表面上不露聲色，兩眼卻對着老和尚的嘴唇仔細看了一看，發現他嘴角邊還帶着一絲血痕，就更加相信馬沼的話是真的，於是不再爭辯，要老和尚給他們安排住宿的地方，準備早些休息。

老和尚請他們住進僧房，馬拯婉轉地謝絕了。他和馬沼自己動手，在齋堂裏搭了兩個牀鋪。一到天黑，他們就把門緊緊閂上，然後點起蠟燭，靜靜地伺察外面的動靜。到了半夜，忽聽庭中有老虎在吼叫，兩人拼命把門頂住。老虎用頭撞了幾次門，見無法撞開，只好走掉了。馬拯對馬沼說："天亮以後，咱們得趕快擺脫他，離開這裏。"兩人商量了好久，終於想出了一個好辦法。

東方剛剛發白，他們就去對老和尚說："長老，我們聽見後院的井裏有一種奇怪的聲音。"老和尚跟着走到井邊低頭看時，冷不防被馬拯猛力推下井去。一落水，他就變成了老虎，馬拯和馬沼搬來幾塊大石，把牠砸死了。

　　兩人不敢再留在寺裏，出門後就尋路向山下走去，誰知還沒走到半山就迷了路。他們在松樹林裏轉來轉去，一直轉到黃昏時分，忽然遇見一個獵人在安放窩弓（用機關發射的弓箭），路旁的樹上搭着一間可以住人的窩棚。

　　獵人張好窩弓，對兩人說："天這麼晚了，你們準備到哪裏去？這兒雖然離山下不遠，但是老虎很多，非常危險。你們何不跟我上窩棚裏去住一夜再走？"兩人連忙道謝，跟着獵人攀登上樹，住進了窩棚。

　　到了深夜，馬拯從睡夢中驚醒過來，忽聽樹下人聲嘈雜，就藉着月光朝下看去。只見山路上走來了好幾十個人，其中有和尚、道士以及男人、女人，他們唱着跳着，大聲吆喝，漸漸走到窩弓旁邊。

　　突然，有人發現了那張窩弓，暴跳如雷地說："白天有兩個強盜殺了老和尚，我們正要追捕他們，現在竟又有人敢在這裏張弓暗算我們的將軍！"說罷就去卸下弓上的弩箭，然後前呼後擁地走過去了。

　　馬拯立即叫醒獵人和馬沼，把聽到的話告訴了他們。獵人說："那些都是倀鬼，是被老虎吃掉的人，可是死後還要去給老虎開路"。馬拯說："那麼他們所說的將軍一定也是老虎，可能就要來了，你快下去再把窩弓張起來吧！"

　　獵人馬上下去重新張好窩弓。剛剛返身登上窩棚，就聽得一聲狂吼，從山下躥來一隻吊睛白額猛虎。牠的前腳正好觸到窩弓的機關，那支箭就直飛而出，射進了牠的心窩。只見牠狂跳怒吼了幾下，就摔倒在地上死去了。

　　這時，倀鬼們聽到聲響，紛紛跑回來伏在死虎身上號啕大哭，傷心地說："是誰又把我們的將軍殺死了！"馬拯聽了，不由憤怒地罵道："你們這些倀鬼，死在老虎手裏，還要去為它痛哭，難道做了鬼還不開竅嗎？"

　　這個傳說，最早記載在唐代裴鉶（xíng，粵：形）所寫的《傳奇》裏。"為虎作倀"這個成語，就是由此概括而來的。

九畫

▼
▼

為虎作倀

213

約法三章

yuē fǎ sān zhāng

釋義「約法三章」，約定三條法律。後指約好或規定幾條章程，大家遵守。

出處《史記・高祖本紀》：「與父老約，法三章耳，殺人者死，傷人及盜抵罪。」

公元前 206 年，劉邦統率大軍攻入關中，到了灞上。這裏離秦都咸陽只有幾十里路了。這時，秦二世胡亥已被趙高殺死，繼位的是胡亥的姪兒子嬰。子嬰眼看大勢已去，再也無力抵抗，便乘素車白馬，捧着御璽出城投降。

有幾位將領建議劉邦把子嬰殺掉。劉邦搖搖手說："不能。現在秦王已經投降，如果再殺掉他，那是不得人心的。"他將秦王交給手下人看管，率領大軍進入咸陽。

劉邦入城，看到宮殿雄偉壯麗，想住進宮裏享受一番。武將樊噲和謀臣張良都勸諫他不要貪圖享受，因為這樣做會失掉人心的。劉邦接受了他們的意見，立即下令封閉宮室、寶庫，率領隊伍退到了灞上。

他把各地父老、豪傑召集起來，宣佈說："秦朝施行嚴刑苛法，把你們害苦了。今天，我和你們約法三條：第一，殺人者要處死；第二，傷人者要辦罪；第三，搶劫者也要懲罰。"

劉邦又說："原有的秦朝法律統統廢除。所有的官吏、百姓都可照常做事。我到這裏來是為父老百姓除害的，你們都不用害怕。"劉邦還派人到各鄉各縣宣傳約法三章。老百姓都很高興，紛紛帶着牛羊酒食前來慰勞劉邦的將士。劉邦謙讓說："我們倉庫裏糧食很多，不想花費大家的了。"這一來，他更加得到了老百姓的擁護。"約法三章"就是規定三條法律，讓大家遵守的意思。

tài shān yā luǎn

泰山壓卵

釋義 泰山壓在蛋上，比喻力量懸殊，強大的一方必然摧毀弱小的一方。

出處 《晉書·孫惠傳》：「況履順討逆，執正伐邪，是……猛獸吞狐，泰山壓卵，因風燎原，未足方也。」

公元 265 年，司馬炎建立了晉王朝，是為晉武帝。他把同姓子弟都封做王，分守全國重要城邑，打算永久作為皇室屏藩，以為這樣天下就太平了。

晉武帝死後，諸王都要控制中央政權，彼此爭奪，相互攻打，內戰不斷。這就是歷史上長達十六年之久的西晉"八王之亂"。

當時有一個人叫孫惠，他曾經參加八王之一齊王司馬冏（jiǒng，粵：迥）的軍隊。司馬冏在控制中央政權後驕矜僭侈，不把晉惠帝放在眼裏，孫惠規勸了幾次都沒有聽，就辭職走了。

公元 302 年，河間王司馬顒（yóng，粵：容）與長沙王司馬乂（yì，粵：艾），攻殺司馬冏。這時成都王司馬穎專權輔政，封孫惠為參軍，領奮威將軍。

不久，司馬顒又和司馬穎攻殺司馬乂，而後再將司馬穎廢掉。孫惠此時由於擅殺了司馬穎的牙門將梁儁，改名換姓畏罪潛逃。

東海王司馬越打着勤王旗號在下邳舉兵，表示擁戴皇室。孫惠對他寄以希望，化名南嶽逸士秦秘之，寫信給他。信中稱頌司馬越的舉兵是"履順討逆，執正伐邪"，好比"泰山壓卵"，必勝無疑。後人因此把雙方力量懸殊、強方必然摧毀弱方，稱作"泰山壓卵"。

司馬越對孫惠的文才很欣賞，到處貼出榜文尋訪，後來，終於找到了他，任為"記室參軍"，請他負責軍中文書，參與謀議。在司馬氏八王混戰中，司馬越最後殺了司馬顒和司馬穎，毒死晉惠帝，另立司馬熾為晉懷帝，由他專斷朝政。

泰山鴻毛

tài　shān　hóng　máo

釋義　比喻輕重懸殊。

出處　《燕丹子》卷下：「死有重於太山①，有輕於鴻毛②者，但問用之所在耳。」《文選‧司馬遷〈報任少卿書〉》：「人固有一死，或重於太山，或輕於鴻毛，用之所趨異也。」

註：①太山：即泰山，五嶽之首，在山東省中部。②鴻毛：鴻雁的羽毛。

中國古代史學家、文學家、思想家司馬遷，是西漢太史令司馬談的兒子。他少年時跟隨父親移居長安。司馬遷成年後遍遊名山大川，訪問天下勝跡，沿途考察風俗，採集傳説。

公元前110年，司馬談病重，遺囑要兒子繼承太史令事業，寫出一部完整的通史。司馬遷悲痛地説："我一定完成父親的宿願。"

公元前108年，司馬遷做了太史令，有機會在皇家藏書樓檢索圖書。他早進晚出，每天要從大堆的木簡和絹書中尋找素材，去整理和考證史料。經過四五年時間的整理和考證，他開始構思、撰寫史學巨著《史記》。

公元前99年，西漢名將李廣的孫子李陵率領五千步兵出擊匈奴。這支隊伍作戰奮勇，給匈奴騎兵以重重殺傷。後因後援斷絕，寡不敵眾，李陵敗降匈奴。漢武帝聞訊十分憤怒，眾大臣都把罪責推在李陵身上。武帝徵求司馬遷的意見，司馬遷認為李陵作戰勇敢，以五千步兵打敗了匈奴數萬騎兵，在寡不敵眾的情況下仍能拼死搏鬥，他的敗降是不得已的。漢武帝責備他替李陵辯護，將他處以"腐刑"（割掉生殖器）。

後來，漢武帝為了利用司馬遷的才能，下令釋放他，命他擔任原由太監充任的"中書令"。司馬遷為了完成《史記》，忍受了侮辱與迫害。司馬遷受刑後，老友任安曾寫信勸誡他，司馬遷一直沒有回信，後來聽説任安因事下獄，才覆了一封信（即《報任少卿書》），信中回顧了自己的遭遇，表示所以苟活於世甘蒙恥辱，是為了完成自己的歷史著作。

信中説："人固有一死，或重於泰山，或輕於鴻毛。"意思是人本來都有一死，有的死得比泰山還重，有的死得比鴻毛還輕。在這句話的自勵下，經過十三個寒暑，他終於完成了中國第一部完整的紀傳體通史——《史記》。

秦晉之好

qín jìn zhī hǎo

春秋時代，晉國和秦國是兩個實力相當的大國。晉獻公在位的時候，為了加強同秦國的友好關係，把自己的大女兒嫁給了秦穆公，史稱"穆姬"或"秦穆夫人"。

後來，獻公聽信了寵妃驪姬的讒言，逼死太子申生，趕走公子夷吾和重耳，準備讓驪姬的兒子奚齊繼承君位。這種倒行逆施，引起了許多大臣的不滿，埋下了日後晉國內亂的禍根。

公元前651年，晉獻公去世，奚齊被立為國君。大夫里克和邳鄭殺死奚齊和他的弟弟卓子，派人去迎接流亡在梁國的公子夷吾回來即位。夷吾長期離開晉國，擔心回去後難以掌握局勢，就請秦穆公派兵護送，答應割讓河外五城給秦國作報酬。

可是當他一坐上國君的寶座（史稱晉惠公），就把自己的諾言忘得一乾二淨，使秦穆公大為不滿。公元前647年冬天，晉國發生嚴重饑荒，派人向秦國求助。秦穆公不記舊怨，運去大批糧食，使晉國渡過了困難。

第二年冬天，秦國遇到了同樣的饑荒，晉惠公卻連一點糧食也不肯支援。這種背信棄義的行為，深深地激怒了秦國。公元前645年，秦穆公親自率軍討伐晉國，活捉了晉惠公，準備把他押回治罪。

穆姬得到消息，就身穿喪服，帶着四個兒女，登上一座堆滿乾柴的樓台，然後派人去對秦穆公說："上天降災，使秦、晉兩君以刀兵相見。現在晉君被俘虜，他甚麼時候來到京城，我就甚麼時候死去，請夫君早作打算！"秦穆公一聽着了慌，決定寬恕晉惠公，把他安置在靈台，待以上賓之禮。不久，兩國就在靈台締結了盟約。

晉惠公回去以後，除了獻出河東的一部分土地以外，還把太子子圉派到秦國去當人質。在兩年多的時間裏，秦、晉兩國一直保持友好的關係。秦穆公不但把河

釋義 春秋時秦、晉兩國好幾代國君互相婚配，後人因稱兩姓聯姻為"秦晉之好"。

出處 《左傳·僖公二十三年》："秦、晉，匹①也，何以卑我？"元·喬夢符《玉蕭女兩世姻緣》第三折："未將不才，便求小娘子以成秦晉之好，亦不玷辱了他。"

註：①匹：本指匹敵、相當，又可解釋為匹配。

東的土地歸還給晉國，並且將宗女懷嬴嫁給子圉。

子圉在秦國住了六年，雖然秦穆公待他很好，但是他怕長期寄居國外，將來當不上晉國的國君，因此就在公元前 638 年秋天，背着秦穆公偷偷逃回晉國。

第二年晉惠公因病去世。子圉即位為君，史稱晉懷公。懷公生性刻薄，不能容人，當上國君以後不久，就殺掉了德高望重的老臣狐突，使朝中的百官上下離心，人人自危。

這時，在衛、齊、曹、宋、鄭、楚等國流亡了十九年的晉公子重耳，最後來到了秦國。他不但才華出眾，而且忠厚謙恭，深得秦穆公的歡心。穆公把懷嬴嫁給重耳，並且決定幫助他回國奪取政權。

公元前 636 年春天，重耳在秦國軍隊的護送和國內群臣的擁戴下，回到都城曲沃，派人殺死懷公，即位為君，史稱晉文公。從此，秦、晉兩國在整整六年的時間裏一直友好相處，沒有發生過嚴重的衝突。

晉文公對秦穆公的支援和幫助非常感激，他讓太子姬也娶了一位秦國的宗女穆嬴做夫人。父子兩代都和秦國聯姻，進一步加強了兩國之間的友好關係。"秦晉之好"這個成語就是由此而來的。

bān　mén　nòng　fǔ

班門弄斧

釋義

在魯班門前舞弄斧頭，比喻在行家面前賣弄本領。

春秋戰國之際，有個著名的巧匠，傳說姓公輸名般。因為他出生在魯國，"般"和"班"同音，所以稱為魯班。魯班後來到了楚國，就長期住下。當時楚國和越國時常發生戰爭，楚國往往被越國打敗。

為了改變這種戰敗的局面，魯班就替楚國發明了一種名叫"鈎拒"的武器。它在敵人的船隻後退時可以把它鈎住，進攻時可以把它擋住。另外，他又製造了一種攻城用的雲梯。

魯班不僅發明了許多武器，還創造了刨、鑽等木作工具，修建過不少橋樑和宮殿，因此後來的建築工匠都把他尊為"祖師"。

　　巧匠魯班的名聲，代代相傳。到了明朝，有個文人梅之渙，到採石磯遊覽，沿江走去，見唐代大詩人李白的墓前被人題滿了詩句，卻沒有一句高明的。

　　於是他也寫了一首詩："採石江邊一堆土，李白之名高千古。來來往往一首詩，魯班門前弄大斧。"

十畫

班門弄斧　班荊道故

出處

唐・柳宗元《王氏伯仲唱和詩序》："操斧於班①、郢②之門，斯強顏耳。"宋・歐陽修《與梅聖俞書》："昨在真定，有詩七、八首，今錄去，班門弄斧，可笑可笑！"

註：①班：魯班，古代的巧匠。②郢：郢人，楚國郢都的巧匠。

bān　jīng　dào　gù

班荊道故

釋義　坐在鋪開的荊條上，共商回國的事情。後指朋友重逢，共話舊情。

　　春秋時代，楚國的伍參和蔡國的子朝是很好的朋友，他們的兒子伍舉和聲子也從小相識，兩代世交，結成了深厚的友誼。

　　伍舉長大以後，娶了王子牟的女兒做妻子。楚康王十三年，王子牟因犯法獲罪，逃亡國外。有人到令尹（楚國執政官）子木那裏去中傷伍舉說："王子牟逃跑，是伍舉送他走的。"子木信以為真，就下令逮捕伍舉。

　　伍舉得到消息，來不及同家人告別，就匆匆忙忙地隻身逃到鄭國。由於鄭國一向臣服於楚國，地理上又跟楚國靠得很近，伍舉感到不太安全，決定繼續北走，出奔到晉國去。

　　一天拂曉，伍舉很早起身，背起簡單的行裝出發了。當他走到鄭國都城新鄭郊外的時候，忽聽背後有人叫他，回頭一看，不禁又驚又喜。原來叫他的人是聲子。這兩位從小相親而又多年不見的好朋友，竟會在異國的土地上意外相逢，感到十分高興。於是，他們就折

出處

《左傳・襄公二十六年》：「伍舉奔鄭，將遂奔晉。聲子將如晉，遇之於鄭郊，班①荆②相與食，而言復故③。」

註：①班：鋪開。 ②荆：一種灌木，枝條柔韌。 ③故：事。

下路邊的荆條鋪在地上，相對而坐，同時拿出乾糧來邊吃邊談。

伍舉把自己不幸的遭遇告訴給聲子聽。他一面講，一面流淚説："岳父的事情我並不了解。我完全是無辜的，今天被迫離開楚國，不知道何年何月才能重返家園！"聲子聽了，對好友的遭遇非常同情，就安慰他説："兄長，你走吧，這次我也要到晉國去，正好和你同行。你先暫時在晉國住下來，我一定盡最大的努力，幫助你重新回到楚國！"

當時，晉、楚兩國為了爭奪中原地區的霸權，經常發生戰爭。在伍舉出奔晉國後不久，宋大夫向戌聯絡了齊、秦、鄭、魯、陳、蔡等諸侯，準備出面為晉、楚兩國調停。聲子被派到晉國去聯繫諸侯會盟的事。

聲子在晉國辦完事後，就高興地去看望伍舉，對他説："兄長，回國的時機快要到了，你等着聽我的好消息吧！"伍舉緊緊握着聲子的雙手，感激得説不出話來，兩行熱淚不禁奪眶而出。

聲子告別伍舉後來到楚國。令尹子木問他："晉國的大夫中人才多不多？"聲子説："多得很！個個才華出眾，楚國是根本比不上的。"子木問："他們是怎麼物色到的？"聲子説："用不到物色，這些人都是從楚國跑過去的。"子木奇怪地問道："楚國的人怎麼肯為晉國所用呢？"聲子説："楚國用刑太濫，有才能的賢人經常無辜得罪，所以他們都逃亡到晉國去。"

聲子接着説："現在楚國的賢大夫伍舉又被迫出走了。他的岳父王子牟犯了法，本來同他毫不相干。可是有人竟橫加誣衊，伍舉無法申辯，只好逃亡到晉國去。如果他假手晉國來報私仇，楚國就休想太平了！"子木聽罷，心裏十分驚慌，馬上去請楚康王赦免伍舉，並宣佈增加他的爵祿，派人到晉國去接他回來。伍舉終於在聲子的幫助下，重新回到了楚國。

zhèn bì yī hū

振臂一呼

釋義 揮動手臂，一聲號召。

出處 《文選・李陵〈答蘇武書〉》：「然陵振①臂一呼②，創病③皆起。」

註：①振：揮動。 ②呼：呼喚，號召。 ③創病：傷員病人。

西漢時代，北方匈奴時常侵擾邊境。公元前 100 年，匈奴且鞮（jūdī，粵：追低）侯單于新立，派使者來長安修好。漢武帝劉徹以禮相待，並派侍中蘇武出使匈奴，增進雙方友誼。

武帝怕匈奴反覆，另派騎都尉李陵率領五千人馬，往酒泉、張掖一帶去屯兵練武，以防不測。蘇武和李陵是好朋友。散朝後，兩人相互勉勵，日後定要盡力報效朝廷。

蘇武到了匈奴，匈奴果然背信棄義，將他扣留並多方威脅誘降。蘇武始終堅貞不屈，匈奴只得把他遷到北海邊放羊。公元前 99 年，漢武帝命令貳師將軍李廣利統率大軍進攻匈奴，又準備派李陵擔任李廣利的後勤，負責運送武器、糧草。

李陵是名將李廣的孫子，認為自己部下五千人都是能征慣戰的勇士，所以情願獨當一路進擊匈奴，不願從屬貳師將軍。漢武帝知道他看不起李廣利，便說：「這次征戰人馬很多，可沒有馬匹撥給你啊！」李陵說：「用不着馬匹。臣願以少擊眾，步兵五千人足可直搗匈奴巢穴！」漢武帝見他氣概豪邁，也就答應了。

九月底，李陵率步兵五千人北上，走了四十多天，來到浚稽山下寨，畫成地圖並擬訂作戰計劃，派人回京奏明武帝。不久，漢軍與三萬匈奴騎兵遭遇。匈奴兵多，把漢軍四面包圍起來。李陵統率士兵在開闊地上佈陣，前隊手持戟、盾，後隊緊握弓、弩，等待敵人進攻。

匈奴兵見漢軍不多，又都是步兵，便從四面逼上。漢軍前隊挺戟和敵人搏鬥，後隊千弩俱發，箭如雨下。初接戰，匈奴傷亡很大。單于大驚，下令撤退。漢軍乘勢追擊，又殺死匈奴兵兩千多人。單于又調來八萬騎兵進攻李陵，他發覺漢軍孤立無援，打算將他們一舉殲滅。李陵估計到雙方實力相差太遠，一邊抵抗一邊向南撤退，又殺死匈奴兵三千多人。漢軍也有不少傷亡。

李陵領兵朝東南方向走了四五天，退到一大片長滿蘆葦的沼澤地帶。匈奴兵緊追不捨，在上風放火。李陵也叫士兵放火，燒掉陣前蘆葦，免得火勢延綿燒到營中。匈奴兵發動攻勢。漢軍一面拼死肉搏，一面用連弩殺傷敵人。單于想：漢軍邊戰邊退，是不是引我南下，前面埋有伏兵？便打算退兵。

單于手下的將領卻竭力反對。他們認為己方有騎兵十萬之眾，而不能殲滅漢方五千步兵，以後漢方勢必越發輕視匈奴了。單于終於決定再一次組織進攻。雙方激烈搏鬥，匈奴兵又傷亡了兩千多。單于又想撤退，這時，有個被上司辱罵了幾句的漢軍小軍官管放竟投降匈奴，把漢軍只有三千多人、弓矢將盡、沒有援軍等等內情，都告訴了單于。

單于大喜，放心大膽進攻。匈奴兵喊成一片："李陵、韓延年（李陵副將）趕快投降！"李陵揮動手臂，高呼："奮勇殺敵！"那些受了傷的士兵和病號們全部拿起武器，和敵人拼殺。雪地冰天，矢盡糧絕，漢軍連續廝殺了兩天，韓延年陣亡，好多士兵英勇獻身，衝出重圍的只有四百多人，李陵也被匈奴兵俘虜了。

漢武帝得到敗報，十分震怒。到了公元前 97 年，武帝聽說李陵已經降敵，並為匈奴出謀劃策抵禦漢軍，便下令殺死李陵的家屬。其實這消息並不確實。

不久，匈奴單于把女兒嫁給李陵，封李陵為右校王。這時遠在北海邊牧羊的蘇武給李陵寫了一封信，一方面問候老友，一方面責備他不該背漢降敵。

李陵接到這封信，既傷感又慚愧，就寫了一封回信，敍述他當初出擊匈奴、冒死血戰的情形，解釋自己降敵乃是出於不得已；同時也譴責漢武帝負德寡恩，殺了他的全家。

信中有這樣的話："陵振臂一呼，創病皆起，舉刀指虜，胡兵奔走。"敍述自己雖然處於逆境，還是和士兵奮勇殺敵。李陵後來病死在匈奴。公元前 81 年，因匈奴與漢和好，蘇武才被遣送回朝。

cǎo jiān rén mìng 草菅人命

釋義

菅（jiān，粤：奸）：茅草。「草菅人命」，形容把人命看得跟野草一樣。指輕視人命，任意殺害。艾，通「刈」（yì，粤：艾），割草。

出處

《漢書・賈誼傳》：「故胡亥今日即位而明日射人，忠諫者謂之誹謗，深計者謂之妖言，其視殺人若艾草菅然。」

賈誼，西漢政論家、文學家，洛陽人。他在做梁懷王太傅時，給漢文帝上了一道名為《治安策》的奏疏，論述了秦王朝由於實行嚴刑峻法，導致二世而亡的歷史教訓。

秦王朝崇尚刑罰，提倡以吏為師。秦始皇讓宦官趙高做他小兒子胡亥的老師。趙高教的是刑戮之法，不是砍頭割鼻，就是滅人三族，胡亥於是嗜殺成性。

秦始皇病故，趙高和丞相李斯幫助胡亥篡奪皇位，成為“秦二世”。胡亥擔心大臣不服和諸公子與他爭位，問計於趙高。趙高説：“只有用嚴刑峻法把先帝大臣及諸公子全部消滅，陛下才可以高枕無憂。”

胡亥聽信趙高之言，將公子十二人戮死於咸陽，公主十人磔死於杜，牽連的人無數。蒙恬、蒙毅是秦國著名將領，也被胡亥處死。

秦王朝在關中有宮殿三百餘所，關外四百餘所，宮妃不可勝數。秦始皇死後，胡亥命後宮無子的宮妃，全部隨秦始皇殉葬。

為建造阿房宮和驪山墓，胡亥徵調了各地的刑徒、民夫七十萬人。為了不使墓內秘密泄露，秦始皇屍體一入墓，胡亥不待工匠出來，就下令封閉墓門，把他們全部活埋在裏面。

右丞相去疾、左丞相李斯、將軍馮劫，見胡亥殺人太多，徭賦繁重，引起百姓造反，便上書勸諫胡亥減輕賦役，暫停建造阿房宮。

胡亥卻以忠諫為誹謗，責令辦他們的罪。去疾、馮劫自殺；李斯下在獄中，後來也被腰斬於咸陽鬧市。

胡亥把朝政交給趙高掌握，自己天天尋歡作樂。有一次，他到上林苑（皇家獵園）遊玩打獵，見一行人進入上林苑，竟無緣無故地用箭將他們射死取樂。

胡亥視人命如同草芥，枉殺無辜，不僅沒有鞏固秦王朝的統治，相反激化了社會矛盾。隨着陳勝、吳廣的揭竿起義，秦王朝終於滅亡了。

前車之覆，後車之鑒。賈誼的《治安策》引古諷今，婉轉地批評了漢文帝。當時，漢朝功臣侯周勃正免相在家，常有河東守尉來巡行。周勃擔心被讒害，經常戴盔披甲，命令家人拿着武器與守尉相見。

後來，有人上書誣告，説周勃要造反。漢文帝偏聽輕信，命令廷尉（執掌刑獄）將周勃逮捕，關在長安獄中。

經過審訊，證明周勃是無罪的，漢文帝將他放了出來，恢復了官爵。

漢文帝讀了賈誼的《治安策》，採納了他的意見，從此對大臣的處理採取慎重態度，不再濫施刑罰。

唇亡齒寒

春秋時，晉獻公因為虢（guó，粵：隙濁聲）國經常侵犯晉的邊境，便打算出兵一舉消滅虢國。大夫荀息獻計説："虢與其鄰國虞唇齒相依，最好向虞公借道，可以今日取虢而明日取虞。"

晉獻公對於虞公肯不肯借道很沒把握。荀息卻説，只要送上垂棘出產的美玉和屈地出產的良馬，虞公貪賂，不會不答應的。垂棘的美玉和屈地的良馬是晉獻公兩件珍愛的寶貝，一時有點捨不得。荀息説："等滅了虢，虞決不能獨存，您只不過暫時將美玉寄放在虞公處，將良馬養在他的馬廄裏罷了。"

荀息説服了晉獻公，帶上美玉、良馬，出使虞國。虞公見晉使送來這麼好的禮物，頓時眉開眼笑，答應借道給晉國。

虞國的大臣宮之奇向虞公諫道："俗話説：'唇亡齒寒。'失去了嘴唇，牙齒也就難保了。虞、虢兩國，唇齒相依，虢國一亡，虞國也就跟着完了。借道是萬萬不行的！"虞公不聽宮之奇的勸諫，收下了美玉、良馬，讓晉兵借道攻打虢國。

宮之奇見虞公執迷不悟，為了避禍，只好帶着家族離開虞國，一路無可奈何地歎道："虞國很快就要滅亡，看來連這個年都過不成了！"

晉軍通過虞國，直攻虢都。虢軍根本沒想到晉軍會從虞國那邊過來，措手不及，一下子被晉軍消滅了。晉軍滅掉了虢國，從原路回師。虞公親自到城外迎接晉軍，慶賀勝利。晉軍趁其不備，蜂擁而上，將虞公及其大臣統統捉住。晉軍搜到虞國送的美玉和良馬。虞公見了，懊悔當初不聽宮之奇"唇亡齒寒"的勸諫，但哪裏還來得及呢！

出處

《左傳‧僖公五年》："晉侯復假道於虞以伐虢。宮之奇諫曰：『虢，虞之表也……虢亡，虞必從之……諺所謂：輔車相依，唇亡齒寒者，其虞、虢之謂也。』"

cuò huǒ jī xīn

厝火積薪

西漢有名的政論家賈誼，在做梁懷王太傅（輔導太子的官員）時，看到西漢表面上好像"天下已安"，實際上問題很多，因此，就針對這些問題，寫了一篇《治安策》。

《治安策》對當時形勢作了一個形象的比喻，就是"抱火厝之積薪之下而寢其上"，意思是一個人把火放在柴堆下，自己卻躺在柴堆上，這個局面是多麼危險呀！

賈誼為甚麼作這樣的比喻呢？因為漢初大封同姓諸侯王，形成地方割據勢力，與中央政權尖銳對立。賈誼在《治安策》中舉了幾個例子：前幾年，漢文帝的親弟弟淮南厲王劉長謀反，最後陰謀敗露，被召回京都。

群臣主張依法處死劉長，文帝不忍，只是廢了他的王號，放逐到蜀郡嚴道。劉長在半路上絕食自殺。早於淮南王謀反的，更有濟北王劉興居。劉興居是漢文帝的姪子，他出動軍隊，攻城掠地，想要襲取滎陽。叛亂不得人心。劉興居的軍隊被打得大敗，最後他也自殺了。

釋義

指把火放置在堆積的柴草下邊，比喻潛伏極大危機。

出處

《漢書‧賈誼傳》："夫抱火厝①之積薪②之下而寢其上，火未及燃，因謂之安，方今之勢，何以異此！"

註：①厝：通"措"，放置。②薪：柴草。

又有人來向朝廷告發，指出吳王劉濞 (pì，粵：譬) 不遵守朝廷法度，暗中招納各地亡命之徒，擴張自己的勢力。

賈誼認為諸侯王割據問題非常嚴重，必須及時採取措施。漢文帝看了《治安策》，同意賈誼的意見，下令把封地最大的齊國和淮南國分成好幾個小國，初步削弱了諸侯王的勢力，加強了中央集權。

pò fū chén zhōu
破釜沉舟

秦朝末年，陳勝、吳廣揭竿而起，接着，劉邦、項羽等紛紛回應，發展壯大了起義隊伍。起義軍在許多地方同秦朝的軍隊進行了激烈的戰鬥。

公元前207年，秦將章邯帶領三十萬大軍，將趙地鉅鹿包圍起來；章邯本人親自帶着一支精兵駐在鉅鹿城南，揚言誰敢去救鉅鹿，他就打誰。楚地起義軍領袖，派上將軍宋義和副將項羽率兵前去救援。可是害怕秦軍的宋義到了安陽就不再下令前進，一連四十六天按兵不動。眼看天氣轉冷，寒雨綿綿，士兵又受凍又捱淋，都抱怨起來。

項羽見士兵都願意進軍作戰，便殺了宋義，走出帳外對大家說："宋義陰謀叛變，我已奉令將他斬首。"將士當即擁護項羽為代理上將軍，表示願服從命令進軍鉅鹿。

項羽先派英布等將領，帶着三萬楚兵渡過漳河。英布很快打敗鉅鹿周邊的秦軍，佔領了漳河。接着，項羽指揮大隊人馬渡河。等部隊到了對岸，項羽下令：把渡河的船隻統統鑿沉！不但如此，還叫戰士只帶上三天的乾糧，然後，將做飯用的鍋子、瓦罐全部砸個粉碎，表示誓死一戰的決心。

秦將王離聽說項羽破釜沉舟，暗暗笑他不懂兵法，連退路都不給自己留一條，於是帶着一支秦兵，來同項羽交戰。哪裏想到，項羽正是下定了必死的決心，這才破釜沉舟的呢！

項羽部下將士果然誓死決戰，有進無退，才一交鋒，便將秦軍殺得大敗。王離一看不妙，撥轉馬頭就逃。王離逃回營中，訴稱項羽如何英勇。章邯當即將秦軍分為九隊，下令說，交戰時先引誘項羽深入，然後九路人馬一齊包圍上去，項羽本領再大，也休想逃脫。

戰鬥開始了，項羽催動烏騅馬，猛虎一般撞入秦軍陣營。他根本不怕章邯設下的包圍，哪裏秦兵多，就往哪裏衝，將秦兵殺得人仰馬翻，死傷無數。戰鼓雷鳴，殺聲震天，楚軍戰士無不以一當十，把秦軍殺得落花流水。王離被活捉當了俘虜；章邯眼見兵敗，帶着殘兵敗將逃跑。楚軍獲得了大勝。

出處 《史記‧項羽本紀》：「項羽乃悉引兵渡河，皆沉船，破釜①甑②，燒廬舍，持三日糧，以示士卒必死，無一還心。」

註：①釜：古代炊器，狀如鍋子。②甑：古代蒸食炊器。

pò　jìng　chóng　yuán

破鏡重

昌公主，是南朝陳的末代國君陳叔寶的妹妹。陳氏不僅姿容美麗，而且文才出眾。她丈夫是陳的太子舍人徐德言。夫妻倆情投意合，十分恩愛。

徐德言觀察到當時社會上許多腐敗現象，預料陳朝很快就會發生大亂，他把自己的憂慮告訴了樂昌公主。陳氏心裏也很難受，她不敢設想他們夫妻以後會有甚麼遭遇，只是垂下了頭，心中悶悶不樂。

徐德言轉身從梳妝台上取來一面銅鏡，把它一劈為二。他把半塊銅鏡遞給陳氏說：「萬一今後我倆失散，你就叫人在正月十五這天拿着它上街去賣；如果我還活着，一定會在這一天去找它。我只要看到這破鏡，就能和你見面了。」

釋義 比喻夫妻失散或離異後重新團聚。

出處

唐・孟棨《本事詩・情感》記載：南朝陳國駙馬徐德言於國家將亡、夫妻可能分離時，打破一面銅鏡，與妻子各拿一半，作為以後重逢時的憑證。後來夫妻離散，最後果然靠這兩半破鏡得以重新團聚。

果然，沒有多久，陳朝就被隋文帝滅亡了。滅陳有功的楊素，被封為越國公，並得到了許多賞賜，其中包括陳氏及女妓十四人。陳氏在楊素家裏，雖然過着奢華生活，但她時時撫弄破鏡，心中始終惦念着徐德言。

再說徐德言在戰亂中避難到很遠的地方，後來為了尋找妻子，又設法回到京城，租了一間房子，暫且安頓下來。更深夜靜時，他獨自坐在燈下，凝視着半面銅鏡，思念妻子，等待正月十五這一天的到來。

總算盼到了正月十五。這天一早，徐德言用布把破鏡仔細包好，揣進懷裏，來到街上，在人群中尋找“賣鏡人”。

他突然發現有一個老人站在高處，手中拿着半面銅鏡高聲叫賣，四周圍着許多看熱鬧的人。大家七嘴八舌地在嘲笑：這個老頭莫非瘋了，半片破鏡居然要賣這麼高的價錢，簡直比黃金做的還貴。

徐德言好不容易擠進了人群。他從老頭手裏接過鏡子，思緒萬千，手也顫抖了。他對老人說：“賣給我吧。”周圍的人被德言這種舉動弄糊塗了。大家議論說：看來這個人也好像着了魔。

徐德言把老人請到家裏，擺上飯菜來款待他，自己卻不去動筷，而是把兩面破鏡捧在手中，看了又看。

原來老人是越公府裏的老僕人，他看到德言如此模樣，心裏也很受感動，於是就把陳氏如何吩咐他上街“賣鏡”的情形，一五一十地告訴了徐德言。他縱有千言萬語，也不知說甚麼好。於是拿起筆來，寫了一首詩交老人帶給陳氏：“鏡與人俱去，鏡歸人不歸；無復嫦娥影，空留明月輝。”

老僕人把詩箋交給了陳氏，並把前後情形點滴不漏地向她稟報了。陳氏聽着聽着，辛酸的眼淚奪眶而出，她把詩箋攤在書案上，整天泣不成聲，一連幾天，茶飯不進。楊素知道了事情的來龍去脈，覺得還是把陳氏送還徐德言為好。他把徐德言請了來，讓陳氏隨徐德言回去。

迴光返照

huí guāng fǎn zhào

海棠宴後，寶玉的命根子"通靈寶玉"丟了，從此失魂落魄，瘋瘋癲癲，儘管延醫吃藥，總不見效。賈母、王夫人想起"金玉姻緣"，為了給寶玉沖喜，決定替他完婚，把寶釵娶過門來。

寶玉愛的本是黛玉，怕他知道娶的是寶釵，不但不能沖喜，反而是催命了。為此，鳳姐出了個"掉包兒"的主意，對寶玉只說娶的是林妹妹，吩咐上下人等不准走漏風聲。

一天，黛玉帶着紫鵑到賈母處，出了瀟湘館，忽然想起忘了手絹，叫紫鵑回去取，自己慢慢地走着等她。剛到沁芳橋邊，忽聽有人在嗚嗚咽咽地哭，到了跟前，卻見一個濃眉大眼的丫頭正在那裏掉淚。

黛玉問道："你為甚麼在此傷心？"那丫頭又流淚道："林姑娘，你評評這個理：她們說話，我又不知道；我就說錯了一句，我姐姐也犯不着就打我呀！"

黛玉不懂她說的是甚麼，笑着問道："你姐姐是誰？你叫甚麼名字？你姐姐為甚麼打你？你說錯了甚麼話？"那丫頭道："我叫傻大姐，我姐姐叫珍珠。因為我說了寶二爺要娶寶姑娘的事，她就打我。"

黛玉聽了這句話，如同一個疾雷，心頭亂跳。略定了定神，引那丫頭到葬桃花的背靜處，問道："寶二爺娶寶姑娘，她為甚麼打你呢？"傻大姐道："老太太和太太、二奶奶、姨太太商量了，把寶姑娘娶過來，頭一宗，給寶二爺沖甚麼喜；第二宗——"說到這裏，又瞅着黛玉笑了笑，才說道："趕着辦了，還要給林姑娘說婆婆家呢。"

黛玉已經聽呆了。那丫頭又道："我又不知她們怎麼商量不叫人吵嚷，只說了句：'明天更熱鬧了，又是寶姑娘，又是寶二奶奶，這可怎麼叫？'我姐姐走來就打我嘴巴，說我不遵上頭的話，要攆我出去！"說着，

釋義 口落時因光線反射，天空又短時間地發亮，比喻人將死時神志忽然清醒或短暫的興奮；有時也比喻事物滅亡前表面上的短暫繁榮。

十畫

迴光返照

229

又哭了。

那黛玉此時心裏，甜苦酸鹹，說不出甚麼味道。停了一會，顫巍巍地說：「你別混說了，叫人聽見又要打你。你快去罷。」說着，自己轉身要回瀟湘館去。可是她只覺得身子彷彿千斤重，腳下發軟，走了半天，還沒到沁芳橋畔。紫鵑取手絹回來，只見黛玉恍恍蕩蕩，眼睛迷迷癡癡的，忙問道：「姑娘，要往哪裏去？」黛玉也只模糊聽見，隨口應道：「我問問寶玉去。」

黛玉說：「寶玉，你為甚麼病了？」寶玉笑道：「我為林姑娘病了。」襲人嚇得面目改色，忙用言語岔開，吩咐秋紋說：「你和紫鵑姐姐送林姑娘去罷。你可別混說話。」

黛玉出了賈母院門，不用丫頭攙扶，走得比往常飛快。離瀟湘館不遠，只見黛玉身子往前一栽，「哇」的一聲，一口鮮血直吐出來。紫鵑見黛玉幾乎暈倒，忙與秋紋把她扶住，攙到屋內。過了一陣，黛玉甦醒過來。此後，雖醫藥不斷，黛玉的病，卻越來越重。

到了次日，賈府大奶奶李紈來看時，黛玉口內尚有一絲微氣不斷，卻連一句話、一點淚也沒有了。就在這天夜裏，離瀟湘館很遠的一處跨院中燈燭輝煌，笙簫齊奏，寶玉正在這兒與寶釵拜堂成親。寶玉原以為娶的是黛玉，待揭開蓋頭見是寶釵，哭着問道：「老爺說給我娶的是林妹妹，怎麼寶姐姐來了？」

他哪裏知道，黛玉白天已昏厥過幾次。到了晚間，黛玉卻又緩過來了。紫鵑端了一盞桂圓湯和的梨汁，給她灌了兩三銀匙。黛玉閉着眼靜養了一會，覺得心裏似明似暗的。李紈見黛玉略緩，明知是迴光返照的光景，料着還有半天耐頭，便回稻香村去了。

黛玉睜眼攏住紫鵑的手說：「我是不中用的人了！你服侍我幾年，我原指望咱們總在一處，不想我……」說着，又喘了一會，閉了眼歇着。紫鵑原以為她可以回轉，聽了這話，心又寒了半截。

半天，黛玉又說道：「妹妹！我這裏並沒親人，我的身子是乾淨的，你好歹叫他們送我回去！"說到這裏，又閉眼不言不語，那握着紫鵑的手卻漸漸緊了，喘吁吁地只出氣大、入氣小，已經促疾得很了。

紫鵑慌忙叫人請李紈，可巧探春來了。紫鵑忙說："三姑娘！瞧瞧林姑娘罷！"說着淚如雨下。探春摸了摸黛玉的手，已經涼了，連目光也都散了。兩人正哭着叫人端水來給黛玉擦洗，李紈趕忙進來了。

三人不及說話，剛擦着，猛聽黛玉直聲叫道："寶玉！寶玉！你好……"說到"好"字，便渾身冷汗，不作聲了，那汗越出，身子便漸漸地冷了。探春忙叫人給她攏頭，只見黛玉兩眼一翻斷了氣。她哪知道，此時寶玉正在與寶釵拜堂呢！

氣壯山河
qì zhuàng shān hé

趙鼎，北宋末年解州聞喜縣人。他出身清寒，四歲就死去了父親，在母親樊氏的教育下刻苦用功，年輕時就已經通讀了經史百家著作。公元 1106 年，趙鼎考中了進士。因為他敢於上書直言，批評權貴，在士大夫中間樹立了名聲。後來，他擔任河南洛陽令時，受到了宰相吳敏的賞識，被提升為開封士曹。

公元 1125 年，北方女真族建立的金國，在滅亡了遼國以後，隨即分兩路出兵，大舉南侵。西路由宗翰率領，進取太原；東路由宗望率領，進取燕京。他們計劃在開封會合，一舉滅亡宋朝。

公元 1126 年，西路金軍攻陷太原，和東路會合，迅速揮軍南下。昏庸懦弱的宋欽宗慌得六神無主，連忙召集百官到朝廷來商議。不少大臣主張割讓土地向金求和，有的甚至痛哭流涕地向宋欽宗請求說："不割地將會有亡國之禍。"這時趙鼎站出來說："祖先遺留下來的土地怎能夠送給別人？這種意見根本不需要考慮！"

可是，被金軍嚇破了膽的宋欽宗決心屈膝投降。當

釋義 多形容人的英雄氣概和獻身精神悲壯激烈，可歌可泣。「氣作山河壯本朝」，意思是說死後豪氣將化作山河，來激勵本國的民心和士氣。後來簡化成「氣壯山河」。

出處

宋·陸游《老學庵筆記》卷一：「趙元鎮丞相謫朱崖，病亟，自書銘旌雲：『身騎箕、尾歸天上，氣作山河壯本朝。』」

宗翰派使者到東京開封來要求得到黃河以北的全部土地時，宋欽宗竟然表示"一一聽命"，把大好的河山拱手讓給敵方。野心勃勃的金國統治者，看到宋欽宗懦弱可欺，就一面進行和談，一面繼續派兵南下。金軍先頭部隊到達東京城外。不等城破，宋欽宗就親自到金營中去乞求投降。

公元 1127 年，金軍統帥宗翰扣留了宋欽宗，命令將士進城搶掠，搜刮了大量金銀財寶，然後把欽宗和他的父親徽宗一起俘虜到北方去。北宋滅亡了。宗翰北撤以前，召集宋朝大臣，準備立投降派頭目張邦昌做傀儡皇帝。趙鼎和另一位主戰派大臣張浚不願參加，逃到太學裏躲了起來。

後來宋欽宗的弟弟康王趙構在南京即位，建立了南宋王朝，史稱宋高宗。在即位以後的一段時間裏，為了激勵士氣，保住宋朝的半壁江山，他不得不起用李綱、宗澤、張浚等主戰派代表人物來主持朝政。

趙鼎也被任命為右司諫。在任職期間，他不畏權勢，敢說敢為，前後一共奏事四十件，被朝廷採納了三十六件。宋高宗對他非常器重，親自下令破格提拔他為殿中侍御史，後來又升任御史中丞（主管監察和執法）。

由於金兵不斷南侵，逼近長江，宋高宗被迫撤到會稽。公元 1130 年，抗金名將韓世忠在黃天盪大敗金兵。宰相呂頤浩請宋高宗下詔北伐，趙鼎認為時機不夠成熟，極力勸阻。呂頤浩對趙鼎不肯附和自己感到非常惱火，就請高宗改任趙鼎為翰林學士。趙鼎不肯接受，閉門不出，上疏指責呂頤浩為了私怨排擠自己。高宗下詔罷免呂頤浩，讓趙鼎重新擔任御史中丞，對他更加信用。

公元 1133 年，湖北重鎮襄陽淪陷，朝廷震動。這時趙鼎已升任參知政事（副宰相），極力推薦名將岳飛去收復襄陽，同時派韓世忠屯兵泗上，劉光世北出陳、蔡，互相聲援。第二年夏天，岳飛收復了襄陽等六郡，穩定了局勢。

主和派頭目秦檜，曾經當過宰相，是個陰險狡詐的人，由於結黨專權被罷職。趙鼎曾和張浚議論過秦檜的為人，張浚對他非常讚賞，趙鼎卻說：「這個人如果得志，我們將要沒有立足之地了！」

公元 1138 年，秦檜第二次被任命為宰相。他迎合宋高宗偏安江南的心理，極力主張同金國講和，遭到趙鼎的反對。秦檜就乘機在高宗面前離間和排擠趙鼎。趙鼎漸漸失去了高宗的信任，後來被貶謫到外地去做地方官。

離京赴任的那天，秦檜假惺惺地率領眾朝臣來為趙鼎置酒餞行。趙鼎根本不願領情，只用輕蔑的眼光看了他一下，兩手一拱就拂袖而去。秦檜在眾朝臣面前討了個沒趣，從此更加憎恨趙鼎。他利用權力，不擇手段地先後把趙鼎貶謫到泉州、興化、漳州和潮州等地，最後一直流放到邊遠的朱崖。趙鼎在朱崖住了三年，終日深居不出，連從前的門生和下屬都不敢來看他。只有當地駐軍將領張宗元有時派人給他送來一些酒和糧食，幫助他維持生活。

有人把情況報告給秦檜。秦檜知道趙鼎在這樣的環境中不會活得太長，就下令地方官按月向他呈報趙鼎是否死亡的消息。公元 1147 年，趙鼎得了重病。他把兒子趙汾叫到牀前，悲憤地說：「秦檜是一定要殺害我的。我不死的話，他可能也會對你們下毒手；我死了以後，就可以不再連累你們了。」他叫兒子拿來一面銘旌，親自寫了兩句話：「身騎箕尾（星宿名。古人認為死去就是騎箕、尾升天）歸天上，氣作山河壯本朝。」表達了他忠於南宋王朝的思想感情。幾天以後，他就不食而死，終年六十二歲。

chéng fēng pò làng

乘風破浪

宗愨（què，粵：確），南北朝時南朝宋人。他出生在南陽涅陽，小時候就懷有遠大的抱負。叔父曾

釋義

趁着風勢，衝浪前進。比喻不畏艱險，勇往直前。常含有施展遠大抱負的意思。

出處

《宋書‧宗愨傳》：「愨年少時，（叔父）炳問其志，愨曰：『願乘長風破萬里浪。』」

經問他：「你的志向是甚麼？」他回答說：「願乘長風，破萬里浪。」叔父聽了，感到很驚奇。

在宗愨的少年時代，社會比較安定，一般人都棄武習文，想通過學文取得一官半職。但宗愨卻喜歡武藝，很多人認為他沒有出息，都看不起他。

宗愨十四歲那年，他的哥哥宗泌娶妻，全家都喜氣洋溢地忙着辦喜事。誰知半夜裏突然有一夥強盜乘機闖進來搶劫，家裏人都嚇得四散奔逃，唯獨宗愨挺身而出，把十幾個強盜打跑了。

公元 446 年，宋文帝派交州刺史檀和之討伐林邑。那時宗愨已是一個英武的青年，他自請參戰。宋文帝很讚賞他的勇敢，批准他參戰，並封他為振武將軍。

作戰時，林邑兵放出受過訓練的象群。成群的大象撒開四蹄向宋軍猛衝過去，宋軍抵擋不住，狼狽地敗下陣來。宋軍接連失利，主帥不知所措，非常憂慮。這時，宗愨獻計說：「我聽說獅子能鎮壓百獸，我們可以用假獅子鎮住大象。」主帥採納了他的建議。

宋軍製作了許多假獅子。兩軍對陣，敵人又放出大象，宋軍推出假獅子來，大象看見獅子嚇得四散奔逃，宋軍趁勢掩殺過去，大獲全勝。

宗愨不但足智多謀，而且胸懷寬廣。他的同鄉庾業，家資富有，每有來賓總是大擺宴席盛情款待。有一次宗愨到庾家作客，庾業說：「宗愨是軍人，慣於粗食，用粗茶淡飯招待就行了。」宗愨毫不介意，飽餐而去。

後來宗愨做了豫州刺史，庾業在他手下任長史（刺史的主要屬官）。宗愨待他很好，從不提過去的事。宗愨的名望越來越高，影響也越來越大。公元 459 年，竟陵王劉誕在廣陵造反，他假借宗愨的名義，欺騙部下說：「宗愨是支援我的。」叛軍聽了，頓覺腰板硬了許多。

及至朝廷派兵討伐，宗慤也在軍中。他單人匹馬繞城高喊：「我是宗慤！」叛軍看到是宗慤前來征討，士氣頓時瓦解。宗慤很快平定了叛亂。

宗慤因功績卓著，晉升為左衛將軍，封洮陽侯。他胸懷大志，努力奮鬥的精神，贏得了世人的尊重，歷代的有志之士都以他為榜樣。「乘風破浪」也便成為一句名言，而使用到今天。

xiào lǐ cáng dāo

笑裏藏刀

釋義

形容人外表溫和客氣，內心卻陰險毒辣。

唐太宗時有個名叫李義府的人，因為善寫文章，被推薦當了官。李義府奉承拍馬的手段很高明，有一次寫了一篇《承華箴》，名為勸誡，實則頌揚。太子李治大為欣賞，並向太宗推薦，賞了他四十疋帛。

李治當了皇帝（即唐高宗）後，李義府也升了官；高宗即位的第六年，打算立武則天為皇后，李義府又極力贊同。從此，他就更飛黃騰達，為高宗所信賴。

李義府外表溫和謙恭，同人說話臉上總掛着甜蜜的微笑，但大臣們知道，他心地極其陰險，因此都說他笑中有刀。

有一次，李義府得知大理寺（最高司法機構）的監獄中關押着一個犯了死罪的女犯，長得很漂亮，便叫大理寺一個名叫畢正義的官員為她開脫罪責，將這個女犯弄出來做自己的小老婆。

大理寺的負責官員發現這件事可疑，便向高宗奏告。高宗要追究畢正義的責任，畢正義知道私放犯人是有大罪的，於是上吊自殺了。畢正義畏罪自殺，而指使畢正義徇私作奸的李義府卻逍遙法外。侍御史王義方感到不平，向高宗奏告李義府是這件事的主謀。高宗存心偏袒，不僅不問李義府的罪，反而將王義方貶到地方上去做小官。

李義府不僅自己籠絡心腹，糾合朋黨，培植親信勢

出處

《舊唐書・李義府傳》：「義府貌狀溫恭，與人語必嬉怡微笑，而褊忌陰賊⋯⋯故時人言義府笑中有刀。」

唐・白居易《新樂府・天可度》詩：「君不見李義府之輩笑欣欣，笑中有刀潛殺人！」

力，還讓他老婆、兒子、女婿向人索取錢財，然後給那些人當上官或打贏官司。日子長了，到李府走門路的人越來越多。

高宗對於李義府和他一家的胡作非為已有所聞，但還是客氣地召見他說：「聽說你兒子、女婿都不謹慎，有不少罪孽，我已多次護你，沒有追究。你回去教訓教訓，叫他們以後注意點。」

李義府聽了這話，勃然變了臉色，問：「誰向陛下這麼說？」高宗知道李義府準是要報復告發的人，便說：「你只需記住我說的話，何必問我從哪裏聽來呢？」李義府只得悻悻而去。

李義府根本不把高宗的告誡放在心上。一天他在宮內看到一份任職名單，馬上想到這又是個勒索錢財的好機會，便把名單默記了下來。回到家中，李義府叫兒子李津去把一個即將任職的人找來，對他說：「你不是要做官嗎？幾天之內詔書就可以下來了，該怎麼謝我？」這人見有官做，當即答應送上七百貫錢。

幾天後詔書發佈，李義府父子單單從一個人身上就撈到了七百貫錢。可是這件事不知怎麼走漏了消息，讓一個反對李義府的大臣知道了。大臣向高宗奏告說，李義府泄漏機密，把皇帝對臣子的恩寵拿去賣錢，罪該萬死。高宗這回再也不能容忍了，下詔斥責李義府，將他父子流放遠方。

公元 666 年，高宗皇帝大赦天下。李義府以為捲土重來的機會到了，但再一打聽，被判流放的人不准回到京城，終於因憂鬱而病死。京城的官員一直擔心甚麼時候高宗會再召李義府回朝當權，聽說他已死，方才放心。

借箸代籌

jiè zhù dài chóu

釋義 表示代人策劃。

出處 《史記·留侯世家》：「漢王方食，曰：『子房前！客有為我計橈楚權者。』具以酈生語告，張良對曰：『臣請藉①前箸②為大王籌③之。』」

註：
① 藉：同「借」。
② 箸：筷子。
③ 籌：籌劃。

公元前 204 年冬，漢王劉邦親自率領部分漢軍，堅守滎（xíng，粵：型）陽，擔負着正面對抗楚軍主力的艱巨任務。

楚霸王項羽，憑藉軍事上的優勢，親自督兵，不斷向滎陽發起猛攻。漢軍據險固守，放箭擲石，使楚軍不得近城。

霸王調集十萬人馬，發誓要掃平滎陽。謀士范增說：「劉邦固守滎陽，無非靠着敖倉（滎陽西北的一個大糧庫）。必須切斷運糧道路，方能拿下滎陽。」項羽採納了他的意見。

楚將鍾離眛帶領一萬精兵，伏擊了漢軍的運糧隊。敖倉守將周勃率領漢軍出擊，結果也吃了敗仗。霸王乘勝將大軍壓向滎陽。

漢王憂心如焚。這時，張良不在身邊，王陵又正病着，怎麼好呢？漢王想到謀士酈食其（yìjī，粵：二姬）曾出過一些好主意，便請他來商量。

酈食其對漢王說：「從前，湯討伐桀，武王討伐紂，都分封了夏、商的後代，使局勢穩定，從而取得了勝利。現在，秦朝失德棄義，滅掉了六國，使他們的後代無立錐之地。如果大王能封六國後代為王，那麼君臣百姓就會感戴大王的德義，這樣勢必使項羽孤立起來，不得不畢恭畢敬地來朝謁大王。」

漢王聽了，頓時轉憂為喜：「先生說得好極了！此事有勞先生督辦。」

酈食其受命代漢王分封六國的後代。他告辭了漢王，一面催促刻製王印，一面整裝待發。

漢王前些天累得寢食不安，現在總算鬆了口氣，便安安穩穩地坐下來用餐。正巧這時張良入見，漢王立刻招呼他道：「子房（張良的字）來得正好，我有一事與你商決！」

張良坐下，漢王便把分封六國後代的打算告訴了他。張良一聽，臉色驟變，說："是誰出的主意？這一下大事可全完了！"漢王大驚失色，把箸放下，將酈食其的話一五一十地兜了出來。

張良一激動，順手抓起筷子，說："請允許我借大王面前的筷子，來指畫當前的形勢，湯伐桀而封夏王朝的後代，是因為湯能夠置桀於死地。現大王有把握制項羽死命嗎？"漢王說："不能。"

張良用筷子在空中一劃，說："這是一不可。武王封紂的後代，是因為他已割下紂的腦袋。眼下大王能得到項羽的腦袋嗎？"漢王說："不能。"張良點點頭："這是二不可。"

張良一連舉了七條不能分封的理由，最後說："天下豪傑棄親離鄉，隨你轉戰南北，無非為日後成功有所得益。如今大王立六國後代為王，他們還有甚麼指望？人心一散，各歸其主，靠誰來幫您打天下？"

漢王聽到這裏，如夢初醒，不禁氣得把嘴裏的飯食都吐了出來，罵道："酈食其這個書呆子，差點壞了大事！"漢王把酈食其找來，大罵一通，吩咐他立即去銷毀正在刻製的六國王印。

張良借箸諫阻成功，使漢王在關鍵時刻避免了一樁嚴重的錯誤。這對劉邦在楚漢戰爭中取得最後勝利，有着深遠的意義。後人就用"借箸"或"借箸代籌"，來表示代人策劃。

yǐ mǎ kě dài
倚馬可待

袁宏是東晉著名的文學家和史學家。他年輕時家境貧困，曾經受僱於大戶人家，在長江裏運輸租米等貨物。當時，豫州刺史謝尚正駐守在歷陽，附近的牛渚山是江防重地，風景也很秀麗。一天晚上，月白風清，氣候爽人，謝尚身穿便服，帶着幾位賓客，到江上去泛舟遊覽。

船兒在緩緩地靠近牛渚，皎潔的明月斜掛在東南的山頭上，照得江面波光粼粼，使人眼花繚亂。忽然，一陣悠揚悦耳的吟詩聲，隨着江上的微風清晰地傳送到謝尚的耳中。

謝尚也是個博學多才的名士，詩書讀得很多。他從傳來的吟詠聲中聽出那是一首五言詩，但自己從來沒有讀到過。仔細品味，只覺得文辭優美，音調鏗鏘，令人讚不絕口。於是立刻叫賓客去尋問吟詩的人是誰。

過了一會，賓客回來報告說：吟詩的人叫袁宏，是停泊在牛渚山下一艘貨船上的傭工。謝尚吩咐馬上把他請來。袁宏來到謝尚船上，謝尚把他迎進艙中，見他雖然身穿青布舊衣，顯得有些寒傖，但眉宇之間仍然流露出一股清秀俊逸的神氣。經過交談，謝尚知道袁宏吟詠的是他自己創作的詠史詩，不由高興地把他稱讚了一番。

這一夜，就在兩人促膝交談之中度過了。第二天早晨，謝尚親自把袁宏送下船去，囑咐他運完了貨物就到州府裏來找自己。由於謝尚的接見和賞識，本來默默無聞的袁宏，一下子就在士大夫中出了名。

不久，袁宏被謝尚召聘到州裏當了參軍。後來大司馬桓溫聽到他的文才，又把他請去擔任記室，讓他主管府裏的文書起草工作。由於刻苦好學和實際工作的鍛煉，袁宏的文章越寫越好，名聲也與日俱增。

桓溫是個很有權謀的人，由於屢建戰功，漸漸地把軍事大權集中到自己的手中，個人野心也開始露頭，因而引起了朝臣們的疑慮和不滿。忠於東晉王朝的袁宏，了解桓溫的企圖後，就不可避免地和他發生了矛盾。

有一次，袁宏寫了一篇著名的《東征賦》，其中頌揚了東晉的許多知名人士，卻只字不提桓溫的父親桓彝。他還特地對人說：「我的文章決不寫到桓宣城（指桓彝，他曾官為宣城太守）！」

其實桓彝是在戰爭中為國犧牲的。對於東晉王朝來說，他不失為一個忠臣。袁宏不寫他，只是出於對桓溫

出處

南朝・宋・劉義慶《世說新語・文學》：「桓宣武北征，袁虎時從，被責免官，會須露布文，喚袁倚馬前令作。手不輟筆，俄得七紙，殊可觀。」

唐・李白《與韓荊州書》：「請日試萬言，倚馬可待。」

的不滿。他的朋友伏滔勸他把桓彝的事跡補寫進去，袁宏思想上一時轉不過來，沒有答應。

後來，伏滔把這件事講給桓溫聽。桓溫感到很不高興，但並沒有立即發作。他知道袁宏當時在士大夫中的地位和名聲，想找個機會對袁宏施加壓力，把他父親的事跡寫進《東征賦》裏去，隨文章的流傳而名揚後世。

不久，桓溫帶着幕僚到青山去遊覽，席散興盡以後，桓溫就叫袁宏和他同船回去。幕僚見他沉着臉色，一言不發，猜想他要向袁宏問罪了，都不禁為袁宏捏了一把汗。

袁宏是個聰明人，看到這種架勢，馬上就盤算起對付的辦法來。他感到自己在賦裏不寫桓彝確實從情理上說不過去，必須隨機應變，使桓溫抓不到加罪的把柄。只見他凝神略一思索，心裏的主意很快就拿定了。

船行數里以後，桓溫果然直截了當地向袁宏問道："聽說你寫了一篇《東征賦》，稱頌了許多先賢，為甚麼不提一提家父呢？"袁宏立即答道："尊公的事跡怎能不寫呢？我早已想好了，只是因為沒有請教過您，所以才不敢寫上。"

這個回答完全出乎桓溫的預料，他半信半疑地問道："真的嗎？你準備怎樣寫呢？"袁宏脫口而出講了六句話，對桓彝的一生作了恰如其分的評價。桓溫聽罷，不由感動得流下了眼淚。一場風波，就這樣平息下去了。

但是，袁宏和桓溫的關係並沒有根本改善，由於他經常當面同桓溫爭辯，因此一直不受重用。公元369年，桓溫率軍北伐鮮卑貴族慕容建立的前燕政權，在行軍途中，袁宏因一件小事觸犯了桓溫，被免去官職，帶罪從征。

部隊到達前方，即將向敵軍發起進攻。為了鼓舞士氣，動員將士們奮勇殺敵，需要發佈一篇誓師的文告。時間十分緊迫，桓溫經過反覆考慮，感到別人難以勝任，只好派人去把袁宏請來。

袁宏受召來到陣前，聽桓溫說明了要求，當即叫人拿過紙筆。只見他靠在馬身上，略一思索，就手不停筆地揮寫起來，轉眼之間，一篇長達七頁的誓師文告寫成了，寫得慷慨激昂，熱情洋溢。同僚們看了，無不交口稱讚。

袁宏的官職被恢復了，重新受到桓溫的信用。唐代大詩人李白在寫給他的朋友荊州刺史韓朝宗的信中，根據袁宏這個故事，第一次用"倚馬可待"來形容自己的文章寫得很快。從此這個成語就流傳下來了。

dào xíng nì shī 倒行逆施

釋義　原指做事違反常理。現多用來指做事違背時代潮流。

出處　《史記‧伍子胥列傳》："吾日莫途遠，吾故倒行而逆施之。"

春秋時期，楚國人伍子胥全家慘遭楚平王迫害，父親和哥哥給殺死，他自己被迫流亡，逃往吳國。半路上，伍子胥碰到友人申包胥，表明了自己日後定要滅亡楚國、報仇雪恨的決心。申包胥勸他不要這樣做，伍子胥不聽。申包胥就對他說，你把楚國滅亡了，我就把它復興過來。

伍子胥告別友人，獨自經歷了千辛萬苦，終於逃到吳國。後來，伍子胥當上了吳國的大夫，並說服吳王闔閭出兵攻打楚國。吳國的軍隊很快地打下了楚國的國都郢，這時楚平王已經死了，繼位的楚昭王也逃得無影無蹤。

伍子胥抓不到楚昭王，十分氣憤，就打算在楚平王的遺體上出氣。他千方百計地找到了楚平王的墳墓，下令掘墓鞭屍。楚平王墳墓給挖開了，屍體也給抬了出來。伍子胥親自動手，一口氣把屍體鞭打了三百下，打得骨頭都碎了；這還不解恨，又把屍體的頭顱割下來，算是讓他親手殺了楚平王，報了父兄的仇。

接下來，伍子胥命人四處探問楚昭王的下落。這時申包胥派人送信來責備伍子胥說："你這樣做太過分了！"伍子胥讀完信，很不服氣。

他要送信人回去告訴申包胥："吾日莫（暮）途遠，

吾故倒行而逆施之。"意思是説：他現在的處境就像是趕路的人一樣，天快黑了，而前面的路程還很遠，只能不顧一切地跑。這是用來比喻他報仇心切，所以不顧倒行逆施地去幹。

於是，申包胥就跑到秦國去借兵救楚。他在秦庭上哭了七天七夜，打動了秦哀公，終於爭取到秦國答應出兵。秦兵剛出，正好這時吳國國內也出現了叛亂。伍子胥和吳國的軍隊也就撤離楚國，回吳平叛。

數年後，吳王闔閭去世，他的兒子夫差當了國君，不久出兵攻打越國，把越王勾踐打得大敗。伍子胥勸夫差把越國滅了，夫差不答應。以後，吳王夫差對伍子胥漸漸疏遠，再加上讒臣伯嚭（pǐ，粵：彼）的挑撥，夫差賜劍命伍子胥自殺。

烏頭馬角

釋義　比喻不可能的事情。也作「烏頭白，馬生角」。

戰國末年，號稱諸侯共主的周天子早已名存實亡，各國之間連年不斷地進行激烈的兼併戰爭。秦國由於較早實行變法，因此內部比較鞏固，經濟發展很快，漸漸成為諸侯中最強大的國家。

公元前 247 年，秦國莊襄王去世，太子嬴政接位（就是後來的秦始皇）。嬴政從小出生在趙國，當時燕國的太子丹也在趙國當人質，兩人年齡相仿，情意相投，關係十分親密。

嬴政是個有雄才大略的人，當了國君以後，消滅諸侯，加緊統一中國。公元前 243 年，秦國攻佔魏國二十城；前 236 年，又攻佔趙國九城。

燕王姬喜懾於秦的威勢，主動向秦求和，並且派太子丹到秦都咸陽去當人質。太子丹想到過去同嬴政的交往，打算利用這種友情勸說嬴政不要攻滅燕國。他接受了父親的委託，動身到咸陽去。嬴政早已忘記了這位青年時代在趙國結交的朋友。雖然太子丹的到來，引起了他對往事的回憶，但因他一心想成就統一大業，他不可能再和太子丹重續舊好。他命人把太子丹安置在客館裏，一次也不召見。

太子丹受到這樣的冷遇，心裏非常氣憤。同時，秦兵日益東進，逐步逼近燕國的消息不斷傳來，使他無法繼續留在咸陽。於是，他乘客館的侍衛不備，在一天深夜潛出咸陽，逃回燕國去了。

關於太子丹離秦回國的情況，被後世附會成一個荒誕離奇的故事，漢代王充《論衡‧感虛》篇和無名氏《燕丹子》等書把它記載下來了。這個故事說：太子丹去見秦王嬴政，要求讓他回燕國去；嬴政向他提出了兩個條件。

嬴政說：「如果烏鴉的頭變白，馬的頭上長出角來，我就放你回燕國去。」這樣的條件是辦不到的，嬴政的本意很清楚，就是準備永遠不讓太子丹回去。

太子丹回到客館，反反覆覆地想着嬴政提出的兩個無法實現的條件，心裏越想越氣憤。在無限愁悶之中，他漫步走到庭院裏，仰天長歎說：「老天啊，難道我永遠不能回到燕國去了嗎？」

突然，遠處的天空傳來一陣啞啞的叫聲，一隻滿頭雪白的烏鴉迎面飛來，直撲到他的懷中。太子丹捧住一看，不由喜出望外。他靈機一動，立即叫身邊的侍從帶他到馬廄去。太子丹來到馬廄，驚奇地發現自己的馬頭上生出了兩隻彎彎的長角。這種不可思議的奇跡，使他興奮得熱淚盈眶。他當即命侍從捧着白頭的烏鴉，牽着生角的馬，和他一起去求見嬴政。

嬴政看到這種情況，也感到非常吃驚。因為有言在先，無法反悔，只好同意太子丹回到燕國去。「烏頭白，馬生角」和「烏頭馬角」給後人當作成語典故沿用下來。

出處

《論衡‧感虛》：「燕太子丹朝於秦，不得去，從秦王求歸。秦王執留之，與之誓曰：『……令烏白頭[1]，馬生角[2]……乃得歸。』」

註：[1] 烏鴉的頭變白。 [2] 馬頭上生出角來。

釜底抽薪

fǔ dǐ chōu xīn

釋義

指從鍋底下抽掉柴火，比喻從根本上解決問題。

侯景是北魏懷朔鎮人，本屬羯族，已同化於鮮卑。他與權臣高歡極為友好。公元 534 年，北魏分裂為東魏和西魏，高歡成為東魏的丞相，侯景任大丞相府長史兼定州刺史。

侯景的右腿偏短，不善弓馬，但長於謀略，被封為司徒（負責徵發徭役）、河南大將軍。他曾自命不凡地對高歡說：“如果我有三萬人馬，就可以橫行天下，打過長江，活捉梁武帝蕭衍這老頭兒。”高歡調十萬大軍歸他指揮，要他專制河南。

侯景向高歡辭行，請求道：“我領兵在外，為了防止意外，你以後有書信給我，請加微點，免得奸徒行詐。”高歡點頭答應。

侯景敬重高歡，卻藐視高歡的兒子高澄。他對人說：“高王在，我不敢有異；如他去世，我不能和鮮卑小兒（高為鮮卑化漢人）共事！”那人生怕惹出事來，急忙用手捂住他的嘴巴。

不久，高歡患了重病。高澄知道侯景看不起他，便用父親的口氣寫信召他回京，打算奪回他的兵權。高歡在病中對兒子說：“我雖然病了，看你臉上憂愁得這樣，恐怕還有別的心事。你是擔憂侯景反叛吧？”高澄點頭稱是。

高歡歎了口氣說：“侯景領兵征戰已十四年，此人飛揚跋扈，我還能指揮他，你就不能駕馭了。現在能夠是侯景對手的只有慕容紹宗，你今後要重用他。”高澄對父親的分析，十分敬服。

再說侯景接得高澄來信，仔細看了，發現沒有加點，便推辭不去。他聽說高歡患了重病，越發警惕起來。公元 547 年，高歡病死，侯景知道高澄對他不快，決心反叛，以河南十三州的大片土地降於西魏。西魏丞相宇文泰知道侯景機詐多變，便分派大軍陸續接收侯景佔有的地方。

　　宇文泰示意侯景交出軍權，入朝長安。與此同時，高澄在侯景公開叛變以後，命慕容紹宗率領大軍向侯景軍進逼。高澄在使用武力的同時，命令中書侍郎（皇帝侍從機構——中書省長官的副手）魏收撰寫檄文，聲討侯景叛國罪狀。魏收才思敏捷，幾天之內，寫成好多份檄文分發到侯景佔領的地方。

　　侯景遭東西夾擊，形勢不利，乃派使者至江南向梁武帝蕭衍接洽投降，請求出師援助。蕭衍已做了四十六年皇帝，聽到侯景來降，認為統一中原的機會到了，一面授侯景以重任，一面派兵進攻彭城（今江蘇徐州），牽制東魏。

　　高澄聽說蕭衍出兵支援侯景，覺得"先禮後兵"為好，又叫魏收撰寫《為侯景叛移梁朝文》（"移"是舊時公文的一種，如移文、檄移）。魏收天黑執筆，三更寫成。

　　移文中有"抽薪止沸、剪草除根"的話，意思是說，蕭衍如果不支援侯景並把他交出，那就好比從鍋底抽掉柴火一樣，能從根本上解決問題。然而，移文送到梁朝，蕭衍不予理睬。

　　慕容紹宗指揮的東魏軍便繼續南進，在彭城城外十八里的寒山堰，和支援侯景的梁軍激戰，結果梁軍幾乎全部被殲。

　　東魏軍在大捷之後，回師進擊侯景。這時侯景的部隊仍有四萬，退保渦陽，曾幾次打敗東魏軍。雙方相持數月。待侯景軍糧食吃光，紹宗便乘機出擊。侯景部隊潰不成軍，他帶領了八百人投奔梁朝的壽陽。後來，侯景又背叛梁武帝，攻破建康，到處燒殺掠奪，使長江下游地區遭到極大破壞，那就是歷史上有名的"侯景之亂"。魏收移文中的"抽薪止沸"一語，後來多作"釜底抽薪"。

出處

《漢書・枚乘傳》：「欲湯之，一人炊之，百人揚之，無益也，不如絕薪①止火而已。」

北齊・魏收《為侯景叛移梁朝文》：「抽薪止沸，剪草除根。」

註：①薪：柴。

豺狼當道

chái láng dāng dào

釋義

當道：橫在路中間。

「豺狼當道」，比喻壞人當權。原作「豺狼橫道」、「豺狼當路」。

出處

《漢書·孫寶傳》：「文（侯文）曰：『豺狼橫道，不宜復問狐狸。』」

《後漢書·張綱傳》：「綱獨埋其車輪於洛陽都亭，曰：『豺狼當路，安問狐狸！』」

公元 125 年，東漢中常侍孫程等十九個宦官，擁立濟陰王劉保即位，就是漢順帝，當時才十一歲。這樣，東漢的政權，就又從外戚手中轉到了宦官手裏。

公元 132 年，漢順帝十八歲，立貴人梁氏為皇后。梁皇后的父親梁商做了執金吾（督巡京師治安的長官）。

不久，梁商升為大將軍。他感到宦官的權勢炙手可熱，為了保全一家的榮華富貴，就叫他的手下結交曹節等有權勢的宦官。這樣又逐漸形成了一個外戚和宦官聯合起來共同對付士族豪強的局面。

在這種情況下，梁皇后的哥哥梁冀，更加無法無天了。有一次，洛陽令呂放在梁商面前，稍微流露出一點對梁冀的不滿，梁冀知道後，就派人將呂放暗殺了。

暗殺了呂放不算，梁冀又嫁禍於人，竟使一百多人因此而被迫害致死。梁商包庇了他，漢順帝更被瞞住了。可是，人們都清楚地看到，梁冀的心腸像豺狼一樣狠毒。

公元 141 年，梁商病死。漢順帝讓梁冀接替做了大將軍，梁冀的兄弟梁不疑做河南尹。梁冀做了大將軍，皇帝的親信宦官曹節等人又都是他的心腹，權勢就更大了。他肆無忌憚地欺壓百姓，過着荒淫奢侈的生活。

俗話說："上樑不正下樑歪。"在梁冀一夥慫恿下，他下面的一大批貪官污吏，越發張牙舞爪地魚肉百姓了。

官逼民反，許多地方的老百姓紛紛起來反抗官府，專殺那些瘟官惡吏，聲勢越來越大。

各地的告急文書，像雪片似的飛到朝廷。漢順帝坐立不安。

這時候，諫議大夫周舉給漢順帝出了個主意。他說："先要清查一下地方官員，表彰賢良愛民的，懲辦貪贓枉法的，這樣，才能安定民心，把反抗的怒火平息下去。"

漢順帝覺得是個辦法，就同意了。他派周舉、張綱等八人作為使者，分頭去各地視察。周舉等人奉命立即出發了，唯有年紀最輕、官職最低的張綱遲遲不願動身。他認為：必須首先懲處朝廷上那些帶頭違法亂紀的大官。

在再三催促之下，張綱不得不起程。可是，他心裏越想越氣憤，剛到達洛陽都亭時，再也忍耐不住，就把自己的車子毀了，把車輪埋在地下，表示決計不去了。

人們感到奇怪，問他怎麼啦？張綱氣憤地說：「豺狼當路，安問狐狸！」意思是說：那些橫行不法的大官（豺狼）在朝廷上掌握大權，又何必去查問那些違法亂紀的小官（狐狸）呢！他立即上書，彈劾梁冀和梁不疑。

xiōng　yǒu　chéng　zhú
胸有成竹

釋義

畫竹子時心裏先有一幅竹子的形象，比喻在做事之前，心裏已經有了全面的考慮。也作「成竹在胸」。

文同，字與可，北宋梓州永泰（今四川鹽亭東北）人，操行高潔，以學問聞名於當時。他能詩善文，通篆、隸、行、草、飛白等各體書法，又擅繪畫。

文同的住屋前後，茂林修竹，景色優美。其中不少參差有致的竹子，是文同親手栽種的。閒暇之時，文同常去竹林，觀察竹子的長勢，琢磨竹枝、竹葉的各種形態，悉心研究體會。

興致濃時，他回到書房，鋪紙磨墨，信手作畫。他畫的竹，形態逼真，非常傳神。他認為，自己只是把心中琢磨成熟的竹子畫下來罷了，並不覺得有甚麼了不起。可是，人們一看到他畫的竹，都讚不絕口，視為珍寶。

文同善於畫竹的名聲不脛而走，四面八方的人紛紛帶着縑素（書畫用的潔白絲織品）登門求畫，常常門庭若市。文學家、詩人晁補之，是文同的好朋友。文同常邀他到竹林品茶閒談，他尤其喜歡看文同當場揮毫畫竹。

一位有志於向文同學畫竹的青年人，知道晁補之對文同的畫很有研究，就前往求教。晁補之就寫了一首詩送他，其中有兩句説："與可畫竹時，胸中有成竹。"後人把它簡化成"胸有成竹"這一成語。

出處
宋·蘇軾《文與可畫篔簹谷偃竹記》："故畫竹，必先得成竹於胸中。"
宋·晁補之《贈文潛甥楊克一學文與可畫竹求詩》詩："與可畫竹時，胸中有成竹。"

láng zǐ yě xīn
狼子野心

釋義 狼患雖小，卻具有難以馴化的野性。比喻兇暴的人惡性難改。

出處 《左傳·宣公四年》："諺曰：『狼子野心。』是乃狼也，其可畜乎！"

春秋時，楚國大臣斗子文，本是若敖氏的後代。傳説他出生時被棄在野外，被老虎叼去餵養，後來被人看見，以為此孩必有大福，又抱回家去。楚人習慣把虎叫"於菟"（wūtú，粵：污圖），把乳叫做"穀"，就稱他為斗穀於菟。

於菟在楚國當令尹（楚執政官），人稱令尹子文。他為人公正，執法嚴明。有一次他的一個族人犯了法，執法部門顧全子文的面子不加追究而予釋放，這事被子文知道了。

他馬上到執法部門説："國家立了執法機構，就是為了檢查並法辦那些觸犯法令的人。如今你們不顧國法，把罪犯放掉，這是不允許的。不要説是我的族人，即使是我本人犯了法，也應當受法令處分。"

説完，他交出族人要求秉公辦理，否則寧願自殺，以免被百姓非議。於是，執法部門只得將那個族人處了應得的刑罰。

楚成王一聽到這件事，來不及穿上鞋子就跑到子文家裏，向他表示敬意。楚國的百姓知道了這件事，也都高興地説："要是大家都像令尹這樣，我們楚國還愁治理不好嗎？"

子文的兄弟子良，是楚國的司馬（掌管軍事），他生了個兒子叫越椒。子文跑去看了説："你快把他殺了。他啼哭的聲音像豺狼，長大之後必然是我們若敖氏的禍害。諺語説：'狼子野心'。這是狼，豈能養着他？"

可是子良執意不肯殺掉兒子。子文十分憂慮，在他年老臨死前，把族人叫來説："一旦越椒掌了權，你們趕快逃走，免得遭難。"他認定將來若敖氏必然喪在越椒手裏，想到難免滅族之禍，不由傷心地哭了起來。子文死後，他的兒子斗般當了令尹；越椒也接替父親當了司馬。

公元前 626 年，楚成王的兒子商臣殺父篡位，自立為王，就是楚穆王。令尹斗般等都知道成王被謀害，卻沒人敢説話。越椒為了奪取令尹的職位，百般討好穆王，常在穆王耳邊説斗般的壞話。

楚穆王聽信越椒和工正（掌管百工和官營手工業的官員）蒍（wěi，粵：委）賈的讒言，殺了斗般，提拔越椒為令尹，讓蒍賈繼越椒當上了司馬。

越椒做了二十年令尹，那時楚穆王已死，莊王在位。越椒不把莊王放在眼裏，又暗恨莊王重用蒍賈分了他的權，便決意作亂。

他乘莊王興兵出征的機會，帶領若敖氏的人馬逮住蒍賈押往陽邑囚禁，最後把蒍賈殺了。

越椒屯兵烝（zhēng，粵：貞）野，準備進一步攻打莊王。楚莊王得知消息，考慮到斗氏世代有功於楚，就派人去見越椒，表示願意將自己的子姪作人質，希望講和。可是越椒拒不接受。

這年七月間，越椒與莊王在皋滸交戰。兩軍對陣，越椒向莊王射箭，拉了一弓，只聽見"當"的一聲，那箭直飛過莊王的車轅，射在鼓架之上。莊王正在擊鼓督戰，嚇得連同鼓槌一起栽下車來。左右慌忙用大笠遮護莊王，正好越椒的第二箭射來，把笠射個洞穿。

楚軍個個吃驚，準備棄陣後退。莊王鼓勵士眾説："越椒偷得太廟神箭兩支，如今已射完，不必怕他！"

眾將士這才穩住陣腳。

莊王抓住戰機，下令出擊。頓時，楚軍一鼓而進，把越椒打得一敗塗地。

從此，楚王就真的滅了若敖氏全族。越椒的狼子野心發展到如此地步，他給若敖氏帶來災難，是勢所必然的事。

高山流水
gāo shān liú shuǐ

釋義 比喻知音或知己，也比喻樂曲高雅精妙。

出處《列子・湯問》：「伯牙鼓琴，志在高山。鍾子期曰：『善哉，峨峨兮若泰山！』志在流水。鍾子期曰：『善哉，洋洋兮若江河！』」

俞伯牙，是一位傳説人物。據説，他生活在春秋時代，非常喜歡彈琴。

成連先生，是當時最有聲望的琴師。伯牙慕他大名，長途跋涉，去拜他為師。成連先生見伯牙虛心求教，態度誠懇，就答應收他為學生。

伯牙在成連先生那裏學了三年，演奏技巧有了極大提高。但是，他還未能得心應手地抒發自己的思想感情，達到創作新樂曲的高度境界。

有一天，成連先生對伯牙説：「我有一位老師，住在東海，我們去向他請教，幫助你進一步提高吧。」伯牙説：「那真是求之不得呢！」

他們揚帆啟航，好不容易來到東海蓬萊山。成連先生讓伯牙帶着琴先上了岸，並對他説：「我去請老師。」説完，把船撐開了。

伯牙一人留在蓬萊山上，靜候先生歸來。等啊，等啊，就是不見先生的人影。

浩瀚的大海，一碧萬頃；茂密的山林，層蒼疊翠。伯牙全神貫注，聽着那東海上浪濤澎湃之聲、山林中群鳥悲鳴之音。這氣勢磅礴、變化萬端的景象，激起了伯牙的創作熱情。

伯牙擺好琴，把全部感情都傾注到琴弦上。那大海藍天，高山層林，那浪濤聲、鳥鳴聲，交織着他內心的感受，通過琴聲再現了出來，作成了極好的樂曲。他覺得，這短短的時間裏，自己的收穫大極了。

就在這時，成連先生把船撐了回來，一上岸，就向伯牙熱烈祝賀。伯牙恍然大悟，明白是先生故意把自己留在岸上，這大自然就是成連請來的老師啊！從此，伯牙成了天下操琴的妙手。

伯牙的好朋友鍾子期，有着很高的音樂欣賞能力。伯牙經常和他在一起研究音樂。有一次，伯牙彈琴時心裏想着高山。鍾子期聽了，説：“太好了，簡直像巍峨的泰山屹立在眼前！”

過了一會，伯牙撥動琴弦，心裏想着流水。鍾子期聽了，説：“妙極了，這琴聲宛如奔流不息的江河！”後人就用“高山流水”來比喻知己，或者用來比喻樂曲高雅精妙。可惜，鍾子期不久有事回家鄉去了。俞伯牙一直沒見到知音，萬分思念。一天，他抱着七弦琴，去看望鍾子期。不料，這時鍾子期已經去世。俞伯牙得知這一噩耗，立即把琴摔碎了，悲痛地説：“知音已不在人世，我還彈甚麼琴呢！”從此以後，伯牙再也不彈琴了。

gāo　wū　jiàn　líng
高屋建瓴

韓信被劉邦拜為大將以後，東征西討，鏖戰沙場，接二連三立下大功。在這種情形下，韓信居功自傲，有點飄飄然起來。平定齊地後，他寫信給劉邦，要求把自己封為“假（代理）齊王”。

劉邦把韓信的信攤在桌上，臉上現出了怒容，罵道：“我困守在此，日夜指望他來相助。他不僅不來，居然還想做齊王，簡直做夢！”張良、陳平在旁吃了一驚，張良慌忙踢了劉邦的腳，丟了一個眼色。

劉邦自知失言，馬上住口，並把信遞給他們看。張良看完信，就對劉邦耳語道：“目前，我方不利，楚軍尚強，韓信他又掌握很大一部分兵權，大王不如順水推舟，答應他的要求。”

釋義　從高屋脊上向下傾倒瓶裏的水。比喻居高臨下，其勢不可阻擋。

251

出處

《史記・高祖本記》：「（秦中）地勢便利，其以下兵於諸侯，譬猶居高屋之上建①瓴②水也。」

註：①建：倒水，潑水。
②瓴：盛水的瓶子。

劉邦心領神會，故意提高嗓門說：「大丈夫要做就做真王，為甚麼做假王呢？」接着便派張良為特使，帶了王印，去封韓信為齊王。張良拜見韓信，呈上王印。韓信高興得了不得，吩咐大擺宴席，款待張良。席間，張良向他轉達了劉邦的意見，要他迅速發兵攻打楚霸王。韓信滿口答應了。

劉邦滿足了韓信的要求，就又着手進行多方準備，擺好與楚決戰的陣勢。漢軍三路兵馬在垓下會齊，仍由韓信為大將，調度這三十萬軍隊。韓信將各軍分作十隊，分頭埋伏，並可互相接應，又請劉邦守住大營，自己則率領三萬人馬向項羽挑戰。項羽自恃勇力，拍馬挺槊，一聲怒吼，直衝漢軍。楚軍橫衝直撞，漢軍且戰且退。

項羽中了韓信的十面埋伏之計，殺開一重，又是一重。正當項羽筋疲力乏、部卒七零八落之時，各路漢軍又變換了陣勢，將項羽團團圍住。楚兵見勢不妙，都四下逃散，項羽也只得殺開一條血路，馳回垓下大營。

次日，天色未明，項羽就帶了八百騎兵，悄悄離開了大營。韓信聞知項羽跑了，立即派灌嬰率五千人馬追擊。項羽儘管勇猛，畢竟勢單力薄，將近烏江時，身邊僅剩二十八騎。他到了烏江邊，自知無望，便拔劍自刎了。

這時韓信位高權重，劉邦放心不下。一天清晨，劉邦驅車馳入韓信大營，收了他的大將軍印、符，並決定由自己來統治齊地。劉邦收了韓信的兵權之後，將他改封為楚王。楚王的封地比齊王要小得多，韓信心裏很不服氣，但他已經沒有了兵權，也只好這樣了。

公元前 202 年，劉邦做了皇帝，就是漢高祖。不久，有人告發說：「韓信到了楚地後，進出帶着武裝部隊，耀武揚威。他還把項羽的大將鍾離眛窩藏在家裏，看來是想造反了。」劉邦知道韓信不好對付，就找陳平來商量。

劉邦採用陳平之計，假裝巡遊雲夢（古代著名遊獵區，相當今江漢平原及附近地區），打發使者去通知諸侯到陳城會齊。其他諸侯都趕來迎接，獨不見韓信，原來韓信雖不想造反，但又感到來者不善，因此躊躇不前。

有人給韓信出主意說：“大王何不殺了鍾離眜以表明心跡，使皇上高興吶？”韓信說：“鍾離眜素來與我有交情。我在楚營時，霸王曾經要殺我，多虧鍾離眜救了我。現在他走投無路，才投奔到此，我怎忍心殺他？”

韓信嘴上這麼說，心裏卻又想：劉邦懷疑我要造反，如果不把鍾離眜獻出去，又怎能去掉他的心病呢？他設想了很多辦法，最後還是當面跟鍾離眜談了。鍾離眜看透了他的心思，大罵他無情無義，歎了口氣，自刎而死。

韓信叩見劉邦，呈上了鍾離眜的人頭。但是，劉邦心裏總有個疙瘩，他責備韓信說：“你把鍾離眜窩藏了這麼久，如今事情敗露了，才來見我，可見你不是出於真心。”韓信還想分辯幾句，早已給武士們綁了起來。

韓信被押解到京都。大夫田肯對劉邦說：“有幾件事，值得向陛下祝賀。一是韓信的束手就擒，二是陛下牢牢地控制三秦。三秦幅員遼闊，兵強馬壯，有天然屏障，是地勢極為有利的地方啊！”

田肯接着說：“利用這雄險的地勢，來控制、駕御諸侯，猶如從高高的屋脊上把瓶裏的水倒下去。陛下親自掌握三秦，必定勢不可擋。”

田肯又說：“齊地兩千多里，七十餘城，非常重要。控制這裏，便可以一當十。如此重要的地方，非親子弟是不能封為齊王的。”聽到這裏，劉邦恍然大悟，說：“先生講得太好了。”

劉邦聽出了田肯婉轉地為韓信求情的意思。因為定三秦、平齊地，主要是韓信的功勞，何況韓信畢竟還沒有造反，假如現在把韓信論罪，就可能引起眾人非議。於是，劉邦赦免了韓信，只是將他降為淮陰侯。

席不暇暖

釋義

連坐席都來不及坐暖就起身走了，形容人辦事心切，忙於奔走，顧不上安居或休息。

東漢末年，外戚和宦官為了爭奪朝政大權，各自培植親信，積蓄力量，展開了激烈的鬥爭。年幼的皇帝實際上成了傀儡，政治越來越黑暗腐敗，引起了廣大人民和士大夫的強烈不滿。

汝南平輿人陳蕃，從小胸懷大志，秉性正直。據說他十五歲時，整天在屋子裏讀書，好久不出去灑掃庭院，以致弄得滿地都是枯枝敗葉，雜草叢生，很不整潔。

有一天，同郡一位父輩朋友薛勤來看他，對他說：「你這孩子，為甚麼不把院子灑掃一下來接待客人呢！」陳蕃說：「大丈夫處世，應當掃除天下，哪裏有心思去管自己的家！」

後來，汝南刺史周景召聘他到郡裏去做別駕從事（刺史的助理官）。任職期間，他看到了一些不合理的事情，就要直言進諫，漸漸引起周景的不滿。不久，陳蕃就把聘書留在桌上，不告而去。

由於太尉李固的推薦，陳蕃被任命為樂安太守。他的上司青州刺史李膺秉公執法，對下屬要求非常嚴格。有些平庸無能的官員都自動辭職而去。只有陳蕃盡心職守，政績卓著，受到了李膺的賞識。

對於有賢德和才能的士人，陳蕃都非常器重，總要親自登門拜訪，傾心結交。樂安有位名士周璆（qiú，粵：求），以前幾任太守派人去請他出來做事，都遭到他的拒絕。陳蕃到任以後，只上門拜訪了一次，就把他請來了。

為了接待來訪的賢士，陳蕃專門在自己房裏設了一張牀榻，平時掛着，客人來了就放下來鋪上被褥，讓他和自己同室而臥，促膝談心。人們稱揚陳蕃這種禮賢下士的品德，把這張牀榻叫做「陳蕃榻」。

對於專橫跋扈的權貴，陳蕃從來不去奉迎，甚至不屑同他們來往。大將軍梁冀是梁太后的哥哥，暴虐成性，權勢熏天，朝廷大臣都害怕他。有一次，他想請陳蕃幫忙辦一件事，就派使者帶了自己的親筆信去見陳蕃。

誰知陳蕃早就關照過門吏，凡是平日沒有交往的權貴來訪，都推託自己不在，不予通報。使者感到回去無法交代，過了幾天，又改換裝束，冒稱是陳蕃的老朋友來訪。門吏信以為真，就給他通報了。

使者見了陳蕃，拿出梁冀的信說明來意。陳蕃勃然大怒，當即命人把使者逮捕起來，以欺詐之罪罰處鞭刑。使者被當堂打死，陳蕃派人通知梁冀，梁冀氣得兩眼發昏，面奏皇帝以後，把陳蕃降職為修武令。

後來，陳蕃又因政績卓著，被調到京城洛陽擔任尚書（協助皇帝處理政務的大臣）。這時，零陵、桂陽（均在今湖南南部）等地山區爆發了多起小規模的農民武裝起義，公卿大臣極力主張朝廷出兵討伐。

陳蕃表示反對，說：“兩地百姓造反，這是地方官貪污暴虐逼出來的。朝廷應當嚴令查辦那些枉法失職、侵害百姓的官員，另選奉公守法、清廉愛民的人來擔任。這樣，動亂很快就可以平息，根本用不着出兵去討伐。”

陳蕃的話觸犯了當權的大臣，不久，他又被貶為豫章太守。豫章有位名士徐穉（zhì，粵：稚），為人重信義，有節操。陳蕃到了豫章，還沒有安好家，就向人打聽徐穉的住處，想先去拜訪他。

郡裏來迎接陳蕃的官員很多，有一位主簿對陳蕃說：“大人，我們大家都希望您先到府裏把家眷安頓好，休息一下，徐孺子（即徐穉）就住在城內，過幾天再去拜訪他也不遲啊！”

陳蕃說：“求賢的事是遲不得的。從前周武王滅商以後，一進城就去拜訪商朝的賢臣商容，以至於席不暇暖。現在我學習古人禮賢下士的美德，先去拜訪一下徐孺子，為甚麼不可以呢！”

陳蕃說罷，就請官員們帶着他的家眷先到府裏去安頓，自己專門去拜訪了徐穉。從此以後，兩人結成了很好的朋友。陳蕃這種席不暇暖、求賢若渴的品德，受到了後人的稱揚。

出處 《淮南子‧修務訓》：「孔子無黔突，墨子無暖席。」

漢‧班固《答賓戲》：「聖哲之治，棲棲遑遑，孔席不暖，墨突不黔。」

南朝‧宋‧劉義慶《世說新語‧德行》：「陳（陳蕃）曰：『武王式商容之閭，席①不暇②暖，吾之禮賢，有何不可！』」

註：①席：坐席。 ②暇：空閒。

病入膏肓

bìng rù gāo huāng

出處

《左傳·成公十年》：「疾不可為也。在肓之上，膏之下，攻之不可，達之不及，藥不至焉，不可為也。」

釋義

膏肓：中國古代醫學把心尖脂肪叫「膏」，據説膏肓是藥力達不到的地方。「肓」，心臟和膈膜之間叫「肓」。「病入膏肓」形容病勢嚴重無法治好，也比喻事態嚴重到不可挽救的地步。

春秋時代，晉景公患病，派人去秦國延請名醫。

秦桓公得知，派了一位名叫緩的醫生，到晉國去為晉景公治病。當醫生還在途中的時候，晉景公做了一個夢，夢見兩個小孩在談話，一個問："來人是個良醫，一定會傷害我們，向哪兒逃呢？"一個回答："我們躲在肓的上面，膏的下面。他能拿我們怎樣？"

幾天後，醫生來了，檢查了晉景公的病情。檢查後，醫生搖搖頭説："這個病治不好了。病魔在肓（huāng，粵：方）之上、膏之下，藥力是達不到的。"

晉景公歎了一口氣，贈送醫生一筆厚禮打發他回國去了。不久，晉景公果然病逝。

疲於奔命

pí yú bēn mìng

釋義

「疲於奔命」，形容因四處奔走，窮於應付，而弄得筋疲力盡。

春秋時期，楚國貴族之間爭權奪利非常激烈。公元前 595 年，貴族子重伐宋歸來，請求把申、呂兩地作為他的賞田，楚王答應了。但申公巫臣以申、呂是北方邊防重地為理由，反對子重的要求。這使已答應子重請求的楚莊王收回了成命。子重從此把巫臣恨之入骨。

此外，楚國滅掉陳國，俘得當時美貌婦人夏姬（鄭穆公的女兒）。貴族子反想娶夏姬，又為巫臣所阻止。可是巫臣後來卻自己娶了夏姬，逃到晉國居住，因此也與子反結下深仇。

楚共王即位，子重、子反掌握實權，乘機殺掉了巫臣的族人，然後分佔了他們的家產。巫臣在晉國聽到自己的族人被殺，暴跳如雷，發誓要報仇雪恨。他寫信給子重、子反，明言要盡一切力量擾亂楚國，使他們疲於奔命。

為了實踐誓言，巫臣向晉侯請求出使吳國，煽動吳國反楚。當時晉景公正與楚爭霸，巴不得楚國大亂，自然准允。

吳國地處東南沿海一帶，經濟、軍事都還比較落後，希望得到晉國的幫助。因此，吳王壽夢非常歡迎巫臣的到來。巫臣從晉國給吳國帶去一隊戰車，幫助吳國組織車隊，訓練吳人射箭駕車，用戰車列陣作戰；而更重要的是，他挑動了吳人強烈的反楚情緒，唆使吳國不斷地騷擾、襲擊楚國。

吳、楚本來就經常發生衝突，吳國力量增強以後，便開始大規模、頻繁地出兵侵掠楚國和他的屬國。緊急軍情不斷傳到楚國。楚王每次接到告急文書，馬上派子重、子反率軍前往救援。子重、子反剛平定一處戰事，還未得到休息，另一處告急文書又來了。他們不得不拖着疲乏的身體，再次出征。

一年之中，子重、子反帶着大軍這樣來回奔命，抵抗吳軍的進犯，竟達七次之多。軍隊被拖垮了，子重、子反也弄得筋疲力盡。楚國的力量衰落了，吳國強大起來。許多原屬於楚國的少數民族地區，都被吳國奪了去。巫臣終於達到了復仇的目的。

出處

《左傳・成公七年》：「巫臣自晉遺二子書，曰：『爾以讒慝貪惏事君，而多殺不辜，余必使爾罷①於奔命②以死。』」

註：① 罷：同「疲」，勞累。② 奔命：奉命奔走執行任務。

pōu　fù　cáng　zhū

剖腹藏珠

唐朝初年，由於國家統一、政治穩定和農業生產的恢復，城市經濟得到了迅速的發展，京城長安不但是國內政治和文化的中心，而且逐漸成為國際性的都會，來自西域的胡商雲集到這裏，使長安呈現出一派繁榮興旺的景象。

釋義

剖開腹部，收藏珍珠。後比喻為物傷身，輕重倒置。

出處

唐·王方慶《魏鄭公諫錄·對西湖愛珠》：「太宗謂侍臣曰：『朕聞西湖愛珠，若得好珠，剖身藏之。』」

《資治通鑑·唐太宗貞觀元年》「劈身藏之」作「剖身以藏之」。

當時，西域的胡商要來長安，大抵先從海上到廣州，然後取道梅嶺入江西，上揚州，再經運河赴洛陽，最後到達長安。這段路程有好幾千里，特別是陸路的某些地區相當偏僻，經常發生盜劫事件，引起了胡商們的恐慌。

一次，有個西域胡商帶着幾顆名貴的珍珠準備到長安去。他怕路上遭到搶劫，猶豫再三，不敢動身。後來想了個辦法，用刀剖開腹部，把珍珠藏在裏面，然後塗上止血的藥，休息幾天就出發了。

經過長途的奔波以後，胡商來到長安，住進了西市的一家客舍。他再次用刀剖開腹部，取出珍珠。可是由於身體的極度疲勞和衰弱，流血過多，他再也支援不住，倒在地上就死去了。

這件事情，轟動了整個長安。人們到處都在議論，說這個胡商貪小失大，為了幾顆珍珠斷送了自己的命，落得人財兩空，真是既可憐又可笑。

後來，事情傳到了唐太宗的耳裏。他問侍臣們有沒有這件事，侍臣回答道：“有。”他就感慨地說：“這叫做愛其珠而不愛其身。有些官吏平時貪財枉法，最後落得個家破身亡的下場，不是同那個胡商一樣令人可笑嗎？”

這時，站在一旁的魏徵道：“從前魯哀公告訴孔子：‘有個善忘的人，搬家時忘了帶走妻子。’孔子說：‘還有比這更善忘的。比如夏、商兩個末代君王桀和紂，只顧享樂，連自己的生命都忘記了。’這也同胡商的情況差不多。”

唐太宗聽了，知道魏徵在諷喻自己。但他沒有生氣，反而和顏悅色地說：“你說得很對。朕和諸公既為君臣，應當同心協力，互相幫助，才可避免為後人笑話啊！”“剖腹藏珠”這個成語就是由此流傳下來的。

流言蜚語

釋義

「流言」和「蜚（fēi，粵：非）語」，意思很相近，後來連用為「流言蜚語」，指有意編造出來在社會上流行的誣衊中傷別人的話。

西漢景帝時，竇太后的姪子、大將軍竇嬰，由於平定吳楚七國之亂有功，被封為魏其侯。他的威望很高，而且又是皇親國戚，因此大臣們都對他十分敬重，許多遊士和賓客也爭先恐後地去投靠他。

漢景帝皇后王氏的同母弟田蚡（fén，粵：焚），出身低下，當時只在朝中做一個小小的郎官。他見竇嬰權勢正盛，就經常跑到竇府去送禮敬酒，竭力巴結奉承。

後來，田蚡由於王皇后的關係漸漸得寵，當上了太中大夫（郎中令屬官，掌論議）。公元前141年，漢景帝因病去世，他的兒子武帝即位。田蚡對朝政設施提出了不少建議，被晉封為武安侯。

公元前135年，體弱多病的竇太后也去世了。竇嬰失去了依靠，地位逐漸下降；而田蚡卻由於身為國舅，很快就當上了丞相，權勢蒸蒸日上，人也一天比一天驕橫起來。

過去在竇嬰門下充當賓客的人，都趨炎附勢地去投靠田蚡；竇嬰的門庭日益冷落，只有將軍灌夫仍然像往常一樣，沒有和竇嬰疏遠，兩人經常在一起飲酒談心，關係十分親密。

公元前133年春天，田蚡和燕王劉嘉的女兒結婚，王太后下令諸侯和宗室大臣前往祝賀。竇嬰接到詔令，雖然心裏不樂意，但不好違抗，就約了灌夫一同到田府去。

田府裏燈火輝煌，笙歌陣陣，大廳上坐滿了王公貴族，一派奢華景象。酒過三巡，志得意滿的田蚡向客人敬酒，大臣們馬上個個離開席位，低頭伏地，表示不敢當。

過了一會兒，竇嬰也向大家敬酒。這時除了少數老朋友離席表示答禮外，多數賓客仍若無其事地坐在那裏，只是略微欠了欠身子。灌夫見他們這樣輕視竇嬰，心裏不禁十分惱火。

灌夫隨即拿起酒杯，跑到田蚡面前去敬酒。田蚡

出處

《禮記・儒行》：「久不相見，聞流言不信。」

《史記・魏其武安侯列傳》：「乃有蜚語，為惡言聞上。」（蜚，《漢書》作「飛」）

並不起身，只動了一下腿，推辭説："我已經不能再喝了。"灌夫冷笑着説："您是貴人哪，請一定乾了我這一杯！"田蚡還是堅持不肯喝。

灌夫忍着氣，繼續往下敬酒。他到臨汝侯灌賢面前，灌賢正在同長樂宮衛尉程不識講話，也沒有起身答禮。灌夫再也忍不住了，就指着灌賢大罵："你平時把程不識講得一錢不值，今天老子向你敬酒，你竟像小孩一樣不懂禮貌！"

灌夫在席間這樣高聲大罵，嚇得客人目瞪口呆，都先後藉口出外更衣，離席回家去了。竇嬰見灌夫闖了禍，正想招呼他一起出去，誰知田蚡已經召來衛士，把灌夫扣留了下來。

竇嬰回到家裏，想到灌夫是為了自己而得罪田蚡，就決心豁出身家性命去搭救灌夫。他的妻子勸他説："灌將軍得罪了丞相，就是觸犯了王太后，你怎救得了他呢？"竇嬰説："我不能眼看老朋友死去，自己卻苟活着！"

竇嬰瞞着妻子，給漢武帝寫了一封信。武帝馬上把他召進宮去。竇嬰向武帝講了灌夫罵座的經過，説："灌夫這次失禮，完全是喝醉了酒的緣故，丞相不能因為私怨而把他定罪。"武帝表示同意，要他明天到長樂宮當廷辯白。

第二天，武帝來到長樂宮，讓竇嬰和田蚡當面辯論。竇嬰竭力為灌夫開脱，田蚡則堅持要將灌夫治罪。武帝叫大臣發表意見，眾臣有的支援竇嬰，有的偏向田蚡，多數人模棱兩可，不肯明確表態。武帝聽了非常生氣。

當大臣正在議論時，王太后已經得到了消息。等到武帝罷朝回來，太后就拒絕進食，怒氣沖沖地對武帝説："現在我還活着，人家就敢於這樣欺侮我的兄弟；將來我死了以後，不要把他連人都吃掉嗎！"

武帝看見母親動怒，感到事情很棘手，只好命令御史出面彈劾竇嬰，説他在長樂宮所奏灌夫的情況不符事實，犯了欺君之罪，把他逮捕下獄。竇嬰被捕以後，灌夫很快被定為滅族之罪，大臣誰也不敢出面為他們説情。竇嬰見情況緊急，就叫姪兒上書，説自己過去曾經接受過景帝的遺詔，授權他在特殊情況下可以請求皇帝召見。

朝廷接到竇嬰的上書，查了內廷的檔案，發現並沒有這樣的遺詔。主管刑獄的大臣仰承王太后的旨意，給竇嬰加上了一條"偽造先帝遺詔"的罪名，把他判處死刑。

公元前 132 年 10 月，灌夫一門被滅族抄斬。竇嬰知道以後，悲憤到了極點，決定絕食自殺。後來，忽然有人傳遞消息給他説：皇上並不想處死他；只要拖過冬天，明年覆審時就可以獲得赦免。竇嬰聽了，又開始重新進食。

可是，就在這個時候，京城長安忽然出現了不少流言蜚語，説竇嬰在獄中拒不服罪，還咒罵皇上偏袒田蚡。這些流言蜚語傳進宮中，漢武帝聽了勃然大怒，就在年終下令將竇嬰押到渭城處死。

jiā　tú　sì　bì
家徒四壁

司馬相如，西漢蜀郡成都人，他年輕時就愛好讀書，並學會了擊劍。後來他有了學問，成了西漢著名的辭賦家。"辭賦"是一種富有文采、韻節，兼具詩歌與散文特點的文體，在漢代十分盛行。

相傳司馬相如家境貧寒，幸與臨邛縣令王吉相熟，被邀安頓在臨邛城外的"都亭"中。王吉每天特意去都亭訪問相如，目的是幫助朋友抬高身價，引人注目。

臨邛地方有卓王孫、程鄭兩戶巨富，聽説縣令有這樣的貴客，認為理應和他結識，便設宴相邀。司馬相如先是稱病推託，後經王吉代表主人登門相迎，才應邀赴宴。他來到卓王孫府邸，滿座賓客都被他的風采所傾倒。

宴飲進入高潮，王縣令請司馬相如奏琴。相如琴藝精湛，他信手彈了一節，眾人交口稱譽。正要繼續彈

出處

《漢書·司馬相如傳上》：「文君夜亡奔相如，相如與馳歸成都，家徒①四壁②立。」

註：①徒：只，空。②壁：牆壁。

奏，門首屏風後響起女子玉飾環佩的叮噹聲，竟有一位絕色佳人綽綽約約地站在那裏。

原來，卓王孫的女兒卓文君，年輕輕的就喪夫守了寡，她很有才學，又是位音樂愛好者，這次司馬相如來她家宴飲奏琴，她心裏十分愛慕。相如也有意於她，便彈了一曲《鳳求凰》，用音樂來打動對方的心。

這《鳳求凰》本是一首男方向女方求愛的情歌，文君聽了，立刻明白了相如的情意。她唯恐錯失良緣，心中暗暗打定了主意。為了追求幸福婚姻，卓文君不顧父親的竭力反對，毅然突破禮教的束縛，星夜離家出走，奔歸司馬相如。相如便和文君雙雙上路，返回成都。

一到成都老家，文君發覺相如"家徒四壁"，家裏只有四周的牆壁，其餘一無所有。她毫不計較，決心和相如苦熬歲月。文君的父親卓王孫，痛恨女兒"不成器材"，連一文錢也不願接濟她。相如便和文君回到臨邛，故意以賣酒為生，由文君親自當壚（酒店安置酒甕的土墩子），相如自任夥計，當街洗刷杯盤，給卓王孫一個難堪。

卓王孫聽説女兒在臨邛當壚賣酒，又羞又惱，覺得這分明是給他丟臉，便閉門謝客，不願出來見人。族中人都來勸他，卓王孫無奈，只得分給文君一筆家產，打發他們離開臨邛。

於是，相如、文君同返成都，購置田宅，成為富人。卓文君拋棄富家生活，和"家徒四壁"的司馬相如結合，這動人的佳話流傳民間，小説、戲曲都取為題材。"家徒四壁"也成了一句成語，是家中窮困、一無所有的形象寫照。司馬相如後來又以自己的才學得到漢武帝的賞識，官封中郎將，為開發西南邊疆作出了貢獻。

míng wán bù líng

冥頑不靈

唐代著名文學家韓愈，與同時代的柳宗元同為唐代古文運動的倡導者，後世稱為"韓柳"。韓愈生性嫉惡如仇，容易得罪權貴；但他卻喜歡嘉勵年輕志士，所以博得許多人的尊敬。

韓愈深受儒家學說影響，尊崇孔子，在他所著的有名文章《原道》篇中，極力排斥當時流行的釋、老兩教。"釋"是指以釋迦牟尼為教祖的佛教；"老"是指以老子為教祖的道教。這篇文章對當代和後世都有巨大影響。

但他偏偏遇着當朝相信佛教的憲宗皇帝。元和十四年正月，憲宗派僧徒去鳳翔法門寺迎接釋迦牟尼遺留下來的一節指骨進京，陳列在宮內，由他親自到場禮拜供奉。

宮中祭祀三天之後，再送到各大寺院陳列祭供。這便把京城內外的人吸引得如醉如狂，上至王公大臣，下至男女百姓，紛紛前來叩頭膜拜，捐獻財物，甚至有人燒傷肢體以示虔誠，來求佛祖保佑。

韓愈實在看不過去，就寫成《諫迎佛骨表》一文，指出漢明帝時中國才有佛教傳入，但明帝只做了十八年皇帝，以後的皇帝越加信佛，越加壽短；南朝梁武帝最相信拜佛，可是結果還是被迫餓死。表文最後說，如果佛祖有靈，能夠作祟的話，不妨把禍殃降臨到我韓愈身上，不必牽累皇上。這道表文送呈後，憲宗怒不可遏，立刻要把韓愈處死。朝宮都覺得處分過嚴，但不敢給他求情。

宰相裴度、崔群也看不過去，再三勸諫憲宗。憲宗免了韓愈死罪，決定把他降職，貶到南海邊的潮州去做刺史。韓愈想不到一道表文上去，竟要罰他到遠離長安八千里、當時還不大開化的潮州去，心中未免十分激憤。

韓愈已是五十來歲的人，要在春寒料峭的日子跋涉長途，確有不少困難。他遇見趕來相送的姪孫韓湘，又動了思家之念，在馬上吟出了"雲橫秦嶺家何在？雪擁藍關（今陝西藍田）馬不前"的詩句。韓湘也無話來安慰他。

然而他畢竟是關懷百姓的，到潮州上任之後，得悉當地的惡溪裏有鱷魚為患，傷害人畜，便親自去惡溪視察，並打算和鱷魚來個"先禮後兵、約法三章"；不行的話，再派兵士捕捉。

他派判官秦濟去溪邊投下豬羊，宣讀了他寫的一篇《祭鱷魚文》，文章限令鱷魚在三至七天內遷到南海去住，如果牠懂得的話，就應該遷走；如果聽不懂或者聽懂了不肯照辦，便是"冥頑不靈"，就要把牠們殺絕。

這看來是荒唐的，誰知卻出現了意外的奇跡。原來當夜突然下了一場罕見的暴雨；同時可能發生了人們未覺察的地震，惡溪的水文和地理條件起了急劇變化，鱷魚存身不住，自己遷走了。

消息傳開去，韓愈的高興是不消說的。但他總感到潮州是邊遠地區，不宜久留，為此時常鬱鬱不樂。在潮州不到一年時間，他上表乞求憐憫，別讓他老死在這"蠻煙瘴雨"的地方。表文一送上去，憲宗先把他調在離京城較近的地方，做了一任刺史；再把他調回長安，做了吏部侍郎。

韓愈活到五十七歲死了。潮州人感念他驅除"冥頑不靈"（指鱷魚）之功，給他立廟享祭。韓愈的文章對後世很有影響，宋朝時潮州人請有名文人蘇軾寫一篇重修廟宇的碑文，蘇軾在文章裏稱揚韓愈是"文起八代之衰"。

出處 唐‧韓愈《祭鱷魚文》：「不然，則是鱷魚冥頑①不靈②，刺史雖有言，不聞不知也。」

註：①冥頑：愚鈍頑固。②靈：聰明。

264

zhǐ shàng tán bīng

紙上談兵

【出處】

【釋義】

《史記．廉頗藺相如列傳》：「趙括自少時學兵法，言兵事，以天下莫能當。嘗與其父奢言兵事，奢不能難，然不謂善。」

指不從實際出發，只會根據兵書談論軍事，比喻沒有實踐經驗，只會照著書本知識，誇誇其談。

戰國時，趙國有一員大將趙奢，通曉兵法，英勇善戰，很受趙惠文王器重，被封為馬服君，名位與廉頗、藺相如並列。

趙奢的兒子名叫趙括，從小喜歡讀兵書，談起用兵之道來，連趙奢也說不過他。日子長了，趙括便以為天下沒有人能及得上自己。趙括的母親慶幸將門後繼有人，不免暗暗自喜。趙奢卻不以為然，對她說：「用兵是極危險的事，括兒卻說得那麼容易。將來趙王如果讓他領兵，使趙軍失敗的必定是他！」

公元前 260 年，秦國派王齕（hé，粵：核）為將，發兵侵趙。這時趙奢已死，趙孝成王命廉頗率軍抵抗。廉頗見秦兵強大，就在長平築壘固守，與秦兵形成對峙。秦兵遠道而來，只求速戰速決，但無論他們如何挑戰，廉頗就是堅守不出。秦國知道廉頗老謀深算，一時無法取勝，就派人到趙國去散佈流言，謠傳廉頗老而膽怯，不敢出戰，而秦國最擔心馬服君趙奢之子趙括為將，要是趙括當了主將，秦軍必敗無疑。

趙王果然中計，準備起用趙括。大臣藺相如勸阻說：「趙括雖然熟讀兵書，卻不懂得靈活應用。」趙王不聽，叫人去召趙括進宮。趙括也聽到了流言，以為秦軍真的怕他，巴不得早日領兵出戰。於是他立即進宮。趙王賞給趙括很多黃金、絲綢，任命他為將軍。

回到家裏，趙括將趙王賞賜的黃金、絲綢統統收藏起來，到處打聽哪裏有便宜的田地房屋，能夠買的就去買下來。趙括的母親見了，對他很不滿意。她去對趙王說：「趙奢為將時，每得賞賜都分給部下將士，所以一旦領命出征，將士連家都不顧了。趙括有哪一點像他父親？大王還是不要派他領兵吧。」趙王搖搖頭：「這件事我已決定，你就不要管了。」

趙括奉趙王之命到了長平，立即改變廉頗的部署和命令，撤換原先的將官，一切按照兵書上所寫的行事。這時，秦國也已改任白起為上將軍，統率隊伍向趙軍挑戰。趙括好大喜功，出營應戰。白起設計斷絕了趙軍運糧的道路，將趙軍包圍起來。趙軍被困四十多天，糧盡援絕，軍心渙散。趙括親自率領一支精銳人馬企圖突圍，但沒衝出多遠，便被秦兵射死。趙括既死，四十萬趙兵都投降了秦軍。白起恐怕管押不住這許多俘虜，將他們全部活埋了。趙括的"紙上談兵"，終於導致長平之戰的慘敗。

十一畫

yǎn ěr dào líng
掩耳盜鈴

春秋時代，晉國的智伯滅掉范氏以後，有人跑到范氏家裏，看見門口掛着一口鐘，想把它盜回家去。

可是那口鐘太大太重，背也背不走。於是他想了個辦法，準備把鐘砸碎，然後把碎片一塊一塊地搬回家。盜鐘人找來一個大錘，使勁砸鐘。"鐺……"大鐘發出震耳欲聾的巨響。

盜鐘人怕別人聽見，惹出禍來，趕緊捂住自己的耳朵。他以為自己聽不見，別人也不會聽見，便大膽放心地把鐘的碎片搬回家去。

古時候，鈴和鐘都是樂器。所以，"掩耳盜鐘"後來就演變為"掩耳盜鈴"了。

莫測高深

漢宣帝時，涿郡地方的地主豪強倚勢凌弱，飛揚跋扈，為首的兩家姓高，一個叫西高氏，一個叫東高氏，最是兇橫。涿郡先後幾任太守，對他們都無可奈何。

兩高氏養着許多文武流氓。這幫人偷盜搶掠，為非作歹，犯案後便躲進高氏宅內。捕役眼看着他們橫行不法，卻因懼怕高氏，不敢追捕。因此，境內盜賊越來越多，十分猖獗。甚至大白天裏，人們也要攜帶兵器，張弓拔劍，結夥同行，才敢出門。

宣帝神爵年間，涿郡來了一位新太守。這人姓嚴名延年，字次卿，東海下邳人，為人剛正不阿，精明幹練。為了整治郡中豪強，他決定就從西高氏和東高氏下手，當即傳令屬官趙繡查明兩高氏劣跡，依法定罪，火速回報。這趙繡嘴上唯唯領命，心裏卻着實吃驚。他懷疑這位新太守真敢太歲頭上動土，更害怕自己得罪了西高氏和東高氏，會招來禍殃。

兩高氏作惡多端，應判死罪。但是趙繡不敢據實呈報，他寫成一輕一重兩份罪狀，卻把重罪的一份藏在懷裏，打算先用輕罪搪塞，然後相機行事。嚴延年熟知官場中欺瞞枉法的種種伎倆，早已料到會有花招。他不動聲色，接過趙繡呈遞上來的案卷，才讀了幾行，猛然喝令左右在趙繡身上搜查，果然搜出另外還有一份文書。

當下，嚴太守命人將趙繡關押起來，第二天清晨，以隱奸不報的罪名綁赴刑場斬首。府丞以下大小官吏見到這般情形，無不膽戰心驚。接着，嚴延年派人逮捕了西高氏和東高氏，分別進行拷問，很快查明了兩家的罪行，按刑律將有關人犯各數十人全部處死。

這驚人的消息很快在全郡傳開。百姓們奔相走告，拍手稱快。豪強地主們見新太守如此厲害，不免又恨又怕，只得收起囂張的氣焰，暫時不敢妄為。

揣測不出究竟高深到甚麼程度，一般用以諷刺故弄玄虛的人。

《漢書・嚴延年傳》：「眾人所謂當死者，一朝出之；所謂當生者，詭殺之。吏民莫能測其意深淺①，戰慄不敢犯禁。」

註：
① 不能揣測出他的心意如何。

過了三年，嚴延年升任河南太守。這河南是咽喉要地，天下大郡，像西高氏、東高氏之流的豪門大戶很多。有人勸他手下留情，免得遭人忌恨。但他豪不畏怯，依舊摧強扶弱，不肯稍懈。

他理事斷案與一般俗吏不同：貧弱人家雖犯重罪，常能得到寬宥；豪強富戶欺壓百姓，儘管情節輕微也往往加重處罰。史書上說他每辦一宗案件，"吏民莫能測其意深淺"，這句話後來演變為成語"莫測高深"。

嚴延年執法嚴明，誅殺了許多士族豪強，引起大地主、大官僚的憎惡，後來被人誣陷，慘遭刑戮而死。

推心置腹
tuī xīn zhì fù

【釋義】把自己的心放在別人的肚子裏，比喻真心待人。

【出處】《後漢書・光武帝紀》："降者更相語曰：『蕭王推赤心置人腹中，安得不投死乎！』"

公元 8 年，王莽篡奪西漢政權，改國號為"新"。王莽大搞復古改制，違反了歷史規律，造成連年天災人禍，民不聊生。

公元 17 年，荊州一帶的饑民，在王匡、王鳳等人領導下，發動起義，反對王莽的黑暗統治。他們以綠林山為根據地，稱為綠林軍，聲勢越來越大。

數年後，漢高祖劉邦的九世孫劉縯（yǎn，粵：引／延上聲）、劉秀兄弟，召集宗族、賓客七八千人，在舂陵起兵。他們舉着反對王莽的旗號，參加了綠林軍。

綠林軍立破落貴族劉玄為皇帝，改元為"更始"。劉玄派遣劉秀去河北，讓他拿着符節，行使大司馬職權，安撫各州郡。

劉秀在河北，考察官吏，爭取人心，擴充力量。當時，有個算卦先生王郎，詭稱是漢皇室後裔，自封皇帝，並藉此身份招兵買馬，搞了一支不小的軍隊。劉秀調集了一些郡縣的人馬，消滅了這股割據勢力。

劉秀帶人進了王郎的宮殿，立即查檢公文，發現其中好幾千件是一些郡縣官吏和大戶人家與王郎來往的文書，內容無非是吹捧王郎、譭謗他劉秀的。他約略翻了翻，便當着將領的面，把這些材料燒成灰燼。

有的將領想不通，說：「把那些反對我們的人的真憑實據都燒了，往後知道找誰去算賬呢？」劉秀笑了笑，說：「事情已經過去就算了，燒掉這些東西，好讓他們安心睡覺。」劉秀這一着可真大得人心，許多人更信賴他了。

劉秀消滅王郎的消息傳來，劉玄派遣使臣前去表彰劉秀的功勞，封他為「蕭王」，並要他撤兵回京。劉秀懷疑劉玄的真實用心，他接受了封號，但拒絕撤回，只是對使者說：「河北尚未安定，暫時不能撤兵。」

使臣被打發走後，劉秀召集諸將領說：「當前天下支離破碎，稱王稱霸、各自為政的人比比皆是，更始無暇顧及，全仗諸位同心協力了。」劉秀以平定海內的統治者自居，動員和組織力量去消滅銅馬等農民起義軍。

他派出十四個將軍，帶領大隊人馬，對銅馬進行圍攻。高湖、重連等農民起義軍聞迅趕來支援銅馬，雙方展開了激烈的戰鬥。

銅馬缺少強有力的指揮系統，自從王莽政權被推翻後，義軍軍紀日益鬆懈。劉秀雖人馬不多，但在這些方面遠勝銅馬軍。因此，終於擊潰了銅馬。銅馬的好幾十萬人投降了劉秀。

劉秀決定收編這批人馬，他把一些投降了的起義軍首領封為列侯。但是，他們仍然疑懼不安。劉秀就和顏悅色地請他們各自回營，仍然去掌握自己的部隊。

劉秀自己騎了一匹馬，只帶了兩個隨從，去一個個營帳察看。他對那些投降將士問寒問暖，表示關懷。這些將士很感動，互相談論着說：「蕭王這個人真誠懇，他跟我們推心置腹，我們怎能不為他賣命呢！」

劉秀看他們消除了疑慮，就把他們分別安排到各個將領的部下。這樣，劉秀一下子多了好幾十萬人馬。關西一帶，人們原先只知道銅馬，現在看劉秀收編了銅馬部隊，就把他叫做「銅馬皇帝」。

劉秀當然不甘心僅僅做個「銅馬皇帝」。他繼續南征北戰，並千方百計爭取民心，收羅人才，恢復漢朝的各種有效制度，安定社會，發展生產，終於又統一了中國，建立起興盛的東漢王朝。

捲土重來
juǎn tǔ chóng lái

釋義 比喻失敗之後重新恢復勢力。

出處 唐‧杜牧《題烏江亭》詩：「勝敗兵家事不期，包羞忍恥是男兒；江東子弟多才俊，捲土①重②來未可知。」

註：① 捲土：捲起塵土，形容眾多人馬奔跑。② 重：再。

唐代著名詩人杜牧，一次來到了烏江亭，觸景生情，使他油然想起了楚漢相爭的歷史往事。詩人凝思了一會，寫了一首詩：「勝敗兵家事不期，包羞忍恥是男兒；江東子弟多才俊，捲土重來未可知。」這首詩是批評項羽的。項羽脾氣大，架子大，不能用人，結果失敗了。劉邦和他相反，因而取得了勝利。

詩中的「捲土重來」，是說項羽被劉邦打敗以後，從垓下突出重圍時身邊只剩二十八騎，如果他能忍受一時之恥，回江東重整旗鼓，日後仍有捲土重來的可能。可惜項羽並沒這樣做。當時劉邦派出數千騎兵，緊緊咬住項羽不放，項羽邊戰邊逃，狼狽不堪。

項羽逃到烏江邊上，看到烏江亭長正把一條船靠在岸邊。亭長勸項羽趕快渡江，他對項羽說：「江東雖然不大，也有千里之地，數十萬人口，也足以稱王的啊！請趕快過江吧。這裏只有我一條船，你過了江，即使漢軍追到，也奈何你不得了。」

項羽苦笑了一下，對亭長說：「老天爺要我滅亡，我還渡江幹甚麼！再說，當年江東子弟八千人隨我起兵，現在無一人生還，即使江東父老可憐我，仍然讓我為王，我又有甚麼顏臉去見江東父老呢！」

眼看追兵將到，項羽把自己心愛的戰馬給了亭長。項羽命令身旁的騎兵也都下馬步行，與漢軍短兵接戰。項羽拼死抵抗，身上十幾處被刀砍傷，這位曾經不可一世的「西楚霸王」，在漢軍的重重包圍之中，走投無路。最後，他只得以自刎結束了生命。杜牧在詩中指出：勝敗乃兵家常事，忍受一時失敗之恥仍不失為大丈夫；江

270

東人才眾多，只要項羽不自殺，將來捲土重來，還是有可能的。

tàn lí dé zhū

探驪得珠

相傳在古代黃河邊上住有一戶窮苦人家，靠割蘆蒿編織薄簾、畚箕為生。一家人終日辛勞，仍過着十分貧困的生活。

有一天，兒子到河邊割蒿草，割得累了，坐在岸邊休息。他望着河面出神，忽然想起老人們常說深淵中有許多寶藏，可惜無人敢下水去取。他想：為了擺脫目前這種窮苦境地，不妨冒險下水去看看。

他找到一個深淵，憑着一身好水性，勇敢地跳了下去。他直往水底潛游。越是水深，越是黑沉沉的，甚麼也看不清。

忽然眼前一亮，就在不遠處有一個發光的東西。他立即向着光亮處游去。

終於他看清楚了，這是一顆閃閃發光的明珠，心中大喜，便把它摘在手中。

他懷揣着明珠浮出水面，明珠依然閃着耀眼光芒。

母親見了明珠非常高興，父親卻連忙追問來歷。他便把得珠的經過講了。

父親連說："好險哪！好險哪！"他告訴兒子：這種價值千金的珍珠，一定是深淵中黑龍頷下之物，要探取此珠，一定要乘黑龍睡着的時候，不然就死無葬身之地了！

這家人因此變得富裕起來。後人便以"探驪得珠"比喻僥倖獲取富貴；但久而久之，人們又給這成語賦予新的含意，也就是一個人寫文章寫得好，能深得題中精蘊，抓住要害。

十一畫

捲土重來　探驪得珠

釋義 摸到黑龍下巴底下，取得一顆珍珠。今常用來比喻行文能抓住要害。

出處 《莊子‧列禦寇》：「河上有家貧恃緯蕭而食者，其子沒於淵，得千金之珠。其父謂其子曰：『⋯⋯夫千金之珠，必在九重之淵而驪龍①頷下。』」

註：①驪：驪龍，黑龍。

271

專心致志
zhuān xīn zhì zhì

下棋，雖是一種小技藝，假如不專心致志，也是不能學好的。從前，有個聞名全國的棋手弈秋，收了兩個學生。弈秋一心想把自己的棋藝傳授給學生，很仔細向他們講解各種棋局。一個學生專心致志學習，認真聽弈秋的指點。另一個學生雖也坐着聽，心思卻不集中。他想，這時要是有隻天鵝飛過，我就把牠射下來，好好地吃一頓！

課教完了，弈秋叫兩個學生下一局，看看他們究竟學得如何。兩人謙讓了一會，也就佈子對弈起來。開局不久，便見了分曉：一個從容不迫攻守，一個窮於應付招架。由於棋藝懸殊，認真聽講的學生比那個一心想着射天鵝的學生高明很多。

弈秋見此情形，直率而中肯地對那個輸棋的學生說："你們兩個一起學習，成績如此懸殊，難道是你不如他聰明嗎？不是的！因為他能專心致志，而你心不在焉！"

專橫跋扈
zhuān hèng bá hù

東漢時候，有個梁冀，生得賊眉鼠眼，說話結巴，面目可憎。他天天鬥雞走狗，賭博喝酒，玩弄女人，欺壓良民，是個浪蕩公子。他的父親梁商，官居大將軍，執掌朝政；他的妹妹是漢順帝的皇后，十分得寵。因有這個關係，梁冀官運亨通，先為黃門侍郎、執金吾，不久調為河南尹。

梁冀在任上，敲詐勒索，貪贓枉法，百姓議論紛紛。洛陽縣令呂放，在拜會梁商的時候，將這些情況談了。呂放走後，梁商把兒子叫來，責備一頓。梁冀怪呂放多嘴，懷恨在心，就派人乘呂放外出時將他暗殺了。他怕父親追查，想了一條毒計，提請他父親委任呂放的弟弟呂禹為洛陽令，同時追捕呂放宗族親友中可疑者，冤死了一百多人。

公元 141 年，梁商病故。因為梁家實權在握，漢順帝只好叫梁冀接任大將軍。從此之後，梁冀更加胡作非為，不把皇帝放在眼裏。漢順帝受了許多氣，三十歲時病死了。

許多忠直的大臣，主張立年長有德的清河王劉蒜為君。梁冀卻另有打算，強行立年僅八歲的劉纘為新皇帝，為的是控制年幼無知的孩子，讓他可以專權。八歲的漢質帝倒很聰明，他瞧着梁冀獨斷獨行，根本不把自己放在眼裏，就在朝廷上當着文武百官的面，指着梁冀說：“此跋扈將軍也。”

梁冀一聽，氣得臉色發青，心裏想：這孩子現在就這麼厲害，等長大了那還了得！就囑咐內侍，把毒藥放在餅裏。漢質帝吃了連喊肚痛，倒在地上滾了幾滾，就一命嗚呼。

這次立誰呢？梁冀一想，他的小妹正在與蠡吾侯劉志議婚，若立劉志，他就是雙料國舅。不料當天在議立新君的時候，太尉李固、大鴻臚杜喬等多數大臣聯名上書，還是要立劉蒜為帝。深夜，梁冀還在為這事躊躇。中常侍曹騰來見，勸道：“將軍執掌朝政，賓客如雲，免不得稍有過失。清河王為人嚴明，若果得立，將軍恐要受禍！不如立蠡吾侯，可長保富貴。”梁冀聽了，一咬牙說：“我……我意決了！”

第二天，又召集公卿議立新君。梁冀瞪着眼，氣勢洶洶地大聲宣佈：“立……立蠡吾侯！”一般朝臣誰敢吭聲，只有李固、杜喬起來反對。梁冀火冒三丈，吆喝一聲：“退朝！”就這樣，劉志得立，即漢桓帝。

釋義　蠻不講理、橫行霸道。

出處　《後漢書·梁冀傳》：「帝少而聰慧，知冀驕橫①，嘗朝群臣，目冀曰：『此跋扈②將軍也。』」

註：① 驕橫，今作「專橫」：專斷蠻橫，任意妄為。② 跋扈：霸道，不講理。

桓帝既因梁冀得立，自然願意納他的妹妹為后。梁冀想乘此機會動用國庫，以最重聘禮迎娶；杜喬說不能破壞宮中規矩。梁冀因此更加仇恨杜喬，後又誣陷他，將他與李固先後害死。

這樣，兩個剛正不阿的大臣都被除去；太后、皇后又都是他的妹妹，梁冀的權勢更大，更加胡作非為。扶風郡有個財主孫奮，吝嗇得像瓷公雞一毛不拔，梁冀先送他一匹馬，隨後向他借錢五千萬。孫奮哪裏捨得，只借給三千萬緡。梁冀便給太守去了封信，誣稱孫奮之母曾是他的看庫奴婢，盜去白珠十斛（hú，粵：酷）、紫金千斤，要太守追回。太守將孫奮兄弟倆捕來，逼令繳出原贓。孫奮怎肯承認，兄弟倆活活在獄中被打死，家產全被沒收，共值一億七千餘萬緡，大半給了梁冀。

還有個下邳人吳樹，被任為宛縣縣令，上任前向梁冀辭行。梁冀要吳樹庇護他的親友，吳樹責備他身為大將軍，又是國舅，不薦賢人，只以私事相託，不敢奉命。吳樹到了南陽，就派人調查梁冀的親友，發現作奸犯科者甚多。他不怕權貴，執法如山，殺了幾十個罪大惡極的，為民申冤除害，百姓都稱讚他是清官。

梁冀從此更加懷恨吳樹。後來吳樹升為荊州刺史，又去向梁冀辭行。梁冀假裝熱情，設宴招待，暗地裏在酒中放了毒。吳樹在回家的路上，毒性發作，死於車中。

梁冀在皇帝面前，也是氣焰囂張，咄咄逼人。朝廷議事，凡他的話，天子也不能有異。起初桓帝認為梁冀有立己之功，不與計較；後來知他亂殺無辜，目無君上，也漸懷不平。

此時，梁冀兩個當太后、皇后的妹妹均已去世，梁貴人正得寵。梁貴人本姓鄧名猛，父早死，母宣氏改嫁。梁冀的妻子見鄧猛貌美，收為己女，送進宮中，封為貴人。梁冀怕宣氏泄露真情，便派人暗殺她。不料刺客被捕住了。宣氏急忙入宮，梁貴人十分氣惱，向桓帝哭訴。桓帝對梁冀專橫跋扈、把自己當成傀儡，早已懷恨在心，知道此事，勃然大怒，即與中常侍單超、具瑗、唐衡、左悺、徐璜密商殺冀之策。

梁冀見刺客被捉，宣氏入宮，派在宮裏的心腹又向他密報皇上正與單超等密謀。他懷疑有變，即派親信中黃門張惲入宮，以防不測。單超早有佈置，張惲剛入宮門，即被逮捕。

桓帝隨即命具瑗率領一千羽林軍，將梁冀的府第圍住，命光祿勳袁盱去收回大將軍印，將梁冀降封為都鄉侯。橫行霸道二十年的梁冀，害怕皇上問罪，與老婆一起服毒自殺。家財值三十多億，全數沒收，田宅分給貧民，大快人心。後人把梁冀的行為，概括為"專橫跋扈"這句成語，流傳至今。

jiān　　bì　　qīng　　yě

堅壁清野

東漢末年，曹操在鎮壓黃巾義軍後佔據兗州地區，威震山東，繼又揮師東進，準備奪取徐州要地。

曹操征東，後方空虛。兗州豪強張邈勾結割據勢力呂布，襲破兗州大部分地方，並佔領濮陽。整個兗州地區只剩鄄（juàn，粵：絹）城、東阿、范縣三處，被曹操的謀士荀彧（yù，粵：旭）等堅守下來。曹操得報，甚為惱怒。

丟失兗州根據地，形勢突然變得對曹操十分不利。他急忙從徐州撤兵回來，向屯駐濮陽的呂布發動反攻。呂軍十分兇悍，曹操一時無法取勝，雙方相持日久，各自軍中糧盡。曹操只得引兵回鄄城暫住，呂布也移駐山陽就食，雙方權且罷兵。

不久，徐州牧陶謙病死，將徐州讓給了劉備。消息傳來，曹操爭奪徐州的心情更為急迫，忙着便要發兵，認為取下徐州然後再來消滅呂布也不為遲。荀彧卻勸諫曹操切勿急於進兵。

他說："以前高祖保住關中，光武帝據有河內，都是有了牢固的根據地，進足以勝敵，退足以堅守。如今

275

將軍為甚麼不顧兗州而去攻打徐州呢？"曹操覺得陶謙剛死，徐州民心未定，攻取不難。荀彧笑道："只恐未必。"

他指出，眼下正值麥收季節，徐州方面已組織人力，加緊搶割麥子，運進城去。這分明是對可能發生戰爭有所準備。收盡麥子，對方必然還要星夜加固營壘，強化防禦工事，應付萬一。四野的居民、物資，也會全部轉移、收藏。這樣，軍隊開到那兒，勢必無法立足，反讓徐州劉備贏得主動。

說到這裏，荀彧提醒曹操："對方堅壁清野，固壘以待我軍。到那時，將軍攻不能克，掠無所得，不出十天，全軍就要不戰自潰……

"倘若呂布再次乘虛而入，我方多留兵力便不足以攻取徐州，少留兵力又不足以守住兗地，弄得兗州盡失，徐州未取，豈不是一舉兩失？"

曹操聽了荀彧的話，十分佩服，決定不再分兵東進，專與呂布對壘。後來，曹操果然大敗呂布，平定兗州，鞏固了後方根據地。

出處 《三國志・魏書・荀彧傳》："今東方皆以收麥，必堅①壁清②野以待將軍，將軍攻之不拔，掠之無獲，不出十日，則十萬之眾未戰而自困耳。"

註：①堅：加固。②清：清除。

shèng qì líng rén

盛氣凌人

釋義 形容傲慢驕橫，氣焰壓人的神態。

戰國時代，公元前 266 年，趙國惠文王剛死，孝成王繼位。趙太后（惠文王妻）掌握政權。西面的秦國利用這個機會，發兵攻打趙國，並佔領了趙國的三座城池。

趙太后派使臣向齊國求救。齊國君臣商量了一下，提出要讓惠文王的小兒子長安君做人質，然後才肯出兵相救。

使臣回到邯鄲，向趙太后講了齊國提出的條件。趙太后聽了連連搖頭：長安君是自己心愛的小兒子，怎能放心讓他去做人質？

秦國看到齊國不出兵，繼續進攻趙國，形勢相當危

276

急。趙國大臣十分憂急。

他們紛紛強諫，勸趙太后讓長安君去齊國，爭取齊國早日來援。趙太后嚴厲地掃了大臣們一眼，說：「我言明在先，如果再有人主張派長安君去當人質，老婦必將把唾沫吐在他的臉上！」

沉默了一會，左師（官名）觸慢慢地走上階來，表示有話要面陳太后。趙太后心想：這又是來勸諫的。她感到厭煩，便滿臉含着怒意，顯出氣勢逼人的神態，等着他來。

左師觸先從自己的健康不佳談起，談到自己非常疼愛小兒子。他見趙太后的氣色轉為和悅，才轉入正題說：「太后愛護長安君，封給他好地方，賞給他貴重器物，而不讓他為國立功。一旦太后有個好歹，長安君如何在趙國立足？」

趙太后終於接受了左師觸的勸諫，讓長安君到臨淄，留在齊國做人質。不久，秦國聽說齊國已出兵，便自動退兵了。「盛氣凌人」這句成語，就是從這個故事引申出來的。

出處

《戰國策‧趙策四》：「左師觸願見太后，太后盛氣而胥之。」元‧楊載《趙孟行狀》：「論事厲聲色，盛氣凌人，若好己勝者，剛直太過，故多怨焉。」

zhǐ　gāo　qì　yáng
趾高氣揚

楚國的屈瑕，是個指揮無能卻又十分驕傲的將軍。公元前 701 年春，屈瑕率領楚軍在蒲騷與鄖、隨、絞、州、蓼等諸侯國的聯軍作戰。由於對方盟國眾多，氣勢盛大，屈瑕很有點恐慌。

他想請求楚王增派軍隊。將軍鬥廉反對這樣做，認為敵方盟國雖多，但人心不齊，鬥志不堅，只要打垮鄖國的抵抗，他們就會分崩離析。鬥廉建議集中兵力迅速攻破蒲騷。

屈瑕總算採納了鬥廉的建議，猛攻蒲騷，果然獲得了全勝。打了勝仗之後，屈瑕把別人的功勞都算在自己身上，因而驕傲起來，自以為是常勝將軍，從此任何敵

釋義

趾高：走路時腳抬得高高的；氣揚：意氣昂揚。「趾高氣揚」，形容自高自大，得意忘形。

出處

《左傳‧桓公十三年》：「楚屈瑕伐羅，斗伯比送之，還，謂其御曰：『莫敖必敗。舉趾高，心不固矣。』」

《史記‧管晏列傳》：「擁大蓋，策駟馬，意氣揚揚，甚自得也。」

人都不放在眼裏。

過了兩年，楚王又派屈瑕帶兵去攻打羅國。出師那天，屈瑕全身披掛整齊，向送行的官員告別，然後威風凜凜地登上華美的戰車，揚長而去。

大夫斗伯比參加了送行。屈瑕走後，斗伯比對駕車人說："莫敖（楚國官名，掌軍政，代指屈瑕）這次出征要吃敗仗啦！你看他走路時那副趾高氣揚的樣子，還能冷靜、正確地指揮作戰嗎？"

斗伯比越想越覺不妥，就吩咐駕車到王宮，求見楚王。他建議再給屈瑕增加點軍隊，但楚王沒有答應。

楚王回到內宮，跟夫人鄧曼談起斗伯比的建議。鄧曼說："斗大夫的意思是要君王注意屈將軍的情緒，自蒲騷之戰後，他可驕傲啦，簡直剛愎自用得了不得。不警告他收斂點，就一定要吃敗仗。"

楚王也覺得有理，派人去追屈瑕。但出征的軍隊已經走得很遠了，使者追趕不上，楚王並不十分重視這件事，也就算了。再說屈瑕到了前線，更加不可一世。他早忘了蒲騷之戰是因為採納了斗廉的意見才獲勝的，竟下令軍中"敢諫者處以重刑"，武斷專橫，一至於此！楚軍渡鄢水時，沒有一點秩序。將士爭先恐後地亂搶渡船，簡直就像潰敗時一樣。

等他們趕到羅國時，對方早就整軍以待。但屈瑕毫不在意，任部隊隨地紮營，一點也不作戒備。羅軍聯合盧戎的軍隊，猛烈反擊。楚軍馬上潰敗，死傷慘重。屈瑕乘着一輛兵車，狼狽地落荒而逃，出征時那副趾高氣揚的樣子早已無影無蹤了。當他逃到楚國境內一個叫荒谷的地方時，才發現只剩下孤身一人，好不悲傷，感到再沒有顏臉回都城去見國君和父老，便在一棵大樹上，用帶子結束了自己的生命。

lí　tíng　sǎo　lú

犂庭掃閭

指把庭院犂平來種田，把村莊掃蕩成廢墟。比喻徹底摧毀對方。也作「犂庭掃穴」。

《漢書・匈奴傳》：「固已犂其庭①，掃其閭②，郡縣而置之。」

註：

①庭：庭院。

②閭：里巷的門。

公元前 3 年，匈奴單于上書漢哀帝，表示願意朝見天子。漢哀帝當時正在生病，大臣主張暫不允許來朝。黃門郎揚雄上書進諫説，單于來朝是國家大事，要認真考慮。現在推辭不許，這樣會使朝廷與匈奴關係惡化。

揚雄列舉秦代以來的史實，説明與匈奴的關係不應破裂。他指出：“秦滅六國後，秦始皇派大將蒙恬率領數十萬之眾進擊匈奴，在外十多年，徵調了大量人力、物力，修築了萬里長城，也未解決邊境的騷擾。

“漢朝初定，匈奴引兵攻太原。高祖憑着一時威力，親率大兵往擊匈奴。冒頓單于（‘冒頓’是人名，mòdú，粵：墨讀；‘單于’是匈奴最高首領的稱號）引誘漢兵，將三十萬之眾圍於平城。後來高祖用了反間計，方才得脱。

“文帝採取和親政策，與匈奴相安了十多年。此後匈奴又侵犯邊境，擄掠人口、牲畜、財產，騎兵更深入甘泉一帶。文帝不得已，才派了三位將軍屯軍細柳、棘門、霸上，保衛京師安全。

“武帝時，對匈奴轉採攻勢，派將軍衛青、霍去病率領大軍北征，前後十餘年，將匈奴驅逐到邊境以北。匈奴震恐，願意和親，然而未肯稱臣。

“其後，匈奴勢力又有所恢復，野心復萌。宣帝派十五萬騎兵出擊，但所獲很少，不過是顯示武力，終沒有把匈奴征服。

“到了宣帝元康、神爵年間，匈奴發生了五單于爭立內亂，日逐、呼韓邪單于在漢朝感化下，誠服稱臣，商定欲來朝見者不拒，不來者也不勉強。”

揚雄在奏書中對比説：“以往和其他民族作戰，時間短的十天一月，長的不超過半年，就摧毀對方力量，把敵人的庭院犂為平地，里巷掃蕩乾淨，設置郡縣，毫無後患。

「然而匈奴卻不同，是邊境強敵，所以前朝君主都慎重對待。」他衡量得失，指出今天如果拒絕單于來朝，將會使匈奴懷恨在心，歸怨於漢，邊境老百姓就不得安寧。」

漢哀帝看了這道奏章，明白了利害得失，親自召見匈奴使者，同意單于來朝。奏章中「犁其庭，掃其閭」一語，也就被後人簡化為「犁庭掃閭」，用來比喻徹底摧毀對方。

dòng zhé dé jiù

動輒得咎

釋義 比喻做事往往獲罪或遭人責怪。

出處 唐‧韓愈《進學解》：「跋①前躓②後③，動輒④得咎⑤。」

註 ① 跋：踩、踐踏。
② 躓：被絆倒。
③ 動輒：「即」，含「每每」、「往往」之意。
④ 輒：「即」，含「每每」、「往往」之意。
⑤ 咎：罪過。

跋前躓後：比喻進退兩難。

韓愈，是唐代古文運動的倡導者之一，傑出的散文家，舊時列為唐宋八大家之首。

韓愈三歲時死了父親，由堂嫂鄭氏撫育長大。艱苦的環境，養成他刻苦好學的習慣，五六歲時即能日記數千言，成年後對百家之學無不通曉。

二十四歲時，韓愈考中進士，踏上仕途。這時，唐朝政權內部各種政治力量相互傾軋，鬥爭十分激烈。韓愈是個「發言直率，無所畏避，操行堅正，拙於世務」的人，所以得不到重用。

後來，韓愈由四門博士升任監察御史（專掌監察百官、巡查地方和察檢案件）。當時唐德宗派宦官在長安大街小巷收購民間貨物，叫做「宮市」。宦官採買，付價甚少，或竟不付價，肆意掠奪。韓愈直言敢諫，上疏力陳「宮市」之弊。

德宗一向剛愎自用，看了韓愈的奏章，非常惱怒，立即罷了韓愈的御史，將他貶為連州陽山令。

韓愈在陽山任職期間，關心民間疾苦，受到當地百姓的愛戴。唐憲宗元和初年，他一度升官，出任河南令和職方員外郎等職。但好景不常。韓愈又因上疏議論華州刺史處理案件不公一事有所失誤，被貶為國子博士。

他自以為才高，卻屢遭貶逐，心中十分憤懣，於是寫了一篇文章《進學解》，以發泄牢騷和不滿。

文章中説："國子博士（實是韓愈自喻）來到太學，勉勵全體學生努力上進，不要荒廢學業。因為現在執政者都是選賢任能，公正無私，所以只怕自己沒有真才實學，不怕沒人賞識和提拔。

"話還沒有講完，學生中爆發出一陣哄笑，有人站出來説：'先生在騙人呢！我們跟了先生多年，深知先生學習刻苦、文才蓋世、待人誠懇、堅持正義，但是先生為甚麼做事往往獲罪或遭人責怪，常常弄得進退兩難呢？'

"聽了學生的話，先生詼諧地説：'我雖然動輒得咎，但還能乘馬從徒，安坐而食，這不是很幸運嗎？'"顯然，韓愈寫的是反話，曲折地抒發自己遭貶斥不得重用的牢騷。文中"動輒得咎"一語，後來成為大家經常使用的成語。

yǎn　　qí　　xī　　gǔ

偃旗息鼓

三國時候，魏國和蜀國爭奪漢中。魏方因定軍山一戰喪失了猛將夏侯淵，曹操便親統大軍至陽平，命部將張郃將米倉山糧草移往漢水北山寨中屯積，然後進兵。

張郃運送大批糧食從北山經過。蜀漢老將黃忠率領人馬前來劫糧，與張郃一場混戰，被魏方的後援隊團團圍住，脱身不得。

黃忠出發時與大將趙雲約定，過時不回由趙雲引兵接應。趙雲久等黃忠不歸，帶上幾十名輕騎兵出營探察，正好與曹操親自統率的大軍相遇。

趙雲同曹軍前鋒廝殺起來。一會兒，曹軍越聚越多，趙雲數十騎奮力抵擋，才衝破敵人重圍，退向自己營地。曹操驅軍猛追，直撲蜀營。蜀副將張翼見趙雲退

釋義

放倒軍旗，停擊戰鼓。原來指軍中不露目標，不見動靜，使敵方無法捉摸。後用來比喻休戰或無聲無息地停止行動。

回，正要閉門拒敵，趙雲卻命令大開營門，不必懼怕曹軍衝入。

張翼領命，調撥弓箭手埋伏在寨內外戰壕中。趙雲吩咐士兵「偃旗息鼓」，就是將營內軍旗全部放倒，戰鼓停擂，他自己單槍匹馬，立於營門之外。

曹軍一到，看見這個情景，不敢冒失前進。曹操懷疑趙雲設下了伏兵，決定立即後撤。曹軍匆忙撤退，蜀營中忽然金鼓齊鳴，趙雲指揮弓箭手從背後射殺敵人。一時戰鼓震天，箭似飛蝗。曹兵驚駭，陣形大亂。

當時天色昏黑，不知蜀兵多少。曹軍自相踐踏，墮入漢水之中，死傷不計其數。趙雲、黃忠合兵追殺敵人，奪了糧草，勝利而歸。

第二天，蜀主劉備親臨軍營慰勉將士。他視察了昨天的戰場後，欣然稱讚說：「子龍（趙雲的字）真是一身是膽！」

出處

《三國志・蜀書・趙雲傳》裴松之註引《雲別傳》：「翼（張翼）欲閉門拒守，而雲入營，更大開門，偃旗息鼓。」

niǎo jìn gōng cáng

鳥盡弓藏

釋義

鳥給打光之後，打鳥的彈弓就沒有甚麼用處，該收藏起來了，比喻事成之後，功臣被廢棄或遭殺害。

春秋末期，吳、越爭霸，越國為吳國所敗，吳王夫差迫使越王勾踐屈服求和。

勾踐返越，臥薪嚐膽，刻苦圖強。他任用文種、范蠡等人整頓國政，十年生聚，十年教訓，終於使國家轉弱為強。

吳王夫差，卻被勝利衝昏頭腦，連年荒於酒色，不理朝政，寵幸越國送來的美女西施，親信奸臣伯嚭（pǐ，粵：彼），殺害忠良伍子胥等，弄得民怨沸騰，國事日非。

公元前473年，越王興兵大舉伐吳，報仇雪恥。吳軍屢戰屢敗，夫差逃奔陽山，命太宰伯嚭留守都城姑蘇。文種、范蠡揮軍不斷攻城，伯嚭抵擋不住，開城投降。越國兵馬追上夫差，將他團團圍住。

夫差命大夫公孫雄肉袒膝行，向勾踐求和，願做屬國。文種、范蠡勸阻勾踐道：「大王苦熬二十二年，就為今日報仇雪恥，怎能放棄滅吳機會？」吳使往返七次，文種、范蠡堅決不允議和。夫差無奈，寫成一信繫在箭上，射入范蠡軍營。

軍士拾信送呈范蠡、文種。兩人一起拆閱，只見信上寫着：「狡兔死，走狗烹；敵國滅，謀臣亡。大夫何不存吳以自為餘地？」這意思是說：野兔給殺盡了，獵犬留着無用，就要被主人煮來吃掉；敵國給滅亡了，謀臣就要被拋棄或遭殺戮。你們兩位為甚麼不留着吳國，給自己作個退步呢？范蠡、文種閱畢，也寫成一信，射向陽山。

信上列舉夫差殺害忠臣、聽信小人、侵犯鄰國等罪狀，並指出二十二年前越為吳所敗，天以越賜吳，吳不受；如今是天以吳賜越，越王豈敢違背天命。夫差讀信，含淚歎道：「寡人不殺勾踐，乃有今日之禍！」

他讓公孫雄再作最後一次求和嘗試。越王勾踐的回答是：「吾置王甬東，君百家。」就是要把夫差放逐到甬東島上，免除一死，供給百戶封地的待遇，不再稱王。

公孫雄向夫差覆命。夫差眼見保全吳國的最後希望破滅，苦笑道：「我老了，何必再受這份罪！」說罷拔劍自刎。公孫雄也解下衣帶，自縊而死。

勾踐厚葬吳王。太宰伯嚭以前收受越國賄賂，幫越王說話，而今自以為有功，等着越王封賞。勾踐卻毫不留情，吩咐力士把這個叛賣吳國的奸賊，拉下去砍了。

吳國滅亡，勾踐北渡江淮，會合齊、晉、宋、魯等諸侯，一起朝貢周天子。周元王賜給勾踐袞冕圭璧（天子、上公的禮服和諸侯朝聘時所執的玉器）、彤弓弧矢（賞功的弓箭），承認他為「東方之伯」（東方霸主）。

勾踐就在吳宮文台之上召開慶功大會，歡宴群臣。歌舞宴飲直至深夜，越王忽然發現范蠡不見了。他立即命令大家分頭尋找，卻到處不見范蠡的蹤影。勾踐想到范蠡握有兵權，怕他有變，忙叫文種去接管他的軍隊。

第二天，有人在太湖邊找到了范蠡的外衣，衣兜裏還有一封信，趕緊拿來呈報越王。越王讀後，心裏的一

出處

《史記‧越王勾踐世家》：「蜚①鳥盡，良弓藏；狡兔死，走狗烹。」

註：① 蜚，同「飛」。

塊大石頭總算落了地。原來范蠡在信上説，他幫助大王滅了吳國，這是應盡的本分。眼下有兩個人留着對大王沒有好處：一是西施，她迷惑過夫差，也可能迷惑大王；另一是他范蠡，手中權力太大，令人不放心。為此，他已為大王除掉此兩人……

大家猜測，范蠡一定是先把西施殺了，然後再自盡的。勾踐半天沒言語，最後捧住范蠡的衣裳哭了一場，下令將會稽山一帶劃為范蠡的封邑，以資追念。

過了不久，忽然有人給文種送來一封信，上面寫着：“蜚鳥盡，良弓藏；狡兔死，走狗烹；敵國滅，謀臣亡。越王為人，可與共患難，不可與共安樂。子今不去，禍必不免！”至此，文種才知道范蠡並沒有死，而是隱居起來了。

他急忙傳見送信人時，那人早走了。文種把信燒掉，心中掛念老友，可不怎麼信他這些話。

勾踐不行滅吳之賞，無尺寸土地分封有功之人，與舊臣日見疏遠。文種心念范蠡，時常稱病不朝。有些不滿文種的人暗向勾踐進讒，説文種自以為功高賞薄，心懷怨望，故意裝病不來朝見。

越王素知文種極有才能，當年曾獻過伐吳七策，他採用其中三策，買美女惑亂吳王、買通伯嚭作為內奸、收購吳國的穀物使他們糧庫空虛，這就把吳國滅了。這樣的人萬一變了心，難以對付。他漸生疑忌，想除掉文種。

一天，勾踐親自去探望文種，在病榻前對他説：“你有七條好計，我只用三條就滅了吳國；其餘四條，你給我用來對付已經死去的幾代吳王，行不行？”説完，匆匆走了。

文種一時弄不明白越王的話是甚麼意思。當他發現勾踐留下佩劍在座，取劍細看，鞘上有“屬鏤”二字，不由大驚失色。原來這就是當初吳王夫差逼伍子胥自殺的那把劍。

文種明白了勾踐的用意，仰天長歎説：“鳥盡弓藏，兔死狗烹。我不聽范大夫的話，真是愚蠢。走狗不走，只好讓主人烹了！"説完，引劍自盡。而范蠡卻經商致富，改名陶朱公，頤養天年，得以善終。

dé lǒng wàng shǔ

得隴望蜀

東漢初年，有兩股反對光武帝的地方勢力：一是割據巴蜀的公孫述；一是稱霸隴西的隗囂。公元32年，大將岑彭隨光武帝親征隴西，將隗囂圍在西城。

公孫述為了救援隗囂，增兵上邽（guī，粵：歸），牽制了漢軍的大量兵力。

光武帝劉秀見西城、上邽兩城一時攻不下，便留了封詔書給岑彭，自己先回京城去了。

岑彭接到詔書一看，上面寫着："兩城若下，便可將兵南擊蜀虜。人苦不知足，既平隴，復望蜀。"意思是：如果攻下兩城，便可將兵力南移，進攻巴蜀公孫述。人就是不知滿足的，既平定了隴西，又希望得到西蜀。

岑彭觀察了西城一帶的地勢，決定採用水淹。他叫士兵每人背上一個布袋，裝上泥土，將山谷間的水流堵住，引往西城。但這時城內地下水也湧出，城牆內外壓力平衡，反而不塌。

雙方正在相持之際，去向公孫述討救兵的隗囂部將，帶着大隊蜀兵趕到。岑彭見敵兵眾多，本軍糧草已盡，便下令退兵，並撤回了包圍上邽的漢軍。

漢軍撤退，隗囂帶領兵馬尾追襲擊。岑彭親自斷後，掩護漢軍順利東歸，避免了損失。後來，隗囂的兒子隗純歸順了光武帝。岑彭奉命領兵攻蜀。

他首先拿下了荊門，接着攻破平曲。岑彭吩咐部下堅守陣營，自己率精兵從水路攻入四川，一路勢如破竹，直逼巴蜀腹地。

岑彭率軍攻下武陽，又指揮精鋭騎兵進襲成都。漢軍攻勢凌厲，蜀兵聞風潰散。公孫述只當漢軍尚在千里之外，聽説岑彭離成都只有幾十里了，不由大驚失色，

釋義

「得隴望蜀」，既取得隴地，又想望着蜀地，比喻貪得無厭，用法與原來不同。

出處

《後漢書·岑彭傳》："人苦不知足，既平隴①，復望蜀②。"

註：①隴：古地名，今甘肅東部。②蜀：古地名，相當於今四川中西部。

285

以杖敲地説："是何神也！"公元 36 年，漢軍佔領蜀地，光武帝"得隴望蜀"的宿願終於實現了。

從善如流

cóng shàn rú liú

釋義 樂意接受別人正確的意見。

出處 《左傳·成公八年》："楚師之還也，晉侵沈，獲沈子揖，初從知、范、韓也。君子曰：『從善①如流②，宜哉！』"

註： ① 從善：聽從好的、正確的意見。 ② 如流：像流水一樣，比喻迅速。

春秋後期，楚國比較強大，不斷兼併周圍小國。公元前 585 年，楚軍進攻鄭國。鄭國的軍隊哪裏是楚軍的對手，結果被打得大敗。

鄭國和晉國的關係很好，晉國也是強國，因此，晉景公就派大臣欒書帶領大軍，前去救援鄭國。晉軍與楚軍，在鄭國境內相遇。楚軍看到晉軍來勢兇猛，很難對敵，就退兵回國去了。

十項建議

欒書很是惱火，便揮兵攻打楚國盟友蔡國。蔡國是個小國，當然不是晉軍的對手。蔡國派人向楚國求援。這時，楚國也不願罷休了，馬上派公子申、公子成兩人，帶領申縣、息縣的軍隊，前去救援。

楚軍來了，晉國的大將趙同和趙括向欒書請戰，欒書準備同意他們的請求。

部下知莊子、范文子、韓獻子對欒書說："不能打。楚軍退了又來，一定很難對付。我們即使勝了，也不過打敗楚國兩縣的軍隊，不足為榮；如果打敗，那就恥辱極了。"

欒書聽後，覺得很有道理，準備收兵回國。軍中有些人不以為然，說："元帥手下六軍卿佐共十一人，只有三人不主張打，可見想打的人佔多數。元帥為甚麼不按多數人的想法行事？"

欒書答道："只有正確的意見，才能代表大多數。知莊子他們三位都是晉國的賢人，所提建議又很正確，

286

他們才是真正能代表大多數的人。我採納他們的意見，豈不很好！"於是，下令退兵，避免與楚軍直接交鋒。

過了兩年，欒書趁楚方不備，出兵進攻蔡國、沈國，輕易地贏得了勝利。因為欒書能很快聽從部下的正確意見，當時，人們就讚揚他說："（欒書）從善如流，宜哉（做得恰當極了）！"

tān tiān zhī gōng
貪天之功

釋義

把上天所成就的功績說成是自己的。現多指把別人的功勞歸於自己。

出處

《左傳·僖公二十四年》："竊人之財，猶謂之盜，況貪天之功，以為己力乎！"

春秋時期，晉文公重耳經過一番顛沛流離，終於在秦國的幫助下回到晉國即位。為了報答有功之臣，他決定按功論賞：以跟從出亡為首功；以送款資助為次功；以迎歸為三等功。

晉臣中，趙衰、狐偃、狐毛、胥臣、狐射姑、先軫、顛頡等人都因從亡有功，以次而敘，無采地的賞賜采地，有采地的進行加封。其他送款、迎歸的人也一一有賞，連一般小臣奴僕也賞賜錢幣，皆大歡喜。

晉文公怕有遺漏，又出詔令於國門："倘有遺下功勞未敘者，許其自言。"有個跟隨晉侯出亡的功臣名叫介子推，這次行賞時被遺漏了，他的鄰人見到詔令，便去告訴介子推。

介子推在重耳回國之後便託病居家。因為他對重耳周圍一些人的居功自傲很不滿意，所以決定不出去做官，在家侍奉老母，甘守清貧。鄰人來找介子推，見他正在編草鞋，便笑道："你以後不必再幹這一行了。晉侯已出了詔令，允許有功未敘的人，自己去提出要求。你只要一露面，晉侯就會想起你往日的好處，按功行賞。"

介子推笑而不答。他母親對子推說："你跟隨晉侯出亡，為晉侯效勞整整十九年。晉侯饑不擇食時，你又曾割股煎湯給他喝，沒有功勞也有苦勞，你為甚麼不去見見晉侯呢？"

子推説："孩兒無求於君，又為何要去見呢？"鄰人勸道："你去見見晉侯，封個一官半職，也可領取一些布帛、粟米，免得天天這樣辛苦謀生。"

子推平靜地回答説："晉獻公有九個兒子，只有主公重耳最為賢能。晉國屬於主公，是勢所必然，而有些人卻以為是自己的功勞了。偷竊別人財富的人，便會被大家指為盜賊；到晉侯面前居功求賞等於貪天之功以為己有，更加可恥！我寧願終身編草鞋，也不願去爭這份功勞。"鄰人聽後，大為歎服。

鄰人告辭而去。介母對子推説："你是廉士，我即廉士之母。我們何不隱居深山？"子推大喜，忙説："孩兒久有此志，綿上高山深谷，正是隱居的好地方，何妨今日就走。"

當晚，介子推背着老母親，直奔綿山，從此隱居不出。晉文公得知介子推歸隱綿山，親往山中尋找，卻不見蹤影，只得以綿上作為介子推的掛名封田。傳説文公曾燒山逼他出來，他因不願出來而被燒死。

鹿死誰手
lù　sǐ　shéi　shǒu

石勒，十六國時期後趙的建立者，字世龍，羯族，上黨武鄉人。二十多歲時被晉官掠賣為奴隸，到山東，與汲桑等人聚眾起兵。

後來，石勒率眾投奔前趙國君劉淵。劉淵拜他為大將。石勒任用漢人張賓為謀士，發展成為割據勢力。公元 329 年攻滅前趙，取得中國北方的大部分地區。

石勒建都襄國，與東晉、成漢形成鼎峙局面。石勒平生很少讀書，但喜歡近臣讀給他聽。他特別喜歡聽史書。

公元 332 年春的一天，有些外國使臣遠道而來，表示要和後趙通好。石勒非常高興，設宴招待，讓大臣作陪。

席間，石勒問大臣徐光："朕的功德可與哪位古代帝王相比？"徐光奉承說："陛下神武謀略，超過漢高祖劉邦。至於以後的帝王，沒有一個比得上您了。"

石勒笑着說："你說得過分了。人豈不自知。朕若遇漢高祖，當北面事奉他，與韓信、彭越一樣效力奔走；若遇光武帝劉秀，自當和他並驅中原，未知鹿死誰手哩！"

出處《晉書・石勒載記》："（勒）笑曰：『朕若逢高皇，當北面而事之，與韓、彭競鞭而爭先耳；脫遇光武，當並驅於中原，未知鹿①死誰手。』"

註：①鹿，原比喻政權，後來也比喻爭逐的物件。

望門投止

wàng mén tóu zhǐ

張儉，東漢山陽高平人，年輕時被舉薦為茂才（東漢時為避光武帝劉秀名諱，改秀才為茂才），可是他對當地刺史的為人很看不順眼，所以假裝有病，不願出來做官。

山陽郡太守翟超，覺得張儉是個不可多得的人才，就親自去請他擔任東部督郵。張儉很尊重翟超，沒有推辭，就去赴任了。山陽郡可是個不易管理的地方。深受漢桓帝寵信的中常侍（由宦者專任的宮廷侍官）侯覽，他的家鄉就在山陽郡東部。侯覽權勢炙人，不僅橫行朝廷，而且稱霸家鄉。

侯覽肆無忌憚，先後佔奪了民宅三百八十一所，良田一百一十八頃。他自己造的住宅十六所，和宮廷的規模一樣，又建造了壽塚（生前為自己建造的墳墓）。

張儉調查核實了侯覽的大量罪行，就上書漢桓帝，要求從嚴懲辦。哪知這奏章落到了侯覽本人手中，自然

釋義 在急迫情況下，見有人家就去投宿，求得暫時的存身之處。

出處

《後漢書·張儉傳》：「儉得亡命，困迫遁走，望門投止①。」

註：① 投止：投奔別人家去暫時存身。

被扣壓下來。張儉等了好久，不見桓帝批覆，他決心行動起來。在翟超支援下，張儉親自帶人搗毀了侯覽的"壽塚"，抄沒了侯覽的全部資財。

張儉又一次給皇帝上書，控告侯覽的罪行，要求立即誅殺這個禍國殃民、罪大惡極的傢伙。同上次一樣，奏章仍然落到了侯覽的手中。侯覽氣得咬牙切齒，但一下找不到報復的機會，只得伺機而動。

公元 167 年，漢桓帝病死。竇皇后和她父親竇武匆忙商定，把十二歲的劉宏立為皇帝，就是漢靈帝。第二年宦官們發動政變，奪取了全部權力。

侯覽一直想對張儉進行報復，現在機會來了。派人把張儉的同鄉朱並叫來，附着朱並的耳朵如此這般說了一番。朱並頻頻點頭。

朱並是個惡棍，曾被張儉嚴罰過，因此懷恨在心，投靠了侯覽。現在，他根據侯覽的指使，給朝廷上書，誣告張儉勾結同郡二十四人，結成死黨，以張儉為首，私立名號，企圖造反。

與此同時，中常侍曹節也唆使朝廷上的幾個心腹一起上奏章，要求誅殺所有黨人。漢靈帝還是個小孩子，當然聽憑他們擺佈了，於是下詔逮捕所有"黨人"。

張儉不肯束手就縛，一聽說朝廷要逮捕黨人，他就連夜逃走了。侯覽藉皇帝詔令，向各郡縣發出緝捕告示：凡敢窩藏張儉者，格殺勿論。

可是，人們恨透了宦官，張儉又懲罰過侯覽，名聲很好，所以他每到一處，都有人冒死保護他。一天，張儉逃到了魯郡，去投奔好朋友孔褒，恰巧孔褒不在，他的小兄弟孔融接待了他。孔融這時才十六歲。

沒兩天，官府聞訊，到孔家來抓張儉。這時候張儉已經走了。抓不到張儉，衙役就把孔褒、孔融以及他們的老母親，一起抓走。

魯郡的官吏審問他們。孔融說："是我招待了張儉，要辦罪的話，辦我就是了。"孔褒說："張儉是來投奔我的，應當辦我的罪，與我兄弟無關。"孔母說："我是一家之主，應當辦我的罪。"他們爭着，使官吏不知所措。

後來，朝廷把孔褒定了罪。張儉又逃到了東萊，住在朋友李篤家裏。當地縣令毛欽，奉命前來搜捕。李篤很客氣地請他到屋裏坐。

李篤對毛欽說："張儉負罪逃跑，我怎敢藏匿他呢？不過，話要說回來，如果他真的在我家裏，像他這樣正直的人，你真忍心抓嗎？"毛欽一聽，就知道張儉肯定在這裏了。

毛欽是個有正義感的人，被李篤這麼一激，霍地站了起來，說："您怎可以一個人獨攬保護君子的好事呢？"李篤笑着說："您現在不是跟我一起在保護他嗎？"毛欽歎息着向李篤告辭。

李篤知道，再讓張儉住下去，難保他的安全。當天夜裏，他就親自陪送張儉到別處躲藏起來。就這樣，朝廷始終沒能抓到張儉。"望門投止"這則成語，就是從這個故事中來的。

wàng　qiū　xiān　líng

望秋先零

顧悦，一名悦之，字君叔，東晉晉陵無錫人。他性格耿直，和人結交很講信義。公元 343 年，陳郡名士殷浩被朝廷徵聘為建武將軍、揚州刺史，上任以後不久，就把顧悦請到揚州去做別駕（刺史助理）。

殷浩為人溫文爾雅，擅長清談。他雖然在士大夫中名聲較大，但由於隱居了十多年，過慣了清閒的生活，對於公務並不熟悉。他見顧悦很有才幹，就把州裏的事情全部委託給顧悦處理。

顧悦得到殷浩的信任，心裏非常感動。為了讓殷浩有更多的時間和精力去關心朝政大事，就當仁不讓地挑起了重擔。他每天清早起身，處理了一天事務以後，晚上還要在燈下批閱文書，經常到深夜才能入睡。

長期的辛勤勞累，影響了顧悅的健康。到了三十多歲的時候，他已經背脊微駝，頭上長出了許多白髮，顯得清瘦蒼老。殷浩看了過意不去，勸他注意休息，但顧悅卻並不放在心上。

簡文帝司馬昱（yù，粵：旭）即位以前，曾經當過會稽王，和殷浩關係親密。顧悅經常有機會隨同殷浩到王府裏去作客，因此同司馬昱也很熟悉。有一次，他因公去會稽，辦完事情以後，特地去拜望司馬昱。

司馬昱和顧悅是同年出生，當時也只有三十多歲。由於生活優裕，注意保養，因此滿面紅潤，一頭黑髮，顯得體健神旺。他好像第一次發現顧悅頭上有那麼多白髮，就驚奇地問道：「你和我年齡相同，怎麼頭髮卻先白了？」

顧悅笑了一笑，隨口答道：「您是松柏之姿，經霜猶茂，我是蒲柳之質，望秋先零。各人的稟賦不同，這有甚麼辦法呢？」

對於顧悅平時的工作態度，司馬昱是有所了解的；現在聽了這些風趣而又謙遜的回答，更增加了對他的好感。不久，司馬昱就把顧悅提拔為尚書左丞，以表彰他勤懇踏實、忠於職守的作風和品質。

出處：南朝・宋・劉義慶《世說新語・言語》：「顧悅與簡文（晉簡文帝司馬昱）同年而髮蚤①白。簡文曰：『卿何以先白？』對曰：『蒲柳之姿②，望秋先零④而落。』」劉孝標註作「蒲柳之質，望③秋先零④」。

註：①蚤：通「早」。
②姿：資質。
③望：接近。
④零：凋零。

wàng yáng xīng tàn

望洋興歎

相傳在很早很早以前，黃河裏住着一位河神馮夷，人們都叫他河伯。多少年來，他一直生活在黃河中游的孟津附近，從來沒有遠離過。

一天清晨，一輪紅日從東方冉冉升起，燦爛的朝霞把河面映得金光閃閃，十分耀眼。河伯站在岸邊，望着洶湧奔騰、滾滾東去的浪濤，興奮地說：「黃河真大呀，世界上沒有任何一條河流能夠同它相比！」

「不！」河伯的身後傳來了一聲叫喊，原來是一隻老鱉在講話。河伯問牠：「你說，還有甚麼比黃河大？」

釋義　原指由於看到人家偉大，自愧不如而感歎。後來比喻因做事力量不夠，無從着手，感到無可奈何。

出處　《莊子・秋水》：「於是焉河伯始旋其面目，望洋①向若而歎。」

註：① 望洋：舉目遠視的樣子。

老鱉仰起頭來，朝着遙遠的東方望了一眼，説：「那裏，就在太陽升起的地方，叫做北海。世界上的河流終年不斷地流向北海，也沒有把它裝滿。它比黃河不知道要大多少倍！」

河伯用輕蔑的眼光看看老鱉，搖着頭説：「我沒有看到過，我不信！除了黃河，不可能再有更大的河流！」老鱉見他這樣自負，只好歎了一口氣，慢慢地走開了。

秋天來了，連日陰雨，百川猛漲，奔騰的洪峰洶湧而來，把黃河中游漫成一片汪洋。河面一下子開闊了好幾倍，以致兩岸相望，辨不清對面的牲口是牛是馬。望着這種情景，河伯興奮地説：「啊，好啊，黃河更大啦！」

越來越大的洪峰，後浪推着前浪，滾滾東去。河伯忽然想起了老鱉的話，決定乘此機會順流東下，到北海去看個究竟。

於是，他縱身躍入黃河，踩着巨浪，直立濤頭。只見兩岸的青山、叢林、房舍、農田，閃電般地向後逝去，經過了一天一夜的奔馳，終於來到了黃河入海的地方。

海神若出現在河伯的面前，滿面笑容地説：「你好，河伯，歡迎你到北海來觀光。」只見他一揮袍袖，浪濤頓時平息下來，眼前出現了一片清平如鏡的海面。

河伯向東遙望，只見浩瀚的北海一碧萬頃，無邊無際，不由驚得呆住了。他完全沒有想到，在自己生活着的黃河以外，還有這樣遼闊的世界。他開始為過去的自負感到慚愧起來。

河伯仰面望着北海若，感歎地説：「過去我曾經聽人説過北海之大，但始終不肯相信，今天總算親眼看到了。如果不是來到這裏，恐怕會一直被有見識的人取笑呢！」

北海若説：「井底之蛙，是不可能知道海的；見識淺薄的人，是不可能懂得道的。現在你走出黃河狹隘的天地，看到了遼闊的大海，認識到自己的不足，這就可以和你談論深奧的道理了。」

wàng méi zhǐ kě

望梅止渴

釋義
比喻從空想中得到安慰。

出處
南朝‧宋‧劉義慶《世說新語‧假譎》：「魏武行役失汲道，軍皆渴，乃令曰：『前有大梅林，饒子，甘酸可以解渴。』士卒聞之，口皆出水，乘此得及前源。」

曹操是東漢末年著名的政治家和軍事家，他不但在政治上很有才幹，而且足智多謀，善於用兵打仗。他的軍隊紀律嚴明，作戰勇敢，加上他指揮有方，因此經常取得戰鬥的勝利。

一個初夏的日子，曹操率領部隊準備繞到敵後去。那天烈日當空，萬里無雲，天氣非常炎熱。兵士們佩刀扛槍，行進在被太陽曬得乾裂的泥路上。蜿蜒的隊伍像長龍一樣，前不見頭，後不見尾，軍容十分嚴整。

到了正午時分，天氣越來越熱，士兵的衣服都被汗水浸透了，許多人的腳步開始放慢下來。有幾個身體較弱的士兵，由於流汗過多中了暑，跌倒在路上。

曹操騎在馬上，看到士兵吃力地邁着腳步，心裏非常焦急。他派人把嚮導找來，帶到一邊輕聲問道：「這裏附近有沒有水泉？」

嚮導搖搖頭說：「沒有，水泉在北邊的谷道裏，我們是為了抄近路才從這裏走的。現在將士渴得厲害，是不是讓大家繞過去喝些水再走？」曹操問：「需要多少時間？」嚮導說：「大約一個時辰。」

曹操沉思了一下說：「不行，這樣會貽誤軍機。」他抬起頭來向着幾里路外的一帶山丘望了一眼，問：「那裏有沒有水？」嚮導說：「不知道，要到那裏去找找看，可將士已經走不動了。」曹操說：「你別聲張，我自有辦法。」

曹操策馬奔到隊伍前面，挺一挺身，指着前方大聲說道：「將士們！轉過前面的山丘，有一處大梅林，那裏梅子很多，又甜又酸，可以解渴。大家振作精神，加快步伐，趕到那裏吃梅子去！」

將士一聽說有梅子，頓時覺得牙齒酸溜溜的，嘴裏湧上了口水。他們見曹操猛抽一鞭，策馬奔去，立即精神倍增，揮動兩腳緊緊跟上，好像已經消除了疲勞和口渴。

　　隊伍轉過山丘，一看並沒有甚麼梅林，將士感到希望落了空，嘴裏馬上又火辣辣地乾渴起來。曹操命令大家就地坐下休息，同時派嚮導帶着幾名精幹的士卒到附近去找水。

　　"有水了！有水了！"一陣歡樂的呼喊聲從山頭上傳到山下，疲憊的將士立即群情振奮，歡呼雀躍起來。曹操心裏好像落下了一塊石頭，馬上命令各部派人取水。

　　嚮導和士兵踏着崎嶇的小路登上山丘，轉過一處山坳，忽然聽到前面不遠的地方傳來了淙淙的流水聲。水取來了，將士痛快地喝着，同時拿出乾糧來吃了個飽。曹操等大家稍事休息後，又立即帶着隊伍出發。成語"望梅止渴"，就是從這個故事凝縮而來的。

wǎng　rán　ruò　shī

惘然若失

釋義

指神態不自在，好像失落了甚麼東西似的。惘然：原作「罔然」。

　　黃憲，字叔度，東漢汝南慎陽人，出身貧賤，父親是個牛醫，但他並不自卑，從小刻苦自學，博覽群書，不但才識超人，而且品性高潔，很早就受到鄰里的器重。

　　黃憲十四歲那年，潁川名士荀淑到慎陽去，在一家旅館裏遇見了他。荀淑見他是個少年，長得眉清目秀，很惹人喜愛，就邀他到房裏去坐坐。

　　誰知剛剛交談了幾句，荀淑就被黃憲淵博的學識驚呆了。他和黃憲一直談到太陽西下，才依依不捨地把他送到門外，說："沒想到你竟是我的老師啊！"

　　第二天，荀淑去拜訪汝南郡功曹袁閬（láng，粵：浪），一見面就問："貴郡有個顏子（孔子的學生顏淵，年紀很輕，但最勤奮好學），你認識他嗎？"袁閬說："你指的是黃叔度吧？"

　　後來，太原名士郭泰遊歷到汝南，先去登門拜訪袁閬，談了沒有多久，就告辭而去。

　　接着，郭泰又去求見黃憲，在黃憲家裏一住就是幾天。後來他對人說：「袁奉高（袁閬的字）像一道清泉，一眼就可以見底；可是黃叔度卻像千頃大湖一樣，使人無法測量他的深廣。」

和黃憲同鄉有個名叫戴良的人，他才能出眾，名聲也很大，但是生性高傲，瞧不起別人。曾經有人問他：「你認為天下有誰可以跟你相比？」戴良說：「我就像孔子和大禹一樣，獨步天下，誰能比得上！」

可是，這位目空一切的戴良，見了黃憲，驕傲的氣焰馬上就收斂起來了，不但當面正容肅立，不敢輕慢；而且分手以後，還惘然若失地愣上好半天。

有一次，戴良從外面回到家裏，母親見他悶悶不樂，就問：「你又是從牛醫兒那裏來吧？」戴良說：「是啊，我沒見他的時候，並不認為及不上他；可是一見了面，就會感到他高不可攀。黃叔度這個人，真是難以捉摸啊！」

由於士大夫的推崇，黃憲的名聲越來越大。汝南太守多次請他到郡裏任職，朝廷也下令把他徵召進京，可是生性淡泊的黃憲，始終不肯出去做官。他去世以後，人們都把他稱為「徵君」（不受徵聘的隱士），以表示對他的敬重。

出處 《後漢書・黃憲傳》：「同郡戴良才高倨傲①，而見憲未嘗不正容，及歸，罔然②若有失也。」

註：①傲：同「傲」。②失意的樣子。

shì　sǐ　rú　guī

視死如歸

齊公子小白，是齊襄公的弟弟，因襄公暴虐無道，出奔莒（jǔ，粵：舉）國避禍。襄公被國人所殺，小白在輔臣鮑叔牙及大夫隰（xí，粵：習）朋、東郭牙、王子成父等人的幫助下回國即位，史稱齊桓公。

可是襄公的另一弟弟公子糾，也在魯國軍隊支援下回齊接位。桓公便派大夫仲孫湫去半路迎住魯莊公和公子糾一行，告知齊國已有國君，請魯兵及早返回。魯莊公大怒，不肯輕易退兵。

齊桓公決定以兵拒之，即命向來治軍有方的王子成

296

父指揮右軍，東郭牙指揮左軍，自己與鮑叔牙親為中軍，又命雍廩為先鋒，先誘敵深入，然後各軍分路埋伏，前後夾攻。

魯莊公剛剛安營，便有齊軍先鋒來挑戰。沒待動手，雍廩不戰自退。莊公命大將曹沫領兵追逐，魯兵被漸漸引入齊軍的包圍圈。齊軍伏兵四出，將魯兵三面圍困。魯兵不能抵擋，軍中大亂，魯莊公改乘輕車，在眾將衛護下逃出重圍。

公子糾的輔臣管夷吾趕來，莊公聽從他的意見，連夜退兵。行不二日，忽見兵車當路，原來是王子成父和東郭牙率齊軍抄了魯兵後路。莊公無奈，一面命曹沫等接住廝殺，一面由管夷吾等保着，同公子糾一起奪路而行。

王子成父是齊國有名的上將，平時治軍甚嚴，戰時部下個個奮勇向前，視死如歸。魯兵紛紛潰逃，魯將秦子也被王子成父長戟刺落馬下。魯莊公剛回國，便有齊使隰朋來下書。書中是鮑叔牙口氣，請魯君立即殺公子糾，並把曾向桓公施放暗箭，差點將桓公射死的管夷吾，交由齊君辦罪，以此作為兩國和解的條件。

莊公只好殺了公子糾，並把管夷吾囚入檻車交由隰朋押回齊國。隰朋一再聲稱齊君對管夷吾恨之切骨，此番定要親手處死他方才消恨。莊公等都信以為真。

其實這是鮑叔牙與桓公商定的計策。鮑叔牙和管夷吾本是好友，他知道管夷吾是天下奇才，怕魯國不肯放，才想出這個妙法使他回國輔齊。管夷吾的囚車一到，鮑叔牙如獲至寶，立即把他迎入自己家中。

桓公不念舊仇，親自郊迎管夷吾，同車回宮，向他請教治國之道。管夷吾大談如何修明政治、聚積財用等一整套富國強兵的辦法，連談三日三夜，全不知倦。桓公非常滿意。

他要拜管夷吾為相。管夷吾辭而不受，說：“大廈之成，非一木之材。君王要成大事，又豈能委夷吾一人？必用五傑才行。”桓公忙問哪五傑。管夷吾說：“隰

出處 《韓非子‧外儲說左下》：「三軍既成陳①，使士視死如歸。」
《管子‧小匡》：「平原廣牧，車不結轍，士不旋踵，鼓之而三軍之士視死如歸。」

註：①陳：同「陣」。

朋、寧越、王子成父、賓須無、東郭牙。"

管夷吾對桓公左右大夫的賢能才幹瞭如指掌，他對桓公說，隰朋可任大司行，有外交才能；寧越可任大司田，管理農田之事；賓須無可任大司理，斷案決獄，鐵面無私；東郭牙可任大諫之官，因為他忠心耿直。

在軍旅方面，管夷吾特別推頌王子成父，說他治軍甚嚴，部下訓練有素，出戰時戰車奔馳，有條不紊；士兵一切行動聽指揮，不知後退；戰鼓一響，三軍勇敢殺敵，視死如歸！

桓公欣然採納管夷吾的建議，拜夷吾為相，重用五傑各治其事，並懸榜國門，凡能上奏富強之策者，一概擇優錄用。不久，齊國大治，桓公越發專任夷吾，尊他為"仲父"。從此，管夷吾又被後人稱為管仲。王子成父自從被任為大司馬後，更不敢怠慢，加緊訓練三軍；上下將士也一致服從命令聽指揮，大大發揚視死如歸的精神，把戰死沙場看作回家一樣平常。這"視死如歸"，也就作為成語而流傳後世了。

qiáng　nǔ　zhī　mò

強弩之末

西漢初年，散居在中國北方的匈奴民族，經常派騎兵侵襲漢朝的邊境地區，肆意燒殺搶掠，使那裏的百姓遭受極其深重的苦難。

公元前 200 年，漢高祖劉邦親率三十二萬大軍討伐匈奴。他率先頭部隊孤軍深入，被匈奴四十萬精兵圍困在平城縣東部的白登山上，七天七夜同主力部隊斷了聯繫，處境非常危險。

幸虧謀臣陳平想出妙計，派人私下送給匈奴閼氏（yānzhī，粵：煙之；漢時匈奴王后）大批財物，閼氏乃勸單于（匈奴王的稱號）放過劉邦。單于將包圍圈放開一角，劉邦才得以趁機逃出重圍。

平城之戰失利以後，西漢王朝分成主戰與主和兩派。劉邦考慮到中原地區經過長期戰亂，生產尚未恢復，自己的政權剛剛建立，也還不夠鞏固，就採納了主和派婁敬的意見，決定對匈奴實行"和親"政策。

公元前 198 年，劉邦挑選了一個宗室的女兒冒稱公主，連同豐厚的禮品，派婁敬帶着去見單于，要求和單于結親通好，永為兄弟之國；並且答應每年按規定數量送給單于大批財物。單于答應了。

可是，"和親"政策並沒有給漢朝邊境地區換來長期的安寧。沒過多久，單于就撕毀和約，接連派兵南侵。漢朝被迫應戰，但只以擊退敵軍為限，未同匈奴全面開戰。兩國之間一直保持着時戰時和的局面。

劉邦死後，漢朝經過五十多年的休養生息，特別是文帝、景帝兩朝逐步削平諸侯王割據勢力的叛亂，加強了中央集權；同時大力恢復和發展生產，募兵備邊。到了漢武帝劉徹即位時，漢朝的國力已經空前強大。

雄才大略的漢武帝決心對匈奴用兵，徹底消除北方的邊患。公元前 133 年，馬邑有個商人聶壹向主戰派大臣王恢獻計，把匈奴大軍誘入境內來加以圍殲。王恢報告給漢武帝，武帝召集大臣們一起商量決策。

御史大夫（僅次於丞相的最高行政長官）韓安國極力反對，他說："風（疾風）之衰，不能吹起毛羽；強弩之末，難以穿透魯縞。漢兵再強大，跑到千里以外的地方去作戰，糧草不繼，人馬困乏，是無法取勝的。還是以不戰為好。"

王恢反駁說："我們這次用不到深入敵境，而是利用單于的貪心，把他引進來圍殲。只要選擇好有利的地形，預先埋伏優勢的兵力，以逸待勞，完全有可能活捉單于，一舉全勝！"王恢的話，正好符合武帝的心意，因此被採納了。

漢武帝任命王恢、韓安國等為將軍，率領三十萬大軍埋伏在馬邑附近；同時派聶壹偽裝逃亡到匈奴，誘騙單于入侵。單于不知是計，果然親率十萬騎兵南下，但還沒有到達馬邑，就發現了漢軍的計謀，馬上倉皇退走。

出處　《史記・韓長孺列傳》："強弩①之極，矢不能穿魯縞。"《漢書・韓安國傳》："強弩之末②，力不能入魯縞③。"

註：① 弩：古代一種用機關射箭的弓。

② 末：指射出的箭已達射程的末段。

③ 魯縞：魯地出產的白色生絹，很薄。

馬邑伏擊沒有成功，漢武帝並不灰心。從公元前129年起，他多次派遣名將衛青、霍去病統率大軍遠征匈奴，連戰連勝，給了敵軍沉重的打擊，迫使匈奴遠退到大沙漠以北，基本上解除了漢朝北方的邊患。

chén chén xiāng yīn

陳陳相因

釋義 原指庫糧充足，陳糧壓着陳糧，以至腐敗不可食，後用以比喻因襲舊套，沒有革新和創造。

出處 《史記·平準書》：「太倉之粟，陳①陳相因②，充溢露積於外，至腐敗不可食。」

註：① 陳：舊。② 因：沿襲。

漢初天下逐漸安定，從漢高祖劉邦開始，接連幾代皇帝採取一系列措施：對商人加重徵稅，不准他們擔任政府官職；國家開支厲行節約；不斷下令減輕農民的租賦。

漢文帝還親自作為表率，穿着粗綈（tí，粵：提；厚綢子）服裝，所寵愛的慎夫人衣不曳地，帷帳不施文采，以敦樸示天下。

到武帝時，漢朝已建立七十多年，由於長期施行"休養生息"政策，國家太平無事，擺脫了過去的窮苦貧困，出現了老百姓人人飽暖、家家富足的繁榮景象。

《平準書》記述當時"京師之錢累巨萬，貫朽而不可校"，就是國庫裏裝滿錢幣，積累財富達萬萬以上，以致錢串子霉爛了，錢幣散落滿地，無法計數。

"太倉之粟陳陳相因，充溢露積於外，至腐敗不可食"，就是國家糧庫所儲存的米穀，多得陳糧壓着陳糧，倉裏實在存放不下，只好堆到露天地上，聽任它腐爛。

還有，街街巷巷老百姓都養馬，田野間牧放的馬匹成群結隊，不可勝數。聚會宴客時，由於來賓眾多，都騎公馬，就不許賓客騎母馬參雜其間，以免廄舍裏群馬相互踢咬，騷擾不寧……

由於經濟情況得到根本改善，人人都珍惜這種美好的生活，不願犯法受到恥辱。歷史上對文帝、景帝時代，稱為"文景盛世"；到武帝時，國家實力更加雄厚，漢朝被中外推崇為富強之邦。

越俎代庖

傳說在遠古時代，有個很有道德的人，名叫許由。他是陽城人，隱居在箕山，深為人們愛戴。當時的君主叫唐堯，想把君位讓給許由。他對許由說：「日月出來了，而燭火還不熄滅，它的光同日月比起來，太沒意思了！及時雨降下了，還要用人去灌溉，這對田地來說，不也是徒勞的嗎？」

他接着又說：「先生很有才能，要是當了君主，一定會把天下治理得很好；而我還佔着這個君位，自己覺得慚愧。請允許我把天下交給先生吧！」許由不願接受，連忙回答：「你已把天下治理得很好了，我再來代替你，這算甚麼呢？」

他還說：「鷦鷯（jiāoliáo，粵：招療；小鳥名）在深林裏築巢，不過佔一根樹枝的地方，鼴（yǎn，粵：演）鼠在河邊喝水，最多不過喝滿一肚子。算了吧，我的君主，天下對於我是沒有甚麼用處的！」

許由繼續打比方說：「廚師（庖人）即使不做祭祀用的飯菜，掌管祭禮的人（尸祝）也決不會超越自己的職責，而去代替廚師的工作。你就是丟開天下不管了，我也決不會代替你的職位。」

許由說了這話，就到田間耕作去了。後來人們根據他打比方的兩句話，概括成「越俎代庖」這個成語。

釋義 指參與或掌管祭祀的人越過放祭品的器具而去代替廚師的工作。比喻越權行事或包辦代替。

出處 《莊子‧逍遙遊》：「庖人雖不治庖①，尸祝不越②樽俎③而代之矣。」

註：①庖（páo，粵：刨）：庖人，廚師。②越：超過。③俎（zǔ，粵：阻）：古代祭祀時放牛羊等祭品的器具。

博士買驢

bó shì mǎi lú

釋義

指人寫文章廢話連篇，不得要領，也作「三紙無驢」。

出處

北齊‧顏之推《顏氏家訓‧勉學》：「鄴下諺云：『博士①買驢，書券三紙，未有驢字。』」

註：①博士：古代學官名。

顏之推是北齊著名的文學家。他的父親顏勰（xié，粵：協）由於從小生活貧困，寄養在舅父家裏，因此發憤學習，博覽群書，年輕時就成為一個很有學問的人。顏之推受到父親的教育和薰陶，也非常勤奮好學。

起初，顏勰在梁湘東王蕭繹部下任諮議參軍（參謀官）。蕭繹崇尚老莊玄學，親自招收門徒，為他們講解，顏勰經常叫兒子去旁聽，可是顏之推對這種空洞玄虛的學問根本不感興趣，一有空就去閱讀自己所喜愛的書籍。

由於顏之推學習注重實用，讀書不拘一格，對於文學、歷史、音韻、訓詁和藝術等方面的書籍都廣泛地加以涉獵，因此他的知識非常豐富，寫得一手好文章，很快就在士大夫中出了名。

公元 554 年，西魏軍隊攻破了江陵城，蕭繹被殺害。顏之推率領家屬渡江投奔北齊，被任命為黃門侍郎（宮中掌管機要文書的官員）。以後他又在北周和隋做官，先後經歷了四個朝代。

政治局勢的動盪和變遷，使顏之推不再熱衷於做官。到了晚年，他把主要的精力放在教育子孫後輩上，想按照自己的道德觀念，培養他們成為有用的人。

當時，在士大夫中有一種很不好的風氣，就是讀書寫文章專尚空談而不切實際。顏家的一些年輕子弟也受到了影響。顏之推看到這種情況，準備找一些事例來教育和誘導他們好好學習。

有一次，顏之推因事到鄴城去，在那裏聽到了一個笑話：説是有位熟讀經書的博士，自以為學問非常高深，實際上卻是個迂腐可笑的書呆子。

一天，博士家裏的驢子死了，他就到市集去另買一頭。成交以後，博士要驢販子寫一份單據，驢販子説自己不識字，當即向人借來紙筆，請博士替他寫。博士拿起筆，蘸飽墨，一本正經地寫了起來。過路人看到他那

302

副認真的樣子，都圍上來觀看。過了好久，只見他密密麻麻地寫滿了三張紙頭，才算把單據寫好了。

驢販子請博士唸給他聽聽，博士就搖頭晃腦地唸起來。驢販子聽完後說：「你寫了三張紙頭，怎麼連個驢字都沒有啊？其實，你寫上某月某日我賣給你一頭驢子，收你多少錢，不就完了嗎？要那麼多廢話幹甚麼！」

周圍的人聽了，頓時哄堂大笑。這件事傳開以後，人們很快就編出一句諺語：「博士買驢，書券三紙，未有驢字。」對這位迂腐可笑的書呆子作了極其辛辣的諷刺。

顏之推回來以後，把這句諺語寫進了他的一部名作《顏氏家訓》中的《勉學》篇裏，告誡子弟不要像那位博士一樣。

世盜名

qī　shì　dào　míng

釋義　欺騙世人，竊取名譽。

出處　《宋文鑒‧辨奸論》：「王衍之為人，容貌語言，固有以欺世而盜名者。」

王衍，字夷甫，西晉琅邪臨沂人。他外貌長得眉清目秀，一表人才，言談舉止安詳文雅，很有名士的風度，因此青年時代就在京城洛陽出了名。

車騎將軍楊駿，是晉武帝的丈人，在當時很有權勢，因為仰慕王衍的名聲，想把另一個女兒嫁給他。誰知王衍不願攀附權門，故意裝出得了狂病的樣子，滿口胡話，促使楊駿打消了原來的念頭。

王衍精通老莊哲學，主張無為而治。他經常手拿一把白玉柄的拂塵，對人講一些玄妙空虛的義理，絕口不談世事，這在當時被稱為清談。由於士大夫爭相仿效，清談竟成了一種普遍的風氣。王衍的聲譽也因此越來越高。

後來，情況傳到了晉武帝司馬炎耳中。有一次，他特地向王衍的族兄、司徒王戎問道：「聽說夷甫名高當世，有誰能夠同他相比？」王戎說：「當代沒有人比得上他，只好到古人中去尋找。」

王衍的妻子郭氏，是賈皇后的親戚。她憑藉權勢，想方設法地聚斂錢財。王衍在家裏百事不管，過着優裕舒適的生活，但他卻偏要自命清高，平時嘴裏絕口不說一個"錢"字。

郭氏想要試試王衍是否果真如此。有一天晚上，她等王衍入睡以後，叫婢女在丈夫的牀鋪周圍撒滿了銅錢。

第二天清晨，王衍披衣下牀，一腳踩着銅錢，差點兒滑倒在地上。他立即大聲把婢女叫來，還是避開了"錢"字，只說："趕快給我把阿堵物（當時口語，意思是'這東西'）拿掉！"這件事情，後來在洛陽竟被傳為美談。

由於皇帝的賞識和士大夫們的吹噓，王衍官運亨通，不斷升遷，一直做到尚書令。他的女兒惠風也被選進宮中，當了懷太子司馬遹（yù，粵：月）的妃子，使他的地位更加顯赫。

晉惠帝司馬衷是個懦弱而無能的人，即位以後，大權完全落到皇后賈南風手中。賈后為人陰狠毒辣，曾經一次殺害了太傅楊駿、中護軍張劭等十位大臣，後來又害死宗室汝南王司馬亮和楚王司馬瑋，引起了滿朝大臣們的震恐。

侍中賈模是賈后的族兄，看到賈后這樣兇殘，生怕將來一旦發生事變，自己也會遭到滅門之禍，就私下同王衍及尚書裴（péi，粵：陪）商量，準備廢掉賈后。王衍起先一口答應，但後來見賈后權勢正盛，竟反悔起來，致使賈模只好作罷。

懷太子並不是賈后的親生兒子，因為脾氣剛強，也引起了賈后的忌恨。公元 299 年，賈后捏造罪證，誣陷太子謀反，把他廢為庶人。王衍怕連累自己，馬上上表給賈后，請求讓女兒惠風同太子離婚。

王衍的這些行徑，使大臣漸漸看清了他的為人。公元 300 年夏天，趙王司馬倫發動宮廷政變，掌握朝政大權，廢黜了賈后。立即有人上書朝廷，指責王衍身為大臣，毫無忠貞的氣節，建議把他禁錮終身，永不錄用。

王衍失勢以後，又使出佯裝狂病這一手。他整天閉門不出，在家裏瘋瘋癲癲地胡言亂語，有一次還拿起刀來砍傷了侍候他的婢女。司馬倫弄不清他的瘋病是真是假，同時又忙於和其他諸侯王勾心鬥角，爭權奪利，沒有去理會他。

公元 301 年春天，野心勃勃的司馬倫廢黜了晉惠帝，自立為天子，終於引起西晉王朝宗室之間一場殘酷的內戰。齊王司馬冏（jiǒng，粵：迥）、成都王司馬穎、河間王司馬顒（yóng，粵：容）聯兵攻佔洛陽，司馬倫被殺。以後，三王之間又展開了激烈的鬥爭。

兵力強大的司馬穎，在戰爭中獲勝以後獨攬了大權。晉惠帝雖然被迎回復位，但完全成了傀儡。王衍由於沒有依附司馬倫，因此很快被司馬穎請出來做官，歷任尚書令、司空和司徒等職，又爬上了宰相的高位。

王衍雖然受到重用，但是動盪的政局使他經常感到惴惴不安。他請求朝廷讓弟弟王澄、王敦分別出任荊州和青州刺史，然後對他們說：“你們兩人在外掌握重兵，我留在京城，算得上狡兔三窟，從此可以高枕無憂了！”

公元 315 年，北方羯族石勒的軍隊大舉南侵，東海王司馬越率領二十萬晉軍北上迎戰，突然暴病死在軍中。將士共推王衍為元帥，王衍身為太尉，無法推卸責任，但他不敢同石勒交鋒，帶着全軍倉皇地向東退走。

石勒派出精銳的騎兵隨後緊追不捨，終於在苦縣寧平城下趕上了晉軍。經過激烈的戰鬥以後，晉軍被徹底擊潰，王衍和部下所有將領全部當了俘虜。

石勒開始很敬重王衍，稱他為王公，待以上賓之禮，但當他向王衍問起晉朝內部的禍亂時，王衍卻說：“我從小就不管世事，這些都和我無關。”一味推卸自己的責任。同時，他又厚顏無恥地勸石勒稱尊號，自立為天子。

石勒聽後，發怒說：“你名蓋四海，身居重任，年輕時入朝做官，直到今天，怎能說不管世事呢？我可以明告你：壞晉朝天下，就是你的罪行！”當天晚上，便下令把王衍活埋處死。

王衍在臨死之前，流淚後悔地說：“唉，我雖然比不上古人，但如果從前不那樣崇尚玄虛，而是盡力輔助君王治理天下的話，恐怕不會有今天的下場吧！」

以後到了北宋時代，有人寫了一篇《辨奸論》的文章，把王衍稱為「欺世而盜名」的奸臣，以此來攻擊實行新法的王安石。這種比附顯然是錯誤的，但他對於歷史上王衍的評價卻還有一定的道理。

黃袍加身

釋義

黃袍：古代帝王的袍服。「黃袍加身」，意思是被部屬擁立為帝王。

出處

《宋史‧太祖本紀一》：「夜五鼓，軍士集驛門……曰：『諸軍無主，願策太尉為天子。』未及對，有以黃衣加太祖身，眾皆羅拜，呼萬歲。」

五代十國時期，後周世宗柴榮，是個有作為的皇帝。他改革政治，整頓軍事，先後攻取後蜀的階、成、秦、鳳四州和南唐的江淮地區十四州，為後來北宋統一中國，奠定了基礎。

在歷次征戰中，出身將門的趙匡胤，戰功卓著，深得世宗賞識，被破格提拔為義成軍節度使、殿前都指揮。

這時居住在中國北部的契丹族，經常騷擾後周邊境。公元959年春，世宗親征，命趙匡胤為水陸都部署，率領大軍先行。

契丹的莫、瀛、易三州守將，見周軍來勢迅猛，難以抵敵，紛紛不戰而降。趙匡胤順利進入瓦橋關。隨後，世宗統率禁軍趕到，大宴群臣慶功。不料這天夜裏，世宗突患寒疾，諸將要勸他回京。匡胤奮然道：「主上寒疾未癒，若契丹兵至，反為不美。待我入請主上還京。」

世宗准了匡胤的奏請，大軍回到周都汴梁後，將匡胤升為殿前都點檢。從此，趙匡胤威名更加顯赫。不過十幾天，世宗病死。七歲的梁王柴宗訓立為皇帝，二十出頭的繼後符氏尊為皇太后。新君即位，文武朝臣各守原職，唯獨趙匡胤改任歸德軍節度使兼檢校太尉、殿前都點檢，慕容延釗為副都點檢。兩人本是知交，現在格外親密，常常秘密議事。

第二年新春，北漢與契丹聯兵進犯，符太后聞報大驚，急召范質等商議對策。范質奏道：「趙匡胤忠勇，可作統帥；慕容延釗驍悍，可作先鋒。再命各節度使會集北征，統歸趙匡胤調遣，定可旗開得勝。」太后准奏，即命趙匡胤調集各路兵馬，早日北征。

慕容延釗挑選精銳，先行起程；趙匡胤會齊大軍，隨後出發。誰知這時京城裏紛紛揚揚，到處傳說皇上年幼，北兵犯境，諸軍無主，將冊立點檢趙匡胤為天子。

大軍進到陳橋驛，夕陽西下，匡胤下令宿營。說也湊巧，這天氣象反常，太陽下面有團黑雲，給人一種幻覺，好像另有一個太陽。前部指揮使苗訓素習天文，見此異象，佇立遠望。趙匡胤的侍衛楚昭輔有事來找苗訓，苗訓對他說：「你看，一個太陽沉沒了，這預兆周帝應退位；一個太陽霞光萬道，這象徵點檢應為天子。」

兩人回營把這話告訴別人，頓時當作一件異事，紛紛傳揚開來。全軍到處議論，盡道上天顯示預兆，點檢趙匡胤當為天子。

都指揮領江寧軍節度使高懷德，見軍心已向匡胤，首先倡議道：「主上幼弱無知，大敵當前，我等雖出死力，誰人知道？不如上應天意，下順人情，先冊立點檢為天子，然後北征。不知諸公以為如何？」

眾將校誰不想做開國元勳，人人齊聲應諾，主張速行。都押衙李處耘說：「此事須稟明點檢，不可莽撞。點檢之弟匡義現在軍中，何不請他入告點檢？」眾將稱善，齊到匡義營中，和他商量。

趙匡義聽了眾將之言，答道：「我兄素講忠義，若冒昧進言，未必允從，必須計出萬全。」恰在此時，歸德軍掌書記趙普來到，他胸有成竹地插言道：「點檢威望素著，中外歸心。今夜如此這般，他便只好允從。」

諸將聽了趙普的話，皆稱妙計。看看天色將明，大眾齊集匡胤寢所，催匡義入帳請點檢起身受賀。

匡義見了兄長，略述諸將之意並軍士歸心情形。匡胤道：「這，這事可行得麼！且待我出去曉諭諸將，再作計較。」

匡胤出來，將士把他圍住，一齊呼喊：「六軍無主，願奉太尉為皇帝。」匡胤未及作答，高懷德等已捧來黃袍，披在匡胤身上。眾將校一律下拜，山呼萬歲。

匡胤推辭道：「我曾世受國恩，豈可妄自尊大，擅行不義？」此時趙普進言：「天命所歸，人心所向，明公若再推辭，反為不美。只要禮待幼主，厚遇太后，使之安享快樂，便可報答世宗恩德了。」

不待說完，將士已把匡胤擁到馬上。匡胤見各親信已按囑辦妥諸事，即傳命六軍：「太后主上，不得冒犯；京內大臣，不得欺凌；朝廷府庫、士庶人家，不得侵擾！如從我命，後當重賞，否則嚴懲不貸！」

諸將再拜受命。匡胤整軍回汴京，遣楚昭輔同客省使潘美先馳回，一個去告慰家人，一個去授意宰相范質如何行事。

汴京城內，正值早朝，文武大臣聽到消息，不知所措。符太后責問范質：「卿等保舉匡胤退敵，如何生出這變故來？」范質囁嚅道：「待臣出去勸諭是了。」符太后別無辦法，只得灑淚回宮。

此時匡胤領着大軍，進入京城。他命將士一律歸營，自己退回署衙，略等片刻，軍士將范質擁入。匡胤嗚咽道：「我受世宗厚恩，為六軍所迫，以至於此，實屬無奈！」

范質正要答話，軍校羅彥環厲聲道：「六軍無主，共議立點檢為天子。誰若不從，莫怪我的寶劍無情！」話音剛落，劍鋒即指向范質。范質於是降階下拜。

匡胤忙將他扶起。范質道：「明公既為天子，如何處置幼君？」趙普在旁道：「請幼君效法堯舜，傳位明公，將來以賓禮待之。」范質說：「既如此，當召百官舉行讓位儀式。」匡胤請他代為召集，並說決不薄待先朝舊臣。

范質辭出，部署一切。正午時分，百官齊集朝門，趙匡胤由眾親信簇擁着從容登殿。翰林承旨陶穀，把禪位詔書遞與兵部侍郎竇儀，由他宣讀。

匡胤北面聽詔後，即登崇元殿，穿上龍袍，受文武百官朝賀。因匡胤任歸德軍節度使時治所在宋州，所以定國號為宋，史稱趙匡胤為宋太祖。此後，宋太祖運用各個擊破的戰略，先後攻滅了南平、楚、後蜀、南漢、南唐、吳越、北漢等割據政權，結束了五代十國混戰的局面，統一了中國。

huáng liáng yī mèng

黃粱一夢

唐玄宗開元年間，有個青年盧生，在邯鄲官道上趕路。傍晚時，到一家旅店投宿。他在旅店裏遇到了道士呂翁，兩人一見如故，談得很投機。後來盧生看看自己一副寒酸相，歎氣說：「男子漢大丈夫，沒想會落到這般地步！」呂翁聽了，問他有甚麼難處。

盧生沒精打采地說：「大丈夫活着應該幹一番出人頭地的事業，出將入相，建立功名，享盡人間的榮華富貴。我年已不小，可如今還是一事無成！」說罷，雙眼矇矇矓矓地像要睡覺的樣子。

這時，店主人正在蒸黃粱飯。呂翁於是取出一個枕頭來借給盧生，對他說：「你枕着我的枕頭睡一覺，就會稱心如意。」盧生接過枕頭，和衣睡下，不久即進入夢鄉。

他夢見自己娶了世家大族崔氏的一個漂亮女兒作妻子，生活非常富裕舒適。第二年，他中了進士，官銜一個接着一個，地位一天高一天。後來，他被任命為河西節度使，率兵打退了吐蕃，開拓了大片疆土，為朝廷立下了功勞。回朝後繼續升官，做了十多年宰相。

不料他的飛黃騰達，遭到了奸臣的妒忌。他們誣告他勾結邊將，圖謀造反，將他逮捕下獄。他哭着對妻子說：「多年來追求功名利祿，真是何苦！我但願還能穿着粗布襖，騎着小青馬，無拘無束地在邯鄲道上自由來往。可惜這種日子已經一去不復返了！」

他越想越懊惱，想拔刀自殺，沒有成功。後來，皇上免了他的死罪，把他流放到邊遠的地方去。過了幾年，皇上才發現這是一樁冤案，又重新起用他做宰相，給他的賞賜和榮譽勝過從前。

他有五個兒子，十多個孫子，全都當了官，聲名威望，顯赫一時。他們同有錢有勢的人家結成婚姻，更給他面上增添了光彩。到了晚年，盧生驕奢成習，良田、巨宅、美女、名馬不可勝數，吃喝玩樂享用不盡。這樣一直活到八十多歲。

就在這時，盧生忽然揉揉眼睛，伸伸懶腰，一覺醒來，發現自己正睡在旅店裏，旁邊坐着的是呂翁，而主人蒸的黃粱飯還沒有熟呢。「黃粱一夢」這句成語，就是從這裏來的。

出處

唐‧沈既濟《枕中記》記載：旅客盧生在店主人煮小米飯時睡着了，睡夢中娶妻生子，享盡榮華富貴。待夢醒時，小米飯還沒煮熟。

註：①黃粱：黃小米。

朝三暮四
zhāo sān mù sì

釋義

原意是説用詐術欺人。後來用以比喻反覆無常。芧（xù，粵：序）：橡子。

戰國時候，宋國有個老人，很喜歡猴子，養了一大群，大家都稱他狙公。狙公能知道猴子想些甚麼，猴子也懂得主人的話，相處得十分融洽。

猴子每天要吃上好多糧食，狙公寧願省下家裏的口糧，也要滿足猴子的要求。沒有多久，家裏的糧食不夠吃了。狙公想減少猴子們的用糧，但又怕猴子們不聽話，就先騙牠們説：「以後給你們吃橡栗，早上三顆，晚上四顆，夠吃了嗎？」

猴子們聽説要減少食糧，都惱怒地亂蹦亂跳，好像向主人示威的樣子。隔了一會，狙公又改口説：「那麼，給你們早上四顆，晚上三顆，這樣，總該夠吃了吧！」

猴子們一聽，早上加一顆，都高興得伏在地上，表示滿意。「朝三暮四」這句成語，原意為以詐術欺人，後來用以比喻反覆無常。

出處

《莊子・齊物論》：「狙①公賦，曰：『朝三而暮四。』眾狙皆怒。曰：『然則朝四而暮三。』眾狙皆悅。」

《列子・黃帝》：「宋有狙公者，愛狙，養之成群，能解狙之意；狙亦得公之心。損其家口，充狙之欲。俄而匱焉，將限其食。恐眾狙之不馴於己也，先誑之曰：『與若，朝四而暮三，足乎？』眾狙皆伏而喜。」

註：①狙（jū，粵：追）：獼猴。

bì　zhǒu　qiān　jīn

敝帚千金

釋義

指家裏的一把破掃帚，價值等於千金。比喻自己的東西雖然不好，也當作寶貝。

吳漢，王莽末年南陽宛（宛，yuān，粵：冤）縣人，年輕時家境貧困，後來因事逃亡到河北漁陽一帶，以販馬為生。他結識了許多知名人士，在當地很有聲望。

當時，黃河南北的廣大地區，到處燃起了反抗王莽暴政的農民起義烈火。漢朝的宗室劉秀也在宛縣起兵回應，並且在戰爭中逐漸建立了自己的威信。

公元 23 年，劉秀率領少數人馬到河北去招撫各地郡縣歸順。盤踞在邯鄲自立為天子的王郎擁兵抗拒，劉秀決定用武力把他消滅。

吳漢知道劉秀雄才大略，深得人心，將來一定會成功，就去說服漁陽太守彭寵，要他配合劉秀。彭寵答應了，並且派遣吳漢等率軍南下助戰。公元 24 年 5 月，劉秀攻克邯鄲，王郎被殺。吳漢因功賜號為建策侯。

從此，吳漢就跟隨劉秀，成為最受寵信的名將之一。他經常率領騎兵衝鋒陷陣，攻城奪地，連續鎮壓了銅馬、高湖、重連等部農民起義軍。

公元 25 年 6 月，劉秀在鄗（hào，粵：號）縣即位，

出處　《東觀漢記・光武帝紀》：「家有敝①帚，享②之千金。」

註：①敝：同「弊」，破舊。②享，應作「亨」，原義是「通」，意為相同。

建立東漢政權，史稱光武帝。吳漢被任命為大司馬（全國軍政首腦，三公之一），進封舞陽侯。

當時，盤踞在西南巴、蜀地區的公孫述，也在成都即位稱帝，建立了"成家"政權。劉秀曾經多次寫信給他，勸他放棄皇帝的稱號，歸順漢朝，可以共享富貴。但公孫述自以為實力雄厚，能夠同劉秀抗衡，拒不答應。

公元33年，公孫述派大將任滿、田戎等率領幾萬人乘竹筏順江東下，直取江關，把漢將馮駿等打得大敗，佔領了荊門、虎牙要塞。然後立石江中，堵塞航道，準備阻擋漢軍西進。

公元35年春天，劉秀派吳漢及征南大將軍岑彭等率領六萬大軍討伐公孫述。岑彭帶着前鋒部隊一舉攻克荊門，長驅西進，在黃石登陸後，日夜兼程行軍二千多里，突然佔領了成都南面的重鎮武陽。

公孫述聽到武陽失守，不由大吃一驚，就連忙派刺客前去，深夜潛入漢軍營中，刺殺了岑彭。吳漢當時正在夷陵籌集戰船，得到岑彭遇刺的消息後，就率軍沿江西上，一路艱苦奮戰，終於在公元36年春攻佔了廣漢，逼近成都郊區。

吳漢急於取勝，決定分兵一萬給副將劉禹（《後漢書》作"劉尚"）扼守錦江南岸，自己率領兩萬人馬駐紮在北岸，準備伺機進攻成都。公孫述知道吳漢分兵後，就派大將延岑率軍扼守市橋，不斷擊鼓挑戰，吸引吳漢的注意力；同時派出一支奇兵繞過錦江，突然向劉禹發動襲擊。漢軍倉卒應戰，損失慘重。吳漢騎着戰馬跌入錦江，幸虧拖住馬尾巴才爬上岸來。

吳漢收集餘部，奮力殺出重圍，和劉禹會合後，引兵退守廣都。經過了短暫的休整以後，漢軍的士氣又振作起來。吳漢決定集中兵力，主動出擊。經過了八次激烈的交鋒，漢軍連戰連捷，終於在十一月間，攻進成都。

公孫述眼看大勢已去，就親自率領幾萬人馬來和吳漢決戰。兩軍廝殺了半天，公孫述漸漸招架不住，被吳漢的部將高午一槍刺穿前胸，翻身落馬。左右把他救入城去，當夜就傷重死亡。第二天早晨，延岑大開城門，向吳漢投降。

吳漢由於痛恨公孫述頑抗到底，決心報復。他下令把公孫述的妻子兒女以及延岑一家全部處死；同時放縱士兵四出搶掠，連宮城也被一把火燒光。只見成都城內烈焰騰空，幾萬市民流離失所，哭聲震天。

劉秀得到報告後非常生氣，馬上派人趕到成都去加以制止，同時在詔書中譴責劉禹說："家有敝帚，享之千金。成都已經投降，全城的男女老幼都是漢家的百姓，為甚麼還要迫害他們？你是宗室子孫，怎麼忍心這樣做？"

第二年正月，劉秀命令吳漢離開成都，班師回朝。隨後，又派人到巴、蜀地區進行察訪，表彰了一批以德行著稱的人士；對於原來公孫述部下有才幹的官吏，也不加歧視地予以任用。於是，巴、蜀的民心才漸漸地安定下來。

liàng rù wéi chū

量入為出

衛覬（jì，粵：記），字伯儒，東漢末年河東安邑人，年輕時就以才學聞名，曾任曹操的屬官，後升任尚書郎（在皇帝左右處理政務的官）。

曹操征討袁紹時，派衛覬出使益州，聯絡劉璋。衛覬行至長安，因道路不通，便滯守在關中。

關中本是富庶之地，前些年因戰亂頻繁，有數十萬人逃至荊州避難；現在聽說局勢安定了，都紛紛返回故居。當地一些將領趁他們暫時無業，爭相招為部曲（私兵），發展各自的勢力。

衛覬覺得這對鞏固曹氏政權不利，便給曹操的謀臣荀彧（yù，粵：旭）寫了封信，建議派司隸校尉來加強關中的管理，削弱地方將領的勢力。

這個建議很快就被採納了。曹操不但派司隸校尉治理弘農，還派來監鹽官負責管理食鹽的買賣。不久，關中局面果然安定下來。

魏明帝曹叡（ruì，粵：銳）登位，衛覬被封為閺（wén，粵：文）鄉侯。曹十分奢侈、暴虐，不但大興土木，廣造宮室，而且還酷愛養鹿，霸佔了許多農田作鹿囿。老百姓誰要是弄死一頭鹿，就得判處死刑，財產沒收入官。

曹窮奢極慾，迫使老百姓長期服勞役，造成大批田園荒蕪，民眾生活淒苦，國庫虧空。衛覬目睹這一情景，上了封奏章給曹。他說，現在天下分裂，千里沒有人煙，百姓困苦不堪。陛下如果再不留意，就會使國家凋敝，不可復興了。

奏章最後寫道："當今之務，宜君臣上下，並用籌策，計校府庫，量入為出。"就是說，現在最要緊的是君臣合力出謀劃策，精確地計算國庫的財力，根據收入的情形來確定支出的限度。

曹恣縱任性，沒有採納衛覬的意見。曹魏政權日趨腐化，最後終於被司馬氏所取代。公元 265 年，司馬懿的孫子司馬炎代魏稱帝，三國歸晉。

liàng lì ér xíng
量力而行

出處
《禮記・王制》："塚宰制國用，必於歲之杪，五穀皆入，然後制國用……量入以為出。"
《三國志・魏書・衛覬傳》："當今之務，宜君臣上下，並用籌策，計校府庫，量入為出。"

春秋初期，鄭國一度比較強盛，想向外擴張。公元前 712 年，鄭莊公藉口許國不聽周天子的命令，邀集齊、魯兩國共同討伐許國。

鄭、魯、齊三國軍隊，在許都的城下會師。齊、魯本是應邀而來，出力不多；攻打得最激烈的是鄭國的軍隊。

弱小的許國哪裏是他們的對手，都城很快就被攻破，國君許莊公換上百姓的衣服，混在軍民中，逃奔衛國去了。

許君逃亡，齊侯提出要把許國交給魯國管理。魯隱公推讓不受。

釋義 估量自身力量或能力的大小採取行動。

齊侯便説：“伐許本是鄭國的主意，既然魯侯不受，就應當把許地劃歸鄭國。”鄭莊公一心想吞沒許國，但眼前齊、魯兩君你推我讓，他礙於面子，也只好先假意推讓一番。

然後，鄭莊公把許國分成東西兩半，東面的交給許國的大夫百里，叫他扶持許莊公的弟弟許叔掌管。

鄭莊公對百里説：“天要降禍給你們，就借我的手來懲罰許國。但是我連自己的親兄弟也管不好（莊公弟共叔段謀反，事敗外逃），使他流浪在外，我又怎能長久地管好許國呢？”

他要求百里輔助許叔，愛護許國的百姓；又把許國的西部地區交給自己手下的大夫公孫獲掌管，名為助守，實際上是監視許叔。

對於鄭莊公的這一舉動，《左傳》的作者評論説：“鄭莊公於是乎有禮……許無刑而伐之，服而舍之，度德而處之，量力而行之，相時而動，無累後人，可謂知禮矣。”

這一段話讚揚鄭莊公因許國不合法度而討伐它，許國降服了就諒解它，並根據各人的德行作出安排，對自己也能估量本身力量的大小來行事，這都是合乎“禮”啊！以上評論，其實是並沒有看清鄭莊公佯推假讓的實質。

出處　《左傳·隱公一一年》：「許無刑而伐之，服而舍之，度德而處之，量①力而行之……可謂知禮矣。」

註：①量：估計。

跛鱉千里

bǒ biē qiān lǐ

在很早很早以前，有六匹驃悍的駿馬生活在中原地區的一處山林裏。

由於土地貧瘠，缺乏豐富的水源和食草。馬兒準備離開山林，到外面去尋找一個生活條件比較好的地方，定居下來。

一天清早，六匹馬迎着濛濛的晨霧，從一條林間的小道走下山去。山谷上空，響起了陣陣清脆的馬蹄聲。牠們走出谷口，踏上了大路。但是沒走多遠，為首的那匹棗紅馬忽然回過頭來長嘶了兩聲，其餘五匹馬頓時把腳步放慢下來。大家聚在一起商量：該怎麼走呢？茫茫大地，哪裏才是牠們要去的好地方？

「哥兒們，早晨好啊！」路邊傳來了一聲親切的問候。六匹馬不由自主地一齊回頭看去，原來說話的是一隻跛了腳的鱉，正一面向牠們點頭致意，一面一步一顛吃力地向前爬行。

「你好，鱉兄弟！」棗紅馬隨口回答了一聲。牠看着跛鱉那風塵僕僕的樣子，便問道：「你匆匆忙忙的，要趕到哪兒去啊？」

跛鱉舉起前腳向着正南方指了一指，說：「我要去的地方叫樂土。聽人說，那裏有清平如鏡的大湖和綠樹成蔭的原野，終年陽光明媚，溫暖如春，各種各樣的飛禽走獸、蟲類水族都能自由自在地生活。」

六匹駿馬聽了，不禁異口同聲地問道：「真的嗎？那片樂土離這兒有多遠？」跛鱉說：「不清楚，我只知道在正南方，聽說有一千多里，也許是兩千里、三千里……」

棗紅馬吃驚地問：「這麼遠，你能走得到嗎？」跛鱉說：「能。」後面的一匹灰馬用輕蔑的目光瞟了跛鱉一眼說：「千里以外的路程，只有我們才能去。你這跛腳，誰知道要走到哪年哪月。我看你還是別去了吧！」

跛鱉說：「我雖然腳跛了，走得很慢，但是每走一步都在前進，只要我堅持不懈地走下去，總有一天會走到的！」牠一面轉身一面邁動腳步，說：「我要繼續趕路了。你們如果願意去，就順着我的足跡趕來吧。」

跛鱉走後，馬兒們就商量了起來。棗紅馬主張到南方找樂土去，可是其他五匹馬都表示反對。灰馬說：「誰知道跛鱉說的是真是假，我看還是到西面的關中去吧，那裏有廣闊的平原和草地，才是咱們自由生活的好地方！」

另一匹黑馬說：「不行，關中人煙稠密，我們去了會被人逮住，那就一輩子沒有自由了。我看不如到東面的巨野去，那裏是一望無際的沼澤，有草有水，吃喝不用犯愁，而且也不會有人來侵害我們。"

其餘的三匹馬不同意，說："沼澤裏不但沒有路走，連個睡覺的地方也難找，我們還是到北方的大草原去吧。"牠們爭來爭去，誰也說服不了誰。一天過去了，跛鱉早已走得無影無蹤。可是六匹馬仍然留在原地，徘徊不前。

且說跛鱉順着大路向南走了一陣，回頭看看，不見馬兒們趕來，就繼續動身走自己的路。每天不管是烈日炎炎，還是颶風下雨，牠都不顧疲勞，一步一顛地向前走去。

走啊，走啊。一天，兩天，一個月，兩個月……不知道翻過了多少道山丘，涉過了多少條河流，穿過了多少處遮天蔽日的森林，堅定頑強的跛鱉經過了整整三年的長途跋涉，終於來到了牠所要尋找的樂土。

有志者，事竟成。歷盡艱辛的跛鱉滿懷喜悅地在美麗的樂土湖畔安了家。每天清晨，牠總要爬上山去，向着千里以外的中原地區昂首遙望。可是，一年，兩年，又是一個三年過去了，卻始終沒有盼見那六匹駿馬的到來。

出處：《荀子·修身》："故蹞①步而不休，跛鱉②千里……一進一退，一左一右，六驥③不致。"

註：①蹞（kuǐ），粵："規"上聲）步：半步，跨出一腳；蹞，同"跬"。②鱉：甲魚。③驥：駿馬。

wú chū qí yòu

無出其右

釋義：沒有人能超出他（他們）。

田叔，字少卿，漢朝初年趙國陘城人。他年輕時精通劍術，曾經跟隨樂臣公學習過道家的學說，為人刻苦清廉，在家鄉很有名望。

公元前 202 年，趙王張耳去世，他的兒子張敖繼位。有人向宰相趙午推薦田叔，趙午早就知道田叔的名聲，又把他推薦給張敖。張敖任命田叔為郎中（侍衛官），不久就發現他辦事非常廉潔公正，因此對他很器重。

公元前 200 年，漢高祖劉邦因事經過趙國都城邯鄲。張敖是他的女婿，接待十分恭順，從早到晚侍立在左右，飯菜都是親自捧着送上前去。可是劉邦對他卻十

出處
《史記‧田叔列傳》：「上盡召見，與語，漢廷臣毋①能出②其右③者。」

註：①毋：同「無」。②出：超出。③右：古代一般重右輕左，右表示高、上。

分輕慢，又着兩腿坐在蓆上，動不動就指着他大聲責罵。

張敖的宰相貫高和趙午，年紀已經六十多歲，過去都是張耳的舊臣。他們看不慣劉邦這樣蠻橫地侮辱張敖，就私下去見張敖說：「大王對劉邦這樣恭順，可是他卻對大王這樣侮慢。臣等實在忍不下去，請讓我們殺了他吧！」

張敖聽了，頓時大驚失色。他把指頭咬出血來，斷然地說：「萬萬不行！你們怎麼能說出這樣錯誤的話來？如果沒有陛下的恩德，哪會有我張敖的今天。這種話，請你們今後不要再出口！」

貫高、趙午退出以後，商量說：「大王忠厚，不肯背叛劉邦。我們是趙國的大臣，不願意忍受劉邦的侮辱，所以才想殺掉他。今後我們就瞞着大王去幹，事情成功，可以為大王雪恥；失敗了，就由我們自己承擔責任！」

公元前 199 年，劉邦從東垣回來，準備經過邯鄲到長安去。貫高等就在半途的柏人縣館舍裏預先埋伏好刺客，準備謀殺劉邦。劉邦到達柏人時，天色已晚，他正要留下過夜，無意中問了一聲：「這是甚麼地方？」侍從回答說：「柏人。」劉邦聽了心中一動，說：「柏人，就是迫人，這名稱不好。」說罷傳命繼續趕路。這樣，貫高的預謀就落空了。

之後有人上書告發貫高謀刺的罪行。劉邦下令逮捕張敖及貫高、趙午等大臣，押到長安受審，同時宣佈：「誰敢跟張敖前來的，罪滅三族！」田叔聽了，立即換上囚衣，和其他十多人自稱張敖家奴，隨同前往長安。

劉邦認為貫高謀刺自己是出於張敖的指使，就下令廷尉（最高司法長官）對貫高嚴刑拷問，追查主謀者。貫高被打得體無完膚，始終咬定事情與張敖無關。

劉邦聽了廷尉的報告，被貫高寧死不屈、敢於承擔責任的氣節深深感動了，他決定把張敖釋放，同時派中大夫泄公去告訴貫高，說也準備赦免他。貫高聽說張敖已經出獄，就在獄中掐斷頸動脈，自殺身亡。

張敖出獄後，被降封為宣平侯。劉邦把他召去，對貫高的為人表示讚賞，同時向他問起趙國其他臣子的情況。張敖就把田叔等十多人推薦給劉邦。劉邦下令召見田叔等人，同他們談了很久，感到漢朝的大臣在才識和德行上都無出其右，心裏非常高興，就把他們全部任命為郡守和諸侯的輔相。從此，田叔就在漢朝任職，前後達四十多年，直到景帝時才去世。

jí sī guǎng yì

集思廣益

諸葛亮是三國時代著名的政治家、軍事家，他於公元 221 年任蜀國丞相後，仍能虛心傾聽部下來自各方面的不同意見。

當他有時處理事情不夠周到時，謀士董和就常常提出意見，同他爭辯。諸葛亮非但沒有責怪董和，反而給予表揚。

意見箱

為了鼓勵部下參與政事，諸葛亮寫了一篇文告，號召大家積極發表政見，反覆爭議。這文告就是著名的《教與軍師長史參軍掾屬》，也稱作《與群下教》。

諸葛亮在文告中寫道："夫參署者，集眾思，廣忠益也。"就是說丞相府所以要任用僚佐共同參與討論國家大事，是為了集中大家的智慧，廣泛聽取各方面的有益建議，得出比較正確的意見，把事情辦得更好。

由於諸葛亮的勵精圖治，善於"集眾思，廣忠益"，他終於輔佐劉備，完成了與魏、吳鼎足而立，三分天下的大業。

劉備死後，諸葛亮鞠躬盡瘁，輔助後主劉禪，東和孫吳，南平孟獲，並屢次出兵攻魏，志在恢復中原，重

釋義 「集思廣益」，指集中眾人的意見和智慧，可以收到更大更好的效果。

出處《諸葛丞相集‧教與軍師長史參軍掾屬》："夫參署者，集眾思①，廣②忠益③也。"

註：① 思：思想，意見。

② 廣：增廣。

③ 益：好處。

興漢室。"集眾思，廣忠益"，後被簡化成"集思廣益"，用來說明集中群眾智慧的益處。

傍人門戶
bàng rén mén hù

釋義　依靠在別人的大門上。比喻依賴別人，不能自立。

出處　宋・蘇軾《東坡志林》卷十二：「桃符仰視艾人而罵曰：『汝何等草芥，輒居我上！』艾人俯而應曰：『汝已半截入土，猶爭高下乎？』桃符怒，往復紛然不已。門神解之曰：『吾輩不肖，方傍人門戶，何暇爭閒氣耶！』」

蘇東坡是宋朝的一位著名文學家，他在《東坡志林》這本書中講了一個很有趣的寓言，諷刺當時那些爭名位而缺乏自知之明的人。

寓言說：有一天，桃符（古時風俗，過年時用桃木板寫神名懸掛門上，以為能壓邪，一年一換）和在他上方的艾人（用艾草紮成人形，端午節掛在門上，以祛除毒氣）爭辯起來。

桃符仰起頭氣憤地看了艾人一眼，罵道："你是甚麼樣的一種小草啊，居然敢住在我的上頭！"艾人聽了，很不服氣地彎下身子來看看桃符。他知道桃符每年一換，現已過端午節，壽命已經不長了，就挖苦他說："你已經半截身子入土了（接近死亡），還要爭甚麼高低呢？"

桃符一聽，更是怒氣沖天，大罵艾人；艾人也不買賬，狠狠地回敬他，雙方爭吵不休。這時，在他們旁邊的門神實在聽不下去，就出來調解。他冷冷地說道："我們這些人都沒有甚麼用，全是依在別人的大門上才有立足之地，還有甚麼工夫爭閒氣呢？"這一說，桃符和艾人都不吭聲了。

飲醇自醉
yǐn chún zì zuì

周瑜是三國時吳國的名將。他長得儀表不凡，才華出眾，二十四歲時輔佐孫策東征西討，為孫氏政權在江東地區的建立和鞏固作出重大的貢獻。

孫策對周瑜非常信賴和器重，任命他做建威中郎將，經常在諸將面前表彰他的功績，並為他起造府第，厚加賞賜。孫策還對臣下說：「周公瑾和我情同骨肉，照他的才德和功勞，這些封賞算不了甚麼！」

皖縣名士喬公有兩個聰明美麗的女兒大喬和小喬，孫策自己娶了大喬，同時讓周瑜娶小喬為妻。他高興地對周瑜說：「喬公有我倆這樣的女婿，應該算稱心滿意的了。」由此可見孫策對周瑜的寵信。

公元 200 年，孫策不幸遇刺身亡。周瑜為了報答他的知遇之恩，盡心竭力地輔佐孫策的弟弟孫權加強實力，鞏固政權，在朝臣中獲得了很高的聲望。

除了軍事和政治才能外，周瑜還有一個突出的優點，就是胸襟開闊，氣量很大，無論誰冒犯了他，他都從不計較。這種寬厚謙和的品德，使他深得人心，朝中的文武大臣都樂於和他結交，只有程普對他不滿。

程普也是吳國一位聲名卓著的勇將。他在朝臣中資歷最深，年紀最大，同僚們都尊稱他為程公。他看到周瑜年輕得志，地位在自己之上，心裏很不服氣，總想找個機會煞煞周瑜的威風，抬高自己的身價。

周瑜知道以後，便處處注意謙讓程普，避免和他發生衝突。有一次，周瑜乘車外出，正好迎面碰上程普坐車而來，就立即命令自己的車夫閃到一旁，讓程普的車子過去。程普看了，感到非常得意。

在大敗曹操的赤壁之戰中，周瑜和程普分別擔任吳軍左右都督，但戰鬥的策略主要是周瑜制定的。事後，程普經常對人誇耀自己，貶低周瑜。周瑜聽了卻說：「我那時年紀還輕，沒有程公的幫助，是打不了勝仗的。」

周瑜謙遜忍讓的態度，傳到了程普耳中，不能不對他有所觸動。為了進一步消除隔閡，周瑜又多次主動到程普府上去探望他，表達了自己想和程普結為至交的真誠願望，使程普深受感動。

程普終於拋開舊怨，和周瑜結成了很好的朋友。後來，他深有感觸地說：「與周公瑾相交，真是如飲醇醪，不覺自醉。」「飲醇自醉」這句成語，就是由此而來的。

釋義　「飲醇自醉」，就是喝著醇厚的美酒，自己不知不覺醉了，比喻同淳樸忠厚的朋友相交，會使自己的品德受到良好的影響和薰陶。

出處　《三國志‧吳書‧周瑜傳》裴松之註引《江表傳》：「與周公瑾交，若飲醇①醪②，不覺自醉。」

註：①醇（chún，粵：純）：酒質濃厚。②醪（láo，粵：勞）：汁滓混合的酒，即酒釀，引申為濁酒；醇醪：味道很濃的酒。

飲鴆止渴

yǐn zhèn zhǐ kě

霍諝（xū，粵：須），東漢魏郡鄴縣人。他從小品性通達寬厚，勤奮好學，少年時代就已經讀遍儒家經書，寫得一手好文章，在鄉里出了名。

霍諝的舅舅宋光在郡裏做官，由於秉公執法，得罪了權貴，他們就上書誣告宋光私自篡改朝廷的詔書。宋光蒙受了不白之冤，被逮捕到京城洛陽，關在詔獄（奉皇帝詔令囚禁犯人的監獄）裏。

宋光是個非常耿直的人，對於妄加給他的莫須有的罪名，始終不肯承認，而且也不願出錢賄賂負責審訊的官員。因此，兇狠的獄吏經常對他嚴刑拷問，備加折磨，但都沒有能夠使他屈服。

當時，大將軍梁商執掌朝政大權，深受漢順帝的信任。他對宋光的案子曾經有所懷疑，想要派人重新審理，但由於政務繁忙，還沒有來得及着手進行。

霍諝這時剛剛年滿十五歲，他從小經常和宋光接觸，深知舅舅的為人是不可能做出這種違背常理的事情來的，於是趁此機會寫了一封信給梁商，極力為宋光進行辯白。

他在信中寫道："宋光身為州郡長官，一向奉公守法，希望得到朝廷的信用。即使他對詔書的內容有所疑惑，認為不便施行，也用不到冒死罪去篡改，這好比'療飢於附子（一種有毒的植物），止渴於鴆毒'，他哪裏會這樣做呢？"

梁商看了信以後，對霍諝的才學和膽識非常欽佩。他立即去面見順帝，請求寬恕宋光。不久，宋光終於被免罪釋放。這件事情，使霍諝的名聲一下子傳遍了整個京城。

由於郡裏的推薦，霍諝先後被朝廷任命為金城太守、北海相，後又入為尚書僕射，一直做到廷尉（最高司法官）。他一生不畏權勢，秉公執法，受到了皇帝的

出處

《後漢書・霍諝傳》："譬猶療飢於附子，止渴於鴆毒，未入腸胃，已絕咽喉，豈可為哉！"

釋義

鴆（zhèn，粵：朕）：傳說中的一種毒鳥，喜食蛇，羽毛紫綠色，放在酒中，能毒殺人。這種毒酒就叫鴆酒。飲鴆酒止渴，比喻只圖解決目前的困難，不顧後來的大患。

信任和敬重。成語“飲鴆止渴”就是由他信中“止渴於鴆毒”一語演變而來的。

láo kǔ gōng gāo

勞苦功高

公 元前 206 年，項羽駐軍鴻門，準備消滅劉邦。劉邦經項羽叔父項伯調解，到鴻門會見項羽。宴會上，項羽的謀士范增命人舞劍，打算乘機刺殺劉邦；項伯也拔劍起舞，以身掩護，以免劉邦被害。

　　陪隨劉邦前來赴宴的謀士張良見情勢不妙，連忙通知守候在軍門外的樊噲。樊噲不顧一切往裏直闖，守衛交戟攔阻，被樊噲大喝一聲，撞翻在地。

　　樊噲闖到帳前，怒沖沖地瞪着項羽。項羽一驚，按着腰間的劍把厲聲問道：“你是何人？”張良忙上前說：“這是沛公（劉邦別稱）的參乘（陪乘武官）樊噲。”

　　項王這才放下劍把，傳命賜酒。樊噲接過大斗一飲而盡。項王點頭稱讚：“真是壯士！”又命賜給生豬腿一隻。

　　樊噲滿不在乎，將盾覆在地下，把豬腿擱在盾面上，抽出劍來一塊塊地割着吃。

　　項王又問：“還能再飲嗎？”樊噲說：“我死都不怕，還怕喝一斗酒嗎？以前秦王有虎狼之心，暴虐百姓，隨意誅殺有功之人，所以天下反叛。秦王可算得強暴了，也沒有因為他強暴而怕他呀！”

　　說到這兒，樊噲忍不住提起了往事：“當初沛公起事，經常與大王合兵攻打秦軍，還幫助大王拿下雍丘，使秦朝大傷元氣。大王的兵力能有今天這樣雄厚，沛公出的力還少嗎？

　　“再拿後來的事說吧，秦朝是個百足之蟲，死而不僵，雖然失陷了不少土地，但秦都咸陽防禦堅固，各路將領無人可破。咸陽不破，秦朝就不滅；秦朝不滅，楚國就難保；楚國不保，還能有大王你嗎？”

釋義　出了很多力，吃了很多苦，立下了很大的功勞。

出處　《史記·項羽本紀》：“勞苦而功高如此。”

323

樊噲滔滔不絕地説下去：「為此，懷王才有'先進咸陽為王'的約定，沛公與大王一起在懷王面前領下攻關令。現在沛公先進了咸陽，但不敢稱王；為了防止失盜，下令封閉宮室寶庫，退兵灞上等候大王到來。」

樊噲越説越氣，豎眉瞪眼地衝着項羽責問：「沛公如此勞苦功高，卻沒有得到封賞；而你聽信小人離間，準備殺掉有功之人，這不是走秦滅亡的老路嗎？」一番話説得項羽默然不語，自知理虧。

劉邦乘這個機會，藉口上廁所，離席走出。樊噲、張良也跟了出來。三人商議決定，由樊噲等四個武士保護沛公，從小道逃回灞上。

張良估計他們已安返軍中，重新入席向項王致歉説：「沛公喝醉了，不能前來告辭，叫我奉上白璧一雙拜獻大王，玉斗一雙獻給亞父（范增的別稱）。」項王問道：「沛公現在哪裏？」張良説：「已返回軍營了。」

項王接下白璧，放在席上；范增卻怒氣沖天，拔劍砸碎玉斗説：「唉！將來奪項王天下的，一定是沛公。」

後來，項王果然在和劉邦爭奪天下的楚漢戰爭中被劉邦打敗，自刎於烏江。劉邦兼併楚地，即帝位，建立漢朝。成語「勞苦功高」的出處，就在「鴻門宴」這個故事裏。

huà hǔ lèi quǎn
畫虎類犬

東漢名將馬援，身材高大，鬚眉秀朗，在皇帝面前討論問題，剖析是非利害，頭頭是道，很得皇帝的讚賞。馬援對自己的姪子也十分嚴格。他有兩個姪子叫馬嚴、馬敦，平日喜歡議論別人的是非，廣交遊俠。馬援很是不安。

馬援寫信告誡姪子，希望他們在聽見別人講人家的壞話時，如同聽見父母的名字一般，儘管別人提起，卻不能從自己口中説出來。他希望姪子效法龍伯高。這人厚重謹慎，謙虛廉儉，公道正派，馬援對他十分愛重。他不希望姪子效法杜季良。這人雖然豪俠好義，能為人分憂，但如果學得不好，便成了輕薄之徒，所謂"畫虎不成反類狗"。

馬援的這封信，是一篇有名的文章，為後世所傳誦。"畫虎類犬"的格言也為人們所銘記。

出處 《後漢書‧馬援傳》「效杜季良不得，陷為天下輕薄子，所謂畫虎不成反類①狗者也。」

註：①類：似、像。

huà lóng diǎn jīng

畫龍點睛

張僧繇曾在南朝梁武帝時擔任過右軍將軍、吳興太守等職，以繪畫馳名於當時。據說，梁武帝每當想念分封在各地做王的兒子時，就派張僧繇去把他們的像畫了帶回來。這些像畫得神情畢肖，使梁武帝看了如見其人。

張僧繇畫的飛禽走獸也同樣栩栩如生。據說，他在潤州興國寺大殿的東牆畫了一隻鷹，在西牆畫了一隻鷂，嚇得一些小鳥從此不敢在屋樑上做窩，在佛頭上拉屎了。他畫的龍更是活靈活現。有一天，他在蘇州昆山的華嚴寺殿基上畫了一條龍。不一會，狂風大作，天色突然陰暗下來。這時，那條龍也昂着頭，彷彿立刻就要騰空而去。張僧繇見此情形，只得再畫上一條鐵鎖鏈，將龍鎖住。

張僧繇神奇的畫技，使他的名聲越來越大。許多人談起他時，都讚不絕口。但是，也有些人半信半疑。一次，人們聽說張僧繇在金陵安樂寺畫龍，大家奔相走告，爭着前去看個究竟。不到半天工夫，他就畫好了四條龍。可是這些龍的眼睛都沒有畫上。

周圍看畫的人好奇地問他："為甚麼不畫上龍眼睛呢？"他解釋說："眼睛是整條龍的精神所在，畫上眼睛，龍就會騰空飛走了。"有的人聽了半信半疑，有的人則認為荒誕不經。於是，你一言，我一語，一定要張

釋義 比喻說話或作文時，在關鍵的地方用精闢的詞句點明要旨，使內容更精彩生動。

出處 《宣和畫譜‧張僧繇》：「張僧繇，吳人也。……嘗於金陵安樂寺畫四龍，不點目睛，謂點即騰驤而去。人以謂誕，固請點之，因為落墨，才及二龍，果雷電破壁，徐視，畫已失之矣，獨二龍未點睛者在焉。」

僧繇給龍點上眼睛試試。張僧繇拗不過大家，只好拿起筆來。當他剛給兩條龍點上眼睛時，剎那間，電光閃閃，雷聲轟鳴，兩條龍破壁飛去。眾人被這突如其來的情景嚇得魂飛魄散，等到定神下來，只見壁上只剩下兩條沒有畫上眼睛的龍，那兩條點上眼睛的龍，早已飛得無影無蹤。

開門揖盜

kāi mén yī dào

釋義　指打開大門迎接強盜進來。比喻引進壞人，自招禍患。

出處　《三國志・吳書・孫權傳》：「況今奸宄①競逐，豺狼滿道，乃欲哀親戚，顧禮制，是猶開門而揖②盜，未可以為仁也。」

註：①宄（ɡuǐ），粵：鬼）：內亂。奸宄：指犯法作亂的人。②揖：打拱，表示歡迎。

東漢末年，江東是孫策的勢力範圍。吳郡太守許貢暗派使者上表給漢獻帝說：「孫策勇猛，宜召還京師，若使留居外鎮，必為後患。」使者為江防將士俘獲，報告孫策。孫策看了搜出的奏表，大怒，令將士把許貢誘來，立即絞死。

許貢有門客三人，逃亡在民間，要為許貢報仇。他們得知孫策愛好打獵，這天正捕獵於丹徒西山，便跟蹤而來。孫策乘的馬十分矯健，跑得飛快，把隨從都撇在後邊。他正在追逐一頭小鹿，突然間，許貢的三個門客從路旁躍出，對他進行襲擊。孫策未加防範，被弓箭射傷了面頰。他忍痛搏鬥，兵器被擊落，只得拿弓抵抗，且戰且走。三人緊追不放。正當危急之時，眾隨從趕到，將三人殺死。

回到府中，孫策箭傷大發，臨死前召長史張昭及弟弟孫權等人至臥榻前囑咐說：「天下大亂，以吳越之眾，長江之固，足以爭天下，公等善輔吾弟。」

又呼孫權授予印綬說：「若舉江東之眾，決策於兩陣之間，與天下爭衡，弟不如我；任用賢能，使各盡其心以保江東，我不如弟。」孫權大哭，拜受印綬。

孫策既死，孫權悲慟不止。張昭因而進諫，指出現今奸邪作亂的人互相爭奪，豺狼滿道，如果只顧悲哀兄長、講究禮節，不理大事，「是猶開門而揖盜」，就像開着門請強盜進來一樣自招禍患。聽了張昭的勸諫，孫權收住眼淚。張昭請孫權更換衣裳，扶他上馬出巡軍隊。東吳很快有了新主，內部穩定，後來得與蜀、魏形成三國鼎立之勢。

kāi　chéng　bù　gōng
開誠佈公

釋義

推誠相見，坦白無私。

出處

《三國志・蜀書・諸葛亮傳》：「諸葛亮之為相國也⋯⋯開誠心，佈公道。」

三國蜀相諸葛亮，輔佐蜀漢忠心耿耿，深得蜀主劉備信任。劉備臨終時曾對諸葛亮説：“卿才十倍於曹丕（魏文帝），必能安邦定國。吾子劉禪可輔則輔之，如其不才，卿可取而代之。”諸葛亮立誓要全力幫助劉禪治理天下。

劉備去世後，才能平庸的劉禪繼位，尚書令李嚴趁機勸諸葛亮晉爵稱王，諸葛亮拒絕説：“我受先帝重用，位極人臣。今討伐曹魏未見成效，妄自加官晉爵，豈非不義？”

諸葛亮坦懷無私，實踐自己盡心輔佐後主的諾言。面對強大的曹魏，他主張以抗衡求生存，規勸劉禪不要妄自菲薄，內修政治，外振武威，北定中原，復興漢室。這種正確主張，使弱小的蜀國後來自保了將近四十年。

諸葛亮治蜀，待人處事公平合理。參軍馬謖與諸葛亮情同手足，失守街亭，諸葛亮殺了他。臨刑前馬謖給諸葛亮上書説：“雖死無恨於黃泉。”街亭失守，趙雲、鄧芝也敗於箕谷。諸葛亮主動承擔指揮不當的責任，上疏請求自貶三等。後主准奏，諸葛亮由丞相降為右將軍。同時，諸葛亮還下了命令，要部下批評他的缺點錯誤，這就是有名的《勸將士勤攻己闕教》。他深信，只要認真吸取教訓，則“事可定，勝利可望”。

公元 234 年，諸葛亮積勞成疾病死軍中。他生前曾向後主上表説：“成都有桑八百株，薄田十五頃，子弟衣食，自有餘饒。⋯⋯若臣死之日，不使內有餘帛，外有贏財，以負陛下。”死後，果然並無產業留給後輩。

諸葛亮一生坦懷無私，《三國志》的作者陳壽用“開誠心，佈公道”的評語，讚揚諸葛亮真誠坦率的品質。後來“開誠心，佈公道”這句話被概括為“開誠佈公”，成了後人熟知的成語。

jiān bù róng fà

間不容髮

釋義 指距離極近，中間放不進一根頭髮，比喻離災禍極近，情勢危急到了極點。

出處 《文選‧枚乘〈上書諫吳王〉》：「馬方駭鼓而驚之，繫方絕又重鎮之；繫絕於天不可復結，墜入深淵難以復出。其出不出，間①不容髮。」

註：①間：空隙。

漢高祖劉邦大封同姓諸侯王，王國可以徵收租賦、鑄造貨幣、任免丞相以下的官吏。當時，劉邦的姪子劉濞（pì，粵：譬）被封為吳王，他招致四方遊士，得到了鄒陽、嚴忌、枚乘等一批既有學問又有辯才的文人做謀士。

漢景帝時，諸侯王權勢日增，不斷與中央政府對抗。吳王劉濞積蓄力量，圖謀反叛，鄒陽、嚴忌、枚乘等紛紛上書諫阻。

枚乘在勸諫吳王的奏書中，把利害關係剖析得極為透徹。他舉例說，如果用一根線吊上千鈞（“鈞”是古代計量單位，三十斤為一鈞）重物高懸空中，下臨無底深淵，那麼，再笨的人也會知道它極其危險。

他接着指出：馬剛受驚又打鼓驚嚇牠，線將斷又吊上更重的東西，結果勢必線斷半空連結不上，馬墜深淵救拔不出。免禍取福正在今日，情勢真是“間不容髮”、危急萬分，請大王深思。

吳王劉濞不聽忠告。枚乘他們便離開吳王，投奔景帝的弟弟梁孝王劉武。後來劉濞果真糾合楚、趙諸侯王發動叛亂，釀成“吳楚七國之亂”，枚乘再次上書勸劉濞罷兵，劉濞還是不聽。

公元前 154 年，漢景帝派太尉周亞夫統兵平叛，僅以三個月就討平了七國之亂，諸王相繼自殺或被殺。吳王劉濞逃奔東越，為東越人所殺。他在“間不容髮”的危急關頭無視枚乘的警告，勢必落得這樣的下場。

發奸擿伏

fā jiān tī fú

趙廣漢是漢宣帝時有名的官吏，曾任京兆地區（都城及其附近地區）的行政長官。他精明強幹，常常親自動手辦案。

趙廣漢善於從各種事物的聯繫中尋找線索。郡中的盜賊，鄉里的遊手好閒之徒，他們相互間的關係如何以及他們的巢穴在哪裏，他都了解得一清二楚。

有一次，長安有幾個少年聚集在一處偏僻的空房子裏，合謀搶劫。他們正在那裏商量，趙廣漢已經帶了人來捉他們了。

還有一次，有個富人叫蘇回，在皇宮當侍衛，一天回家途中給兩個人劫走。劫人者隨即向家屬勒索贖金。不一會，趙廣漢就帶了官兵，追查到這兩個人的住所。

趙廣漢自己站在門口，叫副手龔奢去敲門，告訴兩人說：「京兆行政長官趙君好意勸告你們，不要殺害那個被劫持的人質，他是皇帝的侍衛。你們放了他，自己投案，可以從寬處理。」

兩人聽了，十分吃驚，又久聞趙廣漢的大名，趕快開門叩頭。廣漢也對他們回禮，並十分客氣地對他們說：「虧得你們沒有殺掉他，這樣是很好的。」後來他把這兩個人送進監獄，吩咐獄官厚待他們，送酒肉給他們吃。

到了這年冬天，按漢朝法律這兩個人要殺頭。廣漢事先給他們辦好棺木，然後派人告訴他們。這兩個人聽了說：「我們死了也沒有甚麼怨恨！」

像這類的事例還有不少，因此《漢書》的作者班固評論說：「其發奸擿伏如神。」這是讚揚趙廣漢揭發壞人壞事就像神一樣的靈。

但最後趙廣漢因辦案得罪了當時的權貴，給人家反告一狀，竟被判處死罪，腰斬處死。

yè　gōng　hào　lóng

葉公好龍

春秋時楚國人沈諸梁，在葉地當縣尹，自稱“葉公”。他要別人也這樣稱呼他，別人知道他表字子高，便叫他“葉公子高”。據說，這位葉公愛龍成癖，家裏的樑、柱、門、窗上都雕着龍，牆上也畫着龍，連日用器物上也都是龍紋。就這樣，葉公愛好龍的名聲，被人們傳揚開了。

天上的真龍，聽說人間有這麼一位葉公，對牠如此喜愛，很受感動，決定到人間去走一次，對葉公表示謝意。天龍下降到葉公家裏，葉公正在午睡，這時風雨大作，雷聲隆隆，驚醒了他的好夢，他趕快起來，關閉窗戶。

冷不防，天龍正好從窗子外把頭伸進來，葉公看見了，頓時嚇得魂飛魄散，趕緊奪門逃走。他沒命地衝進堂屋，不料堂屋裏牠的一條碩大無比的龍尾巴，攔住他的去路。他“哎呀”一聲，面色如土，倒在地上不省人事。

天龍瞧着半死不活的葉公，不明白自己闖了甚麼禍，只好莫名其妙地走了。牠哪裏知道，葉公愛好的其實並不是真龍，而是那似龍非龍的假龍罷了！

這是一個具有諷刺意義的寓言，出自西漢文學家劉向所撰《新序》一書，也見於《申子》。葉公沈諸梁，歷史上確有其人，但無“好龍”之說。《新序》採集舜禹以至漢代的史事分類編纂，所記事實與正史頗有出入。

勢如破竹

釋義

形容作戰或工作節節勝利，也形容不可阻擋的氣勢，好像用刀破竹子一樣，劈開幾節以後，下面的就順着刀子分開來了。

出處

《晉書‧杜預傳》：「今兵威已振，譬如破竹，數節之後，皆迎刃而解。」

三國中的蜀國被魏國吞滅了，魏國也被司馬炎奪去了帝位，剩下一個吳國。杜預是西晉大將，力主出兵滅吳，寫了一道奏章給晉武帝司馬炎。司馬炎因受幾個重臣的影響，一直下不了滅吳的決心。杜預的奏章送到京城，司馬炎看了，要和他對弈的大臣張華再看一下。

張華見奏章中對當前的形勢分析得很有道理，隨即推開棋盤，對晉武帝奏道：「陛下聖武，國富兵強。吳主淫虐，誅殺賢能，現在起兵討伐它，可不勞而定，願陛下不要再遲疑了。」司馬炎因此下定了決心伐吳。

公元 279 年，晉武帝命二十多萬人馬，分六路進攻吳國。

公元 280 年，杜預揮軍攻佔江陵，斬吳將伍延。

於是沅江、湘江以南，連接交州、廣州的大片州郡，都望風而降。杜預召開軍事會議，聽取意見。有人認為：吳國立國很久，不是一下子可以佔領的，而且江水陡漲，難以久駐，因而主張推遲到冬天，再大舉進攻。

杜預說：「從前，燕國的樂毅憑着濟西一戰就擊破了齊國。現在我方兵威已振，其勢猶如破竹，數節之後，都可迎刃而解，用不着費大力氣了。」當下，他和眾將擬定了作戰方略。不久，晉軍攻佔了建業，吳主孫皓投降。西晉統一了全國，晉武帝封杜預為當陽縣侯。杜預認為天下雖安，忘戰必危，仍然勤於軍備，興修水利，受到當時人們的稱頌。

楚囚對泣

<small>chǔ qiú duì qì</small>

釋義 指在國破家亡時或在其他惡劣環境下，相對悲泣，束手無策。原作「楚囚相對」。

出處 《左傳‧成公九年》：「晉侯觀於軍府，見鍾儀，問之曰：『南冠而縶者，誰也？』有司對曰：『鄭人所獻楚囚①也。』」南朝‧宋‧劉義慶《世說新語‧言語》：「周侯中坐而歎曰：『風景不殊，正自有山河之異。』皆相視流淚。唯王丞相愀然變色曰：『當共戮力王室，克復神州，何至作楚囚相對！』」

註： ① 楚囚：本指春秋時被俘到晉國的楚人鍾儀，後用以比喻處境窘迫的人。

西晉末年，政治黑暗，皇族爭權。公元 291 年爆發 "八王之亂"，混戰十六年，造成巨大破壞，各族人民紛紛起義。

這時，遷到內地的各少數民族貴族，也乘機起兵，奪取政權。公元 316 年，匈奴貴族劉曜攻佔長安，西晉最後一個皇帝——晉湣（mǐn，粵：敏）帝司馬鄴投降，西晉滅亡了。

第二年，逃亡到江南的西晉貴族、官僚和大地主，聯合江南士族，擁戴晉皇族司馬睿在建康做皇帝，建立了東晉王朝。這些南遷的貴族、官僚，一旦在偏安江南的小朝廷裏站穩腳跟，便相邀宴飲，尋歡作樂。

也有人憂心國事，愁眉不展。一次，大家正在建康郊外的新亭宴會，武城侯周顗（yǐ，粵：蟻）忽然停杯不飲，長歎一聲說："風景還是這樣，可是國家河山卻變樣了！"

這一來，頓時引起眾人的哀愁。好多人都流下了眼淚，相對哭泣起來。

丞相王導心裏雖然也很難受，卻站起來激昂地說："我們應當為朝廷盡力，收復國土，怎麼可以作楚囚對？" 他反對大家像春秋時被俘到晉國的楚國人那樣相對哭泣，無所作為。

王導這樣一講，大家很振奮，情緒馬上改變了。後來，王導領導南遷士族，聯合江南士族，穩定了東晉在南方的統治。

感激涕零

gǎn jī tì líng

釋義　感激得掉下眼淚，形容極為感激。

出處　唐・劉禹錫《平蔡州》詩之二：「路旁老人憶舊事，相與感激皆涕①零②。」

註： ①涕：眼淚。 ②零：落。

安史之亂後，唐朝中央集權更為削弱，連內地的許多節度使也各佔一方，擁兵自重，對抗朝廷的統治。淮西鎮就是其中較大的藩鎮。

元和九年，淮西節度使吳少陽死，他的兒子吳元濟因為達不到繼承父親職位的目的，便自領軍務，縱兵焚掠舞陽、葉等縣，威脅洛陽。

朝廷曾多次派兵去討伐吳元濟，可是這些統帥不以國家利益為重，光為自己打算，幾次出兵，不僅一無收穫，反而使得官軍士氣低落。吳元濟則因此更加氣焰囂張，不可一世。

唐朝將軍李愬（sù，粵：素），善騎射，有謀略，素來關心國家的統一，看到這種狀況，很是焦慮。他自告奮勇，表示願意擔當平定淮西叛亂的重任。元和十一年底，朝廷任命他為征討淮西的前線指揮。

李愬並不急於出兵，而是努力做好內部的整頓，鼓舞將士的士氣。將士受傷生病，李總是親自去慰問、看護，對於自己的日常生活，則是嚴肅檢點，為將士們做出榜樣。

對於來降的人，李愬好言勉慰，讓他們自己選擇出路。凡願意回家的，發給糧食布帛。這些人很受感動，都自願留下。這樣，也使李愬進一步弄清了敵人的虛實和山川地形的險易。

這樣準備了半年，經朝廷批准，李愬率軍主動出擊，接連打了幾個勝仗。戰鬥中，唐軍俘獲了被稱為吳元濟"左臂"的吳秀琳。李愬親自給他鬆綁，並任他為將。對於俘虜的其他將吏，也都一一做好安撫工作。

敵軍眾叛親離，節節敗退。一個天寒地凍的風雪之夜，李率領騎兵夜行一百三十里，出其不意地來到吳元濟的老巢——蔡州城下。守將驚慌失措地向吳元濟報告說："官軍兵臨城下了！"吳元濟不相信，咕嚕了一句，翻了個身，又睡了。

黎明雪停，李愬的部隊破城攻入吳元濟的外宅。蔡州的官吏嚇得大嚷：「城被攻破了！城被攻破了！」吳元濟仍不以為然，竟還懵懵懂懂地以為手下將士來向他索討禦寒的冬衣。

直到他親耳聽清人們在傳遞李愬的號令聲時，才如夢初醒。在貼身侍衛的保護下，吳元濟爬上院牆，準備逃命。這時，李愬的部隊已把院牆圍得水洩不通。吳元濟走投無路，狼狽不堪。唐軍給了他一把梯子，他只得乖乖地爬下，束手就縛。淮西的其他地方部隊聞訊後，也都投降了。

當地百姓聽說唐軍平定了蔡州，活捉了吳元濟，都額手稱慶。一些老人長期以來吃盡了藩鎮割據的苦，對李愬為民除害，十分感激。

當時，遭貶的政治家、文學家劉禹錫得知這一消息，寫了《平蔡州》詩三首，表示讚頌。詩中有兩句「路旁老人憶舊事，相與感激皆涕零」，形容當地百姓極為感激的情形。

dāng　jú　zhě　mí

當局者迷

唐朝的元澹，字行沖，是一個很有學問的人。他曾撰寫《魏典》三十篇，受到當時學者的推崇。

有一次，大臣魏光乘上疏，要求把唐初魏徵修訂整理過的《禮記》列為儒家經典。唐玄宗命元行沖等人再加上註解，以便使用。

元行沖就和國子博士范行恭、四門助教施敬本等一起整理，編成五十篇，加上註解後呈送唐玄宗。

這時，右丞相張說（yuè，粵：悅）提出不同意見，認為《禮記》一書，原西漢戴聖整理過的本子，使用到現在近千年了，已經和經書並列，如今要用魏徵的新本子，還加上註解，恐怕不妥當。唐玄宗同意了他的意見。

元行沖對這樣的觀點很不贊同，就寫了一篇文章進行辯解，文章的題目叫《釋疑》，用的是客人和主人對話的形式。先是客人提出問題：《禮記》這部經典，西漢戴聖編纂、東漢鄭玄加了註的本子，和魏徵加工整理過的本子，哪個好？

主人回答說：戴聖的《禮記》行用於漢末，以後經過許多人修訂、註釋，這當中互相矛盾的地方不少；魏徵正是嫌它冗長繁雜，所以重加整理，去粗取精。誰想到那些死守章句的人竟會反對？

客人聽了說："當局稱迷，傍觀見審。"這是說好比下棋一樣，下棋的人倒看不清楚，而旁觀者卻看得很清楚。元行沖的意見無疑是正確的。這件事告訴我們：做事要多聽聽旁人的意見，不要"當局者迷"，老以為自己是正確的。

出處　《舊唐書‧元行沖傳》："當局稱迷，傍觀見審①"。《新唐書‧元行沖傳》作「當局稱迷，傍觀必審」。

註：①審：詳知，明白。

yú gōng yí shān

愚公移山

傳　說中國古時候，在冀州之南、河陽以北有兩座大山，一座叫太行山，一座叫王屋山，方圓七百里，高數萬丈。

山北住着一位叫愚公的老漢，年紀快九十歲了。他每次出門，都因被兩座大山擋着，要繞很大的圈子，走許多彎路，才能到達南邊的豫州和漢水。愚公為此十分苦惱。

一天，愚公下了決心，把全家人召集來商議，說："我和你們一起，以畢生精力，把這兩座大山搬掉，修一條直通豫州、漢水的大道，你們說好不好？"

全家人都表示贊成，只有他妻子提出疑問，說："像太行、王屋這麼高的大山，挖出來那麼多泥土、石塊，往哪裏送呢？"

沒等愚公回答，兒孫都說："這好辦，把泥土、石塊扔到渤海邊上去就是了！"

釋義　比喻做事有毅力，不怕困難。現多用來比喻人們征服自然、改造世界的雄心壯志和堅定不移的精神。

出處
《列子‧湯問》：「太行、王屋二山，方七百里，高萬仞。本在冀州之南，河陽之北。北山愚公者，年且九十，面山而居。懲山北之塞，出入之迂也，聚室而謀，曰：『吾與汝畢力平險，指通豫南，達於漢陰，可乎？』雜然相許。」

第二天天剛亮，愚公就帶領兒孫們開始挖山。他們使勁掘土，用竹筐畚箕，把一堆堆泥土、石塊挑到渤海邊去。

愚公移山的事，感動了周圍所有的人。鄰居寡婦京城氏家有個孤兒，年僅七八歲，見愚公他們幹得起勁，也跳跳蹦蹦地跑來幫忙。那孩子日日夜夜在工地上忙，只有冬夏換季的時候才回家一次。

河曲（今山西芮城西風陵渡一帶）有個智叟，看見愚公全家挖山不止，覺得可笑，勸愚公說：「你這個人真傻，就你那把年紀剩下的這麼點精力，我看連動一下大山的毫毛也不可能，別說搬走那麼多泥土、石塊了。」

愚公長長歎了口氣說：「你思想頑固得無法開導，還不如人家寡婦的小孩子哩！我死了以後，有我的兒子，兒子死了又有孫子，子子孫孫無窮盡，而這兩座山卻不會再增高了，為甚麼挖不平呢？」智叟理屈辭窮，答不上話來。

愚公移山的精神，感動了上天。上天派了兩個神仙下凡，一夜之間，把太行、王屋兩座山背走。從此，愚公家門口出現了一條直通豫州、漢水的大道，再也沒有高山阻擋了。

暗度陳倉

公元前 206 年，各路反秦起義軍進入秦都咸陽，腐朽殘暴的秦王朝被推翻了。

當時義軍中最著名的領袖是劉邦和項羽。劉邦首先攻下咸陽，廢除秦的暴政，採取一系列安定民心的措施，受到關中老百姓的擁護；項羽入關較遲，但秦軍主力是被他消滅的，他自以為功勞最大，非常妒忌劉邦。

項羽憑藉實力，自立為西楚霸王，定都於彭城。他發號施令，把劉邦封在漢中和巴、蜀一帶做漢王；又將咸陽周圍的秦國故地分封給三個降將章邯、司馬欣和董

釋義

「暗度陳倉」，原是古代軍事史上一個有名的戰例，後用以指作戰時從正面迷惑敵人，暗中潛入敵側後進行突然襲擊的策略。舊時也借喻其他暗中進行的活動。

翳，以扼制劉邦的勢力向北發展。

漢中和巴、蜀地處西南邊沿，關山重疊，交通阻塞，經濟和文化都很落後。劉邦知道項羽要把自己困死在那裏，心裏非常氣憤，就想率領部隊去跟項羽拼個死活。

謀臣蕭何和張良，見劉邦在盛怒之下忘記了處境的危險，就竭力勸阻。蕭何說：「項羽的軍隊有四十萬，而我們只有十萬人，現在去拼，不是拿着雞蛋跟石頭碰嗎？」

劉邦說：「現在不拼，把將士帶到漢中，以後項羽怎會讓我北出？還不同樣是死路一條！」張良說：「不，得天下者在於民心，三秦的老百姓是擁護大王的。只要大王任用賢才，發憤圖強，將來一定能夠重回關中！」

劉邦聽罷，沉吟了一下，覺得一時也別無他法，只好同意。四月間，他下令全軍將士拔營向漢中進發。

當時，通往漢中的道路只有一條，而且沿途山高谷深，坡陡林密，不少地方用木板築成棧道，只能一人一馬依次通過。張良勸劉邦待人馬過後就把棧道燒燬，表示自己不想再回關中，以消除項羽的猜疑。

劉邦走後，項羽立即派探馬前去跟蹤打聽。幾天以後，探馬回報：劉邦已經燒絕棧道，進入漢中。項羽聽罷，感到自己再也沒有後顧之憂，就放心地率領大軍回彭城去做他的西楚霸王了。

劉邦到達漢中後，接受蕭何的建議，任命善於用兵的韓信為大將，加緊籌集糧草，訓練士卒，作好出兵關中的準備。

離漢中最近的，是被項羽封在廢丘做雍王的章邯，他經常派人監視劉邦的動靜。一天，章邯得到消息：新近被劉邦任命為大將的韓信，派了幾百人在修理棧道，可能要出兵北上，進犯關中。

章邯一面派人再去打聽，一面對部下說：「韓信是個無名小卒，有甚麼能耐？要修復棧道，至少得三年五載。到時候，我只要把北口一堵，哪怕千軍萬馬也休想出來！」說罷哈哈大笑，根本不把此事放在心上。

誰知到了八月間，章邯突然得到探馬急報，說韓信率領十多萬漢兵已經來到關中。章邯大吃一驚，忙問："他們在哪裏？棧道甚麼時候修好的？"探馬説："漢兵沒有走棧道，他們是從西邊的故道繞行北上，已經到達陳倉了。"

原來韓信"明修棧道"，完全是為了迷惑章邯。他知道漢中西北有一條小路，可以經故道直達陳倉，就決定由此北上。於是，十多萬漢兵晝伏夜行，穿林渡谷，經過長途跋涉，終於突然在陳倉出現。

章邯連忙調兵遣將，趕往陳倉堵截。但是，韓信已經佔據了有利的地勢，加上漢兵士氣旺盛，才一交鋒，就把章邯的軍隊打得落花流水。韓信乘勝東進，關中人民紛紛回應。項羽安置在三秦的雍王章邯、塞王司馬欣和翟王董翳先後被迫投降。劉邦進入咸陽後，在蕭何的協助下，着手把關中建成鞏固的根據地，為以後戰勝項羽、統一中國，奠定了基礎。

出處

《史記・高祖本紀》：「漢王之國……去輒燒絕棧道，以備諸侯盜兵襲之，亦示項羽無東意。……八月，漢王用韓信之計，從故道還，襲雍王章邯。邯迎擊漢陳倉①，雍兵敗，還走；止戰好畤，又復敗，走廢丘。漢王遂定雍地。」

註：①陳倉：古縣名，在今陝西寶雞東，古代為漢中、關中之間來往的必經之地。

過河拆橋

guò　hé　chāi　qiáo

釋義

比喻利用他人達到目的後，就把幫助過自己的人一腳踢開。

元朝大臣徹里帖木兒，遇事很有主見，只要他認為正確的事情，即使沒有皇帝的命令，也敢於先做了再奏聞。他無論出任文官或是武職，都很精明幹練。

有一年，徹里帖木兒在浙江任官，恰逢省城舉行科舉考試，他看到考場鋪張浪費十分嚴重，地方上為了奉迎考官，攀交情、託門路，送禮宴請，耗用了大量錢財。

徹里帖木兒心裏十分不滿，感到科舉制度耗費國家資財太多，且容易產生營私舞弊等情況，便暗暗下定決心，有朝一日自己執掌大權，定要把科舉考試廢除掉。

元順帝至元元年，徹里帖木兒被任命為中書平章政事（相當於副宰相）。他上任後的第一件事，就是奏請廢除科舉制度。太師伯顏對此表示支援；但朝中反對這項建議的人，也有不少。

先是御史呂思誠等告了徹里帖木兒的狀，要求皇上辦他的罪。順帝不但不批准呂思誠的狀，反而把他貶到廣西去。不久，順帝命人起草了罷科舉的詔書，但還未蓋上國璽正式公佈，參政（地位略低於平章）許有壬又出來反對。

這樣，參政許有壬和太師伯顏展開了一場大辯論。許有壬對伯顏說：「科舉考試如果廢除，天下有才能的人都會怨恨的。」伯顏回答他說：「實行科舉考試，貪贓枉法的人太多了。」

許有壬很不服氣，反駁伯顏說：「沒有實行科舉考試時，貪贓枉法的人不是也很多嗎？」伯顏又說：「舉子（中舉的人）中有用的人材太少，我看只有你參政一個人可以任用。」

許有壬更不服氣，就舉出不少當時舉子出身的大官來反駁伯顏。就這樣，兩人你一言我一語地爭個不休，誰也說服不了誰。

第二天，傳令官宣佈皇上的命令，叫滿朝文武到崇天門聽讀廢除科舉的詔令，還專門指定許有壬在班首聽令。許有壬心裏十分不情願，但因害怕得罪皇上，只得恭恭敬敬地跪在最前頭。

罷朝以後，朝官三三兩兩有說有笑地回府去了，只有許有壬鐵青着臉，一言不發地悶着頭走路。

這時偏偏有個叫普化的治書侍史，故意湊到許有壬的跟前，滿臉譏笑地對許有壬說：「參政啊，你這回成了過河拆橋的人啦！」

普化是有意挖苦許有壬，意思是說，你自己是科舉出身的，現在宣讀廢除科舉的詔令，你又跪在頭裏聽，好似帶頭廢除科舉的人一般，這就像是一個人過了河以後就把橋拆掉一樣。

許有壬一聽又羞又惱，不由得滿面通紅，低着頭急急地離去。從此以後，他就藉口有病，不再上朝。而普化挖苦他的那句「過河拆橋」的話，卻作為成語留傳下來。

出處

《元史・徹里帖木兒傳》：「參政可謂過河拆橋者矣。」

嗟來之食

jiē lái zhī shí

春秋時候，齊國發生了嚴重的饑荒，不少人餓得奄奄待斃。

有一個叫黔敖的富人，想發點"善心"，做點"好事"。他在大路旁擺了些粥飯，準備施捨給捱餓的人。

一天，一個餓得不像樣子的人，用袖子遮着臉，拖着破鞋子，眯着眼睛走了過來。

黔敖左手拿着食物，右手端着湯，沒等那人走近，便傲慢地吆喝道："喂！來吃吧！"他滿以為那個餓漢會對他感恩不盡。

可是事情並不像黔敖所想的那樣。只見那餓漢抬起頭來，抖了抖衣袖，輕蔑地瞪了黔敖一眼。

他說："我就是因為不吃'嗟來之食'，才餓到現在地步的。收起你那假仁假義的一套吧！"說罷，頭也不回地走了。

黔敖碰了一鼻子灰，三步並作兩步地趕上去，向餓漢賠禮道歉，一再請他吃點粥飯。

那個有骨氣的餓漢怎麼也不肯吃，後來就餓死了。

遊刃有餘

yóu rèn yǒu yú

戰國時代，魏國有個著名的廚師，被請去為國君魏惠王宰牛。他宰牛時，手碰着的、肩膀靠着的、腳踩着的、膝蓋頂着的地方，只要刀輕輕一動，"嘩"的一下，牛的骨頭和肉就分開了。

魏惠王連聲讚歎："好啊，你這手藝真精熟！"廚師答道：「我所追求的，是掌握規律，這比手藝要更進一步呢！」

他向魏惠王介紹了宰牛的經驗：「開始時，我對牛的骨骼結構不了解，看到的只是一頭囫圇的牛，不知道哪裏可以下刀。三年後，我對甚麼地方有骨縫空隙，一望便知道，此後宰牛，眼睛用不着看，心領神會，順勢下刀，就能把一頭牛剖開了。

「一般的廚師一個月換一把刀，因為他們用刀子砍骨；高明的廚師一年換一把刀，因為他們用刀子割肉；我呢，用很薄的刀鋒插進骨節的隙縫，寬寬綽綽的，刀子大有迴旋的餘地，真是遊刃有餘啊！」

「當然，碰到筋骨交錯的地方，我總是格外小心，動作謹慎，所以我那把刀用了十九年還是像新磨的一樣。」魏惠王聽完這一席話，覺得很有啟發，高興地說：「有道理！有道理！你使我深受教益。」

釋義 原指肢解牛體時能看準骨節之間的空隙下刀，刀刃遊走於空隙之間大有迴旋的餘地。後用以比喻工作熟練，解決問題毫不費事。

出處 《莊子・養生主》：「彼節者有間，而刀刃者無厚；以無厚入有間，恢恢乎其於遊刃①必有餘地矣。」

註：① 遊刃：運轉刀刃，即用刀來切割。

miè　cǐ　zhāo　shí

滅此朝食

公元前589年，齊軍進攻魯國，佔領了大片土地，接着又擊敗了衛國的援軍。指揮這次作戰的齊頃公非常得意。

魯、衛兩國都派使者向晉國求救。晉大將郤（xì，粵：隙）克奉晉景公的命令，率領八百輛兵車，前往救援。路上，還會合了魯、衛等國軍隊，浩浩蕩蕩，聲勢壯大。

但是，齊頃公仗恃不久前獲得的勝利，並未把晉、魯等聯軍放在眼裏。當雙方在鞌（ān，粵：安；「鞍」之古字）地相遇時，齊頃公急於決戰，企求速勝，就向晉軍下戰書，約定來日清晨較量。

釋義 指把眼前的敵人消滅以後再吃早飯，形容鬥志堅決，急於消滅敵人。

齊頃公好不容易才熬到第二天清晨，披掛齊整，就乘上戰車，指揮齊軍進入陣地。晉軍這時也已作好準備，嚴陣以待。

齊頃公沒有等自己的陣勢擺好，就擂起戰鼓，揮軍衝擊。他大聲地號令："齊國的勇士，殺啊！打垮了眼前的敵人，我們再來美美地吃頓早飯吧！"齊軍的攻勢異常兇猛，戰車像潮水一樣湧去，利箭像疾雨一樣射出。晉軍頑強地抵抗。

晉軍主帥郤克臂中流箭，失聲驚叫。御手解張雖然也中箭負傷，卻從郤克手中接過鼓槌，奮力擊鼓，激勵晉軍將士拼命向前衝殺。

齊軍的陣腳開始鬆動了。晉軍更加猛烈地攻擊，齊軍紛紛潰敗。齊頃公在御手逢丑父保護下，乘車落荒而逃。他驕傲輕敵，自以為能"滅此朝食"，結果自己再沒來得及回營寨去吃早飯，就以慘敗告終。

出處：《左傳·成公二年》："齊侯曰：『余姑翦滅此①而朝食②！』不介馬而馳之。"

註：①此：指眼前的敵人。 ②朝（zhāo·粵：焦）食：吃早飯。

cāng hǎi sāng tián

滄海桑田

釋義：桑田：農田。"滄海桑田"，大海變為農田，農田變為大海。比喻世事變化很大。

傳說有個仙人，叫王方平，要到蔡經家裏作客。在他降臨之前，先傳來了金鼓簫管、人馬沸騰之聲，漸漸看到那些吹鼓手乘着麒麟，從天而降。接着，蔡經全家人看到：王方平戴着遠遊冠，掛着五色綬帶，佩着虎頭形箭袋，坐在五條龍拉的車上，威風凜凜，儼然像個大將軍。侍從官個個有一丈多高，前呼後擁，旌旗翻動。

王方平在庭院中坐定後，那些侍從就都隱沒了。王方平和蔡經父母兄弟相見後，獨自在那裏坐了很久。只見王方平對着天空，吩咐使者去請麻姑。蔡經家裏的人都不知道麻姑又是怎樣的一位仙人，大家翹首以待。

不一會，只聽得使者回稟道：麻姑命我先來向您致意，已有五百多年未見面了。麻姑現正奉命巡視蓬萊（傳說中的東海仙島），望稍待片刻，即親來拜見。

過了一些時間，麻姑來了。她的隨從只有王方平一半高。麻姑是一位看上去才十八九歲的漂亮姑娘，頭頂上盤了一個髮髻，其餘的頭髮垂到腰間。衣服不是一般錦緞做的，繡有花紋，光彩耀目。

麻姑拜見王方平，方平趕緊起立答禮。

坐定後，方平吩咐開宴。席上金盤玉環，餚膳大多是奇花異果，香氣撲鼻。

席間，互訴闊別之情。麻姑說：「自從得了道，奉受天命以來，已親眼看到東海三次變成農田。這次去蓬萊，又見海水比先前淺了許多，大概又將成陸地了。」

宴畢，方平、麻姑各自命令車駕，升天而去。簫鼓齊鳴，隨從開道，和來的時候一樣氣勢非凡。

出處

《太平廣記》卷七引晉・葛洪《神仙傳・王遠》：「麻姑自說云：『接待以來，已見東海三為桑田。』」

yùn chóu wéi wò
運籌帷幄

公元前 207 年，秦朝被推翻了，劉邦和項羽展開了爭奪天下的長期戰爭。在楚漢相爭的初期，劉邦好幾次被項羽打得損兵折將，潰不成軍。公元前 205 年，楚漢兩軍在彭城發生激戰，漢軍傷亡慘重，全線崩潰，二十多萬將士淹死在谷水、泗水和睢水之中。

由於楚軍緊追不捨，劉邦的父母和妻子都在路上被俘。劉邦自己一直逃到滎陽，才站住腳跟。彭城之戰的慘重失敗，使劉邦幾乎失去了勝利的信心。他在途中對謀臣張良說：「函谷關以東的地方，我準備不要了。你看送給甚麼人，可以使他們為我建功立業？」

張良說：「大將韓信善於用兵，屢戰屢勝；楚九江王英布和項羽有矛盾；魏相國彭越是個能征慣戰的猛將。您就送給這三個人吧。如果他們能夠為您出力，項

釋義

指在軍帳中策劃和運用克敵制勝的謀略。

出處
《史記・高祖本紀》「夫運籌①策帷幄②之中，決勝於千里之外，吾不如子房。」
《史記・太史公自序》「運籌帷幄之中，制勝於無形，子房（張良）計謀其事，無知名，無勇功，圖難於易，為大於細。」

註：①籌：謀略。②帷幄：軍中的帳幕。

羽就沒有安寧的日子，最後一定會失敗的。"

劉邦根據張良的意見，派人去聯絡彭越，策動英布背叛項羽，同時命令韓信和他們互相呼應，加緊對項羽後方發動騷擾和進攻。

當時，韓信正率領大軍在東方作戰。經過一年多的艱苦奮鬥，他先後平定了魏、趙等諸侯國，嚴重地威脅到項羽的大本營彭城的安全。由於發展迅速，實力雄厚，韓信漸漸成為楚漢之間舉足輕重的人物。

公元前204年冬天，韓信攻下了齊國都城臨淄後，派人到滎陽去見劉邦，請求封他為假齊王（即代理齊王）。這時，滎陽正處於楚軍的包圍之中。劉邦接見使者以後，看了韓信送來的文書，不由勃然大怒，破口罵道："我被楚軍圍困在這裏，日夜盼望你來援助，沒想到你竟打算自立為王！"

站在一旁的張良和陳平，看到劉邦當着使者的面大罵韓信，連忙走到劉邦身後踩踩他的腳，附在他耳邊說："大王目前正處在不利的形勢下，怎能禁止韓信自立為王呢？不如趁此機會封了他，否則就有可能發生變亂。"

劉邦領會了這意思，靈機一動，馬上又故意罵道："大丈夫既然平定了諸侯，就應當做真王，為甚麼要做假王呢！"當即命人取過符信交給張良，派他隨同使者到臨淄去封韓信為齊王，同時徵調韓信的部隊來攻打楚軍。

活躍在梁地的彭越，不斷從後方騷擾楚軍，先後攻下了睢陽、外黃（今河南民權西北）等十七座縣城，並多次襲擊和切斷楚軍的糧道，使項羽無法集中力量打敗劉邦。公元前203年，項羽被迫同劉邦停戰講和。

楚漢雙方確定以鴻溝為界，平分天下。和約締結以後，項羽將劉邦的父母、妻子放回漢營，自己隨即引兵東歸。

正當劉邦也準備率軍返回關中時，張良和陳平又來見他說："項羽已經兵疲糧盡，沒有力量再打下去了，現在正是消滅他的極好機會。否則放虎歸山，將會遺患無窮！"劉邦聽了，感到他們的意見很有道理，就馬上下令調回部隊，向東去追擊楚軍。

漢軍追到陽夏南面，終於趕上了項羽。為了徹底打垮楚軍，劉邦派人去召請韓信和彭越在指定的日期內率軍來會合，一起參加戰鬥。結果韓、彭兩人一個也沒有來。

楚漢兩國轉戰到固陵（今河南太康南），項羽突然向劉邦發起猛烈的反擊，把漢軍打得丟盔棄甲，倉皇後撤。劉邦只好築起營壘，堅守不出。

劉邦憂心忡忡地對張良說："韓信和彭越不來參戰，怎麼辦？"張良說："他們不來，是怕您日後有功不賞。大王如果能把陳和睢陽以東的土地明確地賜給他們，使兩人各自為戰，他們就一定會很快率軍前來了。"

劉邦聽罷，立即派人專程前去向韓信和彭越宣佈賜地的決定。兩人果然表示馬上進兵來和劉邦會合。公元前 202 年，項羽在垓下陷入漢軍重圍，兵敗自殺。劉邦經過五年的艱苦奮戰，終於統一了天下。

滅楚以後，劉邦在洛陽大會群臣，論功行賞。他說："子房雖然沒有上陣打仗，但他運籌帷幄之中，決勝千里之外，建立了特殊的功勳。"當即宣佈封賞給張良齊地三萬戶。張良謙遜地辭謝了，最後被封為留侯。

十四 畫

ěr　yú　wǒ　zhù

爾虞我詐

春秋中期，楚莊王問鼎中原，稱霸一時，仗恃楚國的強大，不把近鄰的小國放在眼裏。公元前 595 年，楚莊王派使者到晉國去，特地吩咐他："你從宋國經過，用不着通知他們，過去就是了。"

宋國國家雖弱小，人卻很有骨氣，大臣華元聽說楚使這麼無禮，便下令把他扣留起來。

華元向宋文公說："經過我們國家而不通知我們，

那是把宋當作屬國看待，當屬國等於亡國；倘若殺掉楚使，楚來攻伐我，也不過是亡國。乾脆把楚使殺掉，以雪恥辱。"宋文公於是下令處死了楚使。

消息傳到楚國，莊王大怒，立刻拂袖而起，下令馬上進攻宋國。他甚至急得鞋子都來不及穿，寶劍都沒工夫掛了。

楚莊王恨不得一步踏平宋國，可是事實上哪有這麼容易！宋國軍民在華元帶領下，同仇敵愾，堅守不懈。楚軍圍攻了好幾個月，還是攻不下來。

幾個月過去了，被包圍得水泄不通的宋國軍民越來越艱難：吃光了糧食，等不到外援，人們甚至把骸骨拿來當柴燒，交換孩子當食物吃，但他們守城的決心卻沒有動搖。

楚軍情況其實也不妙：由於長期圍攻，士卒都很疲勞，糧食也將吃完。楚莊王正想撤退，有人建議，假裝在城的四周造房子，分兵種田，以示楚軍要長期圍困，這樣，宋國必會投降。

城裏的宋國軍民見楚軍造房子，種莊稼，顯然準備長期圍困，有些人不由得驚慌起來。華元連忙鼓舞大家，寧願戰死餓死，也不能投降楚國。

但是華元也想，軍民已經餓得武器都拿不動了，楚軍再這麼圍困下去，城是肯定守不住的。當天夜裏，他帶着一把匕首，獨自一個人縋（zhuì，粵：序）出城外。

華元摸進楚營，潛入統帥子反帳中，將他一把拖了起來，晃一晃匕首說："城裏的人已經餓得不行了，我們寧願死去，也決不屈膝投降，請你撤兵後退三十里，同我國訂立和約。"

子反瞧了瞧華元手中雪亮的匕首，魂不附體地連連答應。華元當即要他共同立誓，誓言是："我無爾詐，爾無我虞（意思是我不欺騙你，你也不欺騙我）。"子反無可奈何，只好答應。

後來子反把事情報告給楚莊王。莊王心裏原來就想撤兵，便順水推舟地答應了。後人把"我無爾詐，爾無我虞"概括成"爾虞我詐",但正好與原來的意思相反。

對牛彈琴
duì niú tán qín

釋義 比喻對蠢人講道理，白費口舌。也用來譏笑人說話不看對象。

出處 漢・牟融《理惑論》：「公明儀為牛彈清角之操，伏食如故。非牛不聞，不合其耳矣。」

東漢末年，有個學者牟融，對佛學頗有研究。但他向儒家學者宣講佛義時，卻不直接用佛經回答問題，而是引用儒家的《詩經》、《尚書》來證明佛教的道理。

儒家學者責難他，問他為何這樣做。牟融平心靜氣地回答："我知道你們能理解儒家經典，所以引用儒家的話和你們談。你們沒有讀過佛經，如果和你們談佛經，不是等於白講嗎？"

隨後，牟融向他們講了一個"對牛彈琴"的故事，說從前有個著名音樂家公明儀，一天，他對着一頭正在吃草的牛，彈了一曲高深的"清角之操"。牛沒有理會他，仍然自顧吃草。

公明儀對牛仔細觀察，明白不是牛聽不見他的琴聲，而是聽不懂這種曲調，所以跟沒有聽見一樣。他弄清原因後，重又彈起了一首像蚊子、牛蠅、小牛叫喚的樂曲。那牛立刻停止了吃草，搖着尾巴，豎起耳朵聽起來。

牟融講完這個故事後說："我所以引用你們所懂的'詩書'來解釋你們提出的問題，也就是這個道理啊！"那些聽他講學的儒家學者這才心悅誠服了。

嘔心瀝血
ǒu xīn lì xuè

唐代著名詩人李賀，是中國文學史上一位傑出的奇才。他雖然只活了二十七歲，卻給後世留下許多具有獨特藝術風格的詩篇，為中國詩壇增放異彩。

相傳李賀詩才早熟，七歲能辭章，十餘歲名揚文壇。韓愈和皇甫（fǔ，粵：府）當時號稱"東京才子"、

"文章巨公"，他倆初聞李賀詩名，不盡相信，打算去李賀家中探試。

兩人來到李賀家中，當場出題，請李賀即席賦詩。李賀一揮而就，再試再賦，無不精彩。兩人大驚，始信李賀詩名不虛。

李賀作詩不先立題，每次外出總是騎一匹瘦弱的小馬，帶一名小童僕，背一個古錦囊，邊走邊思索。吟得佳句，即用隨身所攜筆硯，在馬上寫成紙卷，投入錦囊。傍晚返回，有時囊中充盈，滿載而歸；有時囊空如洗，終日窮思苦索，竟無佳句可得。

母親等他一回家，即命婢女收下錦囊，檢視紙卷。如果發現所寫甚多，不免又愛又憐，埋怨道："這孩子真要嘔心瀝血才罷休哪！"

的確，李賀把自己的全部心力傾注於詩歌創作。他在《長歌續短歌》一詩中為自己寫照："長歌破衣襟，短歌斷白髮。"正說明他從事創作的辛勤，以及一生奔波、生活困苦的淒蒼鬱憤。

"天若有情天亦老"、"黑雲壓城城欲摧"、"雄雞一聲天下白"、"石破天驚逗秋雨"，這些為歷代傳誦的名句，都是李賀精心錘煉得來。現存李賀詩四卷，由詩人親手編訂，是他嘔盡心血的藝術結晶。

tú qióng bǐ xiàn
圖窮匕見

公元前 227 年，燕國太子丹派遣勇士荊軻和秦舞陽行刺秦王嬴政。兩人帶着秦王仇人樊於（wū，粵：污）期的頭和燕國西南部督亢的地圖，來到了秦國。

秦王聽說燕國派使者來獻樊於期首級和地圖，不禁大喜，傳令兩人到咸陽宮進見。於是，荊軻捧着盛頭的盒子，秦舞陽捧着地圖盒，依次上殿。

秦王一向怕人行刺，所以在大殿前佈置了許多衛士。秦舞陽見了這般架勢，嚇得臉色都變了。群臣見秦舞陽心驚膽戰，感到奇怪。荊軻怕秦舞陽露出馬腳，上前奏道：「他沒見過大場面，不免有些害怕，請大王寬恕！」秦王叫荊軻將地圖獻上。

荊軻獻上地圖。秦王喜上眉梢，將地圖徐徐展開。忽然，圖窮匕見——地圖展開後，露出一把匕首。原來荊軻是用這辦法把武器帶上大殿去的。說時遲，那時快，荊軻左手抓住秦王袖子，右手拿着那把匕首，猛地向秦王刺去。秦王大驚，死命掙脫，荊軻只抓住了撕下來的半隻袖子。

秦王想拔劍自衛，可是掛在腰裏的寶劍太長了，越急越拔不出，只得繞着殿柱奔逃，慌亂中竟想不到叫殿前的衛士上殿救命。按秦法規定，無命令衛士不准上殿，上殿大臣一律不得帶武器。因為秦王沒下命令，所以那些衛士誰都不敢上殿，而殿上的大臣驚惶失措，只好一個個赤手空拳地上去阻擋荊軻。荊軻不顧一切，繞着殿柱緊緊追趕秦王，眼看就要刺着了。

正在緊要關頭，為秦王看病的太醫將藥囊投向荊軻，使他頓了一頓；一個大臣叫道：「大王把劍推到背後，就好拔了！」秦王趁機拔出了寶劍。秦王上前一劍，砍斷了荊軻的左腿。荊軻忍住劇痛，用力將手中匕首投向秦王，秦王連忙避開，匕首擊在銅柱上，爆出點點火星。秦王又驚又恨，對手無寸鐵的荊軻連砍八劍。荊軻倒在地上，還罵不絕口，終於被擁上來的衛士殺死。

釋義

把地圖展開，最後露出了捲在裏面的匕首，比喻事情發展到最後，隱藏的真相或本意完全暴露出來。

出處

《史記・刺客列傳》：「軻既取圖奏之，秦王發圖，圖窮而匕首見。」

qí gǔ xiāng dāng
旗鼓相當

東漢初年，光武帝劉秀雖然在洛陽建立了中央政權，但邊遠地區尚未完全統一。當時，公孫述在四川一帶自稱皇帝；隗囂在甘肅一帶自稱西州上將軍。雙方也有矛盾，不斷發生戰爭。

劉秀為了孤立公孫述，便想拉攏隗囂。有一次，劉秀聽說隗囂打退了公孫述的進攻，十分高興。

釋義

「旗鼓相當」，比喻雙方勢均力敵，不相上下。原作「鼓旗相當」。

他親自寫信給隗囂，表示願意同他友好，聯合起來共同對付公孫述。

劉秀在信中說：" 我現在忙於在東方作戰，大部隊都擺在那裏。

"眼下我在西方兵力薄弱，如果公孫述侵犯的話，甚至會危及於你。我希望與你聯合起來對付他，這樣就可以同公孫述旗鼓相當了。"

隗囂接到信，接受了劉秀的意見。其後，他們共同出兵，把公孫述打得大敗。

出處 《後漢書‧隗囂傳》：「如令子陽到漢中、三輔。願因將軍兵馬，鼓旗相當。」《三國志‧魏書‧管輅傳》裴松之註引《輅別傳》：「吾欲自與卿旗鼓①相當。」

註： ① 旗鼓：古時軍隊中發號令的工具。

jié zé ér yú

竭澤而漁

釋義 比喻做事不留餘地，只顧眼前利益，不作長遠打算。

春秋時，楚成王為了稱雄諸侯，連年征戰，先後控制了黃河流域的幾個中小國家。可是宋國卻投靠晉國，楚成王很生氣，便命大將子玉統帥三軍，包圍了宋都商丘。

宋成公急忙向晉文公求救。晉文公接到告急文書後，把大臣咎犯召來商議。咎犯說："救宋能使晉國提高威望，奠定霸業。應該消除顧慮，打好這一仗。"

"楚強我弱，怎樣打法呢？"晉文公接着問。咎犯答道："我聽說：講究禮節的人不厭煩瑣，善於打仗的人不厭欺詐。大王您就不妨用欺詐的方法吧，待我去給您擬個方案來。"

咎犯走後，晉文公疑慮重重，又把大臣雍季召來商量。雍季竭力反對咎犯的主意。

雍季比喻說："有個人要捉魚，他把池塘湖泊裏的水都弄乾了，當然能捉到所有的魚，可是第二年就再也無魚可捉了。"

接着他又比喻说："另有一個人，要捕捉野獸，把山上的樹木都燒光，當然這次他也能捕到很多獵物，可是明年就沒有野獸可捕了。以此類推，欺詐辦法，雖然一時可行，但常用就會失靈，這不是長久之計啊！"

晉文公感到雍季的話頗有道理。不過那樣又戰勝不了強楚，為了取得戰爭的勝利，最後仍決定採用咎犯的主張。

他首先藉口楚的屬國衛、曹過去曾對自己無禮，指揮三軍進攻衛、曹。接着又用計挑起秦、齊對楚不滿，出兵參戰。這樣就爆發了歷史上有名的城濮之戰。

城濮之戰以晉勝楚敗而告結束。晉文公回朝論功行賞，以雍季為上功，咎犯為次功。有人感到不解，問："這次大戰用了咎犯的計謀才獲勝，為何卻賞他次功？"

晉文公笑着道："雍季之言，百世之利；咎犯之言，一時之務也。我豈能重賞一時之務而輕百世之利？"眾人這才大悟。"竭澤而漁"這句成語，就是從這個故事中來的。

出處：《文子・上禮》：「焚木而畋，竭澤而漁。」
《呂氏春秋・義賞》：「竭澤①而漁②，豈不獲得，而明年無魚。」

註：① 竭澤：排乾池塘或湖泊的水。

② 漁：捉魚。

齊大非偶

qí dà fēi ǒu

春秋初年，齊國的國君僖（xī，粵：希）公有個小女兒，名叫文姜，生得非常美麗。由於父親的寵愛，文姜從小就嬌生慣養，行為放蕩，誰都不敢惹她。齊太子諸兒，和文姜不是同母所生。他見文姜漂亮絕頂，竟然起了邪念，多次有意地去勾引她。文姜並不推拒，很快就和諸兒打得火熱。兄妹兩人的這種曖昧關係，漸漸傳遍了宮中，只瞞着齊僖公一個人。

有一天，齊僖公想到文姜已經到了應該婚嫁的年齡，就派了幾名使者到各國去了解情況，準備替女兒物色一位稱心如意的配偶。不久，去鄭國的使者回來報告說：鄭太子姬忽不但品貌出眾，而且能文能武，年齡也和文姜相當，是一位非常合適的人選。齊僖公聽了喜出

釋義：原意是說齊國大，鄭國小，齊君的女兒不是鄭國這個小國太子的配偶。後用以表示男女雙方的門第或勢位不相當，不宜結婚。

351

出處
《左傳·桓公六年》：人問其故，太子曰：「齊侯欲以文姜妻鄭大子忽，大子忽辭。人各有耦，齊大，非吾耦也。」

望外，馬上再派他專程到鄭國去求婚。

使者到了鄭國，向國君莊公送上禮品，說明了來意。齊、鄭兩國的關係一向很好，現在齊僖公又主動派人前來求婚，鄭莊公感到十分高興。他一面設宴招待齊國的使者，一面就叫人去把太子姬忽請來。

姬忽來到大殿上見過父親。鄭莊公把齊國求婚的事情告訴了他，滿以為姬忽一定會當着使者的面答應下來。誰知姬忽沉吟了片刻，回答說：「這門親事，孩兒不能從命。」使者聽了，感到有點不可理解，問道：「太子不願和我君通婚，不知是甚麼原因？」姬忽說：「每個人都需要合適的配偶。齊是大國，鄭是小國，這樣的婚姻怎麼相稱呢？」使者見他不肯允婚，便不再勉強，告辭回齊去了。

鄭莊公送走使者後，對姬忽說：「和齊國結成親家，將來萬一有事就可以得到它的幫助，你為甚麼不願意呢？」姬忽說：「孩兒認為，要得到幸福，只能靠自己，用不到去依賴大國。」鄭莊公聽了，覺得他很有志氣，就不再說甚麼了。

齊使回到京城臨淄（今山東淄博東），向齊僖公匯報了姬忽辭婚的經過。齊僖公感到十分惋惜，但也無可奈何。後來，他聽說魯桓公即位不久，還沒有娶妻，就馬上派人前去說合，把文姜嫁給了魯桓公。

文姜嫁到魯國，開始還比較安分，日子一長就漸漸按捺不住了。公元前 698 年，齊僖公去世，諸兒即位做了國君，史稱齊襄公。文姜勾起舊情，一再向魯桓公提出，要回到齊國去看望哥哥襄公。魯桓公根本不了解其中的奧妙，因此答應了文姜的請求。公元前 694 年春天，桓公帶着文姜前往臨淄，齊襄公在內殿大擺酒宴款待他們。宴罷，齊襄公就把文姜接進宮去，只說是和女賓們相見敍舊，請魯桓公回賓館休息。

魯桓公在賓館等到深夜，還不見文姜回來，不由起了疑心。第二天早上，他就派了一名侍臣到宮門附近去打聽消息。侍臣買通了宮門禁衛，從幾個宮女的口中打聽到文姜住在齊襄公那裏，同時又了解到襄公和文姜過去的一些醜聞，就回來向魯桓公報告。桓公聽了，不由怒火中燒，但他考慮到自己身在齊國，因此不敢馬上發作。

到了中午時分，文姜坐着宮車回到賓館。魯桓公心裏正沒好氣，就衝着她盤問起來，講了不少挖苦的話。文姜感到事情已經敗露，不敢當面爭辯。過了一會，她趁魯桓公午睡的時候，急忙跑到宮中告訴了齊襄公。後來，魯桓公準備帶文姜回國。齊襄公在宮中為他置酒餞行，灌得他酩酊大醉，然後派力士彭生乘車護送他回賓館。半路上，彭生打斷了魯桓公的肋骨，在車中殺了他。

魯桓公的悲慘結局，本來是可能落到鄭太子姬忽身上的。由於他用"齊大非偶"為理由，拒絕了齊僖公請婚的要求，使自己避免了一場殺身之禍。《左傳》的作者稱讚他能夠"善自為謀"，這是有一定的道理的。

精衛填海
jīng wèi tián hǎi

傳說中國上古有個神農氏，曾經嘗百草創立醫學，教世人種植五穀。神農氏又名炎帝，據說他還是太陽神。炎帝有個小女兒，名叫女娃，很喜歡玩水，常到東海裏去游泳。

一天，女娃游得太遠，海面起了風浪，她終於被浪頭淹沒了。女娃死後，靈魂化為一隻樣子像烏鴉，頭上有花紋，嘴呈白色，長着兩隻紅腳的小鳥，每天到西山去銜樹枝和石子。

小鳥銜着樹枝和石子，飛呀，飛呀，一直飛到東海，把這些東西投進水中。一天又一天，一月又一月，一年又一年……決心要填平這曾經吞噬過她的東海。

小鳥叫起來聲音像"精衛精衛"，人們便把牠稱作精衛鳥。"精衛填海"雖是神話，可是它反映了中國古代勞動人民頑強的改天換地的精神，幾千年來一直為勤勞勇敢的人們所傳誦。

釋義 精衛銜木石想將大海填平。比喻不畏艱難，不達目的的誓不罷休的精神。

出處 《山海經·北山經》："是炎帝之少女，名曰女娃。女娃游於東海，溺而不返，故為精衛①，常銜西山之木石，以堙於東海。"

註：①精衛，古代神話中鳥名。

網開一面

wǎng kāi yī miàn

釋義　把捕捉禽獸的網打開三面。後多用來比喻對罪人寬大處理。亦作「網開三面」。

出處　《呂氏春秋·異用》：「湯見祝網者置四面，其祝曰：『從天墜者，從地出者，從四方來者，皆離吾網。』湯曰：『嘻，盡之矣！非桀其孰為此也？』湯收其三面，置其一面。」

相傳上古夏朝的末代天子桀，是個暴虐無道的昏君。他調集無數民工和奴隸，修築了一座豪華富麗的宮殿，成天和寵愛的妃子妹喜在其中尋歡作樂，過着極荒淫糜爛的生活。

在夏的東面有一個諸侯國叫商，商的國君名湯，非常賢明能幹。他看到桀荒淫無道，搞得民怨沸騰、眾叛親離，就極力實行仁政，團結鄰近的諸侯，使商的國力日益強大。

起初，湯還希望桀能夠改惡從善，做一個好天子，使百姓安居樂業。他把自己的一位賢臣伊尹推薦給桀。可是桀根本聽不進勸諫，伊尹只好回到商國，決心幫助湯推翻夏桀的統治。

湯在伊尹的輔佐下，逐漸團結了中原地區的許多國家，積極進行滅夏的準備。可是，漢水以南還有四十個諸侯國沒有歸附於他，使湯不敢貿然興兵。

有一天，湯到郊外去散步，看見一位獵人在野地裏張網，準備捕捉禽獸。獵人把四面的網張好以後，拱手對天祝告說：「天上掉下的，地裏跑出的，四方經過的，統統進入我的網裏來！」

湯聽了他的祝告，就說：「嗨，這麼一來，所有的飛禽走獸不都一網打盡了嗎？除了桀以外，誰會這樣做呢？」於是，湯命令獵人把網撤掉三面，只留下一面來捕捉禽獸。

商湯網開三面的事跡很快傳到了漢水以南，那裏的諸侯都感動地說：「湯真是一位賢君啊！他連禽獸也不忍心多加傷害，我們為甚麼還不去歸附他呢！」湯得到了漢南諸侯的擁護以後，立即出兵討伐夏桀。夏朝軍隊被打得落花流水，夏桀當了俘虜，被放逐到南巢，以後就死在那裏。湯滅夏以後，正式建立了商朝。

綠衣使者
lù yī shǐ zhě

釋義
原指鸚鵡。又古代神話中，有一種青鳥，是專門為西王母傳遞資訊的使者。青鳥羽色翠綠，舊時因此也稱郵遞員為綠衣使者。

唐玄宗開元年間，長安城裏有個富豪楊崇義，養着一隻紅嘴綠羽的鸚鵡，能夠學人說話。客人來了，牠就高叫："客到！"客人起身告辭，牠馬上叫："送客！"靈巧得像一個善於侍奉的僮兒，因此深受主人的寵愛。

楊崇義喜歡喝酒，交遊也很廣。他經常單身出外，邀集知己朋友到長安城東南郊風景區曲江池畔觀花賞月，飲酒作樂，有時一去就是十天半個月不回家。

有一次，楊崇義外出已經將近一月，他的妻子劉氏見他還不回來，非常焦急，就派了幾個僕人四出尋找。

僕人們跑遍了曲江附近的酒館和旅舍，後來又到東市一帶妓院比較集中的坊巷去找了幾天，始終沒有打聽到楊崇義的下落，只好回來覆命。

劉氏聽了僕人們的稟報，斷定丈夫已經出事，很可能是被仇家暗殺，就馬上請人寫了狀子，告到萬年縣（與長安縣同治都城，轄長安城東部）衙門。

由於楊崇義是著名的富豪，縣令接到狀子後十分重視，立即派出大批衙役，傳訊所有同楊崇義有過交往的人，並且對楊家的僮僕逐一進行盤查，有些嫌疑重大的還用刑拷問，前後涉及一百多人，仍然得不到一點線索。

縣令被這件無頭案子搞得焦頭爛額，束手無策。最後，他決定親自到楊家去，作一番實地的查勘。

縣令來到楊府，劉氏在二門外把他迎進客廳。縣令見劉氏年紀很輕，生得十分俏麗，雖然身穿素服，緊蹙（cù，粵：促）雙眉，水汪汪的眼睛裏流露出悲痛的神色，但臉上卻薄施脂粉，還微微地傳來一股濃香，不禁心裏泛起了疑雲。

縣令對劉氏勸慰了幾句，就請她回屋休息，自己帶着幾名隨從，由楊家的老僕楊安導引，步出客廳，順着一條橫貫東西的長廊，朝後花園走去。

出處

五代·王仁裕《開元天寶遺事·鸚鵡告事》：「長安城中有豪民楊崇義者……忽一日醉歸，寢於室中，劉氏與李弇同謀而害之……後來縣官等再詣崇義家檢校，其架上鸚鵡……一日……『殺家主者，劉氏、李弇也。』官吏等遂執縛劉氏及捕李弇下獄……封鸚鵡為綠衣使者。」

當他們剛剛走到長廊西頭的一間堂屋跟前時，突然聽得一聲高叫：「冤枉啊，冤枉！」縣令吃了一驚，馬上停住腳四下察看，卻沒有發現甚麼人影。

他正在奇怪，忽見楊安用手向上一指，說：「老爺，是鸚鵡在說話！」縣令問明了鸚鵡的來歷，感到其中必有蹊蹺。

他叫楊安把鸚鵡取下來放在自己手上，問道：「鸚鵡，你知道主人在哪里嗎？」鸚鵡馬上回答：「主人死了，殺他的人就是劉氏和李弇（yǎn，粵：掩）！」

縣令當即問楊安道：「李弇是誰？和你家有甚麼關係？」楊安說：「他是鄰居的一個後生，家主跟他從來沒有甚麼交往。」縣令又問：「你家後花園有沒有便門？」楊安說：「有，就緊靠着李家。鑰匙由主母保管，一向沒有甚麼人進出。」

縣令心裏完全明白了，他立即派人去把李逮捕歸案，同時將劉氏帶到縣衙。經過審問，兩人都供認了合謀殺害楊崇義的罪行。

原來李是個浪蕩公子，早就看上了劉氏。他趁楊崇義久出不歸之機，深夜潛入楊家去勾引劉氏；得手以後，又慫恿劉氏同謀殺害楊崇義。

一天，楊崇義喝得酩酊大醉回來，就被早已守候在房裏的李用繩子勒死了。

等到夜深人靜，李和劉氏就把楊崇義的屍體偷偷地抬到後花園，埋在一口枯井中。他們自以為這樣做神不知鬼不覺，沒想到抬着屍體經過長廊時，正好被那隻機靈的鸚鵡看在眼裏。於是就導致了陰謀的敗露。

鸚鵡破案的奇聞，轟動了整個長安，很快傳到了唐玄宗耳裏。他感到十分驚奇，立即命人把鸚鵡接進宮中，封牠為「綠衣使者」，有個名士張說（yuè，粵：悅）還專門寫了一篇《綠衣使者傳》。從此以後，「綠衣使者」就成了鸚鵡的代稱。

賣劍買牛

mài jiàn mǎi niú

賣劍買牛

釋義 原指棄武歸農，用以比喻壞人改惡從善。

出處 《漢書・龔遂傳》：「勸民務農桑……民有帶持刀劍者，使賣劍買牛，賣刀買犢。」宋・陸游《貧甚作短歌排悶》詩：「惟有躬耕差可為，賣劍買牛悔不早。」

公元前 75 年，二十一歲的漢昭帝死了，因他沒有兒子，由大將軍霍光決定，用年僅十五歲的上官皇后的名義，特派少府（掌管山海池澤收入和皇室手工業製造）史樂成往迎昭帝的姪兒劉賀作為嗣君。

史樂成等來到昌邑，時已深夜。劉賀拜讀詔書，高興得手舞足蹈。一班臣僚齊來叩賀，並請隨帶入京。劉賀滿口答應，命左右匆匆收拾行裝，準備啟行。次日中午，人馬上路。劉賀縱馬奔馳，好似追風逐電一般，從行之人多數落後，驛站馬匹累死不少。通常新君入都，隨從不超過百人，哪知劉賀卻帶了三百餘人，倚勢作威，一路肆意騷擾。

從行的龔遂實在看不過去，請劉賀遣回一半人員。劉賀倒也應允。但從人都想攀龍附鳳，不肯中途折回。龔遂左右為難，硬挑出五十餘名，命令他們返回昌邑；還有二百多人，隨同前行。

到了弘農地界，劉賀看見這地方漂亮婦人很多，暗中命令官奴頭目強拉入車，載到驛站恣意玩弄。這事被史樂成知道了，便責備昌邑相安樂，為何不加諫阻。安樂轉告龔遂，龔遂入問劉賀。劉賀自知非法，極口抵賴。龔遂正色道：「既無此事，全是官奴頭目作惡。」乃命衛士將官奴頭目牽出正法。

一行來到壩上，距都城不過數里，龔遂提醒劉賀：「依禮奔喪入都，望見都門即應舉哀。」劉賀推稱喉痛，不能哭泣。再前進到都門，龔遂再次請舉哀，劉賀說到未央宮不遲。及到未央宮前，他只有喜色，並無哀容。

龔遂忙指點道：「那邊有帳棚，是大王坐帳，須趕緊下車，哭泣盡哀。」劉賀不得已下車，步至帳前伏哭一番，哭畢入宮，由上官皇后下諭，立為皇太子，擇吉登基。幾天之後，劉賀登上皇帝寶座，拜原昌邑相安樂為長樂衛尉，並將隨來的人都安排為內臣，整天陪他遊玩嬉戲，見有美貌宮女便不放過，還把樂府中樂器全取出來，鼓吹不休。

龔遂力諫無效，暗自對安樂道："王立為天子，日益驕縱；國喪期內，天天淫戲無度。如有內變，我等不免受戮！"安樂認為諫也無用，不如袖手旁觀。大將軍霍光，見劉賀荒淫無道，深為擔憂，便和群臣商議，上表奏請上官太后廢去劉賀。年僅十五歲的太后當然照准，傳命廢去劉賀，並削去王號，令他仍回昌邑居住。

隨劉賀來京的昌邑群臣，因教唆他胡作非為，一律處斬；郎中令龔遂，減死為髡（kūn，粵：坤；古代一種剃去頭髮的刑罰），罰為城旦（秦漢時的一種刑罰，受罰者晝伺寇虜，夜築長城）。

霍光廢了劉賀，另立劉詢為君，史稱漢宣帝。後來渤海郡鬧饑荒，盜賊蜂起，丞相和御史便推薦龔遂當渤海郡太守。當時龔遂已經年過七十，而且身材矮小，曲背駝腰。宣帝見了，大失所望。但既已召來，不得不開口問道："渤海荒亂，如何處置盜賊？"龔遂答道："百姓為饑寒所迫，又無良吏撫慰，不得已流為盜賊。今陛下問我，意思是要征剿呢，還是安撫？"

宣帝覺得龔遂的反問很有道理，高興地說："朕選用賢良，原想使安撫民眾，並非一意主張剿滅。"龔遂進一步提出要求說："治亂民如治亂繩，須徐徐清理，才可治平。請授臣以相機行事之權，方可成功。"宣帝點頭允許，並賜黃金百斤，任命他為渤海太守。龔遂便準備了簡單的行裝，乘驛車奔赴渤海。

渤海郡吏聽說新太守來了，發兵迎接。龔遂一概遣回，並傳令所屬各縣停止追捕流亡，凡持農具者都作良民看待，官吏不得追問；持兇器者，方算盜賊。強盜聞風解散，各自回家。龔遂來到太守府，又命打開倉庫，賑貸貧民。同時將原有官吏去暴留善，派他們去勸導百姓好生務農。採取了這些措施後，全郡民眾十分喜悅，都情願安居樂業，社會秩序漸趨安定。

渤海民風，向來百姓身邊多帶刀劍。龔遂命令他們"賣劍買牛，賣刀買犢"，並說："你們都是良民，為何不帶牛佩犢，盡力田作呢？"龔遂覺得，要使貧民安居樂業，不再偷盜，必須發展生產，改善生活，才能做到。他命令農戶廣植果木，多種菜蔬，每家養兩頭母豬，還可飼養雞鴨家禽。

由於實行了這些愛護民眾、獎勵農桑、安定社會的政策，不過三四年光景，渤海全郡大治。龔遂的政績傳頌後世，人們稱讚他是一位"清官"，他那"賣劍買牛"的話傳誦人口，後來演為成語。

tàn wéi guān zhǐ

歎為觀止

春秋時期，吳國國君壽夢病重，臨終召集四子諸樊、余祭、余昧、季札至牀前。壽夢認為四子中數幼子季札最為賢能，想傳位季札，季札堅辭。壽夢便立下遺規，即由四子挨次傳位，務必最終使季札為君。

壽夢死後，諸樊為君十三年，不幸在伐楚時中矢而亡。按壽夢之囑立即由余祭為君，余祭在位十七年，被人刺殺。三弟余昧嗣立為君，便拜季札為相。季札竭力主張罷兵安民，通好齊、晉等中原諸侯。余昧聽從季札的主張，即命季札出使魯、齊、鄭、衛、晉等國。

公元前 544 年，季札風塵僕僕來到魯國，表示吳國願與魯國世代友好之意。聘問禮畢，季札求觀樂舞。魯國是周公長子的封地，素來用周天子的禮樂。樂工首先奏《周南》、《召南》，滿堂歌舞，十分精彩。季札一面欣賞，一面品評，他說："二南雖美，畢竟雜有商紂遺音，未能盡善，只是勤而不怨。"

從《周南》、《召南》直到《檜風》、《曹風》，季札對各國民樂一一評議，認為從中可以了解到周室衰落、秦國崛起、齊國復興等政治現象。同時對《鄭聲》的放

釋義 原意是季札觀樂舞，——讚歎，看到舞《韶箾》，稱「觀止」，說明季札之博學，懂得魯國用樂的規矩。後來在流傳過程中，「歎為觀止」的意思轉化為讚歎所見事物已好到極點。

蕩和《唐風》的古樸，也抒發了感慨。

繼《國風》之後，庭前樂舞又陸續改為《小雅》、《大雅》，接著是《周頌》、《魯頌》、《商頌》。季札認為這些歌舞大多是歌頌聖人之德以正天下的。不一會，歌舞者皆持籥作舞，樂聲大振。季札知道這是舜樂《韶籥》。他明白魯國雖用天子之樂，卻只能用四代。從周上推至舜正是四代，見舞《韶籥》便知是最後一個節目了。觀罷《韶籥》，季札著實讚歎一番，然後非常知禮得體地道謝：「這樂舞好極了，觀樂就到此為止吧，即使往上還有堯樂和黃帝之樂，我也不敢違禮請求觀看。」

季札的博學獲得魯國人的尊敬，也使他在外交上取得了成功，魯國人把季札來聘載入史冊，"歎為觀止"後來作為成語廣泛流傳。至今季札觀禮的史料記載不僅有助於古詩探源，而且是研究古代美學理論的重要資料。

出處

《左傳・襄公二十九年》：「吳公子札來聘……請觀於周樂……見舞《韶籥①》者，曰：「觀止矣！若有他樂，吾不敢請已。」

註：① 籥：同「簫」。

liáng shàng jūn zǐ

樑上君子

釋義

指盜賊，帶有諷刺意味。

出處

《後漢書・陳寔傳》：「有盜夜入其室，止於樑①上。寔陰見，乃起自整拂，呼命子孫，正色訓之曰：『夫人不可不自勉，不善之人未必本惡，習以性成，遂至於此。樑上君子者是矣！』」

註：① 樑：屋樑。

東漢時有個名叫陳寔 (shí，粵：實) 的人，為官廉潔，品行端正，學問淵博，辦事很有才幹，受到大家的尊敬。

一天夜裏，陳寔已經睡下了，忽然聽到樑上有聲音，眼角一瞥，發現上面有個小偷。陳寔一貫教導子孫很嚴，立刻想到趁此對他們作一番訓誡，便喊兒子、孫子們統統都來。

子孫們不知出了甚麼事，一個個來到陳寔面前。陳寔嚴肅地說：「人不可以不自勉。不好的人未必本來就壞，只是惡習成性，便至於此。樑上君子就是這種人！」

伏在樑上的小偷聽陳寔這麼說，大吃一驚，縱跳下地，向陳認罪，表示從今之後一定要做個好人。

陳寔對小偷勉勵了幾句，放他走了。以後，人們就將盜賊一類的人稱作"樑上君子"。因為"樑上君子"上不著天，下不著地，也用它來比喻沒有基礎、脫離群眾的人。

暴虎馮河

仲由，字子路，春秋末年魯國卞人。他稟性剛強直率，喜歡舞刀弄劍，年輕的時候就以勇力聞名於鄉里。

後來，子路做了孔子的學生。孔子有事外出，子路經常擔任侍衛。孔子曾經對人說："自從我得到仲由以後，再也聽不到有人敢當面用惡言惡語來中傷我了。"

子路讀書不多，孔子勸他好好學習，他卻說："南山的竹子，不用加工就是直的，砍下來做箭，照樣可以穿透犀牛皮。學習有甚麼用！"孔子說："把它裝上羽毛和箭鏃，不是更有殺傷力嗎？"子路笑笑，仍然不肯學習。

子路還喜歡自誇善於帶兵打仗。他曾經說過："如果有一支強大的敵軍，揮舞翻飛的大旗，擂響震天的戰鼓，來向我進攻，我能夠直闖敵陣，拔旗斬將，闢地千里！"

有一次，孔子和學生閒坐聊天。子路突然問他說："夫子，您如果統率三軍，希望誰跟您在一起？"

孔子知道他問話的意思，就回答說："喜歡空手打虎、徒步過河、自以為勇敢不怕死的人，我是看不中的；我需要的是遇事謹慎、善於思考、千方百計去爭取成功的人。"子路聽罷，頓時臉上紅了起來。

後來，子路當了衛國大夫孔悝（kuī，粵：灰）的屬官。公元前 480 年，衛國發生內亂，孔悝和流亡在外的原太子蒯聵（kuì，粵：繪）合謀，把國君衛出公趕跑了。

孔子聽到消息後，說："唉，子路這次一定要遭難了！"

果然不出孔子所料，子路一聽京城有變，馬上不顧一切地兼程趕回。他隻身闖進蒯聵的家裏，要求處死孔悝。

蒯聵不同意，帶着孔悝登上高台。子路想要放火燒台，蒯聵的部下一擁而上，把子路殺死了。

釋義 暴虎：空手打虎；馮（píng，粵：憑）河：徒步過河。"暴虎馮河"比喻有勇無謀，冒險行事。

出處 《詩經·小雅·小旻》："不敢暴虎，不敢馮河。"《論語·述而》："子路曰：『子行三軍則誰與？』子曰：『暴虎馮河，死而無悔者，吾不與也。』"

樑上君子　暴虎馮河

價值連城

jià zhí lián chéng

釋義 形容某種寶物價值極高。

出處 《韓非子‧和氏》：「王（楚文王）乃使玉人理其璞而得寶焉。遂命曰『和氏之璧』。」

《史記‧廉頗藺相如列傳》：「趙惠文王時，得楚和氏璧。秦昭王聞之，使人遺趙王書，願以十五城請易璧。」

《三國志‧魏書‧鍾繇傳》註引《魏略》曹丕謝繇送玉玦書：「不煩一介之使，不損連城①之價。」

註：①連城：許多城池。

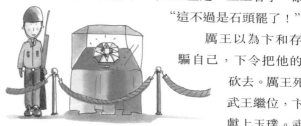

春秋時期，楚國有一個名叫卞和的人，在山中發現一塊玉璞（包孕着美玉的石頭）。他將玉璞獻給楚厲王，厲王不識貨，叫玉工鑒定。玉工看了一眼說："這不過是石頭罷了！"

厲王以為卞和存心欺騙自己，下令把他的左腳砍去。厲王死後，武王繼位，卞和又獻上玉璞。武王叫玉工看看到底是不是玉。玉工略略一瞥，說："這是石頭呀！"武王很生氣，下令砍去卞和剩下的那隻右腳。

武王死後，文王繼位。卞和聞訊後，抱着玉璞在楚山腳下大哭，哭了三天三夜，眼淚哭乾，把血也哭了出來。

文王聽說了這件事，派人去問卞和："天下被砍掉雙腳的人多着呢，你何必哭得如此傷心？"卞和道："我不是為失去雙腳而悲痛，我傷心的是寶玉被說成石頭，講老實話被說成撒謊。"

文王召來卞和，叫玉工將璞剖開，果然得到一塊極其珍貴的寶玉，後來便加工成璧。為了表彰卞和的真誠，將它命名為"和氏之璧"。

過了大約四百年，趙國的惠文王得到了和氏之璧。這時正是戰國後期，諸侯各國以秦為最強大，秦昭王聽到消息，派人送了一封信給趙王。

原來秦昭王自恃強大，故意向趙王提出，願以十五座城池換取和氏之璧。趙國君臣知道秦昭王不會真的以城換璧，但又怕如果不答應，秦國會藉口發兵攻趙。

趙王只得派藺相如奉璧出使秦國。藺相如據理力爭，秦昭王的企圖最終未能得逞。但因為秦昭王曾經提出過"願以十五城請易璧"，便留下了"價值連城"這句成語。

樂不可支

lè　bù　kě　zhī

釋義　快活得好像支不住要倒下似的，形容快樂到極點。

出處　《後漢書‧張堪傳》：「桑無附枝，麥穗兩歧，張君為政，樂不可支①。」

註：① 支：撐持，受得住。

張堪是東漢時南陽郡宛縣人，從小失去父母，成了孤兒。但他為人慷慨，竟把父親遺留下的數百萬錢送給哥哥的兒子，自己分文不要。他十六歲時到長安求學，就以志趣高尚和品行兼優，得到人們的讚揚，被稱為"聖童"。

漢光武帝劉秀還在地位低微的時候，就很讚賞張堪的操行、才幹。劉秀當了皇帝，他受到重用，幾次升遷，拜為蜀郡太守。

當時劉秀正派大司馬吳漢，討伐割據蜀地稱帝的公孫述。吳漢引兵將公孫述包圍在成都，但一時攻打不下。

漢軍遠道而來，後勤供應不上，眼看只剩七天軍糧了。吳漢打算從水路暗暗撤軍。張堪知道了，連忙趕到軍中，向他說明公孫述已是強弩之末，必歸失敗，絕對不能輕易撤兵的道理。

吳漢聽從了張堪的意見。他們共同想了一個擊敗公孫述的計策：讓士兵裝成好像吃不飽飯的樣子，然後向公孫述挑戰。

公孫述看到漢兵弱不堪擊，果然親自出馬。誰知一交手，漢兵個個勇猛，他吃了個大敗仗，被殺死在成都城下。

成都就這樣被攻下來了。張堪隨軍入城，親自檢查府庫，把庫藏珍寶都一一登記下來，造成表冊上報，自己絲毫不取。

他還慰撫城內官民，使蜀郡的老百姓都能安居樂業。

張堪當了兩年蜀郡太守後，被拜為騎都尉，兼掌全郡軍事。以後又統帶驃騎將軍杜茂的部隊，在高柳一帶大敗匈奴，拜為漁陽太守。

在任職期間，張堪堅決打擊那些為非作歹的人，賞罰分明。當地的官吏和百姓都很擁護他，樂於聽從他的指揮。

有一次，北方邊境上的匈奴出動一萬騎兵侵犯漁陽。張堪立即率領數千騎迎擊，把敵人殺得大敗。

從此匈奴不敢再來進犯，邊境上出現了一派太平的景象。

張堪就在孤奴開墾稻田八千多頃，勉勵百姓努力耕種。經過幾年辛勤的耕作，這一帶長滿了綠油油的莊稼，物產日見豐足，百姓十分富裕。當地父老編了一首歌，頌揚張堪的政績。他們唱道："桑無附枝，麥穗兩歧，張君為政，樂不可支。"意思是說：桑樹修剪得十分齊整，沒有多餘的枝丫；麥子長得飽滿，一穗像兩穗。張君在這裏當政，老百姓快樂極了。

lè bù sī shǔ

樂不思蜀

釋義

比喻樂而忘返或樂而忘本。

三國末期，魏國大將鄧艾奉命伐蜀，於公元 263 年攻下綿竹，大軍直逼成都。蜀漢後主劉禪驚慌失措，派光祿大夫（皇帝顧問官）譙周等捧着玉璽前往鄧艾營中，接洽投降。

魏軍入城之日，舉行受降儀式。後主反綁雙手，載着棺材，率領百官來到鄧艾軍前。鄧艾親解其縛，焚去棺木，與他相見，並拜他為驃騎將軍。

第二年，後主及其家屬被帶到魏都洛陽。當時魏帝曹奐是個傀儡，實權掌握在晉王司馬昭手裏。司馬昭責備後主說："你荒淫無道，遠賢臣，親小人，不理政事，理應處死。"後主聽了，嚇得面如土色，不知如何是好。

文武大臣見此情景，一齊奏道："蜀主雖失國政，幸其早日歸降，宜赦其罪。"於是司馬昭封劉禪為安樂公，賜給住宅一座，綢緞萬匹，僮婢百人；劉禪之子及隨來的降臣郤（xì，粵：隙）正等，也都封爵。

次日，劉禪親到司馬昭府上拜謝。司馬昭設宴款待，先用魏樂舞戲於前。隨來的蜀官想到國亡家破，個個感傷，獨獨後主面有喜色。

接着，司馬昭又令蜀人扮蜀樂於前。蜀官盡皆墮淚，而後主卻嬉笑自若。

司馬昭見後主如此，對親信賈充説：「人之無情，乃至如此，雖使諸葛孔明在，亦不能輔之久全，何況姜維？」乃問後主：「頗思蜀否？」後主答道：「此間樂，不思蜀。」

過了一會，後主起身更衣，正跟到廂下説：「陛下如何答稱不思蜀？倘他再問，可泣稱『先人墳墓，遠在蜀地，無日不思』。如此，晉公必放陛下歸蜀。」後主牢記此言，回到座位。

酒將微醉，司馬昭又問後主：「頗思蜀否？」後主便照正的話回答。他想哭無淚，只能閉着眼睛，假裝悲哀。

司馬昭看出是假，突然問：「此語何似正所言？」後主驚道：「誠如尊命（含『給你猜對了』之意）！」對於劉禪，《三國演義》有詩歎道：「追歡作樂笑顏開，不念危亡半點哀。快樂異鄉忘故國，方知後主是庸才。」

出處

《三國志・蜀書・後主禪傳》裴松之註引《漢晉春秋》：「司馬文王（司馬昭）與禪宴，為之作故蜀技，旁人皆為之感愴，而禪喜笑自若⋯⋯他日，王問禪日：『頗思蜀否？』禪日：『此間樂，不思蜀。』」

pán　gēn　cuò　jié

盤根錯節

東漢虞詡從小喪父，祖母活到九十歲，由他一人奉養。祖母死後，他才出來應太尉李修之聘，在他的府裏任職。

當時，由於官吏不法，引起羌族對內地的侵擾，并州、涼州同時受到威脅。大將軍鄧騭（zhì，粵：質）認為窮於兩面應付，不如放棄西方的涼州，專對北方。

虞詡卻有不同的看法，説：「前人開拓的地方，費過不少心血，怎可以放棄？如果放棄涼州，長安就要變成邊塞。況且涼州人士是熟悉軍事、善於戰鬥的，羌胡所以不敢入侵關中，就是怕涼州人。」

虞詡又説：「涼州人所以肯保衛國土，也是因為臣屬於漢朝的緣故。如果把涼州割棄，單把涼州人移入內地，一定會引起反感，釀成不可收拾的後患。」

釋義

樹根盤結，枝節交錯，不易砍伐，比喻事情繁難複雜，不易處理。

鄧騭因為虞詡獨持異議，很不高興，想辦法要陷害他。不久，朝歌有了起兵反抗的民眾，攻殺地方官吏。鄧騭就把虞詡調出去作朝歌縣令。

虞詡的一班老朋友都替他擔心，他笑道："有志者不貪求省力，辦事不避艱難，這是做臣子的職責。譬如砍樹，不遇到盤根錯節，怎能顯出斧子的鋒利呢？"

虞詡到任之前，先去見太守。太守也覺得他是個文人，怎麼反而把他派到朝歌來。虞詡卻把一切置之度外。

虞詡後來又歷任各種官職，因為喜歡舉發奸惡，得罪了權貴，三次受到刑罰，九次受到譴責。他那種剛直的性格，到老不變。

出處

《太平御覽》卷五三三引晉·司馬彪《續漢書·虞詡傳》"志不求易，事不避難，臣之職也。不遇盤①根錯②節，何以別利器乎？"

《後漢書·虞詡傳》作"槃根錯節"。

註： ① 盤：盤結。 ② 錯：交錯。

yú　yīn　rào　liáng

餘音繞樑

釋義

餘音：歌唱或演奏後好像還留下來的樂聲。"餘音繞樑"，指遺留下來的樂聲繞着屋樑打轉，常用以形容優美的歌聲給人留下深刻的印象。

古時候，秦國有個喜歡唱歌的人名叫薛譚，他非常仰慕遠近聞名的歌唱家秦青，打老遠來拜他為師。學了一陣子，薛譚自以為把秦青的全部本領都學會了，便向老師告辭，準備回家。

秦青明知薛譚還有許多尚未學過，但沒有勸阻，親自到送客亭為他餞行。

這時，春風習習，桃紅柳綠。秦青先說了幾句惜別話，然後擊節（一種竹製的樂器，上合下開，拍之成聲）引吭，悲歌一曲，唱得聲情並茂，感人肺腑。歌聲傳入林中，林鳥為之靜聽，行雲為之不去。

薛譚見此情景，十分驚訝，當即向老師承認自己不知高深、淺嘗輒止的錯誤，請求繼續深造，跟着老師學一輩子。秦青見薛譚有所省悟，十分高興。為了讓薛譚明白他比名歌唱家還差得遠，又給他講了個故事："從前，韓國有個韓娥，東去齊國，一天經過雍門這個地方時，乾糧吃光了，就賣唱謀生。

"她的歌聲清脆婉轉，異常動聽。歌唱完了，人也走了，可大夥覺得她的歌聲還在繞着屋樑打轉。過了三天，那美妙的歌聲彷彿還在，以致人們以為她還沒有離去。

「韓娥來到一家客店，店主嫌她窮，不僅不讓她住，還罵了她一頓。

「韓娥遭此侮辱，加上食宿無着，不禁悲憤交集，傷心地痛哭。周圍的大人小孩聽了，都被她那哀怨似歌的哭聲所感動，相對流淚，三天吃不下飯。

「大家同情韓娥，乘驛車把她追了回來，送給她許多盤費。這時，韓娥轉悲為喜，敞開美妙的歌喉，唱出了悠揚悦耳的歡歌。

「男女老少聽了，都被她的歌聲所打動，翩翩起舞。從此，這一帶的人們唱和哭，都仿效韓娥的聲調，十分動聽。」

薛譚聽完這個故事，受到啟發，決心攀登藝術的高峰，要像韓娥一樣，唱出的歌能夠「餘音繞樑」。後來，在秦青的指導下，薛譚也成了當時著名的歌唱家。

出處

《列子‧湯問》：「昔韓娥東之齊，匱糧，過雍門，鬻歌假食。既去而餘音繞樑，三日不絕，左右以其人弗去。」

qǐng　jūn　rù　wèng

請君入甕

唐朝武則天為女皇帝時，任用來俊臣等一批酷吏，專辦謀反案件。他們造了許多刑具，使被告忍受不住酷刑，只得招認。

有時來俊臣使用「餓刑」，一連幾天不給犯人吃一點東西。犯人餓得發慌，把衣服、棉絮扯碎了嚥下去，但到最後，還是不得不招供。

來俊臣還叫人做了十種重枷，名稱就十分嚇人，如「喘不得」、「失魂膽」等等。審訊時，將十種重枷擺在犯人面前，犯人見了魂飛魄散，往往還未動刑就屈招了。

來俊臣搞刑訊逼供得到武則天的重賞，有些官吏見了眼紅，也就競相效法，出現了一大批如丘神勣（jī，粵：績）、周興這樣的酷吏和告密者，以致許多大臣上朝時都與家人告別說：「不知道此一去還能不能再見面。」

釋義

原指以酷吏逼供的辦法來逼酷吏招供。後以「請君入甕」比喻即以其人之道，還治其人之身。

天授二年，武則天發現丘神勣企圖謀反，下令將他處死。有人告密說周興和丘神勣通謀，武則天就叫來俊臣去審問周興。來俊臣叫人請周興來吃酒，周興不知是圈套，欣然赴席。酒吃到一半，來俊臣問周興："我這裏有些犯人，用盡了刑，還不招認，不知周兄有甚麼辦法？"

周興不假思索地回答："那很容易！只消取一隻大甕，四面燒起炭火，叫犯人站立甕中，還有甚麼不招認的？"

來俊臣聽了，便吩咐手下人抬來一隻大甕，四面燒起了炭火。周興自己曾用這辦法多次向犯人逼供，知道沒人熬得住炙熱的痛苦。周興酒興正濃，來俊臣卻站起來對他說："皇上有令，叫我審訊周兄謀反的事，請兄入甕吧！"聽了這話，周興大吃一驚，連忙跪倒在地，磕頭認罪。

周興認了罪，武則天念他過去曾效忠過自己，沒有下令處死，只判了流放罪。在流放途中，周興被仇人刺殺。

來俊臣害死人命無數，弄得天怒人怨，後來他竟搞到武則天親族頭上，終於被武則天處決。死後，仇家爭着割他的肉，掏他的心，頃刻間把他踏成了肉泥。

出處
《太平廣記》卷一二一引唐·張《朝野僉載》："（來俊臣）即索大甕①，以火圍之，起謂興（周興）曰：『有內狀勘老兄，請兄入此甕。』"

註：① 甕：陶製盛器。

tán　yán　wēi　zhòng

談言微中

優旃（zhān，粵：煎）原是秦始皇宮中的一個歌舞人，身材矮小，很會說笑話，笑話中往往包含深刻的道理，給人啟發，因而秦始皇很喜歡他。

這天，宮中置酒設宴，百官紛紛前來參加。偏偏天不作美，下起一場大雨。

天氣很冷，雨又不小，守衛在殿階兩側的持盾衛士，一個個淋得像落湯雞，可又不能隨便亂動。優旃走來，見衛士們又濕又冷，非常同情。

他悄悄跟大夥打招呼說："想休息一下嗎？"衛士見是優旃，忙說："太想了。"

"那好！等一會我來叫你們，你們可要立刻答應呀。"説完，優旃朝大夥眨眨眼，微笑着上殿去了。

不多時，秦始皇駕到。百官高呼萬歲，敬酒表示祝頌。禮畢，優旃快步走到殿前宮廊邊，高叫一聲："陛郎（陛：帝王宮殿的台階。）！"

眾衛士一聽，立即齊聲應道："有！"這時人們看見優旃指着衛士開玩笑説："你們雖然個子又高又大，可有甚麼好處？還不是站在那兒捱雨淋！我雖然個子又矮又小，可比你們有福氣。"

優旃的笑話，引起了秦始皇的注意，於是將陛郎撤一半、留一半，好讓他們輪換更替。衛士們個個歡喜，那些輪換下來的陛郎圍在優旃身邊，向他輕輕致謝説："多虧先生開這麼一個玩笑！"優旃連忙以手遮口説："噓！"

過不幾天，優旃隨駕遊賞御園。園中奇花鬥豔，鹿鶴悠閒，景色宜人。不料秦始皇轉了一圈，忽然鎖起了雙眉。"萬歲因何不樂？"優旃忙問。始皇道："御園太小，不夠氣派，朕想擴大到東起函谷，西至陳倉。卿以為如何？"

優旃一聽，合掌稱妙，説："這樣一來，果有氣派，不但園中可以任憑麋鹿馳騁，就是有敵來犯，也可不必用兵，只須驅趕鹿群，讓牠們用鹿角頂撞，就可以擊退敵人。"鹿角竟能退敵？始皇聽了不禁失笑。然而笑聲未了，心中忽有所悟，原來不是優旃説話可笑，而是自己想法欠妥。

秦始皇去世後，次子胡亥繼位，就是秦二世。有一次，他心血來潮，竟下令要把京都咸陽的城牆全部漆上油漆。優旃求見二世説："這個主意好極了。皇上即使沒想到，我也要提出來呢。漆城雖然要耗費老百姓不少人力、物力，可好處實在説不完啊！"

二世滿意地問："有哪些好處，你説給我聽聽。"優旃一本正經回答道："城牆漆得光溜溜的，敵人要來進攻，不是爬也爬不上嗎？這便是個大好處！再説，這項工程幹起來，也很容易；就是……"他頓了頓，忽而

釋義
談言：説話；微中：有意無意之間説中問題的要害。「談言微中」指説話委婉含蓄，切中事理。

出處
《史記‧滑稽列傳》："談言微中，亦可以解紛。"

面有難色，"就是這油漆最怕日曬雨淋，得蓋個比城牆還高大的涼棚才行。可是，蓋那麼大的涼棚，恐怕難以辦到吧？"幾句話，把二世這個想法的荒唐點了出來。二世尷尬地嘿嘿笑着，只得就此作罷。

以上優游的故事，記載在西漢史學家、文學家、思想家司馬遷所著《史記‧滑稽列傳》中。滑稽，是指能言善辯、幽默多智；《滑稽列傳》，是司馬遷為古代幾位以幽默詼諧著名的辯論家所寫的傳記。司馬遷深有感觸地寫道："詩、書、禮、樂等儒家經典，固然包含治理天下的大道理；就是'談言微中'，說話隱約曲折、切中事理，照樣也能解決大問題。"

談笑自若

tán xiào zì ruò

釋義 自若：跟自己平常一樣。「談笑自若」，指處在危急或異常的情況下，依然有說有笑，同平常一樣。

出處 《三國志‧吳書‧甘寧傳》：「寧受攻累日，敵設高樓，雨射城中，士眾皆懼，惟寧談笑自若。」

三國時，東吳名將甘寧，勇力過人。他在赤壁之戰中立了戰功，後又跟隨大都督周瑜乘勝進兵，渡過漢水，直向南郡進發。

駐守南郡的魏將曹仁，以逸待勞擊敗了吳軍先鋒蔣欽。周瑜大怒，點兵要與曹仁決戰。甘寧上前勸阻，認為南郡與夷陵互為犄角，不如先以精兵襲取夷陵，再圖南郡。周瑜點頭稱好，即命甘寧領兵徑取夷陵。

甘寧兵抵夷陵城下，與魏將曹洪激戰二十餘回合。曹洪敗走，並不進城，而是領兵往南郡退逃。甘寧大喜，命左右立即搶佔夷陵。

甘寧入城時只有幾百個精兵，入城後一面派人星夜往報周瑜，一面即刻就地招募新軍，也僅滿千人。甘寧吩咐手下堅守四門，自己親上城樓巡視。

當天黃昏，曹仁派曹純和牛金引兵救援曹洪，與曹洪匯合夷陵城下，共五千多人，把城團團圍住。曹純命人架雲梯攻城，皆被甘寧帶領守軍當場砍翻。曹兵輪番攻城多次，都難攻入。

第二天早晨，甘寧在城中命人抬石塊、擂木上城。

曹洪等則在城外命人築土為垛，又在土堆上築高樓。高樓築成後，城中動靜看得清楚，曹洪命兵士向城中射箭。霎時間，箭如雨發，射死射傷不少吳兵。

吳兵飛報甘寧，將士都有點害怕，唯獨甘寧談笑自若，毫不緊張。甘寧命手下收集散在城頭的箭鏃，得數萬枝，當即挑選善射者倚傍城垛與曹兵對射。曹兵雖比吳兵多好幾倍，但有甘寧的頑強固守，無法得逞。數日後周瑜派兵來救，甘寧在城頭見曹軍後營大亂，知是援兵已到，忙下令出擊。

吳軍合力殺敗了曹洪、曹純和牛金，鞏固了夷陵。周瑜親自慰勞守城將士，並記甘寧一功。甘寧臨危不懼，談笑自若，軍中傳為美談。

qióng bīng dú wǔ
窮兵黷武

釋義　意思是用盡全部兵力，任意發動戰爭。

出處　《三國志・吳書・陸抗傳》：「而聽諸將徇名，窮①兵黷武②，動費萬計，士卒凋瘁，寇不為衰，而我已大病矣！」

註：①窮：竭盡。　②黷武：濫用武力，好戰。

三國後期，東吳昭武將軍、西陵督步闡，因不服徵調，自感失職，於公元 272 年投降西晉。吳主孫皓命鎮軍大將軍陸抗前往懲討叛逆。

十二月，陸抗收復西陵，殺了步闡及同謀將吏數十人，並滅了他們的三族。其餘跟着叛亂的數萬人，都由陸抗請求赦免了。

吳主收復西陵，自以為得到天助，慾望日益膨脹，要想奪取天下。他命術士尚廣占卜，尚廣說：「吉。庚子歲當入洛陽。」吳主大喜，不修政治，專門操兵練武，準備兼併天下。

西晉大臣羊祜屯兵江陵，暗中在作滅吳準備。他的做法與吳主相反，對吳人採取寬懷政策。羊軍行到吳境，刈穀為糧，都計數用絹償還；打獵時，凡遇吳人所傷而為晉兵所得的獵物，一律送還吳方。於是吳境百姓悅服。

羊祜與陸抗各在邊境守衛。羊祜為了掩蓋滅吳的企圖，平日與陸抗互通使節，各保分界。雙方還經常派人互贈物品，陸抗送酒給羊祜，羊祜贈藥給陸抗。

陸抗送的酒，羊祜毫不懷疑地取飲；羊祜送來的藥，陸抗也放心地服用。有些將士勸陸抗不要這樣，陸抗卻說：「他們專做有德義的事，我們專做暴虐無禮的事，那就勢必不戰而人心自服，對他們反而有利。」

吳主孫皓聽說邊境交好，查究陸抗。陸抗說：「一城一鄉的交往，還要講信義，何況兩國之間呢？臣不這樣做，豈不正好反襯他們很有德行，這於羊祜並無損害，對我們自己卻大大不利！」

孫皓不僅不聽陸抗的意見，反而依從左右諸將之謀，多次出動軍隊侵犯西晉邊境，弄得百姓疲敝，國力日衰。

陸抗十分擔憂，上疏說：「今國家不務農富國，撫慰百姓，而偏聽諸將之言，窮兵黷武，物資耗費既大，士卒傷亡又多。這樣，敵人並未削弱，而我們自己卻早已元氣大傷了！」

驕橫無能的孫皓還是不聽陸抗的規勸。果然，陸抗死後六年，晉武帝六路出兵攻吳。東吳終因窮兵黷武，國力消耗過甚，兵民厭戰，終被西晉所滅。

彈冠相慶

tán guān xiāng qìng

西漢昭帝在位時，有個昌邑中尉王吉，字子陽，人稱王陽，為人正直，經常上書向皇上提意見，昭帝曾嘉獎過他。

王陽有個好朋友叫貢禹，也和王陽一樣喜歡直言進諫。他們兩人雖然年齡相差較多，但友情很深。有一次貢禹在當河南縣令時得罪了府官，只好免冠謝罪。貢禹謝罪後憤然說：「官帽摘了，難道還能再戴上去嗎？」於是便辭官回鄉了。

宣帝在位時，王陽因病辭官。元帝即位後聽說王、貢賢名，重又徵召他倆入朝。後人因此有「王陽在位，

【釋義】
比喻做好做官的準備。後人以「彈冠相慶」形容壞人準備上台時的醜態。

【出處】
《漢書・王吉傳》：「吉與貢禹為友，世稱『王陽在位，貢公彈冠』，言其取捨同也。」

宋・蘇洵《管仲論》：「一日無仲，則三子者可以彈冠相慶矣。」

貢公彈冠”的説法，意謂兩人抱負相同，如果王陽做了官，必會引薦貢禹做官。

但是，歷史上另有一件賢人在位壞人不敢輕舉妄動，賢人去世壞人彈冠相慶的史事。北宋文學家蘇洵在《管仲論》這篇著名文章中寫了這件事，把“彈冠相慶”比喻壞人準備上台。

那是春秋時期，齊桓公用管仲為相，稱霸中原。桓公非常信任管仲，所有國政都委託他，有人來報告國事，桓公便説：“何不告於仲父？”由於桓公不問國政，便有一些人乘機鑽營，取悦桓公。

當時最得桓公寵倖的有豎刁、易牙、開方三人，都是靠吹拍逢迎起家的，齊人稱這三人為齊之“三貴”。他們想弄權齊國，只是憚於管仲在位，不敢妄動。

幾年後管仲病重，桓公親至榻前問疾，説：“仲父一病不起，國政將委何人？”管仲歎道：“可惜寧戚已死。”桓公説：“鮑叔牙不是很好嗎？”管仲答道：“他倒是君子，但難以當一國之政；隰（xí，粵：習）朋可暫為相，可惜也難久長。”

桓公便提到易牙。管仲説：“依我看豎刁、易牙、開方這三人各有野心，我以前一直像築堤一樣防着他們，勿令泛溢。現在堤防已去，恐不久將有橫流之患。今後主公切記不要再接近這三個人。”桓公點頭。

管仲死後，隰朋為相，未一月，病逝。桓公便使鮑叔牙代攝相位，鮑叔牙再三辭讓，桓公不允，叔牙便説：“臣之好善惡惡，君也盡知。既要用臣，則請即日起遠小人易牙、豎刁與開方，不然決不從命！”桓公答應罷斥三人。

桓公自從趕走了易牙等三人後，每日感到非常無聊，食不甘味，夜不酣寢，口無謔語，面無笑容。於是長衛姬便建議桓公再召三人來侍從左右。

本來管仲死時，豎刁、易牙、開方三人以為作亂奪權的機會來了。無奈桓公又聽信鮑叔牙的話把他們趕走，他們非常失望。而今桓公不聽鮑叔牙之諫，又再召用。三人欣喜異常，彈冠相慶！

　　不久，鮑叔牙發病而死，桓公也老耄無能了，一應國政，任憑豎刁、易牙、開方三人專權行事。桓公有五個公子，都各懷鬼胎，爭着要繼承王位，易牙等三人便從中挑撥離間，製造糾紛。

　　桓公病重，因為他曾主張立鄭姬之子昭為世子，所以長衛姬不服，便與易牙、豎刁商議擁立自己的兒子無虧，乘桓公病危之際，就此作亂。

　　於是，桓公還沒有死，就被易牙、豎刁關在深宮，在寢室周圍築高牆三丈，內外隔絕，牆下開一穴，如狗洞一般，早晚使小內侍鑽入，看桓公是死是活。

　　桓公得悉易牙等人在外作亂，又慘見自己這樣的光景，深悔不聽管仲生前的勸告，於是以衣袂自掩其面，連歎數聲而亡！

lù lì tóng xīn 戮力同心

　　相傳夏朝末代天子桀（jié，粵：傑），是一個荒淫無道的暴君。有一次，他出兵去攻打西南的岷山國，岷山莊王獻給他兩個絕色美女，一個叫琬（wǎn，粵：院），一個叫琰（yǎn，粵：染）。

　　夏桀班師回到京城斟鄩（xún，粵：尋），下令調集大批奴隸和民夫，為他建造豪華富麗的宮殿和瑤台，以供他和琬、琰盡情享樂。

　　成千上萬衣不蔽體的奴隸和民夫，冒着灼人的太陽到深山裏去採伐木材和石料。許多人因為又餓又累昏倒在路上，有的甚至悲慘地死去。在極度痛苦的折磨下，人們指着太陽罵道："你甚麼時候滅

亡？我們願意和你同歸於盡！"

　　大夫關龍逢生性耿直，看到夏桀為了自己享樂，不顧百姓死活，就一再向夏桀直言進諫。這個殘暴的昏君根本聽不進逆耳的話，認為關龍逢有意對抗自己，下令把他逮捕處死。

　　當時，夏朝東面有個方七十里的諸侯小國叫商。商的領袖湯是一位賢明的君主，他看到夏桀殘酷地壓迫百姓，弄得怨聲載道，就暗暗聯絡諸侯，積聚力量，準備推翻夏朝的統治。

　　商湯的勢力逐步發展，引起了夏桀的疑忌。有一次，夏桀派人召請商湯到斟鄩，突然把他逮捕，囚禁在監獄裏。

　　這消息傳出後，各國諸侯紛紛帶着貴重的貢品去見夏桀，為商湯說情。夏桀抓不到商湯的把柄，又聽諸侯們都一致稱讚商湯賢德，只好把他釋放了。

　　商湯回國以後，進一步聯絡諸侯，加緊了滅夏的準備。為了使自己能夠專力對外，他迫切需要找到一位元賢人來協助治理好內政。於是，派出許多使者，到處尋訪。

　　一天，使者回來報告說：隱居在莘（shēn，粵：身）國郊野的伊尹，是一位大賢人。商湯聽了，馬上派人帶着厚禮去聘請伊尹。

　　使者第一次去聘請，伊尹沒有答應；第二次去，仍然空身而回。第三次，商湯親自來到伊尹家裏，懇切地說明自己的誠意。伊尹被深深感動了，表示願意出來輔助商湯滅夏。商湯把伊尹接到京城，任命他為右相。

　　伊尹盡心輔佐商湯，他建議首先攻打鄰近一個殘暴兇悍的諸侯葛伯，以爭取民心，擴大自己的影響。商湯採納了他的意見。商國的軍隊很快攻進葛國，把葛伯殺死了。

　　接着，商湯又陸續消滅了同夏朝聯盟的韋、顧和昆吾等國。經過十一次出征，商的國力空前強大，滅夏的時機已經成熟了。

釋義

戮力：並力，合力，指同心協力。出處《墨子・尚賢》：「《湯誓》曰：『聿①求元聖②，與之戮力同心，以治天下。』」

註：①聿（yù，粵：月）：助詞。　②元聖：大聖人。

在出兵的前夕，商湯向將士發佈了一篇誓師的文告，其中說："夏桀罪孽深重，天帝決定把他消滅；命令我請來一位大聖人伊尹，和他戮力同心，治理天下。你們要勇敢殺敵，幫助我施行天罰！"

激戰開始了，商軍勇猛地衝向敵陣；毫無鬥志的夏軍紛紛倒拖武器四散潰逃。夏桀眼看大勢已去，帶着少數殘兵逃過黃河，終於在鳴條被商軍追獲。

商湯下令把夏桀放逐到南巢。夏朝滅亡了，荒淫無道的暴君，也在三年以後死於南巢的亭山。

由於君臣戮力同心，商湯終於在伊尹的輔助下，完成了滅夏的大業。商湯死後，伊尹又盡心輔助外丙、鍾壬和太甲，鞏固了商朝的統治。作為中國歷史上第一位著名的賢相，他的業績，長期受到後世的稱道。

十六　畫

pú　yù　hún　jīn

璞玉渾金

釋義

璞玉：沒有經過人工雕琢的玉；渾金：沒有冶煉過的金子。"璞玉渾金"，比喻人的品性純真質樸。

山濤，字巨源，西晉河內懷縣（今河南武陟西）人。他從小品性純樸，見識超群，鄉里一些有名望的學者都很器重他。

但是直到四十歲，他才在郡裏當上了主簿、功曹之類的小官，後來被調到京城任尚書吏部郎。當時魏帝曹芳年輕無能，朝政分別掌握在太尉司馬懿和大將軍曹爽手中，兩人各自網羅黨羽，勾心鬥角，都想消滅對方，獨攬大權。

山濤知道驕橫魯莽的曹爽敵不過足智多謀的司馬懿，最後必將被消滅，但他並不想去投靠司馬懿。為了避開這場權力之爭，他經常深居簡出，不和朝中的權貴們來往。

山濤的酒量很大，每次能喝八斗。興來的時候，他就邀集嵇康、阮籍、劉伶、阮咸、向秀、王戎等名士，到竹林裏去縱情遊樂、飲酒談玄，好像完全把人世的事情撇在一邊。當時的士大夫都稱他們為"竹林七賢"。

在"竹林七賢"中，嵇康是最有才華和聲望的名士，為人落拓不羈，敢於蔑視權貴，山濤很欽佩他。後來，山濤由吏部郎調動官職時，特地上書推薦嵇康來接替自己。

嵇康由於不滿司馬氏集團獨攬朝政，一直不願出來做官。他知道山濤上書推薦自己，就立即寫了一封信（即《與山巨源絕交書》）去，把山濤大大奚落了一番，並宣佈從此和他斷絕交往。

山濤深知嵇康的性格和為人，對此毫不介意。後來，嵇康遭到鍾會的誣陷，被司馬昭殺害，他的兒子嵇紹孤苦無依，山濤一直牽掛在心裏，對嵇紹十分關懷。

公元 265 年，司馬昭的兒子司馬炎奪取魏政權，建立了晉朝。山濤就上書推薦嵇紹說："父親有罪，和兒子並不相干。嵇紹德才兼備，應當加以任用。"司馬炎採納了他的建議，下令任命嵇紹為秘書丞（朝廷掌管圖籍的輔佐官）。

山濤很善於鑒別人才，他在吏部先後任職二十多年，為朝廷推薦了許多官員。他在奏章裏對這些人的評價，基本上都能同他們後來的表現相符合。當時人們把他的這些奏章稱為《山公啟事》。

權臣賈充為了結黨營私，在司馬炎面前把自己的心腹陸亮吹捧了一通，說他稟性忠直，公正無私，要求讓陸亮和山濤一起擔任選官（吏部的前身稱選部，主事者稱選官）。司馬炎答應了。

山濤根據自己的了解，認為陸亮是個貪圖財利的小人，而且一向依附賈充，不可能忠於選官的職守，就極力表示反對。司馬炎不聽他的勸諫，山濤就告病辭官回家。

不久，陸亮果然由於貪財枉法，接受賄賂，被革職查辦。司馬炎感到山濤忠貞可嘉，派人把他請回朝廷，對他更加信任和重用。

當時，有個鬲縣縣令袁毅，在任職期間搜刮了許多民脂民膏。為了防止別人告發，他從中拿出很大一筆錢

出處

南朝・宋・劉義慶《世說新語・賞譽上》："王戎目山巨源如璞玉渾金，人皆欽其寶，莫知名其器。"

財來，向朝廷的公卿大臣們行賄託情。

山濤也收到袁毅送來的一百斤絲。他當時不想顯出自己與眾不同，就不露聲色地接受下來，然後命人把絲層層封裹好，不准動用。

後來，袁毅貪污的罪行被揭發了，許多大臣都有牽連遭到查訊。當朝廷派官員前來詢問山濤時，他就當面叫人把封裹的絲全部拿來。只見包袱上積滿了灰塵，裏面的絲一點也沒有用過。

山濤在士大夫中有很高的聲譽。"竹林七賢"之一的王戎稱讚他說："山濤就像璞玉渾金一樣。人們都為金玉的外表所傾倒，但是對未經冶煉和雕琢的渾金璞玉，往往無法真正了解它內在的高貴品質。"

yí zhǐ qì shǐ
頤指氣使

釋義

用下巴的動向和面部的神情來指揮別人，形容有權勢者的驕橫傲慢。

唐朝末年，政治日益腐敗，各地藩鎮紛紛擁兵割據，互相攻殺。以鎮壓黃巢起義軍發家的節度使朱溫屯兵汴州，逐漸佔領了中原廣大地區，成為當時實力最強的一個軍閥。

朱溫有個心腹謀士，名叫李振，是個陰險殘忍、長於權術的傢伙。他年輕時曾多次參加進士考試，都沒有錄取，所以一直對朝廷大臣們懷恨在心。後來他因事路過汴州，主動去投靠朱溫，很快就受到了信用。

公元 900 年，宦官劉季述在長安發動宮廷政變，廢黜了唐昭宗，立太子李裕為皇帝。劉季述特地派人到汴州來請求朱溫給以支援。朱溫一時拿不定主意，李振勸他趁機出兵，藉勤王的名義消滅宦官，控制朝廷。

朱溫採納了李振的意見，並派他到長安去聯絡宰相崔胤，組織力量平亂。不久，崔胤發動神策指揮使孫德昭調集禁軍衝進宮中，殺死劉季述，使唐昭宗恢復了帝位。朱溫因功被進封為梁王，從此便對李振更加信任。

青州王師範曾經對抗過朱溫，後來被迫投降，朱溫派李振到青州去代替他的職務。王師範擔心被殺，不敢離任到汴州去。李振用花言巧語打消了他的顧慮。可是一年以後，王師範終於在汴州被捕，全家遭到殺害。

公元904年，唐昭宗在朱溫的脅迫下，從長安遷都到洛陽。從此，他名義上雖然還是天子，實際上已經完全成為傀儡。李振作為朱溫的心腹，經常被派到洛陽去，窺察唐昭宗和其他大臣的動靜。

凡是寡廉鮮恥的小人，一旦得志，沒有不張牙舞爪、擅作威福的。李振仗着朱溫的權勢，平日一貫頤指氣使，目中無人，每次來到洛陽，總要把自己不順眼的人貶斥掉幾個，因此朝臣都在背後稱他為"鴟梟"（貓頭鷹）。

公元905年，朱溫已經決心篡奪唐朝的天下。李振秉承朱溫的旨意，勾結宰相柳璨，讓朝廷把裴樞、崔遠、獨孤損等三十多名大臣降職貶往外地，隨後朱溫就在滑州（今河南滑縣東）白馬驛埋伏士兵，一夜之間把他們全部殺害。

李振想起從前屢次投考不中的事情，就把滿腹怨氣都發泄在這些大臣身上。他對朱溫説："這幫傢伙經常自稱清流（指志行高潔的人），應當把他們的屍體拋到黃河裏去，讓他們變成濁流！"朱溫笑着答應了他的要求。

公元907年，朱溫滅唐稱帝，建立後梁政權。李振當上了戶部尚書，更加趾高氣揚。但是僅僅過了十七年，後唐莊宗李存勖（xù，粵：旭）就派兵攻進汴州，

消滅了後梁政權。兇狠暴虐的李振當了俘虜，不久就被滿門抄斬。

出處

漢・劉向《説苑・君道》："今王將東面，目指氣使以求臣，則厮役之材至矣。"

《漢書・賈誼傳》："今陛下力制天下，頤①指如意。"

《舊五代史・梁書・李振傳》："振皆頤指氣使，旁若無人。"

註：① 頤：腮幫、面頰的下部。

miǎn　yán　rén　shì

靦顏人世

晉朝的郗（xī，粵：希）鑒，是著名書法家王羲之的岳父。年輕時他耕讀鄉間，博覽群書，才學出眾，很受人們的敬重。

當時，趙王司馬倫為了擴展自己的勢力，召他去做

屬官。郗鑒發現趙王有篡位野心，便假託身體有病，辭職離去。

時隔不久，司馬倫果然逼宮廢去了晉惠帝，他的黨羽因此紛紛做了大官。郗鑒對這些人十分鄙視，遂閉門謝客，不願與他們來往。

司馬倫篡位，司馬冏（jiǒng，粵：迥）、司馬穎等兄弟不服。他們先後起兵相互攻殺，爭權奪利，持續動亂十餘年之久，這就是歷史上著名的西晉"八王之亂"。郗鑒目睹連年兵禍、山河破碎、百姓流離、白骨露野，心情十分沉重。

"八王之亂"嚴重破壞社會生產，釀成西晉王朝的覆滅。後來皇族司馬睿（ruì，粵：銳）在建康重建政權，只殘留半壁河山，史稱東晉元帝。由於郗鑒一直忠於晉廷，晉元帝徵拜他為輔國將軍。

當時，"八王之亂"雖平，篡權之風未絕。大將軍王敦屯駐武昌，重兵在握，他不滿元帝抑制王氏勢力，帶兵進京，逼誅元帝寵臣刁協、劉槐，氣焰十分囂張。

王敦擅政，元帝憂憤離世，長子司馬紹即位，史稱晉明帝。明帝決心安內攘外，為了鉗制引兵至姑孰的王敦，調任郗鑒為安西將軍，命他鎮守合肥，都督江西、揚州諸軍。

王敦見郗鑒統兵在側，於己不利，立即修本薦郗鑒為尚書令，讓他回京輔助明帝。明帝思慮再三，決定將計就計，把郗鑒召回。

郗鑒奉旨回京，經過姑孰，前去拜謁王敦。王敦故意對郗鑒說："當年賈后力廢湣懷太子時，滿武秋能當機立斷，效忠賈后，這倒是個有見識的俊傑之士。"

郗鑒心想，惠帝時賈后弄權，明明是暗使詭計，謀廢湣懷太子。他不以為然地說："為人之道，保持節操最為重要。滿武秋助賈后為虐，是個失節之人，不值得稱道。"

王敦臉色一沉，冷冷地說："那時惠帝無能，賈后勢大。人在危急之際，豈能不知變通？從這點看，他仍

釋義　形容喪失氣節的人厚着臉皮活在世上。原作「覥顏天壤」。

出處　《晉書・郗鑒傳》：「豈可偷生屈節，覥①顏②天壤③邪！」

註：① 覥（miǎn，粵：免）：慚愧。② 顏：臉現愧色。③ 天壤：即天地，引申指人世間。

不失為明白人。"

郗鑒反駁說："堂堂男子，臨危豈可偷生屈節，靦顏天壤呢？"他義正辭嚴地譴責了那種厚着臉皮活在世上的變節之徒。

王敦誘說不成，反遭諷斥。他惱羞成怒，拂袖而去，並命人立即將郗鑒軟禁起來。郗鑒明知自己處境危險，依然舉止從容，毫無懼色。

王敦部下幾次要殺郗鑒。王敦顧慮郗鑒名位頗重，又是奉旨回京，始終不敢答應。軟禁了數天，威脅不成，王敦只得將郗鑒放了。郗鑒回京見帝，立即受命組織各地勤王兵馬，以備不測。

時間過了不到一年，王敦以為時機成熟，便命兄長王含、心腹錢鳳率軍五萬，水陸並進，進犯建康。明帝馬上詔聚各地兵馬和京都兵將，親統九萬大軍討伐叛逆，並使郗鑒都督從駕諸軍，輔君平叛。

兩軍對壘，明帝採納郗鑒拒而不戰、拖疲叛軍之計，然後指揮各軍乘機進擊，殺得王含、錢鳳分頭逃竄。敗訊傳到姑孰，臥病在牀的王敦一聽，當即昏厥，一命嗚呼。

功成之日，郗鑒被封為高平侯。後來他又因屢平叛逆，進位太尉，成了東晉前期的一位安邦重臣。他的忠貞和節操，受到朝野人士的普遍推崇。

jìn　ruò　hán　chán
噤若寒蟬

東漢桓帝時，陽城有個杜密，字周甫。他為人穩重質樸，少年時行事就不同於流俗，後為司徒（主管教化）胡廣所賞識，任為代郡太守。

不久，皇帝又任命他為泰山太守、北海相。他為官清正，執法甚嚴，對宦官豪強子弟作惡犯科者，常逮捕法辦。

有一年春天，杜密到高密縣巡視，見鄭玄當鄉佐，知道他是個非凡的人才，就把他提拔到郡衛任職。隨後，又把他送入太學深造。鄭玄後來成為有名的經學家和教育家。

後來，杜密去官回到家鄉。但他對政事仍然很關心，不計個人得失利害，每次謁見太守，對好人就讚揚推薦，對壞人就揭發糾彈。

這時，同郡有個劉勝，也自蜀郡告老還鄉，他和杜密相反，只知明哲保身，閉門謝客，不問政事，對好人壞人，一概不管。

有一次，太守王昱對杜密說："劉勝是個清高之士，公卿都稱讚他！"杜密知道太守這話名為讚揚劉勝，實是批評自己好管閒事。

他義正辭嚴地説："劉勝地位很高，受到上賓的禮遇，但是他知道好人不推薦，聽到壞事不作聲，像寒蟬一樣。他只求自己平安無事，對國家不負責任，其實是個罪人，怎麼還稱讚他呢？"

杜密接着又説："我發現了志義力行的賢人就向你舉薦，對違法失節的壞人也向你揭發，使你能賞罰得當，不也是為國家盡了一點力嗎？"王昱聽了，十分慚愧，表示佩服，更加厚待杜密。

釋義　噤：閉口不作聲。「噤若寒蟬」，形容不敢作聲。

出處　《後漢書·杜密傳》：「劉勝位為大夫，見禮上賓，而知善不薦，聞惡無言，隱情惜己，自同寒蟬，此罪人也。」

jī　bù　xiāng　néng

積不相能

釋義　長期以來互不親善。指雙方一向不和。

公元 8 年，王莽篡漢，改國號為"新"。統治十餘年，全國政治動盪，經濟凋敝，百姓生計艱難，農民大起義爆發。

劉漢宗室乘機而起，圖謀復興漢朝。公元 23 年，西漢遠支皇族劉玄稱帝，建元"更始"；邯鄲王郎自稱漢成帝之子，由西漢宗室劉林及巨豪李育等立為漢帝，建都邯鄲。

第二年，劉玄派尚書令（協助皇帝處理政務的官員）謝躬，率領六將軍討平王郎。謝躬與王軍幾經交鋒，未能攻克；劉玄增派蕭王劉秀，率軍與謝躬合圍鉅鹿，消滅了王郎。

謝躬，字子張，南陽人。他一向與劉秀不和，幾次要舉兵攻打劉秀，但害怕劉秀兵力強大，沒有輕動。因此，兩軍雖同在邯鄲，卻分城駐守。

謝躬的部將曾有擄掠行為，但謝躬從不向劉秀通報。劉秀內心深為不滿，表面卻不露聲色，反而對謝躬的勤於職事經常加以稱讚。從此，謝躬漸漸放鬆了對劉秀的猜疑。

他的妻子知道這種情形，常常告誡謝躬說："夫君與劉公積不相能（長期不和），而今卻輕信他的虛情假意，不加防備，恐怕將來總要受害的。"謝躬不聽勸告，率領部下數萬人，回鄴城（今河北臨漳西南）駐紮。

不久，劉秀起兵向南，攻擊河北農民起義軍青犢，並請謝躬在隆慮山襲擊另一支農民起義軍尤來。於是，謝躬留大將軍劉慶、魏郡太守陳康防守鄴城，親自率領隊伍攻打尤來。農民起義軍拼死奮戰，勢不可擋。謝躬大敗，死者數千人。

劉秀見謝躬在外，確認剷除異己勢力的時機已到，便派偏將軍吳漢和刺奸大將軍岑彭進擊鄴城。兵臨鄴城，吳漢先派辯士遊說陳康，陳述利害，指出劉秀兵強將廣，人心歸附，而鄴城孤危，滅在旦夕，若要轉禍為福，只有開城投降。

陳康見大勢已去，便捉住謝躬的妻子及劉慶，投降了吳漢。陳康反叛，謝躬全然不知。他從隆慮山返回鄴城，只帶輕騎數百，進城遇到伏兵，被捉住殺死。後人常用"積不相能"這句話，作為要防備與自己長期不和的人的告誡。

出處《左傳‧襄公二十一年》："范鞅以其亡也，怨欒氏，故與欒盈為公族大夫而不相能。"
《後漢書‧吳漢傳》："躬（謝躬）字子張，南陽人。初，其妻知光武不平之，常戒躬曰：『子與劉公積①不相能②，而信其虛談，不為之備，終受制矣。』"

註：① 積：積久，日積月累。 ② 能：親善。

積羽沉舟

羽毛非常輕，堆積多了也可以把船壓沉。比喻細微的東西可以匯成巨大力量；也比喻壞事雖小，積累下去，會產生嚴重後果。

戰國時期，東周王權日衰，諸侯爭霸天下，遊說諸侯之士應運而生，分"合縱"、"連橫"兩派，前者主張弱國聯合抗擊強秦，後者主張弱國跟隨強秦征服其他弱國。

張儀先是在秦國做了幾年相國，他發覺齊、楚、燕、韓、魏、趙六國的合縱盟約十分牢固，便辭去相位，打算去魏國說服魏王退出合縱盟約，結好強秦。

張儀來到魏國，第二年被魏襄王任命為相國。他身在魏心向秦，一心盤算如何通過"連橫"的手段，使秦國稱霸天下。

魏國鄰近秦國，張儀認為倘若魏國帶頭站到秦國方面，其他諸侯就會仿效。他勸說魏襄王聯合秦國，攻打齊、楚。魏襄王是個有主見的人，知道秦國野心很大，不講信義，所以不肯聽從。

秦王聞知大怒，一面派大軍襲取魏國曲沃、平周等地，一面派人暗中不斷厚贈張儀財寶。張儀在魏四年，無以報答秦國饋贈，內心很慚愧。正值魏襄王死，兒子哀王繼位，他又勸說魏哀王事奉秦國，遭到拒絕。

於是張儀暗中要秦國征伐魏國。魏被強秦打敗，隔了一年又受齊國侵犯，敗於觀津。秦國便想乘機再次攻魏，他們先把韓國大將申差的軍隊打了個落花流水，斬首八萬二千使六國諸侯大為震恐。

魏國戰事接連失利，縱約諸侯國相互關係出現裂痕，張儀利用這種形勢，配合秦國的軍事進攻，鼓動如簧之舌逼壓魏哀王服事秦國。

他從分析魏國地理形勢、兵力狀況、目前處境、合縱盟約不可信等不利條件入手，最後用"積羽沉舟"作比喻，指出魏國如果忽視這些不利因素，就會像分量很輕的羽毛因大量堆積而壓沉大船一樣，有覆亡的危險。魏哀王終於不得不屈服於外敵的進攻和內部的脅迫，同

《戰國策·魏策一》："積羽沉舟，群輕折軸①。"

《史記·張儀傳》："臣聞之，積羽沉舟，群輕折軸，眾口鑠金②，積毀銷骨③。"

註：①群輕折軸：一大堆不重的東西，也能壓斷車軸。②眾口鑠金：眾口一詞，足能熔化金屬。③積毀銷骨：誹謗積多了，能致人於毀滅之地。

意背離"合縱"協定，請求與秦國"連橫"。

xīng lì chú bì
興利除弊

釋義
興辦有利的事，除去有害的事。

出處
宋・王安石《答司馬諫議書》：「舉先王之政，以興利除弊，不為生事。」

王安石，字介甫，北宋撫州臨川人，少好讀書，過目不忘。他的父親王益常在南北各地做州縣官，因此他跟隨父親到過很多地方，二十歲之前就不但讀了萬卷書，也走過萬里路。

考中進士之後，王安石先在揚州當了幾年判官。後改任鄞縣知縣。在鄞縣期間，他督導吏民，修復水利，消除了旱澇災害，便利了交通運輸。任滿後，王安石又到舒州當判官。由於宰相文彥博等人的推薦，朝廷將他調到中央，任為群牧司（主管馬政）判官，在群牧使包拯主管下，掌執國家馬匹的牧養、繁殖、訓練、使用和收買交換等事務。

他屢次請求外任，以便積累豐富的地方行政經驗。公元 1057 年他出任常州知州，後調到江寧，做江南東路提點刑獄。這期間，由於他的建議，朝廷取消了東南地區的"榷茶法"，即政府對茶葉的專賣制度，使當地的茶戶和農民從此解除了這層極重的剝削。

公元 1060 年，王安石被召回朝，改任三司度支判官。三司的任務是理財，與國計民生有極密切的關係。此時王安石在外路州縣任職已有十六七年，對社會政治問題有了深刻認識。他回到開封，便給仁宗皇帝寫了封萬言書。

宋朝建國已歷百年，內有尖銳的社會政治矛盾，外有契丹、西夏的侵擾，國勢衰弱，極需改革。萬言書中提出了改革法度、培養稱職的行政人員、整頓財政等三項原則性的意見。

宋仁宗對萬言書並未注意，卻看中了上書人的文才。正當王安石苦於無法舒展抱負的時候，朝廷又命他兼管修撰皇帝起居注的事。這是清客之類的閒職，他連辭多次，甚至躲到廁所裏不受敕命，終未能推脫。

其後王安石的母親死了，他辭去所有職務，回江寧守喪。這時候，他的學問文章、行政才幹、濟世方略，得到朝野人士的喝彩，都認為如由王安石執政，太平必可興至，百姓必受其惠。

朝廷方面，仁宗駕崩已有四年，嗣君英宗也剛去世，繼立的是神宗，年剛二十歲，銳氣十足，一心要扭轉積貧積弱的局面，使得國富民強。他認為王安石最適宜擔此重任，便召他回朝。

公元 1069 年，王安石出任參知政事（副宰相）。他決心打破因循敷衍的積習，全面改革政治。根據他的建議，成立了"制置三司條例司"。"制置"就是受皇命設置，"三司"是戶部、度支、鹽鐵三個部的總稱。

王安石自任這個機關的首長。他挑選呂惠卿、程顥、蘇轍、劉彝、曾布、章惇等人為屬員，很快創立了一套新法，經神宗批准，頒佈施行，包括：《均輸法》、《青苗法》、《農田水利法》、《保甲法》和《保馬法》等。

這些改革，扭轉了經濟形勢，加強了國家的軍事實力。但因新法妨礙他們的特權利益而拼命反對，代表人物有司馬光、呂公著、韓琦等。在這些保守的反對派中，以司馬光最激烈，當時他任右諫議大夫，正當新法在激烈鬥爭中推行的時候，他曾三次給王安石寫信，要求罷新法，復舊制，並指責王安石推行新法是"生事擾民"。

王安石與司馬光，原是交情深厚的朋友，只因政見不同，變成政敵。他在覆信中，針鋒相對地駁斥了司馬光的攻擊，指出推行新法是"興利除弊，不為生事"，意思是為老百姓興辦好事、除去弊政，不能說是"生事擾民"。

十七畫

qū yán fù shì
趨炎附勢

宋朝真宗年間，進士李垂很有才學。他寫了三卷《導河形勝書》，談論的是治理舊時河道的問題，很有見解。這本書寫就後，上奏給朝廷，被當世所推重。從此，李垂有了名聲，由地方官升遷到京城中來。

當時，宰相丁謂慣用阿諛奉承的手段，獲得了皇帝的歡心；又玩弄權術排擠了名相寇准，獨攬朝政。許多想升官晉爵的官吏，成天追隨在丁謂身邊。獨有李垂，入京後一次也沒有去拜見他。

有人好奇地問李垂，為甚麼不去拜訪。李垂正色說：「丁謂當宰相，靠的是逢迎拍馬，天下人並不敬仰他；看他的所作所為，將來一定會犯法失寵。我不想跟這種人結交。」

丁謂的耳目聽到了這番話，馬上報告主子。丁謂十分惱怒，就藉故把李垂調出京城，派往遠地。

過了幾年，宋仁宗即位，丁謂果然倒台了，被罷官貶謫到邊遠的崖州任職。這時李垂再次被召回京。又有人對他說：「足下才學天下聞名，當朝大臣想推舉足下擔任知制誥（為皇帝起草詔書的官員）。可是，當朝宰相還不認識足下，何不去見見面呢？」

李垂聽罷，撫案而起，慨然說：「當年如果我去拜見丁謂，早就當上翰林學士了。如今年歲老大，志向未變，見大臣處事不公，常要當面指責，又怎能趨炎附熱，巴結權勢，仰看別人的眼色，以求薦引、提拔呢？」這些話後來傳到當權大臣耳中，李垂又不為所容，再次調離京師，去當外州的地方官了。然而，他不為利誘、不願趨炎附熱的剛直品格，卻一直記載在史冊上，為後世所欽敬。

出處 《宋史‧李垂傳》：「今已老大，見大臣不公，常欲面折之，焉能趨①炎②附熱，看人眉睫，以翼推③挽乎？」

釋義 指奔走權門或依附有勢力的人，也作「趨炎附熱」。

註：
①趨：迎合。
②炎：比喻有權勢的人。
③推挽：推薦、提拔。

聲名狼藉

出處

《史記·蒙恬列傳》司馬貞索隱：「言其惡聲狼藉，布於諸國。」

釋義

聲名：名譽；狼藉：舊傳狼群常藉草而臥，起身就把草踏亂來消滅痕跡，後用以形容散亂。「聲名狼藉」，形容名譽壞到極點。

趙高是秦始皇宮中的一個宦官，懂得獄法，秦始皇提拔他為中車府令。趙高在秦宮中經常教公子胡亥學習獄法、審判方面的知識。

有一次，趙高犯了大罪，秦始皇叫將軍蒙毅審理。蒙毅執法無私，判決趙高免官處死。可是秦始皇覺得趙高尚能辦事，不但赦了他，還復了他的官爵。

公元前 210 年，秦始皇出巡外地，病死在半路上。按理應由長子扶蘇即皇帝位，趙高卻乘機串通丞相李斯，立秦始皇的次子胡亥為皇帝。並假傳聖旨，迫使扶蘇自殺。

胡亥稱帝，就是秦二世。有一天，趙高對胡亥說："先王在世時就要立你為太子，就是蒙毅不贊成，我看不如殺了他！"胡亥聽信趙高的讒言，就把蒙毅拘押在代州。皇族中有人向胡亥進諫，列舉趙王遷、燕王喜、齊王建殺害忠良引起嚴重後果的事例，勸胡亥不要殺害蒙毅。

胡亥不聽，仍然派使者到代州，重複趙高的誣陷之詞，要蒙毅自尋死路。

蒙毅分辯說："我根本就沒有在先王面前說過陛下的壞話。並不是我怕死，當時的事實就是如此！"

蒙毅又說："過去秦穆公、秦昭襄王、楚平王、吳王夫差，都曾經犯下殺害忠良的大錯，遭到天下人的非議，弄得'惡聲狼藉'，希望陛下要引以為戒。"那個派去的使者，知道胡亥決意要殺蒙毅，仍然把他殺害了。

聲色俱厲

唐德宗時，左補闕（諫官）韋綬由於學識淵博，為人忠厚恭謹，被任命為翰林學士，經常參與政務，負責起草朝廷的重要文告和詔令，成為德宗非常信賴的心腹大臣。

當時，各地的軍閥大多擁兵自強，不受節制；朝中的大臣也互相勾心鬥角，矛盾很多。韋綬每次值宿內廷，總是事務紛繁，忙得喘不過氣來，經常一個多月還不能回家休息。

韋綬忙於公務，雖家有體弱的老母，也無法早晚在身邊侍候奉養，心裏感到很不安，所以一有機會，就想提出辭職的請求。可是每當他剛剛開口，德宗就馬上皺起眉頭，使他不敢再說下去。

就這樣，韋綬擔任了整整八年的翰林學士。由於長期操勞，心力交瘁，健康受到了嚴重的損害，使德宗不得不同意他辭官回家休養。

韋綬有個兒子韋溫，從小聰明絕頂，七歲時每天讀書幾千字，十一歲就舉兩經及第，被補授咸陽尉。韋綬由於長期在外，開始還不太相信，特地把兒子找來面試，要他寫一篇文章。韋溫舉筆一揮而就，把父親的疑心打消了。

韋綬在臨死以前，特地把韋溫叫到身邊，告誡他說：「內廷是個是非之地，翰林學士這個職務你千萬不能擔任，弄不好就會有殺身之禍的。」韋溫含淚點頭，表示一定牢記父親的遺言。

韋溫既然有這樣出眾的才華，當然升遷很快，不久就官為監察御史。但他也是個非常孝順的人，父親因病家居以後，他就辭職回家服侍湯藥，經常廢寢忘餐，衣不解帶，達二十年之久。

父親去世以後，韋溫又接受朝廷任命，先後擔任過右補闕、御史、禮部員外郎、諫議大夫等職。由於他為人純正，直言敢諫，受到了唐文宗的賞識。公元 835 年，文宗決定授任他為翰林學士。

可是文宗沒有想到，對於這樣一個別人求之不得的要職，韋溫卻一再堅決辭讓。最後眼看無法推託，他就只好將老父臨終的遺命稟告文宗，表示自己不能違背對

釋義 說話的聲音和臉色都很嚴厲。

出處 唐·趙《因話錄》卷一：「上（唐文宗）後謂次對官曰：『韋溫，朕每欲用之，皆辭訴，又安用韋溫！』聲色俱厲。」

父親許下的諾言。韋溫竟敢用父命來拒絕文宗的恩寵，這不能不使文宗感到生氣。退朝後，文宗聲色俱厲地對近臣說："我一心想重用韋溫，可他卻堅決不願意。難道沒有他就不行了嗎！"

站在一旁的戶部侍郎崔蠡，看到文宗這樣盛怒，就上前勸道："陛下，韋溫雖然固執，但他稟承父親遺命，也是孝心的表現。您就成全了他吧！"文宗說："韋綬不讓其子入翰林，這是臨終時神志不清的亂命。亂命怎能成全呢！"

崔蠡說："作為兒子，連父親的亂命都能遵行不改，這不是說明他的孝心更加難能可貴嗎？"崔蠡的這番話說得文宗很難對答，只好漸漸平下氣來，打消了對韋溫的任命。

qìng zhú nán shū
罄竹難書

釋義

罄：盡。「罄竹難書」，意思是用盡楚、越兩地的竹子，也寫不完這些事例。後用以形容罪行多得說不完。

西漢末年，王莽鴆殺漢平帝劉衎（kàn，粵：漢），篡位稱帝，改國號為"新"。

王莽取得政權以後，對內實行了一系列違背人心的復古改制。他提出"王田"制度，規定全國民間土地收歸國有，企圖恢復古代井田制。

王莽另一個經濟措施，是實行五均、賒貸與六筦（guǎn，粵：管），以控制、壟斷工商業和放利取息，加重對百姓的剝削。

王莽在錢幣制度上曾經四次改革，每次無不是以小易大，用輕換重來搜刮百姓的財富，弄得社會更加混亂，加深了百姓的苦難。

王莽又大興土木，在長安城南佔地萬畝，大修王家的九廟。廟殿建造用的都是上好木料，銅製的斗拱上再用金銀雕飾，耗費了無數錢財。勞累而死的工匠，屍體堆積如山。

王莽又頻繁發動侵略戰爭，引起了四方少數民族的反抗。幾十萬軍隊連年在邊境作戰，開支負擔都落在農民身上，使很多人慘死在殘酷的剝削和勞役之中。

王莽這些倒行逆施的內外政策，全國上下無不怨聲載道。西州上將軍隗囂在討伐王莽的檄文中，列舉了他的種種大罪，說即使用盡楚、越兩地的竹子，也寫不完他的罪行。這就是成語"罄竹難書"的由來之一。

廣大農民忍無可忍，紛紛揭竿起義。當時有"赤眉"、"綠林"兩支最出名的隊伍，擁有幾十萬人，向長安進攻。後來王莽被農民軍殺死。

出處　《呂氏春秋・明理》："此皆亂國之所生也，不能勝數，盡荊、越之竹①，猶不能書②。"《後漢書・隗囂傳》："楚、越之竹，不足以書其惡。"

註：①竹：古代寫字的竹簡。　②書：寫。

勵精圖治

lì jīng tú zhì

公元前 74 年，漢宣帝即位。大將軍霍光憑着迎立之功，加封一萬七千戶。子姪、女婿、外孫均在朝中擔任要職，一時朋黨親友充塞朝廷。霍光權勢日重，政由己出。大臣上疏奏事，皆要事先稟告霍光，然後再奏天子。每次朝見，漢宣帝看到霍光，就拘謹地收起笑容，顯得十分謙恭。

公元前 71 年，漢朝擊敗匈奴侵犯後，派常惠出使烏孫國。常惠上奏說："龜茲（Qiūcí，粵：溝慈）國曾殺害本朝校尉賴丹，未伏罪，請便道襲擊。"漢宣帝不許。霍光卻擅令常惠見機行事，後常惠襲擊龜茲，斬龜茲大臣姑翼。

霍光老婆霍顯，為了使自己的小女兒成君納入宮中，以鞏固霍光權勢，竟買通女醫淳于衍毒死許皇后。霍光知道後不但不舉發，還恃權為淳于衍解脫。

公元前 68 年，霍光死了，漢宣帝擺脫羈絆，開始親自執政。他決心要改變霍光後期的弊政，勵精圖治，每五日親聽朝臣奏事一次。

釋義　振奮精神，力求把國家治理好。

出處　《漢書・魏相傳》："宣帝始親萬機，屬精為治①，練群臣，核名實。"

註：①後通作「勵精圖治」。

按照舊制，臣下上封奏事，奏封要有正副兩份，副的一份先由尚書拆看，認為不當就不再進呈皇帝。御史大夫（地位僅次於丞相的中央最高長官）魏相提議取消這一堵塞言路的規定，漢宣帝採納了他的建議。

由於改革了上書奏事的舊制，殺害許皇后的陰謀被揭發出來。漢宣帝下令誅滅霍氏三族。

公元前 66 年，漢宣帝下令降低鹽價。食鹽是百姓生活的必需品，當時由政府專賣，價格比較貴。降低鹽價減輕了百姓的負擔。

對派往地方上去的官吏，漢宣帝都要親自召見，先聽其言，後察其行。他經常告誡臣下執法要持平，下令不准使用嚴刑酷法，不准擅自加重民眾徭役；對生活淫逸驕奢、越權違法的官吏嚴予查究。

同時提倡儉約，勸民農桑，老百姓有帶刀劍者，使其賣劍買牛、賣刀買犢；地方官吏有成績者，給予嘉勉進爵；公卿有缺，也從地方官選拔。由於採取這些措施，使漢朝出現了國家富強、民安其業的中興局面。

螳臂當車

tánɡ　bì　dānɡ　chē

春秋末期，魯國名士顏闔到衛國遊歷。衛靈公熱情接待，並欲聘請顏闔做他兒子蒯聵（kuì，粵：繪）的老師。

顏闔早已聽說蒯聵十分兇暴，動輒殺人，國人十分畏懼。他猶豫不決，便去拜訪衛國有名的大夫蘧（qú，粵：渠）伯玉。

顏闔對蘧伯玉說：“聽說蒯聵常常隨便殺人，現在要我做他的老師。如我放任他自行其是而不加引導，他將來必定亂邦害國；如我約束不讓他胡作非為，他現在就會危及我的生命。你看如何是好？”

蘧伯玉歎道：“做世子蒯聵的老師，就應該處處謹慎，不能輕易去觸犯他，否則就會惹出殺身之禍。這就好比一個人愛自己的馬，看到有蟲子咬馬便急於去拍打，結果馬受了驚嚇，狂奔亂跳，反而把人給踢死了。"

說到這兒，蘧伯玉又不慌不忙地對顏闔講了一件有趣的事：有一天，他駕車外出，忽然發現路上有一隻螳螂，怒氣沖沖地張開兩臂，企圖阻止車輪向前……

蘧伯玉說："螳螂之死就在於不自量力。今天你也和那隻螳螂一樣，自以為有很大的才能和力量，可以改變蒯聵的殘暴習性。依我看，恐怕也是不自量力，難免要粉身碎骨的！"

然而，螳臂怎能擋住前進的車輪？車子照樣行進，可憐的螳螂卻被車輪碾得粉碎。顏闔聽後，覺得很有道理，忙移席謝教。他決定不去觸犯蒯聵，爭取早日離開衛國。後來，蒯聵果然鬧出事來，被人殺死。

十七畫

螳臂當車　禮賢下士

出處
《莊子・人間世》："汝不知夫螳螂乎？怒其臂①以當②車轍，不知其不勝任也。"

註：①螳螂的前腿。
②當：阻擋。

lǐ xián xià shì

禮賢下士

李勉是唐朝的宗室後代，當過開封尉、刺史、節度觀察使，最後還做過兩年宰相。他雖然權高位尊，但從不自高自大，待人非常誠懇、有禮貌。

年輕的時候，李勉的家境並不優裕。在客居梁、宋等地讀書時，他曾和一名太學生同住一個旅舍。一天，那個太學生突然病倒了，病情十分嚴重。李勉給他端水送飯、延醫熬藥，照料得像親兄弟一樣。

太學生的病體不見好轉，眼看快要不行了。他趁房內無人，摸出幾錠銀子交給李勉說："沒人知道我身邊藏有這許多銀兩，我死後請你用這筆錢將我安葬，餘下的你就自己用吧！"說完，閉眼死去。

李勉遵囑給亡友舉哀，買了棺木、衣衾等物，把他安葬了。剩下的錢，他分文不動，放在棺下和亡友一起入土。不久，太學生的遺屬來找李勉。李勉便和他們一起去給亡友遷葬，把放在棺下的餘銀取出交給他們。遺屬感動得不知說甚麼才好。

釋義
「禮賢下士」，就是敬重賢人，有禮貌地對待地位低的人。舊時用來形容君主或貴官重視人才。

出處

《新唐書·李勉傳》：「其在朝廷，鯁亮廉介，為宗臣表。禮①賢下士②有終始，嘗引李巡、張參在幕府，後二人卒，至宴飲，仍設虛位沃饋之。」

註：①禮：以敬對待。②士：有能力和見識的人。

後來，李勉當了大官，他不但廉潔方正，而且十分愛惜人才。在任山南西道觀察使（負責考察州縣官吏政績）時，他發現原先當過密縣縣尉的王晬勤懇能幹，便提拔他代理南鄭縣的縣令。

可不久皇帝下詔要處死王晬，李勉問清情由，原來是遭權貴誣陷，便巧妙地說：「皇上決不會輕信讒言，錯殺無辜！」他暫不拘捕王晬，並連夜上疏請求赦免王晬。唐肅宗接到奏章，明白了事情的真相，赦了王晬的死罪；但李勉卻被指控執行聖旨不力，召回京師貶官處置。

李勉進京向肅宗面陳王晬無罪，還說方今百廢待舉，要任用像王晬那樣有能力的人。肅宗為了嘉獎他秉持正義，授他乙太常少卿（掌宗廟禮儀）之職。並擢用王晬為龍門縣令。王上任後果真為官清正、辦事能幹，當時人們都稱道李勉能識拔人才。

李勉任節度使時，聽說李巡、張參兩人很有才學，便請他們進幕府任判官，佐理公務。這兩人都是名士，李勉待他們始終十分有禮，每有飲宴都請他們出席。

不久李巡和張參先後去世，李勉仍然十分懷念他們，宴請客人時總給他倆空着座位，擺上酒杯和筷子，就像他倆活着一樣。即便在很歡樂的宴會上，李勉一瞥見這兩個空座位，就神色淒惻。

對待兵士，李勉也愛護備至。每當派他們到邊境屯戍時，總要親自查看所帶的資糧是否充足；春秋兩季，還常去看望士卒家屬。因此在他手下當兵的人，都願意拼死出力。

李勉雖然做了幾十年高官，但平時常把俸祿分送給親友、下僚，自己不留甚麼積蓄。他一生廉潔、清雅，活到七十二歲才去世。

李勉的品格很受後世推崇，史書上稱他「鯁亮廉介，為宗臣表。禮賢下士有終始……」，意思是他耿直誠信而廉潔守正，稱得上是宗臣的表率；而且能夠禮賢下士，始終有禮貌地對待地位比他低的人。

張良，字子房，本是戰國末年韓國的一位貴公子。秦始皇消滅六國統一天下後，張良曾經謀刺過他，沒有成功。為了躲避官府的查緝，張良就逃到下邳隱居起來。

一天，他到沂水邊去散步消閒，剛走上橋頭，忽然有一位身穿粗布衣服的老人從他身旁經過，右腳一拐，就把鞋子掉到橋下去了。

老人沒有去拾鞋，他蹲下身往橋上一坐，抬頭衝着張良說："小伙子，下去給我把鞋撿起來！"

張良聽到這種命令似的口氣，心裏非常惱火，真想伸出手去給他一個巴掌。但是看到他那副老態龍鍾的樣子，就勉強忍住氣，從橋墩邊走下去，把鞋撿了起來。

老人見張良把鞋拿到面前，不但不伸手去接，反而蹺起右腳來，說："小伙子，再給我穿上它！"

這得寸進尺的要求，如果換了別人，肯定會不予理睬的。可是張良一來看他年老，二來感到既然已經幫了忙，就不妨把好事做到底。於是他屈着一條腿跪在老人身邊，把鞋給他穿上。

老人站起身整了整衣襟，沒有說一句道謝的話，只是朝着張良微微地笑了一笑，就揚長而去。這種不近情理的態度，使張良感到十分驚異。

老人走了大約有一里路光景，忽然又折回到張良的身邊，對他說："小伙子，看來你是可以接受教育的了。五天以後的黎明時刻，請你再到這兒來和我見面。"張良這時才感覺到老人可能有些來歷，馬上答應道："是！"

到了約定的那天，天剛蒙蒙亮，張良就匆匆忙忙地趕去赴約。但當他走到橋邊時，老人卻已經先在那裏等候了。他生氣地責備張良說："年輕人和老人約會，為甚麼遲到？今天你回去吧，五天以後再來！"

五天以後的早晨，張良不敢怠慢，聽見雞一叫就起身趕到橋邊。可是仍然發現老人已經站在那裏等他了，他慚愧地低下頭去。老人又把他責備了幾句，說："你去吧，五天以後再來，可千萬不能遲到了！"

這一次，張良整個晚上都不敢合眼，沒過夜半就趕到了橋邊。不久，他看見老人遠遠地踏着月色走來了。

老人見了張良，高興地說："應當這樣才對啊！"於是，他從懷裏拿出一部書來鄭重地交給張良，說："我叫黃石公。你好好地攻讀這部書，就可以輔佐未來的天子建功立業了！"

張良接過書，辭別了老人，回家以後打開一看，原來是一部《太公兵法》，裏面寫的都是當年姜太公輔佐周武王滅商時用兵的方略，不由喜出望外。從此，他就刻苦攻讀，把其中所有的精闢見解都牢牢地記在心裏。

後來，張良輔佐漢高祖劉邦進軍關中，推翻了秦的統治；接着又一再出奇制勝，幫助劉邦消滅了楚霸王項羽，成為漢朝著名的開國功臣。《史記‧留侯世家》記載了黃石公考驗張良的故事，"孺子可教"這個成語便留傳下來了。

zòng　hǔ　guī　shān
縱虎歸山

釋義
把老虎放回山上去，比喻把敵人放回窩巢，留下禍根。

東漢末年，天下大亂，群雄各霸一方。劉備被割據徐州的呂布打敗，只得暫時投奔曹操。曹操十分高興，設宴歡迎，並表薦劉備為豫州牧（州軍政長官）。

席散後，謀士程昱對曹操說："劉備這個人志向不小，頗有點英雄氣概，如果現在不消滅他，以後必成禍患。"曹操拿不定主意，徵求謀士郭嘉的意見。郭嘉認為：現在正是薦用人才的時候，劉備是個英雄，失敗了投奔這裏，如果殺害他，將落個害賢的壞名聲，這對一統天下的大業沒有好處。曹操點頭同意。

後來，曹操親率大軍征討呂布，攻佔下邳，取得大捷，並在城頭白門樓上殺死呂布。劉備在這次戰爭中也立了功。曹操回到許昌，封賞出征人員，並引了劉備來見漢獻帝，表奏劉備的軍功。獻帝讓人取出宗族世譜檢看，按照輩分，劉備是獻帝的叔父，所以後來也稱劉備為劉皇叔。獻帝封他為左將軍、宜城亭侯。

當時，曹操在朝中掌握大權，獻帝極不自在，暗中叮囑國舅、車騎將軍董承謀殺曹操。董承秘密串聯劉備和其他一些大臣，打算伺機下手。曹操戒備很嚴，劉備心虛，也有點兒擔驚受怕。

第二年，盤踞冀州的袁紹勢力日益強大，割據淮南的袁術打算把私藏的玉璽親自送到河北，勸他的哥哥袁紹稱帝。這消息傳到許昌曹操那兒，恰好劉備也在座。劉備暗想：何不乘這時尋個脫身機會？他起身對曹操說："袁術如到河北去，一定要經過徐州。我願率領一支軍隊在半路上截擊，生擒了他。"曹操笑了笑："明日奏明獻帝，便可起兵。"

第二天，劉備面奏獻帝，得到許可。曹操命令劉備總督五萬人馬，又差朱靈、路昭兩人同行。劉備準備了幾天，就率隊出發。離開許昌時，董承前來送行，暗中叮囑他不要辜負獻帝期望。劉備點點頭，要董承暫且忍耐一個時候，便匆匆告別。

踏上征途，關羽和張飛問劉備道："兄長今番出征，何故這樣慌忙？"劉備說："我是籠中鳥，網中魚，此行如魚入大海，鳥上青雲，再不受籠網的羈絆了！"說罷，催促朱靈、路昭的軍馬加速前進。

劉備離開許昌不久，程昱和郭嘉從外地回來，一聽說這件事，慌忙來見曹操，問道："丞相何故令劉備督軍？"曹操說："讓他去截擊袁術罷了。"程昱不以為然地說："以前劉備來歸時，我請求除了他，丞相不聽；今日又給他兵馬，這等於放龍入海，縱虎歸山啊！再想控制他，那就難了。"郭嘉也不贊成讓劉備帶兵出征。

曹操便派許褚領兵，務要追劉備回來。劉備自然不

出處 《三國志・蜀書・劉巴傳》裴松之註引《零陵先賢傳》：「若使備討張魯，是放虎於山林也。」《三國演義》第二一回：「程昱曰：『昔劉備為豫州牧時，某等請殺之，丞相不聽；今日又與之兵，此放龍入海，縱虎歸山也。』」

聽，在徐州附近殺敗了袁術部隊，率部進駐徐州，離開曹操而自立門戶，後來建立了蜀漢政權，與曹魏爭霸天下。

十八畫

騎虎難下

公元 325 年秋天，東晉明帝司馬紹病重，召國舅庾亮及溫嶠、卞壺（kǔn，粵：綑）、郗（xī，粵：希）鑒等大臣進宮受遺命，輔佐太子司馬衍。不久，明帝去世，司馬衍即位，史稱晉成帝。庾亮被任命為中書令，掌握了朝政大權。

豫州刺史祖約和荊州刺史陶侃，地位和聲望都在卞、郗鑒之上。他們由於出鎮在外，沒有被召進京接受遺命，便認為都是庾亮從中作梗，因此漸漸對朝廷產生了不滿。

為了防備祖約和陶侃，庾亮派溫嶠出任江州刺史，鎮守武昌，控制長江中游地區；同時又派王舒出任會稽內史，和溫嶠互相聲援，以保衛京城建康的安全。

歷陽內史蘇峻，是一個勇猛善戰的將領，曾經在討平內亂的鬥爭中多次建立戰功。他自以為兵力雄厚，武器精良，就漸漸驕橫跋扈起來，經常收羅亡命之徒，處處與朝廷相對抗，使晉成帝和朝臣深感憂慮。

公元 327 年冬天，庾亮決定請晉成帝下詔徵調蘇峻到建康，表面上準備對他加官晉爵，實際上是要剝奪他的兵權。蘇峻怕進京以後被問罪，就一再推託，不肯到建康去。後來朝廷催得越來越急，更加深了他的猜疑，他就索性派人去聯絡祖約，準備共同起兵作亂。

公元 328 年春天，蘇峻會合祖約派來的軍隊共二萬人，從歷陽出發東渡長江，直撲建康。庾亮事先沒有準備，只好派卞壺猝應戰。叛軍趁風放火，一舉攻進宮城，卞兵敗被殺，庾亮率領殘軍西走，去投奔溫嶠。

蘇峻進城以後，放縱部下大肆搶掠，把一些朝廷大臣抓來任意鞭打。他又派兵包圍宮廷，把晉成帝和皇太后軟禁起來，自封為驃騎將軍，專擅了朝政大權。

溫嶠在武昌聽到京城危急，馬上率軍束進，準備入援建康。誰知剛剛到達尋陽，就碰上庾亮前來投奔，告訴他建康已經失陷。於是兩人商議，決定派人到荊州去邀請陶侃共同起兵勤王。

陶侃接到邀請，想起以前沒有和朝臣同受先帝遺命，心裏很不痛快。雖然開始他派將軍龔登到尋陽去同庾亮、溫嶠會合，但當龔登走到半路時，陶侃又命人把他召回。

溫嶠了解陶侃的心情，馬上再派大將王愆期趕到荊州，用忠君愛國的道理對他進行勸說；並且表示願意請他擔任勤王軍隊的統帥。陶侃被溫嶠的誠意感動了，同時聽說兒子陶瞻已被蘇峻殺害，就決定起兵勤王。

四月間，荊州、江州兩路聯軍六萬多人，浩浩蕩蕩地順江東下，向建康挺進。蘇峻立即部署軍馬進據石頭城，準備憑險固守。由於叛軍勇猛善戰，雙方相持了幾個月，戰事毫無進展。晉軍眼看糧食將盡，人心漸漸浮動起來。

一天，陶侃忽然把溫嶠請到中軍，向他提出：由於叛軍據城死守，一時很難取勝，自己準備率領本部人馬返回荊州，籌集糧草，補充兵力，然後再想辦法來收復建康。溫嶠聽了，不由大吃一驚。

他馬上對陶侃說：「天子被困，國家危急，今天的形勢，已經騎虎難下。我們共同起兵勤王，你一走，必然會動搖軍心。敗壞了救國的大事，義軍的旗幟將要回過來全部指向你了！」陶侃自知理虧，只好留下來不走了。

第二天，溫嶠命人在場上築起一座土壇。他親自寫了一篇誓師的文告，登上壇去向全軍將士進行動員。隨後，他和陶侃身先士卒，分兩路向叛軍發動猛攻。蘇峻在陣前被殺，叛軍人心渙散，形勢很快被扭轉了過來。

出處　《晉書・溫嶠傳》：「今之事勢，義無旋踵①，騎猛獸，安可中下哉！」

《資治通鑒・晉成帝咸和三年》：「今之事勢，義無旋踵，譬如騎虎②，安可中下哉！」

註：①旋踵：旋轉腳跟，指後退。　②騎虎：騎在老虎背上就很難再下來。

晉軍乘勝前進，一鼓作氣攻下了石頭城。晉成帝被救上溫嶠的戰船。

據守宮城的叛將匡術見大勢已去，就倒戈向晉軍投降。在溫嶠、陶侃等勤王將士的努力下，歷時一年的蘇峻之亂被平定了，東晉王朝終於轉危為安。

藍田生玉
lán tián shēng yù

釋義　比喻賢父生賢子。

出處　《三國志・吳書・諸葛恪傳》裴松之註引《江表傳》：「恪少有才名……權見而奇之，謂瑾曰：『藍田①生玉，真不虛也。』」

註：①藍田：山名，在陝西藍田縣東南，古時出產美玉。

陝西藍田縣東南有座藍田山，一名覆車山，古時這裏盛產美玉，所以又名玉山。藍田生玉，指的就是藍田縣出產美玉；後人比喻名門生賢子叫"藍田生玉"，這卻有着一個著名的故事。

三國時代，蜀漢丞相諸葛亮的哥哥諸葛瑾在東吳做官，吳主孫權對他非常信任。諸葛瑾的兒子諸葛恪 (kè，粵：確)，從小聰明過人，口才極好，甚得孫權寵愛。

諸葛恪六歲那年，隨父親出席朝廷筵會。孫權因諸葛瑾面長似驢，故意命人牽來一頭毛驢，用粉筆在驢臉上寫了"諸葛子瑜"(瑾字子瑜) 四字。眾人見了，大笑不止。

諸葛恪毫不着慌，跪請添寫二字。孫權命人給他粉筆，他就在"諸葛子瑜"下加了"之驢"二字。

這一加，便成了"諸葛子瑜之驢"。滿座的人，無不驚訝。孫權見諸葛恪如此機敏，十分高興，當場將毛驢賞給他。

又有一次，諸葛恪得到進見的機會，孫權問他："你的父親與叔父，哪個高明？"諸葛恪答道："我父親。"孫權要他講明理由，他就說："我父親懂得事奉明主，叔父卻不懂得，所以是我父親高明。"

原來，東吳輿論一向認為只有孫權才是英豪，劉備並無出息；諸葛亮輔佐劉備，可見缺少眼光。諸葛恪的答話甚得孫權歡心，又被大大誇讚了一番。

後來劉備派使者前來聯絡東吳，孫權對使者說："我們這兒的諸葛恪喜歡騎馬，請你回去轉告諸葛丞相，給他這位姪兒送些好馬來。"諸葛恪一聽，便向孫權謝恩。

孫權問道："馬還沒送來，你謝甚麼？"諸葛恪回答說："蜀漢乃是陛下的外馬房，今恩詔降下，必有好馬送來，豈敢不謝？"

諸葛恪才思敏捷，對答如流。孫權大為讚歎，笑着對諸葛瑾說："藍田生玉，真不虛也。"就是說藍田生美玉，名門出賢子，真是一點不假！

biān cháng mò jí
鞭長莫及

春秋時代，爭戰連綿。諸侯國實力較強的有楚國和晉國，齊國是楚的盟國，宋國是晉的盟國。公元前594年，楚莊王派大臣申無畏出使齊國。

從楚到齊，中間要經過宋國。宋國的衛士檢查了申無畏一行人，問他們有沒有借路文書。申無畏回說沒有。衛士們飛報宋文公，請求處理。

宋文公和大臣華元商量。華元認為，楚使經過宋國，而不帶借路文書，分明是欺侮宋國，主張殺掉申無畏。宋文公害怕楚國前來攻打。華元認為侮辱與攻打一樣，必須針鋒相對地鬥，便下令將申無畏處死。

申無畏的隨從飛速回國，報告莊王。楚莊王派申無畏去齊，正是要尋找機會伐宋。現在機會果然來了，他立刻調遣軍隊，命司馬公子側為大將，親自攻打宋國。

楚軍將宋都睢陽團團圍住，造了大批和城牆一樣高的樓車，四面攻城。華元已經作了準備，親自指揮軍民防守，同時派大夫樂嬰齊奔晉告急，要求趕發援軍。

樂嬰齊到了晉都，將前後經過奏告晉景公。晉景公安慰他一番，讓他在賓館住下，然後召集大臣們商議對策。

晉景公主張發兵救宋，可是謀臣伯宗反對。他說："以前，我國荀林父為統帥，指揮兵車六百輛，和楚軍

釋義 及：達到。原意是說鞭子雖長，但不應該打到馬肚子上。後多作「鞭長莫及」，比喻能力不及或力不從心。後

出處 《左傳‧宣公十五年》："雖鞭之長，不及馬腹。"

作戰，結果吃了敗仗。目前，楚軍正在勢頭上，前去救援未必有功。”

晉景公説：“當今宋國和我們最親，我們不救，宋國就完了。”伯宗道：“不可。古人有言：鞭子雖長，也不應該打到馬肚子上。上天正準備天命予楚，不可與之爭奪。雖然晉國很強大，但也不能違背天意。”

伯宗繼續説：“諺語講得好，要伸要屈應因時制宜；山川河澤容納許多污垢；山林藪澤之中不免隱藏疾害；就是美玉也會藏着斑點；至於國君，有時亦難免要失面子。要含恥忍辱，這是天地間的規律，不可違抗。”

晉國君臣商量後，派了一個使臣解揚和樂嬰齊一同到睢陽去，説是晉國就要派大軍來，希望宋軍堅守下去。

華元是決心抵抗到底的。楚、宋兩軍在睢陽城相持了九個月，楚軍始終沒有得逞。然而睢陽城內傷亡很大，由於糧草將盡，餓死了不少人。楚莊王在城外歎着氣説：“想不到宋國這樣難打！”

最後，楚莊王在無可奈何的情況下，同意議和，雙方訂立了盟約。“鞭長莫及”這句成語就是從這個故事中來的。

fù　shuǐ　nán　shōu

覆水難收

東漢末年，南陽有個名叫何進的人，本以殺豬為業，後來因他同父異母的妹妹被漢靈帝選入宮中，由貴人立為皇后，他本人也飛黃騰達起來，官拜侍中（侍從皇帝左右，出入宮廷）、將作大匠（主管宮室、宇廟、陵寢及其他土木營建）、河南尹（都城的行政長官）。

靈帝有兩個兒子：一個是何皇后所生，叫劉辯；一個是王貴人所生，叫劉協。靈帝嫌劉辯輕佻無威儀，臨死時囑咐中常侍（由宦者專任的宮廷內侍官）蹇（jiǎn，粵：展）碩，要他輔助劉協即位。

當時宦官勢力很大，操縱朝政，貪暴橫行。蹇碩在靈帝死後，打算先殺何進，再立劉協。哪知走漏了風聲，何進假託有病，不進宮奔喪，蹇碩的陰謀告吹。劉辯在何進和太傅（輔導太子的官）袁隗的擁戴下即位，何太后臨朝。

不久，何進殺了蹇碩，並奪了兵權。袁隗的姪兒、司隸校尉（掌糾察京師百官及所轄附近各郡）袁紹勸何進乘機殺掉所有的宦官，為天下除害，然後才能掌握實權。何進不住點頭，認為是條好計。

中常侍張讓、段珪（guī，粵：歸）等人聽到風聲，忙用重金名璧賄賂何太后的母親舞陽君和何進的弟弟車騎將軍何苗。於是，母子倆經常進宮面奏太后，為宦官們說情，並責備何進不該濫殺無辜。

何進打算誅殺宦官，自然也要奏明太后。等他說明來意，太后只是搖頭，說：“宦官統領禁兵，這是漢家的慣例，況先帝剛死不久，濫殺無辜，對社稷不利。”

何進碰了釘子，覺得宦官勢大，一下也清除不了。後來，袁紹等人又向何進獻計，要他多召四方猛將，讓他們領兵奔赴京城，脅迫太后；但也有人反對這樣做。何進還是聽從了袁紹的主意。

他召來前將軍董卓、泰山府掾（屬官）王匡、東郡太守橋瑁、武猛都尉丁原，讓他們指揮士兵在長安四郊放火，揚言要誅殺宦官。

何太后仍然不聽。何苗來勸何進說：“我們出身貧賤，都靠宦官們的幫助才得到富貴的啊！國家之事，不易處理，覆水不可收。你要深思，最好還是和宦官和睦相處。”何進一聽，又拿不定主意了。

袁紹料到何進會中途變卦，以威脅口氣對他說：“我們與宦官互相構陷的形勢已經顯現出來，事久變生，你還不下決心，究竟要等待甚麼？”何進當下給他一個符節，授他以調兵的大權。

於是，袁紹派遣部下將吏偵查宦官的行動，同時催促董卓進兵平樂觀，進行威脅。何太后畏懼了，不得不

出處 《後漢書・何進傳》：“國家之事，亦何容易！覆水不可收，宜深思之。”亦作“潑水難收”。相傳漢朱買臣，初時家貧，其妻自願離異。後買臣富貴，為會稽太守，妻又求合；買臣取盆水傾潑於地，令其妻收取，表示夫妻既經離異，不能再合（見清・翟灝《通俗編》卷二十）。一說為周代姜尚與其妻馬氏的故事（見宋・王《野客叢書》卷二八）。

罷撤大小宦官們的職務，要他們各回鄉里，只留下一些何進認為可用的，守衛宮中。

張讓慌了，他有個兒媳婦是何太后的妹妹，便向兒媳叩頭說："老臣有罪，當和你們同回鄉里。只是我累世受恩，今當遠離，希望有一次進宮的機會，拜辭太后、陛下，然後回鄉，死也無恨了。"

兒媳婦把他的懇求轉請舞陽君進宮面奏太后。何太后聽了不禁哀憐起來，下詔讓大宦官們都回到宮內。

八月的一天，何進來到長樂宮，面奏太后，要求誅殺全部常侍。張讓和段珪暗中派人偷聽了全部談話內容。

一會兒，何進退出長樂宮。走不多遠，一個小宦官追了上來，說："太后還有幾句話忘了和大將軍談，請大將軍回來。"

何進剛走進宮禁，張讓、段珪等幾十個宦官圍了上來，張讓指着何進說："天下荒亂，難道僅僅是我們的罪過？你現在竟要將我等斬盡殺絕，不覺太過分嗎？"何進知道大事不好，拔腿便跑。

還沒跑出幾步，一個宦官抽劍趕上，將他殺死在嘉德殿前。張讓對外宣佈：何進謀反，已予處死！

何進的部將吳匡等人聽到這個噩耗，紛紛領兵攻打王宮。張讓、段珪等人劫持少帝劉辯及王公官屬逃出來。

袁紹和車騎將軍何苗屯兵朱雀闕下，抓來一批宦官，當場處死。

這時，吳匡率部趕到朱雀闕，一眼看到何苗，恨他平日不和何進同心，疑他與宦官通謀，便對部下說："殺大將軍（何進）的就是何苗，你們願意為大將軍報仇嗎？"

將士們一擁而上，逮住何苗當場殺死。袁紹帶兵衝進宮中，看見一個宦官殺一個，殺了兩千多人，其中還有因為沒有鬍鬚而被誤殺的。

張讓、段珪一行逃到小平津地方，被漢兵追上。張讓等宦官投河自殺。

第二天，文武百官護送天子回宮。不久，董卓廢去劉辯，改立陳留王劉協為皇帝，就是後來的漢獻帝。董卓又毒殺何太后，殺了舞陽君。從此，東漢王朝日益敗亂，真是"覆水不可收"，到了無法挽回的地步。

成語"覆水難收"，就是從"覆水不可收"一語轉化來的，有時亦作"潑水難收"，那卻另有一個著名的故事：

相傳西漢會稽吳（今江蘇蘇州）人朱買臣家境窮困，和妻子崔氏經常上山打柴，靠賣柴糊口。

朱買臣雖然十分潦倒，但非常喜歡讀書。他打柴時，隨身總要帶着書簡。打好柴，他挑着擔子，一面走路，一面認真地讀書。

買臣並不以貧窮為意，讀到警句、警段時，往往旁若無人地謳歌起來。妻子眼看行人漸多，覺得有點難為情，勸丈夫不必再唱了。

買臣不但不聽勸阻，反而大聲吟唱起來。崔氏惱羞成怒，想想自己嫁到朱家從沒有過一天好日子，便要求和他離婚。

買臣放下柴擔，笑着說："我現在已四十多歲了，到了五十歲，定能得到功名富貴。你跟我受了半輩子苦，到那時我會重重報答你的。"崔氏罵道："你別白日做夢了，等你富貴，我早已餓死啦！"

崔氏回家，仍吵着要和朱買臣離婚。買臣留不住，只好寫了休書，讓她離開，重新嫁人。

朱買臣變成光棍兒，仍舊靠打柴度日，得意時仍舊獨身高聲吟唱，旁若無人。

過了幾年，朱買臣有位同鄉叫嚴助的，做了高官，向漢武帝推薦朱買臣。武帝召見買臣，聽他講解《春秋》、《楚辭》，十分滿意，拜他為中大夫。

不久，東越首領舉兵叛亂，朱買臣向朝廷獻了個平亂之策，武帝又拜買臣為會稽太守，並要他盡快上任。

會稽郡的官員們聽說新任太守就要到來，立即徵集民夫修築官道。朱買臣的妻子崔氏和她的第二個丈夫也被徵發前來。

這一天，一簇人馬由遠而近地馳來，縣吏們送迎的車輛足有百乘之多，新任太守在文武官員簇擁下，前往治所就任。

崔氏上前仔細一看，不禁大驚失色：這位威風凜凜的會稽太守，正是六年前離婚的丈夫朱買臣。她攔住馬頭，請求朱買臣寬恕她，答應與她再做夫妻。

買臣淡淡一笑道："當初，我怎樣挽留你都留不住，反而嘲笑我白日做夢。好吧，這樣吧⋯⋯"他吩咐衛士取盆水來，倒在地上。

衛士遵命照辦。買臣指着地上的水對崔氏說："你把潑出去的水給我收到盆裏來，才能言歸於好。"崔氏雙頰緋紅，羞愧得頭也不敢抬起。

朱買臣搖搖頭，拍馬而去。這個故事一般也都認為是成語"覆水難收"的出處；"潑水難收"和"覆水難收"一樣，也比喻事成定局，無法挽回。

bì　　ròu　　fù　　shēng

髀肉復生

釋義　大腿上的肉又長起來了。後用來表示因久處安逸、虛度光陰而感慨壯志未酬。

公元201年，曹操打敗了袁紹，揮師南下，攻打駐紮在汝南的劉備。雙方實力懸殊，劉備處於劣勢。劉備吃了敗仗，便派部下糜竺、孫乾到荊州去見劉表，表示願意暫時寄居在荊州，以待時機。

劉表因和劉備同宗，而自己軍力單薄，正需要別人幫助，他聽了糜竺和孫乾的話以後，親自到郊外迎接劉備。

劉表把劉備請到荊州，接待如同上賓。酒後，劉表撥給劉備一支軍馬，請他駐紮在新野一帶。

劉表對劉備很為尊重，碰到甚麼軍政要事，總要請劉備到荊州來商量。

有一天，劉備和劉表又在一起議事。劉備起身上廁所，發現自己大腿上的肉又長起來了，內心感慨，覺得寄人籬下，一事無成，禁不住流下幾滴眼淚。

劉備回到座位上，劉表看到他臉有淚痕，覺得奇怪，便問他是何緣由。

劉備答道：“過去南征北戰，許多時間坐在馬鞍上，腿肉消失；現在閒居安逸，又長出腿肉，而光陰很快地過去了，復興漢室的事業毫無進展，眼看自己也老了，所以悲傷。”

出處　《三國志・蜀書・先主傳》裴松之註引《九州春秋》：「備曰：『吾常身不離鞍，髀①肉皆消。今不復騎，髀裏肉生。』」

註：① 髀：大腿。

fān rán gǎi tú

翻然改圖

三國時，蜀國永昌郡的功曹（負責總務的官長）呂凱，是個忠厚正直的人。

當時蜀國的大臣雍闓（kāi，粵：海），聽說蜀主劉備去世，就一天比一天橫暴輕慢，不久便降了吳國。吳國派人來命雍進駐永昌，任永昌太守。

呂凱聽說雍闓投降吳國，十分氣憤，就和府丞（郡太守的佐官，郡丞的別稱）王伉帶領永昌的軍民閉關守衛，不讓雍闓進入永昌郡。雍闓幾次下文書要呂凱歸順，呂凱不答應，回了他一份文書，痛斥他的背叛行為。

在文書中，呂凱列舉古今事例說明，凡是正直的、為民操勞的人，老百姓必定永遠讚美他們。以此規勸雍闓“翻然改圖”。

呂凱希望雍闓很快轉變過來，這樣就不難追上古代賢人的足跡，幹一番事業，到時候小小的永昌郡恐怕還不夠他管呢！可是雍闓不聽呂凱的勸告，終於被自己的部將殺死。

釋義　「翻然改圖」，指很快地轉變過來，另作打算。

出處　《三國志・蜀書・呂凱傳》：「將軍若能翻然①改圖②，易跡更步，古人不難追，鄙土何足宰哉？」

註：① 翻然：回飛貌，形容轉變很快。

② 圖：計劃、打算。

雞口牛後

釋義

指寧可小而潔，不願大而臭。舊時比喻寧可在局面小的地方自主，不願在局面大的地方任人支配。

出處

《戰國策·韓策一》：「臣聞鄙語曰：『寧為雞口，無為牛後①。』今大王西面交臂而臣事秦，何以異於牛後乎？」

註：①牛後：牛的肛門。

《**戰**國策》是戰國時代遊說之士言論、策謀的匯編集，其中"韓策一"載有著名縱橫家蘇秦遊說韓國國君的經過。縱橫家分"合縱"、"連橫"兩派，前者主張弱國合力抵禦強國，後者主張弱國依附強國。

"合縱"派首領蘇秦，鼓吹齊、楚、燕、趙、韓、魏六國聯合，抗擊強秦。他先在趙國說服了國君趙肅侯，被任為相國，受命帶着飾車百乘、黃金千鎰、白璧百雙、錦繡千疋，遊說各國合縱禦秦。

蘇秦來到韓國，求見宣惠王說："貴國領土方圓九百餘里，地理條件優越；貴國甲兵數十萬，裝備精良。臣有幸看到貴國士卒演習作戰，勇士披堅甲、執利劍，一人當百，有銳不可擋之勢。"

他接着指出，韓地製造弓弩、劍戟、甲盾等武器，名聞天下；韓卒使用的"溪子"、"少府"、"時力"、"距來"等著名弩機，射程都在六百步以上，腳踏發射，可以連射百發，遠者達胸，近者穿心，有極大的殺傷力。

"韓國如此強盛，大王如此賢明，可我仍聽說你們準備向秦國割地稱臣，這恐不免為天下所笑，願大王三思。而且，秦國的擴張野心永無滿足之日，韓國的土地卻有割盡之時，那真要落個不戰自敗啊！"

說到這兒，蘇秦察知宣惠王心動，再以言語激他道："俗話說'寧為雞口，無為牛後'。雞口雖小乃進食，牛後雖大乃出糞。今大王稱臣秦國，何異於牛後？以大王之賢而有牛後之名，臣實為大王可惜！"

宣惠王一聽自己將要落個"牛後"的臭名，不由跳了起來，按劍吼道："寡人寧死也不臣事秦國，請先生多多開導。"他表示願意加入合縱盟約。

後來蘇秦奔走六國，一一說服各國國君，完成"合縱"大業，回報趙肅侯。趙肅侯封蘇秦為武安君，在趙地洹水與齊、楚、燕、魏、韓五國會盟，正式訂立合縱盟約。洹水會上，六國國君合封蘇秦為“縱約長”，兼佩六國相印。《戰國策》記述蘇秦以“雞口牛後”遊說韓國一節，為遊說家的辯才作了生動寫照。

jī quǎn bù níng

雞犬不寧

釋義 連雞狗都不得安寧，形容騷擾得十分厲害。

出處 唐·柳宗元《捕蛇者說》：「悍吏之來吾鄉，叫囂乎東西，隳①突②乎南北，譁然而駭者，雖雞狗不得寧焉。」

註：①隳（huī，粵：揮）：毀壞。 ②突：奔突；隳突：騷擾破壞的意思。

唐代文學家、思想家柳宗元，因積極參與王叔文的政治革新，在改革失敗後，被貶謫為永州司馬。永州離京都長安四千餘里，是南方的窮僻之地。柳宗元謫居永州十年，除了刻苦讀書、專心寫作外，還常常訪察民間，了解當地的風俗人情。

有一次，他遇見一位姓蔣的人，聽說他世代以捕蛇為生，就和他交談。那人臉色愁苦地說：“我爺爺死於捕蛇，我爹也給毒蛇咬死，我幹這行業已有十二個年頭，幾次險些送命。”

據那人介紹，永州當地出產一種特別的毒蛇，皮色烏黑而帶有白斑紋。這種蛇接觸到草和樹木，草木都會枯死；要是牠咬了人，便無藥可救。然而，捉住這種毒蛇，將牠殺了風乾，卻可以做藥，治療麻瘋、半身不遂、惡性瘡疥，並能消除肌肉潰瘍腐爛，殺死各種寄生蟲。

太醫奉命前來徵集這種毒蛇，每年徵收兩次。老百姓捉住毒蛇，可以拿牠抵充租稅錢糧。為此，永州人都搶着為捕蛇奔走，送命的不少。

柳宗元十分同情地說：“你怨恨這個行業嗎？我可以為你向主管的官員說說，幫你換個差事，好不好？”誰知姓蔣的聽了，淚汪汪地哭了起來。

“大人，你是在可憐我、讓我活命嗎？唉——”那人抽抽嗒嗒道：“我幹這種差事固然很不幸，要是不幹的話，就得恢復繳租納糧，那就更不幸啦！”

柳宗元大惑不解地問：“為甚麼呢？”姓蔣的指了指破敗的村莊道：“我家祖孫三代定居此地已有六十年，眼看鄉鄰為了繳納錢糧，頂風雨、冒寒暑，忍饑捱餓地辛勤耕種，到頭來還不是落個窮困而死！當初和我爺爺做過鄰居的，現在十戶中難得有一戶了；和我爹做過鄰居的，十戶中難得有兩三戶了；和我做過鄰居的，十戶中難得有四五戶了。他們不是死掉，就是流亡出去了呀！"

說到這裏，他更悲憤地說："那些強橫的公差，時常上這兒催逼錢糧，一來就到處騷擾，亂叫亂嚷，鬧得雞犬不寧，讓人沒法安生！至於我，總算萬幸，只要餵養在瓦罐裏的蛇好端端活着，到時候把牠獻上去，就沒我的事。這樣，我一年冒兩次生命危險去捉蛇，比起鄉鄰天天活受罪，那要好多啦，誰還敢埋怨呢！"

聽了蔣氏捕蛇人這一席話，柳宗元悲憤不已。於是，柳宗元以自己的親身經歷為依據，寫下了《捕蛇者說》這篇深刻批判時政的著名散文。文中用"雞犬不寧"形容兇悍的衙吏為徵收賦稅，騷擾地方，使老百姓不得安寧的狀況。

雞犬升天
jī quǎn shēng tiān

《神仙傳》是一部道教書籍，由東晉道教理論家、醫學家、煉丹術家葛洪所著，全書十卷，敍述古代傳說中九十四個神仙的故事，其中"劉安"一篇，寫淮南王劉安的事，十分有趣。

劉安此人愛好文學、哲學、仙術、煉丹，門下養有賓客和方士（講神仙方術的人）數千人，集體編寫《淮南子》一書，其中內二十一篇，外三十三篇；又據《神仙傳》記載，該書有"中篇"八卷，論神仙之道、點金煉丹之術，約二十萬言。

由於劉安重金招致門客，據說有一日，八位神態飄逸、白鬚皓眉的老人，一齊登門求見。

門吏稟報劉安，劉安授意出點難題問問這八位老人，看他們有沒有本事。

未等八人開口，門吏擺出一副瞧不起人的神氣說：「我王爺上欲求長生不老之術，中欲得才識廣博之儒，下欲得武力勇猛之士。今先生們都已年老，三者俱缺，不能通報。」其中一人笑了笑說：「我們聞聽王爺尊賢禮士，凡有一技之長，莫不歡迎。為甚麼見到老年的嫌棄不見呀？王爺若認為只有少年人多才學，白頭人都是庸物，這恐怕不是發掘山石採集寶玉、探索深淵求取真珠的態度吧！」

說到這兒，其餘老人紛紛插嘴道：「好吧，嫌我們老，那就變少吧。」話音剛落，八人一下子都變為十四五歲的童子，頭上打着烏黑的角髻，面色像桃花般鮮豔。門吏大吃一驚，急忙報告劉安。劉安聞報，連鞋子也來不及穿，慌忙出來迎接。

王府上下，個個不敢怠慢，當即設下思仙台，張起錦繡帳，焚燒百合香，請八童子高坐在金玉椅上，由劉安北面跪拜，行弟子大禮。一眨眼，八童子又變為老人，對劉安誇耀本領說：「我們八人各有神通，能千變萬化，呼風喚雨，差使鬼神，分形易貌，越海凌波，刀槍不入，點泥成金。不知王爺有何欲求？」

劉安便虔誠地早晚朝拜八人，供奉美酒佳食，並一一試驗各種異術，無不靈驗。八人傳授劉安丹經三十六卷，依法煉成丹藥。劉安還未服下，他兒子卻惹出了是非。

原來，劉安的兒子劉遷愛好劍術，自以為別人都不及他，聽說郎中（管理車、騎、門戶的官員）雷被善於舞劍，召來與他比試。雷被再三辭讓，劉遷不依，定要比個高低。比試時，雷被的劍不幸誤中劉遷，劉遷大怒。雷被眼見闖下大禍，生怕被劉遷殺掉，這時朝廷正好招募軍人抗擊匈奴，雷被請求淮南王劉安讓他前去，以贖罪責。劉安不允。

雷被更生疑竇，心裏越加恐懼，只得上書天子，控告劉安阻止他從軍。按當時漢朝法律，諸侯犯此罪，應當處死。可是由於劉安是漢武帝劉徹的從叔父，深得武

【釋義】比喻一個人得勢，同他有關係的人也跟着發跡，常與「一人得道」配合運用。

【出處】晉‧葛洪《神仙傳‧劉安》：「時人傳八公、安臨去時，餘藥器置在中庭，雞犬舐啄之，盡得升天，故雞鳴天上，犬吠雲中也。」

411

帝器重，才免了死罪，只削去兩縣封地。蒙受削地恥辱，劉安忿恨雷被。雷被與往日得罪過劉安的淮南中郎伍被，都害怕被劉安所殺，兩人商議，共同誣告劉安謀反。

於是，漢武帝派宗正（皇族事務機關長官）持節捉拿劉安懲辦。淮南王見宮邸被圍，大驚失色。劉安大難臨頭，向八人問計。八人對他說："這是上天要召王爺去了，必須如此如此……"

遵照八人囑咐，劉安登山大祭，埋金地下，然後把煉成的丹藥服下。果然，他漸漸覺得自己身輕如仙，竟隨着八人白日升天而去。劉安服剩的丹藥撒在庭院裏，雞和狗吃了，也都升天而去。按歷史上的劉安，實是謀反自殺，這是《神仙傳》作者葛洪假託淮南王寫成的傳說故事。

jī　　míng　　gǒu　　dào
雞鳴狗盜

孟嘗君田文，是戰國時代齊國的貴族。他慷慨好客，廣招天下士人，不論才能大小、聲望高低、有何特長，只要來投，一律歡迎，門下食客多至三千餘人。

孟嘗君對門客的親屬也很關心，與門客談話時，派人在屏風後作記錄，把客人親屬的住處以及有何困難等一一記下。客人告辭不久，孟嘗君派去看望其親屬並贈送禮物的人就到了。

由於孟嘗君禮賢下士，廣招人才，他的聲望越來越高。各國諸侯得知孟嘗君賢能，都很尊重齊國，齊王便拜孟嘗君為相國。在各國諸侯中，秦昭王對孟嘗君最為敬慕，他特派使者去齊，迎孟嘗君來秦。孟嘗君帶着門客千餘人，車騎百餘乘，浩浩蕩蕩西入咸陽，謁見秦王。

秦王降階相迎。孟嘗君獻給秦王許多禮品，其中有一件狐白裘，毛深二寸，其白如雪，價值千金，天下無雙。秦王穿了此裘，向他的寵妾燕姬誇耀說："這件狐裘，是用許多狐腋補綴而成，所以貴重。齊是山東大國，有此珍品！”當時天氣尚暖，秦王吩咐宮中管事將狐白裘珍藏起來，待天冷時穿用。

過了些日子，秦昭王拜孟嘗君為丞相。秦國的一些大臣恐怕喪失權力，對秦王說：“孟嘗君是齊王的宗族，如今做了秦國丞相，必然要暗地裏為齊國謀利益。如此，秦國就危險了！”秦昭王問道：“那該怎麼辦，把他送回去嗎？”眾大臣答道：“孟嘗君來到秦國已有不少日子，對秦國的情況盡已知曉，若放他回齊，將來必為秦患，不如殺了太平。”秦王猶豫未決，暫把孟嘗君軟禁在賓館中。

秦昭王的兄弟涇陽君曾在齊國當人質，孟嘗君待他很好。他得知此事，悄悄跑去告訴孟嘗君，並說：“宮中燕姬最受秦王寵愛，言聽計從。若得她對秦王說句好話，放你回國，就可以免禍了！”於是孟嘗君以白璧兩雙，託涇陽君獻給燕姬。燕姬表示不愛白璧而愛狐白裘，必得此裘，才肯進言。

涇陽君回報孟嘗君。孟嘗君因只有一裘，已獻給秦王，再也拿不出第二件。他只得問眾門客：“你們誰能把狐白裘再弄回來？”眾門客面面相覷，毫無辦法。這時有位下座門客表示能為狗盜，可以盜回狐白裘。孟嘗君急於逃命，顧不得體面，吩咐這位門客當夜下手。當晚，那位門客裝束如狗，從狗洞中潛入秦宮衣庫附近。看守以為是自己養的狗，未加懷疑。等看守睡熟，門客從他身上取下鑰匙，打開衣庫，盜出那件狐白裘，獻給孟嘗君。

孟嘗君便請涇陽君將狐白裘轉獻給燕姬。燕姬十分高興，答允把事情辦好。這夜燕姬正好陪伴秦王飲酒，趁秦王略有醉意，便說：“久聞孟嘗君是個大賢人，又是齊國相國，今請來不用，要無故把他殺掉，大王背上殺賢之名，恐天下賢士都不敢來秦國了。”秦昭王覺得燕姬之言有理，當即命人備好車馬，發給封傳（即通行證），放孟嘗君回齊。

孟嘗君怕秦王反悔，趕緊離開秦國，半夜到了函谷

出處

《史記・孟嘗君列傳》：“最下坐有能為狗盜者，曰：『臣能得狐白裘。』乃夜為狗，以入秦宮臧中，取所獻狐白裘至，以獻秦王幸姬……孟嘗君至關，關法雞鳴而出客，孟嘗君恐追至，客之居下坐者有能為雞鳴，而雞齊鳴，遂發傳出。”

宋・王安石《讀孟嘗君傳》：“孟嘗君特雞鳴狗盜之雄耳！”

關，他怕有人來追，急欲出關，但關門早已下鎖。按照秦國規定，雞鳴才能開關。孟嘗君心急如焚，不知如何是好。忽然間，在門客群中傳出一聲雞鳴，於是遠遠近近的群雞也跟着鳴叫起來。孟嘗君感到奇怪，循聲望去，見有一位下座門客正在模仿雞叫，引得關門一帶的公雞一齊打鳴。關吏聽到雞鳴，以為天將亮了，即起身驗了封傳，開了關門，放孟嘗君一行出關。

孟嘗君走後，秦王果然反悔，派人火速追趕，來到函谷關時，得知遲了一步，追不上了，乃回報秦王。秦王歎道："孟嘗君有鬼神不測之機，他的門下人才眾多，我們秦國比不上他。"

脫險之後，孟嘗君深有感慨地說："吾之得脫虎口，乃雞鳴狗盜之力也。"眾上賓自愧無功，從此不敢怠慢下座之客。

nán　xiōng　nán　dì

難兄難弟

釋義　原指兄弟才德都好，難分高下。今多指兩件事物情況差不多，或者兩個人同樣惡劣，也指兩人同處於類似的困難境地或曾共度患難。

陳寔（shí，粵：實）是東漢桓帝、靈帝時的名士，因為抨擊宦官專權，捲入閹黨一手製造的大冤案——"黨錮之禍"中。他眼看許多至友相繼被捕，心中忿忿不平。

當時受牽連的人極多。陳寔不怕坐牢，公然說："我不入獄，監中友人便無依傍。"於是，自請囚禁。

陳寔的大兒子陳紀，字元方；小兒子陳諶（chén，粵：岑），字季方，也都是一代名士，父子三人，時號"三君"。陳寔入獄，元方、季方從此閉門謝客，不與外界來往。

他們發憤著書立說，完成了數萬言的著作，名為《陳子》。後來陳寔被赦出獄，大將軍何進、司徒（主管教化）袁隗派來使者，邀他做官。陳寔婉言辭謝，說："我久與人事隔絕，只求閒居待老而已。"

他閉門懸車，在家養息。元方、季方也再三謝絕聘召，不願擔任官職。

元方有個兒子叫陳群，字長文；季方有個兒子叫陳忠，字孝先。兩弟兄就是喜歡誇自己的父親，有時各持己見，爭得面紅耳赤。

一天，陳群、陳忠互比各自父親的道德學問，一時爭執不下，只好去問祖父，請求裁決。陳寔毫不猶豫地回答："元方難為兄，季方難為弟。"意思是說：論排行固然有兄弟長幼的次序，論道德學問卻難分高下。後人把"元方難為兄，季方難為弟"簡化為成語"難兄難弟"。

出處
南朝·宋·劉義慶《世說新語·德行》："陳元方子長文有英才，與季方子孝先，各論其父功德，爭之不能決，咨於太丘（陳）。太丘曰：『元方難為兄，季方難為弟。』"

十九 畫

pān　lóng　fù　fèng
攀龍附鳳

釋義
比喻巴結或投靠有權勢的人，從而獵取個人名利。

漢高祖劉邦出身低微，本是家鄉沛縣泗水亭亭長。他建立西漢王朝，有一批得力幫手，大多也是微賤出身，有的當過馬夫，有的賣過狗肉，後來一一成了漢朝的開國功臣。

這些元勳，常被古代史家作為"攀龍附鳳"的例子。司馬遷在《史記·樊酈滕灌列傳》中，就稱漢初功臣樊噲、酈商、夏侯嬰、灌嬰是"附驥之尾，垂名漢廷"，就是說他們牽着了千里馬的尾巴，攀上了劉邦，才得名垂千秋。

原來，樊噲本是劉邦的同鄉，靠殺狗賣狗肉為生。他娶了劉邦的妻妹呂嬃（xū，粵：須）為妻，和劉邦成了連襟。

劉邦還和沛縣縣吏蕭何、曹參、夏侯嬰等交好。夏侯嬰也是沛縣人，先是在縣衙當一名馬夫。他每次奉命為過往使者趕車回來時路過泗水亭，總要停下車來和劉邦閒話家常，不到日落不走。

後來夏侯嬰補為縣吏，和劉邦過往更密。有一次，劉邦和他鬧着玩，不小心失手傷了他，有人便要狀告劉邦，說他身為亭長動手傷人，理應罪加一等。

劉邦為自己辯白，夏侯嬰也出面證明劉邦並未傷人，幫劉邦開脫罪責。誰知不久官司有了反覆，夏侯嬰反以偽證罪入獄，還捱了數百板子。就這樣，夏侯嬰代劉邦坐了一年多牢，才了結這樁公案。

公元前 209 年，天下不堪暴秦苛政，爆發了陳勝、吳廣起義。沛縣縣令害怕起義軍前來攻城，要樊噲去芒碭山召回劉邦。當時劉邦因私自釋放罪徒，躲在山中避禍，已收納壯士百人。

樊噲請得劉邦回沛，不料縣令忽生反悔，拒絕劉邦入城。幸得城內父老奮起殺了縣令，開城迎入劉邦；蕭何、曹參、夏侯嬰等人又從中多方活動，促成眾父老共同推戴劉邦為沛公，反秦自立。

劉邦起兵沛縣，命蕭何、曹參召集沛中子弟二三千人，由樊噲、夏侯嬰為統將，出攻鄰近縣城，繼又親自率部與項梁起義軍會合。

項梁在濮陽、定陶猛攻秦軍，另命姪兒項羽和劉邦一起西進。兩人在雍丘大敗秦將李由，進圍外黃，這時傳來消息：項梁因大意輕敵，敗死定陶。項羽、劉邦接獲噩耗，只得引兵東返。

劉邦駐軍碭郡，這時有個名叫灌嬰的絲綢商販前來投奔，漸漸成了他的心腹。劉邦再度西進，灌嬰以親隨身份從擊秦軍，過成陽、槓里，進軍昌邑，屢立戰功。

昌邑守備嚴密，一時難下，劉邦改從高陽進兵，得到貧士酈食其的幫助，先據要陳留。酈食其便把自己的弟弟酈商推薦給劉邦。酈商頗有智勇，手下已有數千人馬，劉邦召為裨將，讓他帶領隊伍隨同西進，圍攻開封。

在此前後，劉邦又得了張良、周勃等人才，實力雄厚，與項羽領導的起義軍同為當時反秦主力。而樊噲、酈商、夏侯嬰、灌嬰等人，都為劉邦攻城略地，立下許多汗馬功勞。

出處

漢・揚雄《法言・淵騫》：「舞陽③鼓④刀，滕公⑤廄⑥騶⑦，潁陰⑧商販，曲周⑨庸夫。攀龍附鳳，並乘天衢。」

《漢書・敍傳》：「攀①龍鱗，附②鳳翼，巽以揚之，勃勃乎其不可及也。」

註：

① 攀：雙手抓住他物向上爬。

② 附：依附；龍、鳳：比喻有權勢的人。

③ 舞陽：樊噲封舞陽侯。

④ 鼓：揮動。

⑤ 滕公：夏侯嬰任滕令。

⑥ 廄：馬棚。

⑦ 騶（zou，粵：周）：駕車馬的人。

⑧ 潁陰：灌嬰封潁陰侯。

⑨ 曲周：酈商封曲周侯。

公元前 206 年，劉邦攻佔秦都咸陽，推翻秦朝統治。緊接着，又與項羽展開長達五年的楚漢戰爭，終於在公元前 202 年戰勝項羽，即皇帝位，建立漢朝，史稱漢高祖。

高祖封賞功臣，樊噲、酈商、夏侯嬰、灌嬰四人，先後各獲舞陽侯、曲周侯、汝陰侯、潁陰侯的封爵。其中汝陰侯夏侯嬰一度出任滕令，所以又叫滕公。

《漢書》作者在"敍傳"中評述道："舞陽鼓刀，滕公廏騶，潁陰商販，曲周庸夫。攀龍附鳳，並乘天衢。"意思是說，他們雖是狗屠、馬夫、商販等微賤出身，卻攀附了貴人劉邦，得以在天街上並駕而行，獲封侯之賞。

kuàng rì chí jiǔ

曠日持久

戰國時代，燕國國君封宋人榮蚠（亦作"蚠"，fén，粵：焚）為高陽君，派他領兵去攻打趙國。

趙惠文王打算割讓濟東三座城池給齊國，要求齊國派遣曾以火牛陣大敗燕軍的名將安平君田單，來擔任趙軍的統帥，抵禦燕軍。

趙國的名將趙奢不贊成這麼做，他對掌握國政的平原君趙勝說："難道我國就沒有人了嗎？為何一定要去請田單來？我曾在燕國做過官，熟悉燕國的地形。派我領兵，可以取勝。"

平原君搖搖頭："你不必多說了。這個主意是我出的，君主已經採納了。"

趙奢不服，力爭道："你的主張不對。你要求田單統兵，以為他和燕國有血海深仇。然而依我看來，如果田單不高明，他是抵擋不住燕軍進攻的；如果田單高明，他又何必替我們出力呢！"

趙奢繼續分析道："田單是齊國人，他是不願趙國強大的。趙國一強大，齊國就不能稱霸了。現在請田單統領趙軍，抵禦燕將，勢必曠日持久，雙方耗盡實力，

釋義 指空廢時日，拖延很久，事情仍然辦不成。

出處《戰國策·趙策四》："今得強趙之兵，以杜燕將，曠①日持久數歲，令士大夫余子之力盡於溝壘。"

註：① 曠：荒廢。

417

事情實在不顯自明！"

平原君沒有聽他的話，仍把趙軍交給田單指揮，北上抗燕。

事情的結局，正像趙奢預言那樣，燕、趙雙方耗損了實力，各自收兵回國。

luó què jué shǔ

羅雀掘鼠

張網捕鳥雀，掘洞捉老鼠，以小動物代替糧食充饑，形容無糧可吃，千方百計搜尋食物充饑。

公元 755 年冬天，一向受到唐玄宗信任的河北三鎮節度使安祿山，突然在范陽起兵叛亂。他率領十五萬勇猛善戰的邊防軍隊大舉南下，直撲中原。由於天下太平日久，許多州縣的官吏都不知道戰爭是怎麼一回事，他們想發兵抵抗，可是武器甲仗都在倉庫裏朽爛了，只好紛紛逃走或開城迎降。僅僅一個多月時間，叛軍就渡過黃河，攻陷了東都洛陽。

為了奪取富庶的江淮流域，切斷唐朝的經濟命脈，安祿山派大將張通晤率軍東進，攻佔了宋、曹等州。雍丘縣令令狐潮認為唐朝大勢已去，就親自離城前往淮陽，向叛軍求降。

當時，有一位忠於唐朝中央政府的真源縣令，名叫張巡，看到這種情況非常氣憤，決心起來挽救危局。他就地召募壯丁，組成了一支兩千人的軍隊，乘令狐潮離城之際，突然攻下了雍丘。

等到令狐潮從淮陽回來，發現雍丘已被張巡佔據，自己的妻兒也全部被殺，不由怒火沖天，但一時又無法可想，只好回去調集了叛軍四萬多人，準備一舉奪回雍丘。面對強敵，張巡毫不驚慌。他只派了一千名士兵登城防守，自己帶着其餘將士，經常分幾路出城去向叛軍發動奇襲，多次打得敵人狼狽潰退。雍丘被圍六十天，大小交戰了三百多次，始終沒有被叛軍攻破。

後來，位於雍丘東面的睢陽受到叛軍攻打，形勢十分危急。太守許遠派人突出重圍，到雍丘向張巡求援。

張巡考慮到睢陽是整個江淮流域的屏障，地位遠比雍丘重要。他從全局出發，決定主動放棄雍丘，率領全體將士到睢陽去同許遠會合。

許遠官居太守，地位在張巡之上。但他感到自己是個文臣，缺乏用兵的才略，就主動提出把軍權交給張巡，自己專管籌辦軍糧、武器等後勤事項。張巡並不推讓，為了國家的利益，他勇敢地擔當起率領全城軍民守衛睢陽的重任。

公元 757 年初，叛將尹子奇率領十三萬大軍前來攻城。睢陽城裏能夠打仗的士兵一共只有六千八百多人，但是在張巡的激勵和鼓舞下，人人奮勇，個個爭先，日夜同叛軍苦鬥，半個月內，消滅了叛軍兩萬多人。

尹子奇屢戰屢敗，但在敗退以後，又很快補充人馬，捲土重來。一天，張巡來到陣前，發現敵軍中有幾個騎馬的將領，不知道誰是尹子奇。他就拿起一根葦稈削成箭，張弓向敵陣射去。叛軍士兵拾起葦箭，跑去向一個騎白馬的將領報告，說城中箭已用盡，只好以葦做箭來射人。張巡當即斷定他是尹子奇，就向大將南霽雲使個眼色。南霽雲舉弓一箭射去，正中尹子奇左眼，只聽他一聲慘叫，翻身跌下馬來。

叛軍把尹子奇搶救上馬，倉皇地撤兵而去，睢陽軍民得到了暫時喘息的機會。可是兩個月後，尹子奇又增兵數萬，重新包圍了睢陽城。這次他不敢再同張巡交戰，只在城外掘壕三重，遍立木柵，準備曠日持久地困死全城軍民。

城裏的糧食很快吃光了，士兵們不斷餓死，加上陣亡的，最後只剩下了六百多人。張巡和大家一起，搜集樹皮紙張來吃，吃完以後又殺戰馬，戰馬殺光了，就"羅雀掘鼠"，捕捉小動物來充饑，但沒有一個人想到要投降。

為了爭取一線希望，張巡派南霽雲等突圍到臨淮去求救。守將賀蘭進明為了保存自己的力量，竟不肯派出一兵一卒。十月初九，糧盡援絕的睢陽城終於被叛軍攻

出處 《新唐書‧張巡傳》：「巡士多餓死，存者皆痍傷氣乏⋯⋯至羅雀掘鼠，煮鎧弩以食。」

陷，張巡、許遠和其他三十六名將領，全部壯烈犧牲。

睢陽陷落後三天，河南節度使張鎬（hào，粵：號）的救兵終於來到了，及時阻止了叛軍勢力向東南的發展。十天以後，唐軍主力收復了東都洛陽。對於保衛江淮流域的廣大地區，扭轉整個戰局，張巡的功績是不可磨滅的。

靡靡之音

mǐ mǐ zhī yīn

春秋末年，晉平公為了炫耀晉國的財力物力，不顧百姓死活，大興土木，造了一座豪華的宮室。落成之日，列國諸侯紛紛前來道賀。

衛國新君衛靈公，為了結交大國，也備了厚禮親自朝晉。那天行到濮水邊上，見天色已晚，便在驛館住下。

夜半時分，靈公忽覺得耳邊響起隱隱約約的琴聲，倚枕細聽，原來是首從未聽到過的新曲，真個是越聽越有滋味。

他喚起身旁的隨從，問他們聽到琴聲沒有。這些人睡夢初醒，自然都沒聽見，這會兒側耳靜聽，也沒聽到甚麼。靈公奇怪了，吩咐召見隨行樂師師涓。

靈公對師涓說："我聽到一首新曲，十分動人；可他們都說沒聽見。請你靜聽一下，把樂譜給記下來。"

一行人在濮水邊又留宿了一宵，師涓當夜把樂曲熟習，第三天才動身上路。

師涓凝神靜坐，手撫琴弦，邊聽邊把琴曲記下。記完後，對靈公說："曲譜有了，可我還演奏不好。請再在這兒留宿一夜，讓我學上幾遍。"靈公點頭答應。

衛國新君親來朝晉，晉平公在"祁之宮"大宴靈公。酒過三巡，靈公起身道："途中得聞新曲一首，願奉獻大王。"平公連聲稱善。

靈公召來師涓，讓他坐在晉國著名盲樂師師曠的身邊，演奏新曲。師涓先將七弦調和，然後拂指而彈，奏起了在濮水邊記下的樂曲。

一曲未終，師曠突然站起來，用手按着琴說：「停，停下！這是亡國之音，不能再彈了。」

平公正聽得入迷，見師曠阻止演奏，不免有點動怒道：「你怎麼知道這是亡國之音？」師曠不慌不忙地說：「這是商代樂師師延替商紂王作的萎靡不振的音樂。」

師曠接着說：「紂王為了尋歡作樂，命師延作了許多醉生夢死的靡靡之音。這樣，原來就荒淫無道的紂王，更加沉湎酒色，不理朝政，以致把國家也給斷送掉了。

「等到武王伐紂，滅了商朝，師延就抱琴投濮水自盡。傳說從此以後，凡愛好音樂的人路過濮水，這樂聲就會從水中發出。師涓定在濮水之上，聞得此曲。」靈公見師曠辯析得如此清楚，大為歎服。

然而晉平公卻不肯聽從師曠的諫阻，執意要聽完這靡靡之樂。之後，平公更是整天沉湎在聲色之中，日益驕縱失德，弄得民怨沸騰，不上三年，他就病死了。

出處：《韓非子‧十過》：「此師延之所作，與紂為靡靡①之樂也。」

《史記‧殷本紀》：「北里之舞，靡靡之樂。」

註：①靡靡：柔弱、萎靡不振，多用來形容音樂。

黨同伐異
dǎng tóng fá yì

漢武帝時，經過漢初幾十年的休養生息，社會經濟文化都有了發展。為了進一步鞏固統治，漢武帝採用儒生董仲舒「罷黜百家，獨尊儒術」的建議，規定只有通曉儒家學說的人才能做官，藉以統一思想。

在漢武帝等人的支援下，一些儒家的重要著作發掘出來了，其中五部經典著作經過加工整理被列為「五經」。當時在太學（國家最高學府）專設五經博士，用儒家經典教育地主、貴族子弟；選用官吏，也以儒學為標準。從此儒家思想就成為維護統治的正統思想。

到漢宣帝劉詢時，儒家學說更是盛行，劉詢自己就召「五經」名儒蕭望之教授太子。但由於當時儒生們對「五經」有不同的解釋，因此漢宣帝決定展開一場討論。

釋義：袒護和自己見解相同的人，攻擊和自己見解不同的人，也就是偏袒同黨，攻擊異己。

出處　《後漢書‧黨錮列傳》：「自武帝以後，崇尚儒學，懷經協術，所在霧會。至有石渠分爭之論，黨①同伐②異之說。」

註：①黨：偏袒。②伐：討伐，攻擊。

公元前 51 年，由蕭望之主持，在"石渠閣"（漢代皇家藏書樓，宣帝時為諸儒講經之所）召開了一次會議，對"五經"展開討論。在討論過程中，儒生們把意見相同的人看成是自己一黨，而對意見不同的人進行攻擊。《後漢書》的作者范曄等，把這種情況稱為"黨同伐異"。後人便把偏袒同黨、攻擊異己的行為，稱為"黨同伐異"。

懸樑刺股

xuán liáng cì gǔ

釋義　把頭髮繫在屋樑上，用錐子刺大腿。形容勤學苦讀。

提起中國古人勤學的動人故事，人們就會想到"懸樑刺股"。然而，大家也許對"刺股"的蘇秦比較熟悉，對"懸樑"的孫敬卻比較陌生。現在先從熟悉的説起。

蘇秦是戰國時代洛陽人，在東方的齊國遊學，以鬼谷為師。這鬼谷的真名實姓沒人知道，他隱居在鬼谷，所以叫"鬼谷子"。鬼谷先生極有才學，蘇秦跟他學"縱橫之術"，就是分析形勢，研究如何對付強大的秦國："縱"是列國聯合抗秦的策略，"橫"是列國各自親秦的策略。蘇秦數年學成，辭別先生下山。

他先到秦國遊説，勸秦惠文王實行"連橫"政策，爭取六國親秦，然後各個擊破，一一兼併。誰知秦惠文王不久前剛殺了主張變法的商鞅，對遊説之士十分反感，根本聽不進蘇秦的話。

蘇秦並不灰心，寫了一部十餘萬言的書，詳盡説明怎樣才能兼併六國。書隨後獻給了秦惠文王，秦王雖然留下準備閒時閱覽，但並無採納之意。這樣，蘇秦待在秦國館驛有一年之久，連續上書達十次之多，還是全無下文，事業上一無成就。他盤纏耗盡，衣衫破爛，眼看日子越來越不好過，只得作回家的打算。

出處

《戰國策·秦策一》：「（蘇秦）讀書欲睡，引錐自刺其股①。」
《太平御覽》卷三六三引《漢書》〈按：班固《漢書》不載〉：「孫敬字文寶，好學，晨夕不休。及至眠睡疲寢，以繩繫頭，懸屋樑②。」

註：①股：大腿。　②樑：屋樑。

回到洛陽老家，家裏人都譏笑他說：「我們周國人，一向慣於做工經商，將本求利；你卻偏偏不務正業，想憑口舌來取富貴，怎能不窮困潦倒呢？」蘇秦自覺慚愧，一言不答。

他想，這次回家，父母好一頓埋怨，妻子不下織機相見，嫂子不給做飯，這都怪自己沒有本事，未能取得榮華富貴。於是暗暗咬牙發誓，非要爭這口氣不可。

當夜，他打開數十個書篋，遍覽群書，深歎學問貴精不在多，便挑出自己最心愛的《太公陰符》兵書，埋頭誦習。蘇秦重新發憤讀書，深入探究太公兵法原理，日夜不息。唸書唸累了，正想要歇息一下，眼前突然浮現出不下織機相見的妻子、不給做飯的嫂子，他立刻清醒了，抖擻精神繼續唸下去。

有時實在累得受不了，心裏想唸，可是眼皮怎麼也睜不開。他就用錐子刺自己的大腿，驅除睡意。這一下子，精神又來了，接着又唸下去。腿上刺出的鮮血，往往直淌到腳背上還不知道。他就這麼苦苦地用功，費了一年多工夫。另外，他還仔細研究各國的地形、政治情況、軍事實力，真正做到對天下大勢瞭如指掌。

蘇秦第二次出門遊說，果然大獲成功。他考慮到秦國既不能用他，便改取“合縱”的方針，周遊燕、趙、齊、楚、韓、魏，勸說六國聯合抗秦。六國國君都採納了他的建議，決定共同訂立合縱盟約。

公元前 333 年，六國國君在洹（huán，粵：緩）水會盟，公推蘇秦主持盟約，合封蘇秦為“縱約長”，兼佩六國相印，總轄六國臣民。蘇秦終於成為戰國時代縱橫學派的代表人物，他當年刺股苦讀，日後有所成就，乃是必然的結果。

另一個“懸樑”故事，主人翁是西漢信都人孫敬。孫敬從小好學不倦，只因家境清貧，沒有條件上學，在家自習直至成年。

那時的書籍，大多用竹簡、木簡編成，一部書要用上很多簡，當然很貴。孫敬家貧，為了省錢，他想了個辦法，用砍作柴禾的柳木做簡，以代替書籍。

他用這種柳寫經本，在家閉門誦讀，日以繼夜，足不出戶。左鄰右舍，時時聽到他的琅琅書聲，卻難得見他一面。他們給他起個名兒，叫"閉戶先生"；對他的勤苦好學，人人欽佩不已。

孫敬讀書，天天讀到更深夜靜，還不肯歇手。為了避免瞌睡，他用繩子一頭懸住屋樑，一頭緊緊繫在自己的髮髻上。每當昏昏欲睡、身不由己倒下時，繩子便牽住髮髻，他彷彿給人狠狠扯了一把頭髮，痛得直跳起來。此時睡意頓消，趕緊坐正身子，打起精神繼續攻讀。

如此刻苦自學，十餘年如一日，從不懈怠，孫敬的學識突飛猛進，最終成為一代大儒，留名後世。"孫敬懸樑"一事，原見《太平御覽》卷三百六十三，編撰者宋代李等註稱引自《漢書》，然而今本班固《漢書》無此記載。後人將"孫敬懸樑"與"蘇秦刺股"並列，合為成語"懸樑刺股"，用來形容勤學苦讀。

tiě　　chǔ　chéng　　zhēn

鐵杵成針

釋義

「只要功夫深，鐵杵磨成針」是一句諺語，後演變為成語「鐵杵成針」。比喻只要努力不懈，持之以恒，就一定能達到目的。

唐代詩人李白，十歲時已通詩書。他的父親是一個富商，富裕的家境使李白小時候養成了好玩的習性，讀着讀着，他便丟開書本到外面玩耍去了。

他在路上看到一個老婆婆，正在磨一根大鐵杵（chǔ，粵：柱）（棒槌）。他覺得很奇怪，便問她為何如此。

老婆婆告訴他："我想把它磨成一根繡花針。"李白想：這麼粗的一根大鐵杵，竟能磨得成細細的繡花針？不由得哈哈大笑。

老婆婆嚴肅地對李白說："你笑甚麼？只要功夫深，鐵杵磨成針啊！"李白仔細想想，這話可真有道理，於是向老婆婆深深行了個禮，回家讀書去了。

從此，李白不斷以"只要功夫深，鐵杵磨成針"勉勵自己，終於成為中國歷史上著名的大詩人。不用說，這是下苦功夫得到的成果。

出處　宋‧祝穆《方輿勝覽‧眉州‧磨針溪》：「相傳李白讀書山中。學未成，棄去。過是溪，逢老媼方磨鐵杵。白問：『何為？』媼曰：『欲作針耳。』白感其言，還，卒業。」

tīng rén chuān bí

聽人穿鼻

釋義　比喻毫無主見，任人擺佈。

出處　《南史‧張弘策傳》：「徐孝嗣才非杜石，聽①人穿鼻②。」

註：①聽：任憑。
　　②穿鼻：牛鼻子穿上小木棍或小鐵環。

南朝齊武帝時，有個世襲貴族叫徐孝嗣。他儀表端正，風度翩翩，受到齊武帝蕭賾（zé，粵：責）的賞識，被提升為吏部尚書。

公元 493 年，齊武帝去世，由皇太孫蕭昭業繼位。武帝臨終時，囑託徐孝嗣輔佐嗣主，治理朝政。

第二年，皇族西昌侯蕭鸞準備謀奪帝位，派心腹私下告知徐孝嗣。徐孝嗣竟然不加反對。

徐孝嗣的好朋友樂豫對他說："你怎麼能跟蕭鸞謀反，萬萬不可啊！當年褚淵跟着高帝（蕭道成）謀廢（宋）順帝，直到現在還被人笑罵。你難道也想步他的後塵，被世人唾棄嗎？"樂豫走後，徐孝嗣在屋裏徘徊許久。他明知樂豫講得有理，但又害怕蕭鸞，一時拿不定主意。這時門上通報蕭鸞駕到，徐孝嗣不覺一怔，忙起身出去迎接。

蕭鸞步入內廳，喝退左右，便把奪位計劃詳告徐孝嗣，要他一起入宮。徐孝嗣沉思片刻，終於點頭答應。那天，皇宮裏靜得可怕。突然，大將蕭諶領兵殺進宮來，隨即蕭鸞身穿戎裝，外披紅袍，由徐孝嗣等人簇擁着入宮。

蕭昭業在壽昌殿內嚇得魂不附體。蕭諶逼他用素帛纏在頸項上，走出殿庭，引至延德殿西弄，將他勒斃。

蕭鸞準備以皇太后的名義廢去昭業，另立十五歲的新安王蕭昭文（昭業之弟）為帝，以便逐步取而代之。徐孝嗣即從袖中取出早就擬好的太后詔令獻給蕭鸞，蕭鸞高興極了。

同年，蕭鸞一一誅殺了齊高帝、齊武帝的子孫，又藉皇太后名義廢去蕭昭文，自己當上了皇帝，就是齊明帝。

明帝在位四年後死去，他的第二個兒子蕭寶卷繼承皇位。蕭寶卷昏庸無能又專橫殘暴，一不稱心就要殺人。朝廷大臣，人人自危。

這時徐孝嗣已經擔任尚書令，他屈服於昏暴之君，不敢進諫，最後也無法免於一死。公元 499 年，蕭寶卷命令他服毒酒自盡。

徐孝嗣身居宰相之位，但無宰相才德，遇事沒有主見，處處受制於人。錄事參軍張弘策對他的所作所為評論說：“徐孝嗣才非柱石，聽人穿鼻。”

鷸蚌相爭

yù bàng xiāng zhēng

釋義 鷸：一種長嘴的水鳥。「鷸蚌相爭」，常與「漁人得利」連用，指鷸和蚌互相爭持，老漁翁正好把牠們一起捉了。比喻雙方相持不下，結果兩敗俱傷，第三者因而得利。

戰國時候，強大的秦國企圖併吞各國，獨霸天下。就在這時，趙國與燕國發生摩擦，準備去攻打燕國。洛陽人蘇代特地趕往趙國，勸說趙惠王。

蘇代見了趙惠王，給他講了個故事，說他這次來趙國時，經過易水，看見一隻河蚌張開了殼，在河灘上曬太陽。

有隻鷸鳥飛來，一下撲上去啄住蚌肉。河蚌連忙合上堅硬的殼，將鷸鳥細長的嘴緊緊鉗住。

雙方爭持不下。鷸鳥牢牢啄住河蚌的肉，威脅說：“看着吧，今天不下雨，明天不下雨，你會曬死在河灘上。”

河蚌也不示弱，緊緊鉗住鷸鳥的嘴說："好吧，我今天不放你，明天不放你，你將餓死在這裏。"

雙方互不相讓，搞得筋疲力盡。正在這時，有個打魚的老人經過河灘，見此情況，不禁喜笑顏開，順手把牠們一齊捉住。

蘇代講完故事，勸趙惠王說："現在趙國要去攻打燕國，雙方相持不下，實力大量消耗。我擔心強大的秦國，就會像漁翁那樣，坐收其利啊！望大王慎重考慮。"

趙惠王認為蘇代講的很有道理，便停止了這次軍事行動。

出處

《戰國策・燕策二》：「趙且伐燕，蘇代為燕謂惠王曰：『今者臣來，過易水，蚌方出曝，而鷸啄其肉，蚌合而鉗其喙。』鷸曰：『今日不雨，明日不雨，即有死蚌。』蚌亦謂鷸曰：『今日不出，明日不出，即有死鷸。』兩者不肯相舍，漁者得而並禽之。」

附　錄

作者：

丁國聯	吳添汗	金文明	許星泉	趙吉南
于玉生	李大發	倉陽卿	許德賡	鄧向羣
王　濤	李光羽	浦增元	陳桂珍	錢興鳳
甘禮樂	李劍雄	張炳隅	陸士達	謝寶耿
任正先	周　南	張　暉	彭嘉強	羅　楓
江　行	周中民	盛巽昌	斯英琦	顧容先
吳文煥	初　辛	莊　威	楊兆林